이종묵 평역

조선 사람이
좋아한
당시

민음사

머리말

「열녀춘향수절가」에서 춘향이 이몽룡과 작별하면서 일배주(一杯酒)
가득 부어 눈물 섞어 드리면서 하는 말,

한양성 가시는 길에 강수청청(江水靑靑) 푸르거든
원함정(遠含情)을 생각하고
천시가절(天時佳節) 때가 되어 세우(細雨)가 분분커든
노상행인욕단혼(路上行人欲斷魂)이라

춘향이 이렇게 쓴 '문자'는 당시에 나온다. 위승경의 "장강의 맑디맑은
물줄기, 먼 나그네의 아득한 마음(澹澹長江水 悠悠遠客情)"과 두목의
"청명시절 비 뿌리니, 노상 행인 애끊을 때(淸明時節雨紛紛 路上行人欲
斷魂)"가 그 출처다. 또 변학도가 남원에 부임하였을 때 호방이 기생을 점
고하면서 "차문주가하처재오 목동요지행화"라 행화(杏花)를 부르는데,
두목의 "술집이 어느 곳에 있는지 물었더니, 목동이 멀리 살구꽃 마을 가
리키네.(借問酒家何處有 牧童遙指杏花村)"에서 가져왔다. 작가 미상의
시조 "청명시절우분분할 제 노상 행인이 욕단혼을, 묻노라 목동아 술 파
는 집이 어디메나 하뇨, 저 건너 행화 져 날리니 게 가 물어보소서." 역시
두목의 시를 풀어서 노래한 것이다.

평범한 조선 사람들이 두루 즐긴 「열녀춘향수절가」에 입에 밴 것처럼
당시가 튀어나왔고 흥겨운 잔치 자리의 노랫가락에도 당시가 자연스럽게

없혔다. 춘향과 호방이 당시를 꿰고 있었던 것처럼 조선은 남녀노소, 귀천을 가릴 것 없이 당시를 얼음에 박 밀듯 줄줄 읽었다. 이처럼 당시는 중국 당나라 때의 시이므로 중국 문학이지만 조선 사람에게도 익숙한 '교양'이었다.

당시를 좋아하는 사람들은 대개 『당시삼백수(唐詩三百首)』를 읽지만, 정작 이 책이 조선에 읽히기 시작한 것은 거의 20세기 들어와서다. 그 이전 조선 사람이 당시에 입문할 때는 『당음(唐音)』부터 읽었다. 그러나 초보자가 보던 『당음』도 무려 1341수를 수록한 거질의 책이어서 여기에 실린 당시를 모두 외기에는 무리가 많았다. 시의 모범이 되는 이백이나 두보의 시가 실리지 않은 것도 불만이었다. 이에 19세기 후반 민간 출판업자들은 『당음』에 수록된 시를 추리고 이백과 두보의 시를 보태어 '조선식' 『당음』을 편찬하였다. 『오언당음』, 『칠언당음』, 『당시장편』 등의 이름으로 간행된 책이 이것이다. 이들은 대중에게 판매하기 위한 방각본으로 간행되었으니 당시 독자층의 수요가 상당하였음을 짐작하겠다. 또 그 인기에 힘입어 20세기 초에도 신활자로 왕성하게 거듭 출판되었다. 19세기 말에서 20세기 초반까지도 조선에서 당시의 열풍이 이렇게 강하였다.

이런 분위기에서 한문에 능하지 않은 일부 사람을 위해 한시 원문을 한글로 적고 토만 단 책이 만들어졌다. 서울대학교 규장각에 소장되어 있는 한글본 『당시장편』이 그것이다. 굳이 시의 뜻을 알 것까지 없는 사람이 유흥 공간에서 당시를 외거나 노래하기 위해 나온 책인 듯하다. 이 점에서 한글본 『당시장편』에 실린 180여 편의 시는 20세기 전후한 시기 조선 사람들이 가장 선호하던 애창곡이라 할 만하다.

불과 100여 년 만에 세상이 완전히 바뀌어 이제는 당시를 몰라도 부끄럽지 않은 시대가 되었다. 다행한 일이라고도 하겠지만 논어나 맹자를 어깨너머라도 읽어야, '문자깨나' 하는 중국 사람이나 일본 사람과 어울려 담소를 나누는 자리가 불안하지 않게 된다. 당시도 마찬가지다. 21세기에도 중국 사람과 일본 사람 사이에는 당시가 여전히 교양의 한 자락을 차지하고 있다. 격조와 운치가 있는 자리에서 당시 한두 구절을 왼다면 그들의 눈빛이 달라질 것이다. 이것이 한글본 『당시장편』을 풀이하여 이렇게 세상에 보이는 까닭이다.

'문자'를 몰라도 돈 버는 데 문제 되지 않는다고 여기는 근대인이 주를 이루는 세상에, 이런 뜻을 알아준 민음사에 감사한다.

2022년 봄 관악산 아래 창가에서

이종묵이 쓰다

당시의 대중화와 한글본 『당시장편』

한글과 한시의 대중화

조선은 한자와 한글을 함께 사용하는 양층 언어(Diglossia) 사회였다. 상층 남성 지식인들은 한자와 한문을 사용하고 여성이나 아동은 한글을 주로 사용하였다. 한글을 사용한 역사는 여성과 밀접한 관련을 맺고 있다. '언간'으로 불리는 조선 시대 한글 간찰에서 보듯이 수신인이거나 발신인이거나 어느 한쪽이 여성이면 대부분 한글로 표기하였다. 여성의 문자는 한글이라는 관례가 조선 후기에 굳어지면서 이런 현상이 생긴 것이다. 한 집안의 내력을 알 수 있는 간략한 족보나 가승(家乘) 중에 한글로만 된 책이 제법 많은데 이 역시 여성이 시댁의 역사를 알기 위한 것이었다.

조선 후기 여성의 지식에 대한 욕구가 커지면서 한글 문헌의 양이 크게 늘어났다. 『조야회통(朝野會通)』, 『조야기문(朝野記聞)』, 『조야첨재(朝野僉載)』 등 방대한 역사서가 한글로 번역되어 상층 여성의 역사 이해의 폭을 넓혔고, 김창업(金昌業)의 『노가재연행록(老稼齋燕行錄)』과 서유문(徐有聞)의 『무오연행록(戊午燕行錄)』 등 중국 여행의 체험을 담은 한문 기행문이 한글로 번역되어 조선 너머의 세계에 대한 궁금증을 해소해 주었다. 홍대용(洪大容)이 한글로 쓴 『을병연행록(乙丙燕行錄)』과 박지원(朴趾源)의 『열하일기(熱河日記)』도 일부지만 한글로 번역된 책이 유통되었다. 지금은 전하지 않지만 표류를 하면서 당대 동아시아를 증언한 최부(崔溥)의 『표해록(漂海錄)』도 한글로 번역되어 궁중에 소장되어 있었다.

조선 시대 순수한 한시집이 한글로만 필사된 책 역시 여성과 관련이 있다. 호연재 김씨(金氏)의 『호연재유고(浩然齋遺稿)』, 의유당 남씨(南氏)의 『의유당유고(意幽堂遺稿)』, 빙허각 이씨(李氏)의 『빙허각전서(憑虛閣全書)』, 작가를 알 수 없는 『기각한필(綺閣閒筆)』 등은 모두 여성의 한시집인데, 한글로 토를 달고 음을 표기하고 한글로 번역한 것이 실려 있을 뿐 한자는 하나도 없다. 순조의 아들 효명 세자(孝明世子)의 시집 『학석집(鶴石集)』도 한글로만 표기되어 있는데 그의 누이에게 보이기 위해 이런 시집을 따로 낸 것이다. 늦어도 18세기 무렵 조선의 여성들은 한글로 한시를 향유하는 독특한 문화 현상을 만들어 낸 것이라 하겠다.

동아시아에서 문명의 잣대였던 한시는 여성에게도 교양이었다. 한국학중앙연구원의 장서각에 소장되어 있는 『국풍(國風)』이나 『곤범(壺範)』은 동아시아 시학의 원류인 『시경(詩經)』 중에 여성과 관련이 깊은 작품을 골라 한글로 원문을 적고 간략한 주석을 단 책이다. 조선의 반가 여성들에게는 『시경』의 중요한 작품을 입으로 줄줄 외우고 대략적인 뜻을 아는 것이 교양이었다. 일반 한시도 마찬가지였다. 거질의 장편 소설에는 여성 주인공들이 모여 한시를 짓는 장면이나 이들이 읽은 다양한 중국 한시가 줄줄이 삽입되어 있기도 하다.

18세기 정도에 이르면 일부 평민이나 천민 들에게도 한문으로 된 문학 작품이나 몇몇 한시는 상식이 되었다. 판소리나 한글 소설, 심지어 광대들의 탈춤과 꼭두각시놀음의 대본을 보면, 지금 제법 한자를 안다는 사람들도 쉽게 알기 어려운 '문자'들이 속출한다. 한 예로 『춘향전』의 클라

이맥스 대목에 암행어사가 된 이도령이 "금준미주는 천인혈이요, 옥반가 효는 만성고라. 촉루락시만누락이요, 가성고처원성고라."라 쓴 한시가 적혀 있다. 그리고 이어지는 대목에서 "이 글 뜻은 '금동이의 아름다운 술은 일만 백성의 피요, 옥소반의 아름다운 안주는 일만 백성의 기름이라. 촛불 눈물 떨어질 때 백성 눈물 떨어지고, 노랫소리 높은 곳에 원망 소리 높았더라.' 이렇듯이 지었으되⋯⋯."라 적고 있다. 이처럼 한글로 표기된 한시는 웬만한 사람이면 알아듣는 세상이 된 것이다.[1]

1895년 갑오개혁으로 한문은 국가 공식적인 문자로서의 소임을 다하였다. 그러나 일부의 신지식인을 제외한 대부분의 구지식인들은 여전히 문학의 수단으로 한문을 사용하였다. 특히 한시를 대체할 만한 안정된 한글 시가의 형식을 확보하지 못하였기 때문에 대다수 지식인들에게 시라고 하면 당연히 한시를 뜻하는 것이었다. 1928년 조선 각도의 유생 총수가 22만 7546명에 이르렀으니,[2] 이들 중 상당수가 여전히 한시의 작자요 독자였을 것으로 추정된다. 적어도 1920년 이전까지는 비록 그 수가 점차 줄어들지만 '사조(詞藻)' 난을 두어 한시를 게재한 사례를 어렵지 않게 찾아볼 수 있다. 국문 세상으로 바뀌었지만 20세기 초반까지는 한시가 오히려 '대중'의 교양으로 더욱 광범위하게 자리했다.

1 이상은 이종묵, 「조선 시대 여성과 아동의 한시 향유와 이중 언어 체계」(《진단학보》 104호, 2007)에서 다룬 내용을 압축한 것이다.

2 善生永助, 「朝鮮儒林の分包」(《朝鮮》 제226호, 1926년 3월). 이종묵, 「일제 강점기의 한문학 연구의 성과」(《한국한시연구》 제13집, 2005)에서 이 문제를 다루었다.

대중적인 당시 선집의 출현

조선 말기는 이런 세상이었다. 지식인이 아니라도 한시에 대한 교양을 익히지 않을 수 없었다. 한시 학습의 표준은 당시(唐詩)다. 조선 시대 초기에는 지식인들이 『삼체당시(三體唐詩)』, 『당시고취(唐詩鼓吹)』, 『당음』 등을 주로 읽었고, 조선 중기 이후에는 『당시품휘(唐詩品彙)』, 『당시산(唐詩刪)』 등이 새로운 교재로 등장하였다. 중국에서 편찬된 이 책들은 수록 작품이 너무 방대하거나 선별한 작품이 편중된 단점을 가지고 있어 조선의 지식인들은 당시 선집을 독자적으로 편찬하였다.[3] 이러한 조선의 당시 선집은 대부분 필사본으로 집안에서 유통되다가 사라졌다. 일부가 간행되기는 하였지만 널리 유포되지는 못하고 상층 사족들 내부에만 유통되었다. 조선 후기까지도 서적의 유통이 매우 제한적이었기 때문이다.

그러다 한시가 대중의 교양으로 자리하자 압축적으로 당시를 배울 수 있는 요약본에 대한 수요가 많아졌다. 이 수요는 방각본 출판으로 채워질 수 있었다. 고급스럽게 간행하여 특정 집단 내부에서 유통되던 목판본 시대를 지나 상업 출판을 전제로 한 방각본의 시대가 늦어도 19세기 무렵에 도래하였다. 『천자문』이나 간찰, 역사서, 아동 교육서, 의서, 자전, 한글 소설 등 수요가 상당히 많았던 책들이 방각본으로 간행되어 널리 유통되었다.[4] 이때 당시 선집도 방각본으로 간행되었다는 점은 한시 역시 독서 대중의 인기를 반영한 것이라 하겠다.

---

3 이종묵, 「조선 중기 시풍의 변화 양상과 중국 시선집의 편찬 양상」(『한국 한시의 전통과 문예미』, 태학사, 2002)에서 다루었다.

4 이 문제는 이창헌, 『경판 방각 소설 판본 연구』(태학사, 2000)에서 자세히 다뤄졌다.

방각본으로 출판된 당시 선집은『오언당음(五言唐音)』,『칠언당음(七言唐音)』,『당시장편(唐詩長篇)』등이 알려져 있는데 규장각에 여러 질이 소장되어 있으며[5] 장서각 등 여러 고서 소장 기관이나 개인 문고에도 이 책이 보인다. 그 정도로 인기를 누렸던 책이다.

그중『오언당음』은 오언절구로 된 당시를 선발한 책이다. "경오년 8월 2일 구릿개 개간(庚午仲秋二日銅峴開刊)"이라는 간기가 붙어 있고, "기해년 2월 23일 김(수결)(己亥二月二十三日金(手決))"이라는 필사기가 적혀 있다. 또 '집옥재(集玉齋)', '제실도서지장(帝室圖書之章)'이라는 소장인이 찍혀 있다. 집옥재는 고종이 1881년 창덕궁에 처음 지었다가 1891년 경복궁으로 옮겨 지은 서재 이름인데, 이 무렵 중국에서 수입한 방대한 규모의 서적에 '집옥재'라는 소장인이 날인되어 있다. 또 고종은 1907년 7월 강제로 퇴위 당한 후 황실의 도서를 정리하여 황실 도서관을 건립하고자 하였는데, '제실도서지장'은 바로 대한제국 시기 황실에서 소장하던 도서라는 뜻이다. 따라서『오언당음』은 경오년 곧 1870년에 간행된 책으로 추정할 수 있다.[6] 그리고 기해년은 1899년으로 추정된다.

『칠언당음』은『오언당음』과 거의 같은 방식으로 되어 있는데, 칠언절구 형식의 당시를 선발한 책자다. 이 책 역시 비슷한 시기에 간행된 듯하

---

5 『오언당음』은 규중(奎中)2134, 규중2136-41, 규중2330, 가람古811.03-06 등이 있고, 『칠언당음』은 규중2450, 규중2448, 규중2449, 규중2450 등이 있는데 표제가 '당시칠절(唐詩七絶)'로 된 것도 있다. 『당시장편』은 규중2142, 규중2143, 규중2144, 규중2199, 규중2200, 가람古895.11-D218, 일사고(一簑古)895.11-D218j 등이 있다. 서울대 중앙도서관에도『당시장편』(심악古895.113 D218j)이 소장되어 있다.

6 『당시』(장서각 D2C 24)와『오언절구』(국립중앙도서관 고조45-나6)에도 같은 간기가 붙어 있다. 장서각본은 표지에 '임신모춘개간(壬申暮春開刊)'이라 되어 있는데 1872년 더 찍었음을 알 수 있다.

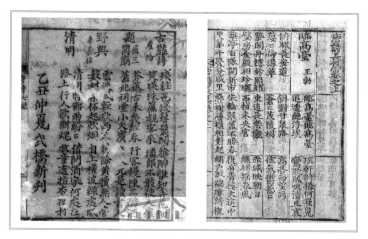

규장각 소장 『칠언당음』(좌)과 『당시장편』(우)

다. '집옥재' 소장인이 찍혀 있고 "을축년 여름 무교 신간(乙丑仲夏武橋
新刊)"이라 하였으니, 1865년 간행된 것으로 보면 될 듯하다.[7] 또 『당시
장편』은 칠언고시(七言古詩) 형식의 당시를 선발하였다. 이 책에는 "무교
신판(武橋新版)"이라는 간기가 붙어 있는데 표제가 '칠언장편(七言長篇)'
으로 되어 있다. '오언장편(五言長篇)'도 있을 듯하지만 방각본으로 간행
된 책은 확인되지 않는다.

이 밖에 『당음정선(唐音精選)』도 규장각 등에 2종 소장되어 있는데 하
나는 오언절구를 모은 것이고 하나는 칠언절구를 모은 것으로 모두 방각
본이다. 이 책은 내지에 "을사년 5월 23일 주인 팽수만(乙巳五月二十三日

7 『당시』(장서각 D2C 23)와 『칠언당음』(국립중앙도서관 동곡고3715-166)에 같은 간
   기가 보인다. 『당시장편』(D2C 28)에도 '무교신판'이라는 간기가 있다.

규장각 소장 『당음정선』은 평성과 측성, 통용자를 표시했다.

主人彭壽萬)"이라는 기록이 보이므로[8] 1905년 이전에 간행된 것임을 알
수 있다. 역시 19세기 중후반에 출간된 방각본으로 추정된다. 앞서 본 세
종과 달리 이 책은 원문 옆에 평측을 병기했다는 특징이 있다. 낭독의 효
과를 높이는 한편 한시 창작에 도움을 주고자 한 의도로 읽힌다.

이들 네 종의 책은 모두 상업용으로 출간된 것인데, 일제 강점기에 다

---

8   표지에는 乙巳六月初四日冊主人彭壽萬으로 다르게 적혀 있다.

시 간행될 정도로 인기가 있었다. 『오언당음』과 『칠언당음』은 1913년 지송욱(池松旭)이 편집하여 신구서림(新舊書林)에서 각기 간행했다. 『당음정선』은 같은 해 이종성(李鍾星)이 편집하여 지물서책관(紙物書冊館)에서 간행하였다. 또 노익형(盧益亨)이 편집하여 1917년 박문서관(博文書館)과 1918년 한림서림(翰林書林)에서 간행한 책도 있으며, 1919년 윤태성(尹泰晟)이 『증본오언당음(訂本五言唐音)』과 『증본칠언당음(訂本七言唐音)』을 천일서관(天一書館)에서 간행한 책도 전한다. 『증정주해오언당음(增訂註解五言唐音)』과 『증정주해칠언당음(增訂註解七言唐音)』도 1919년 유일서관(唯一書館)에서 간행되었고 1923년 조선도서주식회사(朝鮮圖書株式會社)에서 같은 책이 연활자로 다시 간행되었다. 『당시장편』은 1916년 강하형(姜夏馨)이 편집하여 태화서관(太華書館)에서 간행하였고 1917년 백두당(白斗唐)이 같은 책을 한림서림에서 간행했다.[9] 물론 편집자로 되어 있는 이들을 원래의 편찬자로 보기는 어려울 듯하다.

이처럼 19세기 중후반부터 조선에서 대중적으로 읽힌 이들 당시 선집이 등장하였는데, 이들의 서명이 '당음'을 표방하고 있어 원(元)의 양사홍(楊士弘)이 편찬한 『당음』과 관련이 깊어 보인다. 방각본 『오언당음』은 양사홍의 『당음』처럼 시대에 따라 정시(正始), 정종(正宗), 접무(接武), 유향(遺響)으로 분류했고 수록한 상당수의 작품이 모두 『당음』에서 확인된다. 그러나 잘 알려진 대로 『당음』은 두보(杜甫), 이백(李白) 등의 시는 선발하지 않았는데, 『오언당음』에는 이들의 작품이 상당히 큰 비중으로 선발되어 있다. 방각본 『칠언당음』과 『당시장편』도 마찬가지다. 이 점에서 이들 방각본 당시 선집은 『당음』을 기본으로 하여 선발하되 『당시품휘』

---

9   연활자로 간행된 판본은 대부분 국립중앙도서관에 소장되어 있다.

등 다른 당시 선집도 참조하였다고 하겠다.

하나 더 적시할 것은 19세기 이래 대중적으로 널리 읽힌 이들 선발 책자에 율시는 확인되지 않는다는 점이다. 조선 중기 이민구(李敏求)의『당율광선(唐律廣選)』, 조선 후기 장혼(張混)의『당율집영(唐律集英)』등이 목판으로 간행되어 유통되었거니와, 편찬자를 알 수 없는『당율분운(唐律分韻)』등의 필사본도 전하지만, 이들은 과거를 목표로 하는 식자층을 대상으로 한 것이었다. 이에 비해『오언당음』,『칠언당음』,『당시장편』등의 방각본은 최소한 과거 시험과는 무관하게 일반 대중의 한시에 대한 수요에서 나온 것이라는 점도 주목해야 하겠다.

한글로 적힌 한시 선집『당시장편』

19세기 후반 방각본으로『오언당음』,『칠언당음』,『당시장편』등이 간행되어 널리 유통되었으며, 이들 당시 선집 중 일부는 한글로 번역될 정도로 상당한 인기를 끌었다는 점도 주목할 만하다. 고려대학교에 필사본『언해당음(諺解唐音)』이 소장되어 있는데,『오언당음』을 한글로 원문을 적고 번역을 붙인 것이다. 권두의 내지에 "기해년 정월 보름 책주에게서 빌려 보고 이해 반납함. 만복을 누리기를.(己亥元月望日借見冊主此歲茂納萬福)"이라 하는 필사기가 적혀 있고 다시 그다음 장 권두의 내지에 "정축원월일(丁丑元月日)"이라 적혀 있다. 기해년은 1899년이고 정축년은 1877년으로 추정된다. 1877년『오언당음』의 언해가 이루어졌고 이 책이 1899년 세책가에 비치되어 대출이 이루어졌음을 짐작하겠다. 다만 권말에「언해당음서」가 붙어 있는데 "병오츄구월밀양후인서히"라 되어 있어 밀양 박씨가 1906년 이 책을 필사하면서 서문을 뒤에 붙인 듯하다.

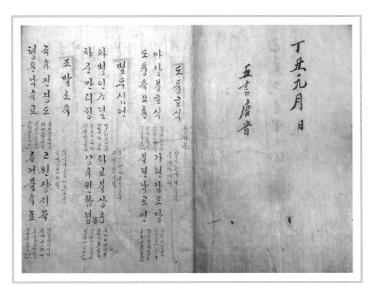

고려대 소장 『언해당음』

　여기에 더하여 이들 3종의 방각본을 대상으로 하여 다시 한번 더 선발
한 한글본이 등장하였다. 규장각에 소장된 한글본 『당시장편』(古3320-
6)이 그러한 예다. 이 책은 서명이 '당시장편'이지만 내용은 '당시장편', '칠
언절귀', '오언절귀' 등 세 편으로 구성되어 있다. 17수의 칠언고시, 104수
의 질언절구, 69수의 오언절구를 실었는데 오언절구는 『오언당음』에서,
칠언절구는 『칠언당음』에서, 장편고시는 『당시장편』에서 다시 선발한 것
이 분명하다. 작품의 제목 중 한 글자만 크게 적는 등 형식 자체가 동일하
기 때문이며, 『오언당음』에서처럼 '정시', '정종' 등의 시대 표기도 그대로
수용하고 있다. 작가의 이름은 본명 혹은 자를 섞어 쓰기도 하였는데 그
기준 역시 이들 책자와 동일하다. 심지어 작가를 잘못 표기하기도 하고,

규장각 소장 『오언당음』(좌)과 『당시장편』(우)

한 작가의 작품이 몇 곳에 나누어지는 오류가 발견되는데 이 역시 그대로 반복된다. 위 사진에서 보듯 상단에 작가와 제목을 적고 하단에 원문을 2행 2단으로 적은 방식 자체도 동일하고 배열 순서도 일치한다.[10]

한글본 『당시장편』에서 '오언절귀'의 저본이 된 방각본 『오언당음』은 양사홍의 『당음』을 기본으로 하되 고병의 『당시품휘』 등에서 추가 선발하여 엮은 책이다. 방각본 『오언당음』 자체에 양사홍의 『당음』이 아니라 고병의 『당시품휘』에서 따로 가져온 것이 상당수에 달한다. 『당음』에 실려 있지만 제목이나 원문의 글자가 『당음』이 아닌 『당시품휘』의 것을 따른

10 신현웅, 「『당시장편』: 여성의 당시 향유 양상」(《국문학연구》 25, 2012)에서 한글본 『당시장편』을 처음 소개하면서 이 책의 출처가 『오언당음』임을 밝혔다.

예가 상당수 있다는 점에서 이러한 사실을 확인할 수 있다.[11] 한글본 『당시장편』의 당시 장편이 방각본 『당시장편』에서, '칠언절귀'가 방각본 『칠언당음』에서 다시 선발한 것이기에 동일한 현상이 나타난다. 양사홍의 『당음』에서는 이백과 두보의 시를 배제하였지만 『오언당음』처럼 『칠언당음』, 『당시장편』에도 이들의 시가 상당한 비중으로 선발되어 있는데, 이 역시 대부분 『당시품휘』에서 가져온 것이다. 한글본 『당시장편』은 이러한 과정을 거쳐 편찬된 방각본 『오언당음』과 『칠언당음』, 『당시장편』에서 일부를 다시 선별한 책이 분명하다. 다만 고시 중에는 방각본 『당시장편』에 실려 있지 않은 작품이 한글본 『당시장편』에 추가로 선발된 예도 몇 작품 보인다. 한글본 『당시장편』의 편찬자가 『당시품휘』나 『고문진보(古文眞寶)』 등에서 직접 선발한 것으로 보인다.[12]

한글본 『당시장편』은 작가 표기에 상당한 오류를 가지고 있다. 이는 저본이 된 방각본 『오언당음』이나 『칠언당음』, 『당시장편』에서 생긴 오류

---

11   예를 들어 허경종(許敬宗)의 「강령어장안귀양주구일부(江令於長安歸揚州九日賦)」는 양사홍의 『당음』에는 실려 있지 않고 고병(高棅)의 『당시품휘』에 허경종의 같은 제목으로 선발되어 있다. 이에 비해 『태평어람(太平御覽)』, 『시수(詩藪)』, 『고금시산(古今詩刪)』 등에는 강총(江總)의 「어장안 귀환양주 구월구일 행미산정 부운시(於長安, 歸還揚州, 九月九日行薇山亭 賦韻詩)」로 실려 있다. 이 점에서 방각본 『오언당음』은 양사홍의 『당음』 외에 고병의 『당시품휘』에서 직접 선발한 작품도 있음을 확인할 수 있다.

12   한글본 『당시장편』에 실려 있는 유희이(劉希夷)의 「대비백두옹(代悲白頭翁)」과 「공자행(公子行)」은 방각본 『당시장편』에 보이지 않는다. 양사홍의 『당음』에 실려 있지 않으므로 고병의 『당시품휘』에서 바로 선발한 것이라 하겠다. 다만 작가가 유희이가 아닌 이백으로 잘못 표기되어 있다. 백거이(白居易)의 「장한가(長恨歌)」와 「비파행(琵琶行)」, 노동(盧소)의 「유소사(有所思)」 등도 한글본 『당시장편』에는 뽑혀 있지만 방각본 『당시장편』에서는 보이지 않는데 『고문진보』에서 가져온 것으로 추정된다.

를 답습한 결과다.[13] 또 방각본『오언당음』이나『칠언당음』,『당시장편』은 첫 번째 수록 작품에만 작가의 이름이 표기되어 있는데, 한글본『당시장편』에서는 두 번째 이후의 작품을 선발하면서 따로 작가를 표기하지 않음으로써 그 앞 다른 작가의 작품처럼 처리된 예도 많다.[14] 또 단순하게 작가의 이름을 잘못 표기한 예도 제법 있다.[15] 더욱이 제목과 작가, 작품 자체가 뒤섞인 심한 경우까지 있다.[16]

노래로 불리는 당시

방각본『오언당음』,『칠언당음』,『당시장편』에 많은 오류가 있으며 특히 한글본『당시장편』은 오류가 더욱 많다는 점에서 한글본『당시장편』의 독자는 그 수준이 높지 않음을 짐작할 수 있다. 그러나 한글본『당시장편』자체는 매우 고급스럽게 만들어진 책이다. 이 책은 두 장의 동일한 종이를 겹쳐 한 면으로 만들었는데 이러한 사례는 다른 데서 확인하기 어

13　고병의「산정하일(山亭夏日)」과「방은자불우(訪隱者不遇)」가 각기 유우석(劉禹錫)과 맹호연(孟浩然)으로 잘못 표기되어 있는데 방각본『칠언당음』의 오류를 따른 것이다.

14　왕발(王勃)의「추강송별(秋江送別)」은 방각본『칠언당음』에 노조린(盧照隣)의「등봉대포가(登封大酺歌)」에 이어 실려 있는데 한글본『당시장편』에서 이를 잘못 옮겨 노조린의 작품으로 표기했다. 전기(錢起)의「모춘귀고산(暮春歸故山)」, 최도(崔塗)의「무산송별(巫山送別)」, 왕유(王維)의「송원이사안서(送元二使安西)」, 두목(杜牧)의「청명(淸明)」등도 작가가 잘못 표기되어 있다.

15　한 예로 노선(盧僎)의「남루망(南樓望)」이 '우쥰 남망부'로 되어 있다.

16　한글본『당시장편』에서 '양사도 강정월야송왕발'이라 되어 있는 작품이 그러하다. 작품의 본문은 왕발의「강정야월송별(江亭夜月送別)」을 실었는데, 방각본『오언당음』에서는 양사도(楊師道)의「중서우직영우(中書寓直詠雨)」"雲暗蒼龍闕 沈沈殊未開 窓臨鳳凰沼 颯颯雨聲來"의 본문을 누락하고 이어지는 왕발의 이 작품을 바로 실어 이러한 오류가 발생하였다.

렵다. 종이 자체도 여러 차례 도침(搗砧)을 하여 윤기가 나는 최상품이며, 정연한 필사를 위해 뾰족한 나무로 줄을 쳐서 인찰지(印札紙)처럼 만들었다. 여백도 넉넉하고 글씨도 정갈하다는 점에서 궁중에 소용되었던 책이었을 가능성이 높다. 그럼에도 이 책 자체는 민간에서 널리 유통되던 것임에는 틀림이 없다. 궁중의 여성이 보기 위해 이렇게 고급으로 만든 것이라 추정된다. 민간에서 유통되던 책은 사라졌고 고급스럽게 장정된 이 책만 남아 있게 된 것이라 하겠다.

궁중의 여성이 왜 이러한 책을 보았을까? 한글본『당시장편』을 문화사의 시각에서 다시 살필 필요가 있다. 먼저 이 책은 한시에 음을 적고 토를 달아 놓았을 뿐 번역을 하지 않았다는 점이 주목된다. 앞서 본 고려대 소장『언해당음』은 방각본『오언당음』을 한글로 원문을 표기하고 번역까지 붙였다. 이 점에서『언해당음』이 작품의 내용을 구체적으로 알고자 하는 사람에게 필요한 책이라면, 한글본『당시장편』은 작품의 원문만을 외우고자 하는 사람에게 필요한 책이었다고 하겠다.

앞서『시경』을 한글로 옮긴『국풍』이나『곤범』에 대해 말한 바 있다. 이 책도『시경』의 몇몇 구절을 한글로 적었을 뿐 번역은 하지 않았다. 대신 주자(朱子)의 주석 일부를 간략히 적었다.『국풍』의 경우 "관관져구여 지하지쥐로다 뇨됴숙녜 군ᄌ호구로다."라고 원문에 토를 달아 적은 다음 "흥에라(흥 ᄂᆞᆫ 믈빅 나는 거슬 닐어 음영ᄒᆞᄂᆞᆫ 바롤 니릐혀란 말이라.) 관관은 ᄌ웅이 셔로 응ᄒᆞ야 화ᄒᆞᄂᆞᆫ 쇼릐오 져구는 믈시 일홈이니(즉금 증경이란 시라.) 나며 졍한 ᄶᆞᆨ이 이셔 셔로 ᄶᆞᆨ을 어즈러이지 아니ᄒᆞ고 샹히 안기와 날기롤 ᄀᆞᆺ치ᄒᆞ되 셔로 닐압지 아니ᄒᆞ야 각별한 거시 잇ᄂᆞ니라."라는 주석을 달았다.『시경』「관저(關雎)」의 정확한 뜻보다는 "관관(關關)은 자웅이 서로 응하여 화(和)하는 소리요, 저구(雎鳩)는 물새 이름이니(지금 징경이(물수리)라는 새다.) 태어나면서 정한 짝이 있어 서로 짝을 어지럽히지 아니하고 상하로 앉기와 날기를 같이하되 서로 일압(昵狎)하지 아니하여 각별한 것이 있느니라."라는 전체적인 의미를 아는 것이 더 중요하다. 남녀유별 혹은 부부유별의 의미를 공부하는 자료로서 이 시를 외우라는 것이 『국풍』이라는 책을 엮은 뜻이었다.[17]

한글본 『국풍』이 『시경』의 필요한 작품을 외우고 그 뜻을 대충 알아야 하는 상층 여성을 위한 교육용 책이었다면, 한글본 『당시장편』은 당시 자체를 알기 위한 것이 아니라 수록된 작품을 소리 내어 읽거나 노래로 부르기 위한 대본이었을 가능성이 있다. 이 책은 짧은 절구와 장편의 고시가 중심에 있고 율시는 아예 빠져 있다는 점도 주목해야 하겠다. 율시는 그 이름 그대로 까다로운 작법에 의거하여 머리를 짜내어 지어야 하는 양식이다. 이에 비하여 오언절구나 칠언절구는 기원적으로 노래와 가깝고 특히 당시 중에는 노래의 분위기를 지향하는 것이 많으며, 한글본 『당시장편』에서 선발한 작품은 더욱 그러하다. 고시 역시 장편이지만 대부분 제목에 가(歌)와 행(行) 등 노래와 관련한 것이 대부분이다. 한글본 『당시장편』은 짧은 노래와 긴 노래를 부르는 데 필요한 가사를 적어 놓은 것처럼 보인다. 그래서 한글로 토를 달아 원문만 적은 것으로 짐작된다.

한글본 『당시장편』에 수록된 작품 중에 조선 후기 공연 공간에서 실제 가창된 것이 상당하다. 18세기 편찬된 『고금가곡』에는 우리말 노래뿐 아니라 장편고시가 상당수 수록되어 있는데 가창을 전제로 한 것이다. 왕발의 「채련곡(采蓮曲)」, 이백의 「양양가(襄陽歌)」, 최호(崔顥)의 「대규인답경박소년(代閨人答輕薄少年)」, 왕유의 「도원행(桃源行)」, 백거이의

---

17 이종묵, 「조선 시대 여성과 아동의 한시 향유와 이중 언어 체계」, 앞의 책.

「비파행」, 소식(蘇軾)의 「적벽부(赤壁賦)」 등의 작품이 이 책의 앞부분에 한문 원문으로 실려 있는데[18] 이들 작품은 모두 한글본 『당시장편』에 실려 있다.[19] 박사호(朴思浩)의 『연계기정(燕薊紀程)』(1829년 3월 28일)에는 겨우 15세 된 기생이 「귀거래사(歸去來辭)」, 「양양가」, 「악양루기(岳陽樓記)」, 「적벽부」 등을 노래하였다는 기록도 보인다. 특히 이백의 「양양가」는 유양(兪瑒)이 1655년 무렵 적선(謫仙)이라는 기생이 잘 불렀다고 증언한 바 있으니[20] 이들 작품이 가창된 유래가 오래되었다고 하겠다. 장서각에 소장되어 있는 『용성지(龍城誌)』는 비록 1923년에 필사된 것이기는 하지만 '교방조(敎坊條)'에 백거이의 「장한가」, 도잠의 「귀거래사」, 이백의 「장진주(將進酒)」, 왕발의 「등왕각서(滕王閣序)」 등의 곡명이 보인다. 이러한 상황을 고려할 때 한글본 『당시장편』에 수록된 작품은 공연의 공간에서 한시의 가창을 위한 가사집으로 활용되었을 가능성이 있다. 궁중의 연회에도 이 책에 실린 작품이 가창되었을 것이므로, 이 책이 고급으로 제작되어 궁중으로 들어갔을 것 같다.

이와 함께 한글본 『당시장편』에 실린 작품 중 일부가 변개되어 가창된 사례도 확인된다. 1901년 궁중의 공연을 다룬 『진연의궤(進宴儀軌)』에

---

18 권순회, 「『고금가곡』의 원본 발굴과 전사 경로」(《우리어문연구》 34, 2009)에 자세히 소개되어 있다. 김동준, 「가집(歌集) 형성기의 악부(樂府)와 가곡(歌曲)의 상관성에 대한 일고」(《한국고전연구》 38, 2017)는 한시의 가창 문제가 갖는 문학사적 의의를 다루었다.

19 소식의 「적벽부」는 한글로 표기한 전후편이 한글본 『당시장편』 끝에 실려 있다. 『고금가곡』에는 도잠(陶潛)의 「귀거래사」, 이백의 「억진아(憶秦娥)」, 「백운가(白雲歌)」, 두보의 「관공손대낭제자무검기행(觀公孫大娘弟子舞劍器行)」 등도 수록되어 있지만 한글본 『당시장편』에는 실리지 않았다.

20 유창(兪瑒), 「송종성태수서여길령장(送鍾城太守徐汝吉令丈)」(『추담집(秋潭集)』 권9).

"달을 새겨 노래 부채를 만들고, 구름 잘라 춤옷을 지었네. 바람에 날리는 눈 같은 춤사위가, 도리어 쌍쌍이 나는 제비 같다네.(鏤月爲歌扇 裁雲作舞衣 因風回雪影 還似燕雙飛)"라는 작품이 실려 있는데, 무고(舞鼓)의 노래라 하였다. 이 작품은 한글본『당시장편』에 실려 있는 이의부(李義府)의 「부미인(賦美人)」 "달 새겨 노래 부채 만들고, 구름 잘라 춤옷을 지었네. 휘날리는 눈 같은 자태로, 낙수에 잘 돌아가시게나.(鏤月成歌扇 裁雲作舞衣 自憐迴雪影 好取洛川歸)"에서 일부만 바꾼 것임을 쉽게 확인할 수 있다. 또 이 작품은 "춘초(春草)은 연년록(年年綠)호되 왕손(王孫)은 귀불귀(歸不歸)라, 옥안(玉顏) 동자(童子)야 임(任) 계신 듸 길 가르쳐, 달 삭여 가선(歌扇) 삼고 구름 말어 무의(舞衣) 지어 백해창천(碧海靑天)에 그리든 임(任)"이라는 시조로 바뀌어 불렸다.[21]

이처럼 한글본『당시장편』에 실린 한시가 노래로 변개된 사례는 무척 많다. 예를 들어 작가 미상의 "군자고향래(君自故鄉來)호니 알니로다 고향사(故鄉事)를. 남지발(南枝發) 북지미(北枝未)아 북지미(北枝未)아? 남지북지(南枝北枝) 발불발(發不發)은 군자고향래(君自故鄉來)호니 고향사(故鄉事)를."은 왕유의 「잡시(雜詩)」 "그대 고향서 왔으니, 고향 일을 알겠구나. 올 때 고운 창 앞에, 찬 매화꽃이 폈던가!(君自故鄉來 應知故鄉事 來日綺窓前 寒梅着花未)"를 우리말 노래처럼 부르기 위해 바꾼 것임을 쉽게 알 수 있다.[22] 왕유의 작품을 한 번 더 풀어 노래하면 "군이 고

---

21 이 작품에다 왕유의 「송별(送別)」 "春草年年綠 王孫歸不歸"을 합쳐 만든 것이다. 이하 시조는 심재완의 『역대 시조 전서』(세종문화사, 1972)에 수록된 것을 이용하였다.

22 중간 대목은 당 유장경(劉長卿)의 「해중견도화남지이개북지미발인기두부단(廨中見桃花南枝已開北枝未發因寄杜副端)」을 덧붙인 것이다.

향으로부터 오니 고향사를 응당 알니로다. 오는 날 기창 압픠 한매 픠엿
써니 아니 픠엿써냐? 픠기는 픠엿더라마는 님즈 그려 흐더라."라는 시조
가 된다.

또 이정보(李鼎輔)의 시조 "인간비막비(人間悲莫悲)는 만고(萬古) 소
혼(消魂) 이별(離別)이라. 방초(芳草)는 처처(萋萋)흐고 유색(柳色)은 풀
을 쩍의 하교송별(河橋送別)에 뉘 안이 암연(黯然)흐리. 험을며 기럭이
슬피 울고 낙엽(落葉)이 소소(蕭蕭)홀 제 안이 울이 업더라."는 송지문(宋
之問)의 「별두심언(別杜審言)」 "병들어 누워 인사를 끊었는데, 아, 그대
만 리 먼 길 떠나네. 다리에서 전송을 하지 못하는데, 강가의 나무 멀리
정을 머금었네.(臥病人事絶 嗟君萬里行 河橋不相送 江樹遠含情)"에서
온 것임을 쉽게 알 수 있다.[23]

한글본 『당시장편』에 수록되어 있는 작품 중에 시조의 형태로 개변되
어 노래로 불린 예는 상당수에 달한다. 워낙 유명한 작품이니 노랫가락
에 얹힌 것이라 하겠다. 여기서 더 나아가 한글본 『당시장편』에 실린 작
품 중에는 「열녀춘향수절가」와 같은 판소리에도 거듭 변용되어 나타난
다. 「열녀춘향수절가」에서는 "춘향이 일빅주 가득 부어 눈물 셕거 드리
면셔 하난 마리, '한양성 가시난 질으 강수쳥쳥 푸르거든 원함정을 싱각
흐고, 쳔시가절 씨가 되야 셰우가 분분커든 노상힝인욕단혼이라."라고 한
대목은 위승경(韋承慶)의 「남행별제(南行別弟)」 "장강의 맑디맑은 물줄
기, 먼 나그네의 아득한 마음(滄滄長江水 悠悠遠客情)"과 두목의 「청명
(淸明)」 "청명시절 비 뿌리니, 노상행인 애끊을 때(淸明時節雨紛紛 路上
行人欲斷魂)"를 합쳐 놓은 것임을 쉽게 알 수 있다.[24] 「열녀춘향수절가」

<hr>

23   앞부분은 굴원(屈原)의 「구가(九歌)」 "悲莫悲兮生別離"를 끌어들인 것이다.

의 다른 대목 "담담장강슈 유유의 원직정 하교의 불상송 강슈원함졍"은 두목과 송지문의 작품을 나란히 둔 예라 하겠다.[25]

비교적 편폭이 긴 장편고시 역시 마찬가지다. 앞서 한글본 『당시장편』에 실려 있는 백거이의 「장한가」가 연회 공간에서 상당히 긴 노래로 불렸음을 보았거니와, 조선 말기 다양한 방식으로 개변되어 가창되었다. 안민영의 "희기 눈 갓트니 서시(西施)에 후시(後身)인가, 곱기 꽃 갓트니 태진(太眞)에 넉시런가. 지금(至今)에 설부화용(雪膚花容)은 너를 본가 허노라."와 같은 짧은 시조나 "행궁견월(行宮見月) 상심색(傷心色)에 달 발가도 임(任)의 생각(生覺), 야우문령(夜雨聞鈴) 단장성(斷腸聲)의 빗소리 드러도 임의 생각, 원앙와냉상화중(元央瓦冷霜華重)에 비취금한수여공(翡翠衾寒誰與共)고, 경경성화욕서천(耿耿星火欲曙天)에 고등(孤燈)를 도진(挑盡)허고 미성면(未成眠)이로구나. 아마도 천장지구유시진(天長地九有時盡)허되 차한(此恨)은 면면부절기(綿綿不絶期)런가."와 같은 장시조가 「장한가」를 노래로 바꾸어 부른 예라 하겠다. 또 「열녀춘향수절가」의 이별가 대목에서 "일성흐난 소리 흐희산망풍소식이요 졍기무광일식박이라."라 하였다.[26] 이를 보면 「장한가」가 용도에 따라 시조나 판소리

---

24 「열녀춘향수절가」에 수용된 한시는 안순태, 「「열녀춘향수절가」의 한시 어구 활용 양상 연구」(《한국한시연구》23, 2015)를 참고하기 바란다.

25 장재백 창본 「춘향가」에도 "흐교불상송헌이 강슈의 원함졍"이 보이는데 이 점은 임보연·김동건, 『장재백 창본 「춘향가」의 한시 어구의 수용 양상과 의미』(《판소리연구》35, 2013)에서 밝힌 바 있다.

26 장재백 창본 「춘향가」의 "일셩 한 쇼리의 황이산 만풍쇼식흐고 젼기무광일식빅이라", "힝군견월상심식의 달 발가도 임의 싱각", "야우문영단장성의 비쇼리도 임의 싱각", "츄우오동염낙시의 잎피 쩌라져도 임의 싱각", "부즁싱남즁싱녀를 날노 두고 이름이라", "츈풍도리화기야의 꼿시 피여도 임의 싱각" 등도 이 작품의 여러 구절에서 가져온 것이다. 『남원고사』에서 "춘향이는 이도령만 생각하고 춘풍도리화개야와 추우오동엽락시에 눈물 섞어 한숨짓고 식불감 침불안하

등 다양한 방식으로 축약되어 노래로 불렸음을 알 수 있다.

당시 중에서 서사성이 강한 장편고시가 조선 말기 큰 인기를 끌었고 이들은 다양한 방식으로 가창된 것을 확인할 수 있다. 국민대에 소장되어 있는 『장한가』는 「장한가」 외에 「임고대(臨高臺)」, 「추야장(秋夜長)」, 「채련곡」, 「등왕각」 등의 작품이 한글로 필사되어 있다. 필사 연대가 1900년으로 추정되는데 비교적 장편의 고시도 이 시기 공연 공간에서 노래로 불렸기에 이러한 책자가 나온 것이라 하겠다. 『당시장편』이라는 제목과 맞지 않은 송 소식의 「적벽부」가 부록처럼 붙어 있는 것도 이 때문이다. 심지어 「공작행(孔雀行)」과 같은 대장편도 규장각, 고려대, 충남대 등에 한글로 필사된 것이 전하는데 이 시기 장편에 대한 수요가 상당했음을 짐작하게 한다.

이러한 예에서 알 수 있듯이 한글본 『당시장편』에 실려 있는 한시는 시조나 판소리 등의 공연에서 자주 이용되던 것이다. 따라서 한글본 『당시장편』은 19세기 말 혹은 20세기 초반 공연 공간에서 레퍼토리로 쓰이던 '가창을 위한 한시집'이라 추정하겠다.

규장각에 소장되어 있는 『유취요람』도 이와 유사한 성격을 띠고 있다. 이 책에는 다양한 양식의 작품이 수록되어 있는데, 이 역시 가창의 대상이 되었음을 짐작할 수 있다. 이 책에는 「염식웅단음샹수시」, 「진보음샹수시」, 「긱식비난음샹수시」 등 공연에 쓰였을 법한 출처를 알 수 없

이 옥빈홍안이 초췌하고 자연 의대를 느슨히 하니 초당에 견월상심색이요 야우문영단장성이라."라 하였고, 또 월매가 자탄하는 대목에서 "무남독녀 외딸로서 진자리 마른자리 가려서 쥐면 꺼질까 불면 날가 쓴 것은 내가 먹고 단것은 저를 먹여 고운 의복 좋은 음식 주야 없이 보살펴서 부중생남중생녀로 길러낼 때"라 하였다. 판소리뿐 아니라 소설에서도 당시가 적극적으로 인용되고 있음을 확인할 수 있다.

는 한시에 토를 단 작품과 함께, 「스시풍경」과 같은 한글 가사, 신광수(申光洙)의 「관산융마(關山戎馬)」로 알려져 있는 「등악양루」, 굴원의 「어부사」, 구양수(歐陽修)의 「추성부(秋聲賦)」, 소식의 「적벽부」와 같은 사부(辭賦), 제갈량(諸葛亮)의 「출사표(出師表)」나 이밀(李密)의 「진정표(陳情表)」, 이백의 「춘야도리원서(春夜宴桃李園序)」, 한유(韓愈)의 「논불골표(論佛骨表)」와 같은 변려문, 구양수의 「취옹정기(醉翁亭記)」와 같은 고문 등 다양한 양식의 익숙한 작품이 한글로 현토되어 실려 있다.

더욱이 이 책에는 「공작행」을 위시하여 상당수의 고시와 함께 몇 편의 절구 등 당시가 실려 있는데 일부는 한글 현토만으로, 일부는 번역문까지 필사되어 있다. 이 중에는 한글본 『당시장편』에 수록되어 있지 않은 작품도 여러 편 있다.[27] 한글 가사와 함께 수록되어 있고, 한글본 『당시장편』에 실려 있는 작품처럼 대부분이 노래를 지향한다는 점에서 이

---

27 여기에 수록된 한시는 초중경처(焦仲卿妻)의 「공작행」, 소약란(蘇若蘭)의 「직금도(織錦圖)」, 왕건(王建)의 「추천사(鞦韆詞)」, 위응물(韋應物)의 「청앵곡(聽鶯曲)」, 백거이의 「장한가」, 도잠의 「귀거래사」, 왕발의 「임고대」, 유희이의 「공자행」, 왕발의 「추야장」, 왕발의 「채련곡」, 노조린의 「장안고의」, 곽진(郭震)의 「고검편(古劍篇)」, 잠삼(岑參)의 「어부사(漁父詞)」, 왕유의 「도원행」과 「연지행(燕支行)」, 잠삼의 「옥문관합장군가(玉門關盍將軍歌)」, 「위절도적표마가(衛節度赤驃馬歌)」, 「태백호승가」, 「범공총죽가(范公叢竹歌)」, 최호(崔顥)의 「대규인답경박소년(代閨人答輕薄少年)」, 백거이의 「비파행」, 이백의 「양양가」, 송지문의 「도중한식(途中寒食)」, 송지문의 「조발소주(早發韶州)」, 가도(賈島)의 「심은자불우(尋隱者不遇)」, 이백의 「신앵가(新鶯歌)」, 고적(高適)의 「고대양행(古大梁行)」, 잠삼의 「촉규화가(蜀葵花歌)」, 송지문의 「명하편(明河篇)」, 이백의 「파주문월(把酒問月)」, 두보의 「서경이자가(西京二子歌)」, 섭이중(聶夷中)의 「군자행(君子行)」, 굴원의 「어부사」, 미상의 「부용당찬(芙蓉堂贊)」, 미상의 「동방삭답조(東方朔答詔)」, 도잠의 「백발시(白髮詩)」 등이 있으며 시경의 「칠월편(七月篇)」도 실려 있다.

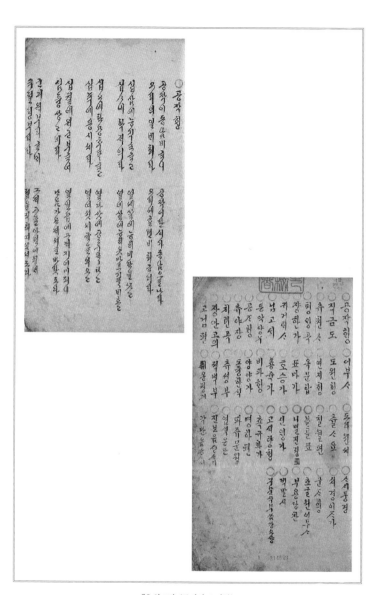

『유취요람』(규장각 소장본)

책 역시 공연의 공간에서 활용될 목적으로 편찬되었으리라 짐작할 수
있다.[28]

28   이상은 이종묵, 「조선 말기 당시의 대중화와 한글본 『당시장편』」(《한국 한시 연
구》 27, 2019)을 개고한 것이다.

목
차

일러두기

1. 이 책은 규장각 소장 한글본 『당시장편』(고3320-6)을 역주한 것이다.

2. 『당시장편』에는 실려 있지 않지만 유사한 성격의 『유취요람』(가람고811.05-y94)에 수록되어 있는 당시도 보충하였다.

3. 『당시장편』은 고시, 오언절구, 칠언절구 순으로 편제되어 있으나 이러한 형식에 따른 분류가 독자에게 의미가 적기 때문에 작가의 생몰을 기준으로 목차를 조정하였다. 『당시장편』에 작가 오류가 많은 데다 앞뒤에 뒤섞여 나올 때가 많다는 점을 감안한 것이기도 하다.

3. 이 책은 제목, 한시 번역, 한시 원문, 한글 원문, 해설, 참고로 구성하였다.

4. 한시 원문은 『당시장편』에 실려 있지 않으므로 한글 원문에 의거하되 『당시장편』의 연원이 된 중국 시선집을 참고하여 재구성하였으며, 오류가 있을 경우 바로잡고 중요한 텍스트와 교감을 하였다.

5. 해설은 작가, 작품 배경, 전체 내용 소개, 참고 등으로 구성하였다. 또 『언해당음』, 『유취요람』, 『고문진보』, 『두시언해』 등의 번역을 함께 보였다.

6. 참고에서는 해당 작품의 특정 구절이 우리 한시에서 사용된 용례를 찾아 보이거나 시조나 판소리 등에 해당 작품이 변용된 사례도 함께 제시함으로써 해당 작품의 영향력을 살펴볼 수 있게 하였다.

우세남, 매미

주둥이 늘이고 맑은 이슬 마시니
울음소리 성긴 오동 숲에서 퍼지네.
높은 곳에 있어 절로 소리 먼 것이라
그저 가을바람 때문만은 아니라네.

虞世南, 蟬

　　垂綏飮淸露　流響出疎桐
　　居高聲自遠　非是藉秋風

우세남, 션

　　슈류음쳥노ᄒᆞ니 유향이 츌쇼동을
　　거고셩자원ᄒᆞ니 비시젹츄풍을

매야미를 두고 즈음이라(『언해당음』)

　　슈노흔 물 들이고 말근 이슬을 마샤꼬
　　흐루는 소릭는 셩귄 오동 남그로 나도다
　　놉흔 딕 거ᄒᆞ야 소리 스스로 머러스니
　　니 가을 바람을 빙즈ᄒᆞ옴이 아니라

우세남(558~638년)은 절강(浙江) 여도(余姚) 출신으로 우남(虞南)이라
고도 하며, 자는 백시(伯施)다. 진(陳), 수(隋), 당(唐) 삼 대에 걸쳐 벼
슬을 하였다. 서법에 뛰어나 구양순(歐陽詢)과 나란히 이름을 날렸다.
저술로『북당서초(北堂書鈔)』가 있다. 우세남은 화려한 궁체시보다 강건
한 변새시를 선호하였다. 이 작품은 세상을 풍유하는 뜻을 담았다. 높은
곳에서 울어야 그 소리가 멀리까지 미칠 수 있다는 인생의 깨달음을 말
하였다. 『진서(晉書)』에 보이는 "매미는 높은 곳에 거하면서 맑은 이슬
을 마신다.(蟬居高飮淸)"의 뜻을 이은 것이다.

이 작품은 조선 시대에 두루 읽혔다.『일성록(日省錄)』에 따르면 정조
가 1796년 이 시구를 제목으로 하여 검서관(檢查官)의 시험을 보였다. 이
보다 앞서 이익은『성호사설(星湖僿說)』에서 매미에게도 입이 있다는 증
거로 이 시를 들었다. 철종 때 화원을 뽑는 시험의 초충(草蟲) 분야에서
이 시를 제목으로 내건 바 있다.

◆ ◆ ◆

소리는 높은 데 살아 멀리 가고   聲爲居高遠
이름은 타고난 기운이라 맑다지.   名因禀氣淸

— 박윤묵(朴允默),「매미 울음소리를 듣고(聽蟬)」

왕적, 술집을 지나며

이날에 저물도록 술을 마시는 것
성정 수양과는 상관없는 일이건만
보이는 사람마다 다 취하였는데
차마 나 홀로 깨어 있을 수 없기에!

王績, 過酒家

此日長昏飮　非關養性靈

眼看人盡醉　何忍獨爲醒

왕적, 과쥬가

차일의 장혼음ᄒ니 비관양성영을

안간인진취ᄒ니 하인독위셩고

술십을 지나미라(『언해당음』)

이날의 길 어듭드록 마스쓰니

성품과 실영을 기르랴 ᄒ옴 아니라

눈으로 보오미 사ᄅᆷ이 다 취ᄒᆺ듯ᄒ니

엇디 ᄎ마 홀노 ᄭᆡ기를 위ᄒ료

왕적(590?~644년)은 산서(山西) 하진(河津) 출신으로, 왕적(王勣)으로도 표기한다. 자는 무공(無功), 호는 동고자(東皐子)이다. 18세에 스스로의 묘지(墓誌)를 지을 만큼 자의식이 강한 작가로, 울분 속에 삶을 마쳤다. 도연명의 삶과 문학을 추종하여 「취향기(醉鄕記)」, 「오두선생전(五斗先生傳)」 등을 남겼다. 밭에 기장을 심어 술을 빚고 약초를 재배하여 이를 가지고 복식법(服食法)으로 양생을 한 고사가 있다.

　이 작품은 세사에 대한 울울한 심정에서 술에 취해 살겠노라는 뜻을 직서한 것이다. 굴원이 『초사(楚辭)』에서 "사람들이 모두 취했는데 나 혼자 깨어 있으랴?"라고 한 뜻을 이은 것이기도 하다. 이 때문에 지나치게 방달한 뜻을 말하였다 하여 조선 시대 학자들의 비판을 받았다. 효종(孝宗)이 봉림대군(鳳林大君)으로 있던 시절 당시 선집을 편찬하면서 첫머리에 이 시를 수록했는데, 이를 본 윤선도(尹善道)는 시가 방탕에 흘러 본심을 돌이킬 뜻을 잃고 세파에 휩쓸려 타락한 기미가 있다고 혹평하면서 책머리에 두어서는 곤란하다고 하였다. 또 이 책에서 선발한 낙빈왕(駱賓王)의 「군대에서 성의 누각에 올라(在軍登城樓)」, 최국보(崔國輔)의 「원사(怨詞)」, 두보의 「무후의 사당(武侯廟)」, 송지문의 「두심언과 헤어지면서(別杜審言)」, 왕유의 「9월 9일 산동의 형제가 그리워(九月九日憶山東兄弟)」, 진도(陳陶)의 「농서의 노래(隴西行)」 등은 바람직한 작품이지만 이의부의 「영오(詠烏)」는 자신을 뻐기고 벼슬을 구하는 욕심이 있다고 비판하였다. 윤선도의 시장(諡狀)에 보인다. 안정복(安鼎福)의 「윤 소남 어르신에 답하는 편지(答邵南尹丈書)」에도 이 고사를 소개하였는데 최앵앵(崔鶯鶯)의 「창생에게 답하다(苔張生)」도 빼라고 하였다.

◆ ◆ ◆

매일 취하도록 늘 마셔 대도　　　　　　　日日長昏飮
누가 취한 마음 알아주랴?　　　　　　　　誰知醉裡心
　　　— 신최(申最), 「창명의 여름날 시골살이 시에 차운하다(次滄溟夏日村居韻)」

곤궁함에도 문자를 다시 가까이하는데　　　窮愁也復親文字
통음은 성정을 수양하려 함이 아니라네.　　痛飮非關養性靈
　　　— 조태억(趙泰億), 「밤에 앉아 운을 부르는 대로 짓다(夜坐呼韵)」

온 세상 사람 도도하게 취해 있는데　　　　舉世滔滔酣醉裏
선생은 어찌하여 홀로 깨어 있는가?　　　　先生何得獨爲醒
　　　— 김안국(金安國), 「김창무의 독성정(金昌武獨醒亭)」

근심 잊는 데는 오직 술이 좋으니　　　　　忘憂唯有酒
굳이 홀로 깨어 있을 필요 있으랴!　　　　　何必獨爲醒
　　　— 정두경(鄭斗卿), 「기평군 유백증에게 보내다(寄杞平君)」

허경종, 강령이 장안에서 양주로 돌아갈 때 중양절에 짓다

마음은 남녘으로 구름을 따라가고
몸은 북녘 기러기 좇아 내려왔다네.
고향의 울타리 아래 국화는
오늘 몇 송이 꽃을 피웠는지?

許敬宗, 江令於長安 歸揚州 九日賦
　　心逐南雲逝 身隨北鴈來
　　故鄕籬下菊 今日幾花開

허경종, 강녕어장안귀양쥬구일부
　　심츅남운서요 신슈북안릭을
　　고향이하국이 금일의 긔화기오

강녕 벼슬ᄒᆞᄂᆞᆫ 니가 댱안으로부터 양듀로 도라가ᄂᆞᆫ듸 구월구일를
만나 즈의미라(『언해당음』)
　　마음은 남녁 구름을 ᄯᅡ라가고
　　몸은 븍녁 기러기를 ᄯᅩ츠 오더라
　　고향 울타리 아릭

허경종(592~672년)은 자가 연족(延族)이고 항주(杭州) 출신이다. 우상 (右相)을 지냈는데 지금 전하는 것은 궁중에서의 응제(應製)가 많다. 『태평어람』 등 이른 시기의 문헌에서부터 이 시의 작가를 강총으로 보았 다. 강총(519~594년)은 남조(南朝) 진(陳)에서 수(隋) 초기에 활동한 시 인인데 자는 총지(總持)다. 시에 뛰어나 후주(後主)의 총애를 받아 상서 령(尙書令)을 지냈기에 강령(江令)으로 일컬어졌지만 오히려 권력을 농 단하였다는 비판을 받았다. 후대 그의 시를 모은 『강령군집(江令君集)』 이 전한다.

이 시는 고향과 형제에 대한 그리움을 말하였다. 남쪽으로 날아가는 구름은 부모나 고향을 그리워하는 매개물이다. 마침 가을이 깊어 가는지 라 북쪽 기러기가 함께 남으로 날아온다. 안항(雁行)이라는 말이 있듯이 기러기는 형제를 상징하므로, 형제에 대한 그리움이 투영되어 있다. 고향 에는 중양절을 맞아 국화가 얼마나 피었는지 묻는 것으로 시상을 종결하 여 향수가 긴 여운으로 남는다.

◆ ◆ ◆

꿈은 흰 구름에 들어 낙동강 강물에 맴돌고　　夢入白雲遶洛水
몸은 북쪽 기러기 따라 요의 하늘을 지나네.　　身隨北雁過遼天
　　　　　　　　　　　— 이행(李荇), 「영평부를 지나며(留永平府)」

찬 하늘 세모에 나그네는 서글픈데　　天寒歲暮遊子悲

밤낮으로 마음은 남쪽 구름을 좇아가네.　　日夜心逐南雲征

— 최흥벽(崔興璧), 「북쪽을 유람하다 몇 달 만에 돌아와 이 시를 지어 회포를 적는다
(北遊數月而歸, 作此以述懷)」

달을 새겨 노래 부채를 만들고
구름을 잘라서 춤옷을 지었네.
고와라, 휘날리는 백설 같은 자태
낙양 땅으로 잘 돌아가시기를.

李義府, 賦美人

鏤月成歌扇　裁雲作舞衣
自憐迴雪影　好取洛川歸[29]

니의부, 부미인

루월성가선이요 지운작무의을
자련회설영ᄒ니 호취낙천귀을

29　洛川은 황하의 지류인 낙수(洛水) 혹은 낙하(洛河)로 낙양을 돌아 흐른다. 복
　　희(伏羲)의 딸 복비(宓妃)가 낙수의 아름다움에 연연하다가 인간 세상으로 귀
　　양을 내려왔고 후예(后羿)와 인연을 맺었다는 신화가 있다. 이 작품은 그처럼
　　미인이 가연을 맺었으면 하는 바람을 담았다. 4구의 歸는 돌아간다는 뜻인데
　　시집간다는 뜻으로도 풀이된다. 1구가 鏤月爲歌扇으로 된 데도 있다.

미인 두고 즈은 글이라(『언해당음』)

　　　달를 싀겨셔 노뤼ᄒ눈 부치를 일우고

　　　구름을 마로ᄌ야 츔옷슬 지어드라

　　　스스로 눈 갓ᄒ 그림ᄌ를 돌임을 어엿버ᄒ야스니

　　　됴히 낙텬을로 가올이라

이의부(614~666년)는 사천(四川)의 염정(鹽亭) 출신으로 문학에 능하여 내제(來濟)와 함께 '내리(來李)'로 병칭되었다. 외모는 공순한 듯해도 마음 씀씀이가 독하여 웃음 속의 칼 소중도(笑中刀), 사람의 탈을 쓴 고양이 인묘(人貓)로 불렸다. 『씨족지(氏族志)』가 그의 주청에 의해 편찬된 책이다.

　이 작품은 고향 낙양(洛陽)으로 돌아가는 한 무희에게 준 것이다. 달을 잘라 만든 듯한 둥글부채를 들고 구름으로 만든 듯한 하늘하늘한 옷을 입고서 춤을 추고 있다고 그 아름다움을 칭송한 다음, 낙천(洛川)으로 잘 돌아가 행복한 삶을 누리라고 축원하였다. 달처럼 둥근 부채를 월선(月扇)이라 하고 구름처럼 얇은 옷을 운의(雲衣)라 한다. 특히 3구의 "회설(迴雪)"은 회설(回雪)로도 표기하는데 여성의 춤사위가 바람에 날리는 눈처럼 아름답다는 뜻이다.

　당의 장회경(張懷慶)이 표절에 능하였는데 이 시에 두 글자만 더하여 "예쁘게 달을 새겨 노래 부채 만들고, 놀랍게 구름을 잘라 춤옷을 지었네. 거울 보니 눈발 같은 그림자 절로 고우니, 올 때처럼 좋게 낙수로 돌아가게나.(生情鏤月成歌扇 出性裁雲作舞衣 照鑑自憐迴雪影 來時好取 洛川歸)"라 하였다. 남의 것을 통째로 베낀다는 뜻의 성어 활박생탄(活 剝生吞)이 여기서 유래한다. 1902년 고종(高宗)의 축수연(祝壽宴)을 기록한 『진연의궤』에서 "달을 새겨 노래 부채 만들고, 구름을 잘라 춤옷을 지었네. 바람에 날리는 눈 같은 춤사위가, 도리어 쌍쌍이 나는 제비 같다네.(鏤月爲歌扇 裁雲作舞衣 因風回雪影 還似燕雙飛)"를 싣고 무고(舞鼓)의 노래라 했다. 조선의 '활박생탄'이라 할 만하거니와, 이 노래가 연회에서 가창되었음도 확인하겠다.

◆ ◆ ◆

구름 옷과 보름달 부채로 곱게 춤을 추니　　　裁雲鏤月妙徘徊
늘 군왕을 모셔서 기쁜 낯빛이 펼쳐지네.　　　長得君王喜色開

— 채제공(蔡濟恭), 「궁중행락사(宮中行樂詞)」

예쁜 춤사위에 허리엔 눈이 휘날리는 듯　　　嬌舞腰回雪
가는 노랫가락에 이빨은 박을 갈라놓은 듯.　　　纖歌齒啓瓠

— 이준(李浚), 「부체찰사에게 바치다(奉呈副體察使)」

춘초(春草)은 연년록(年年綠)ㅎ되 왕손(王孫)은 귀불귀(歸不歸)라, 옥안(玉顔) 동자(童子)야 임(任) 계신 듸 길 가르쳐 달 삭여 가선(歌扇) 삼고 구름 말어 무의(舞衣) 지어 벅해칭쳔(碧海靑天)에 그리든 임(任).

— 작자 미상의 시조

낙빈왕, 역수의 송별

이곳에서 연 태자와 헤어질 때
장사의 머리털이 관을 찔렀지.
옛날의 그 사람은 죽고 없건만
오늘까지 강물은 아직 차구나.

駱賓王, 易水送別

　此地別燕丹　壯士髮衝冠
　昔時人已沒　今日水猶寒[30]

낙빈왕, 역슈송별

　차지의 별연단ᄒᆞ니 장사발츙관을
　셕시의 인이몰터니 금일의 슈유한을

역슈론 믈의셔 니별ᄒᆞ야 보님이라(『언해당음』)

　니 ᄯᆞ의셔 연ᄂᆞ로 틱ᄌᆞ 단을 니별할 졔
　댱ᄉᆡ 터럭이 쓴 관을 뜰너실이라

30　2구가 壯髮上衝冠으로 된 데도 있다.

녯쪄 사룸을 임의 니별호야시니

오늘날의 물이 오히려 찻도다

낙빈왕(622~684년)은 오늘날 절강의 의오(義烏) 출신으로 7세에 시를 지어 신동으로 일컬어졌다. 왕발, 양형, 노조린과 이름을 나란히 하여 초당 사걸(初唐四傑)로 칭도된다. 호방한 기상이 담긴 시를 잘 지었다. 그의 시문을 모은 『낙빈왕집』은 일실되었지만 청 진희보(陳熙晋)가 편집하고 주석을 단 『낙임해집전주(駱臨海集箋注)』에 상당수의 작품이 수습되어 있다.

낙빈왕이 678년 시어사(侍御史)로 있을 때 무측천(武則天)의 심기를 건드려 하옥되었고 이듬해 석방되어 유연(幽燕) 지역을 떠돌았는데 이 시기의 작품으로 추정된다. 중국 춘추 전국 시대 연(燕)의 마지막 태자 단(丹)이 천하를 병탄하고자 하는 진시황(秦始皇)을 암살하려고 형가(荊軻)를 보내었으나 뜻을 이루지 못한 역사를 담은 작품이다. 형가가 연나라를 떠날 때 역수(易水)에서 벗 고점리(高漸離)가 축(筑)을 연주하며 송별하자, 형가는 "바람이 쏴 하고 불어 역수가 차가운데, 장사는 한번 가면 다시 오지 않으리라.(風蕭蕭兮易水寒 壯士一去兮不復還)"라고 답했다. 전송하러 나온 사람들이 이 노래를 듣고서 눈알을 부라리자 머리카락이 관을 찌르고 나왔다고 한다. 무미한 듯마시난 기개가 높다는 평가를 맏은 삭품이다.

◆◆◆

장사는 머리카락이 관을 찌르니　　　　　　　　壯士髮衝冠
평소의 뜻대로 지기 위해 죽었다네.　　　　　　素志死知己

— 조찬한(趙纘韓), 「형가를 애도하여(哀荊軻)」

그대 사신 감에 옛일을 묻나니　　　　　　　　爲因君行問古
역수의 강물이 아직도 찬지.　　　　　　　　　未知易水猶寒

— 정두경, 「연경으로 가는 목겸선을 보내며(送睦達夫兼善之燕)」

노조린, 장안에서 옛날을 생각하며

장안의 큰길이 좁은 골목길과 이어져 있는데
푸른 소와 흰 말이 끄는 칠향거가 다니네.
화려한 가마 타고 멋대로 공주의 저택을 지나
황금 채찍 휘두르며 왕후의 집을 연이어 찾아가네.
용을 물고 있는 수레의 일산은 아침 햇살을 받고
봉새가 토하는 오색실은 저녁노을을 띠고 있는데
높다랗게 낀 아지랑이는 다투어 숲을 두르고
한 무리의 교태 어린 새들은 꽃에서 울고 있네.
꽃에서 우는 새는 대궐 문에서 나비와 희롱하고
푸른 나무 은빛 누대는 천만 가지 모습이라.
회랑의 격자창은 자귀나무 꽃 피운 듯 꾸몄는데
쌍궐의 이어진 지붕은 날개를 드리운 봉황새 같네.
양씨의 집 고운 누각이 하늘에 솟아 있고
한나라 황제의 구리 기둥이 구름 속에 뻗어 있으니
누각 앞에서 서로 보이도 서토 알아보지 못하는데
길거리에서 만나면 어찌 서로 알아차릴 수 있겠나?

묻노라, 붉은 구름 속에서 옥통소 부는 여인이여
춤을 배우고 나서 꽃다운 청춘을 보낼 때
비목어 같다면야 죽음인들 사양하겠나,

원앙새 같다면야 신선도 부러울 것 없겠지.
다정한 비목어와 원앙새가 정말 부러우니
쌍쌍이 오가는 것 그대 보지 못하였는가.
얄미울손, 휘장에다 외로운 난새를 수놓고
고와라, 주렴에다 쌍쌍의 제비 문양 붙여 두었네.
쌍쌍의 제비 쌍쌍이 날아 고운 들보를 감돌고
비단 휘장과 푸른 이불은 울금향이 향긋한데
조각조각 구름머리에 하늘하늘 매미 날개 붙이고
가느다란 초승달처럼 이마에 노랗게 분을 발랐네.
노랗고 하얗게 분 바르고 수레 타고 나서는데
갖은 교태 머금은 그 마음이 똑같지는 않겠지.
고운 소년이 탄 명마는 철연전의 반점이 있고
노래하는 여인의 반룡에는 황금 굴슬이 달렸네.

어사의 관아 안에는 새들이 밤까지 울고
정위의 문 앞에는 참새가 둥지를 틀 듯하건만
붉은 성벽이 백옥 같은 길가에 은은하게 있는데
푸른 휘장 수레가 아스라이 제방으로 사라지네.
두릉의 북쪽에서 탄궁 끼고 새매 날려 사냥하고
위수의 다리 서쪽에서 객을 모아 살인을 꾀하여
부용검 차고 있는 협객들을 두루 맞아들여서
함께 복사꽃 핀 창기의 집에 가서 잠을 잔다네.
저물녘 창기의 집에 붉은 비단 치마 입은 여인들
맑은 노래 한번 부르니 그 입에서 향기가 나고

북쪽 집에는 밤마다 미인들이 달처럼 고운데
남쪽 거리에는 아침마다 말 탄 이 구름처럼 모이네.
남쪽 거리 북쪽 집은 성 북쪽 마을에 접하고
사통팔달 큰길에는 번화한 시장이 펼쳐져 있는데
약한 버들 푸른 회나무는 땅을 쓸 듯 드리우고
고운 구름 붉은 먼지가 어둑한 하늘에서 일어나네.
한나라의 금위병들이 천 필의 말을 타고 와
비취색 도소주를 앵무배에 따라서 마신다네.
비단 치마 고운 허리띠는 그대 위해 풀 것이며
연나라 노래에 조나라 춤은 그대 위해 할 것이라.

여기에다 호사를 부리는 장군과 재상이 있어서
해를 굴리고 하늘을 돌릴 기세로 지려 들지 않으니
원래부터 호기는 관부 장군도 밀어낼 듯
권력을 휘둘러 소망지 재상조차 들이지 않을 듯.
권력을 휘두르는 호기는 본디 영웅호걸의 것이라
봄바람 불 때 청규마와 자연마를 타고 앉아서
스스로 가무에 천년 세월 영영 즐기리라 하고
스스로 교만과 사치가 오공자를 능가한다 여겼지.
계절의 풍광은 사람을 기다려 주지 않으니
상전벽해 세상 뒤집어지는 것도 잠깐 사이 일이라
지난날 황금과 백옥으로 만든 섬돌과 집조차
지금 보면 오직 푸른 소나무만 보일 뿐이라네.
적막하고 적막해라 양웅의 집이여

해마다 달마다 책상 앞에는 책만 놓였는데

오직 남산에 계수나무만 꽃이 피어서

날아왔다 날아갔다 사람 옷에 스미네.

盧照鄰, 長安古意

　　　　長安大道連狹斜　青牛白馬七香車

　　　　玉輦縱橫過主第　金鞭絡繹向侯家[31]

　　　　龍銜寶蓋承朝日　鳳吐流蘇帶晚霞

　　　　百丈遊絲爭繞樹　一群嬌鳥共啼花[32]

　　　　啼花戲蝶千門側　碧樹銀臺萬種色

　　　　複道交窓作合歡　雙闕連甍垂鳳翼[33]

　　　　梁家畫閣天中起　漢帝金莖雲外直

　　　　樓前相望不相知　陌上相逢詎相識[34]

31　狹斜는 골목길인데 고대의 악부에는 젊은이들이 노니는 기원(妓院)이 즐비한
　　곳을 가리킨다. 青牛는 푸른 소로 힘이 세다. 白馬는 귀공자들이 탄다. 七香
　　車는 다양한 향나무로 만든 화려한 수레다. 玉輦은 옥으로 장식한 가마로 천
　　자나 귀족이 탄다. 主第는 공주의 저택이다.

32　龍銜寶蓋는 용의 형상을 한 수레 앞에 햇살을 가리는 일산을 얹은 것이고, 鳳
　　吐流蘇는 봉새의 형상을 한 수레 장식에서 오색의 유소(流蘇)를 드리운 것을
　　이른다.

33　千門은 궁궐의 수많은 문이다. 당나라 때 건물의 회랑의 벽에 교창(交窓)을 두
　　었는데 합환목(合歡木), 곧 자귀나무의 꽃처럼 생긴 문양을 새겼다. 궁궐의 문
　　앞에는 문루가 쌍으로 세워져 있어 대궐을 쌍궐이라 하는데 그 지붕이 봉황새
　　가 날개를 드리운 것처럼 기와를 이었기에 봉궐(鳳闕)이라고도 하였다.

34　양씨는 한나라의 외척인 양기(梁冀)를 이르는데 낙양에 있던 그의 저택이 화

借問吹簫向紫煙　曾經學舞度芳年

得成比目何辭死　願作鴛鴦不羨仙[35]

比目鴛鴦眞可羨　雙去雙來君不見

生憎帳額繡孤鸞　好取門簾帖雙燕

雙燕雙飛繞畫梁　羅幃翠被鬱金香

片片行雲著蟬鬢　纖纖初月上鴉黃[36]

鴉黃粉白車中出　含嬌含態情非一

妖童寶馬鐵連錢　倡婦盤龍金屈膝[37]

려하고 거대한 것으로 이름이 났다. 또 金莖은 한의 무제(武帝)가 건장궁(建
章宮)에 세운 구리 기둥으로, 양생을 위해 이슬을 받는다 하여 승로반(承露
盤) 혹은 선인장(仙人掌)이라 한 것을 가리킨다. 여기서 양기의 집이나 승로반
은 한나라 때가 아닌 당나라 장안의 대저택과 궁궐의 장식물을 가리킨다. 이
익의 『성호사설』에는 이서우(李瑞雨)의 말을 인용하여 양기의 집이 서경(西
京)에 있지 않았으므로 양 효왕(梁孝王)를 가리킬 수 있다는 해석을 제시하였
지만, 굳이 천착할 필요는 없을 듯하다.

35　吹簫는 춘추 시대 소사(簫史)가 피리를 잘 불어 진목공(秦穆公)이 딸 농옥(弄
玉)을 그와 혼인하게 하고 피리를 가르치게 하였는데 소사는 용을 타고 농옥은
봉황을 타고 하늘로 올라가 신선이 되었다는 고사가 있다. 紫煙은 오색구름
있는 하늘을 가리킨다. 比目은 우리나라에서는 가자미를 이르지만 여기서는
서로의 눈을 합쳐 헤엄쳐야만 나아갈 수 있다는 신화에 나오는 물고기를 이른
다. 원앙새와 함께 남녀가 다정한 것을 비유한다.

36　鬱金香은 아름다운 향으로, 취피(翠被)와 함께 남녀의 아름다운 만남을 비유
하다. 원운이 行雲은 여성의 풍성한 머리카락을 이르는 말이고 片片은 하나하
나 이렇게 꾸민다는 뜻이다. 蟬鬢 역시 매미 날개처럼 얇은 귀밑머리를 형용
하는 말이다. 당나라 때 여성들은 이마를 초승달 모양으로 꾸미기 위해 아황
(鴉黃) 빛깔의 분을 발랐다.

37　妖童은 미소년을 이르는 말이고 鐵連錢은 동전 모양의 짙푸른 반점이 있는 명
마를 비유한다. 倡婦는 노래하고 춤추는 여인을 이른다. 盤龍과 金屈膝은 다
양한 해석이 있다. 이익은 『성호사설』에서 반룡이 고리가 달린 화려한 거울이
고 금굴슬은 황금빛을 띠는 고리라고 하였다. 이서우가 굴슬을 굴술(屈戌), 굴
월(鋸鉞)이라고도 하는 고리로 풀이한 해석도 소개하였다. 허균(許筠)의 「남

御史府中烏夜啼　廷尉門前雀欲棲

隱隱朱城臨玉道　遙遙翠幰没金堤[38]

挾彈飛鷹杜陵北　探丸借客渭橋西

俱邀俠客芙蓉劍　共宿倡家桃李蹊[39]

전일난옥생연(藍田日暖玉生煙)의 7자를 운으로 삼아 무산 장옥랑에게 주다 (用藍田日暖玉生煙七字爲韻, 留贈巫山張玉娘)」에서 "홍조가 뺨에 물들어 눈이 붉어지는데, 반룡의 금굴슬을 반 정도 벗었네.(紅潮暈頰眼生纈 半脫盤龍金屈膝)"라 하였는데, 머리에 꽂은 비녀의 다리가 반쯤 빠졌다는 뜻인 듯하다. 반룡은 양기의 처가 만들었다고 하는 반룡차(盤龍釵)라는 비녀를 이르는 것으로 보는 이들이 많다. 반룡을 글자 그대로 용이 서린 모양의 수레로 보고 그 문에다 황금으로 만든 경첩을 달았다고 보기도 한다.

38　御史는 감찰과 탄핵을 담당하고 廷尉는 형법을 집행하는 일을 맡는 막강한 권력을 갖고 있지만 흥청거리는 장안에서는 뒷전 신세라는 뜻이다. 밤에 새들이 울고 참새가 둥지를 틀었다는 것은 찾는 이가 없다는 말이다. 한(漢)의 어사부(御史府) 앞에 줄지어 서 있는 잣나무 위에 항상 수천 마리의 까마귀가 모여 떠들었기에 간관들이 있는 곳을 오부(烏府) 혹은 오대(烏臺)라 하였다. 한 적공(翟公)이 정위로 있을 때는 빈객이 문에 가득하더니 관직에서 축출되자 문밖에 참새 그물을 칠 만큼 썰렁하였는데, 그 후 그가 다시 정위가 되니 사람들이 몰려들었다. 이에 적공이 문에 큰 글씨로 "한 번 죽고 한 번 삶에서 벗의 우정을 알 수 있고, 한 번 빈한하고 한 번 부유함에서 벗의 태도를 알 수 있고, 한 번 귀하고 한 번 천함에서 벗의 우정이 드러난다."라 적은 고사가 있다. 朱城은 붉은 칠을 한 궁성을 이르고 玉道는 깨끗한 대로를 이른다. 金堤는 견고한 제방인데 그 너머에 창기의 집이 있다고 보면 되겠다.

39　杜陵은 장안의 북쪽 들판으로 사냥을 하던 곳이다. 彈弓은 탄력을 이용하여 탄환을 발사하는 무기인데 새총과 유사하다. 장안의 서북으로 흐르는 위수(渭水)에 진시황이 건설했다는 다리가 있는데 그 서쪽에서 협객들을 모아 법률을 무시하고 사사로이 살인을 모의하였다. 당시 장안에는 자루에 여러 색의 탄환을 넣고 추첨을 하여 검은 것을 집은 자는 문리(文吏)를 죽이고, 붉은 것을 집은 자는 무리(武吏)를 죽이며, 흰 것을 집은 자는 치상(治喪)을 담당했다고 한다. 探丸借客이 이러한 풍속을 말한 것이다. 芙蓉劍은 춘추 시대 월(越)나라에서 생산되던 명검인데 여기서는 협객들이 차고 다니는 칼을 이른다. 桃李蹊는 기생의 외모가 연상되도록 한 것이면서 동시에, "복숭아와 자두나무 아래에는 저절로 길이 생긴다."라는 속담처럼 사람들의 왕래가 많은 것을 말한 것이

倡家日暮紫羅裙　清歌一囀口氛氳

北堂夜夜人如月　南陌朝朝騎似雲[40]

南陌北堂連北里　五劇三條控三市

弱柳青槐拂地垂　佳氣紅塵暗天起[41]

漢代金吾千騎來　翡翠屠蘇鸚鵡杯

羅襦寶帶爲君解　燕歌趙舞爲君開[42]

別有豪華稱將相　轉日回天不相讓

意氣由來排灌夫　專權判不容蕭相[43]

專權意氣本豪雄　青虬紫燕坐生風

自言歌舞長千載　自謂驕奢凌五公[44]

節物風光不相待　桑田碧海須臾改

───────────

기도 하다.

40　北堂은 창기들의 집을 이르고 南陌은 기원 바깥 남쪽 거리다.

41　장안 북쪽 평강리(平康里)에 창기들이 모여 살았는데 北里라고도 하였다. 원
　　문의 南陌은 남쪽으로 뻗어 나가는 큰길을 이른다. 五劇三條는 다섯 곳의 교
　　통 요지와 세 곳의 큰 도로라는 뜻인데 사통팔달의 큰길을 이른다. 또 三市는
　　장안의 번화한 세 곳에 있던 시장을 이른다.

42　翡翠屠蘇는 비취처럼 푸른빛이 도는 고급술, 鸚鵡杯는 앵무라(鸚鵡螺)라는
　　해남에서 나는 소라로 만든 고급 술잔이다. 전국 시대 연(燕)과 조(趙) 지역에
　　가무가 성행하였기에 이른 말로, 뛰어난 춤과 노래 솜씨를 비유한 것이다.

43　轉日回天은 해를 기울이고 하늘을 움직일 정도이 권세를 비유하는 말이다. 해
　　와 하늘은 인니를 상상하므로, 천자를 좌우지하는 강한 권력을 이른다. 灌
　　夫는 한나라의 무장으로 부친 관맹(灌孟)을 따라 오(吳)를 정벌하여 큰 공을
　　세웠는데, 호협하고 강직하였으며 술을 잘 마셨지만 주정을 부리다 승상 전분
　　(田蚡)의 노여움을 사서 가족과 함께 처형당한 인물이다. 또 蕭相은 한나라의
　　재상 소망지(蕭望之)로, 장상(將相)을 겸하였다 자부하였지만 나중에 배척을
　　받아 자살했다.

44　青虬와 紫燕은 명마의 이름이다. 五公은 장탕(張湯), 두조(杜周), 소망지, 풍
　　봉세(馮奉世), 사단(史丹) 등으로 서한(西漢)의 대표적인 권력자다.

昔時金階白玉堂　即今唯見靑松在
寂寂寥寥揚子居　年年歲歲一床書
獨有南山桂花發　飛來飛去襲人裾[45]

노조린, 장안고의라

장안딍되 연협야ᄒ니 쳥우빅ᄆ칠향ᄎ을
옥년은 종횡과쥬졔요 금편은 낙영향후가을
용함보기ᄂ 승조일이요 보토유쇼ᄂ 딍만하을
빅장유ᄉ는 징요슈요 일군교조는 두민하을
제화희접은 쳔문측이요 벽슈은딍은 만종식을
복도교창은 작합환이요 쌍궐연밍은 슈봉익을
냥가화각은 쳔듕긔요 한졔금경은 운외직을
뉴젼의 상망불상지니 믹상의 상봉긔상식가
차문취쇼향ᄌ연이 증경학무도방년을
득셩비목하ᄉ스리오 원작원앙불션〃을
비목원앙은 진가션이라 쌍거쌍내을 군불견가[46]
편〃힝운은 착션빈이오 셤〃됴월은 상아황을
아황분빅이 거듬쥴ᄒ니 함교함튀졍비일을
요동보마은 쳘연젼이요 챵부반룡은 금굴슬을
어ᄉ부듬오야졔오 졍위문젼의 작욕셔을

---

45 양웅(揚雄)은 서한의 학자로 평생 불우하였다. 남산의 계수나무는 은자를 상
징한다.

46 이 구절 아래 "生憎帳額繡孤鸞 好取門簾帖雙燕 雙燕雙燕繞畵梁 羅幃翠被
鬱金香" 부분이 누락되어 있다.

은∥쥬셩은 임옥도을 요∥취헌은 몰금계을

협탄비응두릉북이오 탐환츠긔위교셔을

구요협긔부용검ᄒᆞ야 공숙창가도리계을

창가의 일모자라군이 청가일젼구인온을

북당야∥인여월이오 남믹조∥거스운을

남믹북당연북니오 오극삼죠공삼시을

양류쳥괴은 불지슈요 가기홍지은 암쳔긔을

한듸금오쳔긔릐ᄒᆞ니 비취도쇼잉무븨을

나유보듸ᄂᆞᆫ 위군희요 연가조무ᄂᆞᆫ 위군긔을

별유호화칭장상ᄒᆞ니 쳔일회쳔불상양을

의긔유릐비관부요 젼권판블용쇼상을

젼권의긔본호웅ᄒᆞ니 쳥규쟈연좌싱풍을

자언가무장쳔지요 자위교ᄉᆞ능오공을

졀물풍광불상듸ᄒᆞ니 상젼벽희슈유개을

셕시금계빅옥당에 즉금유견쳥숑지을

저∥요∥양ᄌᆞ거의 년∥셰∥일상셔을

노조린(635?~680?년)은 자가 승지(升之), 호가 유우자(幽憂子)이며 초당 사걸이 한 사람이다. 노년에 풍병에 실려 영수(穎水)에 투신한 불우한 문인이며 시도 인생의 고달픔을 노래한 것이 많다. 규장각에 그의 문집 『노조린집(盧照隣集)』이 소장되어 있다.

　고의(古意)는 육조(六朝) 이래 회고시의 제목으로 널리 사용되었다. 장안의 옛일을 회고하면서 인생의 무상감을 투영하면서도 당시 장안의 풍광과 세태를 호쾌하게 묘사하는 전통이 있다. 장안의 옛일이라 하였지만 실제는 당나라 때의 일을 말한 것인데, 한나라 때의 다양한 고사를 끌어들여 마치 한나라 때의 일을 회고한 것처럼 말할 때가 많다.

이 시는 전체가 네 개의 의미 단락으로 되어 있다. 첫 번째 단락은 16구인데 장안 귀족의 호화롭고 향락적인 생활상을 묘사하였다. 태평성세를 맞아 흥청망청하는 장안의 풍물을 그림처럼 그렸다. 장안은 대로와 소로가 가로세로 이어져 있는데 그 사이로 화려한 가마와 수레가 대저택을 오간다. 아침에 햇살이 비치고 저녁에 노을이 물들면 오가는 가마와 수레는 화려함이 더해진다. 봄을 맞아 숲에는 아지랑이가 자욱하게 피어오르고 새들은 꽃 피기를 재촉하면서 노래를 부른다. 새가 울자 벌과 나비도 대궐 곁에까지 날아드는데 무성해진 나무 너머로 화려한 전각이 형형색색 아름답게 솟아 있다. 늘 인파로 넘쳐 나기에 같은 건물에 함께 있어도 알아보지 못하는데 다른 곳에서 본다면 누군지 알 수 없을 정도다.

이를 이어 두 번째 단락은 16구로, 장안의 화려한 거리의 모습에 이어 기원을 중심으로 한 기생들의 모습을 그렸다. 천상의 선녀 같은 창기들이 어린 시절부터 춤과 노래를 배워 꽃다운 청춘의 나이에 귀족의 집으로 들어와 아름다운 인연을 맺어 화려하게 살아가고 있다. 비목어와 원앙새처럼 다정한 남녀의 인연을 맺을 수 있다면 죽음도 사양하지 않고 신선도 부러울 것이 없겠지만 현실은 그러하지 못하여 휘장에 그려진 외로운 난새 신세가 될까 두렵다. 외로운 난새는 현실이고 쌍쌍의 제비는 꿈이다. 고운 들보로 들어오는 쌍쌍의 제비가 되어 휘장 속 이불 아래 즐겁게 살아갈 꿈을 이루기 위해 여인이 화려하게 치장하고 수레를 타고 나서는데 그 마음이 제각기 같을 수 없으리니 여염집 여성과는 다를 것이다. 원하는 바는 얼굴이 잘생긴 데다 멋진 말을 탄 부잣집 아들일 것이다.

세 번째 단락은 이어지는 20구로 되어 있는데 장안의 젊은이들이 창기의 집에서 방탕하게 즐기는 장면을 그렸다. 귀족 자제들은 협객들과 어울려 기원으로 가서 질탕하게 논다. 저녁이 되면 붉은 비단을 입은 기생들이 노래를 부르는데 고운 향이 입에서 흘러나온다. 밤이면 고운 창기들이 가득하고 아침이 되어서도 젊은이들의 발걸음이 이어진다. 여기에 궁궐을 지키는 금위병이 떼를 지어 찾아와 술을 마시고 이들을 위해 창기들이 춤을 추고 옷을 벗는다.

마지막 네 번째 단락은 16구로 구성되어 있다. 귀족의 자제와 협객, 금위병을 이어 권력자들이 장안의 이러한 흥청거리는 분위기를 함께한다. 장안의 장군과 재상들이 권력을 전단하면서 영원히 부귀영화와 쾌락을 즐길 것이라 자부한다. 이 대목까지가 장안의 과거를 추억한 것이라면 그다음 8구는 현재의 상황과 이에 대한 시인의 감회를 토로하였다. 상전벽해가 잠깐 사이에 일어날 것이니 지난날의 화려한 저택이 지금 폐허가 되고 소나무만 남아 있다. 불우한 한나라의 문인 양웅처럼 초라한 삶을 마칠 듯하니 절로 비감이 든다. 앞 대목의 화려함이 이 단락에 와서 적막하고 처량한 분위기로 끝나도록 한 것이 이 작품의 묘미다.

이 시는 조선 시대에 널리 읽히면서 칠언고시의 모범으로 인식되었다. 신흠의 『청창연담(晴窓軟談)』에는 "칠언고시 가운데 왕발의 「추야장」과 「임고대」, 노조린의 「장안고의」, 낙빈왕의 「제경(帝京)」에 대해서는 이백과 두보가 미처 손을 대지 못했는데, 가령 이백에게 씻게 한다면 넉넉하게 해내고 또 남음이 있겠지만 두보는 아마 한 수 뒤질 듯하다. 이러한 작품들은 모두 제량조(齊梁調)라 할 것이다."라 하였다. 그러나 정약용은 「또 두 아들에게 보이는 집안의 경계(又示二子家誡)」에서 이 작품이 "글자마다 율을 맞추고 사구(四句)마다 각각 일장(一章)으로 만들어서 절구처럼 하였는데, 이것이 이른바 '연환율법(連環律法)'이라는 것이다. 시 한

편 전체에 단지 하나의 운만 사용하는 것은 율법에 없다."라 하여 당시 알려진 청의 고시 작법에 의거하여 비판적으로 보았다.

이덕수(李德壽)가 지은 외숙 강진상(姜晉相)의 묘지명에서 외숙이 정인중(鄭麟重)이 이 시에 차운한 작품이 애송되는 것을 보고 사위로 삼았다가 후회한 일화를 소개한 바 있으니, 이 시의 영향력을 짐작하겠다. 정조 연간 화원을 선발하는 시험의 영모(翎毛) 분야에서 이 시의 "한 무리의 교태 어린 새는 함께 꽃에서 울음 우네.(一群嬌鳥共啼花)"를 시제로 낸 바 있다.

◆◆◆

장안의 큰길은 안개와 꽃이 가득한데   長安大道挾煙花
젊은이들이 서로 만나 기원을 향하네. (……)   年少相逢向狹斜
햇살은 이슬 받는 신선의 손바닥을 비추고   日臨承露仙人掌
봄은 평양공주의 집 안으로 들어가네.   春入平陽公主家
— 정두경, 「장안도(長安道)」

천길만길 철옹성이 높다란데   千尋百雉金墉屹
오거리 삼거리 길이 도성에 이어지네.   五劇三條紫陌連
— 오광운(吳光運), 「장안고의를 본뜨다(效長安古意)」

막부의 꽃은 금쇄갑에 환한데   幕府花明金鎖甲
구정의 버들은 철련전을 스치네.   毬庭柳拂鐵連錢
— 이덕무(李德懋), 「장용영 춘첩(壯勇營春帖)」

금원의 고운 새는 꽃을 향해 울고 있는데   禁苑好鳥向花啼
대궐의 붉은 누각 임금 수레 돌아오네. (······)   紫殿紅樓御輦回
연과 조의 가무에 비단 휘장 열리는데   燕趙歌舞羅帷開
푸른 소 흰 말이 장안 거리를 오가네.   青牛白馬長安路

— 순조(純祖), 「제경편(帝京篇)」

동방규, 왕소군의 원망

한나라 막 성대할 때라
조정에 무신이 많으리니
어이 굳이 박명한 첩이
괴롭게 화친의 일 하나요?

東方虯, 昭君怨

漢道方全盛　朝廷足武臣
何須薄命妾　辛苦事和親[47](一)

동방규, 쇼군원

한도방젼셩ᄒ니 됴졍의 족무신을
하슈박명쳡으로 신고사화친을

47　『문원영화(文苑英華)』에는 "한나라 이제 성대하니, 조정에는 무인이 많은데
어찌 번거롭게 박명한 첩이, 괴롭게 멀리 화친하러 가겠나요.(漢道今全盛　朝
廷足武臣　何煩薄命妾　辛苦遠和親)"로 조금 다르게 되어 있다. 1구가 '漢道初
全盛' 혹은 '漢道今全盛'으로, 3구가 '何煩薄命妾'으로, 4구가 '辛苦元和親'
으로 된 데도 있다.

왕소군의 원망이라(『언해당음』)

　　한나라 도가 부야하로 성흥야시니

　　조정에 호반 신흥가 독흥야또두

　　엇디 모름죽이 명이 여른 첩으로

　　셜고 괴로이 화틴키를 일슴난고

동방규는 생몰년이 밝혀져 있지 않다. 무후(武后)가 용문(龍門)을 유람할 때 여러 관리에게 시를 짓게 하고 먼저 지은 이에게 비단 도포를 상으로 내리겠다고 하였는데, 동방규가 먼저 시를 지어 상을 받았지만, 송지문의 시가 완성되자 시가 훨씬 좋아 무후가 도포를 빼앗아 그에게 주었다는 고사가 있다. 대부분의 작품은 일실되고 『전당시(全唐詩)』에 4수만 전한다.

　이 작품의 왕소군은 이름이 장(嬙) 혹은 장(墻)인데 명군(明君) 혹은 명비(明妃)라 불렀다. 전한(前漢) 원제(元帝) 때 궁중으로 들어갔는데 화공에게 뇌물을 주지 않아 원제의 얼굴조차 보지 못하였다. 흉노와의 화친을 위해 자청하여 흉노의 선우에게 가겠다고 하였는데 출발할 때 원제가 그 미색을 보고 그 얼굴을 그린 모연수(毛延壽)를 죽였다고 한다. 흉노로 가서 영호연지(寧胡閼氏)가 되었다. 왕소군을 노래한 작품은 무능한 한나라에 여인을 흉노에 보냈으므로 비판하거나, 연약한 여인의 몸으로 화신을 맺게 하여 한나라를 건졌다고 칭송하는 두 계열이 있는데, 동방규의 작품은 전자의 계열을 열었다. 태평성세 호시절을 일컫는 '한도전성(漢道全盛)'이 이 작품에 연원을 두고 있을 정도로 인구에 널리 회자되었다.

◆◆◆

문신도 많고 무신도 많았건만　　　　　　　　文臣足武臣足
나라 망하게 내가 했나요.　　　　　　　　　　傾國傾城我能爲

— 오광운, 「낙화암(落花巖)」

온갖 난관 다 겪은 박명한 신세인지라　　　　萬折千磨薄命身
어찌 수고롭게 화친을 굳이 일삼는가?　　　　何須辛苦事和親

— 김석주(金錫胄), 「왕취교를 읊조리다(咏王翠翹)」

조정을 바라보니 무신도 하 만하라.
신고(辛苦)한 화친을 누를 두고 한 것인고.
슬프다 조구리(趙廐吏) 이미 죽으니 참승(參乘)ᄒ리 업세라.

— 이정환(李廷煥)의 시조

혈루ㅣ 방방(滂滂)하니 옥협(玉頰)이 꽃치로다.
단봉(丹鳳)을 하직헐제 무신이 간데업네.
한도(漢道)야 약하랴마는 첩박명(薄命妾)을 보니는고.

— 안민영(安玟英)의 시조

눈물을 훔치고 대궐을 떠나
슬픔 참고 백룡퇴로 향하니
선우는 멋대로 놀라 웃겠지만
예전 제 모습은 사라져 버렸다오.

掩淚辭丹鳳　唧悲向白龍
單于浪驚喜　無復舊時容[48](二)

기이

　　음누사단봉이요 함비향빅용을
　　선우랑경희나 무부구시용을

그 둘지 글이라(『언해당음』)
　　눈물을 갈이고 단봉문을 하직ᄒ고
　　슬흐믈 머금고 빅뇽 ᄯᅳ으로 향ᄒ도다
　　올랑킈 보고 허랑이 놀나ᄂ
　　다시 여져 언굴이 엽디리

48　丹鳳은 궁궐의 문을 이르는 말이다. 백룡퇴(白龍堆)는 용퇴라고도 하는데, 신
　　강(新疆)의 천산(天山) 남쪽에 있으며 흉노로 가는 길목이다. 『성호사설』에서
　　이익은 백룡퇴가 서역에 있어 이곳을 경유하지 않았을 것이라 고증하였다. 單
　　于는 한나라 때 흉노의 군장을 이르는 말이다. 2구는 "슬픔을 머금고 백룡을
　　향하네.(衔悲向白龍)"로 된 데도 있다.

앞 작품과 함께 왕소군의 입을 빌려 처량한 신세를 한탄함으로써 한나라 조정의 무능함을 은근히 비판하였다. 눈물을 훔치고 슬픔을 참으며 대궐을 떠나 흉노 땅으로 간다. 선우야 나를 좋아하겠지만 내 곱던 얼굴은 다시 볼 수 없을 것이라 하였다. 「왕소군의 원망」이라는 제목에서처럼 왕소군이 한나라를 원망하는 뜻을 담았다.

이 작품은 전체가 3수 연작 가운데 두 번째 것이다. 『당시품휘』에서 이 두 작품만 수록하였지만, 『당음』 등에는 널리 알려져 있는 세 번째 작품 "변방 땅이라 꽃과 풀 없으니, 봄이 와도 봄 같지 않구나. 절로 허리띠 느슨한 것, 몸매 때문은 아니라네.(邊地無花草 春來不似春 自然衣帶緩 非是爲腰身)"도 함께 실었다.

◆◆◆

대궐 문 앞에서 소매로 훔치고 떠나니	丹鳳門前掩袂辭
온 봄 붉은 눈물비가 꽃가지를 적시네.	一春紅雨浥花枝
어찌해 고관대작의 변방 대책이	如何將相安邊策
나라 기울일 한갓 미녀에게 달렸던가?	只在傾城一女兒

— 홍우원(洪宇遠), 「눈물을 훔치고 대궐을 떠나(掩淚辭丹鳳)」

선우가 멋대로 놀라 기뻐하니	單于浪驚喜
가소롭게도 의기가 호탕하지만	可笑意氣豪
늘 고향을 그리워하는 마음에	長思故國心
그저 마음만 애태울 뿐이라네.	抑爲徒心勞

— 순조, 「전인의 시에 차운하다(次前人韻)」

왕소군이 백룡퇴로 시집을 떠나는데　　　　　明妃嫁向白龍堆

피리 소리 슬피 지는 매화를 원망하네.　　　　羌笛蕭蕭怨落梅

— 이성중(李誠中), 「무제(無題)」

꿈속에서 오늘 마음을 전하건만　　　　　　　夢裏乍傳今日意

거울 속에 다시는 옛 모습 없다네.　　　　　鏡中無復舊時容

— 홍성민(洪聖民), 「청도 동헌의 시에 차운하다(次淸道東軒韻)」

왕적, 강가의 매화

홀연 보니 찬 매화나무가
한수의 물가에 꽃을 피웠는데
봄빛이 일찍 온 줄 모르고
구슬 놀리던 여인인가 하였네.

王適, 江濱梅

忽見寒梅樹　開花漢水濱
不知春色早　疑是弄珠人[49]

왕적, 강빈미

홀견한민슈ᄒ니 기화한슈빈을
부지츈싁조ᄒ니 의시농쥬인을

49　추운 겨울에 피어나는 매화를 한매(寒梅) 혹은 한매수(寒梅樹)라고 하는데
이 시에 연원을 둔 표현이다. 弄珠人은 주(周)의 정교보(鄭交甫)가 초(楚) 한
고(漢皐)의 누대 아래에서 만난 두 여인 강비(江妃)인데 계란 크기의 아름다운
구슬을 차고 있었다. 매화를 비유한다. 후대 인구에 크게 회자되어 매화를 노
래한 시에 거듭 사용된 고사다.

강구 미화라(『언해당음』)

홀연니 보니 찬 미화눔기

뵛치 한슈 물가의 열엿도두

봄빗치 니루믄 아지를 못고

니 구슬을 희롱ᄒᆞ는 사룸으로 의심ᄒᆞ얏도다

왕적(?~814년)은 무후 때 벼슬을 한 문인으로 만년에 촉(蜀)에 유배되었
는데 진자앙(陳子昂)이 그의 시를 보고 크게 칭찬한 고사가 있다. 한유
의 「시대리평사왕군묘지명(試大理評事王君墓志銘)」이 그의 생애를 기
록한 글이다. 이 작품은 강가에서 절로 자라난 매화가 이른 봄날 꽃을
피운 것을 보고 백옥 구슬을 들고 있는 여인인 줄 알았다는 내용이다.
평이하게 말을 건네듯 적었지만, 역대 매화를 노래한 작품 중 최고로 평
가되었다. 명의 호응린(胡應麟)이 고금 매화를 두고 읊은 시로 이 작품
을 들고 나머지는 논할 것이 없다고 한 바 있다.

　　조선 시대에 널리 이 시가 읽혔는데 매화와 관련한 시를 지을 때 이 시
의 표현을 즐겨 차용하였다. 화가 임득명(林得明)은 이 시의 「의시농주인
(疑是弄珠人)」을 제목으로 삼아 2수의 율시를 지었다. 특히 순조 때 화원
을 뽑는 시험의 매죽(梅竹) 분야에서 이 시를 제목으로 내건 바 있다.

◆◆◆

임고 땅의 흰옷을 입은 선비요　　　　　臨皐衣縞士
한수의 물가에서 구슬 놀리던 사람이라.　　漢水弄珠人

　　— 임희성(任希聖), 「일전에 회원에서 시회를 갖고……(日昨晦園詩會……)」

훗날 소식을 누구 통해 보낼까?　　　　　　他年消息憑誰寄

한강 물가의 한 그루 찬 매화 피었는데.　　　一樹寒梅漢水濱

　　　　　　　　　　　　— 김효원(金孝元), 「스님에게(贈僧)」

위승경, 남으로 가는 길에 아우와 헤어지며

장강의 맑디맑은 물줄기
먼 나그네의 아득한 마음.
꽃잎도 함께 한을 품었는지
땅에 떨어져도 소리 하나 없네.

韋承慶, 南行別弟

　　滄滄長江水　悠悠遠客情[50]

　　落花相與恨　到地一無聲(一)

위승경, 남힝별제

　　담∥장강슈요 유∥원긱졍을

　　낙화상여한ᄒᆞ니 도지일무셩을

남역흐로 가는듸 아으를 니별홈이라(『언해당음』)

> 말고 말근 긴 강믈의
>
> 멀고 먼 손의 뜻지러라
>
> 뻐러진 꼿치 셔로 더부 한홈은
>
> 뜨의 일르러도 엇지 흔가지로 소리 업는고

위승경(639~705년)은 하남(河南)의 원양(原陽) 출신으로 자가 연휴(延休)이다. 『신당서(新唐書)』 등에 자세한 이력이 보인다. 이 작품의 작가에 대해 이론이 있다. 『만수당인절구시(萬首唐人絶句詩)』, 『전당시』 등에 최도융(崔道融)의 작품으로 되어 있다. 최도융(?~907년)은 스스로 호를 동구산인(東甌散人)이라 하였는데 호북(湖北) 출신이다. 『전당시』에 80여 수의 시가 전한다.

위승경이 705년 장안 남쪽에 있는 고요현(高要縣)에 좌천되어 갈 때 지은 작품이다. 흘러가는 맑은 강물이 아우와 헤어지는 아쉬운 마음과 호응을 이루면서 시상을 일으킨 것이 묘하며, 꽃잎이 이별을 한하여 아무런 소리를 내지 않고 땅에 떨어진다 한 것 역시 차마 말을 하지 못하고 눈물 흘리는 형제의 정과 연결한 점에서 오묘한 맛을 느끼게 한다. 흐르는 강물에 나그네의 마음이, 떨어지는 꽃잎에 이별의 한이 투영되어 있다.

◆ ◆ ◆

적막하게 이름난 꽃이 떨어지니　　　　　寂寂名花落

아득한 먼 길 나선 나그네의 시름.　　　　悠悠遠客愁

— 조현명(趙顯命), 「비 오는데 홀로 앉아(雨中孤坐)」

봄 저물어 버들개지도 함께 한하는데   柳絮春深相與恨
배꽃이 야박한 바람에 소리 없이 지네.   梨花風薄一無聲

    — 조면호(趙冕鎬), 「눈을 읊조려 다시 차운하다(詠雪復次前韻)」

니 사랑아 들러셔라. 너와 나와 유정하니 어이 안니 다정하리 (……)
담담장강슈 유유의원직정 하교의 불상송 강슈원함정

      — 「열녀춘향수절가」의 사랑가 대목

사람은 만 리 먼 남쪽으로 떠나는데
기러기는 봄을 맞아 북으로 날아가네.
그 어느 해 어느 달이 되어야
너 기러기와 함께 돌아올 수 있으랴!

萬里人南去　三春雁北飛
不知何歲月　得與爾同歸[51](二)

기이 일작영안

　　　만리의 인남거ᄒᆞ니 삼츈의 안북비을
　　　부지하셰월의 득여이동귀오[52]

그 둘ᄌᆡ 지음이니 〃난 기러기를 비홈이라(『언해당음』)

　　　만리나 ᄒᆞᆫ 길의 사ᄅᆞᆷ은 남으로 가고
　　　세 봄에는 기러기는 남으로 나라가ᄂᆞᆫ도다
　　　아지 못게ᄅᆞ 어늬 셰월에
　　　슬퍼곰 널노 더부러 ᄒᆞᆫ가지로 도ᄅᆞ올고

51　三春이 三秋로, 爾가 汝로 된 데도 있다.

52　제목 「일작영안(一作詠雁)」은 제목이 「기러기를 읊다」로 된 데도 있다는 뜻
　　이다.

기러기는 봄이 되어 북녘으로 날아가는데 자신은 머나먼 남쪽으로 떠나야 한다. 그 어느 세월에야 너 기러기와 남쪽이든, 북쪽이든 함께 갈 수 있을지 모르겠다고 하였다. 이수광의 『지봉유설』에는 『문원영화』에 실린 대로 인용하고 다른 해석을 제시하였다. 남방에서 고향을 그리워하면서도 돌아갈 수 없기에 북방으로 날아가는 기러기를 부러워한 작품이며, 또 결구에서 "너(爾)"라 한 것이 기러기를 가리키므로, 『당시품휘』의 제목이 오류라 하였다. 남방으로 가면서 아우와 헤어진다면 뜻이 잘 맞지 않다고 본 듯하다. 다만 기러기는 아우를 비유한 것으로 풀이하여, 아우는 북쪽으로 자신은 남쪽으로 가는 처지를 슬퍼한 것으로 볼 수 있다.

강세황이 벗들과 이 작품의 1~2구 열 자를 가지고 운자로 삼아 시회를 한 바 있으므로 조선에서 널리 알려진 작품이라 하겠다. 성어로 쓰이는 '부지하세월(不知何歲月)'이 이 시에 출처를 두고 있거니와 중국과 조선에서 이 구절을 즐겨 차용했다.

◆ ◆ ◆

봄날 바닷가로 사람은 남으로 떠나는데　　三春海戍人南去
새벽녘 하늘에 기러기 북으로 날아가네.　　五夜天河鴈北征
　　— 남공철(南公轍), 「박제가의 북관야연에서……(集懋官朴次修夜熱北館……)」

알지 못하네, 어느 세월에　　未知幾何歲月
마침내 함께 돌아갈는지!　　而畢竟同歸
　　— 송상기(宋相琦), 「죽은 아이를 이장할 때 제문(祭亡兒遷葬文)」

뜬 인생 모두 다 헛된 것이라 浮生皆妄耳

내 당신과 함께 돌아가리라. 吾與爾同歸

— 김홍욱(金弘郁), 「석문을 경유하여 염불정사에서 쉬면서……

(由石門憩于念佛精舍, 次印寶上人韻以贈……)」

그대 재주 본디 뛰어남을 아는데
어찌하다 군사 따라 변방에 가는가?
홍분루에서 돌아올 날 헤아리리니
연지산에서 한 해를 넘기지 말게.

杜審言, 贈蘇綰書記

　　知君書記本翩翩　爲許從戎赴朔邊

　　紅粉樓中應計日　燕支山下莫經年[53]

두심언, 증쇼관셔긔

　　지군셔긔보편〃호니 위허종계부삭변을

　　홍분누즁의 응계일이요 연지산하의 막경년후소

53　書記는 서찰 혹은 문서라는 뜻인데 여기서는 문학에 능한 인물을 이른다. 紅
　　粉樓는 아름다운 여인이 있는 누각인데 여기서는 소관의 아내가 사는 방을 가
　　리킨다. 燕支山은 감숙성에 있는데 토번(吐番)과의 접경지다. 북쪽의 변방을
　　통칭하기도 한다. 이백의 「대신하여 멀리 가는 이에게 주다(代贈遠)」에서 "연
　　지에 미녀가 많다.(燕支多美女)"라는 구절이 보인다.

두심언(645?~708년)은 자가 필간(必簡)이고 하남의 공의(鞏義) 출신이다. 이교(李嶠), 최융(崔融), 소미도(蘇味道) 등과 이름을 나란히 하여 문장사우로 일컬어졌다. 만년에 심전기(沈佺期), 송지문과 어울려 시를 주고받았고 근체시의 형성에 큰 공헌을 한 것으로 평가된다. 송대에 판각된 『두심언집(杜審言集)』에 43수의 시가 전한다.

이 작품은 변방으로 가는 소관(蘇綰)을 보내면서 쓴 것이다. 무인보다 문인으로서의 재질이 뛰어난데 변방의 무인 벼슬을 하게 되었음을 안타까워하는 한편, 그곳 미인에게 빠지지 말라는 경계의 뜻도 함께 넣었다. 홍분루는 미녀의 집을 이르는데 여기서는 소관의 부인이 사는 집을 가리킨다. 3구와 4구가 흐르는 듯 대를 이룬 것이 묘미가 있다. 재주가 뛰어난 문인을 일컫는 '서기편편(書記翩翩)'이 이 작품에 연원을 둔다.

◆ ◆ ◆

훤칠한 서기 맡은 이 부족하지 않지만　　書記翩翩不乏人
정공의 충성과 용맹은 더욱 출중하다네.　　鄭公忠勇特超倫

— 김창흡(金昌翕), 「서기(書記)」

재상 집안의 재사요 옥당의 신선이　　相門才子玉堂仙
잠시 장군 따라 변방으로 가게 하였네.　　暫許從戎赴朔邊

— 김만중(金萬重), 「북평사 김창협을 전송하면서(送北評事金仲和名昌協)」

돌아올 날을 헤아려 보면　　歸來應計日
꽃이 도성에 가득할 때라네.　　花滿禁城闉

— 이수광(李睟光), 「책봉주청사로 북경에 가는 판서 신경숙을 전송하며
(送申判書敬叔以冊封奏請使赴京)」

길은 연지산 아래 끊어지는데   路斷燕支山下

가을은 홍분루 앞에 생겨나네.   秋生紅粉樓前

— 김상헌(金尙憲), 「벽 위의 시에 차운한 육언시(和次壁上詩韻六言)」

설직, 거울을 보면서

가을 아침

나그네 마음이 낙엽에 놀라서
밤에 앉아 가을바람 소리 듣다가
아침에 내 얼굴과 수염을 보니
이내 생애가 거울 속에 있구나.

薛稷, 秋朝覽鏡

　　客心驚落木　夜坐聽秋風

　　朝日看容鬢　生涯在鏡中

설직, 츄조남경

　　긱심경낙목ᄒᆞ니 야좌쳥츄풍을

　　조일의 간용발ᄒᆞ니 싱이가 지경즁을

가을 아츰의 거울를 봄이라(『언해당음』)

　　긱의 마음이 나무입 ᄡᅥ러지ᄂᆞᆫ딕 놀나

　　밤의 안즈 가을ᄇᆞ룸을 드러더라

　　아츰날 희의 어굴과 터럭을 보니

　　싱이가 거울 가온딕 잇도다

설직(649~713년)은 자가 사통(嗣通)이고 산서 만영(萬榮) 출신이다. 태자소보(太子少保)를 지내 설소보(薛少保)로 일컬어진다. 서화와 시문에 뛰어났다. 특히 그의 글씨는 우세남, 저수량(褚遂良), 구양순과 함께 당의 사대가(四大家)로 불린다. 『전당시』 등에 14수의 작품이 전한다.

이 작품은 가을날 아침 거울을 보고 쓴 것이다. 낙엽이 지는 것을 보고 또 한 해가 가는 것을 서글퍼하며 늦은 밤까지 잠을 이루지 못하고 가을바람 소리를 듣는다. '낙목'과 '추풍'이 내적인 호응을 이루는 것도 시의 묘미를 더한다. 아침에 거울을 보니 얼굴은 시들고 수염이 세었다. 청춘시절을 떠올리고 이렇게 인생이 흘러간다고 탄식한 것이다.

이익은 『성호사설』에서 '생애(生涯)'라는 항목을 두고 그 뜻을 고증한 바 있다. 생애의 의미를 생활이나 생계라는 뜻의 활계(活計) 혹은 생리(生理)로 풀이한 것은 잘못이고, "우리의 생명은 애(涯)가 있다."라는 『장자(莊子)』의 말을 인용하여 "'애'는 한계라는 뜻으로 생이 있으면 반드시 죽음이 있다는 것을 이른다. (……) 죽는 기약은 얼굴과 귀밑에 나타나기 때문에, 거울 가운데 있다고 한 것이다."라 하였다. 이익의 의견대로 풀이하면 거울에 비친 늙어 가는 모습을 보니 살날이 얼마 남지 않았음을 알게 된다는 뜻이다.

◆ ◆ ◆

정히 가을바람에 놀랍게 낙엽 지는 때   正是秋風驚落木
나그네 외로운 성에 잡혀 있는 신세라네.   可堪行李滯孤城

— 임수간(任守幹), 「조연 장로에게 답하다(答祖緣長老)」

홀로 앉아 가을바람 소리 들으니　　　　　　獨坐聽秋風
한강 남녘 하늘이 아스라이 머네.　　　　　　緬邈漢南天

— 권헌(權攇), 「급아에게 부치다(寄伋兒)」

쯧쯧, 세상 온갖 일은 다 그릇되었는데　　　　咄咄人間萬事非
거울 보니 얼굴과 수염은 나날이 시들어 가네.　鏡中容鬢日看衰

— 조석윤(趙錫胤), 「회포를 풀다(遣懷)」

왕발, 강가의 정자에서 달밤에 이별하면서

장강은 파남의 물결을 보내는데
산은 변방의 구름 속에 뻗어 있네.
나루의 정자 가을 달 뜬 밤에
이별의 눈물을 그 누가 보겠나?

王勃, 江亭夜月送別
　　江送巴南水　山橫塞北雲[54]
　　津亭秋月夜　誰見泣離群(一)

양사도, 강정월야송왕발[55]
　　강송파남슈요 산횡시북운을
　　사졍츄야월의 슈견읍니군가

강 뎡ᄌ 달밤의 이별ᄒ야 보님이라(『언해당음』)
　　강은 파산 남녁 물을 보닉엿고

54　巴南은 파 지역 남쪽이라는 뜻으로 중경(重慶)을 이르므로, 파남수는 중경 남쪽의 장강으로 풀이된다.
55　제목 끝의 왕발은 작가 이름인데 잘못 들어갔다.

산은 시방 북녘 구름에 빗도다
물가 덩즈 가을밤 달의
뉘가 떠나는 무리를 보고 울어든고

양사도(?~647년)의 작품이라 하였지만 왕발(650~676년)의 작품으로 보는 것이 정설이다. 왕발은 자가 자안(子安)이고 산서 하진(河津) 출신으로 양형, 노조린, 낙빈왕과 함께 초당 사걸로 일컬어진다. 「등왕각서」로 크게 이름을 날렸다. 규장각에 명대 간행된 『왕발집(王勃集)』이 전한다.

669년에서 671년 사이 왕발은 파촉을 유람하고 그 경물을 시에 담았는데 이 작품도 같은 시기의 것으로 추정된다. 파남의 강물이 떠나가는 벗을 전송하는데, 벗이 가는 곳은 산이 이어진 북쪽 변방이라는 뜻을 묘하게 말하였다. 그리고 휘영청 밝은 달밤에 강가의 정자에서 벗과 눈물을 지으며 헤어지는 자신의 모습을 작품의 내부에 그림처럼 던져 넣은 것이 이 작품의 수준을 높게 하였다.

◆ ◆ ◆

먼 포구에 가는 빗방울이 날리는데   遠浦飛殘雨
외로운 배는 젖은 구름을 두르고 있네.   孤帆帶濕雲
오늘 아침에 그대를 보내고 나면   今朝送君後
나는야 흰 갈매기와 함께하겠지.   吾與白鷗群

　　　　— 고용후(高用厚), 「당시에서 강이 파남의 강물을 보낸다는 시에 차운하여
　　　　　　　　　　　　　　　　　　　　　(次唐詩江送巴南水韻)」

나루의 정자가 가을 달 뜬 밤에 요란하니   津亭秋月夜紛紜

나그네 흩어진 단풍 숲에서 울며 이별하기에.   客散楓林泣別羣

— 권헌, 「오대를 보내며(送吳大)」

자욱한 안개는 푸른 섬돌 두르고
날아오른 달은 앞 처마를 비추네.
이별의 정자 닫힌 채 적막한데
강과 산은 이 밤에 차기만 하네.

亂煙籠碧砌　飛月向南端
寂寂離亭掩　江山此夜寒(二)

기이

난연은 농벽체요 비월은 향남단을
적막이정음ᄒ니 강산이 차야한을

그 둘지라(『언해당음』)

어지러운 닉는 푸른 듀초의 얼키왓고
나는 달은 남녁 처마 뭇의 날로도다
고요코 고요이 뻐나는 졍ᄌ를 돗다스니
강산이 이 날 밤의 챠더라

연작시의 두 번째 작품이다. 이별하는 정자의 푸른 섬돌에 밤안개가 자욱한데 어느 새 달이 처마 위에 휘영청 떠올랐다. 이정(離亭)은 성곽 바깥에 있던 정자로 송별의 장소다. 이 정자가 문이 닫혀 적막한 것은 이미 이별하였기 때문이다. 그 앞으로 흐르는 강과 솟은 산이 차가운 것은 이별의 비감이 투영된 것이다. 4구의 '한(寒)'이 이별의 정서를 화룡점정의 수법으로 드러냈다고 평가된다.

◆ ◆ ◆

어지러운 안개가 숲을 빼곡히 둘러쌌는데   亂煙籠樹密
스러지는 달이 봉우리에 천천히 떠오르네.   殘月出峯遲

— 이여(李畬), 「저녁에 앉아서(坐夕)」

시월이라 아직도 시든 국화 남았는데   十月猶殘菊
외로운 등불은 오늘 밤에 차기만 하네.   孤燈此夜寒

— 홍세태(洪世泰), 「시월 초닷새 밤(十月初五夜)」

왕발, 강가에서

굼실굼실 동으로 흐르는 강물
훨훨 북으로 날아가는 흙먼지.
돌아가는 수레나 이별의 배에는
모두가 떠도느라 지친 사람들.

王勃, 臨江

泛泛東流水　飛飛北上塵
歸驂將別櫂　俱是倦遊人

왕발, 임강

범〃동뉴슈요 비〃북상진을
귀참이 쟝별도ᄒᆞ니 구시권유인을

강을 님흠이라(『언해당음』)

ᄠᅳ고 ᄠᅳ믜 동으로 흐르는 물이요
날고 날니 북으로 올나가는 틔글이라
도라가는 말이 쟝ᄎᆞ 돗ᄃᆡ를 니별ᄒᆞ야스니
한가지로 이 게으니 노는 사ᄅᆞᆷ일느라

이 작품은 떠도는 인생의 비감을 노래하였다. 동쪽으로 흘러가는 강물에 배를 타고 가는 사람이나, 흙먼지 일으키며 수레나 말을 타고 가는 사람, 이 모두가 고단한 떠돌이 인생이다. 『당시언해』에서 말이 돛대를 이별한다는 풀이는 뜻이 통하지 않는다. '권유(倦遊)'는 여행에 지친 것이면서 벼슬살이를 비유하기도 한다. 떠도는 인생살이의 고단함과 함께 벼슬살이에 지친 작가의 비감이 투영되어 있다. 이 작품은 떠도는 인생의 고단함을 노래하는 시의 전형이 되었다.

◆ ◆ ◆

노새 타고 어디 가는 나그네인지   騎驢何處客
떠도는 데 지친 사람임을 알겠네.   知是倦遊人

— 정두경, 「서정리의 화첩에 쓰다(題徐勉仲貞履畫帖)」

어지러운 대숲에 길 셋만 내니
날리는 꽃잎이 사방에 그득하네.
예로부터 양웅이 사는 집에는
별나게 먹 좋아하는 이 있었다지.

王勃, 贈李十四

　　亂竹開三徑　飛花滿四鄰

　　從來揚子宅　別有尙玄人[56]

왕발, 증니십사

　　난죽은 기삼경이요 비화은 만사린을

　　종늬양ᄌ틱ᄒ야 별유상현인을

니가 열넷지 사름을 글 즈어 듐이라(『언해당음』)

56　李十四는 이씨 집안의 형제 가운데 열네 번째라는 뜻이다. 三徑은 한나라 장우
　　(蔣詡)가 은퇴하여 대숲에 집을 짓고 길을 셋 두어 두 벗만 찾아오게 하였다는
　　고사에서 나온 말로, 도연명의 「귀거래사」에서 "세 길이 묵어 가는데 소나무와
　　대나무는 아직 남았다."라는 구절이 유명하다.

어지러운 딕는 세 길을 녀러 잇고
나는 꽃은 네 마을에 가득홈이라
조초오미 양즈의 집의
별노 도를 슝샹ᄒᆞ는 사ᄅᆞᆷ 잇더라

이 시에서는 이씨 집안 벗의 호젓한 삶을 말했다. 그의 집은 대숲에 오솔
길, 사방에 꽃잎만 날리는데 한나라 양웅처럼 고상한 학문을 한다고 하
였다. 양웅은 가난한 살림에도 학문에 종사하였는데, 큰 저술을 이루지
못한 것을 보고 사람들이 '흰 종이가 검어지지 못하여 아직 희다.'라고 조
롱했다. 여기서 '상현(尙玄)'은 저술에 힘을 쏟는 것을 이른다. 이씨 집안
벗의 학자적 삶을 이렇게 칭송한 것이다.

조선 시대 집구시(集句詩)에 이 작품이 여러 차례 이용되었다. 이하곤
(李夏坤), 신광수(申光洙), 이학규(李學逵) 등이 2구를 가져다 썼다. 순조
연간 화원을 뽑을 때 이 시를 통해 매죽에 대한 시험을 보인 바 있다.

◆ ◆ ◆

적막한 양웅이 살던 집은   寂寥揚子宅
태현경 지으려 닫은 것 아니라네.   閉關非皁玄

　　　　— 이정귀(李廷龜), 「상현의 시집에 차운하다(次尙玄卷韻)」

온갖 나무가 꽃을 사방에 가득 채우니   萬樹將花滿四隣
산중의 집도 오늘 빈한한 것은 아니라네.   山家今日不全貧

　　— 홍한주(洪翰周), 「여주의 장인께서 다시 '춘' 자로 시를 짓기에 다시 차운하다
　　　　　　　　　　　　　　　　　　　　　　　　(驪上丈人再拈春字又次之)」

어지러운 대숲에 길 셋 나 있고　　　　　　　亂竹開三徑

날리는 꽃잎은 온 곳에 가득하네.　　　　　　飛花滿四跡

— 순조, 「고시십구수(古詩十九首)」

왕발,
촉 땅의 중양절

구월 구일 중양절에 오른 망향대
다른 고을 다른 자리 송별의 술잔.
남녘의 고달픔이 벌써 지겨운데
어찌해 기러기 북녘에서 날아오는가?

王勃, 蜀中九日

九月九日望鄕臺 他席他鄕送客杯
人情已厭南中苦 鴻雁那從北地來[57]

왕ᄌᆞ안, 쵹즁구일

구월구일망향ᄃᆡ요 타셕타향송긱비을
인졍은 이염남즁약이오 홍안은 나죵북지릐오[58]

57 촉 땅은 남중(南中)이라고도 하는데 운남(雲南)과 귀주(貴州) 등을 이른다. 鴻
    雁은 큰 기러기로, 한나라 소무(蘇武)가 편지를 전하게 한 고사가 있으며 나란
    히 난다 하여 형제를 비유하기도 하지만, 여기서는 자신이 가야 할 방향과 반
    대로 내려오는 철새 자체를 이른다. 3구의 人情이 人今으로, 4구의 鴻雁은 鳴
    雁으로 된 데도 있다.
58 3구의 남즁약(南中若)은 남중고를 잘못 읽은 것이다.

97

670년 왕발이 촉 지역을 떠돌 때 중양절을 맞아 높은 곳에 올라 벗을 전송하며 지은 작품이다. 망향대는 고향을 바라볼 수 있도록 만든 높은 대를 이른다. 여기서는 특정한 장소라기보다 고향을 바라볼 수 있는 높은 둔덕으로 보면 된다. 중양절은 가족들과 함께 모여 단란한 시간을 보내는 명절인데, 떠돌이 생활에 그러하지 못하여 망향대에 오른 것이다. 다른 자리 다른 고을이라 한 것은 낯설고 물설다는 말로 제목에서 이른 옛 촉나라 땅이다. 이런 곳에서의 삶이 참으로 괴로운데, 잠시 정을 붙였던 벗은 북으로 간다. 함께 고향으로 가지 못하여 안타깝다. 그런데 야속하게 기러기가 북녘에서 날아온다.

인평 대군(麟坪大君)의 일기 『연도기행(燕途紀行)』에 따르면 청나라에서 고향을 그리며 이 시를 읊조렸다고 하니, 조선 시대 고향 노래로 불렸다고 하겠다. 중양절 지은 시에 망향대가 등장하는 것이 대개 이 작품의 영향이라 할 수 있다.

◆◆◆

다른 고을 다른 자리에서 또 이별하니   他鄉他席又相離
사람 일이란 들쭉날쭉 알 수가 없다네.   人事參差不可知

— 박상(朴祥), 「상주교수 장세창의 시에 차운하여 이별을 서술하다
(次尙州敎授張世昌韻敍別)」

사람 마음은 벌써 군막으로 가는 것 싫은데   人情已厭趨戎幕
땅의 이름 누가 귀신의 문이라 부르게 하였나?   地號誰敎喚鬼門

— 홍주국(洪柱國), 「귀문관(鬼門關)」

구름 낀 산 점점 남쪽 하늘 따라 멀어지고   雲山漸逐南天遠

큰 기러기 모두 북녘 땅을 따라 날아가네.   鴻鴈皆從北地飛

— 신유(申濡), 「수선정에서 천안사또 박순의에게 주다(水仙亭贈天安朴使君宜叔純義)」

강 기러기 남쪽 하늘로 벌써 떠나갔는데   流鴻已向南天去

외로운 객 어찌해 북쪽 땅에서 왔는가?   孤客那從北地來

— 박영원(朴永元), 「중양절 당나라 시에 차운하되 그 말을 뒤집다

(九日次唐人韻反其語)」

구월 구일 망향대를 흐여 보니 엇더턴고

타석(他席)에 송객배(送客盃)를 니라 오늘 흐거고나

홍안(鴻鴈)아 남중고(南中苦) 슬타마는 너는 어이 오느니

— 송종원(宋宗元)의 시조

왕발, 가을 강에서의 송별

벌써 타향에서 벌써 온 가을을 맞았는데
강가의 정자 밝은 달빛이 강을 안고 흐르네.
흘러가 버린 물을 보고 이별에 상심하는데
다시 보니 나루 숲에 떠나갈 배가 숨어 있네.

王勃, 秋江送別

　　早是他鄕値早秋　江亭明月帶江流
　　已覺逝川傷別念　復看津樹隱離舟

노조연, 츄강별

　　조시타향슈조츄ᄒ고 강졍명월이 듸강뉴을
　　이각서쳔상별념요 부간진슈은이쥬을[59]

---

59 '노조연'은 노조린을 이르는데 왕발의 잘못이다. 또 원문의 '슈조츄'는 '치소추'
의 오류다.

왕발이 668년 장안에서 쫓겨나 남쪽 촉 지역으로 내려가 있을 때 일찍 찾아온 타향 가을을 맞아 벗을 떠나보내며 지은 작품이다. 밝은 달빛이 강물을 비추어 강물과 함께 흘러가는 것처럼 보인다. 이를 보노라니 더욱 정든 사람과의 이별이 슬프다.

'서천(逝川)'은 『논어』에서 공자가 강물을 보고 "흘러가는 것은 이와 같아 밤낮으로 멈추지 않는구나.(逝者如斯夫 不舍晝夜)"라 한 데서 나온다. 후대 학자들은 이 구절을 두고 도(道)가 쉼이 없다는 형이상학적인 의미를 부여하였지만, 세월이 흘러가는 안타까움에 대한 인간의 상심이라 보아도 좋을 것이다. 한 번 흘러가면 돌아오지 않는 강물처럼 벗도 떠나가면 다시 보기 어려울 것이라는 뜻이 들어 있다. 그리고 떠나는 이가 타고 갈 배가 나룻가의 나무숲에 어른거리는 것을 멍하니 본다고 하였다. 떠나는 이를 잡고 싶은 마음에 나루의 나무가 배를 숨기고 있다고 한 것도 묘미가 있다. 근체시에서 같은 글자를 중복하는 것이 금기지만 여기서는 "조(早)"를 거듭하여 리듬감을 살렸다. 이에 대를 맞추어 "강(江)" 역시 같은 위치에 반복한 것이 묘미를 얻었다.

◆ ◆ ◆

아침 되자 사마상여의 소갈병을 안고 있기에   朝來政抱相如渴
가을 강 송별의 술잔을 나 홀로 들지 못하네.   孤負秋江送別杯
— 이정귀, 「나주목사 우견길을 전송하며(送羅州牧使禹見吉)」

왕발, 연밥 따는 노래

연밥을 따러 간다오,
푸른 물은 연꽃 옷을 입었는데
추풍에 물결 일어 오리와 기러기 날아가네.
곱디고운 배를 타고 긴 포구에서 내려가
비단 치마 입고 하얀 팔로 가볍게 노를 젓네.
연잎 섬과 연꽃 못이 눈길 끝에 가물가물
강남의 노랫가락 들려와 그리움에 애달파라.
그리움에 애달파도 만날 기약이 없네요.
수자리 나간 남편은 돌아오지 않는데
강에서 연밥 따니 벌써 날 저무네.
벌써 날이 저무는데 연밥 따지만
그것이 굳이 다 창기의 일이겠나요.
성 남쪽 큰길에서 뽕잎 들고 있는 것이
강에서 연밥 따는 것과 어찌 같겠나요.

연꽃이여, 연꽃이여,
꽃과 잎이 어찌 이리 빼곡한가요.
잎이 푸른들 내 눈썹 대면 창피하고
꽃이 붉은들 억지로 내 뺨 같다 하겠나요.
고운 임이 여기 계시지 않으니

쓸쓸히 이별할 때를 돌아본다오.
꽃을 당기니 같은 꼭지 붙어서 예쁘고
대궁을 꺾으니 실처럼 이어져 좋네요.
옛정은 찾을 길이 없는데
새 연꽃은 그저 풍성하네요.
나루에서 패옥 끌러 준 것 아깝지 않건만
북녘에서 편지 오지 않아 도로 서럽네요.
연밥 따는 노래는 매듭이 있지만
연밥 따는 이 밤은 끝나지 않겠지요.
이제 강가에서 드센 바람을 맞으면서
다시 강 위의 머뭇거리는 달빛을 쐰다오.
머뭇머뭇 연꽃 포구에서 밤에 만나 보니
강남 땅 여인네들은 어찌 이리 많은지요.
천 리 먼 곳 흐르는 찬 강에게 함께 묻노니
원정 간 변방의 길이 그렇게 첩첩인가요?

工勃, 悚蓮曲

採蓮歸 綠水芙蓉衣 秋風起浪鳧雁飛
桂櫂蘭橈下長浦 羅裙玉腕輕搖櫓[60]

---

60 桂櫂蘭橈는 아름답게 치장한 배를 이른다.

葉嶼花潭極望平　江謳越吹相思苦[61]

相思苦　佳期不可駐

塞外征夫猶未還　江南採蓮今已暮

今已暮　摘蓮花　渠今那必盡娼家[62]

官道城南把桑葉　何如江上採蓮花

蓮花復蓮花　花葉何稠疊[63]

葉翠本羞眉　花紅強如頰

佳人不在茲　悵望別離時[64]

牽花憐共蒂　折藕愛連絲[65]

故情無處所　新物徒華滋[66]

不惜西津交佩解　還羞北海雁書遲[67]

採蓮歌有節　採蓮夜未歇

61　葉嶼花潭은 물속의 섬과 깊게 고인 못이 연꽃과 연잎으로 덮여 있다는 뜻이고 江謳越吹는 강남 지역의 노래라는 뜻이다.

62　摘蓮花가 採蓮花로, 渠今이 今渠로 된 데도 있다. 큰길에서 뽕잎을 들고 있다는 것은 남자를 유혹한다는 뜻이다.

63　稠疊이 重疊으로 된 데도 있다.

64　不在茲는 不茲期로 된 데도 있다.

65　共蒂는 병두련(竝頭蓮)이라는 연꽃의 품종이 한 줄기에 흰 꽃과 붉은 꽃이 나란히 피기에 부부를 상징하는 말로 쓰인다. 連絲는 연 대궁을 잘랐을 때 끈적한 액체가 실처럼 이어진 것을 이른다. 絲는 '사(思)'의 뜻을 내포한다.

66　無處所가 何處所로, 徒華滋가 從華滋로 된 데도 있다.

67　西津은 서쪽 나루인데, 여기서는 위에서 강남(江南)이라 한 것과 별 차이가 없다. 佩解는 남녀가 애정의 표시로 교환하는 신물(信物)이다. 鄭交甫가 강가에서 두 명의 신녀(神女)를 만나 사랑을 나누었는데 헤어질 때 신녀가 옥패를 주었다는 고사, 그리고 소무(蘇武)가 북해(北海)에 억류되어 양을 칠 때 기러기 다리에 편지를 매달아 보낸 고사를 구사한 것이다. 西津이 南津으로 된 데도 있다.

正逢浩蕩江上風　又値徘徊江上月[68]

徘徊蓮浦夜相逢　吳姬越女何丰茸[69]

共問寒江千里外　征客關山路幾重[70]

왕발, 치련곡

　　치련귀ᄒᆞ니 녹슈의 부용의을 츄풍긔랑부안비을

　　계도난요로하장포ᄒᆞ니 나군옥안이경요노을

　　엽서화담극망평ᄒᆞ니 강구월음상스고을

　　상사고ᄒᆞ니 가긔을 불가쥬를

　　싱외졍부유미환ᄒᆞ니 강남치련금이모을

　　금이모 젹년화ᄒᆞ니 거금나필진창가아

　　관도셩남파상엽이 하여강상의치련화오[71]

　　엽취본슈미요 화홍강여협을

　　가인이 부지자ᄒᆞ니 창망별니시을

　　견화연공체요 졀우이연스을

　　고졍은 무처소요 신물은 도화즈을

　　불셕셔진교픠히요 환슈북히안셔지을

　　치련가유졀이요 치련야미흘을

　　졍봉호탕강상픔터니 ᄋᆞ긔ᄇᆡ회깅상월을

68　徘徊는 裴回로 된 데도 있다.

69　吳姬越女는 강남에서 연꽃을 따는 여인으로 모두 사랑하는 사람을 기다린다
　　는 뜻이다.

70　寒江이 寒光으로 된 데도 있다.

71　이 구절 다음에 "蓮花復蓮花 花葉何稠疊"이 누락되었다.

비회연포야상봉호니 오희월녀하붕용고
공문한강쳔리외예 졍긱관산노긔즁고

675년 혹은 그 이듬해 왕발이 교지(交趾)에 가면서 강남을 경유할 때 지은 작품으로 알려져 있다. 「채련곡」은 악부의 하나로, 연꽃이나 연밥을 따는 아름다운 여인을 노래하는 전통이 있는데 이 작품은 원정 나간 남편에 대한 정절과 그리움을 담았다는 점에서 개성적이다.

첫 구절의 '부용의(芙蓉衣)'는 푸른 물결이 붉은 연꽃으로 덮여 있다는 뜻인데 연꽃을 따러 간 여인이 붉은 저고리에 푸른 치마를 입은 것처럼 읽히는 것이 묘미가 있다. 가을바람 불어 기러기 날아오니 이제 연밥을 딸 계절이다. 여인은 배를 저어 포구를 나선다. 백옥 같은 팔을 드러내어 노를 가벼이 젓는다. 저 멀리 보이는 조그만 섬과 못에는 연꽃과 연잎이 무성하다. 어디선가 강남의 노랫소리가 울려 퍼진다. 그 소리를 듣노라면 멀리 원정 나간 남편에 대한 그리움에 애간장이 탄다. 함께하자는 아름다운 기약은 오래가지 않았다. 그렇게 변방으로 떠나간 남편은 돌아오지 않는다. 그리움을 잊고자 연밥을 따지만 어느새 날이 저문다. 늦은 시간에 연밥을 따면 행여 창기처럼 보일까 걱정이 된다. 큰길에서 뽕잎을 따는 척하면서 밀애를 즐기는 그런 여인과는 다르다고 강변해 본다.

연꽃을 보니 꽃과 잎이 무성하지만, 푸른 잎은 자신의 고운 눈썹보다 못하고, 붉은 꽃은 홍조를 띤 뺨보다 덜 예쁘다. 그러나 사랑하는 임이 없으니 쓸쓸히 헤어지던 때를 생각해 본다. 그리움에 다시 연꽃을 꺾는다. 한 꼭지에 나란히 핀 두 송이 꽃처럼 다정하고 연 대궁의 끈끈한 액체처럼 사랑이 이어지면 좋으련만. 옛정은 찾을 길이 없는데 새로 핀 연꽃은 무성하기만 하니 더욱 슬프다. 지난날 헤어질 때 신표처럼 준 패옥은 아깝지 않지만 변방의 남편에게서는 아무런 소식이 없다. 그리움에 다시 연꽃을 꺾는다.

슬피 연밥 따는 노래를 부른다. 절주에 맞게 울려 퍼지는 그리움의 노래는 밤이 깊도록 그치지 않는다. 강가에 부는 바람을 맞으며 근심을 풀려 하고 바람에 일렁이는 달빛을 보면서 그리움을 달랜다. 주위에는 온통 자신처럼 사랑하는 사람을 기다리며 연꽃을 따는 여인들이다. 천 리 먼 변방에 계신 임은 얼마나 길이 멀기에 이렇게 오시지 않는지 찬 강물에 물어본다.

「채련곡」은 남북조 시대 유효위(劉孝威)를 이어 오균(吳均), 소강(蕭綱) 등이 즐겨 지었고 당나라 때 크게 유행하여 왕창령(王昌齡), 이백, 장적(張籍), 백거이, 하지장(賀知章), 최국보 등이 명편을 남겼다. 그럼에도 가장 큰 영향을 끼친 것이 왕발의 것이기에 이 작품의 구절구절이 고려 시대와 조선 시대 문인이 의고풍(擬古風)으로 지은 「채련곡」에 등장하였다. 특히 윤현(尹鉉)은 이 시에 차운한 작품을 지은 바 있다.

◆ ◆ ◆

강가의 비단 치마, 뺨 같은 연꽃이라는 말 상관하지 않으리
봉우리 위 배만큼 큰 옥정 연뿌리도 밀릴 섯 없네.

不關江上羅裙花似頰　遮莫峯頭玉井藕如船

— 권필(權韠), 「연꽃(蓮)」

이부 춘향아, 네가 게 웬 이린야! 날을 영영 안 보랴야? (중략) 정
직관산노기즁의 오히월여 부부이별, 편삽수유소일인은 용산의
형제이별, 셔출양관무고인은 위셩의 붕우이별, 그런 이별만 하여
도 소식 드를 씨가 잇고 싱면할 나리 잇셔스니, 늬가 이제 올나가
셔 장원급제 출신하야 너를 다려갈 거시니 우지 말고 잘 잇거라

— 「열녀춘향수절가」의 이별가

왕발, 가을밤 길어라

가을밤 길어서, 유난히 끝나지 않는데
달이 밝아 흰 이슬이 맑은 빛에 씻겼네.
높은 성곽 화려한 누각에서 멀리 바라봐도
강물에는 다리가 없네요.
북풍에 계절 바뀌어 기러기 남으로 날아오자
난초는 마침 핀 국화 앞에서 무릎을 꿇기에
패옥을 울리며 신발을 끌고 긴 회랑을 나서
당신 위해 이 가을밤에 옷을 다린답니다.
얇은 비단은 봉황새를 마주하고
붉은 옷엔 원앙새가 쌍쌍이 나는데
마구 치는 다듬이질 그리움에 절로 속상해,
만 리 먼 임은 타향에서 수자리 서시는데.
변방의 학관에는 소식이 끊기고
도성 안 용문에는 길이 멀다오.
당신은 하늘 안 귀퉁이 계시는데
겨울옷은 부질없이 향기를 풍기네요.

王勃, 秋夜長

　　秋夜長　殊未央　月明白露澄淸光

　　層城綺閣遙相望　川無梁[72]

　　北風受節雁南翔　崇蘭委質時菊芳

　　鳴環曳履出長廊　爲君秋夜擣衣裳[73]

　　纖羅對鳳皇　丹綺雙鴛鴦

　　調砧亂杵思自傷　征夫萬里戍他鄉[74]

　　鶴關音信斷　龍門道路長[75]

　　君在天一方　寒衣徒自香[76]

왕발, 츄야장

　　츄야장ᄒᆞ니 수미앙을 월명노빅징쳥광을

　　칭셩긔각요상망ᄒᆞ니 쳔무량을

　　북풍슈졀안남상ᄒᆞ니 슝난위질시국방을

72　層城綺閣은 높은 성과 화려한 누각인데, 높고 화려하다는 것은 시를 곱게 장
　　식하는 정도의 뜻만 있을 뿐 여성의 부귀함을 이르는 것은 아니다. 그 아래 패
　　옥이나 비단옷 등도 모두 비슷하다.『당시품휘』와『전당시』에는 遙相望이 한
　　번 더 반복되어 있다.

73　崇蘭은 떨기로 자라는 난초로『초사(楚辭)』에 근원을 두고 있다. 委質은 예물
　　로 바친다는 뜻에서 신하로서 항복한다는 뜻이 나왔다. 雁南翔이 南雁翔으
　　로, 曳履가 曳佩로 된 데도 있다.

74　『전당시』에는 思自傷이 두 번 반복되어 있다.

75　鶴關은 변방으로 오가는 관문 이름이다. 龍門은 대궐문 혹은 도성문으로 보
　　기도 하고 반대로 변방의 지명으로 보기도 하는데 이에 따라 풀이가 달라진다.
　　변방의 관문인 학관에서 소식이 오지 않는데, 도성의 용문관에서 그곳으로 가
　　는 길이 멀기만 하다는 뜻으로 볼 수도 있고, 변방의 용문산에서 이곳으로 오
　　는 길이 멀다는 뜻으로도 볼 수 있지만, 여기서는 전자의 뜻으로 풀이하였다.

76　君在가 所在로 된 데도 있다.

명환예리출장낭ᄒ야 위군츄야도의상을
셤나의 디봉황이요 단긔의 쌍원앙을
조침난져ᄉ자상ᄒ니 졍부만리슈타향을
학관의 음신단이요 용문의 도로장을
군지천일방ᄒ니 한의도자향을

「가을밤 길어라(秋夜長)」는 남북조 시대 악부의 하나로 출발하였는데 왕발의 이 작품과 함께 당나라 이후 크게 유행하였다. 이 작품은 먼 곳으로 출정한 남편을 그리워하는 여인의 마음을 대신하여 말하였다.

긴긴 가을밤 사랑하는 사람을 기다리는데 달빛 아래 이슬은 맑기만 하다. 높은 곳에 올라 임 계신 곳을 바라만 볼 뿐 갈 방도가 없는 것을 두고 강에 다리가 없다고 한 것이다. 계절이 바뀌어 가을이 와서 남쪽으로 기러기 날아오고 막 피어난 국화가 난초보다 더욱 곱다. 답답한 마음에 회랑을 나서 서성이다가 임이 입을 겨울옷을 장만하기 위해 다듬이질을 한다. 고운 비단옷에 암수 정다운 봉황과 원앙을 수놓았건만 독수공방의 처지인지라 더욱 서럽다. 그래서 요란하게 다듬이질을 하지만 그럴수록 그리움은 더욱 사무친다. 이렇게 임을 기다리는 여인의 마음을 아랑곳하지 않고 변방에서는 편지 한 장 보내지 않는다. 그곳까지 가는 길이 멀어서 그러한가? 일이 하는 끝에 있으니, 졍졍낏 지어 놓은 겨울옷에 자신의 향이 배어 있겠지만, 이 옷을 전달할 방도가 없어 더욱 서럽다.

신흠은 『청창연담(晴窓軟談)』에서 "칠언고시 가운데 왕발의 「추야장」과 「임고대」, 노조린의 「장안고의」, 낙빈왕의 「제경」 등의 작품은 이백과 두보가 미처 손을 대지 못했는데, 이백에게 짓게 한다면 넉넉하게 해내고도 남음이 있겠지만 두보는 아마도 한 수 뒤질 듯하다."라 고평한 바 있다.[77] 이규경(李圭景)은 『오주연문장전산고(五洲衍文長箋散稿)』에서 이 작품을 우리나라 다듬이 풍속과 연결했다. "우리나라는 밤이 되면 창틈으로 가는 다듬이 소리와 절구질 소리가 어우러지는데 가을철에는 그 소리가 더욱 청초하여 '당신 위해 이 가을밤 옷을 다린답니다.(爲君秋夜擣衣裳)'와 '마구 치는 다듬이질 그리움에 절로 슬프니(調砧亂杵思自傷)'에서 이른 시의 뜻이 있다."라 하였다. 그런 만큼 이 작품은 조선 시대에 상당한 영향을 끼쳤다. 순조는 이 시의 "달이 밝아 흰 이슬이 맑은 빛에 씻겼네."라는 구절을 운자로 삼아 청심정(淸心亭)에서 시를 지었다.

◆ ◆ ◆

국화 향기 앞에서는 난초도 무릎 꿇는데   崇蘭委質菊花香
백발은 누구 때문에 이렇게 길어졌나?   白髮緣誰似許長
      — 정약용, 「죽란사 달밤에 남고와 함께 마시다(竹欄月夜同南皐飲)」

한성낙일(寒城落日) 찬바람에 울고 가는 기러기야
용문학관(龍門鶴關) 음신단(音信斷)에 북방 소식 망연허다
빌건디 늬 글 한 장만 뉘 전허리   — 작자 미상의 시조

---

77   이익은 『성호사설』에서 이 작품을 들고 가행체(歌行體)라기보다 사곡(詞曲)에 가깝다 하였다. 가행체는 한위(漢魏) 이래 유행한 악부체의 한시다. 사(詞)는 송나라 때, 곡(曲)은 원나라 때 유행한 노래로 가행체에 비하여 남녀의 애정을 더욱 농염하게 담는 경향이 있어 이렇게 지적한 것이다. 이 시의 성률(聲律)에 대해서도 관심이 있었는데, 이학규는 「성운설(聲韻說)」에서 이 시의 모든 구절이 압운되어 있지만 鶴關音信斷만 그렇지 않은 것에 주목하여 고시에는 간혹 이런 것이 있다고 하였다. 강석규(姜錫圭)가 이 시에 차운한 작품을 남겼는데 역시 이 구절만 압운하지 않았다.

왕발、등왕각

등왕의 높은 누각이 강가에 임해 있는데
패옥에 방울 소리 울리는 가무는 끝이 났네.
용마루는 아침에 남포의 구름에 날아갈 듯
주렴은 저물녘 서산의 빗발에 걷혀 있네.
한가한 구름은 못에 비쳐 나날이 유유한데
물색 바뀌고 별 옮겨 가 몇 번 가을 왔는가!
누각에 있던 제왕의 아들 지금 어디 있는지
난간 너머 긴 강은 부질없이 절로 흐르는데.

王勃, 滕王閣

　　滕王高閣臨江渚　珮玉鳴鸞罷歌舞

　　畫棟朝飛南浦雲　珠簾暮捲西山雨

　　閒雲潭影日悠悠　物換星移度幾秋[78]

　　閣中帝子今何在　檻外長江空自流

78　度幾 가 幾度 로 된 데도 있다.

왕발, 등왕각

> 등왕고각이 임강져ᄒ니 픠옥명난파가무을
>
> 화동은 조비남포운이요 주렴모권서산우을
>
> 한운담영이일유∥ᄒ니 물환셩니도긔츄오
>
> 각즁제자은 금안지오 함외장강이 공자류을

『고문진보언해(古文眞寶諺解)』

> 등왕의 놉흔 집이 강 ᄀ의 임ᄒ여시니
>
> 츤 옥과 우는 난이 노래와 춤을 파한지라
>
> 그린 동은 아츔에 남포 구름에 눌고
>
> 구슬 발은 져믈매 서산 비에 거든지라
>
> 한가로온 구름과 못 그림재 날노 유유ᄒ니
>
> 물이 밧고이고 별이 올마 몃 ᄀ올이 지낫ᄂ뇨
>
> 각 가온대 제자ㅣ 이제 어듸 잇ᄂ뇨
>
> 난간 밧 긴 강이 쇽졀업시 스스로 흐르놋다[79]

이 작품은 왕발의 명문으로 알려진 「등왕각서」 뒤에 붙은 한시다. 이 시에서 이른 남포(南浦)는 강서성(江西省) 남창(南昌) 서남쪽 장강(贛江)에 있는 포구이고, 서산(西山)은 남창의 서쪽에 있는 남창산(南昌山)을 이른다. 그 기슭에 당 고조(高祖)의 아들 등왕 이원영(李元嬰)이 홍주 자사(洪州刺史)로 있을 때 세운 등왕각이 있다. 등왕이 죽은 후 염백서(閻伯嶼)가 홍주 자사로 와서 중양절에 이곳에서 연회를 베풀었는데

---

79 2구의 풀이가 통설과는 차이가 있다.

14세의 왕발이 부친을 찾아가다 이곳에 들러 「등왕각서」를 짓게 되었다. 이보다 뒤인 668년 혹은 676년에 지었다는 설도 있다.

강가의 등왕각에 오르니 화려한 가무의 흔적은 간 데 없고 건물만 휑하다. 2연은 애매성이 돋보이는 구절이다. 전통적인 해석으로는 채색을 한 용마루가 남포의 아침 구름 속에 솟아 있고, 곱게 치장한 주렴이 저녁에 뿌리는 비 때문에 걷혀 있다는 뜻으로 보지만, 용마루에 남포의 아침 구름이 날아오고 주렴에 서산의 빗발이 그쳤다는 풀이도 가능하다. 이수광은 『지봉유설』에 이 구절을 두고, 명말 청초의 문인 당여순(唐汝詢)이 번화함이 쉬 다하였다는 뜻으로 여기고 "등왕이 패옥을 차고 방울 소리 울리던 곳이 이제 노래와 춤이 사라지고 주렴과 용마루가 쓸쓸해졌다."로 풀이한 것을 소개한 후 그럴듯하지만 말이 되지 않는다고 하였다. 이어 한가한 구름이 못에 비쳐 있어 등왕각은 매일 한가한데, 계절이 바뀌고 그에 따라 별자리의 위치가 바뀌면서 그 얼마의 세월이 흘러갔는지 탄식하였다. 그리고 사라진 등왕은 물론 그 후손은 사라지고 없지만 등왕각 앞으로 강물은 영원히 흘러간다고 하였다. 인간의 유한함에 대비되는 자연의 영원함이 긴 여운으로 남는다.

고려의 이색(李穡)과 조선 초기 유호인(俞好仁), 정사룡(鄭士龍)이 「등왕각도(滕王閣圖)」를 보고 지은 시가 있으므로, 등왕각을 그린 그림이 이른 시기 들어와 있었음을 알 수 있다. 이들 시에서는 왕발의 이 작품에 나오는 구절을 거듭 끌어들인 바 있다. 순조와 철종, 고종 연간 화원을 뽑는 시험의 누각 그림에서 이 시를 소재로 삼았다. 「등왕각서」와 함께 인구에 회자되어, 조선 시대 문인들이 높은 누각에 올라서 지은 시문에 이 작품의 구절구절이 점화(點化)의 대상이 되었다.

◆◆◆

고운 기둥에 등왕각 빗발이 아침에 휘날리고 畫棟朝飛滕閣雨
성긴 발에 양대의 구름이 저녁에 일어나네. 疏簾暮惹楚臺雲

— 최연(崔演), 「부벽루에서 노닐며(遊浮碧樓)」

물색 바뀌고 별 옮겨 가 얼마의 세월이 흘렀는지 物換星移幾歲華
한 구역 빼어난 땅에 안개와 노을이 늙어 있네. 一區形勝老煙霞

— 서거정(徐居正), 「경주 의풍루 시에 차운하다(次韻慶州倚風樓)」

기린마는 가고 돌아오지 않는데 麟馬去不返
천제의 손자는 어디에서 노니는가? 天孫何處遊
길게 휘파람 불며 돌길에 기대니 長嘯倚風磴
산은 푸르고 강은 절로 흐른다. 山靑江自流

— 이색, 「부벽루(浮碧樓)」

등왕각 높픈 집의 네 스룸도 노돗던가
물환성이(物換星移)ᄒ여 몃 가을 지니거니
지금에 함외(檻外) 장강이 공자류(空自流)을 ᄒᄂ고야

— 작가 미상의 시조

등왕고각 임강저ᄒ니 패옥명난 파가무ㅣ라,
화동조비 남포운이오 주렴모권 서산우ㅣ라,
한운담영 일유유ᄒ니 물환성이 도기추ㅣ오,

각중제자 금안재ᄂ고,
함외 장강이 공자류ㅣ런가 ᄒ여라.

— 작가 미상의 시조

왕발, 높은 대에 오르니

높다란 대에 오르고
높다란 대에 오르니
아득한 곳까지 먼지 한 점 없구나.
고운 마루 화려하게 세운 집 어찌 이리 높은지!
난새의 생황과 봉황의 퉁소 소리 맑고도 서럽다.
장안의 길을 내려다보니
대궐 도랑에 풀 우거지고
감천궁 가는 길 비스듬한데
무릉의 숲은 짙푸르구나.
높은 대에서 사방을 보면 한결같아
아름다운 기운이 파랗게 울창한데
울긋불긋 누각은 어지럽게 비치고
옥과 비단으로 꾸민 대궐은 영롱하네.
동쪽으로 장락관이 흐릿하고
서쪽으로 미앙궁이 보이는데
붉은 성벽엔 아침 햇살 비치고
푸른 나무는 봄바람에 흔들거리네.
큰길의 깃발 건 망루 아래 새 시장이 열리고
천 채의 대저택은 친척끼리 나누어 차지하니
붉은 수레 푸른 휘장은 봄을 이기지 못할 듯

겹겹의 누대 충충의 집이 마주하고 서 있네.
여기에다 큰길가에 청루가 있어
고운 문과 창에 화려한 창살 달았는데
비단 이불은 낮에도 개는 일 없고
비단 휘장 안은 저녁에도 빌 틈이 없네.
노래하는 병풍은 아침에 푸른빛 가리고
화장하는 거울은 저물녘 붉은빛을 엿보는데
그대 위해 곱게 머리 쪽을 올리리니
고운 눈썹 꽃떨기조차 떨어뜨릴 듯.
먼지 낀 좁은 길은 어둑하게 저물고
구름 속 달빛은 흰 깁처럼 훤한데
원앙새는 못 위에 짝을 지어 오르고
봉황새는 누각 아래 쌍쌍이 지나가네.

만 가지 물색이 정말 이처럼 곱건만
아름다운 기약은 어찌 돌아보지 않는가?
은 안장 비단 굴대 화려하게 꾸미고서
가련타, 오늘 밤 어느 창기 집에서 자려나?
창기 집 젊은 계집 보고 찡그리지 말세나
동산의 도리화도 한순간의 일이리니.
그대 보시게, 그 예전 높은 대 있던 곳
백량대와 동작대도 먼지만 뿌연 것을.

王勃, 臨高臺

　　臨高臺 臨高臺 迢遞絕浮埃[80]

　　瑤軒綺構何崔嵬 鸞歌鳳吹淸且哀

　　俯瞰長安道 萋萋御溝草

　　斜對甘泉路 蒼蒼茂陵樹[81]

　　高臺四望同 佳氣鬱蔥蔥[82]

　　紫閣丹樓紛照耀 璧房錦殿相玲瓏[83]

　　東迷長樂觀 西指未央宮[84]

　　赤城映朝日 綠樹搖春風[85]

　　旗亭百隧開新市 甲第千甍分戚里[86]

　　朱輪翠蓋不勝春 疊榭層楹相對起

　　復有靑樓大道中 繡戶文窓雕綺櫳

80　『당시품휘』등에는 "臨高臺 高臺迢遞絕浮埃"로 되어 있다.

81　장안 인근의 감천산(甘泉山) 기슭에는 진나라 때 감천궁(甘泉宮)이 있었는데 무제(武帝)가 이를 증축했다. 그 서북에 무제의 능묘 무릉(茂陵)이 있다.

82　"帝鄕佳氣鬱蔥蔥"로 된 데도 있다.

83　紫閣과 丹樓, 璧房, 錦殿 등은 모두 궁성 안에 있던 화려한 건물을 이른다.

84　長樂觀은 한 고조(漢高祖)가 진(秦)의 흥락관(興樂觀)을 고쳐 지은 장안의 장락궁을 이르는데 처음에는 조회를 보다가 나중에 태자궁으로 삼았으며, 인근의 미앙궁(未央宮) 역시 고조가 지어 조회하던 곳이다. 『문원영화』, 『전당시』등에는 "東彌長樂觀"으로 되어 있다.

85　赤城은 불그스름한 성벽이고 綠樹는 푸른 나무를 이르는 실경으로 풀이된다. 다만 『유취요람』에서는 적석산과 녹수궁으로 풀이했는데 근거를 알 수 없다. 천태산(天台山)에 바위가 붉은 성벽처럼 생긴 적벽산이 있지만 이 시와 별 관계가 없으므로, 도성의 석벽과 나무로 보는 것이 좋을 듯하다.

86　旗亭은 도성의 큰길에 깃발을 세운 망루, 百隧는 이리저리 교차되는 도성의 큰길을 이른다. 『유취요람』에서 "빗층"이라 한 것은 근거가 없다. 戚里는 황제의 외척을 이르는 말인데 이들의 으리으리한 갑제(甲第)가 이어진다.

錦衾晝不襞　羅帷夕未空[87]

歌屏朝掩翠　粧鏡晚窺紅

爲君安寶髻　蛾眉罷花叢[88]

狹路塵間黯將暮　雲間月色明如素[89]

鴛鴦池上兩兩飛　鳳凰樓下雙雙度

物色正如此　佳期那不顧

銀鞍繡轂盛繁華　可憐今夜宿娼家

娼家少婦不須嚬　東園桃李片時春

君看舊日高臺處　柏梁銅雀生黃塵[90]

왕발, 임고되

　　임고되 ∥∥∥∥호니 초체졀부이을

　　요헌긔구하최외오 난가봉취쳥차이을

　　부감장안도호니 쳐∥어구초을

　　사뎌감쳔로호니 챵∥무릉슈을

　　고되ㅅ망동호니 가긔울춍∥을

　　ㅈ각단루은분소요요 벽방금젼은샹영농을

　　동미장낙관이요 셔지미앙궁을

　　져셔의영ㅈ일이오 ├↑의요흉풍을

87　錦衾夜不襞 羅帷晝未空으로 된 곳이 있다.

88　爲君이 吾君으로 된 데도 있다.

89　狹路塵間이 塵間狹路로, 雲間이 雲開로 된 데도 있다.

90　장안의 서북에 있던 백량대(柏梁臺)는 무제가 세운 것으로 임금과 신하가 시를 수창하면서 놀던 곳이다. 그리고 동작대(銅雀臺)는 한이 망할 무렵 조조(曹操)가 세운 화려한 전각이다. 生黃塵이 尙黃塵으로 된 데도 있다.

긔졍빅되은 긔신시오 갑졔쳔밍은 분쳑니을

쥬륜취긔은 불승츈ᄒ고 쳡슈칭영은 상듸긔을

부유쳥누듸도즁의 슈호문창조긔롱을

금의은 쥬불벽이요 나유은 셕미공을

가병은 조음취요 장경은 만규홍을

위군안보곡ᄒ고 아미픠화춍을

협노진간의 암장모요 운간월식이 명여소을

원앙지상의 양∥비요 봉황누하의 쌍∥도을

물식이 졍여차ᄒ니 가긔을 나불고아

은안슈곡이 셩번화ᄒ니 가련금야슉창가을

창가소부은 불슈빈허라 동원도리도편시츈을

군간구일고듸쳐의 빅양동작이 싱황진을⁹¹

『유취요람』

놉흔 듸예 님ᄒ고 놉흔 듸예 님ᄒ니

멀고 멀니 쓴 틔글이 싣어지더라

구슬 노흔 마누 깁으로 얼근 거시 엇지 놉고 놉흐뇨

난의 노릐와 봉의 부는 거시 묽고 쏘 슬프더라

구프려 쟝안길을 보니 더북∥∥ᄒ 나라 긔쳔 풀일너라

빗기 감쳔궁 길을 듸하니 푸르고 푸른 무릉 남길너라

놉흔 듸 네 녁흐로 바라보아 다 굿트니

아름다온 긔운이 울연이 춍∥ᄒ더라

_____

91   위군안보곡은 위군안보계의 잘못이다.

ᄌ지빗 갓흔 집과 불근 누는 어즈러이 비취엿고

구슬노 ᄭᅮ인 방과 금으로 ᄭᅮ민 디궐은 셔로 얼의더라

동으로는 장낙관이 희미ᄒᆞ고

셔으로 미앙궁을 가르치더라

쳑셩산의 아춤날이 비취이고

녹슈궁의 봄바롬이 흔들니더라

긔 곳은 졍즈 빅층에는 시 져즈롤 여럿고

웃듬 집 일쳔 기와는 나라 이셩 계례예 마을 난홧더라

불근 박희와 푸른 일산은 봄을 니긔지 못ᄒᆞ는 듯ᄒᆞ고

겹푸린 기둥은 셔로 디하여 니어낫더라

다시 푸른 누다락이 큰길 가온디 이시니

슈노흔 지게문과 문으로 흔 창과 아로 ᄭᅮ인 깁으로 ᄒᆞ고

비단으로 흔 벽의는 나의 것지 아니ᄒᆞ고

깁댱은 져녁의 뷔지 아니ᄒᆞ더라

노릐ᄒᆞ는 병풍은 아춤에 프른 거슬 가리우고

단쟝ᄒᆞ는 거울은 늣기야 블근 걸 녓보더라

그ᄃᆡ롤 위ᄒᆞ여 보븨낭즈은 평안이 ᄒᆞ니

나븨눈섭이 곳덜기롤 헷쳣더라

좁은 길 틔근 ᄉᆞ이의 어두어 쟝춧 ᄀᆡ무니

구름 ᄉᆞ이의 달빗치 붉기가 깁 갓더라

원앙서는 연못 우희 둘식 ∥∥ 날고

봉황은 누다락 아릐 쌍∥이 지ᄂᆞ더라

만물 빗치 졍히 이 ᄀᆞᆺᄒᆞ니

아름다온 긔약 엇지 도라보지 아니랴

은으로 혼 안장과 슈노흔 박회 셩히 번화ᄒ니

가히 어엿브다 오날 밤의 간나의 집의 잘너라

간나의 집 져문 지어미는 모름지기 괴로워 찡그리지 말나

동녁 동산 복쇼아 외앗시 편시 봄이라

그듸 옛날 놉흔 듸 잇던 곳을 보라

빅냥듸와 동작듸의 누른 틔글이 나ᄂ니라

임고대는 높은 대에 임한다는 뜻의 악부시로, 높은 곳에서 도성을 내려다본 풍경을 화려하게 묘사하는 전통이 있다. 왕발에 앞서 사조(謝朓), 심약(沈約), 조비(曹丕) 등의 작품이 유명한데 모두 악부풍의 고시다. 이 계열의 작품 중에 왕발의 것이 가장 널리 알려져 있다.

먼지 한 점 없는 깨끗한 장안은 화려한 건물이 높다랗게 솟아 있다. 그곳에서는 난가(鸞歌)와 봉취(鳳吹), 이름조차 화려한 악기에서 맑으면서도 처량한 소리가 울려 퍼진다. 대궐에서 흘러나오는 푸른 풀 무성한 개울을 따라 감천산과 무릉이 이어진다. 그 너머 화려한 궁궐이 차례로 등장한다. 그리고 도성의 큰길을 따라 깃발을 꽂은 망루가 펼쳐지고 그 곁으로 화려한 저택이 줄지어 있다. 바퀴에 붉은 칠을 하고 덮개를 푸른 깃으로 장식한 수레가 빈번하게 오간다. 층층 높은 누대가 도성 거리를 꾸미고 있다.

이러한 화려한 도성의 거리에 청루(靑樓)가 없을 수 없다. 화려하게 그림을 그려 넣은 문과 창을 단 기루에는 아침부터 저녁까지 풍악이 울려 퍼진다. 질펀하게 노느라 비단 이불은 낮에도 개지 않고 밤에도 비단 휘장 친 방은 사람이 들끓는다. 이른 아침부터 병풍을 치고 푸른 옷 입은 여인들이 춤추고 노래를 부른다. 밤 나들이를 위해 늦게까지 거울을 보면

서 곱게 화장을 하느라 부산을 떤다. 머리는 쪽을 예쁘게 지어 올리고 눈썹도 누에처럼 곱게 그리니, 꽃조차 고개를 숙인다. 밤이 되면 귀족과 창기의 유흥은 더욱 심해진다. 암수 정다운 원앙이나 봉황인 양 못과 누각에서 남녀가 짝을 지어 논다.

그리고 마지막 대목에서 풍자의 뜻을 넣었다. 아름다운 풍광을 사랑하는 사람과 함께 즐기자고 약조하였건만 기생들과 노느라 무정하게 저버리고, 은으로 장식한 고삐에 비단으로 치장한 수레를 타고 청루로 간다. 그렇다고 청루의 기생들이 기뻐 웃을 것은 없다. 복사꽃 오얏 꽃도 한철이면 지는 법이기 때문이다. 백량대(柏梁臺)나 동작대(銅雀臺) 같은 화려하고 웅장한 곳도 결국 흙먼지에 덮이지 않았던가. 하물며 백년도 살지 못하는 사람은 어떠하겠는가!

이렇게 향락을 즐기는 귀족들의 삶을 풍자하였기에 이익은 『성호사설』에서 이른 아침부터 노랫가락이 울려 퍼지고 늦은 밤에 화장을 한다고 한 대목은 악을 미워하는 뜻을 담은 것이라 하였다. 조선 시대 성현(成俔), 김상헌, 임상원(任相元) 등 여러 문인이 이 제목의 악부시를 지었고 윤현(尹鉉)은 이 시에 차운한 작품을 남겼다. 이들 작품 역시 비슷한 뜻을 담고 있다. 또 왕발의 이 작품에서 화려하게 도성을 묘사한 구절은 조선 시대 시에 자주 보인다. 요헌기구(瑤軒綺構), 자각단루(紫閣丹樓), 벽방금전(璧屛錦殿), 갑제전행(甲第㕓廛), 주륜취개(朱輪翠蓋), 첩사층영(疊榭層楹), 가병장경(歌屛粧鏡), 은안수곡(銀鞍繡轂) 등의 어휘는 특히 거듭 조선 문인의 시문에서 확인된다.

◆ ◆ ◆

춘풍도리(春風桃李) 호시절(好時節)에 임고대(臨高臺)ㅎ여
망장안(望長安)한이 자각단루(紫閣丹樓) 준마행(駿馬行)은
모도다 한말시(漢末時) 왕망(王莽)이로다

광한루 섭젹 올나 사면을 살펴보니 경기가 장니 조타. 젹셩 아침
날의 느진 안기 씌여 잇고 녹슈의 져문 봄은 화류동풍 둘너 잇
다. 자각달노분조회요 벽방금젼싱영농은 임고디를 일너 잇고, 요
헌기구하쳐외는 광한루을 일의미리

유희이, 백두옹을 대신하여 슬퍼하다

낙양성 동쪽의 도리화는
왔다 갔다 날아서 뉘 집에 떨어지나?
낙양의 아가씨 그 모습 안타까워
지는 꽃을 멍히 보고 길게 탄식하네.
금년에 꽃 지면 낯빛도 바뀌리니
내년에 꽃 피어도 그 누가 남았으랴?
솔과 잣은 꺾여 땔감이 된 것 보겠으니
상전벽해라는 그 말을 다시 듣게 되겠지.
옛사람은 낙성의 동쪽으로 영영 사라지고
지금 사람은 꽃 지는 바람을 다시 마주하는데
해마다 해마다 꽃은 서로 비슷하건만
해마다 해마다 사람은 같지 않다네.
한창 시절 맞은 젊은이에게 말하노니
반쯤 죽은 백두옹을 가련히 여겨 주소.
이 늙은이 허연 머리 정말 가련하여라,
지난날 그 또한 붉은 얼굴 미소년이었지.
공자와 왕손은 고운 나무 아래 있어
맑은 노래 묘한 춤 꽃잎 앞에 떨어지는데
광록대부 동산에는 비단 깔개가 깔리고
장군의 누각에는 신선 그림 그려져 있어도

하루아침에 병들어 누우면 아는 이 없으니

봄날의 즐거움이 누구에게 가 있을까?

동그스름 고운 눈썹 그 얼마나 가랴,

금방 학발 되어 실처럼 헝클어지겠지.

그 옛날 노래하고 춤추던 땅을 보시게,

그저 황혼에 까막까치 날아다닐 뿐일세.

劉希夷, 代悲白頭翁

洛陽城東桃李花　飛來飛去落誰家

洛陽女兒惜顏色　坐見落花長歎息[92]

今年花落顏色改　明年花開復誰在

已見松柏摧爲薪　更聞桑田變成海

古人無復洛城東　今人還對落花風

年年歲歲花相似　歲歲年年人不同

寄言全盛紅顏子　應憐半死白頭翁[93]

此翁白頭眞可憐　伊昔紅顏美少年

公子王孫芳樹下　淸歌妙舞落花前

光祿池臺開錦繡　將軍樓閣畫神仙[94]

---

92 顏色은 여인의 얼굴빛이면서 도리화의 빛깔을 함께 가리킨다. 惜顏色이 好顏
　　色으로, 坐見이 行逢으로 된 데도 있다.

93 應憐이 須憐으로 된 데도 있다.

94 光祿은 광록대부(光祿大夫)로 높은 벼슬아치를 이른다. 후한 마원(馬援)의

一朝臥病無人識　三春行樂在誰邊

宛轉蛾眉能幾時　須臾鶴髮亂如絲[95]

但看古來歌舞地　惟有黃昏鳥雀悲[96]

니빅, 대비빅두옹

　　낙양셩동도리화는 비거비릭낙슈가오

　　낙양녀아셕안싁ᄒ야 힝봉낙화장탄식을

　　금년화락안싁기요 명년화기부슈지오

　　이견숑빅최위신요 깅문상젼변셩히을

　　고인무부낙셩동이요 금인환딕낙화풍을

　　년〃셰〃화상수요 셰〃년〃인부동을

　　긔어젼셩홍안ᄌ요 가긍반ᄉ빅두옹을

　　차옹빅두진가긍이라 이셕홍안미소년을

　　공ᄌ왕손방슈하에 쳥가묘무낙화젼을

　　광녹지딕의 긔금슈요 장군누각의 화신션을

　　일죠의 와병무상식ᄒ니 삼츈힝낙지슈변고

　　완젼아미능긔시오 슈유학발이난여사

　　단간고릭가무지의 유〃황혼조작비을[97]

아들 마방(馬防)이 광록대부로 호사를 부렸는데 이 고사를 끌어들인 것이다.
開錦繡가 文錦繡로 된 데도 있다. 누대의 문양을 수놓은 비단처럼 하였다는
뜻이다. 將軍은 후한의 대장군 양기(梁冀)를 이르는데 큰 저택을 경영하였다.

95　鶴髮이 白髮로 된 데도 있다.

96　古來가 舊來로 된 데도 있다.

97　『당시장편』에서 이백의 작품이라 하였는데 잘못이다. 14구의 應憐은 응긍(應
　　矜)으로 15구의 可憐은 가긍(可矜)으로 이해한 듯한데 잘못이다.

『고문진보언해』

　　　낙양셩 동녁희 도리 고지

　　　ᄂ라오며 ᄂ라가매 뉘 집의 ᄲ러디리오

　　　그윽한 방의 ᄋ녜 눗빗츨 앗겨ᄒ니

　　　안자 낙화ᄅ롤 보매 기리 탄식ᄒᄂᆫ쏘다

　　　금년의 고지 디고 안ᄉᆨ이 다ᄅᆞ니

　　　명년의 고지 픠매 다시 뉘게 잇ᄂᆞ뇨

　　　임의 숑ᄇᆨ이 것거뎌 섭히 되여심을 보앗고

　　　다시 ᄲ옹나모 밧티 변ᄒ여 바다흘 일오믈 드럿도다

　　　녯사ᄅᆞᆷ은 다시 낙셩 동녁희 업거ᄂᆞᆯ

　　　이젯 사ᄅᆞᆷ은 도로혀 곳 지ᄂᆫ ᄇ람을 듸ᄒ엿도다

　　　년년셰셰마다 고지 서ᄅ 굿ᄐ되

　　　셰셰년년마다 사ᄅᆞᆷ이 한가지 아니로다.

　　　말을 젼셩한 홍안ᄌᆞ의게 붓티ᄂᆞ니

　　　모로미 반은 죽은 ᄇᆨ두옹을 어엿비 너기라

　　　이 늘근의 흰 마리 진짓 가히 슬프니

　　　녜ᄂᆞᆫ 홍안이오 아름다온 쇼년이로다

　　　공ᄌᆞ 왕손이 곳다온 나모 아ᄅᆡ셔

　　　믈근 노래와 묘한 춤은 ᄲ러디ᄂᆞᆫ 곳 알피로다

　　　광녹 디듸예ᄂᆞᆫ 금쉬 빗나고

　　　쟝군 듸각의ᄂᆞᆫ 신션을 그렷도다

　　　일됴애 누어 병들매 서ᄅ 알미 업ᄉ니

　　　삼츈 힝낙이 뉘게 잇ᄂᆞ뇨

　　　고온 아미ᄂᆞᆫ 능히 몃 ᄲᆡ나 ᄒᆞ뇨

져근덧 수이 학발은 어즈러오미 실 곳도다

다만 녯젹 가무ᄒ던 ᄯᅡᄒᆞᆯ 보니

오직 황혼의 됴쟉만 눌미 잇도다

유희이(651~679?년)는 자가 정지(庭芝)인데 정지(廷芝), 정지(挺之)로 된
데도 있다. 하남 출신으로 출정한 남편을 그리는 시를 즐겨 지었다. 이
작품은 봄을 보내는 늙은이의 마음을 노래한 것이다. 낙양성에 복사꽃
과 오얏 꽃이 만발하더니 어느 사이 꽃잎을 떨군다. 곱던 아가씨도 곧 늙
어 갈 것이니 뽐낼 것 없다. 굳건한 소나무와 잣나무도 금방 땔감이 된
다. 상전벽해라는 말이 있듯 영원한 것은 없다. 세월이 가면 사람은 죽게
되니 꽃을 보고 더욱 상심하게 되는 것이다. 한창 나이의 젊은이들이 청
춘을 자랑하고 노인을 무시하지만 그들 역시 얼마 있지 않아 노인이 될
것이다. 부귀영화를 누리던 이들도 병들어 눕고 나면 아무도 찾지 않는
다. 광록대부니 대장군이니 하는 고관대작도 다 소용 없는 일이다. 봄날
의 즐거움이 다시 오지 않는다. 곱던 여인의 얼굴도 금방 시들고 만다.
춤추고 노래하던 곳을 보라, 황혼에 까마귀만 울지 않던가.

　이 작품을 두고 『고문진보』에는 "세상의 변고가 무상하여 노소가 번갈
아 서로 교대함을 말하였으니, 개탄하는 감회를 깊이 붙였다."라고 하였
다. 이러한 정조를 담은 작품을 「백두음(白頭吟)」이라 하는데 딕문군(卓
文君), 포조(鮑照), 이백 등의 작품이 알려져 있다. 조선에서도 이 제목
의 악부시가 즐겨 제작되었다. 『연산군일기』에 연산군이 강혼(姜渾)에게
「낙양성 동녘에 봄 안개 짙다(洛陽城東春霧濃)」라는 제목으로 율시를 짓
게 하였는데 이 시의 구절을 응용한 것으로 보아 조선 시대에 널리 애송
된 작품이 분명하다. 『공사견문록(公私見聞錄)』에는 효종이 잠저(潛邸)

에 있을 때 사부 윤선도에게 처신하는 방도를 물었는데, 윤선도가 "공자와 왕손은 꽃다운 나무 밑이요, 맑은 노래 아름다운 춤은 지는 꽃 앞이로다.(公子王孫芳樹下 淸歌妙舞落花前)"를 들고 천고의 명작이라고 칭송하였다. 세상에 재주와 덕을 감추고 어리석은 듯이 처세하라는 귀띔이었다고 한다. 또 "해마다 해마다 꽃은 서로 비슷하건만, 해마다 해마다 사람은 같지 않다네.(年年歲歲花相似 歲歲年年人不同)"는 상투적인 어휘로 쓰일 정도였다. 조수삼(趙秀三)의 집구시 「옛일이 그리워(懷舊集句)」에서 "왔다 갔다 날아서 뉘 집에 떨어지나?(飛來飛去落誰家)"를 쓴 바 있다. 또 '낙화풍(落花風)'이라는 말도 이 시에 유래를 두고 있다.

◆ ◆ ◆

작년에 꽃 필 때는 네가 오지 못했는데　　　　前歲花開汝不來
금년에는 내가 꽃 피는 것 못 보는구나.　　　　今年吾不見花開
해마다 해마다 꽃이 좋이 피어나지만　　　　　年年歲歲花開好
그저 해마다 해마다 시름만 재촉하누나.　　　　只是年年憂患催

　　　　— 소세양(蘇世讓), 「작년 일본 철쭉이 피었을 때 병으로 오지 못했는데……
　　　　　　　　　　　　　　　　　(前年日本躑躅開時, 遂以病不來……)」

작년 꽃이 지던 날　　　　　　　　花落去年日
올해 꽃이 피는 봄　　　　　　　　花開今歲春
해마다 해마다 꽃이여　　　　　　年年歲歲花
해마다 해마다 사람이여　　　　　歲歲年年人
꽃을 찾으면 꽃은 절로 웃으니　　問花花自笑

꽃 대하면 예전 알던 이 같구나.　　　　　　對花如舊識
꽃이 쉽게 늙는다 말하지 말라　　　　　　莫言花易老
사람 사는 것 그 며칠 된다고.　　　　　　人生幾朝夕

— 김상헌, 「옛 노래에 차운하다(次古曲)」

눈보라 사나운데 나그네 옷 홑지건만　　　風饕雪虐征衣單
아침 내내 병들어 누워도 찾는 이 없네.　　一朝臥病無人看

— 김상헌, 「수재 권혜를 곡하면서(哭權秀才鏸)」

꽃 피고 꽃 지는 것 얼마나 걸리나　　　　花開花落能幾時
그저 하루 이틀뿐인 것을.　　　　　　　　只是一二日
일 년 아름다운 계절은 하루 이틀뿐이라　一年佳節只是一二日
떨어진 꽃 쓸지 않고 길게 탄식하노라.　　落花不掃長歎息

— 남학명(南鶴鳴李), 「봄을 보내며(送春)」

또 한 해 눈물에 늙마와 병마가 더하는데　經年涕淚老病兼
석 달 봄 즐기는 일이 누구에게 가겠는가?　三春行樂誰邊去

— 이호민(李好敏), 「고운 햇살의 노래(麗景歌)」

고인 무부낙성동이요 금인 환대낙화풍을
연연세세 화상사로디 세세연년에 인부동이라
화상사 인부동한이 글을 슬흐 흐노라

— 작가 미상의 시조

유희이, 공자의 노래

천진교 다리 아래 봄날의 강물이여
천진교 다리 위의 화려한 사람이여.
말 울음소리 푸른 구름 너머 몰려들고
사람 그림자 푸른 물결 속에 흔들리네.
푸른 물결 맑고 아득한데 백옥 같은 모래
푸른 구름 흩어지니 비단 펼친 노을이라네.
가련하다, 버들은 마음을 아프게 하는 나무요
가련하다, 도리화는 애간장 끊는 꽃이로구나.

이날 멋대로 놀며 고운 여인을 맞아들이고
이때 춤추고 노래하며 창기의 집에 들어가네.
창기의 집에 고운 여인의 울금향이
공자의 곁으로 날아갔다 날아오네.
어른어른 주렴은 흰 햇살이 비치고
곱디고운 옥안은 붉게 단장하였네.
꽃 곁엔 두 마리 나비가 오락가락 날고
못가엔 쌍쌍의 원앙새 아장아장 걷누나.
나라와 성을 무너뜨린 것 한 무제였고
비와 구름 되어 즐긴 것 초 양왕이었지.

예부터 고운 풍채는 남들이 선망하는 바
게다가 오늘 멀리서 이를 바라보게 되었으니.
원컨대 가벼운 비단옷 가는 허리에 걸치고
원컨대 훤한 거울로 아리따운 모습 비추기를.
그대와 마주하여 더욱 친하고 싶고
그대와 함께 한몸처럼 살고 싶어라.
원컨대 천년 늙은 곧은 소나무가 되리니
아침에만 새로 피는 무궁화는 누가 논하랴?
백년 인생 서산의 해와 함께 스러지면
천년만년 북망산의 흙먼지가 되는 것을.

劉希夷, 公子行

天津橋下陽春水　天津橋上繁華子[98]
馬聲迴合靑雲外　人影搖動綠波裏[99]
綠波淸迴玉爲砂　靑雲離披錦作霞[100]
可憐楊柳傷心樹　可憐桃李斷腸花
此日遨遊邀美女　此時歌舞入娼家
娼家美女鬱金香　飛來飛去公子傍

98　天津橋는 낙양의 서남에 있던 다리다. 수 양제(隋煬帝) 때 만들어진 것으로
　　알려져 있다.
99　迴合이 回合으로 搖動이 動搖로 된 데도 있다.
100　綠波淸迴이 綠波蕩漾으로 된 데도 있다.

的的珠簾白日映　娥娥玉顏紅粉粧[101]

花際裴回雙蛺蝶　池邊顧步兩鴛鴦[102]

傾國傾城漢武帝　爲雲爲雨楚襄王[103]

古來容光人所羨　況復今日遙相見

願作輕羅著細腰　願爲明鏡分嬌面

與君相向轉相親　與君雙棲共一身

願作貞松千歲古　誰論芳槿一朝新

百年同謝西山日　千秋萬古北邙塵

유희이, 공자힝

천진교하양춘수요 천진교상의 번화즈을

마슈형합쳥운외요 인영요동녹파리을

녹파쳥형옥위사ᄒᆞ고 쳥운니금피작하을

가긍양뉴상심슈요 가긍도리단장화을

차일오유요미인이요 차시가무입창가을

창가미인울금향이 비거비리공즈방을

젹〃쥬렴은 빅일모요 연〃홍안홍분장을

101　的的은 밝게 빛나는 모양을, 娥娥는 아름다운 모습을 형용하는 말이다.

102　裴回는 徘徊와 같다.

103　한 무제 때 이연년(李延年)이 누이동생을 무제에게 보내면서 "북방에 미인이
　　있으니, 세상에 견줄 이 없게 홀로 뛰어나네. 한 번 돌아보면 남의 성을 망치
　　고, 두 번 돌아보면 남의 나라를 망치네. 어찌 성 망치고 나라 망치는 걸 모르
　　랴마는, 미인은 다시 얻기 어렵네.(北方有佳人 絶世而獨立 一顧傾人城 再
　　顧傾人國 寧不知傾城與傾國 佳人難再得)"라 한 바 있다. 초 양왕(楚襄王)
　　이 무산(巫山) 신녀(神女)와 아침이면 구름이 되고 저녁이면 비가 되어 운우
　　지정(雲雨之情)을 나누었다는 고사가 있다.

화졔비회쌍협졉이요 지변고보양원앙을

경국경셩한무졔요 위운위우초양왕을

고리용광인소션이라 항부금일요상견을

원작경나착셰요ᄒ야 원위명경분교면을

여군상향젼상친이요 여군쌍셔공일신을

원작졍송쳔셰고니 슈론방근일조신가

븩년동사셔산일이요 쳔셰만고북망진을[104]

『유취요람』

  쳔진교 아릐 양츈 물이요

  쳔진교 우희 번화ᄒᆫ ᄋ희로니라

  믈 쇼릐ᄂᆫ 프른 구름 밧긔 도라와 합ᄒ고

  사롬의 그림ᄌᆞᄂᆫ 푸른 물결 속의 흔들녀 움죽이더라

  프른 물결은 맑고 멀어 옥으로 ᄉᆞ롤 지엇고

  푸른 구름은 쩌나락 헷쳣다 ᄒᆞ여 비단으로 안기롤 지엇더라

  가이 어엿브다 버드남근 ᄆᆞᆷ을 슬허ᄒᆞᄂᆫ 남기요

  가이 어엿브다 도리ᄂᆫ 창ᄌᆞ롤 슬ᄂᆫ 꼿칠너라

  이씨의 두루 노라 아름다온 계집을 마ᄌᆞ오고

---

104 『당시장편』은 음이 잘못된 곳이 많다. 마슈형합쳥운외에서 마슈는 마셩(馬
     聲)의 잘못이고, 형합은 회(廻)를 형(泂)으로 잘못 읽은 것이다. 쳥운니금피
     작하는 쳥운니피금작하의 잘못이다. 『당시장편』에서 가령(可怜)을 가긍으로
     표기한 데가 많지만 잘못이다. 미인은 거의 모든 문헌에 미녀(美女)로 되어 있
     다. 젹〃쥬렴은븩일모에서 모는 모든 문헌에서 앙(映)으로 되어 있고, 연〃홍
     안홍분장은 아아옥안홍분장(娥娥玉顔紅粉粧)의 잘못이다. 쳔셰만고북망진
     에서 쳔셰도 다른 문헌에는 쳔고(千古)로 되어 있다.

이날의 노릐호고 츔추어 갓나의 집의 드러가더라

갓나의 집 아름다온 계집의 울금향이

공즈의 겻희 날나가고 날나오더라

어른////호는 구술발은 흰 날의 비쵀이고

아리땁고 아릿다온 옥 갓튼 얼골은 불근 분으로 단장호엿더라

꼿 겻헤는 쌍// 나뷔가 오락가락호고

년못 가의는 둘식//// 원앙이 아장아장 것는 듯호더라

나라흘 기우리고 왼 셩을 기우리는 한무졔요

구름도 되고 비도 되는 초양왕일너라

예로부터 오미 고은 얼골은 사룸마다[105]

허물며 오날 멀니 셔로 보미냐

원컨딕 고은 비단이 되야 가는 허리의 븟치고

원컨딕 밝은 거울이 되야 아릿다온 얼골을 빗쵀리라

그딕로 더부러 셔로 향호여 졈// 셔로 친호고

그딕로 더부러 쌍으로 깃드려 한 몸을 한가지호리라

원컨딕 고든 소남기 되어 쳔셰나 오릴지라

뉘 꼿다은 무궁화 호로아츰의 실오믈 의논호리오

빅년만의 셔산낙일을 혼가지로 샤례호고

쳔츄와 만고의 북망산 틔글에 혼가지로 뭇치리라

「공자행」은 귀공자와 기녀의 연정을 노래하는 전통이 있는데 유희이의
작품 이래 고황(顧況), 맹빈우(孟賓于), 섭이중(聶夷中), 관휴(貫休) 등

도 같은 이름으로 지은 시가 알려져 있다. 이 시의 배경인 천진교는 낙양의 서남쪽 낙수에 있던 다리인데 하늘의 은하수와 같은 분위기가 있어 이 이름이 붙었다. 당나라 때에도 가장 번성한 지역이었다.

이 작품은 이러한 천진교를 배경으로 하여 시상을 여는 첫 구에서 아래를 먼저 말하고 위를 말하였는데 이는 이어지는 구절에서 강물에 거꾸로 비친 풍광과 호응을 이룬 것이 묘미가 있다. 말 울음소리라는 청각적 심상과 푸른 구름이라는 시각적 심상을 병치하고 정적인 구름과 동적인 물결을 병치한 것도 묘미를 더한다. 물결과 구름에 연결하여 흰 모래밭과 붉은 노을이 펼쳐지고 이별을 상징하는 버들과 봄날의 화려함을 대표하는 복사꽃이 대비되어 시인의 비감이 더해진다.

이어지는 열 구는 공자와 여인의 사랑을 그렸다. 고운 여인과 창기는 같은 사람인데 반복하여 율동감이 나도록 하고 이를 울금향이라는 고급 향의 후각을 가지고 공자로 연결하였다. 그리고 여인의 화려한 방과 그곳에서의 연정을 말하였다. 주렴과 옥안으로 화려함을 더하고 협접과 원앙으로 두 사람의 연정을 돌려 그렸다. 이어 한 무제가 경국지색 이부인(李夫人)을 총애한 고사와, 초 양왕이 신녀와 운우지정을 즐긴 고사를 끌어들여 그들처럼 사랑을 나눌 것을 다짐하였다. 이 구절은 향락에 대한 추구가 지나치다고 후대에 비판을 받았다.

마지막 열 구는 이를 종합하여 시상을 맺었다. 고운 사람을 만나는 것은 누구나 바라는 일인데 드디어 뜻을 이루게 된 것을 말한 다음, 거듭 서원(誓願)의 말을 나열하였다. 하루아침에 피고 지는 무궁화가 아니라 천년만년 푸르른 소나무가 되자고 한 다음, 허망한 백년 인생으로 시상을 종결하였다. 서산에 지는 해와 북망산천의 흙먼지라는 시각적 심상이 작품 전반의 화려함과 대비되어 긴 여운을 준다.

조선 시대 성현, 신익성(申翊聖), 김석주, 황택후(黃宅厚) 등이 같은 제목의 시를 지었으나 이 시와의 연관성은 확인되지 않는다.

◆ ◆ ◆

들꽃이 다 핀 곳 마음 상하게 하는 나무요　　　野花開盡傷心樹
산새가 많이 우는 곳 한 일으키는 가지라.　　　山鳥啼多惹恨枝

　　　　　　　　　　　　　— 김시습(金時習), 「포석정(鮑石亭)」

흙이 누르니 금으로 땅을 만들었나　　　　　土黃金作地
물결이 희니 옥으로 모래를 만들었네.　　　　波白玉爲沙

　　　　　　　　　　　　— 이형상(李衡祥), 「구곡만의 팔기(九曲灣八磯)」

홀로 섬돌을 거닐며 복사꽃을 당기노라니　　　獨步瑤砌攀桃花
꽃 사이 쌍쌍이 나는 나비가 문득 부럽네.　　　却羨花間雙蛺蝶

　　　　　　　　　　　　　　— 성현, 「옥계원(玉階怨)」

곽
진,
고
검
의
노
래

그대 보지 못하였나,
곤오산의 쇠를 불리니 화염이 날리고
붉은빛과 자줏빛 기운이 함께 번득임을.
뛰어난 장인이 몇 년이나 단련하였던가?
보검을 주조해 내니 이름이 용천검이라네.
용천검은 빛이 눈과 서리처럼 하얗기에
뛰어난 장인도 탄식하고 기이하다 하였네.
유리 같은 옥갑은 연꽃 꽃송이를 토한 듯
황금을 새긴 고리는 밝은 달이 떠오른 듯.
마침 천하에 풍진이 일지 않을 때를 만나
요행히 군자의 몸을 두루 보호하게 되었네.
칼날의 광채가 어둑하여 푸른 뱀의 색깔이요
칼집은 문양이 조각조각 푸른 거북 껍질이라.
협객들과 사귐을 맺었을 뿐만 아니요
영웅호걸과도 또한 친근하게 되었건만.
어찌 차마 말하랴, 중도에 버림을 받아
영락한 채로 오래된 옥사에 뒹굴고 있다고.
먼지에 묻혀 다시 쓰일 데가 없겠지만
그래도 밤마다 기운이 하늘을 찌른다네.

郭震, 古劍篇

君不見昆吾鐵冶飛炎烟　紅光紫氣俱赫然[106]

良工鍛鍊凡幾年　鑄得寶劍名龍泉[107]

龍泉顏色如霜雪　良工咨嗟歎奇絶

琉璃玉匣吐蓮花　錯鏤金鐶生明月[108]

正逢天下無風塵　幸得周防君子身[109]

精光黯黯青蛇色　文章片片綠龜鱗

非直結交遊俠子　亦曾親近英雄人[110]

何言中路遭棄捐　零落漂淪古獄邊[111]

雖復沉埋無所用　猶能夜夜氣衝天[112]

곽진, 고검편

군블견 곤오철야비염연흔다 홍광즈긔구혁연을

양공이 단련범긔년고 쥬득보검명용쳔을

106　昆吾는 『산해경(山海經)』에 나오는 산 이름인데 적동(赤銅)의 산지로 소개되어 있다.

107　凡幾年이 經幾年으로 된 데도 있다. 龍泉은 용연(龍淵)이라고도 하는 보검의 이름이다.

108　칼집은 연꽃을 아로새겼고 칼 고리는 황금으로 장식하였다는 뜻이다. 生明月은 映明月로 된 데도 있다.

109　周防이 用防으로 된 데도 있다.

110　亦曾이 亦常으로 된 데도 있다.

111　漂淪이 飄淪으로 된 데도 있다.

112　이 대목은 진(晉)의 장화(張華)가 하늘에 붉은 기운이 어린 것을 보고 가서 살피게 하였는데 보검의 정령이 하늘로 뻗어 올라간 것이라 하여, 풍성(豐城)의 오래된 옥사(獄舍)에서 용천검과 태아검(太阿劍)을 찾았다는 고사를 활용한 것이다.

용천안석이 여상셜ᄒᆞ니 양공조챠탄긔졀을

뉴리옥갑토연화요 착누금한셩명월을

졍봉쳔하무풍진ᄒᆞ니 힝득듀방군조신을

졍광은 암〃쳥ᄉᆞ싁이오 문쟝은 편〃녹귀린을

비직결교유협ᄌᆞ라 역증친근영웅인을

하언듕노죠기연가 영낙표륜고옥변을

슈부침믜무쇼용이나 유릉야〃긔츙쳔을

곽진(656~713년)은 자가 원진(元振)이고 위주(魏州) 출신인데 병부 상서 등을 지내고 대국공(代國公)에 봉해졌다. 궁핍한 백성을 구제한 뛰어난 관리로도 알려져 있다. 『신당서』의 「곽원전(郭震傳)」에 따르면 측천무후가 그를 불러 이야기를 나누고 기특하게 여겨 시문을 보고자 했는데 이 작품을 바쳤다고 한다.

고대의 명검 용천검(龍泉劍)을 노래한 작품이다. 뛰어난 장인이 곤오산(昆吾山)에서 생산되는 붉은 구리로 여러 해에 걸쳐 용천검을 만들었다. 칼날이 눈과 서리가 서린 듯 잘 벼려졌다. 유리처럼 투명한 옥갑에 넣어 두니 한 송이 하얀 연꽃이 피어난 듯하고, 칼집은 황금을 아로새겨 둥근 달처럼 훤하다. 이런 명검이기에 전쟁 때라면 장군이 휘둘러 큰 공을 세웠겠지만 평화로운 시기를 만난지라 관리의 호신용으로 쓰일 뿐이나. 칼집 속에 사나운 뱀의 껍질처럼 검푸른 빛을 띠고 있고 칼자루는 푸른 거북 껍질 문양을 잃지 않았다. 때로는 협객을 만나 벗이 되기도 하고, 영웅호걸을 만나 사랑을 받은 적도 있었다. 지금은 버려져 쓰이지 못하지만 언젠가 쓰일 날을 기다리면서 검광을 쏟아 내고 있다.

이 작품은 세상에 쓰임을 입지 못하는 신세를 비유한 것으로, 이후에도 보검을 노래한 작품은 이러한 뜻을 담는 전통이 있다. 성현, 장유(張維), 임전(任錪), 조위한(趙緯韓), 조찬한(趙纘韓), 이명한(李明漢), 홍세태 등이 같은 제목의 시를 지었는데 주제가 이와 대동소이하다. 특히 이회보(李回寶)의 「화곽진보검편(和郭振寶劍篇)」이 이 작품에 차운한 것이다. 또 차천로(車天輅)의 「도통판에게 주다(贈陶通判)」 "일찍이 원진의 보검편 읊었지(曾聞寶劍元振詠)", "나라 위한 마음에 보검편을 저술했지(許國心肝寶劍篇)" 등에서 이른 '보검편'이 이 시를 이른다. 서거정, 김득신(金得臣), 심육(沈錥), 홍석기(洪錫箕) 등의 「고검가(古劍歌)」도 이 작품의 전고를 많이 구사했다.

◆ ◆ ◆

연꽃을 갑에서 토해 내듯 검기가 일렁이고	匣吐蓮花騰劍氣
댓잎에 향기가 일어 술잔 가운데 넘쳐 나네.	香浮竹葉溢杯心

— 심광세(沈光世), 「죽음에서 음자 시에 차운하여 앞뒤로 30수를 부쳐 보내다
(竹陰次吟字韻 前後投寄三十首復次)」

곧바로 군자의 몸을 두루 보호하고	直須周防君子身
또 가지고서 임금님 받들 수 있으리라.	亦可持之捧聖后

— 조정만(趙廷晩), 「호아검가를 지어 아우 대이에게 주다(虎牙劍歌贈舍季大而)」

푸른 뱀 칼집 속의 칼을 들고	靑蛇匣裏劍
밝은 달 손 안의 활을 당겼지.	明月手中弓

— 기준(奇遵), 「만호를 추도하다(挽萬戶)」

댓자리는 푸른 새 그린 배 그림자 일렁이고　　枕簟影搖靑爵舫

칼자루는 파란 거북의 껍질에서 빛을 토하네.　劍囊光吐綠龜鱗

— 이민성(李民宬), 「배 안에서 석루대 시에 차운하여 백사에게 겸하여 바친다
(舟中次石樓臺韻兼呈白沙)」

검망이 몇 치 안 된다 말하지 말라　　　莫道鋒鋩纔數寸

그래도 밤마다 기운이 하늘을 찌르니.　猶能夜夜氣衝天

— 구치용(具致用), 「작은 칼을 유만리에서 주면서(以小刀贈兪萬里)」

송지문, 길에서 한식을 맞아

말 위에서 한식을 맞으니
길 위에 늦봄이 왔구나.
가련타, 포구에서 바라보니
낙양 다리에 사람 뵈지 않네.

宋之問, 途中寒食

　　馬上逢寒食　途中屬暮春
　　可憐江浦望　不見洛橋人[113]

송지문, 도즁한식

　　마샹의 봉한식ᄒ니 도즁의 속모츈을
　　가련강포망ᄒ니 불견낙교인을

길 가온대셔 ᄒ식을 만나미라(『언해당음』)

　　말 우희셔 ᄒ식을 만나스니
　　길 가온ᄃᆡ 져문 봄을 부쳐더라

_____

113　途中은 愁中으로 된 데도 있다.

146

가희 어엽부다 강가를 바라보니

낙슈 달이의 사룸을 보디 못홀네라

송지문(656~713년)은 이름을 소련(少連)이라고도 한다. 자는 연청(延淸)
이고 산서 분양(汾陽) 혹은 하남 보령(靈寶) 출신이다. 심전기(沈佺期)와
나란히 심송(沈宋)으로 병칭되었다. 성당(盛唐)의 맑은 시풍을 연 것으
로 평가된다. 두 권의 『송지문집(宋之問集)』이 있는데 규장각 등에 소장
되어 있다.

705년 무후가 축출되고 중종(中宗)이 즉위하였을 때 송지문이 두심언
(杜審言)과 함께 농주(瀧州), 곧 지금의 광동 땅으로 유배되어 있을 때 지
은 작품이다. 가족과 함께 보내야 할 한식에 나그네로 떠도는 슬픔을 적
었다. 혹 낙양의 파교(灞橋)에서 오는 사람이 있으면 소식이라도 물을 터
인데 아무도 보이지 않아 수심에 젖게 된다.

『승정원일기』(1783년 3월 1일)에 정조가 이 시의 첫 구를 제목으로 하
여 오언 육운 율시를 짓게 하였다는 기사가 보인다. 또 이 시를 두고 신유
한(申維翰)의 『해유록(海遊錄)』에 일본인들이 훈점(訓點)으로 읽는 풍
속을 적었으니, 동아시아에 두루 알려진 명편이라 하겠다.

◆◆◆

봄 들판 날마다 말발굽 푸른데   春蕪日日馬蹄綠
한식은 해마다 말 위에서 보낸다.   寒食年年馬上過
　　　　　　　— 오원(吳瑗), 「한식에 양산으로 돌아가며 도중에 감흥을 적다
　　　　　　　　　　　　　　　　　　　　(寒食歸陽山途中書興)」

가랑비 내리는 청명절에   細雨淸明節
메꽃은 몇 곳에 피었는지.   山花幾處春
홍진에서 귀거래 못하고   紅塵歸未得
멀리서 고향 사람 그린다네.   遙憶故園人

           — 고용후, 「청명(淸明)」

동풍 부는 한식 봄은 저물어 가는데 東風寒食三春晚
필마로 먼 길 가니 마음이 아득하다. 匹馬長途意惘然
만 리 먼 강변에서 그저 바라보나니 萬里江潭徒極目
낙교의 사람은 저녁 구름에 막혀 있네. 洛橋人隔暮雲邊

     — 홍우원(洪宇遠), 「불견낙교인(不見洛橋人)」

송지문, 두심언과 헤어지면서

병들어 누워 인사를 끊었기에
아, 그대 만 리 먼 길을 떠나는데
다리에서 전송을 하지 못하고
강가의 나무만 멀리 정을 품었네.

宋之問, 別杜審言

　臥病人事絶　嗟君萬里行

　河橋不相送　江樹遠含情

송지문, 별두심언

　와병의 인스결ᄒ니 차군만리힝을

　하교의 불상송ᄒ니 강슈원함졍을

두심언니ᄅ 사ᄅᆷ을 니별홈이라(『언해당음』)

　병드러 누어 인스가 ᄠ너져스니

　슬푸다 그듸 만리 힝ᄒ도다

　물 다리에셔두 보ᄂᆡ디 못ᄒ니

　강의 남기 멀이 졍을 머금어드라

149

698년 두심언이 상소를 올렸다가 길주(吉州), 곧 지금의 강서 길안(吉安)에 폄적되어 갈 때 준 작품이다. 병들어 먼 길을 떠나는 벗을 전송하지 못하는 안타까움을 말한 다음, 다리까지 나가 전송하지 못하는 자신의 마음을 알기나 한 듯 강가의 나무가 정을 머금고 있다고 하였다.

이 시는 조선에서 널리 알려져, 간찰에서 벗을 전송하지 못할 때는 이를 인용하여 안타까움을 말하곤 하였다. 『일사기문(逸史記聞)』에 따르면 유자신(柳自新)의 침실 벽에 2구가 적혀 있었는데 후에 외딴섬에 안치된 시참(詩讖, 시 내용이 뒷일과 맞는 일)이 되었다는 야사도 전한다. 그 아들 유희분(柳希奮)의 짚신에 갑자기 혈서로 쓴 2구가 나타났다고도 한다. 정홍명(鄭弘溟), 이병원(李秉遠)이 이 시 4구의 글자를 운자로 하여 시회를 가진 바 있다.

◆◆◆

앓아누워 다리에서 전송도 못 했는데　　　病負河橋別
이별하는 그 마음 묻노니 어떠한가?　　　離懷問若何

　　　　— 송규렴(宋奎濂), 「정상사에 헤어지면서(贈別鄭上舍)」

자그마한 술잔이라 취하지 않는데　　　小酌不成醉
정 머금은 강변의 나무 석양 비치네.　　　含情江樹曛

　　　— 정사룡, 「저녁에 임진강을 건너며 지은 시에 차운하여(次晚渡臨津江)」

병들어 처절한 마음 온갖 시름 생기는데　　　病懷凄切九愁生
자네는 이제 만 리 먼 영남으로 가는구나.　　　萬里君今嶺海行

한 동이 술로 다리의 객을 붙들지 못하리니　　一壺未摻河橋手
강가의 나무는 아스라이 끝없는 정이라네.　　江樹蒼茫無限情

— 홍우원(洪宇遠), 「강수원함정(江樹遠含情)」

인간비막비(人間悲莫悲)는 만고(萬古) 소혼(消魂) 이별이라
방초(芳草)는 처처(萋萋)ᄒ고 유색(柳色)은 풀을 쩍의 하교송별
(河橋送別)에 뉘 안이 암연(黯然)ᄒ리
험을며 기럭이 슬피 울고 낙엽이 소소(蕭蕭)홀 제 안이 울 이 업
더라

— 이정보의 시조

춘향이 일비주 가득 부어 눈물 셕거 드리면서 하난 마리, 한양성
가시난 질으 강수쳥쳥 푸르거든 원함정을 싱각ᄒ고, 쳔시가졀 씨
가 되야 셰우가 분분커든 노상힝인욕단혼이라

— 「열녀춘향수절가」의 춘향이 이몽룡을 보내는 대목

니 사랑아 들러셔라. 너와 나와 유정하니 어이 안니 다정하리
…… 담담장강슈 유유의 원직정 하교의 불상송 강슈원함정

— 「열녀춘향수졀가」의 사랑가 대목

송지문, 일찍 소주를 출발하며

파란 물 따라 낙양으로 가는 길
푸른 구름 떠 있는 낙수의 다리.
고향은 늘 눈에 어른거리니
그리 간 혼 굳이 불러올 것 없네.

宋之問, 早發韶州

綠水秦京道 靑雲洛水橋[114]

故園長在目 魂去不須招

송지문, 조발소쥬

녹슈은 진경도요 쳥운은 낙슈교을

고원이 장지목ᄒᆞ니 혼거불소초을

일즉이 소쥬 ᄠᅥ흐로 힝ᄒᆞ야 가옴이라(『언해당음』)

푸른 남근 진나라 셔울이요

---

114   지금의 광동(廣東) 북쪽인 소주(韶州)는 곡강(曲江)이라고도 하는데 그 사이
      에 있다. 秦京은 진나라의 수도 함양(咸陽)을 이르고, 낙수는 함양의 북쪽으
      로 흐르는 강이다.

푸른 구름은 진나라 낙슈 다리더라

녯 동산이 길이 눈에 닛쓰니

혼은 갓스디 모름즉이 불로지 못흡이라

이 작품은 중년에 농주에 폄적되어 있다가 장안으로 돌아가면서 쓴 것으로 추정된다. 남쪽 소주에서 새벽에 머나먼 함양으로 길을 나선다. 그리운 고향이 늘 눈앞에 어른거리기에 부르지 않아도 혼이 먼저 간다고 하였다. 혼은 꿈속의 영혼을 이른다. '초혼(招魂)'은 죽은 이의 영혼을 부른다는 뜻도 있지만 송옥(宋玉)이 굴원의 혼을 부른다는 뜻으로 같은 제목의 글을 지으면서 간절히 그리워하는 마음을 이르기도 한다. 여기서는 고향으로 가 있는 영혼을 다시 몸으로 돌아오게 할 필요가 없다는 뜻이다.

　고향을 그리워하는 작품으로 조선 시대에 널리 회자되었다. 서울 가는 길이라는 뜻의 진경도(秦京道), 서울의 다리라는 뜻의 낙수교(洛水橋) 등이 이 시에 연원을 두고 있다. 박영원이 첫 구를 제목으로 칠언절구를 지었다. 홍성민, 조우인(曺友仁), 김창흡, 순조 등도 이 시의 구절을 그대로 가져다 시를 지었다. 조운경(趙雲卿)이 신위(申緯)에게 이 시의 첫 구를 붓으로 써 주었다는 기록이 신위의 문집에 보인다.

◆◆◆

달빛 밟으며 주막을 떠나	踏月辭茅店
서리 맞으며 널다리를 건넌다.	侵霜渡板橋
북창에 조는 것만 같으랴,	何如北窓睡
돌아가 은거하니 부를 것 없다.	歸隱不須招

　　　　　　　　　　　　　ㅡ 윤선도, 「조발소주 시에 차운하다(次早發韶州韻)」

고운 풀 서울 가는 길 芳草秦京道

맑은 구름 낙수의 강변 晴雲洛水邊

　　　　— 유성룡(柳成龍), 「강릉으로 부임하는 김창원을 보내며(送金昌遠赴江陵)」

바라보이는 고향은 어찌해야 갈는지? 故園在目何由往

푸른 구름 낙수 다리에서 시만 읊조리네. 漫吟靑雲洛水橋

— 김창흡, 「오성선방에서 담화자가 관동으로 가는 것을 보내며(五聖禪房送湛華子東歸)」

고요히 숲속 정자 생각하니 눈에 삼삼하기에 靜想林亭如在眼

굳이 내 영혼을 고향에서 불러올 것 없구나. 不須招我故園魂

　　　　— 유상운(柳尙運), 「빗속에 회포를 적어 동촌에 부치다(雨中書懷寄東村)」

춘향이 일비주 가득 부어 눈물 셕거 드리면셔 하난 마리, …… 녹
수진경도의 평안이 힝차하옵시고 일자엄신 듯사이다 둥둥 편지
나 하옵소셔

　　　　— 「열녀춘향수절가」의 춘향이 이몽룡을 보내는 대목

송지문, 밝은 은하수의 노래

팔월 서늘한 바람에 하늘이 청명한데
만리장천에 구름 없고 은하수가 맑으니
저물녘 보일 땐 남쪽 누각에서 맑고 얕다가
새벽녘 서산에 떨어질 땐 이리저리 뻗쳤네.
낙양성 대궐이 하늘 가운데 높이 솟아 있어
긴 은하수가 밤마다 천 개의 문으로 들어가니
겹겹의 회랑과 이어진 지붕 가리고 있어도
화려한 고대광실에선 더욱 잘 보인다네.
은하수가 운모 휘장 앞에서 막 흘러넘치더니
수정 주렴 너머에서 점점 구불구불 뻗어 가고
높다란 곳에 훤하게 돌 때 비단같이 희더니
다시 동쪽 성을 나서 남녘 교외로 이어지네.

남녘 교외엔 수자리 간 사람 돌아오지 않는데
그 누가 오늘 밤에 겨울옷을 다듬이질하는가.
원앙 그린 베틀에 성긴 반딧불이가 지나가고
오작교 다리 가에는 외기러기가 날아가네.
기러기 날고 반딧불이 지나가니 시름을 어쩌랴,
점점 희미하게 사라지는 은하수만 그저 볼지라.
은하수 흩어지고 뭉치는 것 뜬구름에 맡겼으니

은하수 훤한 빛 달빛보다 못해도 애석할 것 없네.

밝은 은하수는 바라볼 뿐 가까이할 수 없으니

뗏목을 타고 한번 나루 물어 하늘에 올라서

다시 직녀가 베틀을 괴던 돌을 가지고서

돌아와 성도 땅에 점치는 사람을 찾아야겠네.

宋之問, 明河篇

　　八月凉風天氣清　萬里無雲河漢明[115]

　　昏見南樓清且淺　曉落西山縱復橫[116]

　　洛陽城闕天中起　長河夜夜千門裏

　　復道連甍共蔽虧　畫堂瓊戶特相宜[117]

　　雲母帳前初泛濫　水精簾外轉逶迤[118]

　　倬彼昭回如練白　復出東城接南陌[119]

115　天氣清이 天氣晶으로 된 데도 있다.

116　진(晉)의 유량(庾亮)이 정서장군(征西將軍)으로 무창(武昌)에 있을 때 장강 강변에 남루(南樓)를 세웠다. 어느 가을날 밤에 달이 떠오르고 하늘이 맑을 때 이곳에 올라가서 시를 읊조리며 고상한 풍류를 즐긴 바 있다. 또 진(晉)의 왕자유(王子猷)가 환온(桓溫)의 참군(參軍)이 되었을 때 홀(笏)을 턱에 괴고 "서산의 아침 기운이 상쾌하다.(西山朝來 致有爽氣)"라 말한 고사가 있다. 이 고사를 끌어들여 시인의 맑은 풍류를 과시한 것이다.

117　復道는 높은 건물 사이에 놓인 연결 통로를 이른다. 畫堂과 瓊戶는 화려한 집과 문을 이른다.

118　雲母帳은 운모를 장식한 휘장이고 水精簾은 수정으로 만든 발이다. 화려한 도성의 건물을 이른다.

119　南陌은 남쪽으로 난 길이다.

南陌征人去不歸　誰家今夜搗寒衣

鴛鴦機上疏螢度　烏鵲橋邊一雁飛[120]

雁飛螢度愁難歇　坐見明河漸微沒

已能舒卷任浮雲　不惜光輝讓流月

明河可望不可親　願得乘槎一問津

更將織女支機石　還訪成都賣卜人[121]

송지문, 명하편

　　팔월냥풍쳔긔쳥ᄒ니 만니무운하한명을

　　혼견남누쳥ᄎ쳔이요 효낙셔산죵부횡을

　　낙양셩궐쳔듕의ᄒ니 쟝하야∥쳔문니을

　　복도연밍공폐휴요 화당경호특샹의을

　　운모쟝젼초범남이요 수졍념외젼위이을

　　탁피쇼회여연빅ᄒ니 부츌동셩졉남믹을

　　남믹졍인거불귀ᄒ니 슈가금야도한의요

　　원앙긔샹에 쇼형도ᄒ니 오쟉교변에 일안비을

120　鴛鴦機는 베틀을 미화한 말이다. 烏鵲橋는 칠석날에 견우와 직녀가 만날 수
　　있도록 까치가 은하수에 놓은 다리다. 원앙기는 남편에 대한 그리움을, 오작
　　교는 상봉에 대한 기대를 담은 말이다.

121　어떤 사람이 뗏목을 타고 천하(天河)에 이르렀을 때 아낙은 베를 짜고 사내는
　　소에게 물을 먹이는 것을 보고는 돌아와서 복술가 엄군평(嚴君平)에게 묻자,
　　엄군평은 "아무 해 아무 달에 객성(客星)이 남두성(南斗星)과 견우성(牽牛
　　星)을 범하였으니, 바로 이 사람이다."라고 하였다는 고사가 있다. 또 다른 문
　　헌에는 어떤 이가 황하의 근원을 찾아가다 한 아낙이 빨래를 하는 것을 보고
　　물어보니 은하수라 하기에, 돌 하나를 들고 돌아와 엄군평에게 물었더니 엄
　　군평이 그것은 베틀을 괴던 돌이라고 말했다는 고사도 있다.

안비형도슈난흘ᄒ니 좌견명하졈미몰을

이능권셔임부운이요 불셕광휘양유월을

명하가망불가친이라 원득승사일문진을

깅쟝직녀지긔셕ᄒ야 환방셩도미복인을[122]

『고문진보언해』

　　팔월 서늘한 ᄇᆞ람의 하ᄂᆞᆯ 긔운이 몰그니

　　만리예 구롬이 업고 은하쉬 ᄇᆞᆯ갓도다

　　황혼의 남누의 뵐제 몱ᄋᆞ며 ᄯᅩ 엿텃고

　　새배 셔산의 ᄲᅥ러딜 제 길고 다시 빗겻도다

　　낙양셩 대궐이 하ᄂᆞᆯ 가온대 니러나시니

　　긴 은하쉬 밤마다 일쳔 문 속이로다

　　복도와 년한 츈혜 한가지로 ᄀᆞ리와 이져뎌시니

　　그림 당과 옥 지게 특별이 서ᄅᆞ 맛당ᄒ도다

　　운모댱 앏픠 처음으로 넘뎟고

　　슈졍 발 밧긔 두로 둘럿도다

　　노피 뎌 붉고 도로켜미 깁이 힘 긋ᄐ니

　　다시 동셩의 나가 남녁 언덕의 졉ᄒ엿도다

　　남방 븍셔예 간 사ᄅᆞᆷ이 가고 도라오디 아니ᄒ니

　　뉘 집은 오늘 밤의 추위 오ᄉᆞᆯ 두드리ᄂᆞ뇨

　　원앙 뵈틀 우희 셩긘 반도블이 디나고

122　낙양셩궐쳔듕의와 이능권셔임부운은 낙양셩궐쳔듕긔와 이능셔권임부운의
　　　오류다. "숑지문이란 사ᄅᆞᆷ이 당나라 무후 씌의 북문학ᄉᆞ란 벼슬을 ᄒᆞ랴다가
　　　무희 시기지 아니″ 탄식ᄒ야 지은 글이라."라는 주석이 함께 붙어 있다.

오쟉 드리 션의 한 기러기 ㄴㄴㄸ다

기러기 놀고 반도블이 디나매 근심이 헐키 어려오니

안자셔 은하쉬 점점 쟈가 업스믈 보리로다

임의 능히 펴며 것기 뜬구룸을 맛뎟고

광휘 흐르ᄂ 돌의 셕양호믈 앗기디 아니ᄒᄂᄸ다

은하롤 가히 부라되 가히 친근티 못ᄒ니

원컨대 시러곰 사롤 투고 한번 놀롤 무ᄅ리로다

다시 직녀의 뵈틀 괸 돌흘 가져

도라와 셩도 짜 졈푸ᄂ 사룸을 ᄎᄌ려 ᄒᄂᄸ다

『유취요람』

팔월 셔늘ᄒᆫ 바룸의 하늘 기운 묽으니

만니쟝쳔의 구룸이 업셔 은하쉬 묽으니

어둡기야 남녁 누의 보ᄆ 묽고 쏘 얏탓고

셕벽의 셔다이 산의 쩌러지니 곳으락빗기락ᄒᆞ엿더라

낙양셩과 디궐이 하늘 가온듸 놉히 니러ᄂ시니

긴 은하쉬 밤마다 쳔문 속일너라

겨프린 길과 연ᄒᆫ 기와ᄂ 혼가지로 가리우락 이지러지락ᄒᆞ엿고

그림 미로의 구슬 믄ᄋ 둑빌이 셔뇨 맛당ᄒᆞ엇너라

운모 구슬노 혼 쟝 압히ᄂ 쳠으로 넘겨고

슈졍으로 혼 발 밧긔 졈〃 둘리엇더라

놉다 붉게 두룬 거시 비단깃치 희여시니

다시 동녁 셩에 나셔 남녁 언덕을 졉ᄒᆞ엿더라

남녁 언덕 슈ᄌ리 간 사룸이 가고 도라오지 아니〃

뉘 집 오날 밤의 치위 옷슬 다듬는고

원앙 그린 틀 우의 셩권 반듸불이 지누고

오작 다리 가의 외기러기 날더라

기러기 날고 반듸불이 지나미 근심을 그치기 어려우니

얀져셔 묽은 은하쉬 졈∥ 흐미히 쓴지는 모양을 볼지라

임의 능히 펴락거드락ᄒ여 쓴구름을 맛겨고

빗과 빗치 흐르는 달 수양홈을 앗기지 아니터라

발근 은하슈롤 가히 바라볼지언졍 가히 친ᄒ지 못홀지라

원컨디 쎼롤 타고 흔번 나리기롤 무르리라

다시 젹녀의 뵈틀과 얏든 돌을 가지고

도라와 셩도 쓰의 졈ᄑ는 사룸 ᄎ즐너라

『당서(唐書)』에 따르면 "무후 때 송지문이 북문학사(北門學士)가 되고자
하였지만 허락되지 않자 이 시를 지어 뜻을 보였는데, 무후가 이를 보고
최융에게 '송지문의 기이한 재주를 모르는 것은 아니지만 구취(口臭)가
있을 뿐이다.'라 하였다. 송지문이 평생 이를 부끄러워하였다." 측천무후
의 인정을 받지 못한 송지문이 상방감승(尙方監丞)을 지내다가 농주의
참군(參軍)으로 좌천되었는데 얼마 지나지 않아 낙양으로 돌아가 은거하
였다. 이 작품은 이때 지은 것으로 추정된다.

8월의 가을 하늘 맑은 은하수가 흐르는데 새벽까지 누각에 올라 시를
읊조린다. 높다란 낙양성이 하늘을 찌를 듯 솟았는데 만리장천의 은하수
가 이를 내려다보고 있다. 대궐과 저택은 운모로 치장한 휘장 너머로 은
하수가 쏟아져 들어올 듯하다가 다시 수정을 매단 주렴 너머로 구불구
불 뻗어 나간다. 새벽이 되어 은하수가 하늘 높은 곳에서 방향을 바꾸어

돌자 흰 비단을 펼친 듯하더니, 다시 동쪽 성문을 나서 교외로 뻗어 나간다. 황성의 화려함과 은하수의 맑음이 조응하여 천상의 신선 세계와 지상의 인간 세계가 하나가 되는 듯하다.

　도성의 교외나 먼 변방은 이와 분위기가 다르다. 수자리를 서러 간 남편을 기다리는 아낙은 남편의 겨울옷을 준비하느라 다듬이질을 한다. 수심이 어린 아낙은 남편과의 사랑을 상징하는 원앙새를 그린 베틀에 앉아 베를 짜는데 몇 마리 반딧불이가 외로움을 더한다. 오작교에는 가을이라 기러기가 북으로 날아간다. 낙양의 다리는 칠석의 견우와 직녀가 만나는 오작교와 같기에 서로 만날 수 없다. 떠나가는 반딧불이와 기러기, 희미하게 사라지는 은하수가 수심을 더한다. 은하수는 바라볼 수 있어도 가까이할 수 없지만, 그럼에도 찾아가고 싶다는 뜻으로 시상을 종결하였다.

　이 시는 유려한 미감을 발휘한 명편으로 알려져 있지만 송지문의 처신과 관련하여 비판을 받기도 하였다. 특히 마지막 대목에서 은하수를 찾아가겠다는 말은 송지문이 측천무후에게 벼슬을 구하고자 한 뜻이 들어 있다. 이때 은하수가 뜬구름에게 뭉치고 흩어지는 것을 맡겼기 때문에 밝은 달에게 사양하는 것을 안타까워하지 않는다는 말 역시 벼슬을 구하는 뜻이 읽힌다. 조선 전기 이덕홍(李德弘)이 「고문전집질의(古文前集質疑)」에서 "그 글이 청려기위(淸麗奇偉)할수록 그 사람의 사악한 실상을 더욱 가릴 수 없는 법이다"리 하였다. 또『상시』에서 "천하 사남들이 그의 행실을 미워한다."라는 평을 인용하고 "사관이 참으로 악을 미워하는 의리를 잘 알았다."라고 평하였다.

　성현의 「명하편(明河篇)」과 김인후(金麟厚)의 「속명하편(續明河篇)」 등이 이 작품을 배경으로 하여 재창작한 것인데 특히 성현은 송지문의 처신을 비판하였다. 김석주의 「선사행(仙槎行)」이 「환방성도매복인(還訪成

都賣卜人)」이라는 제목으로 된 데도 있다고 하였으므로 이 작품을 의고한 것이라 하겠다. 김만영(金萬英)의 「가을밤 우러러보니 은하수가 비단처럼 밝다(秋夜仰見明河練白)」가 이 작품을 제목으로 삼은 것이다. 조선시대 문인에게 끼친 영향을 짐작할 수 있다.

◆ ◆ ◆

중추절 둥근 달은 십분 밝은데   中秋蟾彩十分明
만 리에 구름 없어 은하수 맑네.   萬里無雲河漢淸
　　　　　　　　　　　　　　— 소세양, 「추석에 우연히 읊은 시에 차운하다(次秋夕偶吟韻)」

오작교 곁에 눈물 비가 남았는데   烏鵲橋邊餘淚雨
원앙 베틀 위에 별 눈동자 비추네.   鴛鴦機上照星眸
　　　　　　　　　　　　　　　　　　— 차천로, 「칠석(七夕)」

인간 세상 범상한 골격은 머물 수 없으니   人間凡骨不可住
성도의 점치는 늙은이나 찾아가야 하겠네.   還訪成都賣卜翁
　　　　　　　　　　　　　　　　　— 채수(蔡壽), 「지기석(支機石)」

노선, 남루에서 바라보다

도성 떠나 멀리 파 땅에 와서
누각에 오르니 만 리가 봄인데
강가에서 상심하는 나그네는
다들 고향 사람이 아니구나.

盧僎, 南樓望

　　去國三巴遠　登樓萬里春

　　傷心江上客　不是故鄕人 [123]

우준, 남망누

　　거국삼파원이요 등누만리춘을

　　상심강상긱이 불시고향인을

---

[123]　南樓는 성곽의 남쪽에 세운 문루(門樓)를 이르는데 유량(庾亮)이 달빛을 완
상한 고사가 나온 무창(武昌)의 남루를 위시하여 여러 곳에 이 이름의 누각이
있다. 이 시에서 이른 남루가 어디에 있는 것인지는 알 수 없지만 이 시가 삼
파(三巴)에서 지은 것을 생각하면 사천(四川) 성도(成都)의 성곽 남루일 가능
성이 높다. 삼파는 파군(巴郡), 파동(巴東), 파서(巴西)를 합쳐 이르는 말로
사천 일대를 지칭한다. 낯선 변방을 이르는 말로 쓰인다. 去國은 도성이나 조
정을 떠난다는 뜻이다.

남녁 누의 올나 부롬이라(『언해당음』)

　　나른의 가오미 세 파산이 머럿고

　　누의 올르니 만리나 흔 봄 일너루

　　마음을 상흐는 강 우희 손이

　　니 고향 스름이 아닌가

노선은 당 중종(中宗) 연간의 문인으로 자가 수성(守城)이고 집현전 학사
와 원외랑 등의 벼슬을 지냈다. 『당시장편』에서 작가를 '우쥰'이라 하였
는데 잘못이다.

　이 작품은 변방에서의 객수(客愁)를 노래한 것이다. 장안에서 멀리 떨
어진 파촉 땅에 와서 남루에 올랐더니 아스라이 봄 풍경이 펼쳐진다. 다
들 고향 떠난 사람들이라 함께 눈물을 글썽인다. '강상객' 중에 내 고향
사람이 없다는 뜻으로 풀이하기도 한다. 『언해당음』에서는 '강상객'이 고
향 사람인지 물어본다는 뜻으로 풀이했다.

◆ ◆ ◆

외로운 마을 밤에 침소에 엎드리니　　　　伏枕孤村夜
마음 아프게 만 리에 봄이 왔구나.　　　　傷心萬里春
　　　　　　　— 홍세태, 「마합 시골집에서 흥을 풀다(磨蛤村舍遣興)」

눈길 끝 들판에 오가는 이 요란해도　　　目極郊墟徒御鬧
그중에 누가 우리 고향 사람이겠나.　　　就中誰是故鄕人
　　　　　　　　　— 허균(許筠), 「주인집 뒷산에 올라 유량이 남루에서
　　　새벽에 바라보며 지은 시의 운을 이용하다(登主舍後岡用庾樓曉望韻)」

박옥 안고 초나라에 세 번 조회했고
글을 품고 진나라에 열 번 올렸지만
해마다 낙양의 길거리에서는
꽃과 새만 가는 이를 놀려 댄다네.

盧僎, 途中口號

抱玉三朝楚　懷書十上秦
年年洛陽陌　花鳥弄歸人[124]

도중구호

포옥삼됴죠요 회서십상진을
년〃낙양믹의 화가농귀인을[125]

124　춘추 시대 초이 변화(卞和)시 박옥(璞玉)을 얻어 여왕(厲王)에게 바쳤지만 여
　　왕이 가짜라고 의심하여 그의 왼발을 베었고, 무왕(武王)에게 다시 바쳤는데
　　그 역시 알아보지 못하여 오른발을 베었으며 나중에 문왕(文王)을 찾아가 사
　　흘 주야로 피눈물을 흘리며 진상하자 문왕이 옥을 가공하게 하니 과연 보배
　　였다는 고사가 있다. 2구는 소진(蘇秦)이 진왕(秦王)에게 자신의 정책을 설득
　　하기 위해 열 번 글을 올렸지만 받아들여지지 않아, 노잣돈으로 가져갔던 황
　　금 백 근이 소진되어 궁핍해졌다는 고사를 쓴 것이다.
125　화가농귀인은 화조농귀인의 오류다.

길 가온듸셔 입으로 불너 지음이루(『언해당음』)

　　옥을 안고 세 변 초나루의 도회를 ᄒ고

　　글을 품고 열 번 지나라외 올나도다

　　히ᄆ다 낙양 언덕의

　　ᄭᅩᆺ 싀가 돌라가는 사룸을 희롱ᄒ더루

때를 만나지 못한 자신의 처지를 슬퍼한 작품이다. 남들이 알아주지 않
는 재주를 품었기에 거듭 과거에 나아가 벼슬길을 구했으나 실패했음을
말했다. 그리고 해마다 과거를 보러 가는 낙양의 길목에는 꽃과 새들이
낙방하고 돌아가는 자신을 비웃는다고 하였다. '장안맥(長安陌)'이라 하
지 않고 '낙양맥(洛陽陌)'이라 한 것은 예스러운 느낌을 주기 위한 것으
로 당나라 시에서 늘 한나라나 진나라 때의 일처럼 묘사할 때가 많다.
이수광은 『지봉유설』에서 과거에 낙방하고 돌아가면서 지은 것이라 하
고, 새에게서 조롱을 받는다는 표현에서 고단한 형상을 잘 묘사하였다
고 칭찬하였다. 다만 초나라에 세 번 조회했다는 표현은 온당하지 못하
다고 하였다. 이 고사가 이 시에서 이른 처지와 맞지 않다고 본 것이다.

◆◆◆

고운 옥이라면 절로 값이 비싸리니　　　　美玉自多價
수고롭게 열 번 글 올릴 것 있는가?　　　何勞十上秦
　　　— 조현기(趙顯期), 「전겸익의 강행 시에 차운하여(次錢中郞江行)」

옥은 세 번 초에 조회한 일을 원망하는데　　玉怨三朝楚

글은 한 번 형주 자사에 보이기 부끄럽네.　　書慚一識荊

— 성근묵(成近默), 「기옹 김병성의 전별 시를 나중에 화답하다((追和金岐翁秉星贐章)」

초나라 옥과 진나라 글 알아주지 않는데　　楚玉秦書不見知

해마다 꽃과 새만 돌아가는 마음 놀리네.　　年年花鳥弄歸思

— 조두순(趙斗淳), 「보은으로 가는 집안사람 만순을 전송하며(送宗人萬淳歸報恩)」

낙양의 꽃과 새는 돌아가는 이를 놀리는데　　洛陽花鳥弄歸人

지친 나귀 타고 홀로 읊조리니 운명이 사납구나. 倦驢獨吟時命左

— 김택영(金澤榮), 「천유 박문규 선생이 준 시에 차운하여 사례하다

(次韻謝朴天遊霽鴻文遠先生贈詩)」

무평일, 설날 여러 신하들에게
백엽주를 하사하심에
시로 화답하여 올리다

푸른 잎은 봄을 맞아 푸르르고
찬 가지는 세밑까지도 차가운데
백엽주 들어 축수를 올리니
늘 만년의 기쁨을 받드소서.

武平一, 奉和元日賜群臣栢葉

　　緑葉迎春綠　寒枝歷歲寒

　　願持柏葉壽　長奉萬年歡

무평일, 봉화원일사군신빅엽

　　녹엽은 영츈록이요 한지은 역셰한을

　　원지빅엽슈ᄒᆞ야 장봉만년환ᄒᆞ셰

봉화원일의 뭇 신ᄒᆞ들을 잣나무 입흘 줌이ᄅᆞ(『언해당음』)

　　푸른 입흔 봄을 마즈 푸르엇고

　　찬 가지는 히를 지나도록 츠드라

　　원컨디 잣나무 갓흔 목슴을 가즈

　　길이 만녀ᄂᆞ나 질거운 것슬 밧들고

무평은 이름이 견(甄)인데 자(字)인 평일로 행세하였다. 무측천의 족손(族孫)이지만 숭산(嵩山)에 은거하다, 중종 복위한 후에 벼슬에 나와 현종 개원(開元) 말년에 죽었다.

무평일이 중종 연간(707~710년) 겸수문각직학사(兼修文閣直學士)로 자주 대궐의 잔치에 참석할 때의 작품으로 추정할 수 있다. 정월 초하루의 조회에서 황제가 내린 백엽주(柏葉酒)를 받들고 감사의 뜻으로 지어 올린 것이다. 백엽주는 잣나무 잎으로 담은 술로 설날 장수를 축원하거나 액을 피하는 용도로 마셨다. 1~2구에서 '록(綠)'과 '한(寒)'을 구의 앞뒤에 두어 리듬감을 형성하였다. 특히 4구의 '장봉만년환(長奉萬年歡)'은 훗날 중국이나 조선에서 축수의 말로 자주 사용되었다.

◆◆◆

이로부터 우리나라는 큰 운이 열려   從此邦家開景運
팔방이 늘 만년의 즐거움을 받들기를.   八方長奉萬年歡

　　　— 이의현(李宜顯), 「동궁의 천연두가 나아 건강이 회복된 뒤 기쁨을 기념하여 지은
　　　　옥당의 시운에 차운하다(次玉堂春宮痘候平復後志喜韻)」

나물 소반 보니 가절인가,   菜盤佳節屆
백엽주에 성은이 새로운데   栢葉聖恩新
솔처럼 무성하라 경축하니   敬祝如松茂
기쁘게 만물이 봄을 맞기를.   熙熙萬物春

　　　— 박영원, 「늘 만년의 기쁨을 받드소서(長奉萬年歡)」

당 현종, 동관의 입구에서

황하는 천 리 굽이굽이 흐르고
관문은 두 서울을 가로막고 있는데
아, 믿을 바는 덕이 아니요
하늘에 나란한 험한 요새라 하였지.

唐　玄宗,　潼關口

　　河曲回千里　關門限二京

　　所嗟非恃德　設險到天平

현종황제, 동관구

　　하곡회쳔리요 관문한이경을

　　소츠비시덕ᄒ고 셜험도쳔평을

동관 ᄯᅳ 어귀라(『언해당음』)

　　믈리 굽의져 텬리를 둘라 갓고

　　관문은 두 셔울을 ᄒᆞᆫᄒᆞ야도다

　　슬푼 바ᄂᆞᆫ 덕을 미드미 아니라

　　험ᄒᆞ믈 베푸러 하늘이 평ᄒᆞᆫ 듸 이르러도다

당 현종은 이름이 이융기(李隆基, 685~762년)로 명황(明皇)이라고도 한다. 젊은 시절 개원성세(開元盛世)를 이끌었고 음악과 서화, 시문에 능하였지만, 후에 양귀비(楊貴妃)를 총애하고 간신을 등용하여 안녹산(安祿山)과 사사명(史思明)의 난을 초래하여 국가를 위태하게 하였고 이 때문에 태자에게 양위하였다. 이 작품은 이러한 정치 상황을 배경으로 삼았다.

배경이 되는 동관은 도림새(桃林塞)라고도 하는데 섬서와 산서, 하남의 경계에 있는 요충지다. 병마부원수 가서한(哥舒翰)이 이곳에서 안녹산의 군대와 싸워서 대패하였다. 이경(二京)은 한나라 때 수도였던 장안과 낙양을 이른다. 낙양은 동경(東京), 장안은 서경(西京)이라 불렀다. 장안과 낙양 두 수도가 모두 함락되어 어디로도 갈 수 없는 상황에서 덕을 믿지 않고 요새만 설치하려 한 자신의 어리석은 태도를 반성하였다. 『사기』에 "덕을 믿는 자는 창성하고, 힘을 믿는 자는 망한다.(恃德者昌 恃力者亡)"라는 명언이 이 시의 뜻이기도 하다.

◆ ◆ ◆

두 고개 험하다 어찌 근심하랴   何愁雙嶺險
그저 하늘까지 평평할 뿐인데.   只是到天平

— 변종운(卞鍾運), 「새벽에 홍원역을 떠나며(曉發洪原縣)」

흰 해는 산에 기대 다하고
누런 강은 바다로 흘러드는데
천 리 먼 곳까지 보고자 하여
누각 한 층 높이 다시 오른다.

王之渙, 登鸛雀樓
　　白日依山盡　黃河入海流
　　欲窮千里目　更上一層樓

왕지환, 등관작누
　　빅일은 의산진이요 황하은 입히류을
　　욕궁천리목ᄒᆞ니 깅상일칭누을

등황학누(『언해당음』)
　　흰 히는 산을 의지ᄒᆞ야 다ᄒᆞ얏고
　　황하슈는 부두로 흘너 드러갓도다
　　쳔 리나 보는 눈이 궁지코져 ᄒᆞ야
　　다시 ᄒᆞᆫ 층누를 올나써라[126]

왕지환(688~742년)은 자가 계릉(季凌)이고 산서의 신강(新絳) 출신인데 변새시(邊塞詩)로 이름을 떨쳤다. 고적, 왕창령(王昌齡), 최국보(崔國輔) 등과 기정(旗亭)에서 시회를 가지면서 벽에다 시를 쓴 기정화벽(旗亭畫壁)의 고사가 전한다.

이 시의 배경이 되는 관작루는 장안 동쪽 영제시(永濟市)에 있는 누각으로, 앞으로 중조산(中條山)이 보이고 아래로 황하가 흐르는데 늘 관작(鸛雀)이라는 물새가 서식하였다고 한다. 흰 태양이 서산으로 넘어가는데 황하는 굼실굼실 서해로 흘러가고, 천 리 먼 곳까지 이러한 거대한 풍광을 다 보고자 하여 다시 한층 더 높은 곳으로 오른다 하였다.

조선 시대에는 전구와 결구의 뜻을 학문과 연결시켜 논하기도 하였는데, 장현광(張顯光)은 하학(下學)을 통해 상달(上達)에 이르는 공부를 이 구절에서 볼 수 있어 도를 아는 말(知道之語)이라고 했다. 정조도 『경사강의(經史講義)』에서 눈길 그 너머 다시 눈길을 보내야 하므로 한 층 더 높은 곳에 있어도 다시 한 층 더 올라야 한다는 뜻으로 풀이하였고, 『노론하전(魯論夏箋)』에서는 백척간두(百尺竿頭)에서 다시 진일보(進一步)하라는 뜻이 있다고 하였다. 『일득록(日得錄)』에서도 사람의 안목을 높이지 않을 수 없다는 뜻이라 하였다.

◆ ◆ ◆

도성의 유배객이 언제 왔는가?   洛城遷客來何時

---

126 제목의 등황학누는 등관작루의 잘못이다.

누각에서 천 리 먼 곳 다 보려 하네.   樓上欲窮千里目

— 임춘(林椿), 「영남사에 쓰다(題嶺南寺)」

들판 너머 겹겹의 봉우리   野外重重峀

하늘가에 강물이 굼실굼실.   天邊滾滾流

땅은 높아 볼수록 아득하기에   地高看愈遠

백 척 높은 누각을 오른다.   百尺更層樓

— 박영원, 「다시 한 층 누각을 오르다(更上一層樓)」

흰 해와 황하는 천 리가 보이기에   白日黃河千里目

관작루 한 층 더 높은 곳에 올랐네.   因登鸛雀一層樓

그대 다시 태산 위에 올라앉게나,   勸君更上泰山坐

천하 모습이 작은 배 띄운 듯하리니.   天下形如泛小舟

— 유인석(柳麟錫), 「당나라 사람의 관작루 시를 외고 느낌 있어(誦唐人鸛雀樓詩有感)」

백일은 서산의 지고 황하는 동해로 든다

고래 영웅은 북망(北邙)으로 가단 말가

두어라 물유성쇠(物有盛衰)니 한홀 줄이 이시랴

— 최충(崔冲)의 시조

백일은 지를 넘고 황하는 바다로 든다

천리목 다ᄒ오려 일층루 올나가니

님 겨신 구중금궐이 어듸멘고 ᄒ노라

— 김익(金熤)의 시조

누런 황하 아득한 그 위 흰 구름 사이
만 길 높은 산에 기댄 외로운 성곽 하나.
피리에 버들의 원망을 굳이 실어야 하나,
봄빛이 저 옥문관을 넘지도 못하는데.

王之渙,　涼州詞

　　黃河遠上白雲間　一片孤城萬仞山
　　羌笛何須怨楊柳　春光不度玉門關[127]

왕지환, 양쥬사

　　황하원상빅운간의 일편고성만인산을
　　강젹은 하슈원냥뉴오 츈광이 부도옥문관을

127　羌笛은 피리의 일종으로 강(羌) 지역에서 난다. 변방의 피리라는 뜻으로 쓰인
　　다. 楊柳는 「양류지(楊柳枝)」, 「양류사(楊柳詞)」, 「절양류(折楊柳)」 등의 이
　　름으로도 불리는 피리의 곡명이다. 남녀의 이별을 말하는 전통이 있다. 옥문
　　관은 한 무제 때 세운 서역(西域)으로 통하는 관문이다. 1구와 2구가 서로 바
　　뀌어 있는 데도 있다. 黃河遠上이 黃沙直上으로, 春光이 春風으로 된 데도
　　있다.

「양주사(涼州詞)」, 「양주곡(涼州曲)」 등은 감숙성 같은 중국 서북쪽 변방의 풍광과 전장의 애환을 노래하는 전통이 있는데 「출새곡」과 그 뜻이 다르지 않다. 이 계열의 작품 중에 왕지환의 것이 가장 이름이 높아, 당 현종 무렵 궁중의 악장(樂章)으로 쓰였다.

황하를 거슬러 상류로 올라가면 아득한 구름 속에 천 길 높은 산성이 솟아 있는데 바로 옥문관이다. 피리에 봄빛이 더디 온다는 곡조를 담을 필요가 없다. 옥문관 너머에는 어차피 봄빛이 이르지도 못하기 때문이다. 이러한 틀을 빌려 대궐에 있는 임금이 변방에 있는 사람을 알아주지 않는 서러움을 말한 것으로 보기도 한다.

조긍섭(曺兢燮)의 「화왕산성에 놀면서 '한 조각 외로운 성이 만인 높은 산일세.'라는 구절로 운을 나누었는데 '일' 자를 얻어 읊다(遊火旺山城用一片孤城萬仞山分韻 得一字)」에서처럼 이 시를 이용하여 시회를 연바 있다.

◆ ◆ ◆

한 조각 외로운 성 천 길 높은 봉우리에　　　　一片孤城千丈峯
올라 보니 먼 데서 바람이 끝없이 불어오네.　　登臨不盡遠來風
　　　　　　　　　　　— 홍귀달(洪貴達), 「흥덕의 시에 차운하다(次興德韻)」

누런 강 강물 위와 흰 구름 사이에　　　　　　黃河遠上白雲間
외로운 성 조각구름 하나 둘렀네.　　　　　　孤城一片彩霞繞
　　　　　　　　　　　— 조병현(趙秉鉉), 「산영루서(山暎樓序)」

말 위에서 횡취곡 재촉해 불게 하니　　　　　馬上催人橫吹曲

긴 피리 슬픈 호각 버들을 원망하네.　　　　　長笛悲笳怨楊柳

　　　　　　— 홍석주(洪奭周), 「부사의 군마황 시에 답하다(答副使君馬黃詩)」

황하 아스라한 위의 외로운 성 하나가　　　　黃河遠上一孤城

구름 희고 산 푸른데 만 길 높이 뻗어 있네.　　雲白山靑萬仞橫

봄빛이 옥문관 버들에 이르지 못하는데　　　　春光不到玉門柳

어느 곳에서 아득히 강적 소리 들리는가?　　　何處遙遙羌笛聲

　　　　　　— 이유원(李裕元)의 소악부(小樂府) 「양류지(楊柳枝)」

황하원상 백운간ᄒᆞ니 일편고성 만인산을

춘광이 예로부터 못 넘는 옥문관이라

어듸셔 일성강적(一聲羌笛)이 원양류를 ᄒᆞᄂᆞ니

　　　　　　　　　　　— 작가 미상의 시조

177

맹호연,
건덕강에 묵으면서

안개 낀 모래톱에 배를 옮겨 대니
해 저물어 나그네 시름이 새로운데
들이 넓어 하늘이 숲에 나직하고
강이 맑아 달이 사람에게 다가오네.

孟浩然, 宿建德江
    移舟泊煙渚　日暮客愁新
    野曠天低樹　江淸月近人[128]

밍호연, 슉건덕강
    이쥬박연져ᄒᆞ니 일모긱슈신을
    야광쳔져슈요 강쳥월건인을[129]

---

128 建德江은 지금의 안휘(安徽) 매성진(梅城鎭), 신안강(新安江)과 난강(蘭江)
     이 합류하는 곳을 이른다. 절강 서쪽에 있다. 煙渚는 幽渚로 된 데도 있다.
129 월건인처럼 모음이 이렇게 잘못 표기된 것이 빈번하다.

건덕강의셔 자다(『언해당음』)

    빈를 옴겨 닉물 ㄱ의 다여시니

    날이 져무러는딕 긱의 근심이 시로 깁도다

    들이 너르니 하날이 나무의 나지막ᄒ고

    강이 말그니 달이 사롬의게 갓갑도다

맹호연(689~740년)은 자도 호연(浩然)이라 하였다. 양주(襄州) 양양(襄陽) 출신이라 맹양양으로 일컬어진다. 맑고 평이한 산수 자연을 묘사하는 데 능하였고 왕유와 시풍이 유사하여 왕맹(王孟)으로 일컬어진다.

이 작품은 오월(吳越) 지역을 떠돌던 시기의 것으로 개원 16년(728년) 이후에 지은 것으로 추정된다. 안개 아스라한 물가에 배를 대니 해가 서산에 걸려 있어 나그네의 심사가 절로 시름겹다. 들판은 텅 비어 숲이 하늘에 붙어 있고 강은 맑아 달빛이 더욱 사람을 환하게 비춘다.

이 시에서 3구의 '저(低)'와 4구의 '근(近)'이 매우 잘 쓴 글자로 평가되었다. 조선에서는 김정중(金正中)의 『연행록(燕行錄)』에 평원을 지나면서 3구에서 이른 풍광을 보았다고 하면서 '저(低)' 자가 훌륭한 시어라 하였다. 송 나대경(羅大經)이 두보의 "강물의 달빛이 사람과 몇 자 떨어져 있지 않다.(江月去人只數尺)"라는 구절과 비교하여 혼함(渾涵)의 미가 있다고 하였는데 이수광은 『지봉유설』에서 두보의 구질이 미칠 수 없는 경지라 하였다.

홍한주의 「다음 날 다시 '강청월근인' 글자를 나누어 시회를 가졌는데 '근' 자를 얻었다(翌日又分江淸月近人 得近字)」와 신즙(申楫)의 「중양절 정민흥(자 여성, 호 죽촌), 정시주(자 특립, 호 제해), 유건숙, 임동야와 함께 남호에 배를 띄웠다. 배에서 '강청월근인'으로 운자를 나누

었는데 '근'자를 얻다(重陽日 與鄭汝成敏興號竹村 金特立是柱號霽
海 柳健叔 林東野 汎舟南湖 舟中以江淸月近人分韻 得近字)」 등에서
이 시의 구절로 분운(分韻)하여 시회를 가졌음을 알 수 있다. 신사임당
(申師任堂)의 그림으로 알려져 있는 것 중에 이 시를 적어 놓은 것이 전
한다.

◆ ◆ ◆

빈 강에 바람 급하여 파도 소리가 드높은데　　　空江風急波聲高
초 땅의 객은 배 옮겨 안개 낀 모래톱에 대네.　　楚客移舟泊烟渚
　　　　　　　— 윤안성, 「절강에서 소해창을 듣고(浙江聞少海唱)」

위에 술 파는 노인네가 있어　　　　　　　　上有沽酒翁
고깃배 안개 낀 모래톱에 대네.　　　　　　　漁舟泊煙渚
　　　　　　　— 이민서(李敏敍), 「병풍의 그림 팔 폭을 읊조리다(詠屛畫八景)」

저물녘 장안을 북으로 바라보니 어지러운데　　　日暮長安迷北望
산 가득한 눈과 바람에 나그네 시름 새롭다.　　滿山風雪客愁新
　　　　　　　— 조지겸(趙持謙), 「오랜 나그네(久客)」

들판이 넓어 하늘이 숲에 나직한데　　　　　野闊天低樹
모랫벌 평평하여 물결 흔적 남았네.　　　　　沙平浪自痕
　　　　　　　— 이식(李湜), 「서호가 그리워 군도에게 보내다(憶西湖寄君度)」

어둠 속 어딘가 갈매기 곁에 배를 대니　　　　　暝帆何處鷗邊泊

좋아라, 맑은 강에 달빛이 사람에게 다가오니.　最好淸江月近人

　　　　　　　　— 문경동(文敬仝),「한강의 배 돛대에 쓰다(題漢江船檣)」

맹호연, 도성으로 가는 벗을 보내며

그대 푸른 구름 위로 올라가고
나는 푸른 산을 바라보며 가는데
구름 낀 산 여기서 헤어져야 하리니
눈물이 내 넝쿨 옷을 젖게 하누나.

孟浩然，送友之京
　　君登青雲去　予望青山歸
　　雲山從此別　淚濕薛蘿衣

송우지경
　　군등청운거요 여망청산귀을
　　운산을 종차별ᄒᆞ니 누습벽나의을[130]

벗슬 보늬여 셔울노 가아(『언해당음』)
　　그듸는 푸른 구름으로 가고
　　나는 ᄯᅩ 그듸를 됴ᄎᆞ 푸른 산으로 감네

130　다른 데에는 모두 제목이 「송우인지경(送友人之京)」으로 되어 있다.

구름과 산니 일노죠추 니별을 호야시니

눈물이 푸른 쥶옷세가 져뎟도다

이 작품에서 청운(靑雲)은 높은 관직으로 오르는 것을 상징하고 청산(靑山)은 은자가 머무는 공간을 이른다. 벗은 청운의 꿈을 이루어 도성으로 가는데, 자신은 푸른 산에 머물고 있다고 대비하여 이별의 슬픔을 더욱 강하게 하였다. 구름 낀 산 운산(雲山)에서 은자의 옷 벽라의(薜蘿衣)를 입고 눈물짓는 시인의 모습이 잘 그려져 있다. 1구의 청운과 2구의 청산이 3구에서 운산으로 합쳐진 것도 묘미가 있다. 3구가 특히 널리 알려져 조선 시대 문인들이 이별의 대목에서 자주 이 구절을 차용하였다. 홍득구(洪得龜)의 「송별도(送別圖)」가 이를 그림으로 그린 것이다.

◆ ◆ ◆

구름 낀 산 이로부터 작별한다고 누가 말했나 　誰道雲山從此別

무소 뿔처럼 깨끗한 마음 밝게 비추리니. 　　靈犀一點照冰心

　— 홍직필(洪直弼), 「민자형(태용)이 방문해 준 것에 감사하다(謝閔子亨泰鏞來訪)」

남쪽 변방 슬픈 노래에 나그네 돌아가는데 　楚塞悲歌遊子歸

가을바람에 눈물이 은자의 갈옷을 적시네. 　西風淚濕薜蘿衣

　— 양대박(梁大樸), 「남으로 돌아와 이여인의 시에 차운하다(南還次李汝仁韻)」

맹호연, 봄날의 새벽

봄잠에 새벽 온 줄 몰랐더니
곳곳마다 들리는 새 울음소리.
간밤에 비바람 소리 들렸으니
꽃은 얼마나 많이 떨어졌을까?

孟浩然, 春曉

　　春眠不覺曉　處處聞啼鳥
　　夜來風雨聲　花落知多少[131]

춘효

　　츈면불각효ᄒᆞ니 쳐〃문졔조을
　　야ᄅᆡ풍우셩의 화락지다소을

봄날 시벽이라(『언해당음』)

　　봄죠름의 시벽 된 줄을 ᄭᆡᆺ둣지 모ᄒᆞ니
　　곳〃이 시 우는 소리 들이ᄂᆞᆫ도다

131　『문원영화』에는 3구와 4구가 "欲知昨夜風 花落無多少"로 되어 있다.

밤이 오매 부룸과 비 소릐의

꼿 뻐러진 것이 얼만 둘 알이

맹호연이 녹문산(鹿門山)에 은거할 때 지은 작품이다. 아름다운 봄날이
라 새벽까지 잠을 설쳤기에 설핏 잠들었다 일어나니 벌써 새벽이라 새소리
가 여기저기에서 들려온다. 밖을 내다보지 않았지만 간밤 비바람이 몰아
쳤으니 꽃잎이 많이 떨어졌을 것이라, 또 이렇게 봄날이 가는 것이 안타깝
다. 마지막 구에서 '지(知)'는 추정의 뜻인데 알지 못한다는 뜻의 '부지(不
知)'와 같은 것으로 풀이하기도 한다. 송준길(宋浚吉)의 『경연일기(經筵
日記)』에 이러한 풀이가 보이며, 강세황 역시 「당시에 쓰다(題唐詩)」에
서 꽃잎이 떨어진 것이 많은지 적은지 알 수 없다는 뜻으로 보았다.

　『당음』에는 풍류와 한가한 맛은 글자를 많이 쓸 필요가 없다 하여 봄
날의 정취를 압축적으로 잘 표현한 작품으로 평가하였다. 이규경은 『오주
연문장전산고』에서 1~2구를 두고 자연스러운 멋이 있다고 고평했다. 다
만 『지봉유설』에서 이수광은 이 시를 두고 "후인들이 모자를 씌웠다는
조롱이 있지만, 맹호연이 세상에서 때를 만나지 못한 데다 모자를 덮어썼
다는 꾸짖음까지 받았으니, 그 궁함을 또한 볼 수 있다."라고 하였다. 비
바람이 쳤으니 당연히 꽃잎이 많이 떨어졌을 것이므로 중언부언이라고
비판받기도 하였음을 짐작할 수 있다.

　『승정원일기』(1725년 9월 18일)에 이 시를 병풍에 쓴 숙종의 어필(御
筆)에 대한 기록이 보이고 『일성록』(1787년 4월 6일)에 정조가 2구를 제목
으로 하여 문신에게 시를 짓게 하였다는 기록이 보이므로, 역대 임금이
이 시를 좋아한 듯하다. 김홍도(金弘道)의 그림 중에 이 시를 적어 놓은
것이 전한다.

◆◆◆

한가히 읊조리며 맑은 새벽 앉았노라니　　　　閑吟坐淸曉

부질없는 흥이 꽃과 새를 시름겹게 하네.　　　謾興愁花鳥

인간 만사는 모두 아득한 것인지라　　　　　　萬事摠悠悠

이 마음을 알아주는 이가 적구나.　　　　　　此懷知者少

— 강백년(姜栢年),「새벽에 읊조리매 당나라 사람의
'춘면불각효'의 시운에 차운하다(曉吟用唐賢春眠不覺曉韻)」

좋은 잠 새벽 온 줄 몰랐기에　　　　　　　　佳眠不覺曉

일어나자 해가 중천에 걸렸네.　　　　　　　纔起日將晡

— 정추(鄭樞),「시골집에서 앞 시에 차운하다(村居復用前韻)」

꽃이 지는데 새 울음 들리고　　　　　　　　花落聞啼鳥

물이 맑아 노는 물고기 보이네.　　　　　　　水淸見戲魚

— 남공철(南公轍),「둔촌으로 돌아가다(歸遁村)」

비 맞아 꽃잎이 얼마나 남았는지　　　　　　落花雨後知多少

바람 앞에 수양버들은 길어졌다 짧아지네.　　垂柳風前見短長

— 조태채(趙泰采),「'망' 자를 운자로 짓다(拈忘字韻)」

맹호연, 국화담의 주인을 찾아가

가다가 국화담에 이르렀더니
마을 서쪽 벌써 해가 기우는데
주인은 높은 곳에 올라갔는지
닭과 개만 그저 집에 있구나.

孟浩然, 尋菊花潭主人不遇

行至菊花潭　村西日已斜

主人登高去　雞犬空在家[132]

우익, 심국화담쥬인

힝지국화담ᄒ니 촌셔의 일이사을

쥬인이 등고거ᄒ니 계견이 공지가을[133]

132　菊花潭은 국담(菊潭)이라고도 하는데 하남의 서협(西峽)에 있으며 이 물을
　　마시면 늙지 않는다고 한다.

133　『당시장편』에는 작가가 우익으로 되어 있다. 『당시품휘』는 초당(初唐), 성당
　　(盛唐), 중당(中唐), 만당(晚唐)으로 나누고 성당을 다시 정종(正宗), 대가(大
　　家), 명가(名家), 우익(羽翼)으로 나눈 바 있다. 맹호연의 시가 우익으로 분류
　　되어 있는데 『오언당음』에 이 작품 다음에 우익이라 적혀 있어 『당시장편』에
　　서 이를 잘못 옮긴 것이다.

국화못 쥬인을 츠지러 가음이라(『언해당음』)

힝ᄒᆞ야 국화담 연못세 일르니

마을 셔편의 ᄒᆡ가 임의 비최엿더라

쥬인이 놉흔 ᄃᆡ 올ᄂᆞ갓시니

닭과 개만 공연니 집이 잇드라

평담한 맹호연의 시풍을 잘 보여 주는 작품이다. 국화담에 사는 이름 모를 벗을 찾으러 갔다가 만나지 못하고 썼다. 중양절을 맞아 벗은 높은 곳에 올라갔는지 집이 비어 있고 닭과 개만 집을 지키고 있다.

후한 때 환경(桓景)이 선인(仙人) 비장방(費長房)의 말을 듣고 붉은 주머니에 수유 열매를 담아 팔뚝에 걸고 높은 산에 올라가 국화주를 마셔 재액을 피했지만 집에 남아 있던 닭과 개 등의 가축은 모두 죽었다는 고사가 있다. 이 고사를 차용한 것이지만, 닭과 개만 주인이 출타한 집을 지키고 있는 한적한 은자의 집을 묘사한 것으로 보는 것이 나을 듯하다.

◆ ◆ ◆

주인이 높은 곳 오르고 문이 고요히 닫혔는데　主人登高寂掩門
고산의 객은 신선의 학 소식 오기를 기다리네.　孤山客憑仙鶴報
　　— 김영작(金永爵), 「중양절 읍백당에서 풍석의 집으로 걸어 내려가 운을 나누는데
　　　　　'모' 자를 얻었다(重陽自挹白堂步下楓石宅, 分韻得冒字)」

국화담 못물이 푸른데　　　　　　　　菊花潭水綠
초가는 신선의 집 같은데　　　　　　　茅屋似仙家

적막하게 문은 닫혀 있고   寂寂重門掩

빈 뜰에 꽃 그림자 비껴 있네.   空庭花影斜

— 홍인모(洪仁謨), 「당시에 차운하다(次唐絶韻)」

왕창령, 규방의 원망

규방의 젊은 아낙 시름을 몰라
봄날 한껏 꾸미고 취루에 올랐다가
큰길의 버들 빛을 홀연 보고서
남편 큰 공 세우라 한 것 후회하네.

王昌齡, 閨怨

閨中少婦不曾愁　春日凝粧上翠樓
忽見陌頭楊柳色　悔教夫壻覓封侯[134]

왕사빅, 규원

규즁소부//징슈ᄒ니 츈일응장상취루을
홀견믹두의 양뉴싁ᄒ고 회교부서며봉후을[135]

134　凝粧은 화려하게 장식하는 것이다. 翠樓는 푸른빛으로 장식한 누각으로 특
　　히 여성의 거처를 이른다. 기방(妓房)을 이를 때도 있다. 陌頭는 큰길을 이르
　　는 말이다. 封侯는 작위를 받는 것을 이르는데 혁혁한 공을 세운다는 뜻으로
　　풀이될 때가 많다.
135　왕사빅은 왕소빅의 잘못이다. 소백은 왕창령의 자다.

왕창령(698~757년)은 자가 소백(少伯)이고 서안(西安) 출신이며 강녕승(江寧丞), 용표위(龍標尉) 등을 지냈기에 왕강령(王江寧) 혹은 왕룡표(王龍標)로도 불린다. 변새(邊塞)와 규원(閨情), 송별(送別) 등을 주제로 한 시 중에 명편이 많다.

제목에서 이른 규원(閨怨)은 젊은 여인의 외로움을 노래하는 전통이 있는데 남북조 시대 강총, 하손(何遜) 등이 이 이름의 작품을 남겼지만 왕창령의 것이 가장 유명하다. 젊은 아낙이 봄을 맞아 성대하게 화장을 하고 높은 다락에 올랐는데, 갑자기 큰길의 버드나무에 봄빛이 가득한 것을 보고 후회를 한다. 괜히 남편을 변방에 보내 공을 세워 부귀공명을 누리자고 하였나.

신유한(申維翰)의 『해유록(海遊錄)』에 일본인들이 "큰길의 버들 빛을 홀연 보고서(忽見陌頭楊柳色)"를 풀이할 때 '양류' 뒤에 '견'을 읽는다 하여 훈독의 전통을 소개하였는데, 조선과 일본에서도 이 시가 널리 회자되었음을 알 수 있다.

◆ ◆ ◆

그대 서울 살고 저는 양주에 사는데	君居京邑妾楊州
날마다 그대 그리워 취루에 오릅니다.	日日思君上翠樓

— 최경창(崔慶昌), 「무제(無題)」

이번 행차에 봉후 되라 말했기에	爲言此行覓封侯
백마의 발굽이 산호 채찍에 빨라지네.	白馬蹄疾珊瑚鞭

— 남공철(南公轍), 「길가의 버들(道傍柳)」

왕창령、 서궁 봄날의 원망

서궁의 밤 고요한데 온갖 꽃 향을 뿜어
주렴을 걷으려니 봄날의 한이 깊어지는데
금을 비스듬히 안고 깊은 방에서 달 보니
가물가물 나무 아래 소양전이 은은하네.

王昌齡, 西宮春怨

　西宮夜靜百花香　欲捲珠簾春恨長
　斜抱雲和深見月　朦朧樹色隱昭陽[136]

서궁츈원

　셔궁야졍븩화향ᄒᆞ니 욕권쥬렴츈한쟝을
　사포운화심견월ᄒᆞ니 농〃슈ᄉᆡᆨ이 은소양을

136　고대 제후의 부인은 중궁(中宮)에, 잉첩(媵妾)은 서궁(西宮)과 동궁(東宮)에
　　기거하였다. 소양은 한나라 때의 후비(后妃)가 거처하는 궁전이다. 雲和는
　　산 이름으로 좋은 금(琴)의 재료가 난다 하여 금을 이르는 말로 쓰인다. 西宮
　　이 空宮으로, 深見月이 渾見月로, 朦朧이 朧朧으로 隱昭陽이 隔昭陽으로
　　된 데도 있다.

이 시는 군왕의 사랑을 받지 못한 서러움을 노래하는 궁사(宮詞)다. 궁인이 사는 서궁에도 봄이 와 온갖 꽃들이 흐드러지게 피었기에, 주렴을 걷고 이를 즐기고 싶지만 외로운 처지라 원망만 많아진다. 금을 젖혀 두고 훤한 달을 보니 수심에 젖는다. 주렴 너머 아스라한 나무 숲 사이의 소양전으로 선망과 원망의 눈길을 보낸다.

명나라 여순(汝詢)의 『당시해(唐詩解)』에는 한 성제(成帝) 때 반첩여(班婕妤)가 조비연(趙飛燕)에게 총애를 빼앗기고 모함을 받아 장신궁(長信宮)에 유폐되어 있을 때 조비연이 거처하던 소양전을 바라보는 것으로 풀이했다. 이수광은 『지봉유설』에서 조비연이 소양전에 거처하다가 은총을 잃고 서궁에 유폐되어 있으면서 소양전을 바라본 것으로 풀이하였다. 또 3구에서 운화(雲和)는 조비연이 금을 잘 연주하였기에 이른 것이며, '심(深)'은 궁중의 으슥한 곳으로 원망하는 뜻이 담겼다고 하였다.

이 시는 언외(言外)의 뜻이 깊다는 평을 받았다. 특히 명(明) 육시옹(陸時雍)은 『당시경(唐詩鏡)』에서 주렴을 걷고 멀리 봄 풍경을 바라보려 하다가 봄 시름으로 차마 걷지 못하는 것으로 풀이하고, 3구의 '심견월(深見月)과 4구의 '몽롱(朦朧)'에서 주렴 사이로 봄 풍경을 보고 있음을 알 수 있다고 하였다. 또 금을 비스듬히 안고 있다고 한 것은 금 연주로 수심을 풀려 하지만 수심에 옳게 연주되지 않아 내려놓은 것이라 하였다. 하지 않은 행동을 한 것처럼 묘사했기에 높게 평가한 것이다.

◆◆◆

봄바람 부는 금원에 온갖 꽃이 향기로운데　春風禁苑百花香
저물녘 임금 수레는 벌써 상양궁에 가 있네.　日晚羊車在上陽
　　　　　　　　　　　　　　　— 이승소(李承召), 「궁중의 원망(宮怨)」

게으르게 비단 창에 기대니 봄날의 한이 긴데　懶倚紗窓春恨長

푸른 복숭아 붉은 살구 온 뜰에 꽃향기 풍기네. 碧桃紅杏一庭香

— 임전(任錪), 「궁중 봄날의 원망(宮中春怨)」

금을 안고 으슥한 곳에서 달을 보니　　　　　抱琴深見月

달이 밝아 은하수가 사라져 버렸네.　　　　　月明河漢沒

— 강필신(姜必愼), 「금조십이첩(琴操十二疊)」

연잎처럼 푸른 비단 치마 지어 입으니
붉은 연꽃 뺨을 향해 양쪽에 피어 있네.
못 속에 뒤섞여 들어가 보이지 않더니
노랫가락 들려 사람 있는 줄 그제야 알겠네.

王昌齡, 採蓮曲
　　荷葉羅裙一色裁　芙蓉向臉兩邊開
　　亂入池中看不見　聞歌始覺有人來

채련곡
　　하엽나군일싁직ᄒ니 부용향금양변기을
　　난입지즁간불견ᄒ니 문가시각유인릭을

「채련곡」은 연밥을 따는 노래로 청춘 남녀의 밀애를 다루거나 젊은 여성의 아름다움을 묘사하는 전통이 있는데, 이 작품은 후자 계열이다. 연밥 따는 아가씨의 푸른 비단옷이 동글동글 파란 연잎을 닮았다. 부용(芙蓉)은 연꽃을 이른다. 아가씨의 양쪽에 연꽃이 피어 있는데 연꽃 봉오리의 붉은빛과 아가씨의 발그스름한 뺨이 호응을 이룬다. 연꽃과 연잎 가득한 못 속으로 들어가 연밥을 따노라니 아가씨의 옷과 뺨이 연잎과 연꽃과 구분이 되지 않는다. 그러다 연밥 따는 노래를 부르니 그제야 연꽃이 아니라 사람이었음을 알게 되었다고 한 것이다.

조선에서는 현실에서 연밥을 따는 일이 없었기에 「채련곡」이나 「채련도」는 중국의 것을 모의한 것이다. 연밥 따는 노래를 그림으로 그린 「채련도(採蓮圖)」 중에 이 시를 소재로 한 것이 있을 정도로 후대에 널리 알려졌다. 박미(朴瀰)의 「병자호란 후에 예전 소장한 병풍에 대한 기록(丙子亂後集舊藏屛障記)」에 따르면 조선 전기 화가 이정(李楨)이 연밥 따는 여인을 그린 그림이 궁중에 있었는데, 이를 묘사하면서 이 시의 표현을 가져와 "부용이 뺨을 향해 열려 있네.(芙蓉向臉開)"라 한 바 있다.

◆ ◆ ◆

밭두둑에 목동이 피리 가락 두세 번 울리니   隴頭牧笛三聲弄
제방 위 아가씨 같은 색깔 비단 치마 입었네.   堤上羅裙一色裁
— 이수광, 「주 천사의 영물시에 차운하다(次朱天使詠物詩)」

잠시 꽃핀 숲에 서니   小立花林中
버들잎이 단장한 눈썹 같고요,   楊葉似新眉
복사꽃은 다홍치마 닮았으니   桃花學裙紅
당신을 불러 찾아보라 하지만   呼郞來覓儂
동쪽엔 복사꽃 서쪽엔 살구꽃   桃東復李西
어디에서 나를 찾을 수 있을까요.   何處得眞儂
— 이안중(李安中), 「달거리 노래(月節變曲)」

왕창령, 변방의 노래

온갖 꽃 핀 언덕에서 도성을 바라보니
누런 황하 흘러가 다할 기약이 없구나.
깊어 가는 가을 광야에 인적이 끊겼는데
말 머리 동쪽을 향해 가는 이는 뉘신가?

王昌齡, 出塞行

   百花原頭望京師　黃河水流無盡期

   窮秋曠野行人絶　馬首東來知是誰[137]

출시힝

   빅화원두망경사ᄒᆞ니 황하슈류무진긔을

   궁츄광야힝인졀ᄒᆞ니 마슈동닉지시슈오

「출새행」은 변방의 노래로 「출새(出塞)」, 「출새곡(出塞曲)」, 「출새편(出

137　이 시의 배경이 되는 백화원은 미상이다. 시의 내용으로 보아 서쪽 변방 온갖
꽃이 흐드러지게 핀 초원으로 보면 될 듯하다. 百花原頭가 百花垣上 혹은
白草原頭로, 無盡期가 無盡時로, 窮秋가 秋天으로, 窮秋가 秋天으로, 行
人이 人行으로, 東來가 西來로 된 데도 있다.

塞篇)」, 「새상곡(塞上曲)」, 「새하곡(塞下曲)」이라고도 한다. 원정 나간 장군의 개선을 축원하거나 하급 병사의 고단한 생활을 담는 것이 전통이다. 이 시는 변방에서 오래 수자리 서는 병사가 고향을 그리워하는 마음을 담았다. 변방의 초원에서 도성을 바라보니 누런 황하가 동쪽으로 끝없이 흘러간다. 가을도 다하여 을씨년스러운 광야에는 인적이 보이지 않는데 어떤 사람이 말을 타고 동쪽으로 향한다. 오랜 기간 변방에서 근무하다 고향으로 돌아가는 사람이리니, 그를 바라보는 수자리 서는 사람의 부러운 시선이 느껴진다.

조선 시대 임제(林悌), 조지겸(趙持謙) 등이 이 제목의 의고시를 지었고 고려 말의 김구(金坵) 이래 수많은 문인들이 변방을 배경으로 하여 이 계열의 의고풍의 한시를 지었다.

◆ ◆ ◆

강물이 동으로 흘러 다할 기약 없는데   漢水東流無盡期
남방의 구름은 저물녘에 절로 너울거리네.   荊雲日暮自離離
— 김익희(金益熙), 「양양의 회고(襄陽懷古)」

빈 들판에 다니는 이 없는데   曠野行人絶
긴 하늘에 지는 해가 나직하네.   長天落日低
— 이경석(李景奭), 「하천 가에서 자며 지은 절구(宿川上絶句)」

누런 갈대밭 끝이 없고 검은 구름 낮은데   黃蘆無際黑雲低
말 머리 동으로 향하니 길이 점차 어지럽네.   馬首東來路漸迷
— 이안눌(李安訥), 「수성 도중(輸城途中)」

휘장에 바람 불어 꽃잎이 누각으로 드는데
높은 곡조로 아쟁 울려 밤의 시름 풀어 보네.
애간장 끊어지는 변방 일일랑 말할 것 없어
가물가물 지는 달빛에 주렴을 내리노라.

王昌齡, 靑樓怨

香幃風動花入樓　高調鳴箏緩夜愁
腸斷關山不解說　依依殘月下簾鉤

청누원

향위풍동화입누ᄒ니 고조명징완야슈를
장단관산불히셜ᄒ니 의//잔월이 하렴구을

「청루원」은 여인의 화려하면서도 고달픈 삶을 노래하는데 왕창령은 「청
루곡(靑樓曲)」을 따로 지은 바 있다. 청루는 푸른 칠을 한 누각으로 주
로 기생집을 이르지만, 여기서는 화려하게 푸른 칠을 한 누각으로 부유
한 여성의 집을 가리킨다. 이 작품은 청루의 여인이 원정 나간 사람을 그
리워하는 마음을 담았다.

여인의 방에 쳐 놓은 휘장에 바람이 불어 꽃잎이 날아 들어온다. 외로운 흥이 일어 아쟁을 당겨 높은 곡조로 연주하여 수심을 풀려 한다. "고조(高調)"라 한 데서 여인의 격정이 읽힌다. 변방으로 나간 임에 대해서는 애간장이 타서 차마 말할 수 없다. 새벽녘 지는 달조차 마음을 슬프게 하기에 아예 주렴을 내려 버린다. 이 구절의 "관산(關山)"은 「관산월(關山月)」로 변방의 병사들이 오랫동안 고향으로 돌아가지 못한 상심을 말하는 노래로 풀이할 수도 있다.

조선에서는 허초희(許楚姬), 이민구, 정두경, 홍세태 등이 「청루곡」을 지었다. 이 시에 보이는 "향위풍동(香幃風動)", "장단관산(腸斷關山)", "의의잔월(依依殘月)", "하렴구(下簾鉤)" 등의 표현이 조선 시대 한시에 자주 등장한다. 가사 「청루원별곡(靑樓怨別曲)」은 우리말 가사로 기생의 삶을 노래한 작품이지만, 이 시의 영향은 확인되지 않는다.

◆ ◆ ◆

홀로 타는 아쟁 소리가 누각을 감도는데   獨撫秦箏聲在樓
낭군 맞는 한 곡조에 몰래 시름이 인다.   迎郞一曲暗生愁
때때로 길을 향해 고개 돌려 바라보려고   時時顧眄街頭路
한밤까지 고운 주렴을 내리지 않는다네.   夜半珠簾不下鉤

— 남용만(南龍萬), 「청루원(靑樓怨)」

휘장에 바람 불어 빈집이 닫혀 있는데   香幃風動掩空堂
주렴 너머 복사꽃은 새벽에 서리를 맞았네.   簾外桃花曉有霜

— 권헌, 「춘사(春詞)」

바람에 날리는 싸락눈 마치 버들솜인 듯   風吹細雪作絮飛
변새에서 작별하려니 애간장이 다 끊어지네.   腸斷關山欲別時

— 이식(李植), 「유정사(柳亭詞)」

죽서루 외로운 달빛에 주렴을 내리니   竹西孤月下簾鉤
소리 없는 낙엽에 밤 누각은 호젓하네.   落葉無聲夜閣幽

— 이안눌(李安訥), 「밤에 앉아 금 소리를 듣다(夜坐聽琴)」

왕창령, 거듭 이평사와 헤어지며

가을 강에서 이별하기 힘들다 마소,
내일이면 배가 장안에 이를 것이니.
여인의 느린 춤 자네 붙들어 취하게 하니
푸른 신나무와 흰 이슬이야 차든 말든.

王昌齡, 重別李評事

　莫道秋江離別難　舟船明日是長安

　吳姬緩舞留君醉　隨意靑楓白露寒[138]

즁별이평스

　막도츄강이별난ᄒᆞ소 쥬션명일시장안을

　오희완무로 유군취ᄒᆞ니 슈의쳥풍빅노한을

---

138 吳姬는 중국 남방 오 지역의 여인으로, 미녀를 통칭한다. 隨意는 마음대로
　　한다는 말인데, 내버려 둔다는 뜻이다. 靑楓은 아직 단풍이 들지 않아 잎이
　　푸른 단풍나무다.

평사(評事)는 옥사를 담당하는 낮은 벼슬인데, 아마도 이 벼슬에 임명된 벗이 장안으로 돌아가는 것을 전송한 듯하다. 오희(吳姬)라고 한 것으로 보아 748년 무렵 왕창령이 강남의 강녕(江寧)에서 벼슬살이를 할 때의 작품으로 추정된다.

가을이 온 강가의 이별이 감당하기 어렵다 말라, 하루면 장안에 쉽게 도착할 것이니. 떠나가는 벗을 이런 말로 위로한 것이지만, 사실 이별이 감당하기 어려운 것은 시인 자신이다. 그래서 아름다운 오나라 땅의 미녀로 하여금 느릿느릿 춤을 추게 하여 벗을 붙잡아 두고 실컷 취하도록 마시자고 한 것이다. 잎이 푸른 단풍나무가 가을이 되어 찬 이슬을 맞아 붉어지든 말든 신경 쓰지 않는다 한 것은 밤을 함께 지새우자는 말이다.

이수광은 『지봉유설』에서 왕세정(王世貞)의 평을 인용하여 '완무(緩舞)'의 '완'이 '수의(隨意)'와 조응을 이룬다는 점에서 시안(詩眼)이라 하였다. 남극관(南克寬)의 「단거일기(端居日記)」에도 이 해석을 소개하였다. 이익은 『성호사설』에서 '수의'를 맡겨 둔다는 뜻의 임타(任他)로 풀이하고, 느린 춤으로 붙들어 취하게 하므로, 푸른 신나무에 흰 이슬이 차가워지더라도 내버려 둔다는 뜻이라 하였다. 강세황의 「장난으로 고인의 시를 집구하다(戲集古人句)」에서 4구를 가져다 쓴 바 있어 이 시가 널리 알려졌음을 알 수 있다.

◆◆◆

지는 해에 고운 배로 앞 여울로 내려가니 　　　蘭舟落日下前灘
느린 춤과 고운 노래에 이 이별 어려워라. 　　　緩舞嬌歌此別難

— 이명한(李明漢), 「백상루(百祥樓)」

정을 머금고 미소 지으며 추파를 던지고　　　　含情淺笑送明眸

느린 춤과 고운 노래로 객을 머물게 하네.　　緩舞嬌歌勸客留

　　　　　　— 이소한(李昭漢), 「자용이 신안관에서 비 때문에 체류할 때

　　　　　　　지은 시에 차운하다(次子容新安館滯雨韻)」

쫓겨난 객이 가을을 슬퍼하는 마음에　　　　欲知逐客悲秋意

강가의 푸른 신나무와 흰 이슬이 차네.　　　江上靑楓白露寒

　　　　　　　— 조태억, 「정림의 시에 차운하다(次靜林韻)」

늦가을 붙잡고 술 마시며 옛정을 나누니
은 촛대 금 화로 있어 밤이라도 춥지 않네.
오강과 이별하는 마음이 어떤지 묻는다면
푸른 산 밝은 달빛을 꿈속에서 보겠다 하리라.

王昌齡, 李倉曹宅夜飮

　　霜天留飮故情歡　銀燭金爐夜不寒

　　欲問吳江別來意　靑山明月夢中看[139]

이창조틱야음

　　상천뉴음고정환ᄒ니 은촉금노야불한을

　　욕문오강별ᄂᆡ의ᄒ니 청산명월이 몽쥰간을

139　吳江은 소주(蘇州)에서 상해(上海)로 흘러가는 오송강(吳淞江)으로 진(晉)
　　의 장한(張翰)이 낙양에 들어가 벼슬을 하다가 가을바람이 불어오자 고향인
　　오중(吳中)의 순채와 오강의 농어회가 생각나서 벼슬을 버리고 돌아갔던 고
　　사가 있다. 留飮가 留後로, 別來意가 別來處로 된 데도 있다.

깊어 가는 가을날 벗과 어울려 기쁜 마음으로 정담을 나누며 술을 마신다. 촛불과 화로가 곁에 있어 춥지 않다고 하였지만 사실은 벗과의 정담이 마음을 훈훈하게 한 것이다. 이런 곳이기에 차마 잊지 못하고 꿈속에서도 고향 오강(吳江)의 푸른 산과 맑은 달을 그리워하게 될 것이다. 이 구절로 보아 756년 무렵 강녕에서 고향으로 돌아가면서 지은 작품으로 추정된다.

고용후와 강세황, 조수삼 등은 집구시를 지으면서 1구 혹은 4구를 사용하였다. 정식(鄭栻)은 「가야산록(伽倻山錄)」에서 4구를 들어 가야산에 대한 그리움을 말했다.

◆ ◆ ◆

벗과의 이별 떠올리니	憶與故人別
남녘 강에 가을 다할 때였지.	吳江秋欲闌
푸른 산은 양 언덕에 아득한데	靑山兩岸逈
밝은 달은 온 하늘에 차가웠지.	明月一天寒
희미한 그 당시의 일은	黯黯當時事
가물가물 어젯밤 꿈에서 본 듯.	依依昨夢看
다시 만날 기약은 묻지 마세	相逢勿復問
술 있으니 자네와 실컷 마시고.	有酒盡君歡

— 채팽윤(蔡彭胤), 「청산명월몽중간(靑山明月夢中看)」

가을 다한 변방의 성에 저녁이 차가운데	秋盡邊城夕氣寒
고운 잔치 자리 객을 잡아 옛정을 나누네.	綺筵留客故情歡

— 이은상, 「낙민루 잔치 자리에서 구지 대학사에게 바치다(樂民樓席上呈久之大學士)」

은 촛대와 금 화로에 밤이 끝이 없는데   銀燭金爐夜未央

계절 따라 피는 꽃도 미인 단장 못 따르지.   時花不及美人粧

                 — 신흠, 「관서 관찰사로 가는 박자룡을 보내며(送朴子龍按關西)」

금마문과 옥당은 푸른 하늘 멀리 있는데   金馬玉堂霄漢外

푸른 산과 밝은 달빛 아래 꿈속의 혼이여.   靑山明月夢魂中

             — 김상헌, 「현옹이 유배 가 있는 김포에 부치다(寄玄翁金浦謫居)」

심
여
균
、

규
방
의
원
망

기러기 사라져 편지 부칠 길 없는데
시름이 많아 잠조차 이룰 수 없으니
내 소원 외로운 달빛을 따라가
복파 장군 군영을 두루 비추는 것.

沈如筠, 閨怨

　　鴈盡書難寄　愁多夢不成
　　願隨孤月影　流照伏波營[140]

심여균, 규원

　　안진셔란긔ᄒ니 슈다몽불셩을
　　원슈고월영ᄒ야 유조복파영을

140　흉노에 사신 갔다 억류된 소무(蘇武)가 기러기의 발에 편지를 매달아 보냈다
　　는 고사에서 안서(雁書)라는 말이 나왔다. 伏波營은 한의 복파 장군(伏波將
　　軍) 마원(馬援)의 군영이라는 말인데 여기서는 남편이 출정한 변경을 이른다.

됴댱 속의셔 원망홈이라(『언해당음』)

기러기 드ᄒᆞ야시니 글월를 붓치기 어렵고

근심이 만흐니 ᄭᅮᆷ을 일올 기리 업도다

원컨ᄃᆡ 외로운 달 글림ᄌᆞ를 ᄯᅡ라

빗츨 흘녀 복파영의 빗칠고

「규원(閨怨)」은 젊은 여성의 애달픈 마음을 담아내는 작품으로 남북조 시대에 발생하여 당나라 때 크게 유행하였으며 강총, 왕창령 등과 함께 심여균(沈如筠)의 작품이 인구에 회자되었다. 「춘규원(春閨怨)」, 「추규원(秋閨怨)」처럼 계절을 표방한 것도 있다. 심여균은 윤주(潤州), 지금의 강소(江蘇) 출신인데, 당 현종 연간 활동하였다. 시와 문장에 능하였고, 지금은 전하지 않지만 여러 편의 기괴한 이야기를 담은 소설(志怪小說)도 창작하였다.

이 작품은 여성 화자의 입을 빌려 먼 곳으로 원정 나간 남편을 그리워하는 마음을 담았다. 봄이 되어 기러기가 모두 북으로 이미 날아가 버렸기에 편지를 보낼 길 없어 잠을 이루지 못한다. 그저 밝은 달이 되어 남편이 계신 군영으로 가서 비추고 싶다.

조선 시대에도 이 제목의 시가 무척 많은데 기본적인 정조는 다르지 않다. 이러한 작품은 의고적 성향이 강하지만, 일상의 이별을 누고도 이 시를 적극 활용하였다. 이 시의 1구와 2구를 빌려 조선 시대 문인들이 편지를 보내지 못하고 그리움에 잠을 이루지 못하는 뜻을 말한 바 있다. 특히 홍경모(洪敬謨)는 회양(淮陽) 사또에게 보내는 편지에서 이 시의 1구와 2구를 끌어들여 꿈속에서 벗을 만나는 일을 운치 있게 전했다. 복파영(伏波營)이라는 말이 그리운 사람이 계신 곳의 의미로 자주 사용된 것도 이 시에 연원을 두고 있다.

◆◆◆

먼 길 온 나그네 시름 많아 잠 못 들기에	遠客愁多夢不成
한밤중에 옷을 걸치고 날 밝기를 기다리네.	攬衣中夜待明星

— 신익전(申翊全), 「청회점에서 닭 울음소리를 듣고(靑回店聞鷄)」

독수공방 끝없는 한이 가장 크기에	最是空閨無限恨
달 따라가 복파의 군영을 비추었으면.	願隨流照伏波營

— 이동표(李東標), 「가을 달(秋月)」

산호 채찍을 잃어버렸나,
백마는 사나워 가려 않는데
장대의 버들가지 꺾는 것
봄날 길가의 방탕한 마음.

崔國輔, 少年行

遺却珊瑚鞭　白馬驕不行

章臺折楊柳　春日路傍情[141]

소년힝

유각산호편ᄒᆞ니 ᄇᆡᆨ마교불힝을

장ᄃᆡ절양뉴ᄒᆞ니 츈일의 노방졍을

141　章臺는 장안의 거리 이름이다. 길이 넓어 말을 달리기 좋았고 버드나무가 늘
　　어서 있어 이를 장대류(章臺柳)라 하였다. 또 한굉(韓翃)의 아내 유씨(柳氏)
　　가 미모가 있었지만 첩에게 사랑을 빼앗긴 후 출가하였고 나중에 이를 안 한
　　굉이 '장대류로 시작하는 노래를 불렀다. 후대에는 아름다운 여인을 장대류
　　라 한다. 기생을 가리키기도 한다. 路傍情은 저잣거리의 방탕한 젊은이의 마
　　음을 이른다. 春日이 春草로 된 데도 있다.

소년이 가는 게라(『언해당음』)

　　산호 치뜩을 물이쳐드니

　　흰말이 교만ᄒᆞ야 가지 아니ᄒᆞ야쏘다

　　장ᄃᆡ론 집의셔 버들을 썻거시니

　　봄날 길가 뜻이러라

최국보는 개원 4년(726년) 진사가 되고 천보(天寶) 11년(752년) 경릉 사마(竟陵司馬)가 되었는데 자세한 생몰 연대는 밝혀지지 않았으며 자호(字號)도 알려져 있지 않다. 오군(吳郡) 곧 소주 출신인데 산음(山陰) 곧 소흥(紹興) 출신이라고도 한다. 남조(南朝)의 악부(樂府)나 민가(民歌)를 계승한 작품을 즐겨 지었다.

「소년행(少年行)」은 의협심을 지닌 젊은이가 호탕하게 노니는 즐거움을 말하거나, 그로 인해 아무것도 이룬 것이 없음을 노래하는 전통이 있다. 「결객소년장행(結客少年長行)」, 「장안소년행(長安少年行)」 등이 남북조 시대에 등장하였는데 이를 계승한 것이다. 왕유, 영호초(令狐楚), 두보, 이백 등 여러 사람의 작품도 널리 애송되었다.

산호로 만든 채찍이나 백마는 부유함의 상징이다. 술을 먹고 놀다 비싼 산호 채찍을 잃어버렸기에 귀한 백마도 말을 듣지 않는다. 젊은이의 방탕함을 이렇게 말한 것이다. 장안 거리의 버들을 꺾는 것이 봄날 저잣거리 젊은이의 마음이라 하였는데, 기생과의 거리낄 것 없는 사랑을 비유한 것이다. 『언해당음』에서 제목을 소년이 가는 것으로 풀이했는데 '행(行)'은 노래라는 뜻으로 악부 스타일의 시에 붙는다. 1구의 '유각(遺却)'을 물리쳤다는 뜻으로 풀이한 것은 잘못이다.

이익은 『성호사설』에서 이 시를 들고 최국보가 농염한 노래에 능하였다고 하면서, 음란한 노래로 평가되는 『시경』의 정풍(鄭風)과 위풍(衛風)을 체득한 것이라 하였다. 그리고 길거리의 여성과 사랑을 나누는 것을 길가의 버들을 꺾는 일에 비유하였으므로, 실제 채찍을 잃어버린 것도 아니고 실제 말이 가지 않은 것도 아니라 짚었다. 『일성록』(1794년 11월 24일)에 따르면 이 시의 2구를 제목으로 초계문신(抄啓文臣)의 시험을 보였는데, 정조가 이 시를 부정적으로 본 것은 아닌 듯하다. 이 시에 보이는 장대류(章臺柳), 절양류(折楊柳) 등의 표현도 조선 시대 의고풍의 한시에 자주 등장한다. 정선(鄭敾)의 「소년행」, 김홍도의 「소년행락(少年行樂)」 등 이 내용을 그린 그림이 전한다.

◆◆◆

잠시 오랑캐 아낙 주막에서 취하여
돌아올 때 산호 채찍을 잃어버렸네.

暫醉胡姬賣酒肆
歸來遺却珊瑚鞭

— 이민성, 「연산설(燕山雪)」

오랑캐 아이가 선술집에서 크게 취해
저물녘 기생집 가니 백마가 사납구나.

胡兒大醉壚頭酒
暮入娼家白馬驕

— 오도일(吳道一), 「통수(通州)」

백마와 황금 채찍은 방탕한 마음이라
고운 모래섬 지는 해 멀리서 보이네.

白馬金鞍路傍情
芳洲落日遙相見

— 허적(許橚), 「길 가다 본 일(路中紀事)」

왕유、 높은 대에 올라

그대 보내느라 높은 대에 오르니
개울과 언덕은 아득히 끝이 없는데
해 저물어 날던 새 돌아가 쉬건만
행인은 쉴 새가 없이 길을 나서네.

王維, 臨高臺

　　相送臨高臺　川原杳何極

　　日暮飛鳥還　行人去不息

왕유, 임고되

　　상송임고되ᄒᆞ니 쳔원묘하극고

　　일모비조환ᄒᆞ니 ᄒᆡᆼ인이 거불식을

놉흔 집의 임홈이라(『언해당음』)

　　서로 보니면셔 놉흔 되를 임ᄒᆞ야시니

　　시니와 언덕이 엇디 아득ᄒᆞ고 극ᄒᆞᆫ가

　　날이 져문되 나는 시가 도로오니

　　ᄒᆡᆼ인드리 가기를 슈이지 아니터라

왕유(700~761년)는 자가 마힐(摩詰)인데 상서우승(尙書右丞)을 지내 왕우승으로도 불린다. 태원(太原) 출신으로 남전(藍田)의 망천(輞川)에 별서를 짓고 살았다. 그의 시는 '시중유화(詩中有畫)'의 경지에 든 것으로 평가되며 불선(佛禪)의 맛이 있어 시불(詩佛)로도 불렸다. 맹호연과 함께 왕맹으로 일컬어지는 큰 시인이다. 문집은 『왕우승집전주(王右丞集箋注)』, 『왕마힐문집(王摩詰文集)』 등으로 전한다.

「임고대」라는 제목의 작품은 왕발 이전까지는 주로 악부풍의 고시로 제작되었지만 왕유 이후 절구와 율시 등 근체시로도 제작되었다. 이 작품은 습유(拾遺) 벼슬을 하던 벗 여흔(黎昕)을 보내면서 쓴 작품이다. 벗을 전송하느라 높은 대에 오르니 언덕과 개울이 벗이 갈 길을 따라 끝없이 뻗어 있다. 새들도 저물녘이 되면 둥지로 돌아가는데 벗이 먼 길을 떠나게 되었으니 안타깝다. 무엇인가 일 때문에 길을 나서는 행인들 틈에 벗이 사라지는 모습을 넣어 시상을 종결하였다.

조선 시대에 「임고대」라는 제목의 시는 장편의 악부풍으로 된 것이 제법 있지만, 왕유의 이 작품이 널리 애송되면서 악부풍의 '임고대'가 도성의 풍정을 구경하는 곳이 아니라 멀리 떠나는 이를 전송하는 공간으로 나타난다.

◆◆◆

높은 대에 올라 그대를 보내니　　　　　　臨高臺相送
산과 물은 어찌 이리 험한가?　　　　　　山川何崔嵬

— 순조, 「앞 사람의 시에 차운하다(次前人韻)」

고운 풀은 나날이 묵어 가는데   芳草日以蕪

하천과 언덕 얼마나 아득한가?   川原渺何極

— 윤행임(尹行恁), 「고인의 시인 '인생이 만족 기다리려면 어느 때 만족하랴,
늙기 전에 한가함이 바로 한가함이라'를 가지고 벽에 쓰고 이에 운자를 나누어 시를
짓는다(以古人詩人生待足何時足未老得閒方是閒 書付壁上 仍分韻賦詩)」

비 지나자 구름이 절로 걷히고   雨過雲自捲

해 저물어 새가 날아 돌아오네.   日暮鳥還飛

— 이식, 「고부의 민락정에 올라(登古阜民樂亭)」

길 떠나는 이는 쉬지 않는데   征人去不息

달빛은 가는 곳마다 밝게 비추네.   月色隨地明

— 김진규(金鎭圭), 「관산월, 북막으로 부임하는 신계화를 보내며
(關山月, 送申叔開啓華赴北幕)」

왕유、 식부인

오늘 사랑 받는다고 하여
예전 은혜를 잊을 수 있나!
꽃 보고 펑펑 눈물을 쏟을 뿐
초왕과는 말조차 나누지 않네.

王維, 息夫人

莫以今時寵　能忘舊日恩
看花滿眼淚　不共楚王言[142]

식부인

막이금시총이요 능망구일은을
간화만안루ᄒᆞ니 불공초왕언을

142　今時가 今朝로, 能忘이 難忘 혹은 寧無, 舊日이 昔日로, 滿眼이 滿目으로
된 데도 있다.

식가 성 가진 부인이 아리 엿적 쵸왕의게 소박 만남이라(『언해당음』)

　　　이제 시 스랑 고이무로셔

　　　능히 옛날 은경을 잇지 말나

　　　곷출 보고 눈물이 눈에 가득ㅎ옴은

　　　초왕과 다시 ㅎ가지로 말을 못홈이루

왕유가 719년 20세에 지은 것으로 알려져 있다. 『본사시(本事詩)』에 이 시의 배경이 실려 있다. 당 예종(睿宗)의 아들 영왕(寧王)이 떡장수 아내가 얼굴이 고운 것을 보고 남편에게 후하게 재물을 주고 그 아내를 취하였는데, 몇 년 후 남편을 보게 하였더니 눈물을 쏟았다. 이에 영왕의 좌객(座客)으로 있던 왕유가 가장 먼저 이렇게 시를 지어 바치자, 영왕이 그 여인을 떡장수에게 다시 돌려보내었다고 한다. 같은 기사가 조선 시대에 널리 읽힌 『요산당외기(堯山堂外紀)』에도 보인다.

　식부인(息夫人)은 춘추 시대 초 식국(息國)의 왕후로, 성이 규(嬀)인데 식규(息嬀)라 불렸으며 도화부인(桃花夫人)이라고도 한다. 초 문왕(楚文王)이 식국을 멸망한 후 그를 아내로 들였지만 식부인은 문왕과는 말을 한 번도 나누지 않았다. 초 문왕이 까닭을 묻자 "부인으로서 두 남편을 섬겼음에도 죽지 못하였는데 또 말까지 해서야 되겠는가?"라 답하였다. 이 작품에서 식부인은 초왕의 총애를 입어 아들을 둘 낳았지만, 그럼에도 식국 군주에 대한 은혜를 잊지 않아 꽃을 보고 눈물지으며 초왕과는 끝내 말하지 않았다고 하였다.

　임천상(任天常)의 「전목재집에 쓰다(題錢牧齋集)」에서 이 시의 3구와 4구를 인용하여 전겸익(錢謙益)이 청에 벼슬한 것을 비판했다.

◆◆◆

초나라 왕궁의 총애를 받았지만   雖得楚宮寵
식나라 주인 은혜를 어찌 잊으랴?   奚忘息主恩
늘 눈물을 흘리고 말 뿐이겠는가,   豈惟常墮淚
끝내 더불어 말도 하지 않았다네.   終不與成言

— 손조서(孫肇瑞), 「식부인(息夫人)」

꽃을 보니 눈물이 펑펑 나서   看花滿眼淚
지난 은혜를 말하지 못하겠네.   敢道舊恩長

— 구음(具崟), 「취하여 이계주에게 주다(醉贈李季周)」

왕유, 잡시

집이 맹진 물가에 있고
문이 맹진 앞을 마주하기에
강남 가는 배가 늘 있으니
집에 편지 부쳐 주지 않겠나?

王維, 雜詩

家住孟津河 門對孟津口
常有江南船 寄書家中否(一)

왕유, 잡시

가쥬밍진하요 문듸밍진구을
상유강남션호니 긔셔가즁부아

즙글이라(『언해당음』)

집은 밍진 쯔 언덕의 살고
문은 밍진 어귀의 듸흐드라
샹히 강놈 빅 잇시니
집 가온듸 글월이나 부치든가 아니든가

제목의 「잡시(雜詩)」는 자유롭게 즉흥적으로 지은 시를 이르는데, 왕찬(王粲), 심전기(沈佺期) 등의 것과 함께 이 작품이 유명하다. 이 시는 왕유가 낙양에서 떠돌던 젊은 시절에 지은 것이다. 이 시의 배경이 되는 맹진은 낙양 북쪽에 있던 황하의 나루로 하남에 있다. 주 무왕(周武王)이 제후들과 회맹한 곳이라 맹진(盟津)이라고도 한다. 이런 전략적인 요충지라 배들이 자주 오갈 것이라 그 편에 서신을 집에 전해 줄 수 있을지 물을 것이다. 민가처럼 평이하고도 자연스럽다는 평을 받았다. 조선 시대 타향에서 고향을 그리워하는 문인들에게 깊은 감응을 주었다.

◆ ◆ ◆

맹진의 먼 나그네 강남 땅 나그네 되어   孟津遠客客江南
해진 갖옷 파리한 말로 몇 년을 보냈던가?   敝裘羸馬經幾年

— 정약용, 「집에 편지를 보내려고 맹진의 입구에
늘 강남 가는 배가 있다는 말을 하다(將寄家書說孟津口常有江南船)」

그대 고향서 왔으니
고향 일을 알겠구나.
오던 날 고운 창 앞에
찬 매화꽃이 피었던가!

君自故鄉來　應知故鄉事
來日綺窓前　寒梅着花未(二)

기이
군ᄌᆞ고향닉ᄒᆞ니 응지고향사을
닉일긔창젼의 한ᄆᆡ착화미아

그 둘지라(『언해당음』)
그ᄃᆡ 울이 고향을로붓터 오니
응댱 울리 고향 일을 알이
오든 날 비단 챵 압희 챤 ᄆᆡ화
피엿든가 아니 피엿든가

맹진의 나루에서 만난 사람이 고향에서 왔기에 고향 집에 매화가 피었는
지 물었다. 고향 사람을 만나 말을 나누듯 자연스럽게 표현한 것이 묘미
다. 신경준(申景濬)은 「순원화훼잡설(淳園花卉雜說)」에서 매화를 설명
하면서 이 작품을 인용하고 풀이하였다. "멀리서 온 나그네가 고향 사람
을 만났는데 물어볼 것이 한두 가지가 아니겠지만, 오직 매화에 연연하
는 것은 무엇 때문인가? 고향 사람에게 이런 질문을 한 데서 옛사람의
마음을 알 수 있다. 매번 매화를 마주할 때마다 쓸쓸히 그리워하여, 마
치 좋은 벗이 먼 길에 있어 만날 수 없는 것처럼 여겼던 것이다."

◆ ◆ ◆

몇 그루 찬 매화가 꽃을 피웠는지   數樹寒梅着花未
상자에서 두보의 시를 찾아 읽노라.   抽函一讀少陵詩

— 조면호, 「이웃에서 오신반을 보내 주기에 오늘이 입춘인 줄 알고 문득
두 아우가 그리워 이를 제목으로 율시 한 편을 짓는데 두보의 시 운자를 쓴다
(隣人饋五辛盤 知是日立春 忽憶二弟 爲題一律 用杜工部詩韻)」

군이 고향으로부터 오니 고향사를 응당 알니로다
오는 날 기창 압픠 한매 픠엿쩌니 아니 픠엿쩌냐
픠기는 픠엿더라마는 님주 그려 후더라

— 작가 미상의 시조

군자고향래후니 알니로다 고향사를
남지발(南枝發) 북지미(北枝未)아 북지미아[143]

남지 북지 발불발(發不發)은 군자고향래ᄒᆞ니 고향사를

— 작가 미상의 시조

143　이 구절은 당 유장경의 「관아에서 복사꽃을 보니 남쪽 가지는 이미 꽃이 피고
북쪽 가지는 아직 피지 않았기에 인하여 두부단에게 부쳐 보낸다(廨中見桃
花南枝已開北枝未發因寄杜副端)」에서 따온 것이다.

왕유, 송별

산속에서 그대를 보내고서
저물녘에 사립문을 닫았네.
봄풀은 해마다 푸르리니
왕손은 돌아올지 아닐지!

王維，送別

　　山中相送罷　日暮掩柴扉

　　春草年年綠　王孫歸不歸[144]

송별

　　산즁의 상송파ᄒ니 일모음시비을

　　츈초은 년∥록ᄒ니 왕손은 귀불귀을

보ᄂᆡ여 니별홈이라(『언해당음』)

　　산 가온ᄃᆡ셔 셔로 보ᄂᆡ야시니

　　날이 져무러ᄂᆞᆫᄃᆡ 나무 살이문을 다둣도다

144　年年은 明年으로 된 데도 있다.

봄풀은 히마다 푸르러시듸

왕손은 돌라가고 돌아오지 안트라

왕유는 「송별」이라는 제목의 시를 여러 편 남겼는데 그중 이 작품이 가장 널리 알려져 있다. 통상적인 이별의 시는 가는 이의 손을 잡고 차마 떠나지 못하는 뜻을 적는 데 비해, 이 작품은 담담히 벗을 보내고 저물녘에 사립문을 닫았다고 하여 감정을 누른 다음, 봄풀은 해마다 푸를 것인데 한 번 떠난 사람은 돌아오지 않는다는 격정을 터뜨린 것이 묘미가 있다. 왕손은 왕의 자손이나 귀족의 자제를 이르지만, 상대에 대한 존칭으로도 쓰인다. 여기서는 벗을 높여 이른 것이다. 이 시는 『초사(楚辭)』의 「초은사(招隱士)」 "왕손이여 돌아오지 않으시네, 봄풀은 푸른데.(王孫游兮不歸 春草生兮萋萋)"라는 구절을 잘 활용하여 새로운 뜻을 만들어 낸 것으로 평가된다.

3~4구에 대해서는 해석이 분분하다. 벗이 돌아오지 않을 것이라는 상심을 말한 것으로 보기도 하지만 그렇지 않은 풀이도 있다. 강세황은 「당시에 쓰다」에서 『당음』에 실린 이 시를 인용하고 "왕손에게 '내년 봄풀이 푸를 때 그대는 돌아오시겠소, 돌아오지 않겠소?'라 물은 것이고 한 번 가면 다시는 돌아오지 않을 것이라는 말은 아니다."라 썼다. 이삼환(李森煥) 역시 돌아오기를 기다린다는 뜻인데 조선에서는 가서 돌아오지 않는다는 뜻으로 잘못 풀이하는 이가 있다고 하였다.

여기서 보듯이 조선 시대 문인들에게 가장 익숙한 당시 중의 하나였고 이 시의 구절구절이 조선 문인의 작품에 차용되었다. 전별의 시에 흔히 등장하는 '상송파(相送罷)'가 이 시에 연원을 두고 있다. 또 송시열의 「답임대중(答任大中)」에 "사립문을 닫은 마음(掩柴之懷)"이라는 말이 나오는데 바로 이 시의 2구를 빌렸으며 벗을 보내고 난 외로운 마음을 이르는 고사로 쓰였다. 특히 3구와 4구는 워낙 널리 알려져 원문 그대로 수용한 구절이 조선 시대 시에서 자주 보인다. 그리고 이 구절에서 세종의 아들 익현군(翼峴君) 이운(李璭)이 광나루에 춘초정(春草亭)을 두었는데 한준겸(韓浚謙)은 여기에 "왕손은 지금 아득한데, 봄풀만 절로 무성하구나.(王孫今渺渺 春草自萋萋)"라는 시를 걸었다. 세종의 형 효령 대군(孝寧大君)도 같은 이름의 춘초정을 양천 관아 인근에 세웠으니, 왕의 후손들이 소유한 정자에 즐겨 붙은 이름임을 알 수 있다.

◆◆◆

그대 보낸 것 어찌 견디랴마는	那堪相送罷
적막하게 사립문은 닫아거노라.	寂寞掩柴扉

— 권필, 「이별한 후(別後)」

봄풀은 해마다 푸른데	春草年年綠
왕손의 슬픔은 어찌하랴.	王孫悲奈何

— 조우인(曹友仁), 「영해 도중에 느낌이 있어(寧海途中有感)」

왕손은 오지 않아 봄풀은 부질없는데	王孫不至空春草
봄풀은 무정하고 봄은 절로 늙어 가네	春草無情春自老

— 이규보(李奎報), 「양 각교가 반낭의 춘유편에 답한 시에 차운하다(次韻梁閣校和潘閬春遊篇)」

춘초은 연년록ᄒ되 왕손은 귀불귀라

옥안(玉顔) 동자야 임 계신 듸 길 가르쳐

달 삭여 가선(歌扇) 삼고 구름 말어 무의(舞衣) 지어

벽해청천(碧海靑天)에 그리든 임

— 작가 미상의 시조[145]

벽해(碧海) 갈류후(渴流後)에 모리 모혀 섬이 되어

무정(無情) 방초(芳草)은 히마다 푸르러ᄂ듸

엇더타 우리의 왕손은 귀불귀 하ᄂ니

— 작가 미상의 시조

지당(池塘)에 비 ᄲ리고 양류(楊柳)에 늬 씨인제

짝 일흔 굴며기는 오명가명 ᄒᄂ고야

엇더타 우리 왕손은 귀불귀 ᄒᄂ고

— 작가 미상의 시조

춘초는 연연녹ᄒ되 왕손은 귀불귀라, 날노 두고 이르미라

— 「열녀춘향수절가」의 이화춘풍 대목

---

145   종장은 이의부의 「부미인(賦美人)」에서 가져온 것이다.

왕유, 죽리관

호젓한 대숲에 홀로 앉아서
금을 타다 길게 휘파람 부노라.
깊은 숲속이라 남이 몰라도
밝은 달이 와서 비추어 주네.

王維, 竹里館

獨坐幽篁裏　彈琴復長嘯
深林人不知　明月來相照[146]

죽니관

좌유황니ᄒᆞ야 탄금부장소을
심님의 인불견ᄒᆞ나 명월이 닉상조을

대 속의 집이라(『언해당음』)

홀노 그윽ᄒᆞᆫ 듸 속의 안즈

---

146 長嘯는 길게 휘파람을 분다는 말인데 여기서는 시를 유장하게 읊조린다는
뜻이다.

거문고를 투고 다시 길게 휴프롭 부더러

깁흔 슈풀의 사룸이 아지 못흐나

발근 달이 와셔 셔로 비초이더라

죽리관(竹里館)은 죽리관(竹裏館)이라고도 적는데 왕유가 망천(輞川)에
둔 별서가 대숲 속에 있어 이 이름이 붙었다. 망천의 별서에는 죽리관 외
에 화자강(華子岡), 의호(欹湖), 유랑(柳浪), 수유반(茱萸沜), 신이오(辛
夷塢) 등이 있어 벗 배적(裴迪) 등과 노닐면서 시를 주고받았다. 조선 시
대 때 이를 본떠 한강의 서호(西湖)에 구인후(具仁垕), 홍주국, 김이교
(金履喬) 등이 죽리관을 경영했다.

　호젓한 대숲에 홀로 숨어 살면서 금을 타기고 하고 휘파람을 불기도
한다. 휘파람을 부는 것은 곧 시를 길게 읊조린다는 뜻이다. 남이 알아주
지 않아도 밝은 달이 벗이 되어 주니 외로울 것이 없다고 하였다. 혼자 살
기에 '독(獨)'이라 하고 달이 벗이 되기에 '상(相)'이라 한 것이 묘미다.

　이 시에서 금을 연주하고 시를 읊조린다는 '탄금(彈琴)'과 '장소(長嘯)'
는 후대에 은자의 생활을 상징하게 되었다. 김홍도의 「죽리탄금도(竹里
彈琴圖)」가 이를 그림으로 그린 것이며, 이방운(李昉運)의 「망천팔경도
(輞川八景圖)」에도 이 시의 내용이 담겨 있다. 순조 때 매죽, 헌종 때 속
화(俗畫) 분야의 화원 시험에서 이 시로 출제한 바 있다.

◆◆◆

밤 깊어 추위를 견디기 어렵더니　　　　　　夜深不耐寒

밝은 달이 와서 나를 비추어 주네.　　　　　明月來相照

　　　　　　　　　— 유숙(柳潚), 「오래된 그림에 쓰다(題古畫帖)」

빼곡한 대숲은 수묵을 뿌린 듯   叢篁水墨色

안개 낀 숲이 촉촉하게 적셔졌네.   滴滴濕烟林

가야금 곡조 물을 이 없어도   無人問琴調

밝은 달만 음을 알아준다네.   明月獨知音

— 남한기(南漢紀), 「서생 박용운이 그린 '탄금유황리'

부채 그림에 쓰다(題朴生龍雲彈琴幽篁裏扇畫)」

왕유,
새가 우는 개울

사람이 한적한데 계화가 떨어지고
밤이 고요하여 봄 산이 텅 비었네.
달이 뜨자 산새가 놀라 일어나서
마침 봄이 온 개울에서 울어 대네.

王維, 鳥鳴磵

人閑桂花落　夜靜春山空
月出驚山鳥　時鳴春磵中[147]

인한계화락이오 야정춘산공을
월츌경산죠ᄒᆞ야 시명춘간듕을

싀가 시니의셔 울미라(『언해당음』)
사룸이 혼가ᄒᆞ니 계슈나모곳치 ᄲᅥ러졋고

147　桂花는 목서(木犀)라고도 한다. 이수광은 『지봉유설』에서 계화가 3월에 꽃
이 핀다고 하면서 이 작품을 근거로 들었다. 조선에서는 김수항(金壽恒)의
"가을바람에 계화가 지네.(秋風桂花落)"에서처럼 가을에 피는 꽃으로 인식
되기도 하였다.

봄이 고요ᄒ니 봄 산이 뷔엿더라

달이 나민 산식를 놀니여시니

이씨에 식가 봄 시니의셔 날이 발근듈 알고 울러드라

이 작품은 왕유가 젊은 시절 강남 지방을 떠돌던 개원 연간(713~741년)에 제작한 것으로 알려져 있다. 이때 왕유는 오운계(五雲溪), 곧 약야계(若耶溪)에 우거하고 있었다. 오가는 사람이 없어 한적한데 계화가 소리 없이 떨어진다. 밤은 적막하여 봄이 왔건만 산을 찾는 이 아무도 없다. 달이 떠오르자 둥지에서 자던 새가 놀라 일어나 봄이 온 개울가에서 때마침 울음을 운다.

　　신경준의 「시칙(詩則)」에서는 이렇게 자세히 분석했다. "한 편의 작품 중에서 전환하는 곳은 동적이고, 맺는 곳은 정적인 것을 동정격(動靜格)이라 한다. 왕유의 「조명간」 시와 같은 것은 정적인 가운데 동적인 것으로, '인한(人閑)'은 사람이 정적인 것이고 '계화락(桂花落)'은 꽃이 정적인 것이며, '야정(夜靜)'은 시각이 정적인 것이고 '춘산공(春山空)'은 산이 정적인 것이다. '달이 뜨니 산새가 놀라 일어나서, 때마침 봄 개울에서 울음을 터뜨리네.'는 문득 동적인 것이다." 정약용은 이 시의 3구를 제목으로 한 칠언고시를 지어 시의 뜻을 부연하였다.

◆ ◆ ◆

숲 파래 구름이 골짝에 돌아가고	林翠雲歸壑
꽃 붉어 이슬이 허공을 적시네.	花紅露滴空
아무도 없는 밤 물가의 집에서	閒宵憑磵戶

달 밝은 밤 우는 새소리 듣노라.　　　　　　　啼鳥月明中

　　　　　　　　　　　　— 박창원(朴昌元), 「조명간(鳥鳴磵)」

개울가 집은 인기척이 없는데　　　　　　　磵戶寂無人
산은 텅 비어 계화가 떨어지네.　　　　　　　山空桂花落

　　　　　　　　　　　— 신완(申琓), 「석호삼십영(石湖三十詠)」

바위 벼랑에 꽃이 피니 봄이 적적한데　　　　花發巖崖春寂寂
개울의 나무에 새 울어 물이 잔잔하네.　　　　鳥鳴磵樹水潺潺

　　　　　— 이황(李滉), 「계상에서 걸어 산 넘어 서당에 이르다(步自溪上踰山至書堂)」

사람이 할 일 없어 느지막이 문을 닫는데　　　人閑掩戶遲
밤이 고요하여 어둠 속 샘물이 떨어지네.　　　夜靜幽泉落

　　　　　　　— 백광훈(白光勳), 「김계수의 팔폭 그림에 쓰다(題金季綏畫八幅)」

왕유、

안서로 사신 가는

원씨 집안 둘째를 보내며

위성의 아침 비가 흙먼지를 적시는데
객관에는 푸릇푸릇 버들 빛이 새롭네.
그대에 권하노니 한 잔 술 다 마시게,
서쪽으로 양관을 나서면 벗이 없으리니.

王維, 送元二使安西

渭城朝雨浥輕塵 客舍靑靑柳色新

勸君更盡一杯酒 西出陽關無故人[148]

합가운, 송원이사안셔

위셩조우읍경진ᄒ니 긱사쳥∥유석신을

권군깅진일비쥬ᄒ니 셔츌양관무고인을[149]

---

148 제목의 元二는 원씨 성의 인물을 배항(排行)으로 일컬은 것인데 누구인지 알
     수 없다. 함양 남쪽으로 위수가 흐르기에 함양을 위성이라 한다. 陽關은 감
     숙성 돈황(敦煌) 서북쪽에 있던 관문으로 서역으로 가는 관문이었다. 그 서북
     의 변방에 당나라 때 안서도호부를 두었다. 浥이 裛으로 된 데도 있는데 같은
     뜻이다. 靑靑이 依依로, 柳色新이 楊柳春으로 된 데도 있다.

149 '합가운'은 합가운(蓋嘉運)을 이른 듯하다. 당 현종 연간의 문인 합가운은 「이
     주가(伊州歌)」의 작가로 유명하다. '蓋'는 성일 때는 '합'으로 읽는다.

위성에서 벗이 안서로 가는 것을 전송한 작품이다. 고금 제일의 절창으로 추앙받았다. 「위성곡(渭城曲)」, 「양관곡(陽關曲)」 혹은 「양관삼첩(陽關三疊)」으로도 불렸다. 위성에 비가 내려 길가에 먼지 하나 일지 않고 객관의 버드나무도 파랗게 잎이 돋아났다. 이렇게 좋은 날 서쪽의 변방으로 나서는 벗과 이별하게 되었으니 그 아쉬움에 술을 권한다. 이 시는 함축의 묘함이 있다. 벗이 탄 수레가 떠나가면 흙먼지가 일터인데 아침에 내린 비가 먼지를 적셨다 하여 이를 숨겼고, 이별할 때는 버들가지를 꺾는 것이 관례인데 객관의 버들이 푸르다고 하여 이별의 뜻을 드러내지 않았으며, 한 잔 술을 남김없이 마시라 한 것은 앞으로 다시 만나기 어렵다는 뜻을 넌지시 말한 것이다.

이 작품만큼 조선 시대 문인에게 널리 알려진 시가 많지 않다. '위성'이나 '양관' 등 이 시의 어휘 자체가 송별과 권주(勸酒)의 뜻으로 쓰였다. 강희맹(姜希孟)이 중국에 갔을 때 위성의 버드나무를 구해 와 남대문 바깥에 있던 집에 심었는데 세상 사람들이 위성류댁(渭城柳宅)으로 불렀다는 고사에서도 이 작품의 반향을 짐작하겠다. 김휴(金烋)가 꿈에 이 시를 읊조리고 깨어났는데 관서 지역으로 나갈 조짐이었다는 기록도 그의 문집에 보인다. 또 봄날 비 맞은 버드나무를 보면 이 시구를 떠올린 기록도 여기저기 보인다. 권필이 「궁중의 버들(宮柳)」이라는 시를 지었는데 외척 유씨(柳氏)를 비판하였다 하여 곤장을 맞고 귀양을 가다가, 동대문에 이르러 주막에서 "권 군에게 다시 한 잔 술을 내어놓네.(權君更進一盃酒)"라는 시구가 적힌 것을 보고 시참(詩讖)으로 여겨 통음하고 죽었다는 고사도 있다. 조선에서 이렇게 많은 사연을 낳은 작품이다.

강위(姜瑋)가 이 시의 3구와 4구의 글자를 운자로 삼아 시회를 가졌는데 유사한 예가 많다. 벗과의 이별 자리에서 쓴 작품은 이 시의 구절구절을 끌어들이곤 하였다. 순조 때 화원을 뽑는 시험의 인물 분야에서 이 시를 제목으로 내건 바 있다. 이 작품은 노래로도 불렸는데 특히 조선 초 설매(雪梅)가 잘 불렀다는 기록이 『해동잡록(海東雜錄)』에 보인다.

◆ ◆ ◆

영월의 아침 비가 가벼운 먼지를 적시는데　　寧城朝雨浥輕塵
마을의 버들 숲속의 꽃이 마음껏 산뜻하네.　　村柳林花得意新

— 조면호, 「삭녕 주막에서 자면서(宿朔寧店)」

비가 맑게 씻어 더욱 좋은데　　雨洗晴還好
수양버들 금빛으로 흔들흔들.　　髿柳曩金新
주막에 봄이 저물어 가니　　長亭春欲晚
오가는 이를 무척이나 괴롭게 하네.　　惱殺去來人

— 박영원, 「객사청청유색신(客舍靑靑柳色新)」

양관 서쪽은 바로 골짜기 변방인데　　陽關西出是窮邊
반가운 눈빛으로 벗을 볼 일 있겠나?　　靑眼何曾見故人
자네에게 권하니 이별의 술잔 비우게,　　勸君且盡離筵酒
갈림길에서 눈물 수선 젖게 하지 말고.　　不用臨岐淚滿巾

— 박영원, 「서출양관무고인(西出陽關無故人)」

자네 한 잔 술을 권하니　　勸爾一杯酒
이 끝없는 마음을 마시게.　　飮此無窮心

— 김인후(金麟厚), 「고향 가는 신원을 전송하여(送信原下鄕)」

우셩(渭城) 아츰 비에 유색(柳色)이 시로왜라
그디를 권ᄒᆞ느니 일배주 나오노라
서흐로 양관에 나가면 고인 업셔 ᄒᆞ노라.

— 작가 미상의 시조

위성관 유수(柳樹)를 처음의 심근 ᄯᅳᆺ은
느러진 가지로 가난 임 미려터니
엇더타 이 도분(堵分)니 것거 쥐라 ᄒᆞ느니.

— 작가 미상의 시조

약산동대(藥山東臺) 여지러진 바위 꼿슬 썩어 주(籌)를 노며 무
진무진 먹수이다.
인생 한번 도라가면 다시 오기 어려워라 권ᄒᆞᆯ 젹에 잡으시오.
백년가사인인수(百年仮使人人壽)라도 우락(憂樂)을 중분미백년
(中分未百年)을 권ᄒᆞᆯ 머듸 잡으시오.

— 작가 미상의 시조

우왈장사(羽曰壯士) 홍문번쾌두치주(鴻門樊噲斗巵酒)를 능음(能
飮)ᄒᆞ되 이 슐 한 잔 못 먹엇네
권ᄒᆞᆯ 젹에 잡으시요 권군갱진일배주ᄒᆞ니
서출양관무고인을 권ᄒᆞᆯ 머듸 잡으시오.

— 작가 미상의 시조

직사쳥쳥유식신는 나구 미고 노던 듸요.

— 「열녀춘향수절가」의 암행어사 출두 대목

션원수 치난 죵셩 예 듯떤 쇼리로다. 녹슈징경 너룬 질은 나 단이
며 노든 듸요, 직수쳥쳥유식신은 나 구미고 노든 듸요, 남문 밧셜
쎡 나션이 광한루야 잘 잇떤야.

— 장재백 창본 「춘향가」

왕유、
송별

그대 남포에서 보내니 눈물 줄줄 흐르는데
그대 동주로 떠나가니 내 마음이 슬퍼지네.
벗에게 말하노라, 내 심히 초췌해지리니
지금 낙양에 있을 때와 같지 않을 것이라고.

王維, 送別

　送君南浦淚如絲　君向東州使我悲
　爲報故人憔悴盡　如今不似洛陽時[150]

왕유, 송별

　송군남포누여사ᄒ니 군향동쥬사아비을
　위보고인초최진ᄒ니 여금불사낙양인을

150　東州는 東周로 된 데도 있다.

가장 뛰어난 송별의 노래로 알려진 작품이다. 남포(南浦) 자체가 이별의 상징이기도 하다. 등왕각으로 알려져 있는 남창(南昌)의 지명이지만 통상 이별의 포구를 이른다.

남포에서 벗을 보내니 눈물이 줄줄 흐른다. 동으로 가게 되면 다시 만나기 어려울 것이니 시인을 슬프게 한다. 벗에게 이렇게 말한다. "그대와 헤어지면 내가 무척 초췌해질 것이니, 낙양에 있을 때의 내 모습을 알아보기 어려울 것일세." 이별의 슬픔을 이렇게 말한 것이다. 강엄(江淹)의 「별부(別賦)」 "봄날의 풀 푸른빛, 봄날의 물 파란 물결. 앞 포구에서 그대 보내니, 상심을 어찌할까.(春草碧色 春水綠波 送君南浦 傷如之何)"에서 이른 뜻을 이은 이 시로 인하여 남포는 송별하는 장소의 대명사가 되었다.

◆ ◆ ◆

비 그친 긴 제방에 풀빛이 짙어지는데　　　　　雨歇長堤草色多
남포에서 임 보내니 슬픈 노래 일렁인다.　　　　送君南浦動悲歌

— 정지상(鄭知常), 「송인(送人)」

그대 서진으로 가니 나를 슬프게 하는데　　　　君向西秦使我悲
한 잔 관아의 술 들고 억지로 시를 짓노라.　　　一杯官酒强題詩

— 오이익(吳以翼), 「전 고창 사또 이세경이 임기가 다하여 서울로 돌아오다가 지나는 길에 왔기에 술에 취하여 붓을 날려 주다(高敞舊倅李世卿瓜滿還京歷路來見醉中走筆以贈)」

왕유, 중양절 산동의 형제를 그리며

홀로 물선 타향에서 낯선 나그네 되니
명절 맞을 때마다 부모님 배나 그립네.
멀리서 알겠네, 형제가 높은 곳 오르면
수유를 꽂은 이가 한 사람 모자란 것을.

王維, 九日憶山東兄弟

　　獨在異鄕爲異客　每逢佳節倍思親
　　遙知兄弟登高處　徧揷茱萸少一人

구일억산동형제

　　독지이향위이긱ᄒ니 미봉가절비사친을
　　요지형제등고쳐ᄒ니 편삽쥬경소일인을[151]

151　『당시장편』에 쥬경으로 된 것은 茱萸를 잘못 읽은 것이다.

왕유가 716년 17세의 나이 때 장안에 있으면서 지은 작품으로 알려져 있다. 음력 9월 9일 중양절은 온 가족이 함께 모이는 명절이다. 홀로 타향에서 나그네로 떠돌다가 이날을 맞으니 부모님 생각이 더욱 간절하다. 중양절에는 붉은 수유 열매를 꽂고 높은 곳에 올라 액운을 피하는 풍속이 있는데, 고향에서는 모두들 중양절을 이렇게 보내고 있겠지만, 자신만 그 자리에 빠지고 없다. 타향이라는 뜻의 이향(異鄕), 타향을 떠도는 나그네라는 뜻의 이객(異客)이 부드러운 율조를 이룬다.

이 작품은 고향을 그리는 간절한 마음과 함께 부모에 대한 효심, 형제에 대한 우애를 잘 표현하였다는 점에서 높은 평가를 받았다. 윤선도의 「어떤 대군방의 업무를 관장한 사람에게 보내는 편지(送一大君房掌務書)」에서 이 시를 들고 동기의 정을 느낄 수 있어 음영할 만하다 한 바 있다. 또 조선의 문인들이 타향을 떠돌면서 가족에 대한 그리움을 말할 때 이 시를 자주 인용하곤 하였다. 이재(李栽)가 자식들에게 보낸 편지에서 "그저 한스러운 것은, 타향에서 나그네 되었다는 것일 뿐(但恨在異鄕爲異客耳)"이라 한 것이 그러한 예다. "배사친(倍思親)"이라는 시어에도 크게 공감하여 객지에서 부모님을 그리워하면서 상투적으로 이 표현을 사용하였다.

윤순거(尹舜擧) 집안에서는 종회(宗會)에서 3구와 4구를 가지고 운자로 삼아 시회를 가졌는데 이때 지은 윤순거, 유문거(尹文擧), 윤증(尹拯) 등의 시가 전한다. '소일지탄(少一之歎)'이라는 말이 생겨서 가족 모임뿐 아니라 벗과의 모임에 자신이 빠졌을 때에도 자주 사용되었다. 김만기(金萬基), 홍주국, 이서우 등이 함께 2구를 제목으로 이용하여 시를 지은 바 있다. 김귀주(金龜柱)가 지은 부친 김한구(金漢耉)의 행장(行狀)에 따르면 김한구가 모친 홍씨(洪氏)를 옳게 봉양하지 못한 것을 회한하여 2구의

7자를 운자로 하고 소옹(邵雍)의 「수미음(首尾吟)」 시체를 이용하여 율시를 지었으며, 이를 병풍으로 꾸며 늘 읊조리면서 통곡했다고 한다.

◆ ◆ ◆

타향에서 명절 맞아 배나 양친이 그리운데   異鄉佳節倍思親
오늘 높은 데 오르니 눈물이 수건에 가득하네. 今日登高淚滿巾

— 이안눌(李安訥), 「구월 구일(九月九日)」

고향에서 형제의 모임이 다시 그리워지니   重憶故山兄弟會
수유 열매 이제 다시 뉘 머리에 꽂을까?   茱萸今復揷誰頭

— 신광한(申光漢), 「원형, 허곡, 평리 세 마을에 예전 삼삼구구회가 있었는데……
(元亨虛谷坪里三村 舊有三三九九之會……)」

편샵수유소일인은 용산의 형제 이별

— 「열녀춘향수절가」의 이별가 대목

광무성 성 아래에서 저무는 봄을 맞았기에
문양에서 돌아가는 객 눈물이 수건을 적시네.
떨어지는 꽃은 적적하고 산새는 우짖는데
파릇파릇 버드나무 아래 강을 건너가는 사람.

王維, 寒食汜上作

　　廣武城邊逢暮春　汝陽歸客淚沾巾

　　落花寂寂啼山鳥　楊柳靑靑渡水人[152]

한식사상작

　　광무성변의 봉모츈ᄒ니 문냥귀긕이 누졈건을

　　낙화젹″제산죠요 양뉴쳥″도슈인을

―――――――

152　제남(濟南) 남쪽에 황하의 지류인 문수(汶水)가 흐르는데 지금은 대문하(大
汶河)라 부른다. 이 시에서 汝陽이라 한 것은 문수의 북쪽을 가리킨다. 이 문
수를 거슬러 황하를 따라 낙양으로 가면 廣武城을 경유하게 된다. 하남 영양
(滎陽)에 있던 이 성은 초 항우(項羽)와 한 유방(劉邦)이 동과 서에 주둔하여
패권을 다투었던 최후의 전장으로 유명하다. 그 북쪽에 汜水가 흐른다.

726년 왕유가 제주(濟州), 지금의 제남(濟南)에 폄적되어 있다가 장안으로 돌아가면서 지은 작품으로 알려져 있다. 이곳에서 한식을 만나 이 시를 지었다. 한식이라 광무성은 봄이 저물어 간다. 머나먼 문수의 북쪽 제남에서 이곳까지 오느라 힘이 무척 들었거니와 스러지는 봄빛 때문에 더욱 마음이 슬퍼 절로 눈물이 흐른다. 이러한 시인의 마음은 산새 울음 소리로 투영된다. 적막한 산속의 새도 떨어지는 꽃잎이 서러운지 울음을 운다. 그리고 푸른 버드나무 가지 축축 늘어진 그 아래로 시인이 강을 건넌다. 마지막 구절에서 시인이 풍경의 일부가 되도록 하였는데 시중유화(詩中有畵)의 경지에 들게 하는 기법이다.

　　김수항의 집구시에 3구를 취한 바 있다. '낙화적적(落花寂寂)', '양류청청(楊柳靑靑)'과 같은 평이해 보이는 시어도 대부분 이 시에서 가져온 것이다.

◆◆◆

구례의 서재에서 저물어 가는 봄을 만나니　　　　求禮齋中逢暮春
광릉의 돌아가는 객 눈물이 수건을 적시네.　　　　廣陵歸客淚沾巾
　　　　　　　　　　— 이정립(李廷立), 「김익개에게(贈金益愷)」

금릉의 지는 해에 먼 길 곁으로　　　　　　金陵落日長程畔
버드나무 짙푸른데 홀로 가는 사람.　　　　楊柳靑靑獨去人
　　　　　　　　　　— 이경전(李慶全), 「일숙이 그리워(懷一叔)」

너 몰랐다 너 몰랐다. 양류청청도수인이로구나.
　　　　　　　　　　　　　　　　— 「수영들놀음」

어여쁘다, 너럭바위가 샘물에 임해 있고
여기에다 수양버들 가지가 술잔을 스치니.
봄바람이 내 마음 모른다고 말한다면
무슨 까닭으로 꽃잎을 불어 보냈겠나!

王維, 戲題盤石

　　可憐盤石臨泉水　復有垂楊拂酒盃

　　若道春風不解意　何因吹送落花來[153]

희제반석

　　가련반석이 임쳔슈ᄒᆞ니 부유슈량불쥬비을

　　약도춘풍불ᄒᆡ의면 하인취숑낙화릐오

153　臨泉水가 隣泉水로, 拂酒盃가 梢酒盃로, 何因이 因何로 된 데도 있다.

왕유가 노년에 쓴 작품으로 추정된다. 봄날의 흥취가 맑게 그려져 있다. 너럭바위 곁에 샘이 몽글몽글 솟아난다. 그 곁에 봄을 맞은 수양버들이 축축 늘어져 술잔에 스칠 듯하다. 봄바람도 내 마음을 아는지, 꽃잎을 불어 술잔 앞에 떨어뜨린다.

◆◆◆

무뢰한 봄바람이 내 마음 모르고　　　　　　無賴春風不解意
밤마다 누가 집에 꽃잎 지게 하나.　　　　　夜來吹落阿誰家

— 채팽윤, 「선비 허거를 놀리면서(調許璩措大)」

구름 너머 빗속에 절간의 문 열려 있는데　　雲外禪窓雨裏開
좋은 바람이 떨어지는 꽃잎을 불어 보내네.　好風吹送落花來

— 이현보(李賢輔), 「학정 황준량의 이별시에 차운하다(次黃學正俊良留別)」

왕유,

도원의 노래

어부의 배가 개울 따라 간 것 봄 산 좋아해서라
양쪽 언덕의 복사꽃이 옛 나루 끼고 피어 있어
붉은 꽃나무 멍하니 바라보다 길 먼 줄 몰랐더니
푸른 개울 다 지나가도 사람은 보이지 않았다네.
산기슭 으슥한 곳에 들자 골짜기가 험해지더니
산이 열려 확 트이자 문득 넓은 땅이 펼쳐지는데
멀리서 볼 땐 한곳에 구름과 나무가 빼곡하더니
가까이 들어서자 집집마다 이곳저곳 꽃과 대나무.

나무꾼이 처음 들은 것 한나라 때 사람 이름이라
그곳 사람들은 아직 진나라의 옷을 입고 있으니
그곳 사람들이 다 함께 무릉도원에서 살게 된 것
도리어 세상 밖에서 전원을 일구려 한 것이라지.
달 밝은 밤 소나무 아래에 집들이 고요하더니
해 뜨자 구름 속에 닭과 개 우는 소리 요란한데
속세의 객 왔다는 말 듣고 놀라 다투어 몰려와서
서로 이끌고 집으로 데려가 고향 소식을 물어보네.

동이 트면 골목길이 꽃잎을 쓸어 열리고
날 저물면 어부와 나무꾼이 배 타고 돌아오는데

애초에 난리 피해 인간 세상을 떠났다가
신선 된다 말을 듣고 끝내 돌아가지 않았다지.

뉘 알았으랴, 이 골짜기에 사람이 살게 될 줄
세상에서 멀리 바라보면 구름 덮인 산뿐이라,
신령한 땅 듣고 보기 어려움은 의심치 않지만
속세 생각 끊이지 않아 두고 온 고향이 그리워졌네.
골짜기 나서 산이 막든 물이 막든 따질 것 없이
나중에 집 떠나 영영 마음껏 노닐 것을 생각하고서
지나온 길을 잃지 않을 것이라 스스로 여겼건만
산과 골이 이제 이처럼 변한 줄 어찌 알았으랴!
그때에 산속으로 깊이 들어간 것만 기억나니
푸른 개울 몇 번 돌아 구름 덮인 숲에 갔던가,
봄이 되자 온통 개울에 복사꽃이 떠내려와
도원으로 가는 길 어디인지 찾지 못하겠구나.

王維, 桃源行
　　漁舟逐水愛山春　兩岸桃花夾去津[154]
　　坐看紅樹不知遠　行盡靑溪不見人
　　山口潛行始隈隩　山開曠望旋平陸

---

154 夾去津이 夾古津으로 된 데도 있다.

遙看一處攢雲樹　近入千家散花竹

樵客初傳漢姓名　居人未改秦衣服

居人共住武陵源　還從物外起田園

月明松下房櫳靜　日出雲中雞犬喧[155]

驚聞俗客爭來集　競引還家問鄉邑[156]

平明閭巷掃花開　薄暮漁樵乘水入

初因避地去人間　及至成仙遂不還[157]

峽裏誰知有人事　世中遙望空雲山

不疑靈境難聞見　塵心未盡思鄉縣

出洞無論隔山水　辭家終擬長游衍

自謂經過舊不迷　安知峰壑今來變[158]

當時只記入山深　青溪幾度到雲林[159]

春來遍是桃花水　不辨仙源何處尋

왕유, 도원힝

어쥬축슈이산츈ᄒᆞ니 양안도화협거진을

좌간홍슈부지원터니 힝진쳥계불견인을

산구잠힝시외오터니 산기광망션평육을

요간일쳐찬운슈요 건입쳔가산하쥭을

155 房櫳靜이 房櫳淨으로 된 데도 있다.
156 驚聞이 忽聞으로, 鄉邑이 都邑으로 된 데도 있다.
157 及至가 更聞으로, 遂不還이 去不還으로 된 데도 있다.
158 峰壑이 岑壑으로 된 데도 있다.
159 幾度가 幾曲으로 된 데도 있다.

초긔초젼한셩명이요 거인미긔진의복을

거인이 공쥬무릉원ᄒ니 환죵믈외긔젼원을

월명숑하의 방농졍이요 일츌운즁의 계견헌을

경문속긔지늬집ᄒ야 경인환가문향읍을

평명여항소화긔요 박모어초승슈립을

초인벽지거인간터니 깅문셩션슈불환을

협늬슈지유인ᄉ리요 셰상요망공운산을

불의영경을 난지견터니 진심미진ᄉ향현을

츌동무론격산슈ᄒ니 사가죵의장유연을

자위경과구불미ᄒ니 안지봉학이 금늬변고

당시지긔입산심ᄒ니 쳥계긔도〃운림을

츈릐편시도화쉬라 불변션원하쳐심고[160]

이 작품의 무릉도원(武陵桃源)은 도잠의 「도화원기(桃花源記)」에서 유래하였다. 진나라 때 사람이 세상을 피해 도화원으로 들어왔는데 동진(東晉) 때 비로소 인간 세상에 그 존재가 알려졌다. 이를 담은 시로는 왕유의 이 작품과 함께 한유의 「도원도(桃源圖)」, 왕안석의 「도원행」 등이 유명한데 『고문진보』에는 왕안석의 시를 수록하였다.[161]

이 작품은 왕유가 19세 때 지은 악부 양식의 장편고시다. 어부가 도화원을 찾은 일을 서사적으로 기술하였다. 봄날 어부가 배를 타고 도화원을 찾아가는데 개울 양쪽이 모두 붉은 복사꽃 천지다. 이를 보면서 가다

---

160 규장각에 있는 『유취요람』에 위응물의 작품이라 하였는데 잘못이다.

161 이규경이 『오주연문장전산고』의 「도원시변증설(桃源詩辨證說)」에서 이 시를 인용하여 잠삼의 작품이라 하였으나 잘못이다.

보니 먼 줄도 몰랐는데 어느새 인적이 끊어졌다. 협곡을 지나니 들판이 나오는데 바로 도화원이다. 나무가 빼곡한 숲속에 집들이 꽃과 대나무 사이에 들어서 있다. 도화원을 찾아가는 과정을 이렇게 말하였다.

이어 도화원에 대한 묘사로 이어진다. 그곳에 사는 사람들은 한나라 때 사람 이름을 들먹이고 아직 진나라의 옷을 입고 있다. 세상과 차단된 무릉도원에서 논밭을 일구고 농사를 지으면서 함께 살아간다. 달 밝은 밤이면 솔숲 아래 온 마을이 고요하고 해가 뜨면 닭과 개가 우는 소리가 들리는데 마치 구름 속에 있는 듯하다. 나무꾼이 온 것을 알고 고향 소식이 궁금하여 다투어 찾아와 묻는다. 그러다 아침이 되면 길에 떨어진 복사꽃 꽃잎을 쓸고 고기 잡고 나무 하러 나갔다가 저녁이면 배를 타고 돌아온다. 처음에는 잠시 진나라의 난리를 피하고자 한 것이었지만 이곳에서 신선이 될 수 있다 하여 정착하게 된 것이다. 그리하여 형성된 마을이 깊은 산 구름 속에서 있어 세상 사람들은 알지 못한다.

도화원을 찾은 어부는 이곳에서 오랜 기간 수련하면 신선이 되는 줄 알고 있지만 고향 생각이 잊히지 않아 결국 도화원을 나왔다. 도화원을 나선 후 다시 산을 넘고 물을 건너더라도 이곳으로 돌아와 살 생각을 하였고, 그래서 길을 잘 기억할 것이라 여겼지만 다시 가고자 해도 어느새 강산이 변하여 돌아갈 길을 찾을 수 없다. 그저 깊은 산으로 들어왔다는 것만 알 뿐 구체적인 경로는 알지 못한다. 그래서 봄이 되어 어디인가에 있는 도화원에서 복사꽃이 떠내려 오는 것을 바라보고 그리워하지만, 다시 그곳을 찾아갈 수 없어 안타깝다. 이렇게 맺었다.

조선에서는 「도화원기」와 함께 이 작품이 큰 영향을 끼쳐 성현, 김창흡, 이익, 채제공, 이남규(李南圭) 등 많은 문인들이 「도원행」이라는 이름의 시를 남겼다. 특히 채제공은 목만중(睦萬中), 이공회(李公會)와 함께 이 작품에 차운한 시를 지었다. 또 도화원을 이르는 '영경(靈境)'과 '운림 (雲林)', '선원(仙源)' 등의 어휘가 조선 시대 한시에 자주 보인다. 황택후 의 「도화동기(桃花洞記)」에 삼각산 아래 있는 도화동에 들러 왕유의 이 작품을 외웠다고 한 것처럼 복사꽃이 핀 마을을 만나면 대개 이 작품을 외우곤 하였다. 이 시를 그림으로 그린 것도 중국과 조선에서 크게 유행 하였는데 정선의 「초객초전(樵客初傳)」과 「명월송하(明月松下)」 등이 그 러하다. 김희겸(金喜謙)의 「무릉도원도(武陵桃源圖)」, 김윤겸(金允謙) 의 「산수도(山水圖)」 역시 비슷한 내용을 담았다. 정조와 헌종, 철종 때 산수 분야에서, 철종 때 영모 분야에서 화원을 뽑을 때 이 시를 제목으로 한 바 있다.

◆ ◆ ◆

해 저물 녘 고깃배를 묵은 덩굴에 매어 두고　　日暮漁舟繫古藤
푸른 산 돌아갈 길을 외로운 중에게 물었네.　　碧山歸路問孤僧
"맑은 시내 백 가닥 복사꽃 뜬 물결이라　　　　清溪百道桃花浪
어느 곳이 신선 사는 무릉도원 가는 길인가요."　何處仙源是武陵
　　　— 권상하(權尙夏), 「강가에서 중을 만나 산길을 물어보다(江上逢僧問山路)」

진짜 도원이 있다고 진짜 들어갈 것인가,　　眞有桃源而道眞入歟
진짜 도원이 없다고 진짜 꿈이라 하겠나.　　眞無桃源而道眞夢歟
반드시 진짜라 하는 자는　　　　　　　　必謂之眞者
일 꾸미기 좋아함에 빠진 자요　　　　　惑於好事者也
반드시 꿈이라 하는 자는　　　　　　　必謂之夢者

기이함을 좋아함에 빠진 자다.	惑於好奇者也
짐짓 꿈과 진짜 사이에 두고서	姑置之夢眞之間
이름난 땅에 집을 짓고	而卜宅名區
천 그루 복사꽃을 심어	種桃千樹
나의 진짜 도원으로 삼으면	以作吾眞箇桃源
또한 즐겁지 않겠는가!	不亦樂乎

— 홍인모, 「그림 병풍에 쓰다, 도원행(題畫屛 桃源行)」

어쥬츅수이산춘의 양편난만 고은 춘식이 이 안인야 도홍이

— 「열녀춘향수절가」의 기생 점고 대목 도홍이가 들어올 때

왕유, 연지의 노래

한나라 장군이 재주 있고 용맹하여
조정에 들어와 명광궁에서 황제를 알현하려니
천자가 친히 대궐에서 수레를 밀고
관원들이 오릉의 동쪽에 나가 전송하였네.
저택을 하사해도 금마문에서 사양하여 받지 않고
옥문관에서 국가의 장성이 되리라 맹세하고서
위청과 곽거병 같은 재주로 기병의 장군이 되니
조정에서 이사 장군의 공과 비교할 수 없었지.
조와 위와 연과 한 땅에는 강한 병사 많으니
함곡관 서쪽의 젊은 협객들 어찌 이리 사나운지,
복수를 하려고 와신상담의 고사만 들었고
술을 마시며 뼛속 긁는 것도 아랑곳 않는다네.
화려한 창을 드니 흰 해도 서늘해지고
늘어선 커다란 깃발이 누런 흙먼지에 묻혔는데
북을 치니 한해에 파도가 아득히 일렁이고
피리를 부니 천산의 달빛이 어지럽게 출렁거렸지.
기린을 수놓은 비단 띠에 오구검을 차고서
청려마를 늘어세워 자류마를 질러 타고
칼 뽑아 사나운 오랑캐의 팔뚝을 베어 버리고
돌아오는 말 위에서 월지 해골에 술 따라 마셨네.

한나라 병사들 크게 외치니 일당백이라
오랑캐 기병들이 이를 보고 통곡하고 한숨짓네.
싸움에 끓는 물과 타는 불로 들어가라 명해도
대장군 선견지명 알아 마침내 용맹무쌍하였지.

王維, 燕支行

漢家天將才且雄　來時謁帝明光宮[162]

萬乘親推雙闕下　千官出餞五陵東[163]

誓辭甲第金門裏　身作長城玉塞中

衛霍才堪一騎將　朝廷不數貳師功[164]

162　天將은 장군을 미화한 말이다. 明光宮은 한나라의 궁궐로 하나는 장락궁에
　　　하나는 감천궁에 있었다. 네 마리의 말이 끄는 한 대의 수레를 일승(一乘)이
　　　라 하는데 천자는 사방 천 리를 다스리면서 수레 만승(萬乘)을 지니고 있다.
　　　天將이 大將으로, 來時가 時來로 된 데도 있다.

163　親推는 출정하는 장군의 수레를 직접 밀어서 격려하고 전송하는 것이다. 이
　　　수광은 『지봉유설』에서 "견장추곡(遣將推轂)의 뜻"을 생략한 글이라 하였
　　　다. 고대의 궁궐이 양쪽에 짝을 지어 세워졌기에 쌍궐(雙闕)이라 한다. 千官
　　　은 조정의 모든 벼슬아치를 이르는데, 도성을 나서 오릉까지 가서 전송한다는
　　　뜻이다. 오릉은 한 고조 등 다섯 황제의 무덤인데 뷔수 북쪽 함양 부근에 있
　　　다.

164　곽거병은 황제가 큰 집을 내리자 흉노를 물리치기 전에 집을 받을 수 없다고
　　　한 고사가 있다. 金門은 금마문으로 여기서는 대궐을 가리킨다. 玉塞는 옥
　　　문관으로 감숙성 돈황 서북에 있던 요새인데 서역으로 오가는 관문이다. 衛
　　　霍은 한의 명장 위청과 곽거병이다. 위청은 대장군으로 곽거병은 같은 직급의
　　　여구 장군(驪駒將軍)이 되어 흉노를 정벌하였다. 騎將이라 한 것이 이를 이
　　　른다. 貳師는 대완(大宛)의 명마가 나는 곳인데 한 무제가 이광리(李廣利)를
　　　이사 장군에 임명하여 대완을 쳐서 명마를 가져왔다.

趙魏燕韓多勁卒　關西俠小何咆勃[165]

報讐只是聞嘗膽　飲酒不曾妨刮骨[166]

畫戟雕戈白日寒　連旗大旆黃塵沒

疊鼓遙翻瀚海波　鳴笳亂動天山月[167]

麒麟錦帶佩吳鉤　颯踏靑驪躍紫騮[168]

拔劍已斷天驕臂　歸鞍共飲月支頭[169]

漢兵大呼一當百　邊騎相看哭且愁[170]

教戰雖令赴湯火　終知上將先伐謀[171]

165　趙魏燕韓은 전국 시대 칠웅(七雄)으로 함곡관(函谷關) 서쪽을 가리키는 관
　　　서(關西)에 있었다. 지금의 하남, 하북, 산서 일대다. 咆勃은 화를 내거나 사
　　　나운 모습을 형용하는 말이다.

166　嘗膽은 월왕 구천(勾踐)의 '와신상담(臥薪嘗膽)'의 고사를 이른다. 刮骨은
　　　관우(關羽)가 화살을 맞아 부상을 당했을 때 술을 마시면서 뼈를 긁어 독을
　　　뽑게 한 고사를 가리킨다.

167　疊鼓는 북을 치는 것을 이르는데 이익의 『성호사설』에 첩(疊)이 가만가만 북
　　　을 치는 것을 말한다고 하였다. 또 鳴笳는 피리를 부는 것인데 이익은 명(鳴)
　　　이 급하게 소리를 끄는 뜻이라 하였다. 笳는 중국 서북 지역 소수 민족의 악
　　　기로 피리와 유사하다. 瀚海는 몽골 일대의 사막 지역을 이르고 天山은 신강
　　　(新疆) 일대를 지칭한다.

168　麒麟錦帶는 기린을 수놓은 비단으로 만든 허리띠고, 吳鉤는 굽은 칼 모양의
　　　병기다. 颯踏은 펼쳐져 있는 모습을 형용하는 말이고 靑驪는 청색과 흑색이
　　　섞여 있는 털을 가진 준마를 가리키며 紫騮 역시 하남국에서 나는 명마의 이
　　　름이다.

169　天驕는 흉노를 이르는 말로 천지교자(天之驕子)의 뜻이다. 歸鞍은 말을 타
　　　고 돌아오는 것을 이르고 月支는 월씨(月氏)라고도 하는데 서역에 있던 유 목
　　　국가다. 이수광은 『지봉유설』에서 황정견(黃庭堅)의 "휘장 속에서 흉노의 팔
　　　을 벌써 베었으니, 군사 앞에서 월지의 머리로 다시 술을 마신다.(幄中已斷匈
　　　奴臂 軍前更飲月支頭)"가 여기서 나왔지만 우열이 있다고 하고, '월지두(月
　　　支頭)'가 월지의 해골로 술그릇을 만든 것이라는 설을 소개하였다.

170　邊騎는 변방을 침입한 적의 기병을 이른다.

171　教戰은 병사를 싸우도록 격려하는 일을 이른다.

연지힝

> 한가쳔장이 지츠웅ᄒ니 내시에 알졔명광궁을
> 만승은 친퇴쌍궐하요 쳔관은 츌젼오능동을
> 셔ᄉ갑뎨금문니요 신작장셩옥시듕을
> 위곽은 지감일긔장이라 됴졍의 불슈이ᄉ공을
> 조위연한다경졸ᄒ니 관셔협쇠 하포발을
> 보슈지시문상담이오 음쥬부증방괄골을
> 화극조쾌빅일한이오 연긔ᄃ피황진몰을
> 쳐고ᄂᆞ 요번ᄒ히파요 명가ᄂᆞᆫ 난동쳔산월을
> 긔리금ᄃ피오구요 삽답쳥니약ᄌ뉴을
> 발검에 이단쳔교비요 귀안에 공음월지두을
> 한병이 대효일당빅ᄒ니 노기상간곡초슈을
> 교젼에 슈령부탕화ᄒ니 종지상냥이 션벌모을

이 작품은 왕유가 721년 21세에 지은 것으로 알려져 있다. 「연지행」은 「농서행(隴西行)」과 함께 변새를 제재로 삼는데 출정과 행군, 전투 등의 장면을 좀 더 강하게 부각하는 전통이 있다. 연지는 지금의 언문산(焉文山)으로 감숙성에 있다. 한 곽거병(霍去病)이 만기(萬騎)를 이끌고 농서로 출정할 때 언지산(焉支山) 건철리(乾鐵甲)를 지나 흉노를 크게 격파한 바 있다. 이 작품은 이러한 역사를 바탕으로 한 것이며 출정한 장군이 공명을 이룰 것을 축원하는 노래다.

먼저 장군의 출정과 군사의 전공을 묘사한 다음, 한나라의 명장 곽거병, 위청, 이광리, 그리고 월왕 구천과 촉한 관우 등의 고사를 끌어들여 출정한 장수의 영웅적 면모를 부각하였다. 이어 전장의 모습을 묘사하였는데 군사들의 사기가 충천하여 태양조차 서늘해지는데 누런 흙먼지 속에 수많은 깃발이 나부끼는 장관을 그려 넣었다. 장군이 미리 작전을 잘 짜 놓은 것이라 병사들이 아무리 위험한 적진이라도 용맹하게 쳐들어간다고 하였다.

김휴가 같은 제목의 악부시를 지었는데 한의 명장 곽거병을 주인공으로 삼았다. 조선 시대에 이 작품은 출정하는 장군을 전송할 때나 장군의 죽음을 애도할 때 그 용맹함을 묘사하는 전범으로 활용되었다.

◆ ◆ ◆

기린 수놓은 비단 띠에 옥녹로를 허리에 차고　麒麟錦帶玉轆轤
말에 앉아 질타하면 일천 병사 종종걸음 했지.　據鞍叱咤千夫趨
— 권필, 「철옹행(鐵甕行)」

옥검에는 천산의 달빛　　　　　　　　　　玉劍天山月
쇠창에는 한해의 바람.　　　　　　　　　　金戈瀚海風
— 이응희(李應禧), 「남을 대신하여 강 원수에게 보내다(代人送姜元帥)」

대황으로 천산을 쏘아 거꾸러뜨리고자 하였고　大黃欲射天山倒
철마로 한해를 달려 소탕할 것을 생각하였네.　鐵馬思馳瀚海空
— 박세당(朴世堂), 「병사 이만휘의 만사(李兵使晩輝挽)」

이백, 고요한 밤의 그리움

침상 앞에 밝은 달빛 보니
땅 위에 흰 서리가 내린 듯.
머리 들어 밝은 달을 보고
머리 숙여 고향을 그린다오.

李白, 靜夜思

牀前看月光 疑是地上霜
擧頭望明月 低頭思故鄉[172]

정종, 정야사

상전의 간월광ᄒ니 의시지상//을
거두망명월이요 저두ᄉ고향을[173]

---

172 看月光이 明月光으로, 望明月이 望山月로 된 데도 있다.
173 『당시장편』에서 작가를 정종이라 한 것은 이백을 이른다. 정종(正宗)은 학문
   이나 시문의 정맥(正脈)이다. 주희가 이백을 정종으로 삼고 두보를 대가에 두
   었다. 『당시품휘』에서 시체별로 시를 싣고 다시 정종에 이백 등의 시를, 대가
   에 두보 등의 시를 넣었기에 『당시장편』에서 정종이라 한 것이다.

고요혼 밤의 싱각ᄒ옴이라(『언해당음』)

    압흘 임ᄒ야 달빛츨 보와스니

    의심커니 ᄯᅩ 우희 셔리가 왓ᄂᆫ가 ᄒᆞ얏드루

    머리를 드니 발근 달을 바로보ᄃ가

    머리를 나작이ᄒ고 고향 싱각만 ᄒᆞ드라

이백(701~762년)은 자가 태백이고 호는 청련 거사(靑蓮居士)이다. 한림 봉공(翰林供奉)을 지내 이한림(李翰林)이라고도 하며 하지장(賀知章)이 천상의 적선인(天上謫仙人)이라 일컬어 이적선(李謫仙)으로도 불렸다. 쇄엽(碎葉), 지금의 키르키스탄 톡마크에서 태어났는데 아프가니스탄 가즈니에서 태어났다는 설도 있고, 신강의 쿠얼러 회족(回族) 출신이라는 설도 있다. 농서 이씨(隴西李氏)라고도 한다. 두보와 이름을 나란히 하여 이두(李杜)로 일컬어졌다. 두보를 시성(詩聖)이라 하는 데 비해 이백은 시선(詩仙)이라 한다. 규장각에 문집 『분류보주이태백시(分類補註李太白詩)』가 소장되어 있다.

  이 작품은 726년 9월 15일 양주의 여관에서 지은 것으로 알려져 있다. 고향을 그리워한 시 중 최고의 작품으로 평가되었으며, 악부제(樂府題)로 인식되어 중국과 조선에서 이 제목의 모의작이 여러 편 나왔다. 조선에서는 차천로, 정두경 등의 작품이 있다. 첫 구의 상(床)은 원래의 글자대로 침상으로 풀이하지만 우물의 난간이나 창을 이른다고 보는 견해도 있다.

◆ ◆ ◆

희고도 흰 창 앞의 달빛은   皎皎窓前月

서늘하여 땅 위의 서리인 듯   凄凄地上霜

    — 정홍명(鄭弘溟), 「장문원, 당나라 시체를 모방하여(長門怨效唐人詩體)」

구름 걷혀 서릿발 하늘이 멀고   雲盡霜天遠

마당이 비어 눈빛 달이 차가운데   庭空雪月寒

오늘 밤이 좋기는 하다만   縱然今夜好

고향에서 본 것은 다시 아닐세.   非復故鄕看

        — 박태보(朴泰輔), 「고요한 밤(靜夜)」

희고도 흰 달빛이   皓皓素月光

섬돌의 서리에 젖었는데   兼涵階中霜

울타리 아래 국화가 그리워   回思籬下菊

머리 숙여 고향을 생각한다.   低頭思故鄕

        — 순조, 「앞 사람의 시에 차운하다(次前人韻)」

붉은 흙먼지 이는 길에서 만나
황금 채찍 들어 크게 읍하고 묻는 말
"수양버들 속 고관의 저택 중
당신 사는 집은 어디에 있소?"

李白, 相逢行

　　相逢紅塵內　高揖黃金鞭
　　萬戶垂楊裏　君家阿那邊[174]

니빅, 상봉힝

　　상봉홍진니ᄒ야 고읍황금편을
　　만호슈량니의 군가아나변고

174　김평묵(金平默)은 「시설(詩說)」에서 이 시를 들어 당의 협객이라도 사람을 만
　　　나면 읍을 하는 예절을 알았다는 풀이를 이끌어 낸 바 있다. 阿那는 의문사
　　　로 쓰이지만, 이익은 『성호사설』에서 수양버들 가지가 유약하여 휘청거리는
　　　형상을 지적한 것으로 풀이했다. 『이태백시집주(李太白詩集註)』에 보이는
　　　여상(呂尙)의 주석을 따른 듯하다.

셔로 만나 힝훔이라(『언해당음』)

셔로 불근 티글 안에셔 만나스니
놉히 황금 치쪽을 읍ᄒᆞ야더라
일만 집들은 버들 속의
그딋의 집이 어디 편 가힌고

「상봉행(相逢行)」은 한나라 때 고악부가 있어 이후 이 제목의 의고악부
가 제작되었다. 대개 협객의 호탕한 삶을 노래한다. 『언해당음』에서 제
목을 간다는 뜻의 '행함'으로 번역한 것은 잘못이다. 이백은 오언고시의
악부시를 남겼고 다시 오언절구의 형식으로 이 작품을 지었다. 오언고시
는 천보 연간(742~756년)에 제작된 것이지만 이 작품은 젊은 시절의 것
으로 추정된다.

붉은 흙먼지 날리는 저잣거리에서 두 협객이 만나 황금으로 만든 채찍
을 들어 서로 공손하게 읍을 한다. 그리고 만호(萬戶)의 식읍(食邑)을 가
진 고관대작의 저택이 버드나무숲 아래 줄지어 있는데 그중 어디에 사는
지 물어본다. 대화를 직접 인용하여 호탕한 이백 한시의 특질을 잘 보여
준다.

『계산기정(薊山紀程)』에 왕서적(王庶績)이라는 사람이 자신의 집으로
찾아오라 하였을 때 "만호의 집에 수양버들 늘어졌으니, 당신 집 어디에
있는지 알지 못합니다.(萬戶垂楊 不知君家阿那)"라 한 농담이 이 시를
끌어들인 것이다. 헌종 때 화원을 뽑는 시험의 속화 분야에서 이 시를 제
시한 바 있다.

◆◆◆

봄바람에 수양버들 속 만 채의 집　　　　　　東風萬戶垂楊裏
수레와 말 어지러이 석양에 달리네.　　　　　車馬紛紛走夕陽

　　　　　　　　— 노수신(盧守愼), 「누각에 올라(登樓)」

구름 사이 밝은 달 동산에 떠오르는데　　　　雲間明月出東嶺
돌아가는 그대 집이 어디에 있으신지.　　　　歸來君家阿那邊

　　　　　　　　　　　— 순조, 「소년행(少年行)」

제가 타는 수레 칠향거고요　　　　　　　　　妾乘七香車
임이 타는 말은 오화마라오.　　　　　　　　　郎騎五花馬
어디서 우리 둘이 만날까요?　　　　　　　　　何處兩相逢
장안의 주루 그 아래랍니다.　　　　　　　　　長安酒樓下

　　　　　　　　　　— 정두경, 「상봉행(相逢行)」

이백,
녹수의 노래

푸른 물에 가을 달 훤한데
남호에서 흰 연꽃을 땁니다.
연꽃이 예뻐 말을 건넬 듯
배 끄는 사람 괴롭게 하네요.

李白, 綠水曲

　綠水明秋月　南湖採白蘋[175]
　荷花嬌欲語　愁殺蕩舟人

녹수곡

　녹슈의 명츄월ᄒ니 남호의 치빅빈을
　하화교욕어ᄒ니 슈쇄탕쥬인을

푸른 물에서 부르는 곡조라(『언해당음』)
　푸른 물에 가을 달이 발가시니

175　白蘋은 연꽃과 비슷하지만 꽃과 잎이 작으며 나물로 먹거나 약용으로 쓰인
다. 흰 마름꽃과는 다르다. 백빈을 캐는 남호는 동정호(洞庭湖)다. 綠水 가 淥
水 로, 明秋月이 明秋日로 되어 있는 데도 있다.

눕녁 물의셔 흰 마름을 키드라

연뭇치 알이쁘와 말을 ᄒ고즈 ᄒ니

근심듸도두 비 탄 사름을 호탕케 ᄒ얏도다[176]

「녹수곡」은 남북조 시대부터 나타난 악부제인데 이백의 이 작품처럼 오
언의 짧은 노래로도 제작되었다. 이 작품은 연밥을 따는 채련곡과 흡사
하다. 맑은 물이라 가을의 밝은 달이 더욱 훤하게 연꽃을 비춘다. 아름
다운 밤에 호수로 가서 연꽃을 딴다. 연꽃이 하도 예뻐 자신에게 말을
건넬 듯하다. 그래서 오히려 젊은 여인이 더욱 외롭다. 배를 끄는 사람은
연꽃을 따는 여인이다. 사랑하는 사람을 만나지 못하고 배를 끌며 연꽃
을 따는 신세가 더욱 서러운 것이다. 이수광은 『지봉유설』에서 이백의
이 작품을 고금조(古琴操)의 하나로 소개하였다.

◆ ◆ ◆

경호에 가을 달 달빛 밝은데   鏡湖秋月明
물 푸른 곳 연꽃이 피어났네.   水綠荷花發
그 속의 쌍쌍이 노니는 원앙   中有雙鴛鴦
함께 날아 떨어진 적 없다네.   飛飛不曾別

— 정두경, 「녹수의 노래(綠水曲)」

---

176   탕(蕩)은 배를 끈다는 뜻인데 잘못 번역하였다.

남호에 흰 연꽃을 따니   南湖採白蘋

저물녘에 이슬이 수북하네.   日暮零露多

— 성간(成侃), 「나홍곡(羅嗊曲)」

산은 벽옥의 비녀를 뽑은 듯   山抽碧玉簪

복숭아는 고와서 말을 건넬 듯.   小桃嬌欲語

— 서거정, 「병중에 회포를 적어 이차공에게 부치다(病中書懷寄李次公)」

이백、

원망하는 마음

미인이 주렴을 걷어 올린 채
깊은 방에서 얼굴을 찌푸리네.
그저 눈물 자국만 보일 뿐
누구를 한하는지 모르겠네.

李白, 怨情

　　美人捲珠簾　深坐嚬蛾眉
　　但見淚痕濕　不知心恨誰

원정

　　미인이 권쥬렴ㅎ고 심좌빈아미을
　　단견누흔습ㅎ니 부지심한슈오

원통ᄒᆞᆫ 뜻지라(『언해당음』)

　　아름ᄃᆞ온 사ᄅᆞᆷ이 구슬발을 것고
　　깁히 안ᄌᆞ 나뷔 눈썹을 ᄲᅳᆼ긔더라
　　다만 븨는 ᄂᆡ 눈물 흔젹쑨이
　　아지 못게라 마옴의 누를 한ᄒᆞᆫ고

남조(南朝) 사조(謝朓)가 「원정(怨情)」이라는 제목으로 시를 지은 바 있지만 이백의 이 작품에서부터 본격적으로 아름다운 여인의 수심을 노래하는 틀이 만들어졌다. 이백은 이 작품 외에 같은 제목의 칠언고시도 남겼다.

　제목의 원(怨)의 구체적 내용이 빈(嚬), 누(淚), 한(恨)으로 연결된 것이 묘미가 있다. 미인이 주렴을 걷고서 멍하니 바깥을 바라보며 임을 기다린다. 그러나 올 기약이 없기에 눈물이 흐른다. 그렇다고 드러내 놓고 임을 원망하지는 않기에 남들은 그러한 사정을 알지 못한다. 이 때문에 미인은 단순하게 미모만 빼어난 것이 아니라 덕을 함께 갖춘 것으로 평가되었다. 『논어』에서 "슬퍼하지만 상심하지 않는다.(哀而不傷)"라고 한 것처럼 슬픔을 드러내지 않았다는 점이 후대의 규원(閨怨)과는 차이가 난다. 이이(李珥)는 이 시를 높게 평가하여 『정언묘선(精言妙選)』에 선발한 바 있다. 오이익(吳以翼)도 이 작품을 좋아하여 그의 친필 유묵(遺墨)이 전한다.

◆◆◆

쟁그랑 패옥이 차갑게 살갗을 스치는데　　　　璁璁香佩冷襯肌
붉은 분 묻은 눈물 그 마음을 누구를 한하나.　　淚和鉛紅心恨誰
　　　　　　　— 이명한(李明漢), 「동파의 사시사에 차운하다(次東坡四時詞韻)」

이백、

가을 물가의 노래

백발이 삼천 길이나 되는데
시름으로 이렇게 길어졌겠지.
모르겠네, 훤한 거울 속의
가을 서리 어디서 얻었는지!

李白, 秋浦歌

　　白髮三千丈　緣愁似箇長

　　不知明鏡裏　何處得秋霜

츄포가

　　빅발이 삼쳔장ㅎ니 연슈사기쟝을

　　부지명경니의 하쳐득츄상고

가을 물가를 노릐 부름이라(『언해당음』)

　　흔 터럭이 삼쳔 리나 즈르시니

　　근심을 이년ㅎ야 니러틋 즈란는가

　　아지 못게라 발근 거울 속예

　　어디 곳의 가을 셔리를 엇더는고

272

754년 이백이 중국 동북 지역인 유연(幽燕)에서 남으로 돌아와 추포(秋浦), 즉 지금의 안휘(安徽) 지주(池州)를 유람할 때 지었다. 17수의 연작인데 나라를 근심하고 늙음을 탄식하는 내용이 주조를 이룬다. 특히 이 열다섯 번째 작품이 인구에 널리 회자되었다. 흰 머리카락이 백 길이나 길어졌는데 한 올 한 올 시름 때문이다. 한 해가 저물어 가는 가을날 거울을 보니, 어디서 이렇게 서리를 수북하게 맞았는지 머리가 온통 하얗다.

이 작품은 1구의 과장을 두고 많은 논란이 있었다. 이익은 『성호사설』에서 "백발삼천장(白髮三千丈)"을 두고 소사빈(蕭士贇)이 "형용을 극도로 한 것이므로 형적(形迹)에 사로잡힌 자로서는 이해할 바가 못 된다."라 한 설을 인용한 후 이렇게 풀었다. "사람이 늙으면 터럭이 짧아지는 법이니 8척에서 1장이라 해도 과도할 것인데, 어찌하여 삼천 장으로 비유를 하기에 이르렀을까? 이는 반드시 그렇지 않았을 것이다."

◆◆◆

드리워진 백발 삼천 길이 넘지만   垂垂白髮三千丈
가는 이의 물 건널 배는 맬 수 없네.   未繫行人渡水舟
　　　— 홍직필(洪直弼), 「강서로 돌아가는 이여직을 전송하다(送李汝直還江西)」

돈으로 귀해지는지 가난할 때 의심했더니   貧訝黃金能買貴
백발이 시름 탓 아님을 늘그막에야 알았네.   老知白髮不緣愁
　　　— 이곡, 「병중술회(病中述懷)」

273

올해 훤한 거울에 비추어 보니   今年照明鏡

내 머리 벌써 가을 서리 맞았네.   我髮已秋霜

— 김귀주, 「거울을 비춰 보고(照鏡)」

팔월이라 변방에 바람이 높은데
북방의 매는 깃털이 솜처럼 희네.
한 조각 눈처럼 홀로 비상하면
백 리에서 가을 터럭까지 본다네.

李白, 觀放白鷹

八月邊風高　胡鷹白錦毛

孤飛一片雪　百里見秋毫

관방빅응

팔월의 변풍고ᄒ니 호응이 빅금모을

고비일편셜ᄒ니 빅니의 견츄호을

흰 미 논는 것슬 봄이라(『언해당음』)

팔월의 변방 바룸이 놉ᄒ시니

오랑키 미가 흰 비단 털일너르

놉히 ᄒ 조각 눈이 나는 듯ᄒ야시니

빅 니 밧긔 ᄒ 가을 터럭 보드라

가을철 힘이 붙어 사냥을 할 만큼 성장한 매를 두고 지은 작품이다. 변
새시의 호방함을 볼 수 있다. 가을날 변방은 바람이 거센데, 흰 깃털의
매가 사냥을 하느라 하늘 높이 날아오른다. 북쪽 변방의 매라 하였으니
사냥에 뛰어난 품종이겠다. 힘차게 비상하여 어느새 한 점 눈이 날리듯
가물거린다. 그래도 눈이 밝아 백 리 먼 곳의 털끝까지 찾을 수 있으니,
금방 짐승을 낚아챌 것이라 하였다. 『언해당음』에서는 매가 멀리 날아가
백 리 바깥에서 가을 터럭처럼 조그마하게 보인다고 풀이하였지만 어색
하다.

◆◆◆

서리처럼 흰 매가 하늘 높이 솟구치니 　　霜鶻聳天高
많은 새들이 모두 깃털이 곤두서겠네. 　　群禽盡豎毛
몸을 뒤집어 고니를 낚아채는 곳에 　　翻身捕鵠處
피가 뿌려 깃털을 붉게 물들였구나. 　　血灑染飄毫

— 손조서, 「관방백응(觀放白鷹)」

염소와 표범의 가죽옷 입은 소년 　　羔裘豹袪少年子
어깨 위에 북방 매 흰 솜 같은 깃털. 　　臂上胡鷹白錦毛

— 신흠, 「눈이 내린 뒤에 사냥하는 매를 보고 짓다(雪後觀獵鷹有賦)」

천 겹 산은 골짜기가 한 빛인지라 　　千山洞一色
만 리에서도 가을 털까지 보이네. 　　萬里見秋毫

— 오운(吳澐), 「봉화산의 가을 달(烽山秋月)」

이백, 동산을 그리며

동산에 향하지 않은 지 오래라
장미는 그 몇 번 꽃이 폈을까?
흰 구름 왔다 절로 흩어지는데
밝은 달 뉘 집을 비추어 주려나.

李白, 憶東山

　　不向東山久　薔薇幾度花

　　白雲還自散　明月落誰家

억동산

　　불향동산구ᄒ니 장미긔도화오

　　빅운은 환자산ᄒ니 명월이 낙슈가아

동산을 싱각홉이라(『언해당음』)

　　동산을 향ᄒᆫ지 올리지 아니니

　　댱미ᄂ무가 몃 번니나 꼿치 지나는고

　　흰 구름은 돌흐려 스스로 허여져스니와

　　발근 달은 뉘 집의 ᄠᅥ러져는고

이 작품의 동산은 진(晉)의 문인 사안(賜顔)이 은거한 소흥(紹興)의 회계산(會稽山)을 이른다. 임안(臨安), 금릉(金陵) 등에도 모두 동산이 있는데, 사안이 들러 쉬었던 곳이기에 동산은 은거하면서 쉬는 공간을 이르는 말이 되었다. 동산은 사안 자체를 이르는 말이기도 하다. 사안산(謝安山)이라고도 한다.

사안이 살던 곳에 들러 사안의 삶을 추억한 작품이다. 오랫동안 동산에 가지 않아 장미가 여러 번 피고 졌을 것이라 한 다음, 다시 동산의 구름이 모였다 흩어지는데 달빛이 사안이 떠나간 집을 비출 것이라 하였다. 동산에는 사안이 세운 백운당(白雲堂)과 명월당(明月堂)이 있었기에 흰 구름과 밝은 달이 그에 대한 그리움을 이른 것이기도 하다. 이백이 사안의 삶을 자신과 포갠 것으로, 호탕한 미감을 보여 준다. 『언해당음』에서 1구 번역은 잘못이다.

◆◆◆

빼어난 곳에 노닐지 못하여　　　　勝地遊觀隔
사철의 꽃을 헛되이 보냈네.　　　虛經四節花
사는 데는 다른 곳이지만　　　　人居雖兩處
달빛은 온 집을 다 비춘다네.　　月色遍千家
　　　　　　　　　　　　　— 손조서, 「억동산(憶東山)」

장미는 몇 번 피었는가,　　　　薔薇幾度花
오늘 내 마음이 쓰이네.　　　　卽今以吾慮
　　　　　　　　　　— 장혼, 「절로 들어가며(入寺)」

이백、홀로 경정산에 앉아서

뭇 새들은 높이 날아 사라지고
외로운 구름은 홀로 감이 가벼운데
서로 봐도 다 지겹지 않은 것은
오직 경정산 하나가 있다네.

李白,　獨坐敬亭山

　　衆鳥高飛盡　孤雲獨去閒

　　相看兩不厭　只有敬亭山

독좌경정산

　　즁조은 고비진이요 고운은 독거한을

　　상간양불념ᄒᆞ니 지유경정산을

홀노 경뎡산의 안ᄌᆞ 지음이라(『언해당음』)

　　열어 시는 놉히 날기를 다ᄒᆞ야는ᄃᆡ

　　한가ᄒᆞᆫ 구름은 홀노 가기를 한가이 ᄒᆞ는고

　　셔로 보ᄆᆡ 둘이 ᄃᆞ 슬치 아니ᄒᆞ야시니

　　홀노 다만 경뎡산만 잇도다

이백이 한림(翰林)에서 물러나 10여 년 방랑하던 753년 쓴 작품이다. 경정산(敬亭山)은 안휘 선성(宣城)에 있는데 동으로 강이 둘러 흐르고 남으로 성곽이 내려다보여 풍광이 무척 아름답다. 이곳에 올라 보니 하늘에 새들이 아득히 날아 사라지고 구름은 한가롭게 흐른다. 내가 경정산을 보고 경정산이 나를 봄에 서로 물리지 않는다.

이익은 『성호사설』에서, 이백은 오언절구가 뛰어나다고 하면서 이 작품은 도연명의 「빈사(貧士)」를 응용한 것으로, 외로운 구름처럼 유유자적하는 뜻을 말한 것이라 하였다. 아무리 보아도 싫증이 안 나는 존재가 경정산이라 하는 것이 이 시에 유래를 두고 있다. 조선 후기 김천택과 김수장 등 가객들의 모임을 경정산가단(敬亭山歌壇)이라 한 것도 이러한 뜻을 딴 것이다.

◆◆◆

흰 새 높이 날아 사라지는데　　　　　　白鳥高飛盡
외로운 배 홀로 감이 가볍네.　　　　　　孤帆獨去輕
　　　　　　　　　　　— 김부식(金富軾), 「감로사(甘露寺)」

막걸리에 맑은 금은 도연명이요　　　　濁酒淸琴陶逸士
외로운 구름 뭇 새는 경정산이라.　　　　孤雲衆鳥敬亭山
　　　　　　　— 장혼, 「을해년 5월 15일 이공묵이 옥계정사로 이주하고……
　　　　　　　　　（乙亥五月十五日 李公默移寓玉溪精舍……）」

정자의 잣나무 구름에 묻혀 늙었는데　　　亭柏埋雲老

숨어 있는 꽃이 물을 건너 한가하네.　　　幽花渡水閒

맑은 마음은 흐르는 물과 같은데　　　　　淸心共流水

호장한 기운은 높은 산을 덮을 듯.　　　　壯氣蓋高山

　　　　　　　　── 손조서, 「홀로 경정산에 앉아서(獨坐敬亭山)」

이백、
마음을 풀며

술 마주하고 저무는 줄 모르다가
떨어진 꽃잎이 내 옷에 그득하기에
취해 일어나 달빛 개울에 거니니
새가 돌아가고 사람도 뵈지 않네.

李白, 自遣

　　對酒不覺暝　落花盈我衣
　　醉起步溪月　鳥還人亦稀

자견

　　 듸쥬불각명ᄒᆞ니 낙화영아의을
　　 취긔보계월ᄒᆞ니 조환인역희을

스스로 봄날 희를 보님이라(『언해낭음』)
　　 술을 듸ᄒᆞ야 어듭는 줄를 ᄭᆡ닷지 못ᄒᆞ야시니
　　 ᄭᅩᆺ치 ᄲᅥ러져 닉 옷세 가득ᄒᆞ야드르
　　 취ᄒᆞ고 니러나 시닉 달에 거름 거러시니
　　 싀는 도라오ᄂᆞ듸 사름은 ᄯᅩᄒᆞᆫ······[177]

술을 마시다 보니 해가 저물고 바람이 분다. 꽃잎이 옷에 수북하게 떨어진다. 취기에 일어나 달빛 비치는 개울 길을 거닌다. 저녁이라 새들은 둥지로 돌아가고 인적은 거의 끊어졌다. 맑고 한가한 봄날의 풍경을 그림처럼 그렸다.

홍경모(洪敬謨)의 『경연일기(經筵日記)』에 순조가 규장각 각신(閣臣)에게 이 시의 2구를 제목으로 시를 짓게 하였는데 서희순(徐憙淳)이 오언절구를 올려 상을 받았다는 기록이 보인다. 순조 등 여러 사람의 시에도 이 구절이 그대로 사용된 것으로 보아 조선에서 애송된 듯하다.

◆ ◆ ◆

술을 대하니 돌아갈 길 어두운 것 모르겠는데　對酒不覺歸路暝
대울타리에 붉은 단풍잎에 빗소리 거세구나.　竹籬紅葉雨聲多
　　　— 이순인(李純仁), 「임 사또에게 사례하다(謝林明府)」

취하여 배꽃 정자에 누우니　　　　　　醉來臥梨亭
떨어진 꽃잎 내 두건에 가득하네.　　　落花盈我幘
　　— 임억령(林億齡), 「청허자와 함께 바다를 보고 기이한 것을 적다(同淸虛子觀海記異)」

177　이하는 판독이 어렵다.

이백, 여름날 산속에서

느릿느릿 백우선을 부치다가
푸른 숲에서 옷을 벗어 던지고
두건 벗어 석벽에 걸고 나서
이마 드러내고 솔바람을 쐬노라.

李白, 夏日山中

懶搖白羽扇　裸體靑林中[178]
脫巾掛石壁　露頂洒松風

하일산중

늬요븩우선ᄒ고 라체쳥님즁을
탈건괘셕벽ᄒ고 노졍쇄송풍을

여름날 산 가온듸라(『언해당음』)
게을이 븩우선을 흔들고

178　白羽扇은 군중에서 지휘용으로 사용하던 흰 깃털로 만든 부채인데 제갈량이
소여(素輿)를 타고 갈건(葛巾)을 쓰고 백우선을 들고 삼군(三軍)을 지휘한 고
사가 있다. 여기서는 그냥 흰 깃털로 만든 둥글부채를 가리킨다.

몸은 푸른 슈풀 가온딕 쓰드라

건 버셔 셕벽의 걸고

이마를 드러닉여 소나무 부람을 쏘이더라[179]

여름날의 한가한 삶을 잘 드러낸 명작이다. 날이 더워 흰 깃으로 장식한
부채를 부친다. 게으르다는 뜻의 나(嬾) 자에 여름날의 나른함이 느껴
진다. 부채로 더위가 가시지 않아 인적 없는 푸른 숲으로 들어가 웃통을
벗는다. 아예 갓까지 벗어 석벽에 걸어 두고 맨머리로 시원한 솔바람을
쐰다. 탈속하면서도 호방한 이백 시의 특징을 잘 보여 준다.

정조 때 화원을 뽑는 시험의 인물 분야에서 이 시의 제목을 내건 바 있
다. 이익의 「아곡에서 보내 준 시의 운으로 다시 화답하다(再和鵝谷寄來
韻)」에서 "머리 드러내고 솔바람 쐰다는 구절은, 산에 살면 참으로 실감
이 난다네.(重吟露頂灑松風 此句山居煞見功)"라 한 대로 조선 시대에
널리 공감을 받은 작품이다.

◆ ◆ ◆

두건도 버선도 하지 않고서   不巾又不襪

홀로 푸른 산에 앉아 있노라.   獨坐青山中

큰 부채 부실 것 없어라,   莫教搖大扇

온 골짜기에서 긴 바람 불어오니. 萬壑生長風

　　　　　— 홍인모, 「이백의 하일산중을 모의하다(擬李白夏日山中)」

---

179   2구가 과체청임입등으로 되어 있다. 裏體青林中으로 보고 그렇게 풀이하였
　　　는데 잘못이다.

285

좁은 집 삼복이라 더위가 찌는 듯한데　　　　矮簷三伏氣如蒸
푸른 숲 옷 벗는 일도 병으로 못하겠네.　　　裸體靑林病未能

― 이현석(李玄錫), 「두보의 7월 6일 시에 차운하여 능음 제거에 부쳐 얼음을 구하다
(次杜工部七月六日韻 奉寄淩陰提擧求氷)」

두건 벗어 벽에 걸고 푸른 소나무에 기대서서　脫巾掛壁倚靑松
술을 들고 높게 시 읊조리며 푸른 산 마주한다. 把酒高吟對碧峯

― 신익상(申翼相), 「오촌동 폭포에 가서 놀면서(往遊吾村洞瀑布)」

관 바서 석벽에 걸고 우선을 훗붓츔여
녹수음중(綠樹陰中)에 취ᄒᆞ고 누웟시니
송풍이 짐즛 불어서 쇄로졍을 ᄒᆞᆫ놋다.

― 작가 미상의 시조

이백, 중양절 용산에서

술을 마시며

중양절에 용산의 술 모임 가지니
노란 국화가 쫓겨난 신하를 비웃지만.
취해서 바람에 모자 떨어진 것 보고
춤추다 달이 사람 붙드는 것 즐기네.

李白, 九日龍山飮

　九日龍山飮　黃花笑逐臣

　醉看風落帽　舞愛月留人

구일뇽산음

　구일의 용산음ᄒ니 황화소튝신을

　취간풍낙모ᄒ니 무이월유인을

구월구일의 뇽산니ᄅᆞᆫ 산의셔 술을 마시다(『언해당음』)

　구이의 뇽산의셔 술 마셔시니

　누른 국화가 ᄡᅩ긴 신하를 웃난쏘다

　술 취코 ᄇᆞ룸의 스미 ᄲᅥ러지물 보고

　츔츄며 달빛희 머무는 사ᄅᆞᆷ을 ᄉᆞ랑ᄒ더라[180]

이백이 762년이나 그 이듬해 중국 서남쪽 변방인 야랑(夜郞)에 방축되어 있을 때의 작품으로 알려져 있다. 음력 9월 9일 중양절을 노래한 시는 용산에서 바람에 모자를 떨어뜨린 일을 끌어들인다. 진(晉)의 환온(桓溫)이 중양절 남경의 서남쪽에 있는 용산에서 잔치를 열었는데 그의 참군(參軍)으로 있던 맹가(孟嘉)의 모자가 바람에 날아갔는데도 맹가가 이를 모를 정도였다. 여기서 중양절의 연회를 용산음(龍山飮)이라 불렀다. 이백은 변방에서 맞은 중양절에 이 고사를 흉내 내어 술자리를 가졌다. 국화가 쫓겨난 자신을 비웃는 것 같지만 아랑곳하지 않는다. 호탕하게 술을 마시니 용산음의 고사처럼 모자가 바람에 날아간다. 이에 흥이 일어 너울너울 춤을 추노라니 달빛이 사람을 붙든다. 호탕한 풍류와 흥을 과시한 작품이다.

남용익(南龍翼), 유명천(柳命天), 심조(沈潮) 등이 1구 혹은 2구를 운자로 하여 시회를 가졌다는 기록이 그들의 문집에 보인다. 이서구(李書九) 등 많은 문인들이 유배지에서 중양절을 맞아 시를 쓸 때 이 구절을 끌어들였을 정도로 널리 알려졌다.

◆ ◆ ◆

지난번 중양절에는	昔之重九日
국화가 쫓겨난 신하 비웃더니	黃花笑逐臣
이번 중양절에는	今之重九日
군산이 노인을 비웃는구나.	軍山笑老人

---

180   3구와 4구가 대를 이루는데 여기서는 어색하게 풀이하였다.

— 김택영, 「중양절에 색옹이 함께 동오산장에서 놀자고 불렀는데⋯⋯
(重陽日 嗇翁要同游東奧山莊⋯⋯)」

노래하니 목소리 간드러져 예쁘고 　　　　歌憐喉宛轉

춤추니 소매가 펄럭펄럭 좋구나. 　　　　舞愛袖飛翻

— 이익상(李翊相), 「달밤(月夜)」

구월 구일의 용산음의 쇼축신 국희(菊姬)가 왓는야

— 장재백 창본 「춘향가」

이백,
동림사 스님과
헤어지면서

동림사 객을 보내는 곳에
달이 뜨자 흰 원숭이 우는데
웃으며 여산을 작별하며 하는 말
"굳이 호계를 건널 것 있소?"

李白, 別東林寺僧

東林送客處　月出白猨啼

笑別廬山遠　何煩過虎溪

별동님사승

동님송긱쳐에 월츌빅원졔을

소별여산원ᄒ니 하연과건계오

동임ᄉ 즁 을 니별홉이라 (『언해당음』)

동임슈 손 보ᄂᆡᄂᆞᆫ 곳의

달이 나ᄂᆞᆫ 듸 흰 원슝이 울러더라

보ᄂᆡ여 니별ᄒᆞ매 여산니 머러시니

어니 곳이 호계론 시ᄂᆡ를 지나느니[181]

동림사는 강서 구강(九江)의 여산(廬山)의 남쪽 기슭에 있던 사찰인데 이백이 그곳에서 며칠 유숙하다가 떠나면서 이 작품을 지었다. 동림사를 떠나는데 달이 뜨고 흰 원숭이가 운다. 원숭이가 우는 처량한 소리는 이별을 슬퍼하는 마음을 우회적으로 말한 것이다. 호계(虎溪)는 정토와 속세의 경계에 있는 개울이다. 동진의 혜원(慧遠)이 불법에 정진하고자 호계를 절대 넘지 않겠노라 맹세한 고사가 있다. '여산원(廬山遠)'은 여산의 승려를 혜원에 비겨 이른 것이다. 그와 헤어지면서 "혜원은 호계를 넘지 않겠다고 하셨지요. 굳이 나를 전송하느라 호계를 넘을 것은 없겠지요." 하고 농담을 한 것이다.

이수광은 『지봉유설』에서 여산원의 '원'이 여산의 승려 혜원이고 '호계삼소(虎溪三笑)'의 고사로 비유한 것인데, '원'을 멀다는 뜻으로 본 견해가 가소롭다고 하였다. 혜원이 절대 호계를 넘지 않겠노라 맹세했는데, 도잠과 육수정(陸修靜)을 배웅할 때 자신도 모르게 호계를 건넜기에 세 사람이 크게 웃고 헤어졌다는 고사를 활용한 것이라 본 것이다.

◆ ◆ ◆

그리워라, 호계에서 세 번 웃고 헤어진 일   頗憶虎溪三笑別
우는 원숭이 객을 전송하여 동림사를 지나네.   啼猿送客過東林

— 최석정(崔錫鼎), 「심 자에 차운하다(次深字)」

---

181 여산 멀리까지 전송한 것으로 풀이하였는데 이수광의 지적대로 조선 시대에 이런 풀이가 있었던 모양이다.

명 스님은 여산의 원 스님도 아니기에 　　　明師莫是廬山遠

절로 호계를 지나가 전송하고 돌아가네. 　　　不覺過溪聊送歸

— 이승휴(李承休), 「이 공과 류 공 두 분의 창화시에 차운하다(次韻李柳兩令公唱和詩)」

이백,
종형 우성 현령에게 바치다

눈을 마주하고서

어젯밤 양원에 눈이 내릴 때
아우 추운 줄 형이 모르셨지요.
뜰 앞의 백옥 같은 나무 보니
애달프게 연리지가 생각나네요.

李白, 對雪獻從兄虞城宰

　　昨夜梁園雪　弟寒兄不知
　　庭前看玉樹　腸斷憶連枝[182]

딕셜헌죵형우셩지

　　작야양원셜의 졔한형부지을
　　졍졍의 간옥슈ᄒᆞ니 장단억연지을

182　제목의 虞城은 송주(宋州), 지금의 하남에 있는 고을 이름이다. 이백이 이곳
　　　현령을 지냈다. 梁園은 우성에서 멀지 않은 곳에 있는데 한나라 양 효왕(梁孝
　　　王)이 조성한 광대한 원림으로 양원(梁苑) 혹은 토원(兎園), 설원(雪苑)이라
　　　고도 한다. 그곳에서 양 효왕이 추양(鄒陽), 매승(枚乘), 사마상여(司馬相如)
　　　등과 함박눈이 내릴 때 시를 지은 고사가 있다. 連枝는 연리지(連理枝)라고
　　　도 하는데 다른 두 나무의 가지가 하나로 이어진 것을 이르며 형제를 비유한다.
　　　『이태백시집주』, 『분류보주이태백시』 등에 梁園雪이 梁園裏로 되어 있다.

눈을 디ᄒᆞ야 종형 우성지의게 글 지어 드림이라(『언해당음』)

　어지밤 양원의 눈니 와시니

　아의의 치위ᄒᆞᄂᆞᆫ 줄을 형이 아지 못ᄒᆞᄂᆞᆫ가

　뜰 압희 옥나무를 보고

　챵지 ᄇᆞ너지ᄂᆞᆫ 듯히 연리지를 싱각ᄒᆞ야더라

이백이 눈 내린 밤 우성의 현령으로 있는 종형에게 준 작품이다. 이름난 문사들이 모여 시회를 갖던 양원에서 노니는데, 날이 춥고 배가 고프건만 현령으로 있는 종형은 좋은 옷과 맛난 음식을 먹으면서도 아우를 도와주지 않는 것이 섭섭하다. 아침에 뜰 앞에 눈에 덮여 백옥으로 만든 듯한 나무가 서 있는데 눈 때문에 가지가 나란히 붙어 있다. 이를 보니 형제의 정이 그립다. 경제적인 도움을 달라는 뜻을 이렇게 말한 것이다.

　김귀주(金龜柱)가 정일환(鄭日煥)에게 보낸 편지에서 이 시를 인용했다. "우리들은 형제인데, 곤궁한데도 서로 도와주지 않고 굶주리는데도 구해 주지 않는다면 이는 이른바 '아우 추운 줄 형이 모른다.'라는 것이지요. 이 어찌 사람의 도리인가요."

◆ ◆ ◆

땅이 환상적이라 옥경에 있는 도반이 그립고　　境幻玉京思道侶
뜰이 찬데 옥 같은 나무에 연리지가 생각나네.　　庭寒瓊樹憶連枝
　　　　　　　　　　　　— 어유봉(魚有鳳), 「대설(大雪)」

이
백,

청
평
사

구름 보면 옷 생각 꽃 보면 얼굴 생각
봄바람 난간을 스쳐 이슬꽃이 고와라.
군옥산 산마루에서 본 적이 없다면
요대의 달빛에서 만난 일이 있겠지.

李白, 淸平調

　　雲想衣裳花想容　春風拂檻露華濃

　　若非群玉山頭見　會向瑤臺月下逢[183](一)

니빅, 청평사

　　운상의상화상용ᄒ니 츈풍불함노화롱을

　　약비군옥산두견이면 회향요ᄃᆡ월하봉을[184]

183　群玉山은 전설에 나오는 선녀 서왕모(西王母)가 살던 산이고 瑤臺는 역시 서
　　　왕모가 산다고 하는 곤륜산(崑崙山)의 누각이다.
184　『당시장편』에서처럼 제목이 「청평사(淸平詞)」로 된 데는 보이지 않는다.

「청평조」는 「청평조사(淸平調詞)」 혹은 「청평악(淸平樂)」이라고도 하는 악곡으로, 이백의 이 작품에서부터 비롯한다. 당 현종이 궁중에 있는 목작약(木芍藥) 곧 모란을 흥경지(興慶池) 곁의 침향정(沈香亭) 동쪽에 옮겨 심고, 달밤에 양귀비와 함께 구경할 때 한림으로 있던 이백에게 시를 짓게 하였다. 이때 현종이 옥적(玉笛)을 불고 이원제자(梨園弟子)가 반주를 하였으며 이구년(李龜年)이 이백이 지은 시를 노래로 불렀다고 한다. 이백의 「궁중행락사(宮中行樂詞)」도 비슷한 배경에서 제작되었다.

악부풍으로 된 이 작품은 모란을 구경하는 양귀비의 아름다움을 모란에 비겨 묘사한 것이다. 구름을 보면 옷이 생각나고 꽃을 보면 얼굴이 생각난다 하여 양귀비의 화려한 의상과 고운 얼굴을 이렇게 말하였다. 이어 봄바람이 난간을 스치자 옥구슬처럼 예쁜 이슬이 모란 꽃잎에 맺힌다고 하였는데, 이는 양귀비의 화장한 얼굴을 비유한 것이기도 하다. 모란이 서왕모가 살던 군옥산이나 요대에서 보았을 것이라 하여 양귀비를 서왕모와 같은 신녀에 비의한 것이다.

명 당여순의 『당시해』에서는 이 시에서 이른 여인이 양귀비가 아니라 하였다. "현종이 무비(武妃)가 죽은 후 구름을 보고 그 의상을 생각하고 꽃을 보고 그 용모를 생각하여, 봄바람이 불고 이슬이 맺힐 때가 되면 슬픔을 이기지 못하였다. 이러한 여인은 군옥산의 서왕모가 아니면 요대의 일비(佚妃)일 것이니, 인간 세상에서 어찌 쉽게 볼 수 있겠는가? 양귀비를 만나기 전인 듯하다." 이에 대해 이수광은 『지봉유설』에서 "내 생각에 이는 곧 양귀비를 찬미하는 말이다. 상(想)이라 한 것은 비슷한 듯하다는 말이니, 양귀비의 의상이 구름과 비슷하고 용모가 꽃과 비슷하여 봄 이슬이 고운 것과 같다는 말이다. 아래의 구절에서 선녀에 이를 비유한 것은 인간 세상에 있는 바가 아니라고 말한 것이다."라 하였다.

이곡의 시 "이태백은 요대에서 만났다 잘못 비했지.(太白誤擬瑤臺逢)"
가 이 작품을 이른 것이다. 또 정극후(鄭克後)의 「취하여 청평조사를 짓
다(醉賦淸平調詞)」는 이 작품에 대한 비평의 성격을 지닌 작품이다. 임
상원의 「이태백의 궁중행학사(次李太白宮中行樂詞)」에 차운하다」도 이
시의 내용을 6수로 노래한 작품이다. 오도일도 임상원의 시와 같은 제목
으로 시를 지었는데 월과(月課)로 제출한 것이다. 조선 시대 시문에 자주
보이는 "춘풍불함(春風拂檻)", "노화농(露華濃)" 등의 표현이 이 작품에
출처를 두고 있다.

◆ ◆ ◆

마고선녀가 군옥산 머리에서 보이고 麻姑群玉山頭見
천녀가 요대의 달 아래 노니는 듯. 天女瑤臺月下遊

— 이개(李塏), 「옥잠화(玉簪花)」

온 가지 가득 농염한 이슬에 향이 엉겼으니
무산의 구름과 비도 부질없이 애간장을 끊겠네.
묻노니 한나라 궁궐에서 누가 이러하였던가?
우습구나, 조비연도 화장의 힘을 빌렸다지.[185]

一枝濃豔露凝香　雲雨巫山枉斷腸
借問漢宮誰得似　可憐飛燕倚新粧[186](二)

일지농념노응향ᄒᆞ니 운우무산왕단장을
차문한궁슈득사오 가련비연이 의신장을

두 번째 작품은 양귀비를 이슬이 맺혀 향긋한 붉은 모란의 꽃잎에 비유
하여 칭송하였다. 무산에서 아침이면 구름이 되고 저녁이면 비가 되어
초나라 양왕(襄王)과 운우지정을 나누었던 신녀조차 양귀비에 비하면
무색하다. 또 한나라 성제(成帝)의 총애를 받아 황후가 된 조비연이 여
기에 비할 만도 하지만, 조비연 역시 화장의 힘에 기댄 것일 뿐 양귀비의
천연스러움만 못하다. 이렇게 양귀비의 아름다움을 칭송하였다.

185　이제현(李齊賢)의 『역옹패설(櫟翁稗說)』에서 설문우(薛文遇)의 말을 인용
　　하여 "'의(倚)'의 뜻은 의지한다는 것이니, 조비연이 한나라의 궁중에서 총애
　　를 독차지한 것이 화장에 의지한 것일 뿐이고, '가련(可憐)'은 조소(嘲笑)의
　　뜻이다."라 하였다. 1구가 '一枝仙艶露凝香'으로 인용되어 있는데 다른 문헌
　　에서 이렇게 된 데는 확인되지 않는다.
186　濃豔이 紅豔으로 된 데도 있다.

『연산군일기』에 따르면 연산군이 만든 흥청악(興淸樂)에 만당교(滿堂嬌)와 의신장(倚新粧)이 있는데 의신장이 바로 이 구절에서 가져온 것이다. 세종 때 노응향(露凝香)이라는 기생이 있었는데 역시 이 시에서 이름을 취하였다.

◆ ◆ ◆

이름난 꽃은 다 찾아도 족하지 않으리니　　　　探盡名花看未足
봄바람에 농염하게 이슬 맺혀 향긋하기에.　　　春風濃艶露凝香

　　　　　　　　　　　　　　　— 이건(李健), 「옛 뜻(古意)」

도리어 같구나, 한나라 궁궐에서　　　　　　　還如漢宮裏
비연이 새로이 단장을 한 모습과.　　　　　　　飛燕倚新粧

　　　　　　　　　— 김수온(金守溫), 「섬돌을 덮은 작약(翻階芍藥)」

이름난 꽃과 경국지색 둘 다 좋아
늘 군왕께서 웃음 띠고 보신다지.
봄바람의 끝없는 한을 풀어 주려고
침향정 북쪽 난간에 기대어 있다지.

名花傾國兩相歡　長得君王帶笑看
解釋春風無限恨　沈香亭北倚闌干(三)

명화경국양산환ᄒᆞ니 장득군왕ᄃᆡ소간을
히셕츈풍무한〃은 침향졍북의 난간을

세 번째 작품은 1수와 2수를 이어 모란을 현종과 양귀비에 연결하여 칭송하였다. 이름난 꽃은 모란을 이르고 경국지색은 양귀비를 이른다. 한나라 이연년이 "한 번 보면 성을 기울게 하고, 두 번 보면 나라를 기울게 한다네.(一顧傾人城 再顧傾人國)"라 한 대로 양귀비는 세상 사람을 깜짝 놀라게 하는 미모를 지녔다. 모란은 화왕(花王)이라 하거니와 이름난 꽃 명화(名花) 자체가 모란을 이른다. 현종이 양귀비와 모란을 아껴 늘 가까이 두고 본다고 하였는데, '소(笑)'는 현종의 기쁜 마음을 말한 것이지만, 양귀비도 웃고 모란도 웃는 장면이 연상되게 하였다. 양귀비가 현종의 봄 시름을 풀어 주려고 늘 침향정을 떠나지 않는다고 하였는데, 침향정 곁에 옮겨 심은 모란과 호응한 것이 묘미가 있다.

　고상안(高尙顏)의 「효빈잡기(效嚬雜記)」에는 풍자의 뜻이 있다고 하면서 다음과 같이 자세히 풀이하였다. "이적선의 「궁중행락사(宮中行樂詞)」와 「청평조」는 모두 기롱하고 풍자하는 뜻과 규계하고 간쟁하는 정성을 담고 있지만, 절실하고 분명한 것은 「청평조」뿐이다. 이러한 때에 천하가 조금 안정되어 국방에 흠결이 없었는데, 봄날 행락을 즐기면서 음악을 연주하였고, 또 양귀비를 마주하고 이름난 꽃을 완상했는데 무슨 한이 있다고 풀어 줄 것이 있겠는가? 내 생각에는 이때 현종이 간사한 자를 믿고 높여서 안으로는 제 자식을 보호하지 못하고 오랑캐 자식을 총애하였으며, 밖으로 칼자루를 거꾸로 잡아 남에게 주어 국란의 조짐이 생기고 심대한 우환이 곧 일어날 것 같아 이루 말로 다할 수 없을 정도였다. 이 때문에 무한한 한이라 한 것인데 현종이 괴이한 줄 몰랐던 것이다. 풀어 준다는 '해석'이라 한 것은 잊어버렸다는 '망각'과 같은 말이다. 망각이 너무 드러난 글자이므로 '해석'을 빌려 말한 것일 뿐이다." 양귀비가 현종의 근심을 풀어 준 것이 아니라 국정을 망각하게 한 것이라 비판한 것이다.

이 작품은 이른 시기부터 우리나라에 알려졌고 특히 모란을 소재로 시를 지을 때 늘 연상되었다. 이규보가 「목작약(木芍藥)」의 서(序)에서 이백의 문집에 실린 이 시와 서를 함께 소개한 바 있다. 또 신개(申槩)의 「이청원에게 장난삼아 부를 지어 주다(與李青園戱賦)」의 서(序)에서 이 시를 들고 "계사년(1413년) 5월 재생명(哉生明) 월익일(越翼日) 경술에 정원의 꽃이 비로소 활짝 피었는데, 여리고 아름다워 볼만했다. 내가 그 꽃을 아껴 이름을 붙어보니, 양귀비라 하였다. 어찌하여 그 이름을 붙였는가? 혹 향혼(香魂)이 흩어져 사라지지 않고 사물에 붙어서 이루어진 것인가, 아니면 후인들이 또한 이 꽃의 아름다움을 아껴서 양귀비에 빗대어 이름을 지은 것인가? 그 색과 모양이 어쩌면 저리도 곱고 아름답단 말인가! 주위를 거닐며 감상하고 있는데, 마침 자네가 찾아왔기에 내가 손가락으로 가리키며 말했다. '이 꽃의 색깔과 자태가 기이하니, 참으로 양귀비에 부끄럽지 않은 듯하네. 자네가 묘사해 주시게.' 글이 완성되자 내가 '이청련이 「청평사」를 지은 것은 사람을 읊은 것이다. 그 사람과 그 꽃이 모두 양귀비다. 그 사람을 읊었다면 그 꽃을 어찌 읊지 않을 수 있겠는가? 앞에서 그 사람을 읊었으니 뒤에서 그 꽃을 읊는 것이 또한 마땅하지 않겠는가?'라 하였다." 이처럼 이 작품은 조선 시대에 큰 영향을 끼쳤다. 모란을 이르는 명화와 양귀비를 가리키는 경국(傾國)이 모란을 읊은 시에서 거듭 쓰였다.

◆ ◆ ◆

비단옷이 상자에 가득한 것 상관 않고   不關羅綺盈箱篋
군왕이 웃음 띠고 보시기를 원하노라.   願得君王帶笑看

— 황호(黃㞐), 「연경상원사(燕京上元詞)」

나그네의 끝없는 시름을 풀어 보려고   解釋客中無限恨
꽃 아래 거나하게 두세 잔 술 마시네.   陶然花下兩三杯

— 성현, 「운금루 시에 차운하다(次雲錦樓韻)」

한번 쫓겨나 장사 땅으로 유배 오니
서쪽으로 장안 봐도 집이 안 보이네.
황학루에서 옥피리를 부노라니
강 마을은 오월이라 매화가 지는구나.

李白, 聽笛

　一爲遷客去長沙　西望長安不見家
　黃鶴樓中吹玉笛　江城五月落梅花[187]

청적

　일위천긔거장사ᄒᆞ니 셔망장안불견가을
　황학누즁의 취옥젹을 강셩오월의 낙ᄆᆡ화을

187　황학루는 장안의 동남쪽 남경(南京)과 장사(長沙) 중간에 있는 무창(武昌) 인
　　근에 있었다. 이 누각은 최호의 시 「황학루」와 함께 이백의 이 작품으로 인하
　　여 크게 알려졌다. 유배객이 장사로 떠났다는 말은 한나라 가의(賈誼)가 폄적
　　되어 장사왕 태부(長沙王太傅)로 나간 고사를 끌어들인 것인데, 이백이 자신
　　을 비의한 것이다. 낭중 사흠을 두고 이른 것이라는 설도 있다. 이백과 사흠
　　이 함께 황학루에서 장안을 그리워한 것으로 보면 될 듯하다. 落梅花는 피리
　　의 악곡 이름이기도 한데 「梅花落」이라고도 한다.

이백은 758년 현종의 아들 영왕(永王)의 모반 사건에 연루되어 중국 서남쪽 변방인 야랑(夜郎)으로 쫓겨났는데 중도에 황학루에 올라 이 작품을 지었다. 이듬해 야랑에 있다가 사면되어 동쪽으로 가다가 지은 작품이라는 주장도 있다. 황학루에서 옥적을 불면서 장안의 옛집을 그리워하는데 벌써 계절이 바뀌어 매화가 모두 꽃잎을 떨어뜨렸기에 더욱 상심하게 된다. 4구의 '낙매화'는 「매화락(梅花落)」이라는 피리의 곡조 이름이기도 하다. 강 마을에 울려 퍼지는 피리 소리로 시를 종결함으로써 긴 여운이 남도록 한 문학적 장치가 돋보인다. 강성은 강을 끼고 있는 성곽인데 무창의 옛 이름 강하(江夏)를 이른다. 이백의 이 시로 인하여 무창이 '강성'으로 불렸다고 한다.

박여량(朴汝樑)의 「밤에 보통계를 유람한 기문(夜遊普通溪記)」에서 한밤에 강가에서 피리 소리를 듣고 이 시를 떠올렸다고 하니, 대다수 조선 문인들은 이 시를 알고 있었을 것이다. 조선에서 한양을 그리워할 때 상투적으로 쓰이는 '서망장안(西望長安)'이 이 시에 출처를 두고 있다. 특히 마지막 구절의 '강성오월'은 5월의 강마을을 배경으로 한 시에 자주 나타난다. 심희수(沈喜壽) 등은 이 구절을 운자로 삼아 시회를 열기도 하였다.

◆◆◆

한 번 쫓겨난 객이 되어 서울을 바라보니　　一爲遷客望京華
기러기 서로 날아가고 바다에 해 저무네.　　鴻鴈西飛海日斜
　　　　　　— 권헌, 귀양 가는 임팔남을 보내며(送任八南謫)」

낡은 봄 신발로 두보처럼 봄나들이를 하는데　　踵穿子美遊春履

매화 질 때 장사의 객처럼 피리를 듣네.　　　　梅落長沙聽笛樓

　　　　　— 김안로(金安老), 「앞의 시에 다시 차운하다(重用前韻)」

난간에 지혀 안자 옥적(玉笛)을 빗기 부니

오월 강성에 훗듯ᄂ니 매화ㅣ로다.

한 곡조 무금(舞琴)에 섯거 백공상화(百工相和)ᄒ리라.

　　　　　　　　　　　— 김유기(金裕器)의 시조

이백,
장문궁의 원망

하늘에 북두성 돌아 서루에 걸리니
금옥에 사람 없고 반딧불이만 나네.
달빛이 장문전을 비출 듯도 하지만
깊은 궁 한바탕 시름만 유독 일으키네.

李白, 長門怨

　　天廻北斗挂西樓　金屋無人螢火流
　　月光欲到長門殿　別作深宮一段愁

장문원

　　천회북두괘셔루ᄒ니 금옥무인형영뉴을
　　월광이 욕도장문젼ᄒ니 별작심궁일단슈을[188]

한 무제는 진오(陳午)의 딸인 아교(阿嬌)를 얻어 황금으로 만든 금옥(金
屋)에 두고 길렀다가 진 황후(陳皇后)로 삼았다. 후에 진 황후가 무제의
총애를 잃고 장문궁(長門宮)에 물러나 있을 때 사마상여를 불러 황금

188　금옥무인형영뉴는 螢火를 螢影으로 잘못 이해한 것이다.

백 근을 주고 시름을 풀 만한 글을 요구하였는데, 이에 사마상여가 「장문부(長門賦)」를 지었고 황제가 이를 보고 다시 사랑을 베풀었다고 한다. 「장문원」은 이러한 고사를 바탕으로 하여 궁인의 외로움을 노래한 것이다. 교연(皎然), 유장경, 잠삼 등 당나라 시인들이 다투어 이 제목의 악부시를 지었다.

이백의 작품도 이러한 전통을 따르고 있다. 새벽이라 북두칠성이 서쪽 누각 너머로 기우는데 가을이 깊어 화려한 금옥에 반딧불이만 날아다닌다. 달빛이 장문궁을 비추는 것은 군왕의 사랑이 이른다는 뜻을 담고 있다. 군왕이 찾아주지 않아 달빛이 여인의 마음을 더욱 시름겹게 한 것이다. '심궁'이라 한 말에서 여인의 고독이 더욱 강하게 드러나고 '별작'이라 한 데서 시름이 더욱 많아짐을 알 수 있다. 조선 시대 궁중 여인의 외로움을 노래한 궁사(宮詞)가 이 시의 영향을 많이 받았다.

◆ ◆ ◆

하늘에 은하수 돌아 서루에 걸리고　　　　　　　天迴雲漢掛西樓
난간 너머 긴 개울은 만고에 흐르네.　　　　　　檻外長川萬古流
　　　　　── 김진상(金鎭商), 「죽서루에서 삼가 숙종의 어제 시에 차운하다
　　　　　　　　　　　　　　　　　(竹西樓敬次板上肅廟御題韻)」

부용당 너머 가을이 새로 시작하는데　　　　　　芙蓉塘外始新秋
금옥 으슥한 곳에 반딧불이 날아다니네.　　　　　金屋深深螢火流
　　　　　　　　　　　　　　　　── 홍한주, 「궁사(宮詞)」

이백

천문산

천문산 끊어진 가운데로 초강이 나와
푸른 물 동으로 흐르다 북으로 굽이도네.
양쪽의 파란 산이 마주보고 일어나는데
외로운 배 한 척이 하늘 끝에서 다가오네.

李白，天門山

　天門中斷楚江開　碧水東流至北迴
　兩岸靑山相對出　孤帆一片日邊來[189]

천문산

　천문즁단초강기ᄒ니 벽슈동뉴지북회을
　양안청산은 샹ᄃᆡ긔ᄒ고 고범일편은 일변늬을[190]

189　至北迴가 直北迴로 된 데도 있다.

190　3구의 샹ᄃᆡ긔는 相對起를 표기한 것이지만, 이렇게 된 문헌은 확인되지 않는다.

안휘의 천문산(天門山)은 동량산(東梁山)과 서량산(西梁山)이 문처럼 마주보고 서 있어 붙은 이름으로, 산이 높고 강물이 급하여 천혜의 요새이며 경관이 뛰어나다. 이백이 725년 촉으로 가는 길에 이곳에 들러 이 작품을 지었다. 천문산이 갈라진 사이로 흐르는 초강(楚江)은 초 땅 일대의 장강을 가리킨다. 이 푸른 장강 물이 동으로 흐르다가 여기에서 북쪽으로 틀어서 흐른다. 강 양안의 파란 산이 문처럼 마주보고 솟아 있는데 그 사이로 배 한 척이 저 먼 수평선 끝에서 다가온다고 하였다. '일변(日邊)'은 임금이 있는 도성을 이르는 말로도 쓰이지만 여기서는 해가 지는 먼 수평선을 이른다.

◆◆◆

천문이 가운데 끊어진 곳 견훤의 나라요 　　　天門中斷甄萱國
지축이 남으로 오면 자사의 진영이네. 　　　地軸南來刺史營
　　　　　　　　　　— 한장석(韓章錫), 「만마관(萬馬關)」

푸른 산은 한번 가면 다른 길이 없는데 　　　青山一去無佗路
푸른 물결은 동으로 흘러 돌아오지 않네. 　　　碧水東流不倒波
　　　　　　　　　　— 조면호, 「정을 잊다(忘情)」

긴 강의 가득한 조수에 물은 머뭇거리는데 　　　長江潮滿水徘徊
양쪽 강안의 푸른 산은 그림병풍처럼 열리네. 　　　兩岸青山畫障開
　— 신숙주(申叔舟), 「마포에서 강경순의 내방에 감사하여(在麻浦謝姜景醇見訪)」

달이 푸른 하늘에 오르자 대낮 같은데　　　　月上靑天如白晝
외로운 배 한 척이 한양에서 오는구나.　　　　孤帆一片漢陽來

　　　　　　　　　　　— 김득신, 「청심루(淸心樓)」

이백, 산속에서 마주하여 술을 마시며

두 사람 대작하자 산에 꽃이 피니
한 잔, 한 잔, 또 한 잔 먹세그려.
내 취해 졸리니 그대 먼저 가시고
내일 아침 뜻 있으면 거문고 안고 오시게.

李白, 山中對酌

兩人對酌山花開　一杯一杯復一杯
我醉欲眠君且去　明朝有意抱琴來[191]

니빅, 산즁디작

양인이 디작산화기호니 일빅일빅부일빅을
아취욕면군초거호니 명됴의 유의포금너을

산즁디쥬(山中對酒)(『고문진보언해』)

두 사룸이 디호여 술을 부으매 뫼 곳치 피여시니

---

191   3구는 『송서(宋書)』에 도잠이 한 말로 되어 있어, 이백이 이를 시구로 만든 것이
라 하겠다. 『계산기정(薊山紀程)』에도 도잠의 말로 이 구절을 인용했다. 손기양
(孫起陽)의 취면정(醉眠亭)이 이 구절에서 이름을 취하였다.

한 잔 한 잔 또 한 잔이로다

내 취ᄒ여 조올고져 ᄒ고 그듸 또 가니

새는 아ᄎ믜 뜻이 잇거든 검은고를 안고 오라

꽃이 핀 계절 은자와 나란히 앉아 술을 마신다. 한 잔 마시고 또 한 잔 마시고 다시 한 잔 마시자는 2구는 권주가의 가락처럼 느껴진다. 취하면 알아서 가라고 한 3구의 표현도 지극히 자연스러우면서도 깊은 운치가 있다. 그리고 마지막에 여흥이 남으면 거문고를 들고 와서 다시 한 잔 더 마시자 한 것도 긴 여운을 준다.

이 작품은 조선에서 권주가 구실을 하였다. 서거정의 『필원잡기(筆苑雜記)』에 간쟁을 맡은 사간원에 일이 없으면 날마다 술 마시는 것을 일로 삼는다고 하고, 조석간(趙碩磵)이 이 시를 이용하여 "한 잔 또 한 잔 다시 한 잔, 대간이 봄바람 앞에 취하여 거꾸러지네.(一杯一杯復一杯 大諫醉倒春風前)"라 한 시를 지은 고사를 소개하였다. 또 『지봉유설』에는 명의 사신 주지번(朱之蕃)이 한강에서 연회를 즐길 때 먼저 2구를 말하자 같이 사신으로 온 양유년(梁有年)이 왕유의 「송원이사안서(送元二使安西)」에 나오는 시를 들어 "그대에게 권하니 한 잔 술을 다시 내어놓게.(勸君更進一杯酒)"라 하였고, 이에 유영경(柳永慶)이 다른 시로 답하지 못하고 같은 시의 "서쪽으로 양관을 나서면 벗이 없으리.(西出陽關無故人)"로 답했다가 비웃음을 샀다는 일화가 실려 있다. 『일성록』에는 정조가 1794년 2구를 제목으로 하여 부(賦)를 짓게 한 바 있다.

◆◆◆

봄이 와 곳곳마다 메꽃이 피었는데   春來處處山花發

아직 평소 대작하던 때 기억하는지?   尙記平生對酌時

           — 권필, 「봄날 죽은 벗 강자서가 그리워(春日有懷亡友姜子舒)」

오늘은 실컷 취하여 부축 받아 돌아가세,   今日盡情扶醉去

내일 아침 다시 거문고 안고 오자 약조하고.   明朝更約抱琴來

       — 서거정, 「대간 동년 신자승의 한강별서에 쓰다(題申大諫同年自繩漢江別墅)」

술을 니 아더야 광약(狂藥)인 쥴 알것마는

잔 잡아 우움나니 일배일배부일배라.

유령(劉伶)이 이러험으로 장취불성(長醉不醒)ᄒ니라.

              — 신희문(申喜文)의 시조

술이라 ᄒᄂᆫ 거시 어니 삼긴 거시완디 일배일배부일배ᄒ면

한자설(恨者泄) 우자락(憂者樂)에 액완자(扼腕者) 도무(蹈舞)ᄒ

고 신음자(呻吟者) 구가(謳歌)ᄒ며 백륜(伯倫)은 송덕(頌德)ᄒ고

사종(嗣宗)은 요흉(澆胸)ᄒ고 연명(淵明)은 갈건소금(葛巾素琴)

으로 면졍사이이안(眄庭柯而怡顏)ᄒ고 태백(太白)은 접라금포(接

羅錦袍)로 비우상이취월(飛羽觴而醉月)ᄒ니[192]

---

192   이 대목은 이백의 「춘야연도리원서(春夜宴桃李園序)」에 나오는 구절이다.

아마도 시름 풀기는 술만 한 거시 업세라.

— 작가 미상의 사설시조

권쥬가 한 곡조의 일비일비부일비라.

— 「열녀춘향가」의 이몽룡이 춘향을 집을 방문하는 대목

일비일비부일비라 다시 한 잔 부어 들고 네 늬 말을 드러바라.

— 장재백 창본 「춘향가」

이백, 폭포

햇살 비치는 향로봉에 붉은 안개 일어나는데
멀리서 보니 폭포가 긴 하천을 걸어 놓은 듯.
곧바로 삼천 척 높이로 나는 듯 흘러내리니
은하수가 높은 하늘에서 떨어졌나 의아하네.

李白, 瀑布

　　日照香爐生紫煙　遙看瀑布挂長川
　　飛流直下三千尺　疑是銀河落九天[193]

밍호연, 폭포

　　일조향노싱자연ᄒ니 요간폭포괘장천을
　　비류직하삼천척ᄒ니 의시은하낙구쳔을[194]

193　長川이 前川으로, 九天이 半天으로 된 데도 있다.
194　작가를 맹호연이라 한 것은 잘못이다.

이 작품은 725년 무렵 이백이 금릉(金陵)으로 가는 도중 여산에 들러 지은 것이다. 여산은 광산(匡山)이라고도 하는데 구강 북쪽 장강 물가에 있다. 여산에는 봉우리가 넷 있는데 그중 북쪽의 것이 향로처럼 생겨 향로봉으로 불린다. 이 작품은 여산의 명승 여산폭포(廬山瀑布)를 노래한 것이다. 여산의 향로봉에 햇살이 비쳐 불그스름한 안개가 피어나는데 멀리서 폭포를 보니 마치 산에 긴 하천이 걸려 있는 듯하다. 삼천 척이나 되는 폭포수가 곧바로 떨어지니, 은하수가 하늘에서 바로 떨어진 줄 알았다고 하였다. 이백의 시에서 흔히 보이는 과장법이 웅장한 맛을 느끼게 한다.

서거정의 「영천경의 그림에 쓰다(題永川卿畫)」에 따르면 효령 대군의 아들 이정(李定)이 여산폭포를 그린 그림을 소장하였음을 확인할 수 있다. 유몽인(柳夢寅)의 「진사 윤빈에게 주는 편지(與尹進士彬書)」에 따르면 호서의 화가가 이 시를 그림으로 그렸는데 한 동자가 1구를 보고 잘못 이해하여 향을 피웠다는 일화를 소개하였다. 조귀명(趙龜命), 심유(沈攸) 등의 시에도 여산폭포 그림에 대한 기록이 보인다. 심상규(沈象奎)의 「방장개항원유사도차운오철옹(放張芥航願遊四圖次韻吳澈翁)」도 여산폭포 그림을 다루었다. 이방운이 이 시의 내용을 그림으로 그린 것이 전한다. 순조와 헌종 때 화원을 뽑는 시험의 인물 분야에서 이 시를 제목으로 내건 바도 있다. 홍경모는 신라 김생(金生)이 이 시를 쓴 진적(眞蹟)을 자신의 집에 소장하고 있다고 하였다.

『지봉유설』에 정민수(鄭民秀)가 박연폭포(朴淵瀑布)를 유람하는데 남루한 차림이라 선비들이 모욕하며 시를 짓게 했다. 그가 이 시의 3구와 4구를 읊조리자 선비들이 크게 웃었지만 "적선의 이 구절 이제 징험하리니, 여산이 박연보다 꼭 나은 것은 아니라네.(謫仙此句今方驗 未必廬山

勝朴淵"라 하자 모두들 놀랐다는 고사가 전한다. 이헌경(李獻慶)의 「천마산을 유람하러 가는 백운옹 송별하며 준 편지(送白雲翁遊天磨山贈牘)」에서 진기(秦妓)가 이 작품을 쓴 것이 박연폭포의 너럭바위에 새겨져 있었다고 한다. 이서(李漵), 김귀주(金龜柱) 등 많은 문인이 우리나라의 폭포를 보고 쓴 시문에 이 시를 거듭 인용하였다.

◆ ◆ ◆

| 해 뜨자 동쪽 봉우리에 붉은 안개 일어나니 | 日出東峯生紫煙 |
| 가벼운 맑은 햇살이 긴 하천에 떨어지네. | 依依晴景落長川 |

— 김시습, 「일출(日出)」

| 구름 뚫고 첩첩 봉우리 앞에 바로 떨어지니 | 穿雲直下亂峯前 |
| 한 줄기 은하수가 구천에서 떨어지는 듯하네. | 一道銀河落九天 |

— 김시습, 「비폭(飛瀑)」

적성(赤城)의 단하기(丹霞起)ᄒ니 천대(天臺)는 어디메오
향로에 자연성(紫烟成)ᄒ니 산이 여긔로다.
이 둥의 무한선경(無限仙景)이 내 분(分)인가 ᄒ노라.

— 안서우(安瑞羽)의 시조

바회난 위태타 만은 곳 얼골이 천연하고
골은 그윽다만은 시 소리 셕글하다.
비폭(飛瀑)는 급한 비 형세 비러 나구천(落九天)을 하더라.

— 안민영의 시조

죽장 짚고 망혜 신고 천리강산 들어가니 폭포도 장히 좋다.
청산이 여기로구나 비류직하 삼천척은 옛 말삼 들었더니
의시은하낙구천은 과연 허언이 아니로다.

— 「수영들놀음」의 차양반의 대사

죽장망혜(竹杖芒鞋) 단표자(單瓢子)로 천리강산을 들어를 가니
폭포도 장히 좋다마는 여산이 여기로다.
비류직하삼천척은 옛말 삼아 들었더니.

— 판소리 목 푸는 노래 「죽장망혜(竹杖芒鞋)」

만학천봉 충암절벽 머리 숙여 굽어보니
구만장천 걸린 폭포 은하수를 기울인 듯
비류직하 삼천척은 예를 두고 이름인가.

— 경기 민요 「창부타령」

이백、

아미산 달의 노래

가을날 아미산의 달은 반 자른 수레바퀴라
달그림자가 평강에 들어 강물 따라 흐르네.
밤에 맑은 청계역을 떠나 삼협으로 향하니
그리운 그대 보지 못하고 유주로 내려가네.

李白，峨眉山月歌

峨眉山月半輪秋　影入平羌江水流
夜發清溪向三峽　思君不見下渝州[195]

니빅, 아미산월가

아미산월이 반륜츄ᄒ니 영입평강//슈류을
야발청계향삼협ᄒ니 사군불견하유쥬을

195　平羌은 아미산 동쪽으로 흐르는 강으로, 낙산시(樂山市)에서 민강(岷江)과
　　　합류한다. 淸溪는 낙산시 남쪽에 있던 역원(驛院)이고, 三峽은 아미산 동쪽
　　　민강의 평강소삼협(平羌小三峽)인데, 『고문진보』에는 서릉협(西陵峽), 무협
　　　(巫峽), 귀향협(歸鄕峽) 등 기주(夔州)에 있는 중경시(重慶市) 동쪽의 장강삼
　　　협(長江三峽)으로 보았다. 渝州는 검남도(劍南道)에 속하며 지금의 중경시
　　　일대를 이른다.

『고문진보언해』

　　　아미산 둘 반 수리띠 굿튼 ㄱ울히

　　　그림재 평강 강믈의 드러 흐르는쏘다

　　　밤의 삼계의 발ᄒ여 삼협으로 향ᄒ니

　　　그듸롤 싱각ᄒ되 보디 못ᄒ고 유쥐로 ᄂ리는쏘다

724년 가을 이백이 장강에서 배에 타 촉 땅으로 가면서 아미산(峨眉山)에 들러 이 시를 지었다. 아미산은 사천(四川)의 아미산시에 있는데 마주한 두 봉우리가 누에의 눈썹처럼 생겼다 하여 이 이름이 붙었다. 아미산에 달이 뜨니 상현달이라 수레바퀴를 반 잘라 놓은 듯하다. 아미산은 높아서 온전한 달이 보이지 않고 반만 보이기에 이렇게 말한 것으로 보기도 한다. 아미산 아래 민강의 지류인 평강강에 달이 뜨니 강물도 흐르고 달빛도 흐르는 듯하다. 밤중에 인근 청계역을 출발하여 물길을 따라 삼협을 향해 여정을 나서면, 그리운 벗을 다시 보지 못한 채 유주로 내려가 버리게 되리라 하였다.

　마지막 구의 "군"은 이백의 벗을 이르는데, 아미산 자체를 가리키는 것으로 풀이하기도 한다. 아미산에 대한 아쉬움을 표현한 것이 된다. 이수광은 『지봉유설』에서 또 다른 해석을 소개하였다. 당여순의 『당시해』를 인용하여 "'군'이라 한 것은 달을 가리켜 이른 것이다. 삼협 사이는 하늘이 실닢처럼 좁아서 수레 반 잘라 놓은 듯한 달조차 다시 볼 수 없으므로, 유주로 내려가 달을 다시 보려 한 것이다."라 한 다음 "내 생각에 이 시는 고금에 사람들의 입에 회자된 것이지만 아미산, 평강강, 청계, 삼협, 유주가 중첩됨을 면하지 못하였다. 어찌 후인들이 허물이라 지목하지 않았는가?"라 하였다. 이에 비해 왕세정은 『예원치언(藝苑巵言)』에서 이렇게 많은 지명을 나열한 것이 오히려 단련의 솜씨를 보게 한 것이라고 칭찬했다.

이백의 이 시를 그린 그림을 「착월도(捉月圖)」라 하는데 정식(鄭拭)의 「이백의 달 잡는 그림 뒤에 쓰다(書李白捉月圖後)」에 따르면 이 그림이 중국에서 조선으로 들어온 지 오래라 하고, 이백의 이 시를 읊조리노라면 그 사람됨을 상상할 수 있고 절로 가슴이 시원해진다고 하였다. 이이의 「착월도」도 진사복시(進士覆試)에서 지은 것이다.

◆◆◆

군자사 누각에 나그네는 사흘 머무는데   君子寺樓三日客
지리산의 가을 달은 수레바퀴 반 크기라.   頭流山月半輪秋
       — 유호인, 「군자사에 묵으며 시를 지어 옥림선에게 주다(宿君子寺贈玉林禪)」

말 먹이고 길 나서며 다시 고개를 돌리니   秣馬臨程更回首
그대 그려도 보지 못하고 공주를 내려간다.   思君不見下公州
   — 윤원거(尹元擧), 「궁원에 이르러 윤공윤을 보려 하였지만 병으로 문을 나서지 못한다
하여 슬픈 마음에 짓다(抵弓院 欲見尹公潤 聞病不出戶 悵然有作)」

아미산월 반륜추와 적벽깅상 무한경을
소동파 이적선이 놀고 남겨 두온 뜻은
후세에 영웅호걸노 놀고 가게 홈이라.
                  — 작가 미상의 시조

이미산월발윤추 영입평강의 강선이

— 「열녀춘향수절가」의 기생 점고 대목 강선(羌仙)이 들어올 때

이미산월발윤츄의 반갑쏘다 츄월이 왓는야,

이미산월 가는 눈섭 시별눈을 보고지고, ᄉ군불ᄉ 반월이.

— 장재백 창본 「춘향가」

이백, 소년의 노래

오릉의 젊은이가 장안 동쪽 저잣거리에서
은 안장 없은 백마 타니 봄바람 불어오네.
떨어진 꽃잎 밟으며 어디서 노니는가,
웃으며 오랑캐 여인의 술집으로 들어가네.

李白, 少年行

五陵年少金市東　銀鞍白馬度春風
落花踏盡遊何處　笑入胡姬酒肆中[196]

니빅, 소년힝

오릉년소금시동의 은안빅마로 도츈풍을
낙화답진유하쳐오 소입호희쥬ㅅ즁을

196 오릉은 장안 부근에 있는 한의 다섯 황제 능묘로, 후대 귀족들의 저택이 많았
　　다. 이들 집안의 젊은이를 오릉공자라 한다. 年少는 소년(少年)과 같다. 金市
　　는 장안의 동쪽과 서쪽 두 곳에 있던 시장 중 서쪽의 것을 이른다. 胡姬는 서
　　역의 여성을 이르는데 가무에 능한 사람이 많았다.

「소년행」은 의협심을 지닌 젊은이가 호탕하게 노니는 즐거움을 말하는 악부제의 하나인데, 왕유, 영호초, 최국보, 두보 등의 작품과 함께 이 작품이 널리 알려져 있다. 또 이백의 「소년자(少年子)」가 『고문진보』에 실려 널리 알려졌는데 이 작품과 미감이 비슷하다.

이 작품은 짧지만 이백의 호탕한 시풍을 잘 보여 준다. 봄바람이 불자 춘흥을 이기지 못한 귀족의 자제들이 장안 동쪽의 저잣거리에서 화려하게 은으로 장식한 안장을 얹은 백마를 타고 거리를 활보한다. 떨어진 꽃잎을 말발굽으로 밟으면서 이곳저곳에서 노닐다가 이국적인 여성이 춤추고 노래하는 주점을 발견하고 웃으며 들어간다. 떨어진 꽃잎을 밟는 것은 젊은이의 여성 편력을 상징하는 것이기도 하다.

젊은 귀족 자제를 이르는 "오릉연소(五陵年少)"가 조선 시대 시에서도 자주 보이며 이들을 묘사한 "은안백마(銀鞍白馬)", 이들이 찾아가는 술집 "호희주사(胡姬酒肆)" 역시 의고풍의 한시에 자주 확인된다. 순조 때 화원을 뽑는 시험의 인물 분야에서 이 시를 그리게 한 바 있다.

◆ ◆ ◆

오릉의 젊은이는 상서의 아들인데　　　　　　五陵年少尙書子
은 안장 얹은 백마 타고 북문을 나서네.　　　　銀鞍白馬出北門
　　　　　　　　　　　— 최경창(崔慶昌), 「동작기사(銅雀妓詞)」

은 안장 얹은 백마에 예쁜 기생 태우고　　　　銀鞍白馬馱紅妓
바로 장안의 동쪽 저잣거리를 지나가네.　　　　直過長安金市東
　　　　　　　　　　　— 이명한, 「의고소년행(擬古少年行)」

낙화 다 밟고 나니 봄날이 저무는데　　　　　　　踏盡落花春日暎
목릉의 가랑비 맞으며 송계를 지나가네.　　　　　穆陵疏雨度松溪

— 신정(申晸), 「봄날의 회포 팔장(春懷八章)」

그대 가서 호희의 술집에서 물어보게,　　　　　　君去胡姬酒肆問
그 누가 오늘 다시 슬퍼해 주겠느냐고.　　　　　何人今日更悲歌

— 신광수, 「동지사의 서장관으로 연경으로 가는
이세석을 전송하며(送冬至下价李聖輔世奭赴燕)」

남이라 님을 아니 두랴 호탕도 그지업다.
제월광풍(霽月光風) 져문 날에 모란황국(牧丹黃菊)이 다 진(盡)
토록 우리의 고은 님은 백마금안으로 어듸롤 단이다가 뉘 손에
접히여 소입호희주사중인고.
아희야 추풍낙엽엄중문(秋風落葉掩重門)에 기다린들 무엇호리.

— 작가 미상의 사설시조

이백、
백제성

아침에 오색구름 어린 백제성을 이별하고
천 리 먼 강릉 땅을 하루 만에 돌아간다.
강 양쪽 원숭이 울음소리 그치지 않는데
가벼운 배는 벌써 첩첩산중을 지나가네.

李白, 白帝城

朝辭白帝彩雲間 千里江陵一日還

兩岸猿聲啼不盡 輕舟已過萬重山

빅제성

조스빅제치운간ᄒ니 쳔리강능일〃환을

양안원셩은 제부진이라 경쥬이과만즁산을

이백이 759년 야랑(夜郞)에 폄적되었다가 돌아갈 때 기주(夔州)의 백제
성에 들러 지은 작품이다. 지금의 중경시(重慶市)에 있는 백제성은 백제
산(白帝山)에 쌓은 성으로 장강을 내려다본다. 채운이 어린다고 한 것은
백제성이 높아 구름 속에 있다는 말로, 인근에 운우지정의 고사가 있는
무산을 염두에 둔 것으로 보기도 한다. 이른 아침에 오색구름 어린 백제

성을 떠나 하루 만에 도착한 강릉(江陵)은 지금의 호북(湖北) 형주시(荊州市)로 동정호(洞庭湖)의 북쪽에 있다. 백제성에서 강릉까지 1200리 정도 되는데 그 사이에 700리가 협곡 지역이다. 물살이 빨라 아침에 출발하면 저녁에 도착할 수 있다고 한다. 원숭이의 애잔한 울음소리가 더욱 나그네의 심사를 어지럽게 하지만, 무심한 배는 절로 급한 물살 따라 내려가 벌써 첩첩산중으로 들어가 있다고 하였다.

신경준이 배 모양의 서재 화방재(畫舫齋)의 노래 「화방재사(畫舫齋辭)」를 지었는데 이 시의 3구와 4구를 인용하고 후렴구를 붙여 "양안원성제부진 경주이과만중산 돗 지워라 돗 지워라 백사개종용이실(百事皆從容易失) 지국총(指菊叢) 지국총(指菊叢) 어사와(於斯卧) 일첩제시삼재간(一牒題時三再看)"이라 하였다. "경주이과", "천리강릉" 등의 표현도 조선 시대 문인의 시에서 쉽게 볼 수 있다.

◆◆◆

남으로 날아갈 날개를 빌릴 수 있다면　　　若爲借得南飛翼
천 리 먼 고향 산도 하루에 다녀오겠지.　　千里鄉山一日還

— 정문부(鄭文孚), 「옥전 도중에(玉田途中)」

일엽편수 띄워서 드넓은 물결 가로지르고　　欲泛扁舟凌浩渺
나는 듯 수레 타고 첩첩 산을 벌써 지나겠지.　颿輪已過萬重山

— 유근(柳根), 「정사의 저탄 시에 삼가 차운하다(敬次正使猪灘詩韻)」

327

이백, 나그네의 노래

난릉의 맛난 술이 울금향이 나는데
백옥 사발에 담아내니 호박 빛깔이라.
주인이 나그네를 유독 취하게 하니
어느 곳이 타향인지 모르게 되네.

李白, 客中行

蘭陵美酒鬱金香　玉椀盛來琥珀光
但使主人能醉客　不知何處是他鄉

긱즁힝

난릉미쥬울금향ᄒ니 옥완셩ᄂᆡ호박광을
단ᄉᆞ쥬인능취긱이라 부지하쳐시타향을

이백이 천보 연간(742~756년) 장안에 있다가 산동으로 이주하였다. 이 작품에서 난릉에 나그네로 들렀다고 한 것으로 보아 장안에 들어가기 전에 산동의 난릉으로 여행하다가 지은 것으로 추정된다.

난릉은 산동의 바닷가 임기시(臨沂市)를 이르며, 춘추 시대 이래 맛이 좋은 술이 생산되었다. 특히 이백의 이 시로 인하여 난릉미주라는 말이 생겨났다. 울금향은 향초의 하나로 향기가 아름답다. 백옥으로 만든 사발에 이 술을 담아내니 호박처럼 투명하면서도 노란빛이 난다. 주인이 내어놓은 이 술을 마시는 나그네는 취하여 타향을 떠도는 나그네의 시름을 잊게 된다. 난릉의 맛난 술을 이르는 난릉미주는 서거정, 조수삼, 정약용 등의 시에 보인다.

◆ ◆ ◆

인동초 맛난 술 겸예 땅에서 나오는데　　　　忍冬美酒出鎌刈
옥 사발에 짙은 호박을 담아낸 듯하네.　　　　玉椀盛來琥珀濃

— 조경(趙絅), 「겸예의 인동주(鎌刈忍冬酒)」

주인이 객을 취하게 하니　　　　主人能醉客
하늘가에 있는 줄 모르겠네.　　　　不覺在天涯

— 박미, 「사또 김원립이 술을 싣고 찾아와 감사하여(謝金主守士卓元立載酒來訪)」

취하여 꿈을 꾸고 나니　　　　醉來成一夢
어느 곳이 타향이라 하겠나?　　　　何處是他鄕

— 남용익, 「아침에 관어대에서 쉬면서(朝憩觀魚臺下)」

이백,

양양의 노래

지는 해가 현산 서녘에 잠기려 하는데
접리건 젖혀 쓰고 꽃을 보니 어찔하네.
양양 땅 아이들이 함께 손뼉을 치면서
길을 막고 다투어 백동제를 노래 부르네.
곁의 사람들에게 무슨 일로 웃나 물으니
산사람 엉망으로 취한 것 우습다고 하네.

노자 국자에 앵무 술잔으로
백년 삼만 육천 일 날마다
하루에 꼭 삼백 잔을 마실 것이라,
아득한 한수 강물이 오리 머리처럼 푸르니
마치 포도주가 막 익은 것 같구나.
이 강이 바뀌어 봄 술이 된다면
누룩을 쌓고 술지게미로 대를 쌓으리라.
천금의 비싼 준마에 젊은 여인을 불러 태우고
화려한 안장에 앉아 웃으며 낙매곡을 부르게 하네.
수레 곁에 한 병 술을 비딱하게 걸고서
봉황 젓대 용 피리 불어 길을 재촉하네.
함양의 저잣거리 개 끌고 사냥하는 일도
어찌 달 아래 황금 술잔 기울임만 같겠나.

그대 보지 못하였나, 진 양공의 빗돌도
귀두가 부서지고 이끼가 끼어 있는 것을.
눈물 또한 그 때문에 흘려 주지 않고
마음 또한 그 때문에 슬퍼하지 않는다네.

맑은 바람 밝은 달은 한 푼 없이 살 수 있는 법
밀지 않아도 백옥 산이 절로 무너지듯 마시리라.
서주의 국자와 역사의 주전자,
이백이 너희와 함께 생사를 함께하리라.
운우지정 즐기던 양왕도 지금 어디에 있는가,
강물 동으로 흐르고 원숭이 밤에 우는데.

李白, 襄陽歌

落日欲沒峴山西　倒著接䍦花下迷[197]

襄陽小兒齊拍手　攔街爭唱白銅鞮[198]

傍人借問笑何事　笑殺山翁醉似泥[199]

197　峴山은 양양에 있는 산 이름인데 동쪽으로 한수(漢水)가 흐른다. 진의 산간
　　(山簡)이 양양(襄陽)의 태수로 있을 때 습가지(習家池)에서 노닐면서 술에 취
　　해 백접리(白接䍦)를 삐딱하게 쓰고 돌아간 고사가 있다.
198　白銅鞮는 양양의 한수 가에 있는 제방 이름인데, 이곳에서 불리던 동요 이름
　　이기도 하여 후대에는 아이들의 노래를 비유한다.
199　山翁은 산간을 이른다. 여기서는 이백 자신을 비유한다. 醉似泥는 이취(泥
　　醉)로 술이 곤드레만드레 된 것을 이르는 말이다. 山翁이 山公으로 된 데도
　　있다.

鸕鶿杓 鸚鵡杯[200]

百年三萬六千日 一日須傾三百杯

遙看漢水鴨頭綠 恰似蒲萄初醱醅

此江若變作春酒 壘麴便築糟丘臺[201]

千金駿馬喚小妾 笑坐雕鞍歌落梅[202]

車傍側挂一壺酒 鳳笙龍管行相催[203]

咸陽市上歎黃犬 何如月下傾金罍[204]

君不見晉朝羊公一片石 龜頭剝落生莓苔[205]

---

200 鸕鶿杓은 해오라기처럼 목이 긴 술을 뜨는 국자다. 鸚鵡螺는 소라껍데기로
     만든 앵무배(鸚鵡杯)를 이른다.

201 壘麴은 쌓아 놓은 술지게미다. 糟丘臺는 술지게미가 언덕을 이루었다는 말
     이다.

202 喚小妾은 換小妾으로 된 데도 있다. 천금을 들인 준마에 젊은 여인을 불러
     태우고, 술을 마시게 한 후 노래를 부르게 한다는 뜻이다. 후위(後魏)의 조창
     (曹彰)이 준마를 보면 반드시 사곤 하였는데 팔지 않으면 애첩과 바꾸기까지
     하였다는 고사가 있다. 대부분 換小妾으로 보고 첩과 바꿀 정도로 비싼 말을
     탄다는 뜻으로 풀이한다. 落梅는 피리 곡조 이름 매화락(梅花落)인데 수 강
     총의 「매화락」에 "장안의 젊은이들 경박한 이 많아, 쌍쌍이 늘 매화락을 부른
     다네.(長安少年多輕薄 兩兩常唱梅花落)"라 한 것처럼 장안 젊은이들이 봄
     날을 즐기는 내용이 많다. 笑坐는 醉坐로 된 데도 있다.

203 鳳笙과 龍管은 생황과 피리인데 봉황 모양으로 되어 있거나 용 울음소리를
     낸다 하여 생긴 말이다.

204 黃犬은 사냥개를 이른다. 진(秦) 승상 이사가 간인(奸人)의 모함을 받고 함양
     에서 참형을 당할 때 아들을 돌아보며 "내가 너와 함께 다시 사냥개를 이끌고
     상채(上蔡)의 동문으로 나가서 약빠른 토끼를 쫓으려 한들 어떻게 할 수 있
     겠느냐."라 한 고사가 있다. 부귀를 탐하다가 화를 입는 것을 비유한다. 金罍
     는 황금으로 만든 화려한 술잔이다.

205 양호(羊祜)가 양양 태수로 있을 때 선정을 베풀어 백성들이 그가 휴식을 취하
     던 현산(峴山)에 비와 사당을 세우고 때로 제사를 지내며 그를 기렸다. 훗날
     그 비석을 보는 사람들이 모두 눈물을 흘렸다 하여 타루비(墮淚碑)라고 하였
     다. 이 구절 다음에 "누가 죽은 후의 일을 근심할 수 있으랴, 오리를 새긴 황

涙亦不能爲之墮　心亦不能爲之哀

清風明月不用一錢買　玉山自倒非人推[206]

舒州杓力士鐺　李白與爾同死生[207]

襄王雲雨今安在　江水東流猿夜聲[208]

니빅, 양양가

　　낙일이 욕몰현산셔ᄒ니 도착졉니화ᄒ미을

　　양〃소아졔박슈ᄒ니 난가징창빅동졔을

　　방인은 차문소하사오 소쇄산옹이 취ᄉ이을

　　노자작 잉무비로

　　빅년삼만윤쳔일의 일〃슈경삼빅비을

　　요간한슈압두록터니 흡사포도초발비을

　　차강이 약변작츈쥬면 누곡을 변츅조구듸을

　　쳔금쥰마로 환소쳡ᄒ야 소좌죠안가낙미을

　　거방의 칙쾌일호쥬ᄒ니 봉셩용관힝상최을

　　함양시상의 탄황견이 하여월ᄒ의 경금뇌오

　　군불견진죠양공일편셕한다 구두박낙셩미틔을

　　금 화로도 죽은 후면 꺼지는 것을.(誰能憂彼身後事 命覺銀鴨葬死灰)"이 디
　　붙어 있는 문헌도 있다. 一片石은 一片古碑材로, 龜頭는 龜龍으로 된 데도
　　있다.

206　혜강(嵇康)이 술에 취해 넘어지면 백옥으로 된 산이 무너지는 것과 같았다는
　　고사가 있다.

207　舒州杓은 서주(舒州)에서 생산되는 술 국자와 발에 역사의 얼굴을 새긴 솥 모
　　양의 그릇을 이른다. 力士鐺은 술을 데우는 도구로 역사의 얼굴을 새겼다고
　　한다.

208　신녀와 운우지정을 나눈 초 양왕의 고사를 끌어들인 것이다.

누역부릉위지타요 심역불릉위지이을

청풍명월불용일전미한다 옥산이 자도비인퇴을

서쥬작역사당아 니빅이 여이로동사성을

양왕운우금안지오 강슈동뉴원야셩을[209]

『고문진보언해』

디는 히 현산 셧녁히 몰□□□□

졉니롤 것구로 쓰고 곳 아러 아득ᄒᆞ도다

양양 짜 아히들이 일시예 손벽 티고

거리롤 막아 드토아 빅동뎨롤 노래 부르ᄂᆞᆫ쏘다

겻틔 사롬이 비러 무로되 므ᄉᆞ 일을 웃ᄂᆞ뇨

산옹이 췌ᄒᆞ야 즈는 버릐 굿ᄐᆞ믈 웃노라

노즈표와 잉무잔으로

빅년이 삼만 뉵쳔 일에

날마다 모로미 삼빅 잔을 거호롤로다

아오라이 보매 한쉬 올희 머리 굿티 프르니

맛치 포도술이 처음 니글 적 굿도다

이 강이 만일 변ᄒᆞ여 봄 술이 될딘대

누록을 ᄲᅡ하 믄득 조구ᄃᆡ롤 쓰리로다

금 안장 한 준마로 쇼쳡을 블러

웃고 금 기르마의 안쳐 낙민곡을 노래ᄒᆞᄂᆞᆫ쏘다

---

209 『당시장편』의 "빅년삼만윤쳔일"의 윤쳔은 육쳔의 잘못이고, "누곡을 변츅조
구ᄃᆡ"의 누곡은 누국의 잘못이다. 노자작은 鸕鶿杓에서 杓를 夕으로 읽은 것
이다.

수릐 겻틱 한 병 술을 기우로 거러시니

봉 뎌와 뇽 피리 힘ᄒ며 서르 지촉ᄒᄂ쏘다

함양 져제 우희 누른 개롤 탄식ᄒ노니

엇디 들 아래셔 금준을 거호롬과 굿트리오

그듸 진툐 쩍 양공의 한 조각 빗돌을 보디 못한다

거복과 뇽 그린 거시 버서 쩌러뎌 잇기 낫도다

눈믈이 ᄯ한 능히 위ᄒ야 뻐러디디 아니ᄒ고

ᄆᄋᆷ이 ᄯ한 능히 위ᄒ야 슬프디 아니ᄒ도다

쳥풍과 명월을 한 돈으로쎠 사디 아니ᄒ니

쥐한 얼굴이 스스로 구러디매 사ᄅᆷ이 밀티미 아니로다

셔쥬 표조와 녁人의 쥬젼조롤

니ᄇᆨ이 너로 더브러 人셩을 한가지로 ᄒ도다

강믈은 동으로 흐르고 짓납이 밤의 소릐ᄒᄂ쏘다[210]

「양양가」는 이백이 처음 만든 악부 제목이다. 양양은 지금의 호북(湖北)에 있는 고을 이름인데, 후대 「양양가」는 술에 취하여 호탕하게 노래를 부르는 내용으로 전개된다.

이백은 현산에 해가 질 무렵 흰 깃으로 장식한 백접리를 삐딱하게 쓰고 꽃구경을 나섰다. 이백이 이렇게 호탕하게 나서자 양양의 아이들이 손뼉을 치면서 웃고, 온 길을 메울 듯 모여 백동제 노래를 부른다. 이에 곁의 사람에게 왜 웃는지 물었더니, 산에 사는 이백이 술이 떡이 되도록 마신 것을 비웃는다 한다. 자신의 호탕함을 이렇게 과시한 것이다.

---

210 "강물은 동으로"의 앞 구절은 번역하지 않고 "양왕운우금안지"로만 되어 있다.

그리고 노자작이라는 국자로 술을 떠 앵무라라는 소라껍데기로 만든 술잔에 따라 마신다. 1년 360일 매일같이 하루에 300잔을 들이켜고 이 것으로도 부족하다. 양양 앞으로 흐르는 한수가 청둥오리 머리처럼 파란 것을 보고 막 거른 포도주를 떠올린다. 이를 가지고 술을 담을 수 있다면 술을 빚고 남은 술지게미가 언덕처럼 쌓여 대를 이룰 것이라 하였다. 호 탕한 풍류는 이어진다. 애첩을 주고 구할 만큼 좋은 말을 타고 술에 취한 채 매화가 지는 것을 슬퍼하는 노래를 부른다. 그리고 수레 곁에 한 병의 술을 걸어 놓고 생황과 피리를 불며 행차를 재촉한다. 이렇게 풍류를 즐 기는 이유는 인생이 허망하기 때문이다. 황금으로 장식한 큰 술잔에 술 을 가득 부어 마시며 즐긴다. 죽고 나서 선정비가 세워진들 무엇하랴!

마지막 대목은 생전의 풍류를 충분히 즐겨야 함을 거듭 강조하였다. 청풍명월은 한 푼 돈을 들일 필요가 없다는 명언을 제시하고, 누가 밀지 않아도 쓰러질 정도로 술을 마시겠노라 하였다. 이 구절에서 '노자작'과 '앵무배'를 '서주작'과 '역사당'으로 연결하여 더욱 큰 국자와 솥으로 통쾌 하게 술을 마시겠노라 하였다. 미인과의 운우지정은 허망한 인간사지만, 동으로 흐르는 강물은 영원한 자연의 표상이다. 그래서 밤에 우는 원숭 이 울음소리를 듣고 더욱 비감에 잠기게 된다.

이 작품은 조선 시대에 큰 영향을 끼쳤다. 『목민심서(牧民心書)』에 따 르면 변계량(卞季良)이 처음으로 과시(科詩)를 지으면서 이 작품의 성률 을 모방했다고 하면서 그 성률을 자세히 따진 바 있다. 『해유록(海遊錄)』 에서 신유한이 일본의 바닷가에서 "만약 내 일생 백 년 삼만 육천 일, 길 이 이 속에 앉아서 살 수 있다면 바로 겨드랑에 날개가 생겨 신선이 되 어 올라갈 것 같다."고 한 바 있는데 이 시구를 끌어들인 것이다. 이덕무 와 정약용의 「백년삼만육천일 일일수경삼백배(百年三萬六千日一日須傾

三百杯)」가 이 시를 제목으로 삼아 지은 작품이다. 이은상(李殷相), 남용익, 강석규, 김태일(金兌一) 등이 이 시와 같은 제목으로 시를 짓거나 여기에 차운하여 시를 지었다. 조선 시대 문인들이 술을 마시면서 지은 시에서 이 작품의 구절구절을 가져왔을 정도로 널리 알려진 작품이다.

◆◆◆

이태백이 고래 타고 하늘로 간 후	太白騎鯨上天後
인간 세상 적선의 자태 다시 보게 되었네.	人間重見謫仙姿
적선의 남은 운치 지금도 남아 있어	謫仙遺韻今猶在
술잔 잡고 이태백의 시를 읊조린다네.	把酒能吟太白詩

— 유창, 「관성의 가기 적선이라는 이가 이백의 양양가를 잘 부르기에 장난으로 써 준다
(觀城歌兒謫仙者 能唱李白襄陽歌 戲書以贈)」

포도주(葡萄酒) 아황주(鵝黃酒) 노자작 앵무배 일일수경삼백배를.
— 허강(許橿)의 「서호별곡(西湖別曲)」

가인(佳人) 낙매곡을 월하에 월하에 빗기 부니
양진(樑塵)이 눌니는 듯 나문 매화 다 지거다.
내게도 천금준마 이시니 밧고와 볼가 흐노라.
— 이정보(李鼎輔)의 시조

천금준마로 환소첩흐야 소좌조안 가악부라.
거방측궤일호주흐고 봉생용관행상최라.

서천작 역사당아 이백이 여이동사생을 ᄒᆞ리라.

— 작가 미상의 시조

이태백의 주량은 긔 엇더ᄒᆞ여 일일수경삼백배ᄒᆞ며,
두목지의 풍도은 긔 엇더ᄒᆞ여 취과양주귤만거(醉過楊州橘滿車)
ㅣ런고.
아마도 이 둘의 풍채는 못니 부러 ᄒᆞ노라.

— 작가 미상의 시조

낙양 삼월시에 궁류(宮柳)는 황금지(黃金枝)로다.
춘복(春服)이 기성(旣成)커늘 소거(小車)에 술을 싯고
도리원 차쟈 드러, 동풍을 쇄소(洒掃)ᄒᆞ고
방초(芳草)로 자리숨아 노나조작(鸕玆鳥酌) 앵무배로 일배일배
취케 먹고 취생고황(吹笙鼓篁)ᄒᆞ며 가영무답(詠歌舞蹈)헐제 일
이서(日已西)ᄒᆞ고 월부동(月復東)이로다.
아희야 춘풍이 몃 날이리 임간(林間)에 숙불귀(宿不歸)를 ᄒᆞ리라.

— 작가 미상의 사설시조

아마도 호방(豪放)홀손 청련거사(靑蓮居士) 이적선이라. 옥황향
안리(玉皇香案吏)로 황정경(黃庭經) 일자(一字) 오독(誤讀)ᄒᆞ고
인간에 적하(謫下)ᄒᆞ야 장명주사(藏名酒肆)ᄒᆞ고, 천금준마환소
첩ᄒᆞ야 농월채강(弄月採江)ᄒᆞ다가 긴 고리 트고 비상천(飛上天)ᄒᆞ
니 지금에 강남풍월(江南風月)이 한다년(閑多年)이더라.

— 작가 미상의 사설시조

이백, 술잔을 잡고 달에게 묻다

푸른 하늘의 달은 그 언제부터 떴는가?
내 이제 술잔 멈추고 한번 물어보노라.
사람이 밝은 달 붙들려 해도 할 수 없으니
달이 움직이면 문득 사람이 이를 따른다네.
하얗게 나는 거울이 붉은 대궐에 임한 듯
푸른 안개 사라지고 맑은 빛이 펼쳐지는데
그저 밤에 바다에서 오는 것은 보겠지만
새벽에 구름 사이 사라짐을 어찌 알리오!
옥토끼 약방아 찧어 가을 가고 봄 오는데
상아의 외로운 집은 누가 이웃하고 있는지?
지금 사람은 예전의 달을 볼 수 없건만
지금 달은 예전의 사람을 두루 비추었지.
예전 사람 지금 사람은 흐르는 물 같은데
함께 밝은 달 보는 것이 다 이러하다네.
오직 원하는 바 노래하고 술 마주할 때면
달빛이 늘 황금 술동이를 비춰 주기를.

李白, 把酒問月

青天有月來幾時　我今停杯一問之

人攀明月不可得　月行却與人相隨

皎如飛鏡臨丹闕　綠烟滅盡清輝發

但見宵從海上來　寧知曉向雲間沒

白兔擣藥秋復春　嫦娥孤棲與誰鄰[211]

今人不見古時月　今月曾經照古人

古人今人若流水　共看明月皆如此

唯願當歌對酒時　月光長照金樽裏

파쥬문월

청천유월늬긔시오 아금정븨일문지을

인반명월불가득ᄒ니 월힝각여인상슈을

교여비경임단궐ᄒ니 녹연멸셔쳥휘발을

단견소종희샹늬요 영지효향운간몰을

옥토쥬리츄부츈ᄒ니 샹아고셔여수린고

금인불견고시월이요 금월징경조고인을

금인고인약뉴수의 공간명월긔여차을

유원당가듸쥬시의 월광이 장조금쥰리을[212]

211　달에 흰 토끼가 선약(仙藥)을 찧는다는 전설이 고대에서부터 있었는데 진(晉)
부현(傅玄)의 「하늘에 묻다(擬天問)」에서 "달에는 무엇이 있나, 흰 토끼가 약
을 찧는다지.(月中何有 白兔擣藥)"에서부터 보인다. 嫦娥는 항아(姮娥)라고
도 하는데 달의 여신이다.

212　"녹연멸셔쳥휘발"은 "녹연멸진쳥휘발", "옥토쥬리츄부츈"은 "옥토도약츄부춘"
의 잘못이다. "금인고인약뉴수"는 대부분 "고인금인약뉴수"로 되어 있다.

340

『고문진보언해』

　　　　청련의 돌이 이셔 어니 빼예 올고

　　　　내 이제 잔을 머므로고 한번 못노라

　　　　사룸이 명월 밧들기룰 가히 엇디 못ᄒᆞ나

　　　　돌이 가매 믄득 사룸으로 더브러 서루 ᄯᆞ로ᄂᆞᄯᅩ다

　　　　희기 ᄂᆞᄂᆞᆫ 거울이 블근 대궐의 님홈 ᄀᆞᆺᄐᆞ니

　　　　프른 너 ᄭᅥ뎌 진ᄒᆞ고 몰근 빗치 발ᄒᆞᄂᆞᄯᅩ다

　　　　다만 밤의 히샹으로조차 오믈 보니

　　　　엇디 새볘 운간을 향ᄒᆞ야 업슬 줄을 알리오

　　　　옥토ᄭᅵ 약 ᄭᅵ키룰 ᄀᆞ울히오 다시 봄을 ᄒᆞ니

　　　　ᄒᆡᆼ애 외로이 깃드리매 눌로 더브러 ᄆᆞ올을 ᄒᆞ리오

　　　　이제 사룸은 녜 빼 돌을 보디 못ᄒᆞ고

　　　　이젯 돌은 일즉 녯사룸의게 빗최기룰 디내엿도다

　　　　녯사룸 이제 사룸이 흐르는 믈 ᄀᆞᆺᄐᆞ니

　　　　한가지로 명월을 보니 다 이 ᄀᆞᆺ도다

　　　　오직 맛당이 노래 브르고 술을 ᄃᆡᄒᆞ야실 빼예

　　　　돌빗치 기리 금준 속의 빗최여시믈 원ᄒᆞ노라

　

『유취요람』

　　　　프른 하ᄂᆞᆯ의 돌이 잇스미 어니 ᄯᆡ의 왓는고

　　　　내 이제 술잔을 머무르고 ᄒᆞᆫ번 믇노라

　　　　사룸은 ᄇᆞᆰᄋᆞᆫ 딜을 붓늘냐 ᄒᆞ되 가이 엇지 못ᄒᆞ되

　　　　돌은 힝ᄒᆞ야 믄득 사룸을 더브러 셔로 ᄯᆞᆯ더라

　　　　희기가 나는 거울이 단궐을 님홈 ᄀᆞᆺᄐᆞ니

푸른 늬 쪄져 다흐미 묽은 비치 나더라

다만 밤에 바다 우흘 죠초옴만 보는지라

엇지 시벽의 구름 스이에 쏜지는 줄 알니오

옥톡기 약을 두《려 가을과 다시 봄 흐니

항이 외로이 깃드려 눌노 더므러 이웃흐리

이졔 사룸은 엿씨 돌을 보지 못흐되

이졔 돌은 일즉 옛사룸을 지나 빗최엿더라

옛사룸과 이졔 사룸이 흐르는 믈 갓트니

한가지로 붉은 달을 보미 다 이 갓더라

오직 원컨되 맛당이 노릭흐고 술을 되홀 씨의

돌빗치 기리 금잔 속의 빗춰라

이 작품은 달에게 물어보는 형식으로 되어 있다. 이백의 자주(自注)에 "친구 가순(賈淳)이 나로 하여금 이렇게 물어보게 하였다."라고 되어 있다. 천보 3년(744년)의 작품으로 추정된다.

　술을 마시다 잠시 멈추고 푸른 하늘에 달이 언제부터 떴는지 물어본다. 사람은 달빛을 타고 하늘에 오를 수는 없지만 달빛은 늘 사람을 따라다닌다. 거울처럼 훤한 달빛이 붉은 대궐을 비추는데 푸른 안개가 흩어지고 나면 더욱 맑은 빛을 드리운다. 한밤중 저 달이 바다에서 뜨는 것은 볼 수 있지만 새벽에 구름 속으로 사라지는 것은 잘 알지 못한다. 달나라에서 옥토끼가 약을 찧으면서 봄과 가을을 보내지만, 그곳에 산다는 항아는 외롭게도 이웃할 이가 없다. 지금 사람들은 예전에 뜬 달을 볼 수 없지만 달은 예전 사람들을 두루 보았을 것이니, 자연은 영원하되 인간은 무상하다. 사람이 태어나 죽고 옛사람이 가고 지금 사람이 오는 것이 흐르는 물과 같지만, 그럼에도 저 달을 본다는 점에서는 다르지 않다. 노래하고 술을 마실 때 늘 저 달이 훤하게 나를 비추어 주었으면 좋겠다. 이런 내용을 담았는데, 4구씩 운자를 달리하여 시상을 변화시켜 나갔다.

성현, 홍언필(洪彦弼), 이현석 등이 이 제목으로 악부풍의 시를 지었고, 특히 강석규, 이서우 등이 월과(月課)에서 같은 제목으로 시를 지은 바 있다. 남경희(南景羲)의 「활산선생어록(活山先生語錄)」에서는 조덕린(趙德鄰)이 달밤이면 학동에게 이 작품을 노래 부르게 하였다고 한다. 유몽인의 「무진정기(無盡亭記)」에서 7~8구의 "밤에 바다에서 오는 것만 보일 뿐이라, 새벽에 구름 사이 사라짐을 어찌 알랴!"를 차용하여 달밤의 풍경을 묘사한 바도 있다. 효령 대군의 아들 이정(李定)이 이백의 「망여산폭포수」와 함께 이 작품을 「이백문월(李白問月)」이라는 이름으로 그렸는데 서거정의 「영천경의 그림에 쓰다(題永川卿畫)」가 이를 두고 쓴 작품이다. 심의(沈義)의 「이백이 술잔을 들고 달에게 묻는 그림에 쓰다(題李白擧杯問月圖)」 역시 이 시를 그린 그림에 붙인 작품이다. 오극성(吳克成)의 문월당(問月堂)이나 이정천(李挺天)의 문월정(問月亭) 등은 이 시에서 이름을 딴 누정이다.[213]

---

213 조선 시대 달을 읊조린 시에서 청천유월(靑天有月), 정배일문(停杯一問) 혹은 정배문월(停杯問月), 인반명월(人攀明月), 녹연멸(綠烟滅)과 청휘발(清輝發), 백토도약(白兔擣藥), 항아고서(姮娥孤棲), 고인금인(古人今人), 혹은 고월금인(古月今人), 공간명월(共看明月), 당가대주(當歌對酒), 월광장조(月光長照) 혹은 조금준(照金樽) 등의 표현이 자주 보인다.

◆◆◆

이백이 술잔 들고 달에게 묻고 술 마시니　　　李白把酒問月飮
얼큰하게 한 말 술에 시가 백 수 나왔다네.　　塊然一斗詩百篇
　　　　　　　　　　　　　　　　— 김시습, 「술이 없어서(無酒)」

청련거사 적선 노인은　　　　　　　　　青蓮居士謫仙老
천지에 풍류가 홀로 우뚝했으니　　　　獨立風流天地中
술잔 들어 묻노니 달은 늘 있기에　　　擧杯問月月長在
달은 지지 않고 술동이도 비지 않네.　　月不落兮樽不空
　　　　　　　　　　　　— 서거정, 「이백이 달에게 묻다(李白問月)」

맑은 강 맑은 밤의 달은　　　　　　　　清江清夜月
고금에 몇 번이나 차고 이울었나.　　　今古幾盈虧
좋은 계절 한가위 좋은데　　　　　　　令節中秋勝
호탕한 유람 상객이 기이하다.　　　　豪遊上客奇
시가 이루어지면 술이 깨고　　　　　　詩成醒酒後
흥이 많으면 배를 띄워야지.　　　　　興滿放船時
이 즐거움 그 어떠한지를　　　　　　　此樂看多少
술잔을 멈추고 한번 묻노라.　　　　　停杯一問之
　　　　　　　　— 권두경(權斗經), 「이백이 달에게 묻다(李白問月)」

이백, 술의 노래

그대 보지 못하였나,
황하의 물이 하늘에서 내려와서
달려가 바다에 이르면 다시 오지 못하는 것을.
또 보지 못했나,
고대광실에서도 거울 속의 백발을 슬퍼하니
아침에 검은 실이 저녁에 눈처럼 희어지는 것을.
인생이 뜻대로 되면 모름지기 실컷 즐길 것이니
황금 술잔이 헛되게 달을 마주하게는 마시라.

하늘이 내 재주를 낼 때 반드시 쓰임이 있으니
천금도 흩어 다 쓰고 나면 다시 생기는 법,
양을 삶고 소를 잡아 또 즐겨야 할 것이라
모름지기 한 번 마실 때 삼백 잔을 들어야지.

잠부자여, 단구생아
술을 내면 그대 멈추지 마소.
그대에게 노래 한 곡 하리니
그대 나를 위하여 들어 보시라.
좋은 음악 맛난 음식도 귀할 것이 없으니
늘 취할 뿐 깨는 것은 그저 원치 않노라.

예로부터 잘나고 잘된 자들 다 적막하건만
술 마시는 사람만은 그 이름을 남겼다네.
진왕이 예전 평락관에서 잔치를 벌일 때
한 말을 만 냥 주고 실컷 즐겼다던데
주인은 어찌하여 돈 없다고 하시는가?
이제 술을 사서 그대 마주하고 마셔야지.
꽃문양의 오화마와 천금의 비싼 갖옷은
아이 불러 가져다가 맛난 술과 바꾸리니
그대와 함께 만고의 근심 풀어 볼까 하노라.

李白, 將進酒

　　君不見　黃河之水天上來　奔流到海不復回
　　又不見　高堂明鏡悲白髮　朝如靑絲暮成雪[214]
　　人生得意須盡歡　莫使金尊空對月[215]
　　天生我材必有用　千金散盡還復來
　　烹羊宰牛且爲樂　會須一飮三百杯[216]

214　高堂은 으리으리한 집이고 明鏡은 환한 거울로, 백발과 대비되는 화려한 느
　　　낌을 주는 시어다. 靑絲는 검은 머리카락을 비유한 말이다. 又不見이 君不見
　　　으로 된 데도 있다.
215　莫使金尊이 莫把金尊으로 된 데도 있다.
216　三百杯는 한자리에서 수도 없이 마신다는 뜻이다. 한 정현(鄭玄)이 300명과
　　　300잔의 술을 마셨다는 고사가 있다.

岑夫子丹丘生　進酒君莫停[217]

與君歌一曲　請君爲我側耳聽[218]

鐘鼓饌玉不足貴　但願長醉不願醒[219]

古來賢達皆寂寞　惟有飮者留其名[220]

陳王昔時宴平樂　斗酒十千恣歡謔[221]

主人何爲言少錢　且須酤酒對君酌[222]

五花馬千金裘[223]

呼兒將出換美酒　與爾同消萬古愁

장진쥬

　　군불견 황하지슈천상닉한다 분뉴도히불부회을

　　우불견 고당명경비빅발한다 조여쳥사모셩셜을

　　인셩득의슈진환이라 막사금쥰공딕월을

　　쳔셩아직필유용ᄒ니 쳔금산진환부릐을

217　잠부자(岑夫子)와 단구생(丹丘生)은 이백의 벗으로 잠징군(岑徵君), 원단구(元丹丘)로도 불렸다. 進酒君莫停이 將進酒君莫停 혹은 將進酒杯莫停으로 된 데도 있다.

218　請君爲我側耳聽이 請君爲我聽으로 된 데도 있다.

219　종고(鐘鼓)는 큰 연회에서 사용하는 음악, 찬옥(饌玉)은 진귀한 음식을 이른다. 鐘鼓饌玉이 鍾鼎玉帛으로, 不願醒이 不復醒으로 된 데도 있다.

220　賢達이 聖賢으로 된 데도 있다.

221　陳王昔時가 陳王昔日로 된 데도 있다.

222　且須酤酒가 徑須酤酒로 된 데도 있다.

223　진왕(陳王) 조식(曹植)이 평락관(平樂觀)에서 연회를 가지면서 "돌아와 평락관에서 잔치를 베푸니, 아름다운 술 한 말이 만금이나 한다네.(歸來宴平樂 美酒斗十千)"라 한 고사가 있다. 五花馬는 오색 꽃문양이 있거나 다섯 개의 꽃잎 모양으로 갈기를 장식한 말을 이른다. 千金裘는 맹상군(孟嘗君)이 가지고 있었다는 여우 털로 만든 흰 갖옷을 이른다.

핑양견우차위락ᄒ야 회슈일음삼빅비을
잠부ᄌ단구셩으로 진쥬군막졍을
여군가일곡ᄒ니 쳥군위아칙이쳥ᄒ소
종고찬옥부족귀라 단원장취불원셩을
고릭현달이 긔젹막ᄒ니 유∥음ᄌ유기명을
진왕셕일연평낙의 두쥬십쳔자환학을
쥬인하위언소젼고 차슈고쥬딕군작을
오화마쳔금구로 호아장츌환미쥬ᄒ야 여이동소만고슈을

『고문진보언해』

그딕 황하엣 믈이 텬샹으로셔 오믈 보디 못ᄒ엿ᄂ다
샐리 흘러 바다히 니르러 다시 도로 오디 아니ᄒ놋다
쏘 고당 불근 거울의 빅발이 슬프믈 보디 아니ᄒ얀ᄂ다
아츰의 프른 실 ᄀ닷다가 져녜 눈 ᄀ닷도다
인셩이 ᄯ들 어드매 브딕 극진히 즐길 거시니
금준을 잡아 속졀업시 둘을 딕타 말디어다
하늘이 내 직조롤 내매 반ᄃ시 쓸 딕 이시니
쳔금을 흐터 진ᄒ나 도로 다시 오리로다
염을 숌고 쇼롤 잡아 쏘 즐김을 홀 거시니
모ᄃ매 브딕 한 번의 삼빅 잔을 먹으리라
ᄌᆷ부ᄌ와 단구셩아²²⁴
그딕로 더브러 한 곡됴롤 노래ᄒ리니

---

224   이 구절 다음의 進酒君莫停이 원문에서부터 빠져 있다.

청컨대 그듸는 나룰 위하야 드룰디어다

죵뎡과 옥빅이 죡히 귀티 아니하니

다만 기리 취하믈 원하고 씨믈 원티 아니하노라

녜로 오매 어딜고 통달한 이 다 젹막호듸

오직 술 먹는 재 그 일홈을 머므럿도다

딘왕이 녯날 평낙희서 잔치홀 제

말에 술 십쳔으로 즐겨 희학홈을 방즈히 하도다

쥬인은 엇디하여 돈을 젹다 니르느뇨

쏘한 모로미 술을 사 그듸룰 듸하야 브으리라

오화마와 쳔금 갓옷슬

아희룰 블러 가져 내여 가 됴흔 술을 밧고아

널로 더브러 한가지로 만고의 근심을 슬오리로다

「장진주」는 한나라 때의 악부로 허망한 인생을 슬퍼하고 술을 실컷 마시
자는 권주의 노래다. 당나라 때 원진(元稹), 이하(李賀) 등도 이 제목의
악부를 지었는데 이백의 이 작품과 함께 널리 애송되었다.[225] 천보 11년
(752년) 이백이 실의하여 장안을 떠나 유랑할 때 지은 작품이다.

<hr>

225 특히 이하의 작품은 "황시청춘(況是青春) 일장모(日將暮)하니 도화난락(桃
花亂落) 여홍우(如紅雨)ㅣ라. 권군종일(勸君終日) 명정취(酩酊醉)하자 주부
도유령분상토(酒不到劉伶墳上土)ㅣ라. 아희야 잔 フ득 부어라 여군장취(與
君長醉) 하리라"로 일부가 시조로 불렸다. 박문욱(朴文郁)의 시조 "군막석전
의고주(君莫惜典衣沽酒)하소 낭간(囊乾)하면 아전의(我典衣)로다 진세난봉
개구소(塵世難逢開口咲)ㅣ니 지기(知己)를 상대진정담(相對盡情談)하고, 유
령분상(劉伶墳上)에 주부도(酒不到)ㅣ니 차락생전일배주(且樂生前一盃酒)
로다. 인생이 초로(草露) フ튼이 취코 놀려 하노라"도 같은 작품을 이용한 것
이다.

황하의 강물도 한번 흘러 바다로 가면 다시 돌아오지 않는다. 고대광실에서 부귀영화를 누리는 사람도 거울 보면 젊은 시절 삼단같이 검던 머리가 눈 내린 듯 하얗게 변하니 슬프지 않을 수 없다. 뜻 맞는 벗이 있어 마음이 즐거우면 그 순간을 놓치지 말고 실컷 마셔야지, 부질없이 좋은 술을 마주하고 달 보면서 한탄한 것이 없다. 하늘이 나를 낳음에 쓰임이 있으리니 조급해할 것도 없고 불우를 탄식할 것도 없다. 다 쓰고 나면 절로 돈이 들어올 것이니 돈도 아낄 것이 없다. 양과 소를 잡아 실컷 술을 마셔야 할 것이다. 잠부자와 단구생 나의 벗들이여, 술이 있으면 마실 뿐 머뭇거리지 말자. 자네에게 권주가 한 자락 부를 테니 나를 위해 듣고서 술을 마시게나. 멋진 음악과 귀한 음식이 귀할 것이 있는가? 그저 늘 술을 마셔서 깨지 않으면 그것으로 족하다. 옛 현자(賢者)나 달자(達者) 보게, 그 누가 지금 기억하고 있는가? 그래도 술 잘 마신 사람들은 역사에 이름을 남기지 않았던가. 술 한 말이 만금이나 된다 한들 돈이 부족하다 할 것 있는가? 말이나 가죽옷 내다 팔면 술을 살 수 있을 것이니, 자네와 함께 실컷 마시면서 인생의 시름을 풀어 보자. 이렇게 권주의 노래를 불렀다.

 이 작품은 특히 "황하의 물이 하늘에서 내려오는 것을.(黃河之水天上來)"이라 한 구절이 널리 회자되었는데 박지원의 『열하일기』에서 이 구절을 들어 지형을 설명한 바 있다. 성현, 이행, 조성(趙晟), 민제인(閔齊仁), 이정암(李廷馣), 조헌(趙憲), 심유, 김지남(金止男), 순조, 이학규 등 많은 사람들이 이 시에 차운하거나 비슷한 스타일로 시를 지었다. 정철(鄭澈)의 「장진주사(將進酒辭)」 역시 이 시의 영향을 받은 작품이다.

◆◆◆

백발 황하 이적선은	白髮黃河李謫仙
한 잔 기울이고 백 잔을 이었다지.	一盃傾後百盃連
술 바꿔 먹어 만고의 시름 함께 없앤 것	換酒同消愁萬古
말은 오화마요 갖옷은 천금이었지.	馬將花五裘金千

— 이유원, 「속악십육가사(俗樂十六謌詞) 중 「장진주(將進酒)」

군불견 황하지수ㅣ 천상래한다, 분류도해불부회라.
우불견 고당명경비백발한다, 조여청사모성설이라.
인생이 득의수진환이니 막사금준으로 공대월ᄒ여라.

— 작가 미상의 시조

격타고(擊鼉鼓) 취용적(吹龍笛)ᄒ고 호치가(皓齒歌) 세요무(細腰舞)ㅣ라.
즐겁다 모다 명정취(酩酊醉)ᄒ쟈
주부도유령분상토(酒不到劉伶墳上土)ㅣ라.

— 작가 미상의 시조

아희야 환미주(換美酒)ᄒ여라 여군장취(與君長醉)ᄒ리라. 유리종
호박농(琉璃鍾琥珀濃)에 소조주적진주홍(小槽酒滴眞珠紅)이라.
팽룡포봉옥지읍(烹龍炮鳳玉脂泣)이오 나위소막위향풍(羅幃繡幕
圍香風)을. 취룡적격타고(吹龍笛擊鼉鼓)에 호치가세요무(皓齒歌
細腰舞)ㅣ라. 황시청춘일장모(況是靑春日將暮)ᄒ니 도화(桃花)ㅣ

난락여홍우(亂落如紅雨)ㅣ로다. 오화마 천금구로 호아장출환미
주룰 ᄒ여라.

— 작가 미상의 사설시조

거문 머리 빅발 되니 조여청사모셩셜이라 무정한 게 셰월이라.

— 「열녀춘향수절가」의 암행어사 출두 대목

이백、

새봄 꾀꼬리의 노래

봄바람에 벌써 영주문의 풀이 푸르렀으니
울긋불긋 궁궐과 누각에 봄 좋은 줄 알겠네.
못 남쪽에 버들 빛은 반쯤 푸르러져
안개에 서려 한들한들 화려한 성을 스치네.
실처럼 백 척 드리워 고운 난간에 걸렸는데
그 위에 좋은 새 있어 서로 화답하여 우니
꾀꼴꾀꼴 일찌감치 봄바람의 마음을 얻었구나.
봄바람이 푸른 구름을 걷으며 들어오니
천 개 문과 만 채 집은 모두 봄날의 소리라네.
바야흐로 이때에 임금께서 호경에 계시는데
오색구름 빛을 드리워 붉은 대궐에 반짝이네.
의장이 황금 궁전을 나와 해를 따라 돌더니
임금께서 어가를 돌려 꽃을 둘러 행차하네.
처음에는 봉래산에서 춤을 추는 학을 보고
다시 거석전 지나니 새봄 꾀꼬리 소리 들리네.
새봄 꾀꼬리 날아 상림원을 돌고 있으니
생황과 어우러져 아름다운 음악을 연주하기를.

李白, 新鶯歌

　　東風已綠瀛洲草　紫殿紅樓覺春好[226]

　　池南柳色半青青　縈烟裊娜拂綺城[227]

　　垂絲百尺挂雕楹

　　上有好鳥相和鳴　間關早得春風情[228]

　　春風卷入碧雲去　千門萬戶皆春聲[229]

　　是時君王在鎬京　五雲垂暉耀紫清[230]

　　仗出金宮隨日轉　天回玉輦繞花行[231]

　　始向蓬萊看舞鶴　還過茝石聽新鶯[232]

　　新鶯飛繞上林苑　願入簫韶雜鳳笙[233]

신잉가

　　동풍에 이룩영쥐쵸ᄒᆞ니 자전홍누각츈호라

226　瀛洲는 흥경궁(興慶宮) 영주문을 이른다. 그 인근에 용지(龍池)가 있었다.

227　綺城은 흥경궁 동쪽의 화려한 내성을 가리킨다.

228　好鳥는 꾀꼬리고 間關은 꾀꼬리 울음소리를 형용한 말이다.

229　千門萬戶는 궁궐 안의 수많은 문을 이른다.

230　鎬京은 서주(西周)의 도읍인데 후에 장안으로 불렸다. 五雲은 오색구름이고
　　紫清은 신선이 거처하는 천상을 이르는 말이다. 『유취요람』에서는 임금이 머
　　무는 대궐로 풀이하였다.

231　金宮은 화려한 궁궐을 이르고 玉輦은 어가(御駕)를 이른다.

232　대명궁(大明宮) 안에 봉래산(蓬萊山)이 있고 그 북쪽에 태액지(太液池)가 있
　　었다. 거석전(茝石殿)으로 미앙궁에 있던 전각이다.

233　上林苑은 한나라 때 장안의 서북쪽에 둔 원림(苑林)인데 여기서는 의춘원을
　　이른다. 의춘원은 진(秦)나라 때 의춘궁(宜春宮) 동쪽에 있던 동산인데 당나
　　라 때에도 이를 그대로 사용하였다. 곡강지(曲江池)라고도 한다. 소소(簫韶)
　　는 순(舜)의 음악으로 태평성세의 음악을 비유한다. 봉생(鳳笙)은 생황인데
　　13개의 관을 배열한 것이 봉황과 비슷하다 하여 붙은 이름이다.

디남뉴식반쳥〃ᄒ니 영연뇨라블긔셩을

슈ᄉ빅쳑괘됴영ᄒ니 샹유호됴샹화명이라

간관조득츈풍졍을

츈풍권입벽운거ᄒ니 쳔문만호긔츈셩을

시〃군왕이 지호경ᄒ시니 오운이 슈휘료ᄌ쳥을

댱츌금궁슈일젼이요 쳔회옥년요화힝을

시향봉내간무학이요 환과거셕쳔신잉을

신잉이 비요샹님원ᄒ니 원입쇼쇼즙봉셩을

『유취요람』

동풍의 임의 영줴예 플이 프르러시니

ᄌ젼과 홍뉘 봄 됴흔 줄을 씨ᄃ랏도다

못 남녁희 버들빛치 반은 프르고〃〃〃시니

내 셔리시미 뇨라ᄒ여 깁셩의 쩔쳣도다

실이 빅ᄌ흘 드리워 아라ᄉ긴 난간의 걸이여시니

우희 됴흔 시 이셔 셔로 화ᄒ여 우ᄂ쏘다

간관ᄒ여 일작 봄바롬 쯧을 어덧도다

츈풍이 벽운을 거두쳐 드러가니

쳔문과 만회 다 봄 쇼릭로다

이쎄의 님군이 호경의 계시니

오운이 빗츨 드리워 블근 딕궐의 빗ᄂ도다

댱이 금궁으로 오믹 날을 ᄯ라 구을고

하늘이 옥년을 도로혀믹 곳츨 둘너 ᄃ니ᄂ도다

비로쇼 봉내롤 향ᄒ여 츔츄ᄂ 학을 보고

도로혀 거셕을 기나 시 쇳고리롤 듯눈도다

새 쇳고리 나라 샹님원을 둘러더라[234]

천보 2년(743년) 이백이 현종의 부름을 받아 공봉한림(供奉翰林)으로 대궐에 들어가 문학으로 시종할 때 지은 작품이다. 제목의 신앵은 이른 봄날 처음으로 우는 꾀꼬리를 이른다.

먼저 4구에 걸쳐 이른 봄날의 장안을 묘사하였다. 봄바람이 불어 흥경궁의 영주문(瀛洲門) 일대 풀이 파랗게 돋아나니 화려하게 붉게 단청한 대궐의 전각은 봄빛으로 더욱 아름답다. 안개 속의 버들은 벌써 반쯤 파랗게 가지를 드리워 하늘하늘 성궐을 스친다.

이어지는 5구는 봄을 맞아 우는 꾀꼬리 소리를 그렸다. 버들가지가 백척 높이로 아로새긴 대궐 기둥에 드리워져 있는데 그 위에 꾀꼬리가 서로 답하여 노래한다. 꾀꼴꾀꼴 노랫소리에 봄날의 풍정이 벌써 담겨 있다. 봄바람에 꾀꼬리 노래 소리가 푸른 하늘로 퍼져 나가니 대궐의 수많은 건물은 모두 봄을 알리는 소리로 가득하다. 화려한 대궐의 시각적 심상과 고운 꾀꼬리 노래의 청각적 심상이 어우러져 분위기가 더욱 유려해진다.

다음 6구는 황제의 봄나들이를 그렸다. 오색구름이 대궐에 비쳐 서리를 드리우는데, 의장 행렬은 햇살을 받아 반짝인다. 오색구름은 천자의 기운을 이르며 태평성대를 상징한다. 이를 배경으로 하여 황제가 탄 가마가 꽃길 사이로 행차를 나선다. 마지막 2구에서 시상을 종결하였는데 의춘원(宜春苑)의 봄 꾀꼬리를 빌려 태평성세가 이어지기를 축원하였다.

이 작품은 연회나 꾀꼬리와 관련한 시문에서 자주 전고로 활용되었다.

---

234   마지막 구는 번역이 빠져 있다.

강석규의 「새로 봄을 울리다(以鳥鳴春)」에서 여러 구절을 차용하였다. 순조의 「자전홍루각춘호(紫殿紅樓覺春好)」가 이 시의 2구를 제목으로 한 의고시다. 그의 「조조대명궁(早朝大明宮)」, 「제경편」 등의 의고시에서도 이 시의 표현을 가져다 썼다. 윤선도의 집구시에 "생황과 어우러져 아름다운 음악을 연주하기를.(顧入簫韶雜鳳笙)"을 이용하였다.

◆ ◆ ◆

못 남쪽의 버들은 새로 눈을 틔우고　　　　　池南柳色開新眼
집 뒤 돌샘은 예전 죽통으로 흘러드네.　　　屋後嵒泉復舊筒

— 조경, 「입춘(立春)」

일만 집의 일천 문에 풍악 소리 울려 대고　　萬戶千門歌吹聲
일천 문의 일만 집에 봄바람의 정이 이네.　　千門萬戶春風情

— 김상헌, 「김거비의 원석 시에 차운하다(次金去非元夕韻)」

꾀꼴꾀꼴 숨은 새는 벌써 봄 소리 내기에　　間關幽鳥已春聲
곱지만 험한 길을 말이 가는 대로 맡기네.　　窈窱崎嶇信馬行

— 이인직(李彦迪), 「소령를 넘으며(踰嶺)」

좋은 객은 옛 벗을 부질없이 그리워하건만　　佳客謾思來舊雨
금원에서 새 꾀꼬리 소리 다시 듣고 있겠지.　　上林能復聽新鶯

— 최명길(崔鳴吉), 「정태의의 시에 차운하다(次鄭太醫韻)」

최호,

장간 거리의 노래

당신 집은 어디신가요?
저는 횡당에 산답니다.
배 멈추고 잠시 묻습니다,
혹 같은 동네 사람 아닌가요.

崔顥, 長干行
　　君家住何處　妾住在橫塘
　　停舟暫借問　或恐是同鄉[235](一)

최호, 기이
　　군가쥬하쳐오 쳡쥬지횡당을
　　션잠차문ᄒ니 혹공시동향을

긴 강흐르 가옴이라(『언해당음』)
　　그듸의 집이 어늬 곳의 머무는고

235　住何處가 何處住로, 或恐이 可恐으로 된 데도 있다. 작가가 최경으로 잘못
　　　표기되어 있다.

첩의 집은 힝당셔 소노라

빅를 머물고 좀곤 비러 뭇는 것은

혹 니 동향 사롭만 녀겨 져어ᄒ노라

「장간행」은 남경 일대 장강을 배경으로 하여 남녀의 생활을 다루는 민가 스타일의 악부다. 이백, 최국보 등과 함께 최호의 시가 널리 알려져 있다. 최호(704?~754년)는 변주(汴州), 지금의 개봉(開封) 출신으로 왕창령, 고적, 맹호연 등과 이름을 나란히 하였다. 그의 「황학루(黃鶴樓)」가 최고의 걸작으로 평가되었다. 조선에서는 허초희, 정두경, 신흠, 정약용, 이유원 등이 「장간행」 혹은 「장간곡」을 지은 바 있다.

장간(長干)은 남경의 남쪽 거리 이름이고 횡당(橫塘)은 남경 서남쪽 장간 부근에 있는 막수호(莫愁湖)를 이른다. 채련곡 등 남녀가 사랑을 나누는 노래의 배경이 되는 곳이다. 횡당에서 우연히 만난 남자에게 이런 말을 건넨다. "당신 집 어디신가요? 저는 횡당에 사는데요. 혹 우리가 같은 동네 살지 않았나요?"

『언해당음』에서 제목의 '행(行)'을 시 양식이 하나인데 간다는 뜻으로 풀이한 것은 잘못이다. 또 4구의 '공(恐)'을 '저어하다'로 풀이했지만 단순한 추정의 뜻으로 풀이하는 것이 옳다.

◆◆◆

묻노니 그대의 집 어디시오?　　　　　　爲問君家何處是

경호대 접해 있는 향호정이라오.　　　　鏡湖臺接香湖亭

　　　— 신응시(辛應時), 「원덕재 집에서 술에 조금 취하여, 강릉으로 돌아가는
　　　최시중과 헤어질 때 주다(元德載第酒半 贈別崔崟仲歸江陵)」

제 집은 횡당 입구에 있어서   農家住在橫塘口

백로가 늘 저녁 모래톱에 내려앉지요.   江鷺常時下晚沙

— 이달(李達), 「횡당곡(橫塘曲)」

집이 구강 물가에 있어
구강 곁을 오간답니다.
똑같은 장간 사람인데도
어려서 서로 몰랐나 봐요.

家臨九江水 去來九江側
同是長干人 生小不相識(二)

최호, 장간힝
  가임구강슈ᄒ니 닉거구강칙을
  동시장간인으로 싱소불샹식을

그 둘지라(『언해당음』)
  집이 구강 믈을 임ᄒ야ᄉ니
  오고 가기를 구강 엿희서 ᄒᆞᄂᆞᄯᅩ다
  ᄒᆞᆫ가이 긴 강가 ᄉ룹이언만
  실기를 셕세 ᄒᆞ야시니 셔로 아지를 못ᄒᆞ노미라[236]

구강은 원래 장강의 상류, 지금의 구강시(九江市) 일대의 강을 이르지
만, 여기서는 장강 일대를 이른다. 여성이 물은 데 대해 이렇게 남성이

---

236 生小는 어릴 때를 이르는데, 산 지 오래되지 않았다는 뜻으로 풀이하였다.

답을 한다. "나는 장강 곁에 살면서 배를 타고 강을 오르내리는데, 당신이 횡당에 살고 나는 바로 곁 장간에 사는데 보긴 했겠지만 어려서 몰랐던 것이겠지요." 정감 어린 대화가 운치를 느끼게 한다.

◆ ◆ ◆

장간 마을에 집이 있어　　　　　　　家居長干里
장간 길을 오고 갔지요.　　　　　　　來往長干道
꽃 꺾어 임에게 묻노니　　　　　　　折花問阿郞
어찌 저처럼 예쁘겠나요?　　　　　　何如妾貌好

— 허초희, 「장간행(長干行)」

최호, 강남의 노래

강물에서 풍랑이 많아지니
연밥 배도 점차 사라지네요.
어찌 기다리지도 않으시고
혼자 물 거슬러 돌아가나요?

崔顥, 江南曲

　　下渚多風浪　蓮船漸覺稀
　　那能不相待　獨自逆潮歸[237]

강남곡

　　하져다풍낭ᄒᆞ니 연션이 졈각희을
　　나릉불상듸오 독자역조귀을

강남 곡조라(『언해당음』)

　　물가로 나려가미 ᄇᆞ롬 물결이 만흐니

237　下渚가 北渚, 蓮船이 蓮舟로, 漸覺稀가 欲暫稀로, 逆潮歸가 送潮歸로 된
　　데도 있다.

년 키는 비가 졈 // 드믈을 쌔돗노라

니 능히 셔로 기두리지 못ᄒ야

홀노 스스로 됴슈를 거스려 도라가노라[238]

「강남곡」 혹은 「강남행」은 청춘 남녀의 사랑을 노래하는 고악부로 후대에 많은 의고작이 생산되었다. 조선 시대에도 정몽주(鄭夢周), 홍귀달, 이달, 이수광, 허초희 등 많은 문인들이 같은 제목의 시를 남겼다.

　이 작품은 앞의 두 작품에 이어 다시 여성 화자의 말로 되어 있다. "저녁이 되니 풍랑이 심해지고 연밥 따는 사람들도 대부분 가고 없네요. 이제 조용히 만날 수 있는데 어찌 굳이 먼저 혼자 가시려 하나요?" 이렇게 여성이 남성에게 말을 건넨다.

◆◆◆

강 양쪽 흙먼지 불었는지	兩岸塵沙漲
강물에 배들이 드물어졌네.	中流舟楫稀
어찌하면 바람이 좋을 때	何當風便好
달빛 가득 배에 싣고 갈거나.	載月滿船歸

　— 손조서, 「강남곡(江南曲)」

238　평서문으로 보아 여인이 기다리지 못하고 혼자 돌아가는 것으로 풀이했지만 어색하다.

최호, 여인을 대신하여 경박한 젊은이에게 답하다

제 사는 곳 봉황지 근처에 있는데
하얀 담벼락 창가에 수양버들 드리웠지요.
본디 한나라 금오의 사위 될 집안인데
잘못하여 장안의 협객에게 시집왔지요.
우리 집 신랑은 모두들 경박함이 많아서
남 원수 갚는 일을 돕겠다 굳게 약속하고
새벽에 탄궁을 들고 장안 거리로 가서는
저녁까지 채찍 휘두르며 장락파를 나서지요.
푸른 고삐 백마 타고 동산에서 노닐어
길 가던 사람들 말을 멈추고 보게 하지요.
도성 길에서 가장 화려하다 스스로 뻐기면서
규방의 꽃과 새 시드는 신세 생각지 않네요.
꽃 사이 도성 길은 봄이 저물어 가는데
말 달리고 닭싸움 즐기며 돌아오지 않고
세 계절 나가 구경 다니느라 소식이 없으니
한번 가고 나면 얼마나 멀어진 줄 알겠나요?
복사꽃 오얏 꽃이 우물가를 뒤덮는데
고운 누각 지는 해에 주렴 걷고 바라볼 뿐
시름겨워 그립다는 노래를 연주하고 싶지만
아쟁을 안고서도 차마 타지 못한답니다.

崔顥, 代閨人答輕薄少年

　　妾家近隔鳳凰池　粉壁紗窓楊柳垂[239]

　　本期漢代金吾壻　誤嫁長安遊俠兒[240]

　　兒家夫壻多輕薄　借客探丸重然諾[241]

　　平明挾彈入新豐　日晚揮鞭出長樂[242]

　　青絲白馬冶遊園　能使行人駐馬看[243]

　　自矜陌上繁華盛　不念閨中花鳥闌[244]

　　花間陌上春將晚　走馬鬪雞猶未返[245]

　　三時出望無消息　一去那知行近遠

　　桃李花開覆井欄　朱樓落日捲簾看

　　愁來欲奏相思曲　抱得秦箏不忍彈[246]

최호, 듸규인답경박소년

　　첩가건격봉황지ᄒᆞ니 분벽사창양뉴슈을

239　鳳凰池는 중서성(中書省)에 있던 못인데 대궐을 이를 때가 많다. 粉壁은 흰 칠을 한 담장이고 紗窓은 흰 천으로 커튼을 드리운 창으로 모두 화려한 집을 가리킨다.

240　金吾는 대궐을 호위하는 군대의 장수를 이른다.

241　探丸은 주머니 속의 몇 가지 색깔의 탄환으로 추첨하여 그에 따라 대신 복수를 해 주는 풍속을 가리킨다.

242　新豐은 장안의 구역 이름이며 長樂은 장안 교외의 언덕 이름이다.

243　冶遊園이 冶遊盤으로 된 데도 있다.

244　花鳥闌은 꽃과 새가 사라진다는 말로 봄날이 간다는 뜻과 규방 여인이 늙어 간다는 뜻을 함께 담고 있다.

245　위(魏) 조식(曹植)의 「명도편(名都篇)」 "동쪽 교외 길에서 닭싸움 시키고, 큰 가래나무 사이에서 말을 달린다네.(鬪雞東郊道 走馬長楸間)"라 한 것처럼 닭싸움과 말달리기는 고대 중국 도성의 풍속이었다.

246　秦箏은 아쟁이 진나라에서 처음 나왔기에 이르는 말이다.

본긔한딕금오서러니 오가장안유협아을
아가부서다경박ᄒ니 차긔탐환즁연락을
평명협탄입신풍이요 일만휘편츌장낙을
청ᄉ빅마로 야유원ᄒ니 능사힝인쥬마간을
자긍믹상의 번화셩이요 불염규즁의 화조란을
화간믹상의 츈장만ᄒ니 주마투계유미반을
삼시츌망무소식이요 일거나지힝건원을
도리화긔부경난ᄒ고 주루낙일권렴간을
슈리욕쥬상ᄉ곡ᄒ니 포득진징불인탄을

「대규인답경박소년」은 규방의 여인을 대신하여 방탕한 남편을 원망하는
마음을 말한다. 남북조 시대에 대신하여 짓는다는 뜻의 '대(代)'로 시작
하는 작품이 특히 많은데 고악부를 모의하는 것을 이렇게 표현한 것이기
도 하다. 규방 여인의 원한을 주제로 하는 스타일의 한시는 최호로부터
시작하는데 조선에서는 성현이 같은 제목으로 의고악부를 제작했다.

　이 작품은 4구씩 크게 다섯 단락으로 되어 있다. 먼저 대궐 근처 대갓
집에서 살다가 잘못하여 방탕한 사내에게 시집온 것을 적은 다음, 방탕
한 남편이 깡패처럼 도성을 휘젓고 다니다가 사치를 부리면서 온갖 군데
구경 다니며 논다고 하였다. 그리고 마지막에 봄이 저물어 가는데도 외롭
게 지내는 신세를 한탄하면서 외로움을 아쟁에 얹어 연주하고자 하지만
그조차 되지 않는다 하였다.

　이 시에서부터 화려한 건물을 묘사할 때 '분벽사창(粉壁紗窓)', 시집
갈 만한 명문가를 이를 때 '한대금ᄉ서(漢代金吾壻)', 화려한 말을 이를
때 '청사백마(靑絲白馬)', 멋대로 놀이를 벌이는 곳을 두고 '야유원(冶遊

園)', 봄날 꽃이 핀 도성 길을 '화간맥(花間陌)'이라 하는 것이 대개 이 시에 연원을 두고 있으며, 조선 시대 문인의 시문에도 이러한 표현이 드물지 않다.

◆ ◆ ◆

한나라 금오의 사위 될 것을 기약했으니　　　須期漢代金吾婿
빈 방에서 비단 글씨 짜는 것 배우지 말게.　　莫學空閨錦字題

— 박수검(朴守儉), 「규방의 마음(閨情)」

월하(月下)의 기약 두고 오경등루(五更登樓) 공배회(空徘徊)라,
삼시출망 무소식터니 백마 장시(長時) 시사문외(嘶柴門外)라.
아마도 유신군자(有信君子)는 님뿐인가.

— 작가 미상의 시조

월일편(月一片) 등삼경(燈三更)인제 나간 님 혜여 보니 주사청루(酒肆靑樓)에 시 님을 거러두고 불승탕정(不勝蕩情)ᄒ야 화간맥상(花間陌上)에 춘방만(春將晚)이요 주마투계유미반(走馬鬪鷄猶未返)이라. 삼시출망 무소식ᄒ니 진일난두(盡日欄頭)에 공단장(空斷腸)을 ᄒ노라.

— 작가 미상의 사설시조

고적, 농가에서 봄날의 조망

문을 나선들 무엇이 보이겠나?
봄빛만 거친 들에 가득한 것을.
슬프다, 알아주는 벗이 없어라
고양엔 술꾼 한 명 있었건만.

高適, 田家春望

　出門無所見　春色滿平蕪

　可歎無知己　高陽一酒徒[247]

고적, 전가춘망

　츌문무소견ᄒ니 춘ᄉ이 만평무을

　가탄무지이ᄒ니 고양일쥬도을[248]

247　문을 나서도 보이는 사람이 없다고 한 것은 위진(魏晉)의 왕찬(王粲)이 「칠애시(七哀詩)」에서 "문을 나서도 보이는 것 없고, 백골이 평원을 가리고 있네.(出門無所見 白骨蔽平原)"의 뜻을 변용한 것이다. 고양의 술꾼은 역이기(酈食其)가 한 고조 유방에게 알현을 청하였는데 천하를 경략하는 일을 하고 있어서 유인(儒人)을 볼 겨를이 없다고 거절당하자 역생이 눈을 부릅뜨고 칼을 쓰다듬으면서 "나는 고양의 술꾼이지 유자가 아니다."라고 한 고사를 쓴 것이다. 一酒徒가 憶酒徒로 된 데도 있다.

248　"가탄무지이"는 "가탄무지기"의 잘못이다.

369

농ㅅㅎ는 집이셔 봄을 바룸이라(『언해당음』)

　　문을 나미 븨는 것시 업고

　　봄빛치 들에 가득ㅎ야 정하엿도다

　　가히 탄식홈은 늬 몸을 알 이 업셔홈이니

　　고양 ᄯ 혼 술 먹는 무리로다

고적(704~765년)은 자가 달부(達夫) 혹은 중무(仲武)로, 만년에 좌산기 상시(左散騎常侍)를 지냈기에 고상시로 일컬어진다. 변새(邊塞)의 풍정을 묘사하는 데 뛰어났다.

　이 작품은 봄이 온 평원의 농가를 지나면서 지은 것으로, 술을 함께 마실 수 있는 벗이 없음을 안타까워하였다. 고양의 술꾼은 마음껏 술을 함께 마실 수 있는 호탕한 벗을 이른다.

◆ ◆ ◆

문 나서면 무엇이 보이나　　　　　　出門何所見
보이는 것이곤 깡촌이라네.　　　　　所見但荒村

　　　　　— 정범조(丁範祖), 「사원에게 주다(贈士元)」

문을 나서 무엇이 보이는가?　　　　出門何所見
봄빛은 작년과 한가지인데.　　　　　春色去年同

　　　　　— 신후재(申厚載), 「문 나서면 무엇이 보이나(出門何所見)」

고적, 제야

여관의 찬 등불 아래 홀로 잠들지 못하는데
나그네 심사 무슨 일로 더욱 쓸쓸해지는가?
오늘 밤 고향 그리는 마음 천 리를 달려가니
내일이면 허연 귀밑머리 다시 한 해가 오겠지.

高適, 除夜

旅館寒燈獨不眠 客心何事轉悽然
故鄕今夜思千里 霜鬢明朝又一年[249]

고달부, 제야

여관한등의 독불면ᄒᆞ니 긱심하사전쳐련고
고향금야사쳔리요 상빈명조우일년을[250]

---

249 霜鬢이 愁鬢으로, 又一年이 更一年으로 된 데도 있다.
250 '고달부'는 고적의 이름을 자 달부로 표기한 것이다.

이 작품은 750년 무렵 북방으로 출정을 갔을 때 지은 것으로 추정하지만 근거가 분명하지는 않다. 한 해가 다 가는 섣달그믐 밤 객지에서 떠도는 신세를 슬퍼하였다. 여관에서 외롭게 싸늘한 등불만 마주하고 쉬 잠을 이루지 못하니, 천 리 먼 고향이 그립기 때문이다. 내일 아침이면 다시 한 해가 지나갈 것이라 더욱 상심이 깊어진다.

'여관한등(旅館寒燈)'이라는 구절이 여러 문인들의 시문에 거듭 보이는데, 특히 송시열(宋時烈)은 「곽청지에게 답하다(答郭淸之)」라는 간찰에서 이 시의 1~2구를 들고 자신들을 위한 시라 하였다. 이수광, 양경우(梁慶遇), 강백년, 남용익, 송상기, 김춘택(金春澤), 조태억, 김성탁(金聖鐸), 윤기(尹愭) 등 많은 문인들이 이 시에 차운하는 작품을 남겼다. 심희수, 김신겸(金信謙), 이유장(李惟樟), 이현석, 김태일, 권렴(權濂) 등은 이 시의 한 구절을 운자로 하는 연작의 절구를 짓는 시회를 가졌다. 조선 시대 객지에서 제야를 맞은 문인들이 이 작품을 즐겨 소재로 삼았다.

◆◆◆

술 떨어지고 등불 가물거려도 잠 못 드는데	酒盡燈殘也不眠
새벽 종소리 울리고서도 더욱 그러하구나.	曉鍾鳴後轉依然
내년에 오늘 같은 밤 없는 것 상관없지만	非關來歲無今夜
절로 사람 마음에 묵은해를 아까워하게 되네.	自是人情惜舊年

— 강백년, 「당시 중에서 고적의 제야 시에 차운하다(次唐詩高適除夜韻)」

한천야심(寒天夜深)ᄒ데 슬피 우ᄂᆞ 져 기어가
소상기약(瀟湘期約) 다 지내고 네 홀노 우지ᄂᆞ니

더구나 여관한등에 잠 모 일어 ᄒ노라.

— 작가 미상의 시조

새볘돌 외기럭기 동정(洞庭) 소상(瀟湘) 어듸 두고
여관한등에 좀든 날 씌오눈다.
천리에 님 이별ᄒ고 좀 못 들어 ᄒ노라.

— 작가 미상의 시조

피
리
소
리
를
들
고
서

오랑캐 땅 눈이 개자 말이 돌아오는데
달 밝은 밤 피리 소리 수루에 들려오네.
매화는 그 어느 곳에 지고 있을까?
밤새 바람 소리 변방에 이리 가득한데.

高適,　塞上聽笛

雪淨胡天牧馬還　月明羌笛戌樓間

借問梅花何處落　風吹一夜滿關山[251]

시상청적

셜졍호쳔목마환ᄒᆞ니 월명강젹슈루간을

차문미화하쳐락고 풍취일야만관산을

251　강적에 대해 『퇴계선생문집고증(退溪先生文集攷證)』에서 강(羌)이 서융(西
戎)의 양을 치는 사람이라 하고 또 적(笛)이 이들에게서 나온 것으로 구멍이
셋 있는 비교적 긴 피리라 하였다.

변방의 풍물과 함께 고향에 대한 그리움을 노래한 작품으로, 왕지환(王之渙)이 옥문관에서 지은 시에 답한 것이다.

내린 눈이 맑게 평원을 덮고 있는데 풀어놓은 말들이 돌아온다. 어딘가의 수루에서 부는 피리 소리가 달 밝은 한밤에 들려온다. 절로 고향 생각이 든다. 이곳은 북풍한설이 몰아치고 말들이 뛰어다니고 있지만 지금쯤 고향에는 매화가 벌써 지고 있을 것이다. 북방 이민족의 하늘을 이르는 호천(胡天), 서쪽 이민족의 피리를 이르는 강적(羌笛) 등이 변새의 분위기를 느끼게 한다.

목마(牧馬)는 유목민들이 풀어 먹이는 말인데 오랑캐 땅이지만 군사들이 말을 풀어놓고 키울 만큼 평화가 찾아왔다는 뜻으로 풀이하기도 한다. 4구에 밤새 들리는 바람 소리로 시를 종결함으로써, 고향 생각에서 현실의 고단함으로 돌아오게 하여 수심을 더욱 강하게 한 것이 묘미가 있다. 3구의 매화는 낙매 혹은 매화락이라는 피리 곡조 이름이기도 하다. 이렇게 풀이한다면 매화가 진다는 뜻을 담은 「낙매」의 피리 소리가 어디선가 들려오는 것이 된다. 이 역시 더욱 묘미가 있다.

◆ ◆ ◆

저물녘 변방의 성에 홀로 한참 기대어 있으니 日暮邊城獨倚闌
수루에서 들려오는 한 가닥 오랑캐 피리 소리. 一聲羌笛戍樓間
— 이황, 「의주잡제(義州雜題)」

피리 소리 속에 매화는 어디에서 지는가 笛裏梅花何處落
사신의 옛 노래가 백년 세월 구슬픈데. 皇華舊曲百年哀
— 강필신, 「안릉현의 벽에 쓰다(題安陵縣壁)」

한산섬 달 붉은 밤의 수루에 혼ᄌ 안ᄌ

큰 칼 녑희 ᄎ고 깁픈 시름 ᄒᄂ 젹의

어듸셔 일성호가(一聲胡笳)ᄂ 나의 이를 긋나니.

― 이순신의 시조

영주의 소년들 들판이 질리도록 익숙하여
가죽옷 너덜거리도록 성 아래서 사냥하네.
거친 술은 천 종을 마셔도 취하지 않는데
오랑캐 아이는 열 살에도 말을 잘 탄다네.

高適, 營州歌

營州少年厭原野　狐裘蒙茸獵城下
虜酒千鍾不醉人　胡兒十歲能騎馬[252]

---

[252] 營州는 요녕(遼寧)의 조양(朝陽) 일대를 이른다. 狐裘蒙茸은 『시경』에 보이는 말로 가죽옷이 낡은 것을 이른다. 虜酒가 이 일대를 포함한 북방의 술이다. 노주(魯酒)로 보기도 하는데 노나라에서 생산된 술로 맛이 담박한 박주(薄酒)를 이른다. 술이 약하여 많이 마셔도 취하지 않느냐는 뜻이 되지만 호방한 변방의 풍속을 묘사한 것과는 잘 어울리지 않는다. 이수광은 『지봉유설』에서 두보의 "황양은 실컷 먹어도 비리지 않고, 노주도 많이 마시면 도리어 취한다.(黃羊肰不羶 蘆酒多還醉)"에서 이른 노주(蘆酒)와 같은 뜻으로 보고, 또 고적의 이 시에서 노주(虜酒) 역시 센 술이 아니라 하였다. 千鍾은 100말이나 되는 많은 양의 술을 이른다. 厭原野에서 厭의 의미가 불명확하여 滿, 歇, 愛 등으로 보기도 한다. 狐裘가 皮裘로, 虜酒가 魯酒 혹은 塞酒로, 胡兒가 健兒로, 千鍾이 千杯로 된 데도 있다.

영쥬가

영쥬소년이 염원야ᄒ니 호리몽용엽셩하을

노쥬쳔종불취인이요 호아십세능긔마을

이 작품은 731년 고적이 연(燕)과 조(趙) 지역으로 갔을 때 지은 것으로
알려져 있다. 광활한 요야(遼野)의 젊은이들은 초원 생활에 익숙하여 닳
아빠진 가죽옷을 걸쳐 입고 사냥을 나선다. 천 잔의 술을 마셔도 취하
지 않을 만큼 술이 세고 또 어릴 적부터 말을 타서 열 살이 되면 이미 능
숙해진다. 출정한 장군의 전승을 축원하거나 하급 병사의 고달픈 생활과
고향 생각을 주로 다루는 통상적인 변새시와 달리 초원 지역에 사는 소
수 민족의 삶을 그렸다는 점에서 의의가 있다.

◆ ◆ ◆

해마다 물풀 곁에 거처가 일정치 않지만　　　年年水草居無定
노주 천 종을 한번 실컷 마셔 볼 수 있다네.　　虜酒千鐘試一中
　　　　　　　　　　　— 남효온(南孝溫), 「출정한 군인의 원망(征夫怨)」

말은 부들부들 자빠질까 겁나는데　　　　　　馬足凌兢愁易蹶
갖옷은 너덜거려 추위 막지 못하네.　　　　　狐裘蒙茸不禁寒
　　　　　　　　　　　— 이승소, 「개주를 지나며(過開州)」

378

고적、

옛 대량의 노래

낡은 성이 휑하고 가시덤불만 우거졌기에
허물어진 성에 말을 모니 사람 시름겹게 하네.
위나라 임금의 궁전은 다 벼와 기장 밭이 되고
신릉군의 삼천 빈객은 흙먼지 따라 사라졌네.
그 시절 웅장한 도읍의 옛 저잣거리에는
높다란 수레가 번쩍이고 풍악 소리 요란했겠지.
군사의 위용은 갑옷 입은 병사 삼십만에 이르고
나라의 영토는 병영이 오천 리까지 이어졌다지.
잠깐 사이에 전성 시절 사라진 것 어찌 말하랴
높은 누대와 굽은 연못은 남아 있는 것이 없으니
남은 터엔 여우와 살쾡이의 발자국만 보겠고
옛 땅엔 속절없이 풀과 나무뿌리가 자라고 있네.
저무는 하늘이 쓸쓸하여 마음을 아프게 하니
칼 어루만지고 슬피 노래하며 가을 풀 마주한다.
협객들은 아직도 주해의 이름을 전하고 있는데
길 가는 사람은 여전히 이문 가는 길을 안다네.
흰 구슬과 누른 금을 지닌 만호의 제후도
보검과 명마가 다 산과 언덕에 파묻혔으니
흘러간 세월은 처량하여 가히 묻지 못하고
오가며 동으로 흐르는 강물만 바라본다네.

高適, 古大梁行

古城莽蒼饒荊榛　驅馬荒城愁殺人[253]

魏王宮觀盡禾黍　信陵賓客隨灰塵[254]

憶昔雄都舊朝市　軒車照耀歌鍾起[255]

軍容帶甲三十萬　國步連營五千里[256]

全盛須臾那可論　高台曲池無複存[257]

遺墟但見狐狸跡　古地空餘草木根[258]

暮天搖落傷懷抱　撫劍悲歌對秋草[259]

俠客猶傳朱亥名　行人尚識夷門道[260]

白璧黃金萬戶侯　寶刀駿馬塡山丘[261]

253　莽蒼은 횅한 모습을 형용하는 말이다. 莽蒼이 蒼茫으로 된 데도 있다.

254　宮觀이 宮館 혹은 宮殿으로 된 데도 있다. 信陵君은 위 소왕(昭王)의 아들로 이름은 무기(無忌)인데 문무를 겸하고 의리가 있었으며 인재를 예우하여 그의 식객이 삼천 명에 이르렀다.

255　朝市는 조정과 시장인데 여기서는 저잣거리를 이른다. 軒車는 휘장을 드리운 큰 수레를 이르고 歌鍾은 귀족의 풍악을 이른다.

256　國步는 국토(國土)를 이르는 말인데 국운(國運)을 이르기도 한다. 連營이 連衛로, 五千里가 一千里로 된 데도 있다.

257　高台曲池는 화려하고 거대한 누대와 화려한 연못을 이른다.

258　狐狸跡이 狐狸窟로 된 데도 있다.

259　撫劍이 倚劍으로 된 데도 있다.

260　朱亥는 대량 출신으로 푸줏간에서 백정으로 숨어 있다가 진(秦)이 쳐들어와 조(趙)를 포위하자 신릉군을 도와 위나라 장군 진비(晉鄙)를 철추로 때려죽이고 그 군사를 빼앗아 조나라를 구원했다. 夷門은 대량의 동쪽 이산(夷山)에 있던 성문이다. 후영(侯嬴)이 나이 일흔에 이곳의 문지기로 있었는데 신릉군이 그의 재능을 알아보고 수레를 보내 이문까지 가서 상객(上客)으로 삼았다. 신릉군의 책사가 되어 병권을 잡아 조나라를 구하는 데 공을 세웠다.

261　白璧은 납작하고 둥근 모양에 가운데 구멍이 뚫린 흰 옥으로 황금과 함께 귀한 보물이다. 萬戶侯는 만호(萬戶)의 식읍(食邑)을 가진 제후다.

年代凄涼不可問 往來唯見水東流²⁶²

고듸량힝(옛 위나라 셔울 터이라)

　고셩이 망챵요형극ᄒ니 구마황셩수쇄인을

　위왕궁궐은 진화셔요 신능빈긱은 슈회진을

　억작웅도구됴시에 헌게 죠요가죵긔을

　군용은 딍갑삼십만이요 국보ᄂ 연영오쳔니을

　젼셩수유을 나가론가 고듸곡지블부존을

　유허에 단견호리젹이오 고지예 공여쵸목근을

　모쳔이 요락상회포ᄒ니 무(의)검비가듸추쵸을

　협긱은 유젼쥬히명이오 힝인은 상식이문도을

　빅벽황금만호후와 보도쥰ᄆ존산구을

　년듸쳐량블가문이오 왕내유견슈동류을²⁶³

고듸량힝

　옛셩이 휘미레ᄒ게 가싀 남글 둘너시니

　마을 흔어진 셩에 몰믜 사ᄅᆷ을 근심케 ᄒ엿더라

　위나라 님군의 궁과 듸궐은 다 벼와 기장 밧치 되고

　신능군의 삼쳔 빈긱은 지롤 ᄯ라 졋더라

262　唯見이 唯有로 된 데도 있다.

263　1구의 "고셩이 망챵요형극ᄒ니"는 荊榛을 荊棘으로 잘못 이해한 것이다. 『당시장편』에는 뽑혀 있지 않지만 『유취요람』에 실려 있어 함께 소개한다. 『유취요람』에 "위왕궁궐은 진화셔요"로 되어 있는데 궁궐은 다른 문헌에서 보이지 않는다.

381

싱각건딕 옛젹 웅장흔 도읍 옛 죠시에

쵸헌과 슈뤼 셔로 빗치여 노릐와 북이 //러느더라

군스 모양은 갑옷슬 씌니 삼십만이오

나라 형셰는 연흔 영이 오쳔니러라

젼셩흔 거시 잠간 스이에 변흐믈 엇지 가히 논흐랴

놉흔 딕와 조흔 연못시 잇는 거시 업더라

깃친 터에 다만 여호와 삶의 자최만 보고

옛 쓰히 쇽졀없이 플과 나모블희만 나맛더라

져믄 하늘이 요락흐여 회포롤 상케 흐니

칼을 어로 만지고 슬피 노릐흐여 가을 플을 딕하엿더라

협긱들은 잇쩌가지 쥬희의 일홈을 젼흐고

길 가는 사룸은 오히려 이문 길을 아더라

흰 구슬과 누른 금 만호후와

보빅 칼과 조흔 물이 다 믜언덕에 뭇쳐더라

힛슈와 딋슈롤 쳐량흐야 가히 뭇지 못지 못흘너라

가락오락 오직 믈만 동으로 흐르는 양을 블너라

이 작품은 744년 무렵 고적이 송중(宋中)에 은거하면서 농사와 낚시로
소일하던 중 이백, 두보와 함께 대량(大梁)을 여행할 때 지은 작품이다.
대량은 변량(汴梁)으로 전국 시대 위의 도읍지이며 개봉(開封) 지역이
다. 위나라의 흥망성쇠를 주제 삼아 역사 유적지에 대한 감회와 함께 자
신의 영락한 신세를 말하였다.

전체가 20구로 되어 있는데 4구마다 운자를 바꾸어 5개의 단락으로
되었다. 첫 4구는 황량한 옛 성을 찾아가는 시인의 모습을 그렸다. 느릿

느릿 말을 몰고 가노라니 허물어진 성에는 가시덤불만 가득하다. 그 옛날 웅장하고 화려한 위나라 대궐은 벼와 기장이 자라는 논밭으로 변했다. 위세를 떨치던 신릉군이나 삼천 명에 이르던 그의 식객들도 백골이 진토가 되었다.

이어지는 4구는 위나라의 전성 시기를 회고하였다. 조정과 시장에는 고관대작의 수레가 미어지고 풍악 소리가 사방에서 울려 펴졌다. 삼십만 명에 이르는 대군을 보유하였고 강역이 천 리에까지 이른 대국이었다.

그다음 4구는 주제를 전환하여 처음 4구에서 이른 황량한 현재의 모습을 그렸다. 춤추고 노래하던 누대와 유상곡수(流觴曲水)를 즐기던 못은 남아 있는 것이 없다. 그저 무너진 담장에 여우와 살쾡이들만 어슬렁거리고 풀과 나무조차 누렇게 변해 있다.

다시 그 아래 4구는 앞 4구의 황량함에 대한 비감과 함께 5~8구의 화려함에 대한 추억으로 연결하였다. 만물이 시드는 요락의 계절이라 시인의 마음은 더욱 쓸쓸하기에 칼을 어루만지며 비감에 젖는다. '요락'과 '추초'가 시인의 상심을 대신한 것이기도 하다. 그럼에도 대량 사람들은 주해(朱亥)와 후영(侯嬴)의 기억을 가지고 있다고 하였다. 3구와 4구에서 이른 신릉군의 식객을 여기서 다시 말한 것이다.

마지막 4구는 이를 이어 역사의 무상함으로 시상을 종결하였다. 먼저 주해와 후영이 조나라 임금으로부터 백벽과 황금, 기준마(騏駿馬), 패보도(佩寶刀) 등을 싱으로 받아 부귀영화를 누렸지만 그 모든 것이 지금은 땅속에 묻혀 버렸다고 하였다. 그리고 그 시절의 일을 돌아보니 더욱 상심이 되는데, 강물은 무심하게 동으로 흘러갈 뿐이다. 단락을 바꾸어 가면서 전체적으로 과거의 화려함과 현재의 황량함, 무상한 인간사와 영원의 자연을 대비한 것이 이 작품의 특징이다.

이 작품은 후대 회고시의 한 전형을 이루었는데, 이 작품의 제목 자체가 인간사의 허망함을 뜻하는 말로 쓰였다. 조우인의 「대량행(大梁行)」은 이 작품의 뜻을 이은 것이고 조면호의 「염천에게 주다(贈濂川)」는 이 시에 차운한 작품이다. 강석규의 행장에 따르면 그의 증조부 강종경(姜宗慶)이 「백제성 회고시(白帝城懷古詩)」를 지었는데 이 작품을 모의한 것으로 사람들이 전사하여 읽었다고 한다.

◆ ◆ ◆

심사는 근래에 답답하여 편하지 않기에　　　心事年來鬱不平
허연 머리에 부질없이 대량행을 읊조리네.　　白頭空詠大梁行
　　　　　　　　　　— 이재, 「정규양의 시에 차운하다(次鄭叔向葵陽韻)」

낡은 성 휑하고 가시덤불 우거졌는데　　　古城莽蒼饒荊棘
만월대 곁에는 개울만 절로 흘러가네.　　滿月臺邊溪自流
　　　　　　　　　　— 조문수(曺文秀), 「설성의 남루에 올라(登雪城南樓)」

세월이 처량하니
물색이 바뀌고 별이 옮겨 가 몇 번 가을 지났는지 물을 수 없고,
전성 시절 잠깐이라
바람과 비에 갈리고 씻겨 오늘에 이른 것 다시 논하랴!
　　　　　　　年代凄涼　不可問物換星移度幾秋
　　　　　　　全盛須臾　那復論風磨雨洗至今日
　　　　　　— 이진백(李震白), 「정해 좌영의 성문 문루를 중수하는 상량문
　　　　　　　　　　　　　　　(貞海左營城門樓重修上樑文)」

저광희, 낙양의 거리

낙수는 봄이 와 얼음이 풀리고
낙양성은 봄이 와 나무가 푸르니
내일 아침에 살펴보면 큰길에는
떨어진 꽃잎 말발굽에 어지럽겠지.

儲光羲, 洛陽道

洛水春冰開　洛城春樹綠
朝看大道上　落花亂馬足[264]

저광희, 낙양도

낙슈츈빙기요 낙셩츈슈록을
조간듸도듸ᄒ니 낙화난마족을[265]

니양길이라(『언해당음』)

낙양 물에는 봄 어름이 녀럿고

264　春樹가 春水로 된 데도 있다.
265　조간듸도더의 듸는 상의 오류다.

낙양성의는 봄 남기 푸르럿도다

아츰의 큰길 우희를 보니

뻐러진 꼿치 말 발에 어즈라워더라

저광희(706?~763년)는 윤주(潤州) 출신으로 산수전원(山水田園)을 노래하는 데 뛰어났다. 시의 제목 「낙양도」는 남북조 시기 유행한 악부제로 강총, 심약, 서릉(徐陵) 등이 같은 제목의 시를 남겼고 당나라 때에도 저광희 외에 심전기(沈佺期) 등의 작품이 전한다. 조선에서는 이유원이 이 제목으로 9수의 연작시를 남겼다.

봄을 맞아 낙양을 감싸고 도는 낙수는 얼음이 풀리고 낙양 곳곳에는 나무에 물이 올라 신록이 아릅답다. 이렇게 봄이 왔나 했더니 벌써 꽃잎이 큰길에 나뒹굴어 말발굽에 밟힌다. 춘흥이 맑고 곱게 묘사된 작품이다. 1구와 2구에서 '낙(洛)'과 '춘(春)'을 반복하면서 다시 대가 되게 하여 봄날의 춘흥이 느껴지게 한 것이 묘미가 있다.

◆ ◆ ◆

태수가 술 취해 온통 인사불성이라　　　　太守醉歸渾不省

떨어진 꽃잎이 말발굽에 어지럽네.　　　　落花撩亂馬蹄間

— 이황, 「순흥 도중 취해서 돌아가다(順興途中醉歸)」

큰길은 머리카락처럼 곧고
봄날은 고운 기운 많은데
오릉의 귀공자들은
쌍쌍이 패옥을 울리며 가네.

大道直如髮　春日佳氣多
五陵貴公子　雙雙鳴玉珂[266]

기이

되도직여발ᄒᆞ니 츈일의 가긔다을

오릉귀공ᄌᆞ가 쌍〃명옥가을

그 둘지라(『언해당음』)

큰길이 ᄇᆞ로기가 터럭 갓ᄒᆞ야시니

봄날이 아름다운 기운이 맛트라

오릉 짜 귀ᄒᆞᆫ 공ᄌᆞ들이

둘식〃〃 찬 구슬을 울렷더라

266　장안 부근에 있는 한의 다섯 황제 능묘 오릉 부근에는 후대 귀족들의 저택이
많았는데 이들 집안의 젊은이를 五陵公子라 한다. 玉珂는 말 고삐를 장식하
는 옥으로 부딪치면 맑은 소리가 나는 것을 이르는데, 이익은 『성호사설』에서
鳴玉珂는 명옥(鳴玉)으로 만든 가(珂)고, 가는 나전(螺鈿)으로 만든 말의 장
식이며, 명옥은 향옥(響玉), 곧 소리를 울리는 옥이라 새롭게 풀이하였다.

이 시는 5수 연작인데 그중 세 번째 작품이다. 낙양의 큰길은 곧게 뻗어 있는데 봄을 맞아 풍광이 아름답다. 귀공자들이 봄나들이를 하느라 그들이 탄 말에서 울리는 옥 소리가 요란하다. 눈에 보이는 풍경에 이어 귀에 들리는 소리로 마친 것이 여운을 남기게 한다.

이 작품에서 특히 가로세로로 곧게 뻗은 도성의 가로를 형용한 1구가 후대 널리 애송되었다. 이 구절을 그대로 가져다 쓴 예가 변종운, 임득명 등의 시에서 확인된다. 이현일(李玄逸)이 봄날 아우 넷과 시회를 가지면서 2구로 운자를 나누어 시를 지은 바 있다.

◆ ◆ ◆

큰길은 머리카락처럼 곧은데	大道直如髮
버드나무에 꾀꼬리 울음 곱다.	楊柳黃鳥嗜
장안 도회지를 내려다보니	俯瞰長安市
봄날이라 고운 기운이 많구나.	春日氣多佳

— 순조, 「앞사람의 시에 차운하여(次前人韻)」

저광희,
장안의 거리

서쪽으로 가는 천 리 길
어둠이 찬 숲에서 일어나는데
어디선가 풍악 소리 들려와
장안 가는 길인 줄 알겠네.

儲光義, 長安道

　　西行一千里　暝色生寒樹

　　暗聞歌吹聲　知是長安路

장안도

　　셔힝일쳔리ᄒᆞ니 명ᄉᆡᆨ이 ᄉᆡᆼ한슈을

　　암문가취셩ᄒᆞ니 지시쟝안노을

냥안 길이라(『언해당음』)

　　셔녁흐로 일쳐리를 힝ᄒᆞ니

　　어도운 빗치 ᄎᆞᆫ 남긔셔 앗도다

　　가만니 놀릭 부르는 소릭를 드르니

　　올타 알괘라 니것이 댱안을로 오는 길이로다

「장안도」는 한나라 때의 악부제로 장안의 풍경을 호탕하게 묘사하는 전통이 있다. 당나라의 위응물, 백거이 등이 이 제목의 악부시를 지었다. 위응물은 장안의 번화함을, 백거이는 인생의 허망함을 길게 노래한 것에 비하여 저광희는 오언절구에 장안으로 가다 느낀 정감을 짧지만 인상적으로 노래하였다. 서쪽으로 천 리 먼 길을 왔는데, 날이 저물어 한기가 돈다. 어두워 어디인지 알 수 없지만 풍악 소리가 들려오니 장안이 가까운 것을 알게 되어 마음이 푸근해진다. 이런 뜻을 담았다.

　관서 지역이나 중국으로 가게 된 조선 문인들이 1구를 떠올리고 그들의 시에 그냥 가져다 쓰곤 하였다. 특히 임득명이 관서를 유람한 서화첩을 『서행일천리』라 한 것이 이 시에 유래한 것이다. 2구 역시 정철, 이만부(李萬敷) 등의 시에서 그대로 사용한 것이 확인된다. 오이익의 문집에 유묵(遺墨)으로 실려 있는 것 중에 이 시를 쓴 것도 있다. 성현, 정두경, 채팽윤, 최기남(崔起南), 최승태(崔承太), 권헌 등도 이 제목의 시를 남겼다.

◆ ◆ ◆

푸른 나무 궁궐에 그늘을 드리우고	綠樹蔭宮墻
붉은 기와가 귀족 마을에 이어지는데	朱甍連戚里
요란한 도성의 큰길에는	喧喧大道中
수레와 말 소리 언제 그칠까?	車馬何時已

　　　　　　　　　　　　　　　　― 최기남, 「장안의 거리(長安道)」

유장경, 춘초궁의 회고

군왕은 이제 만나 볼 수 없지만
고운 풀은 옛 궁에 봄을 맞았기에
아직 비단 치마 빛깔을 띠고서
새파랗게 초나라 사람을 향하고 있네.

劉長卿, 春草宮懷古

　　君王不可見　芳草舊宮春
　　猶帶羅裙色　靑靑向楚人[267]

유장경, 츈궁회고

　　군왕을 불가견ᄒ니 방초구궁츈을
　　유딘나군셕ᄒ니 쳥∥향초인을

보이 온 궁 쇽의 옛일을 싱각홈이라(『언해당음』)
　　군왕 가희 뵈올 길이 업스니

267　군왕은 춘초궁을 지은 수 양제를 가리킨다. 楚人은 초 땅의 사람인데 여기서
　　는 춘초궁이 있던 양주에 사는 사람을 가리킨다.

빛다온 풀이 넷 궁 봄이로다

오히려 비단 치마 빗슬 띄여

푸르고 〃〃리 설른 사롭을 향흐야드라²⁶⁸

유장경(709~780년)은 자가 문방(文房)인데 젊은 시절 낙양에 거주하였
다. 수주(隨州)의 자사를 역임하여 유수주로 일컬어진다. 두보와 비슷
한 연배지만 주로 숙종 이후 명편을 남겨 전기(錢起)와 전류(錢劉)로 병
칭된다. 오언율시에 능하여 스스로 오언장성(五言長城)이라 한 고사가
있다. 규장각에 16세기 중반에 조선에서 간행된『유수주문집(劉隨州文
集)』이 소장되어 있다.

이 작품은 춘초궁 궁인의 애달픈 삶을 노래했다. 춘초궁은 수 양제(隋
煬帝)가 건립한 이궁(離宮)이다. 춘초궁에 그 예전 군왕의 모습을 찾을
길 없지만 고운 풀은 당시 궁녀의 치마처럼 푸른빛을 띠고서 인근에 사는
사람들을 바라보고 있다고 하였다. 수 양제의 유적을 회고한 작품으로
해석하는 것이 일반적이지만, 이수광은『지봉유설』에서 초 영왕 때 궁중
에서 외롭게 갇혀 죽은 궁인의 묘 위에 풀이 돋았는데 이를 궁인초(宮人
草)라 한다는 설을 소개하면서 이 시를 들었다.

◆◆◆

풀은 비단 치마를 둘러서 푸른데   草帶羅裙綠

꽃은 취한 얼굴에 남아 붉다네.   花留醉面紅

---

268   楚人을 슬픈 사람으로 번역하였는데 근거는 알 수 없다.

— 정포(鄭誧), 「개운포(開雲浦)」

떠도는 것 오늘의 일이지만   流離今日事
즐기던 것 지난봄 일이었지.   娛樂昔時春
오직 처마 아래 제비만 있어   惟有簷前燕
옛 주인을 기뻐하는 듯하네.   如忻舊主人

— 손조서, 「춘초궁의 회고(春草宮懷古)」

유장경、 눈을 만나 부용산에서 자면서

해 저물어 푸른 산이 아득하고
하늘 차니 초가집이 가난한데
사립문에 개 짖는 소리 들리니
한밤 눈바람 속에 뉘 돌아오나 보다.

劉長卿, 逢雪宿芙蓉山

　日暮蒼山遠　天寒白屋貧
　柴門聞犬吠　風雪夜歸人

봉셜슉부용산

　일모창산원이요 천한빅옥빈을
　시문간견폐ᄒ니 풍셜야귀인을[269]

눈을 맛나 부용산의셔 자다(『언해당음』)

　히 져무러시니 푸른 산이 머럿고
　ᄒ날 치오니 힌 집의 가ᄂ흐드라

269　시문간견폐는 '柴門看犬吠'로 이해한 것이지만 잘못이다.

수립문의 기 지는 소리를 드르니

부룸과 눈 속의 밤이 깁푼디 스룸이 오나 보다

이 작품은 눈 오는 밤 부용산에 사는 어떤 사람의 집에 하루 유숙하면
서 지은 것이다. 부용산은 호남(湖南)의 계양(桂陽)에 있다는 설도 있
지만 분명하지 않다. 날이 저물어 파란 산이 더욱 멀어 보인다. 그곳에 가
난한 사람의 초가가 있는데 찬 날씨에 더욱 스산하다. 하루를 묵어 가려
하는데 주인은 보이지 않는다. 한참 뒤 한밤이 되자 사립문에 개 짖는 소
리가 들린다. 눈보라 속에 주인이 돌아오는가 보다. 개 짖는 소리를 듣는
사람이나 돌아온 사람을 시인 자신으로 보아 개 짖는 소리를 들으며 시
인이 눈바람 맞으며 찾아가는 것으로 풀이하기도 한다.

아이들이 읽던 『추구(推句)』에 1~2구가 실려 있을 정도로 조선에서도
널리 알려진 작품이다. 김수항이 이 시의 1~2구 10자를 나누어 시회를
가졌고 최현(崔睍)은 2구를 제목으로 하여 율시를 지은 바 있다. 많은 시
조에서 보이는 '시비(柴扉)에 개 짖는 소리' 혹은 '시비에 개 짖는다' 등의
표현은 모두 여기서 나왔다. 또 춘향전의 이본인 『남원고사』에서 이도령
과 춘향이 첫날밤을 보낼 때 이도령이 읊은 시구 중 '풍설야귀인'이 바로
이 시에서 가져온 것이다. 정선과 최북 등이 각기 그린 「풍설야귀도(風雪
夜歸圖)」가 이 시를 그림으로 그린 것이다. 이명은(李明㤙)의 작품으로
전해지는 「천한동설(天寒凍雪)」, 이방운의 「산수도(山水圖)」 역시 비슷
한 내용을 담고 있다. 순조 때 화원을 뽑는 시험의 산수 분야에서 이 시
를 제목으로 내건 바 있다.

◆ ◆ ◆

짧은 해 찬 하늘 저무는데　　　　　　　　　短日寒天暮
푸른 산의 초가가 가난하네.　　　　　　　　蒼山白屋貧
　　　　　　　　　　— 이산해(李山海), 「하늘이 차다(天寒)」

눈이 가득 덮인 깡촌은 들르는 이 없는데　　雪滿荒村過者稀
어찌 개 한 마리 구름 속 사립에서 짖는가?　如何一犬吠雲扉
아마도 뒷산에 매화가 피어났기에　　　　　定知山後梅花發
개울의 벗과 꽃구경하고 밤에 돌아오나 보다.　溪友尋香冒夜歸
　　　　　　　　　　　— 정문부, 「풍설야귀인(風雪夜歸人)」

강 마을에 해 저물어 사립문 두드리니　　　沙村日暮扣柴扉
저녁 이슬 부슬부슬 옷을 젖게 할 듯.　　　夕露微微欲濕衣
강둑길에 불 밝고 개 짖는 소리 들리더니　江路火明聞犬吠
어린아이 주인 돌아온다 말을 전하네.　　　小童來報主人歸
　　　　　　　　— 신광한, 「최동년의 경포 별서에서 즉흥적으로 읊다
　　　　　　　　　　　（崔同年鏡浦別墅卽事次昌邦韻）」

거문고 줄 쏘주 노코 훌연이 줌을 든 제
시문(柴門) 견폐성(犬吠聲)에 반가온 벗 오는고야.
아희야 점심도 흐려니와 탁주 몬져 니여라
　　　　　　　　　　　　　　　— 김창업의 시조

일모창산원ᄒ니 날 저무러 못 오던가.
천한백옥빈ᄒ니 하날이 차 못 오던가.
시문에 문견폐ᄒ니 님 오는가 ᄒ노라.

— 작가 미상의 시조

유장경、소양전의 노래

어젯밤 성은을 입어 미앙궁에 잤더니
비단옷에 대궐 화로 향이 아직 묻어 있네.
부용 휘장 자그맣고 구름 병풍 어둑한데
버들에 바람 불어 물가의 전각이 서늘하네.

劉長卿, 昭陽曲

　　昨夜承恩宿未央　羅衣猶帶御爐香
　　芙蓉帳小雲屏暗　楊柳風多水殿涼[270]

유문방, 쇼양곡

　　작야승은슉미앙ᄒᆞ니 나의유ᄃᆡ어로향을
　　부용장소운병암이요 양뉴풍다슈전양을[271]

270　御爐가 御衣로 된 데도 있다.
271　'유문방'은 유장경의 이름을 자 문방으로 표기한 것이다.

이 작품은 성은을 입은 궁인의 노래로, 「소양곡(昭陽曲)」이라는 제목이 여기서 시작하였다. 한 무제가 미앙궁 안에 산초와 진흙을 섞어 벽을 발라 후비의 침전으로 삼고 초방전(椒房殿)이라 하였다. 여기에 여덟 구역의 궁전이 있었는데 그중 하나가 소양전(昭陽殿)이다. 여기서는 후비의 궁전을 가리킨다.

궁인이 미앙궁으로 불려 들어가 성은을 입었다. 아침에 일어나니 화로에서 피운 향이 아직도 옷에 묻어 있다. 화로의 향은 성은을 비유한 것이다. 성은을 입은 방은 연꽃 문양을 수놓은 조그만 휘장을 드리우고 구름 문양을 한 병풍을 둘렀다. 그곳에서 나오니 마침 시원한 바람이 불어 버들가지 휘날린다. 휘날리는 버들가지는 군왕의 사랑을 받은 궁인의 들뜬 마음을 비유한 것으로도 읽을 수 있다.

이 시에서 화로의 향이 옷에 스며 있다는 표현은 후대에 성은을 입었다는 비유로 쓰였다. 화려한 내실을 형용할 때 자주 쓰이는 부용장(芙蓉帳), 운병(雲屏) 등도 이 시에서 유래한다. 김도수(金道洙)의 「소양가(昭陽歌)」가 이 시를 모의한 작품이다.

◆ ◆ ◆

구름 병풍 가린 속에 눈썹을 찡긋하는 것은　　雲屛斜掩翠眉嚬
홍안은 한스럽지 않건만 봄만은 원망스럽기에.　　不恨紅顏只怨春
창 너머 푸른 주렴이요 주렴 너머 길인데　　牕外綠簾簾外路
길에는 그 얼마나 애간장 끊는 이가 많은지.　　路中多少斷腸人

— 권필, 「향렴체를 모방하여(效香奩體)」

저문 강에 원숭이 울고 나그네 흩어지니
사람은 절로 상심해도 물은 절로 흐른다.
함께 쫓겨난 신하라도 자네가 더욱 멀기에
만 리 먼 푸른 산으로 외로운 배를 타겠네.

劉長卿, 送裴郎中貶吉州

　猿啼客散暮江頭　人自傷心水自流

　同作逐臣君更遠　靑山萬里一孤舟

송비랑즁폄길쥬

　원졔긱산모강두ᄒ니 인자상심슈자류을

　동작튝신군깅원ᄒ니 쳥산만리일고쥬을

유장경은 773년에서 777년 사이 어느 가을에 모함을 받아 목주(睦州)
사마(司馬)로 좌천되어 가게 되었는데, 이 무렵 지은 작품이다. 배낭중
은 어떤 인물인지 알 수 없지만 낭중 벼슬을 하다가 유장경과 함께 좌천
된 듯하다. 그가 좌천되어 간 길주는 지금의 강서 길안이다.

　저물녘 서글픈 원숭이 울음소리 들리는 강가에서 함께 좌천된 벗을 전

송하노라니 두 사람의 마음이 절로 슬프지만, 강물은 이들의 슬픔에 아랑곳하지 않고 절로 흐르기만 한다. 함께 장안에서 쫓겨나지만 벗은 더욱 만 리 먼 곳으로 가게 되어 혼자 외롭게 배를 타고 가야 할 것이라 더욱 마음이 쓸쓸하다. 이 시에서 2구의 '자(自)'가 이별에 상심하는 사람과 아랑곳 않는 강물을 대비되게 한 것이 묘미가 있다.

송상기는 「남천록(南遷錄)」에 홍석보(洪錫輔)와 헤어지면서 3구의 '군(君)'을 '오(吾)'로 바꾸면 상황에 맞을 것이라 농담했는데 영암(靈巖)보다 더 먼 강진(康津)에 유배된 자신의 처지를 이렇게 말한 것이다. 오원과 오두인(吳斗寅) 등도 이 시의 3구를 운자로 하여 7편의 시를 지었다. 김수항, 박장원(朴長遠), 김윤식(金允植)의 집구시에 각기 1구와 2구, 3구가 이용되었으니, 이 시가 조선 시대에 널리 알려졌음이 분명하다.

◆ ◆ ◆

천촌만락 눈길 끝에 사람은 어디 있는지　　千村極目人何處
인간만사 상심해도 강물은 절로 흐르네.　　萬事傷心水自流

— 오두인, 「해당화 절로 피고 부질없이 물이 흐르네(野棠自發空流水)」

유장경, 신식 가는 길에서 짓다

쓸쓸히 홀로 여남으로 가노라니
길에서 여러 번 군영을 보게 되네.
고목은 난리가 지나도 짙푸른데
외론 성에 몇 집이나 사람 사는지!

劉長卿, 新息道中作
　　蕭條獨向汝南行　客路多逢漢騎營
　　古木蒼蒼離亂後　幾家同住一孤城[272]

신식도즁작
　　소조독향여남힝ᄒ니 긱로다봉한긔영을
　　고목은 창〃이란후ᄒ니 긔가동쥬일고셩을

272　汝南은 하남 일대를 이른다. 신식은 여남의 치소(治所)가 있던 곳으로 지금의
　　식현(息縣)이다. 漢騎營은 기병의 군영을 예스럽게 이른 것이며, 한나라 때
　　의 군영이 아직 남아 있다는 뜻은 아니다.

유장경이 773년에서 777년 사이 어느 가을에 모함을 받아 목주 사마로 좌천되어 가던 여로에서 이 시를 지은 것으로 보인다. 쓸쓸하게 홀로 여남으로 가노라니, 아직 철수하지 않은 군영이 도처에 자주 보인다. 잦은 병화를 겪었지만 고목은 푸른빛을 잃지 않았는데, 외로운 성안에는 그저 집 몇 채만 남아 있다. 오랜 세월 정정한 고목에 대비된 초라한 몇 채의 인가가 전란으로 인한 인간사의 비애를 느끼게 한다.

◆ ◆ ◆

쓸쓸히 홀로 해남에서 돌아오니   蕭條獨向海南還
비는 눈물 자국처럼 소매에 얼룩지네.   雨似啼痕袖盡斑
　　— 백광훈, 「나주 가는 길에 도사 민서초에게 부치다(錦城途中回寄閔都事恕初)」

나그넷길 남도 사투리 자주 만나기에   客路多逢南士語
한 잔 술을 권하니 눈이 유독 훤해지네.   一杯相屬眼偏明
　　— 최석정, 「백기보 가는 길에(白旗堡途中)」

유장경、
최구에게 주다

그대 한번 보면 한번 슬픈 노래 부르게 되니
해마다 이렇게 늙어 가는 것을 어찌하리요?
초라한 집이 점차 가을 풀에 묻혀 가는데
청운에 오른 벗이 많다 말하지 말게나.

劉長卿, 贈崔九

　　憐君一見一悲歌　歲歲無如老去何
　　白屋漸看秋草沒　靑雲莫道故人多[273]

증최군

　　연군일견일비가ᄒ니 셰〃무여노거하오
　　빅옥졈간츄초몰이요 쳥운막도고인다ᄒ소[274]

273　靑雲은 높은 벼슬을 하는 것을 상징한다.

274　증최군은 '증최구'의 잘못이다.

최재화(崔載華)라는 벗에게 준 작품이다. 유장경의 문집 『유수주집』에 여러 차례 보이는데 녹사(錄事) 등의 벼슬을 지냈고 일본에 사신으로 갔던 적도 있지만 자세한 이력은 밝혀져 있지 않다. 그를 만날 때마다 안타까운 것은 볼 때마다 늙어서 늘 슬픈 노래를 부르게 된다는 점이다. 게다가 처지가 빈한하여 초가집조차 시든 가을 풀숲 속에 무너져 간다. 혹 청운에 오른 이가 최재화를 도와줄 수 있으면 좋으련만, 아무도 그렇게 하는 이가 없어 더욱 가련하다. 2구는 1구에서 이르는 슬픈 노래의 내용으로 풀이하면 더욱 애절하다.

고용후의 집구시에 3구가, 양진영(梁進永)의 집구시에 4구가 이용된 바 있으니, 이 작품이 조선 시대 문인에게 익숙했음을 알 수 있다.

◆ ◆ ◆

빈 들보에 지는 달빛 비치니   空梁有落月
한번 보고 한번 슬퍼지네.   一見一悲辛

— 전식(全湜), 「김광엽을 애도하여(輓金竹日光曄)」

십 년 가난과 병에 떠도는 신세인지라   十年貧病仍流落
청운에 오른 벗이 있다 말할 수 있으랴?   敢道靑雲有故人

— 유방선(柳方善), 「어떤 이에게 부치다(寄人)」

유장경, 정산인이 사는 곳을 지나며

적적해라, 외로운 꾀꼬리 살구 동산에 울고
고요한데 개 한 마리 복숭아 개울에서 짖는다.
떨어진 꽃잎과 고운 풀은 찾는 일 없어
천봉만학 깊은 곳에 홀로 문 닫고 있네.

劉長卿, 過鄭山人所居

　　寂寂孤鶯啼杏園　寥寥一犬吠桃源

　　落花芳草無尋處　萬壑千峰獨閉門[275]

과정산인소거

　　적〃고잉은 졔힝원이요 요〃일견은 폐도원을

　　낙화방초무심쳐요 만학쳔봉독폐문을

275　『전당시』에 같은 내용을 싣고 2구가 "허연 머리로 곡구촌에 숨어 산다네.(白
　　首深藏谷口村)" 혹은 "봄이 온 산에 무릉의 언덕에 개 짖는 소리(春山犬吠武
　　陵原)"로 된 데도 있다고 하였다.

산중에 은거하는 정 아무개를 찾아가 지은 작품이다. 은자의 삶을 맑고 곱게 묘사한 것으로 고평을 받았다. 고요한 가운데 살구꽃 붉게 핀 동산에 꾀꼬리 한 마리 울고, 복사꽃 지는 개울가에서 개 한 마리 짖고 있는 한가하면서도 맑은 풍경을 제시한 다음, 풀이 돋든 꽃이 지든 아랑곳하지 않고 첩첩산중에 문을 닫아걸고 홀로 지내는 은자의 모습을 말하였다. 명의 양신(楊愼)은 1구와 2구가 정확하게 대를 이루면서도 뜻은 하나로 이어져 있다고 하여, 이 구절의 독특한 구법에 주목했다. 2구의 '도원(桃源)'은 벗의 집이 도화원(桃花源) 같다는 뜻을 담은 것이기도 하다.

이 작품 역시 조선에서 널리 회자되었다. 김귀주의 「유북한기(遊北漢記)」에 말을 타고 북한산을 가면서 이 시를 읊조렸다는 기록이 보인다. 숙종이 독서당(讀書堂)에서 4구를 직접 썼는데 이를 두고 채팽윤이 시를 지어 상을 받았다. 김시습, 김윤식 등이 집구시를 지으면서 4구를 가져다 썼다.

◆ ◆ ◆

첩첩산중 골짜기 안에 초가 한 채	萬壑一茅屋
봄이 깊어 꽃이 문을 에워싸고 있네.	春深花擁門
아무도 찾아와 문 두드리는 이 없어	無人來見叩
종일 시끄러운 소리 듣지 않는다네.	盡日不聞喧
고요한 사귐은 꾀꼬리 울음소리요	靜契流鶯語
호젓한 마음은 가는 풀 무성한 것.	幽情細草繁
세상사 안위는 여러 현자에게 맡기고	安危衆賢在
편안히 누워서 태평세월을 꿈꾸노라.	高臥夢義軒

— 채팽윤, 「어제 만학천봉독폐문(御題萬壑千峯獨閉門)」

석양 비치는 골짜기에는 다니는 이 없는데 　　洞門斜日少行人

외로운 꾀꼬리 울음 저무는 봄 적적하구나. 　　寂寂孤鶯囀晩春

흐르는 물 떨어진 꽃잎 갈 길을 잃었으니 　　流水落花迷去路

어디가 무릉도원 가는 나루인지 모르겠네. 　　不知何處武陵津

— 신정, 「산에 들어가면서 짓다(入山作)」

늬 집이 길츠거다 두견이 나지 운다.

만학천봉에 외사립 다다시니

져 기야 왕래조수(往來鳥獸)를 즈져 무슴 흐리오.

— 작가 미상의 시조

대궐에서 멀리 강호를 떠도는 객을 불렀지만
몇 번이나 갈림길에서 병으로 사양하였던가!
아득한 강호에 봄이 두루 오려 하는데
나그네는 한 필 말로 금릉을 떠나시네.

劉長卿, 寄別朱拾遺

　　天書遠召滄浪客　幾度臨岐病未能

　　江海茫茫春欲遍　行人一騎發金陵[276]

긔별쥬십유

　　천서원소창낭깅이 긔도임기병미릉을

　　강히망∥춘욕편ᄒ니 힝인일긔발금능을

276　天書는 조서(詔書)와 같다. 滄浪客은 강호를 떠도는 벗 주방을 가리킨다.

주방(朱放)이 786년 습유에 임명되어 장안으로 갈 때 작별하면서 지은
작품으로 추정된다. 유장경은 이 무렵 강주(江州)에 우거하다가 회남 절
도사(淮南節度使)의 막부에 의탁하고 있었다. 대궐에서 거듭 조서를 내
려 주방을 불렀지만 그때마다 주방은 출처(出處)의 갈림길에서 병이 있
다면서 은거를 택하였다. 그러다 이번에는 결국 벼슬길로 나서게 되었기
에 그 아쉬움을 이렇게 노래하였다. 금릉에 봄이 와 풍경이 이리 좋은데
이를 버리고 벼슬길에 나아가는 것이 섭섭하다고 하였다.

◆ ◆ ◆

강호를 돌아보니 봄이 두루 오려 하기에　　　江海回看春欲遍
가지 꺾어 역정의 매화 향을 먼저 보내네.　　　一枝先報驛梅香
　　— 채팽윤, 「해남에서 귀양살이하는 심 대감에게 부쳐 보내다(寄呈沈台海南謫居)」

나그네는 말 타고 외로운 성을 떠나는데　　　行人一騎發孤城
버드나무는 푸르고 봄 물결은 불어 있네.　　　楊柳靑靑春水生
　　　　　　— 심지한(沈之漢), 「대호와 작별하며(留別大瓠)」

유장경、 성 선사의 절을 찾아

가을 풀 노란 국화가 옛길을 덮었는데
숲 너머 아스라이 연기 이는 것 보이네.
산중 스님은 홀로 산중에서 늙어 가는데
찬 소나무만 있어 그 젊은 시절 보았다지.

劉長卿, 尋盛禪師蘭若

秋草黃花覆古阡　隔林遙見起人煙
山僧獨在山中老　唯有寒松見少年[277]

심성선사난야

츄초황화부고쳔ᄒ니 격님요견긔인연을
산승독지산즁노ᄒ니 유〃한송견소년을

277　蘭若는 절을 이르는 말이다. 遙見이 何處로 된 데도 있다.

이 작품은 성 선사가 기거하는 사찰로 찾아가 지은 작품이다. 오랜 세월 산중에 홀로 기거하는 승려의 삶을 참신하게 노래하였다. 가을이 깊어 절을 찾아가는 길은 시든 풀과 새로 핀 국화로 뒤덮여 있을 뿐 사람 사는 흔적은 보이지 않는다. 그런 산길을 한참 걷다 보니 숲 너머에 밥 짓는 연기가 피어오른다. 그곳에 스님의 절간이 있겠구나. 절에 이르고 보니 늙은 스님은 홀로 기거하고 낙락장송 한 그루만 서 있다. 젊은 시절부터 이 절에서 스님이 불법을 닦던 것을 이 소나무만 보았겠구나. 이런 뜻을 적었다.

◆◆◆

붉은 잎 노란 꽃이 좁은 두렁길을 덮었는데 　　　紅葉黃花覆短阡
나그네 기러기 외로운 학이 함께 쓸쓸하네. 　　　羈鴻孤鶴共悽然
　　　　　— 신위, 「성림이 보내 준 시에 차운하여 답하다(次韻答聖臨見寄)」

말을 타고 홀로 강 건너 길을 찾아가노라니 　　　騎馬獨尋江外路
숲 너머 아득히 피어나는 저녁 안개 보이네. 　　　隔林遙見暮煙生
　　　　　— 신정, 「동교에서 저녁에 거닐면서(東郊暮行)」

두보、팔진도

공업은 천하삼분이 가장 컸고
명성은 팔진도에서 이루어졌지.
강이 흘러도 돌은 구르지 않건만
남은 한은 오나라 병탄 못한 것.

杜甫, 八陣圖

功蓋三分國　名成八陣圖
江流石不轉　遺恨失吞吳[278]

두보, 팔진도

공기삼분국이요 명성팔진도을
강뉴석부전ᄒ니 유한이 실탄오을

『누시언해』

공(功)은 세헤는 횃는 나라해 두펫고
일후믄 팔진(八陣)ㅅ도(圖)애 이렛도다

278　名成이 名高로 된 데도 있다.

그르미 흘로딕 돌한 옮디 아니ᄒ얫ᄂ니

기튼 슬호믄 오(吳)롤 솜교리라 호몰 그르ᄒ니라

제갈양의 팔진도를 위ᄒ야 지음이라(『언해당음』)

공은 셧의 나누인 나ᄅ의 덥혓고

일흠은 팔진도에 일어도다

강믈 흐르되 돌이 굴지 아니홈 갓튼 것은

ᄢᅵ친 한니 오나라를 숨키지 못ᄒ야 홈이라

두보(712~770년)는 자가 자미(子美)이며 스스로 두릉포의(杜陵布衣), 혹은 소릉야로(少陵野老)라 하였는데 두심언(杜審言)의 손자이기에 '소'를 붙인 것이다. 시성으로 일컬어지는 중국 최고의 대가다. 그의 시가 중국뿐 아니라 동아시아에 두루 큰 영향을 끼쳤으며, 조선에서 독자적으로 『찬주분류두시(纂註分類杜詩)』를 편찬하고 이를 바탕으로 완역한 『분류두공부시언해(分類杜工部詩諺解)』를 간행했다.

이 작품은 두보가 기주(夔州)에 있던 766년 무렵 팔진도(八陣圖)의 현장을 찾아 지은 것으로, 제갈량의 공업을 주제로 하고 있다. 제갈량이 천하를 셋으로 나누어 북쪽은 조조에게 양보하고 남쪽은 손권에게 양보하는 대신 유비가 형주(荊州)를 차지하여 촉을 안정시킨 다음 천하 통일을 도모하려 하였는데 두보는 이러한 전략이 제갈량의 가장 큰 공업이라고 평가하였다. 그리고 그러한 과정에서 제갈량이 고안하여 펼친 팔진도가 후세에 가장 이름을 떨치게 되었다고 하였다. 제갈량은 어복(魚腹)의 평사(平沙) 물가에서 이 진법을 구상하여 돌을 포개 여덟 줄을 만들고 각 줄의 거리를 2장(丈)으로 하였다고 한다. 팔진도는 오나라 군사를 막기 위한 것인데, 그 터가 기주에 남아 있다. 강이 흘러도 돌은 구르지 않는다고 한 것이 이 유적을 가리킨다.

4구는 제갈량이 오나라를 병탄하지 못한 것이 한스럽다고 보지 않고, 제갈량이 오나라를 병탄하려 한 계획이 실책이었다는 뜻으로 풀이하기도 한다. 송 소식은 『동파지림(東坡志林)』에서 꿈에서 두보로부터 들었다면서 이렇게 썼다. "세상 사람들은 대개 나의 「팔진도」 시를 오해하여 선주(先主, 유비)와 무후(武侯, 제갈량)가 관우의 원수를 갚으려 하였지만 오나라를 멸망시키지 못하여 한탄한 것으로 대부분 생각하지만, 이는 잘못이다. 나의 뜻은 본디 오와 촉은 순치(脣齒)의 관계에 있는 나라이므로 서로 침범해서는 되지 않는데 진(晉)이 촉을 취할 수 있었던 것은 촉이 오를 삼킬 뜻을 가졌기 때문이다. 이것을 한탄할 뿐이다." 이에 대해 어숙권(魚叔權)은 『패관잡기(稗官雜記)』에서 소식의 꿈으로 인해 오나라를 잘못 병탄하려 한 것으로 이해된 것을 비판했다. 김익(金熤)의 「두공부가 팔진도 시를 변명한 시를 비웃은 동파에 대해 변론하다(辨東坡笑杜工部辨明八陣圖詩)」, 이만운(李萬運)의 「유한실탄오에 대한 변론(遺恨失吞吳辨)」 등도 이러한 논란을 주제로 한 글이다. 홍대용의 「간정동필담(乾淨衕筆談)」에도 반정균(潘庭均), 엄성(嚴誠) 등과 이 시의 의미를 두고 토론하는 대목이 나온다.

또 이수광은 『지봉유설』에서 조시이 "조선은 시티를 때문에 나라가 망할 것이다."라고 한 말을 들고 젊을 때부터 늙을 때까지 변함없이 도적질을 하는 것을 3구로 비유했다. 조선 시대 「팔진도」를 대상으로 하거나 이 시에 차운한 작품은 손조서, 정수강(丁壽崗), 박상 등 16세기부터 양산되었다.

◆ ◆ ◆

충심은 출사표를 관통하고　　　　　　忠貫出師表

계책은 팔진도에 심오했지.　　　　　　籌深疊石圖

한나라 부흥할 생각은 알겠는데　　　　已知謀復漢

오나라 치지 못했다 탓할 것 있나.　　何咎欲亡吳

— 손조서, 「팔진도」

포개진 바위에 진짜 자취 남아 있어　　疊石留眞蹟

풍운의 장대한 뜻을 보호하고 있구나.　風雲護壯圖

천추의 역사 이윤과 강태공만 보이고　千秋見伊呂

병법은 손무와 오기가 무색할 뿐이라지.　兵法失孫吳

— 강석규, 「명성팔진도(名成八陣圖)」

공개 삼분국이오 명성 팔진도ㅣ라.

강이 흐르니 천운도 유정(有定)커다.

천재(千載)에 지친 한은 오후(吳侯)런가 ᄒ노라.

— 작가 미상의 시조

강은 푸르고 새는 더욱 흰데
산은 파랗고 꽃은 불이 난 듯.
올봄이 또 이리 가는 것 보니
어느 해 어느 날 돌아갈는지?

杜甫, 絶句

江碧鳥逾白 山靑花欲燃
今春看又過 何日是歸年

절귀

강벽조유빅이요 산청화욕연을
금츈의 간우과ᄒᆞ니 하일시귀년

『두시언해』

ᄀᆞ르미 푸르니 새 더욱 히오
뫼히 퍼러ᄒᆞ니 곳비치 블 븓는 듯도다
옰보미 본딘 ᄯᅩ 디나가ᄂᆞ니
어느 나리 이 도라갈 히오

경개를 지음이라(『언해당음』)

　　　강이 푸르니 시 가는 거시 희고

　　　산니 푸르니 꼿치 피여 불붓는 빗치 되고져 흐는또다

　　　이 봄이 쏘 지나가옴을 보니

　　　어늬 날이 니 돌아올 힌고

이 작품은 764년 성도(成都)에 있을 때의 작품이다. 이익은 『성호사설』에서 이 시의 1구와 2구를 두고 "홍(紅)과 백(白)이 청(靑)과 벽(碧) 사이에 있어 그 광채와 색택이 더욱 선명하게 드러나니, 대개 말을 만드는 오묘한 법이다."라 칭찬하였다. 강물이 파랗기에 이에 대조되어 새는 더욱 하얗고, 산이 푸르기에 불타는 듯 꽃의 붉은빛이 더욱 뚜렷하게 된 것을 두고 이른 것이다. 이렇게 풍경을 묘사한 다음, 다시 이렇게 봄이 허무하게 또 지나가는데 고향으로 돌아갈 시기는 짐작할 수 없다는 탄식을 담았다. 3구의 '우(又)'는 작년에도 고향으로 가지 못했는데 올해도 또한 그러하다는 강한 탄식이 담긴 글자로 평가되었다.

　조선 시대에 가장 널리 알려진 두보의 시라 하겠다. 정사룡, 이해수(李海壽), 이진백 등이 봄날 지은 시에서 3구를, 이색, 임억령, 황준량(黃俊良), 신흠, 박제가(朴齊家) 등이 4구를 가져다 객지를 떠도는 비애를 표현하는 데 썼다. 이산해는 3구와 4구 열 글자를 운자로 하여 10수의 시를 지은 바 있다.

◆ ◆ ◆

버들이 푸르니 물이 더욱 흰데   柳碧水逾白

꽃이 붉으니 산이 다시 푸르네.   花紅山更靑

　　　— 이경석, 「조랑에게 주어 다시 윤명정에게 올리다(與趙郎再上尹溟亭)」

보리 까끄라기 땅을 좇아 흰데   麥芒隨地白

꽃기운은 산 가득 붉게 타네.   花氣滿山燃

　　　— 정약용, 「연기 가는 도중에 짓다(燕岐途中作)」

봄 강물이 끝나려는 곳에서 애를 끊나니
지팡이 짚고 천천히 고운 물가에 섰노라.
미친 듯한 버들개지는 바람 따라 춤추고
경박한 복사꽃은 물을 좇아 흘러가네.

杜甫, 漫興

　　腸斷春江欲盡頭　杖藜徐步立芳洲
　　顚狂柳絮隨風舞　輕薄桃花逐水流[279]

두보, 만흥

　　장단츈강욕진두ᄒᆞ니 쟝녀셔보입방쥬을
　　젼광뉴셔은 슈풍무요 경박도화은 츅슈류을

『두시언해』

　　봄ᄀᆞ르미 다ᄋᆞ고져 ᄒᆞᄂᆞᆫ 그테셔 애를 긋노니
　　도트랏 딥고 날호야 거러 곳다온 믌ᄀᆞᅀᅵ 셔쇼라

279　春江이 江春으로, 盡頭가 白頭로 된 데도 있다.

업드러 미친 버듨가야지는 부르물 조차가고 가비얍고
열운 복셨고젼 므를 조차 흐르ᄂ다

이 작품은 761년 성도의 초당에 기거할 때 쓴 작품이다. 제목의 만흥은 그다지 공을 들이지 않고 흥이 이는 대로 편하게 쓴 시를 이른다. 한 해 봄이 지나가는 것을 안타까워한 작품이다. 봄이 온 강물이 끝나려 한다는 것은 강가의 봄이 끝나려 한다고 풀이하는 것이 일반적이다. 봄이 다하려 함에 가슴이 아파 남은 봄을 즐기려 고운 물가로 천천히 거닐게 된 것이다. 미친 듯이 날리는 버들개지가 바람을 타고 춤을 추는 것은 두보의 춘흥(春興)을 말한 것이고, 진중하지 못한 복사꽃이 개울물 따라 흘러가 버리는 것은 인생의 허망함을 안타까워한 것으로도 볼 수 있다.

최연, 이광윤(李光胤) 등이 3구를 그대로 가져다 쓴 것으로 보아 조선에서 꽤 알려진 작품이라 하겠다. 박영원의 「두공부의 만흥에 차운하다(次杜工部漫興)」는 두보의 「만흥」 9수 전체에 차운한 작품이다.

◆◆◆

하늘과 땅은 다함이 없는데　　　　　　天地無窮意
강과 산은 보이지 않을 듯.　　　　　　江山欲盡頭
　　　　　　　　　　　　　　　　　— 이색, 「즉사(卽事)」

지팡이 짚고 천천히 걸어 높은 산 올라　　杖藜徐步上高峯
대숲 지나 솔숲 뚫고 절간에 이르렀네.　　入竹穿松到梵宮
　　　　　　　　　　　　　　　　　— 유방선, 「절집에 쓰다(題僧舍)」

비를 맞아 남은 꽃잎 떨어지는데　　　　　　　帶雨殘花落

바람 따라 춤추는 버들개지 많네.　　　　　　隨風舞絮繁

　　　— 이규보, 「양 공이 화답을 주어 다시 앞의 시에 차운하다(梁公見和復用前韻)」

금성의 풍악 소리가 날마다 요란하여
반쯤 강바람에 반쯤 구름 속에 들어가네.
이 노래는 천상에만 있을 것이니
세상에서 몇 번이나 들을 수 있으랴!

杜甫, 贈花卿

　　錦城絲管日紛紛　半入江風半入雲

　　此曲祇應天上有　人間能得幾回聞[280]

두보, 증화경

　　금성ᄉ관일분〃ᄒ니 반입강풍반입운을

　　차곡이 지응천상유라 인간능득긔회문고

280　花卿은 성도윤(成都尹), 최광원(崔光遠)의 부장(部將) 화경정(花敬定)을 이른
　　다. 단자장(段子璋)의 난을 평정하였다 하여 방자하게 굴다가 조정을 무시하
　　고 멋대로 천자의 음악을 사용한다는 비판을 받았던 인물이다. 天上有가 天
　　上去로 된 데도 있다.

『두시언해』

　　금성엣 사갓소리 날마다 어즈러우니

　　반만 ᄀ룺 부르매 드럿고 반만 구루메 드럿도다

　　이 놀애는 오직 당당이 하ᄂᆞᆯ 우희 잇ᄂᆞ니

　　인간애셔 능히 시러곰 몃 디위를 드르리오

　이 작품은 두보가 761년 화경(花卿)을 풍자하여 지은 것이다. 금성은 금관성(錦官城)으로 성도를 가리킨다. 화경이 성도에서 성대하게 잔치를 열었는데 그 풍악 소리가 하늘의 구름을 찌르고 강물을 타고 멀리까지 뻗어 나간다. 이렇게 아름다운 곡조는 천상의 음악일 것이니 인간 세상에서 들을 수 없다 하였는데, 천상은 곧 천자의 대궐을 이르고 인간 세상은 천자가 아닌 사람을 비유한 것이므로 풍자의 뜻이 읽힌다.[281]

　'금성사관'은 이 작품의 별칭으로 쓰였다. 이 시에서 유래하여 금성사관이 요란한 풍악을 이르는 말로도 쓰인다. '사관일분분' 역시 비슷한 의미로 자주 사용된 표현이다. 조두순이 이 시에 차운한 작품을 남겼다.

281　이익은 『성호사설』에서 "「금성사관」은 두보의 작품인데 고병의 『당시품휘』에 곽진(郭振)이 바친 것으로 되어 있다. 어느 것이 옳은지 알 수 없다."라 하였다. 『당시품휘』에 두보의 작품으로 실려 있고 같은 작품이 고악부(古樂府)를 모아 놓은 것에도 실려 있지만 작가가 밝혀져 있지 않다. 이익이 이렇게 말한 근거는 확인되지 않는다. 이익은 이 기사 다음에 "대개 당 명황(明皇, 현종)이 모진 고초를 겪으며 촉으로 들어갔는데도 음란한 음악을 폐하지 않은 것을 기롱한 듯하다. '날로 분분(紛紛)하다'고 하였으니, 하루만이 아니요, 높은 산을 오르지 않으면 꼭 배를 타고 놀았으니 하루도 그만둔 날이 없었다. 천자가 병화(兵禍)를 피하여 촉에 들어온 지금에야 비로소 이 풍악이 나왔으니, 세상 사람이 흔히 듣던 것이 아니라는 것이다. 그 풍자한 것이 매우 심장하다."라 하였다.

◆ ◆ ◆

예로부터 평양은 풍류를 즐기기에   從古西京喜冶遊

재자가인이라면 가을조차 모른다지.   佳人才子不知秋

금성의 풍악에다 난릉의 술까지 갖추고   錦城絲管蘭陵酒

하루는 배에서 하루는 누각에서 논다지.   一日舟中一日樓

— 이만용(李晩用), 「연광정(練光亭)」

그림 같은 어촌이라 노량 마을 분명한데   漁村如畫鷺梁分

반은 맑은 강에 들고 반은 구름에 들었네. 半入滄江半入雲

바람이 죽지사 두세 가락 보내어 주니   風送竹枝三兩調

높은 누각 자던 나그네가 달밤에 듣겠네. 高樓宿客月中聞

— 심유, 「노량강의 어촌(鷺江漁村)」

두보, 강가에서 홀로 거닐면서 꽃을 찾다

강이 깊고 대숲이 고요한 곳 두세 채 집
헌사할손, 붉은 꽃 사이 흰 꽃이 어리비치네.
봄빛에 보답할 데가 어디인지 내 아노니
모름지기 좋은 술로 인생을 보낼지어다.

杜甫, 江畔獨步尋花

江深竹靜兩三家　多事紅花映白花

報答春光知有處　應須美酒送生涯

강반독보심화

강심죾정양삼가의 다사홍화영빅화을

보답츈광지유쳐의 응슈미쥬송싱이을

『두시언해』

그르미 깁고 대 적정(寂靜)한 두서 지븨

어즈러운 블근 고지 힌 고즐 비취엣도다

봆빗 가폴 짜 이쇼믈 아노니

당당이 모로매 됴한 술로 인생(人生)을 보내욜디로다

760년 성도(成都)의 초당에 머물 때 지은 작품이다. 강변의 으슥한 대숲 곁에 인가가 몇 채 있는데 붉은 꽃과 흰 꽃이 흐드러지게 피어 서로 어린다. 이런 좋은 봄 풍경에 답하는 것은 좋은 술을 마시면서 세월을 보내는 것이다. 이런 뜻을 말하였다.

◆ ◆ ◆

수선스러운 붉은 꽃은 푸른 대를 의지했는데 　多事紅花依綠竹
엷은 단장과 향긋한 안개에 맑은 물결 일렁이네. 淡粧香霧漾淸漪
　　　　　　　　　　— 박서생(朴瑞生),「배에서 풍경을 보고(船上卽景)」

봄빛에 보답하려 푸른 술을 들고 　　　　　報答春光拈綠酒
달빛을 맞으려 노란 주렴을 걷노라. 　　　　招邀月色捲緗簾
　　　　　　　　　　— 심언광(沈彦光),「우연히 읊다(偶吟)」

스스로 못나 쓰이지 못함을 믿기에 　　　自信踈慵乖世用
술동이에 깊이 빠져 생애를 보내노라. 　　深憑樽酒送生涯
　　　　　　　　— 서거정,「사고와 평중이 창화한 시에 차운하여(次韻士顧平仲唱和)」

두보、강남에서 이구년을 만나다

기왕의 집 안에서 늘 보았는데
최구의 마루에서 몇 번 들었던가.
정히 강남에 풍경이 좋은데
꽃 지는 시절에 또 너를 만났네.

杜甫, 江南逢李龜年

　　岐王宅裏尋常見　崔九堂前幾度聞

　　正是江南好風景　落花時節又逢君[282]

두보, 강남봉니구년

　　기옥틱니의 심상견이요 최구당젼의 긔도문고

　　졍시강남호풍경의 낙화시졀의 우봉군을[283]

『두시언해』

　　기왕ㅅ집 안해 샹녜 보다니

282　正是는 正值로 된 데도 있다.
283　기옥이라 한 것은 기왕의 오류다.

최구의 집 알픠 몃 디윌 드러뇨

정히 이 강남애 풍경이 됴ᄒᆞ니

곳 디ᄂᆞᆫ 시절에 ᄯᅩ 너를 맛보과라

이 작품은 770년 장사에 있을 때의 작품인데 안사(安史)의 난으로 강남을 떠다니다가 우연히 궁중 악사 이구년을 만나 지난날을 회상하고 인생의 비애를 말한 것이다. 이구년은 현종 연간 저명한 악사로 특히 노래를 잘 불렀다. 안사의 난이 일어나기 전 당 현종의 아우 기왕(岐王) 이범(李范)의 집에서 늘 볼 수 있었고, 현종의 총애를 받아 궁중을 무시로 출입했던 권세가 최척(崔滌)의 집에서도 그의 음악을 들을 수 있었다. 그러다 서로 떠돌다 우연히 강남 땅에서 이렇게 만난 것이다. 꽃이 지는 시절에 다시 만났다고 한 데서 늙음에 대한 탄식을 느끼게 한다.

이건의 「옥아에게 주다(贈玉娥)」에서 명창 옥아를 이구년에 비하여 이 시를 인용했다. 풍류가 어우러진 공간에서 아름다운 노래를 들을 때 '최구당전'이라는 시어를 사용하였고 봄날의 아름다운 풍광을 만났을 때 '강남호풍경'이라는 표현을 자주 사용하였다. 특히 4구는 월과(月課)로 출제된 바 있다. 조문수가 4구를 제목으로 하여 율시를 지었다. '낙화시절' 혹은 '우봉군'이라는 표현도 조선 시대 문인들이 즐겨 사용하였다. 윤안성(尹安性)이 같은 제목으로 고시를 지은 바 있니.

◆◆◆

꽃 지는 시절에 떠나는 그대 보내는데   落花時節送君歸

도성의 맑은 바람이 소매를 슬쩍 놀리네.   紫陌淸風弄袖微

— 김구용(金九容), 「평양의 임지로 가는 이판관을 보내며(送李判官之任西都)」

강남 땅 이 좋은 풍경이 　　　　　　　江南好風景

작년 같은 것은 아니라네. 　　　　　未必似年前

　　　　　　　　— 이색, 「예전에 놀던 것을 적다(紀舊游)」

그대 보지 못하였나,
서경의 두 아들이 매우 기특하니
길한 꿈을 감응하여 연이어 태어난 것을.
공자와 부처가 친히 안아 보내시니
함께 하늘 위 기린의 새끼였다네.
큰아이 아홉 살에 자태가 맑아서
가을 물로 정신을 삼고 옥으로 뼈를 삼은 듯.
작은아이 다섯 살에 소를 잡아먹을 기운이라
마루에 가득한 빈객이 모두 머리 돌려 본다네.
내 알지니, 서 공은 아무 시름 않으리니
선이 쌓여 연이어 공후를 낳게 될 것이라.
장부가 아이 낳음에 이러한 둘을 둔다면
명성과 벼슬이 어찌 한미함에 그치겠는가.

杜甫, 徐卿二子歌

君不見徐卿二子生絶奇 感應吉夢相追隨[284]

---

284 이덕홍(李德弘)의 「고문전집질의(古文前集質疑)」에서 두 아들이 연이어 태

孔子釋氏親抱送 幷是天上麒麟兒[285]

大兒九齡色淸澈 秋水爲神玉爲骨[286]

小兒五歲氣食牛 滿堂賓客皆回頭[287]

吾知徐公百不憂 積善袞袞生公侯

丈夫生兒有如此二雛者 名位豈肯卑微休[288]

셔경이ᄌᆞ가

　　군블견셔경이ᄌᆞ성졀기흔다 감은길몽샹츄슈라

　　공ᄌᆞ셕시친포숑ᄒᆞ니 병시텬샹긔린ᄋᆞ라

　　대ᄋᆞ구령ᄉᆡᆨ쳥쳘ᄒᆞ니 츄슈위신옥어골이라

　　쇼ᄋᆞ오세긔식우ᄒᆞ니 만당빈긱긔회두라

　　오지셔공ᄇᆡᆨ블우니 젹션곤〃싱ᄋᆞ공후라

　　쟝부싱ᄋᆞ유여ᄎᆞ이츄자면 명위기긍비무휴리오

어났기에 相追隨라 한 것이라 하였다. 또 이어지는 구절에서 공자와 석가를
나란히 든 것을 두고 두보가 부처를 성인으로 여긴 미혹됨이 있다고 비판하
였다.

285　麒麟兒는 매우 뛰어난 아이를 이르는 말이다. 서릉(徐陵)의 모친 장씨(臧氏)
　　가 오색구름이 봉새로 변하여 어깨 위에 앉는 것을 꿈을 꾸고 서릉을 낳았는
　　데 몇 년 후 보지상인(寶志上人)이 그를 보고 이마를 어루만지며 천상의 석기
　　린(石麒麟)이라 하였다는 고사를 쓴 것이다. 공자가 태어나기 전에 기린이 옥
　　서(玉書)를 통하였다는 고사를 쓴 것으로 보기도 한다.

286　淸澈은 매우 맑고 깨끗한 것을 이르는데 신령한 얼굴빛을 비유하는 말로 쓰
　　인다.

287　호랑이나 표범 새끼는 털의 빛깔이 선명하게 되기도 전에 소를 잡아먹을 것
　　같은 기상을 보인다는 말이 『시자(尸子)』에 보인다.

288　卑微休는 悲微休로 된 데도 있다.

432

『두시언해』

　　　　그듸는 셔경의 두 아ᄃ리 나 ᄀ장 기이호ᄆᆯ 보디 아니ᄒᆞᄂᆞᆫ다

　　　　됴한 ᄭ믈 감응ᄒᆞᆤᄉᆞ로 조차나도다

　　　　공자와 부텨왜 친히 아나 보내니

　　　　다 이 하ᄂᆞᆳ 우흿 기린의 삿기로다

　　　　큰아ᄃ른 아홉 서레 비치 ᄆᆞᆯᄀ니

　　　　ᄀᅀᆞᆳ 믈로 정신ᄋᆞᆯ 삼고 옥ᄋᆞ로 ᄲᅧᄅᆞᆯ 삼도다

　　　　져근아ᄃ른 다ᄉᆞᆺ 서레 기운이 쇼ᄅᆞᆯ 머그리로소니

　　　　지븨 ᄀᄃ기 안잿ᄂᆞᆫ 손들히 다 머리ᄅᆞᆯ 도ᄅᆞ혀 보ᄂᆞ다

　　　　셔공이 온가짓 이ᄅᆞᆯ 시름 아니ᄒᆞ요ᄆᆯ 내 아노니

　　　　선ᄋᆞᆯ 적ᄒᆞᆤ 니섬 경후ᄅᆞᆯ 난놋다

　　　　장부ᅵ 아ᄃᆞᆯ 나호미 이 ᄀᆞᆮ한 두 삿기 잇ᄂᆞ니

　　　　일훔과 벼슬와ᄂᆞᆫ 엇뎨 놋ᄀᆞ오며 미소ᄒᆞᆤ 말리오

『고문진보언해』

　　　　그듸 셔경의 이지 나매 ᄀ장 긔특ᄒᆞᄆᆯ 보디 아냣ᄂᆞᆫ다

　　　　길한 ᄭᅮ믈 감응ᄒᆞ여 서로 ᄯᆞ로ᄂᆞᆫ쏘다

　　　　공ᄌᆞ와 셕시 친히 안아 보내여시니

　　　　다 이 텬샹 긔린읫 아ᄒᆡ로다

　　　　큰아ᄒᆡᄂᆞᆫ 아홉 술의 빗치 ᄆᆞᆯᄀ니

　　　　ᄀᆞ올 믈이 정신이 되고 옥이 ᄲᅧ 되도다

　　　　져근아ᄒᆡᄂᆞᆫ 다ᄉᆞᆺ 술의 긔운이 쇼ᄅᆞᆯ 먹으니

　　　　당의 ᄀᄃ득한 빈긱이 다 마리ᄅᆞᆯ 도로혀놋다

　　　　내 셔공이 빅 가지로 근심 아닐 줄 아노니

어딘 일을 싸흐매 니음ᄃ라 공후를 나흐리로다

댱뷔 아히를 나흘딘대 이 두 ᄌ식 ᄀᆞᄐᆫ 거슬 둘 거시니

일홈과 벼슬이 엇디 눗고 젹어 그치리오

『유취요람』

　　　　　　그ᄃᆡ 셔경의 두 ᄋᆞ둘이 긔특이 나믈 보지 못ᄒᆞ는다

　　　　　　길흔 ᄭᅮᆷ을 감동ᄒᆞ야 셔로 ᄯᅡᆳ도다

　　　　　　공ᄌᆞ와 셕가여릐 친히 ᄡᅥ 보뇌여시니

　　　　　　아오로히 텬샹 긔린ᄋᆞ히라

　　　　　　큰ᄋᆞ히 아홉 셜의 빗치 쳥졀ᄒᆞ니

　　　　　　츄슈로 졍신을 삼고 옥으로 ᄶᅧ를 삼앗도다

　　　　　　져근ᄋᆞ히 다ᄉᆞᆺ 셜의 기운이 쇼을 먹으니

　　　　　　당의 가득ᄒᆞᆫ 빈긱이 다 머리를 두로혀ᄂᆞᆫ도다

　　　　　　내 알괘라 셔공이 빅 가지 근심을 아니ᄒᆞ리니

　　　　　　젹션ᄒᆞ기를 만히 ᄒᆞ여시미 공휘 나리로다

　　　　　　댱뷔 ᄋᆞ히를 나흐미 맛당이 //갓튼 두 삭기를 둘 거시면

　　　　　　명위가 엇지 눗고 미한ᄒᆞ기를 즐기리오.[289]

이 작품은 761년 서지도(徐知道)가 서천 병마사(西川兵馬使)로 있을 때 그를 위해 지어 준 것이다. 전체가 3단락으로 되어 있는데 첫 단락 4구에

─────────

289　『유취요람』에서 비무휴는 비미휴의 잘못이고 '츄슈위신옥어골' 역시 '츄슈위
　　　신옥위골'의 잘못이다. 원문의 袞袞은 『두시언해』에서는 공후가 끊임없이 나
　　　올 것이라는 뜻으로 풀이하였는데 『유취요람』에서는 적선을 많이 한 것으로
　　　풀이하여 그 주체가 다르지만 모두 뜻이 통한다.

서 서지도가 길몽에 따라 뛰어난 자식을 낳게 된 것을 서술하였다. 이어지는 4구에서 두 아들의 기특한 면모를 서술하고 마지막 4구에서 서지도의 덕으로 인해 이러한 경사가 생겼다는 칭송으로 시상을 맺었다. 서지도가 두 아들로 인해 온갖 근심이 사라질 것인데, 이러한 영광이 평소에 적선을 많이 하였기 때문이라 하였다. 서지도처럼 뛰어난 두 아들이 있으면 그 명성과 지위가 한미하지 않을 것이라 하여 부러움을 말하는 것으로 시상을 종결하였다.

이 작품은 득남(得男)을 축하하는 시의 전범이 되었고 '서경이자'는 뛰어난 아들을 이르는 말이 되었다. 윤증(尹拯)의 「불우당기(不憂堂記)」에 이 시를 들어 득남을 축하한 대목이 보이고, 불우당이라는 집 이름도 여기에서 가져온 것이라 하였다. 기운이 센 어린아이를 이를 때 쓰이는 식우(食牛)라는 표현이나 맑은 외모를 칭송할 때 비유하는 추수(秋水)와 옥골(玉骨)이라는 표현이 대부분 이 시의 영향이다.

◆◆◆

공자와 석가가 친히 안아다 내려 주어서   方知孔釋親抱送
선림의 사자요 유림의 봉황임을 이제 알았네. 禪林獅子儒林鳳

               — 이색, 「석별가(惜別歌)」

사자가 홀연 옥으로 된 기린을 토하니   獅猊忽吐玉麒麟
공자가 친히 안아다 주길 기다릴 것 없네.   不待尼山抱送親

         — 김진수(金進洙), 「환의연(幻戱宴)」

이 세상에 살아도 풍진에서 벗어날 수 있음은　在世猶能出世塵
옥이 뼈가 되고 물이 정신이 되었기 때문이라.　玉爲伊骨水爲神

— 윤선도, 「차운하여 계하에게 답하다(次韻酬季夏)」

남아의 사업이 어찌 한미한 데 그치랴　　男兒事業豈可卑微休
광대하여 길이 사라지지 않아야지.　　　要當磊磊落落求不磨

— 이승소, 「추풍가(秋風歌)」

황보염,

가을의 원망

장신궁에는 가을빛이 짙어 가는데
소양전에만 달빛을 빌려주었네.
골방 문이 닫혔으니 어쩌랴,
양가의 여인까지 선발한다 하는데.

皇甫冉, 秋怨

　　長信多秋色　昭陽借月華

　　那堪閉永巷　聞道選良家[290]

황보염, 츄원

　　장신의 다츄식이오 소양의 차월화을

　　나간폐영항이랴 문도선량가을[291]

290　長信宮은 한 싱셰(漢成帝)의 은총을 받던 반첩여가 조비연의 참소를 받고 물
　　러나 살던 곳인데 여름에는 사랑을 받다가 가을이 되면 버려지는 부채에 자
　　신의 처지를 비유한 고사가 있다. 昭陽殿은 후비의 궁전이다. 永巷은 대궐
　　안의 길을 이르는데 죄를 입은 궁녀를 유폐하는 긴 골방을 이르기도 한다. 한
　　나라 때 양가의 규수를 선발하여 비빈(妃嬪)으로 삼는 풍속이 있었다. 秋色
　　이 秋氣 혹은 秋草로, 借月華가 惜月華로, 閉永巷이 聞永巷으로 되어 있는
　　데도 있다.
291　나간은 나감의 오류다.

또 가을에 원망ᄒ옴이라(『언해당음』)

  댱신궁에 가을 비치 만코
  소양궁에ᄂ 달빗치 빗나ᄯ다
  이 엇지 긴 골목을 길게 닷쳐 잇슬고
  드르니 양가 녀ᄌ를 뽑는다니

이 시를 지은 황보염(717?~770?년)은 자가 무정(茂政)이고 윤주(潤州) 곧 지금의 강소(江蘇) 단양(丹陽) 출신으로 좌습유, 보궐(補闕) 등을 지냈다. 난리에 떠돌면서 신세를 한탄하고 산수를 묘사한 작품이 후대에 높은 평가를 받았다.

  이 작품은 대부분의 궁사(宮詞)처럼 임금의 은총을 입지 못한 여성의 비애를 노래하였다. 성은을 입지 못하는 궁인이 깊어 가는 가을 장신궁에 외로이 있다. 장신궁에 가을색이 짙어졌다는 것은 쓸모없는 가을 부채처럼 임금의 은총을 잃었다는 뜻이다. 후비가 머무는 소양전을 바라보니 유독 달빛이 곱다. 하늘이 달빛을 소양전에만 빌려주었다는 것은 임금이 소양전에만 들르는 것을 부러워하고 원망한다는 말이다. 소문을 듣자니 다시 민간의 여성을 궁으로 뽑아 들인다고 한다. 그 여인이 사랑을 받게 되면 자신의 거처는 더욱 궁벽해지고 처지는 더욱 처량해질 것이다. 물론 새로 뽑혀 온 여인도 나중에는 자신과 같은 처지가 되어 가을을 원망하게 되리라. 궁인의 삶에 비의하여 조정에 쓰이지 못하는 자신을 한탄한 것으로도 읽힌다.

◆◆◆

골방에 소식이 끊어졌으니   永巷無消息
깊은 궁에 은총이 사라졌네.   深宮絶幸恩

— 윤현, 「장문원(長門怨)」

잠삼, 위수를 보니 진천이 그리워서

위수는 동으로 흘러가는데
그 언제 옹주에 이를는지?
두 줄기 눈물을 보태어
고향의 물길에 부쳐 보낸다.

岑參, 見渭水思秦川

渭水東流去　何時到雍州
憑添兩行淚　寄向故園流[292]

견위슈사진천

위슈동뉴거ᄒ니 하시의 도옹쥬오
빙쳠양힝누ᄒ니 긔향고원류을

292　위주는 지금의 감숙의 농서 서남쪽 일대를 이른다. 그 남쪽으로 위수가 동으로 흘러 장안을 지나 황하와 합류한다. 진천은 관중(關中)이라 부르던 곳으로 춘추 시대 진(秦)의 중심 지역이다. 장안의 서쪽에 있다. 옹주(雍州)는 장안 일대를 이르는 말이다.

위슈른 물을 보고 진천을 싱각홈이라(『언해당음』)

위슈 물이 동녁흐로 흘너가니

어니 떡 옹쥬 싸의 니를소

빙거컨디 두 줄 눈물을 더 봇티여

붓쳐 고원으로 향ᄒᆞ야 흘으게 ᄒᆞ리라

잠삼(717?~770년)은 호북의 형주 출신인데 후에 강릉(江陵)으로 이주하였으며 가주(嘉州)의 자사를 지냈기에 잠가주라고 불렸다. 변새시로 이름을 떨쳤다. 고적과 함께 고잠(高岑)으로 병칭된다.

위주(渭州)를 지나다 위수를 보고 진천(秦川)을 그리워한 이 작품은 잠삼이 749년 남경에서 변방으로 나가면서 지은 것으로 알려져 있다. 서쪽으로 간다고 하였으므로, 장안에서 진천을 거쳐 위주에 이르러 이 시를 지은 것으로 보인다. 위주에서 동으로 흘러가는 위수를 보고 그 강물이 언제 장안에 이를 것인지 물었다. 그리고 자신이 흘린 눈물이 강물에 보태질 것이니 그 강물이 흘러 장안으로 가면 소식을 전해 달라고 하였다. 『언해당음』에서 '빙(憑)'을 '빙거(憑據)', 곧 이를 근거로 하여 생각한다는 뜻으로 풀이하였는데 어색하다. 강물에다 눈물에 더한다는 정도의 뜻이다.

◆◆◆

강물이 동으로 흘러가는데   江水東流去
동으로 흘러 그칠 때 없네.   東流無歇時

— 백광훈, 「벗에게(寄友)」

오직 두 줄기 흐르는 눈물만   惟有兩行淚

봄이 온 선산에 부쳐 보낸다.   寄向梓樹春

— 홍한주, 「나주 목사 홍병주의 만사(洪羅州秉周輓)」

잠삼, 옥문관에서 장안의 주부에게 보내다

동쪽 장안으로 만 리 먼 길 가시고서
벗님은 어찌 한 줄 글을 아끼시나?
옥문관 서쪽 보니 애가 끊어지는데
게다가 내일 아침이면 그믐인 것을.

岑參, 玉關寄長安主簿

　　東去長安萬里餘　故人那惜一行書
　　玉關西望堪腸斷　況復明朝是歲除[293]

옥관긔장안쥬부

　　동거장안만리여ᄒᆞ니 고인이 나셕일ᄒᆡᆼ셔오
　　옥관셔망감장단ᄒᆞ니 황부며조시세졔을[294]

293　玉門關은 한 무제가 서역의 옥석(玉石)을 들여올 때 둔 관문으로, 돈황의 서북에 있다. 제목의 主簿는 공문서를 관장하는 낮은 벼슬이다. 東去가 去去로, 那惜이 何惜으로 된 데도 있다.

294　며조는 명조의 잘못이다.

천보 연간(742~756년) 변방의 옥문관에 머물고 있을 때, 장안에서 주부 벼슬을 하고 있던 벗에게 지어 보낸 작품이다. 서역으로 나가는 관문인 옥문관에서 장안은 만 리 먼 길이다. 헤어진 후 벗이 한 번도 편지를 보낸 적이 없으니 섭섭하다. 이에 잠삼이 한 해가 저물어 가는 날 장안을 바라보면서 상심하게 된 것이다. 고용후(高用厚)의 「집당시(集唐詩)」에 2구를 쓴 바 있다.

◆ ◆ ◆

| 가을 되어 기러기 돌아갈 터 | 秋來有歸雁 |
| 한 줄 편지를 아끼지 마소서. | 莫惜一行書 |

— 신민일(申敏一), 「임동야가 그리워 즉석에서 짓다(憶林東野口占)」

| 내일 아침 또 한 해를 마치는 해 | 明朝又是歲除日 |
| 온밤 나그네는 모두 백발인 것을. | 一夜行人俱白頭 |

— 조태억, 「우창에서 밤에 배를 대고 김석겸이 금을 타는 것을 듣고, 향산의 아쟁 소리를 듣고 지은 시에 차운하다(牛窓夜泊 聽金碩謙彈琴 次香山聞箏韻)」

동쪽으로 고향을 보니 길이 아득하여라
꾀죄죄한 양 소매 눈물 마를 때 없다네.
말 위에서 만났기에 붓과 종이 없으니
평안하단 안부의 말 자네가 전해 주시게.

岑參, 逢入京使

　　故園東望路漫漫　雙袖龍鍾淚不乾
　　馬上相逢無紙筆　憑君傳語報平安[295]

봉입경사

　　고원동망노만〃흐니 쌍슈용종의 누불건을
　　마상의 상봉무지필흐니 빙군전어보평안을

이 작품은 749년 안서(安西) 곧 지금의 위구르에 있던 고선지(高仙芝)의
막부(幕府)로 가는 도중에 지은 것이다. 머나먼 변방에서 집이 있는 장

295　故園은 고향과 같다. 漫漫은 아득한 모양을 형용하는 말이고 龍鍾은 꾀죄죄
　　한 모습을 형용하는 말이다.

안을 바라보니 멀고 먼지라, 고향을 그리는 눈물로 소매가 마를 날이 없다. 말을 타고 가다 우연히 장안으로 들어가는 관리를 만났다. 편지라도 한 통 적어 보내려 하였지만 말을 타고 가는 길이라 편지를 쓸 여유가 없어 말로나마 안부를 전해 달라 하였다. 평범한 말이 오히려 감동을 주는 작품이다.

조선 시대에 고향길이 멀다는 뜻을 말할 때 1구를 차용하고 지필묵이 없어 바로 답을 하지 못한다고 변명할 때 3구를 차용하였으며, 인편에 안부를 전할 때 4구를 차용하였을 정도로 널리 알려진 작품이다. 특히 임득명은 3구와 4구의 14자를 운자로 하여 14수의 오언절구를 지었다.

◆ ◆ ◆

타향에서 물 위의 부평초처럼 만났기에	異鄕萍水合
가던 말을 멈추게 하고 길게 절을 하네.	長揖駐征鞍
그대 만나 기러기 대신 편지를 보내니	逢君替鴈帛
천 리 길 평안하시라 안부를 전한다오.	千里寄平安

— 박영원, 「어제 빙군전어보평안(御題憑君傳語報平安)」

말 위에서 만났기에 붓과 종이 없으니	馬上相逢無紙筆
평안하단 안부의 말 자네가 전해 주시게.	憑君傳語報平安
그저 이 구절을 자네에게 주나니	只將此句憑君贈
하고많은 객수를 말하려도 어렵네.	多少羈懷說得難

— 강백년, 「말 위에서 서울 사람 박사영을 만나(馬上逢洛中人朴士英)」

잠삼, 목숙봉에서 집사람에게 부치다

목숙봉 아래서 입춘을 만나게 되니
호로하에서 눈물이 수건을 적시네.
규방에서 부질없이 그리워만 할 뿐
모래벌판 시름하는 이는 볼 수 없겠지.

岑參, 苜蓿峰寄家人

苜蓿峰邊逢立春　胡蘆河上淚沾巾
閨中只是空相憶　不見沙場愁殺人[296]

목슉봉긔가인

목슉봉변의 봉입츈이요 호로하상의 누쳠건을
규즁지시공상억ᄒ고 불견사장슈쇄인을[297]

296　苜蓿峰은 옥문관 바깥에 있는 산 이름이다. 胡蘆河는 그 인근의 강으로 추정되지만 자세하지 않다. 돈황의 소륵하(疏勒河)로 보기도 한다.
297　누쳠건은 누졈건의 잘못이다.

이 작품은 749년 무렵 안서에 나가 있을 때 잠삼이 목숙봉(苜蓿峰)에 이르러 집사람에게 보낸 편지 형식의 시다. 서역으로 가는 변방의 목숙봉에 봄이 왔는데도 고향으로 돌아가지 못하는 신세이기에 호로하 강변에서 눈물을 짓는다. 아마 두고 온 아내는 부질없이 나를 그리워하면서 원망하겠지만, 내가 모래벌판 전장에서 얼마나 애달파하는지는 알지 못할 것이라 하였다.

◆ ◆ ◆

이별가 한 곡조에 머리가 더욱 세어지니　　　一曲勞歌白髮新
어랑호 물가에서 눈물이 수건을 적시네.　　　漁郞湖上淚沾巾
　　　　　　　　　　　　　　　　　— 정두경, 「강군백과 이별하다(別姜君白)」

잠삼、 봄날의 꿈

규방에 어젯밤 봄바람 불어오니
멀리 상강의 고운 님이 그리워라.
침상에서 잠시 꾼 봄날의 꿈에서
강남 땅 수천 리를 두루 다녔지.

岑參, 春夢

　洞房昨夜春風起　遙憶美人湘江水
　枕上片時春夢中　行盡江南數千里[298]

춘몽

　동방작야의 춘풍긔ᄒᆞ니 요억미인상강슈을
　침상편시춘몽즁의 ᄒᆡᆼ진강남슈쳔리을

298　洞房은 으슥한 방이라는 뜻인데 주로 여인이 기거하는 곳을 이른다. 湘江은
　　호남성(湖南省)으로 흐르는 큰 강 이름인데 구의산(九疑山), 창오(蒼梧) 등의
　　명소가 인근에 있다. 洞房이 洞庭으로, 遙憶美人이 故人尙隔으로 된 데도
　　있다.

『고문진보언해』

> 동방 어제 밤의 봄부람이 니러나니
> 멀리 아룹다온 사룸을 샹강 믈의 싱각ᄒᆞᆫ디라
> 벼개 우희 잠시 봄꿈 가온ᄃᆡ
> 강남 수천 니룰 다 힝ᄒᆞ도다

홀로 있는 여인의 방에 봄바람이 불어오니 멀리 강남으로 가 있는 사랑하는 사람이 그립다. 미인은 시적 화자가 남자일 때는 여인이지만 여성일 때는 남편이 될 때가 많다. 이 작품은 여성 화자가 등장하므로 미인은 여인이 사랑하는 남자를 이른다. 사랑하는 사람을 그리느라 짧은 봄밤 잠을 이루지 못하다가 새벽녘에야 설핏 꿈을 꾸었다. 꿈속에서 임이 계신 강남땅 그 먼 곳까지 찾아 나섰다. 임 그리는 마음이 간절하게 그려진 명작이다.

◆ ◆ ◆

듣자니 깊은 방에도 봄바람 소식 이른다니   洞房聞道春風至
새 시를 지어서 자주 부쳐 보내야 하겠네.   合有新詞數寄將

— 노수신, 「취하여 절구 두 편을 써서 박빈학에게 주어 한 편에 그 요구에 답하고 또 한 편에 술 빚기를 독촉하다(醉書二絶與朴賓鶴一以答其求一以督其釀)」

우리 함께 육십오 년 동안 인간 세상 나그네 되었는데
침상에서 짧은 봄꿈이 더딘 것과 무엇이 다르랴

吾與子俱爲人間六十五年客 何如枕上片時春夢遲

— 허목(許穆), 「감사 민광훈을 위한 만사(閔監司光勳挽)」

몸이 시원하게 열자의 바람을 타고 　　　　身御泠然禦寇風

천 개의 바위 한 밤에 두루 다 다녔네. 　　千巖行盡一宵中

— 이황, 「꿈속에서 청량산을 그리면서(夢遊淸涼山)」

이고익고 셜이 울다 호련이 잠이 든이 비몽사몽간으 호접이 장주
되고 장주가 호접되야 셰우갓치 나문 혼빅 바람인 듯 구롬인 듯
한 곳슬 당도한이, 천공지활ᄒ고 산영수려한듸 은은한 죽임간의
일층화각이 반공에 잠겨거늘, 디체 귀신 단이난 법은 디풍기ᄒ고
승천입지ᄒ니 침상편시춘몽중의 힝진강남수쳘이라

— 「열녀춘향수절가」에서 옥에 갇힌 춘향이가 울다가 잠이 드는 대목

심상편시의 말니 쇼상강 가의를 왓쩐이라

— 장재백 창본 「춘향가」

잠삼, 주천 태수의 잔치 자리에서 취한 후 짓다

주천 태수는 검무를 잘 추는데
높은 마루 술자리서 한밤에 북을 치네.
호가 한 곡조가 남의 애간장을 끊으니
좌중에서 서로 보고 눈물을 비처럼 쏟네.

岑參, 酒泉太守席上醉後作

    酒泉太守能劍舞　高堂置酒夜擊鼓

    胡笳一曲斷人腸　座上相看淚如雨

쥬쳔틱슈셕上취후작

    쥬쳔틱슈능금무ᄒᆞ니 고당치쥬야격고을

    호가일곡이 단인장ᄒᆞ니 좌긱상간누여우을[299]

---

299   제목 쥬쳔틱슈셕上취후작에서 上은 이 책에서 유일하게 한자가 쓰인 예다.

이 작품은 757년 잠삼이 변방에서 장안으로 돌아올 때 감숙의 주천(酒泉)을 지나며 태수가 베푼 연회에 참석하여 지은 것이다. 한밤에 주천 태수가 높다란 관아의 마루에 올라 너울너울 검무를 추고 반주하는 북소리가 밤하늘에 울려 퍼진다. 이렇게 흥겨운 자리지만 변방의 피리 호가(胡笳)가 울려 퍼지자 잔치 자리에 있던 손님들은 모두 눈물을 흘린다. 모두들 변방에 오래 있었기에 고향 생각이 난 것이다.

조선에도 주천이 있었는데 원주에 딸린 현이었다. 이 때문에 주천과 관련한 시에서 이 시가 연상되곤 하였다. 술자리에서 '고당치주'라는 표현이 자주 구사된 것도 이 시의 영향이다. 3구는 변방의 노래나 변방에 남편을 보낸 규방 여인의 한을 노래한 작품에서 자주 차용되었다.

◆ ◆ ◆

변방의 호각 소리 아침저녁 일어나니
소리마다 애원성이라 남의 애를 끊네.

塞上胡笳朝夕起
聲聲哀怨斷人腸

— 이건, 「가을의 원망(秋怨)」

한산섬 달 붉은 밤의 수루에 혼즈 안즈
큰 칼 녑희 츠고 깁픈 시름 ᄒ는 젹의
어디서 일성호가는 나의 이를 긋나니.

— 이순신의 시조

잠삼、어부

일엽편주 창랑의 늙은이
마음은 창랑처럼 맑은데
스스로 고향을 말하지 않고
성명을 아는 이 아무도 없네.
아침에 여울에서 밥을 먹고
저녁에 갈대밭에서 잠을 자며
노래 끝나면 다시 노래 부르고
손에 낚싯대 하나 잡고 있을 뿐.
낚싯대에 낚싯줄 한 자 길게 드리우고
노를 두드리며 물결 따라 정처 없다네.
세상 사람 그 깊은 뜻을 어찌 알겠냐마는
이 늙은이 마음 편하면 그뿐 고기가 대수랴.

岑參, 漁父

扁舟滄浪叟 心與滄浪清[300]

---

300 滄浪은 한수(漢水)의 하류로 보기도 하고 그냥 맑은 물로 보기도 한다. 滄浪
叟도 은자를 이르는 말로 쓰인다.

不自道鄉里　無人知姓名
朝從灘上飯　暮向蘆中宿
歌竟還復歌　手持一竿竹
竿頭釣絲長丈餘　鼓枻乘流無定居
世人那得識深意　此翁取適非取魚[301]

잠삼, 어부
편쥬창낭쉬가 심여창낭쳥을
부자도향니ᄒ니 무인지셩명을
조종탄상반이요 모향노즁슉을
가경환부가ᄒ니 슈지일간쥭을
간두조ᄉ장〃여ᄒ니 고예승뉴무졍거을
셰인이 나득식심취오 초옹이 취젹이요 비취어을

「어부」는 굴원의 『초사(楚辭)』에 연원을 두고 있는데 은둔한 어부의 한 가한 정취를 노래하는 전통이 있으며 이 작품 역시 그러하다. 굴원의 「어부사(漁父辭)」에 "어부가 빙그레 웃고 뱃전을 두들기며 떠나가며 노 래하여 '창랑의 물이 맑으면 내 갓끈을 씻을 수 있고, 창랑의 물이 탁하 면 내 발을 씻을 수 있네.'라고 마였다.(漁父莞爾而笑 鼓枻而去 乃歌曰 滄浪之水淸兮 可以濯吾纓 滄浪之水濁兮 可以濯吾足)"라는 고사가 그 대로 나타난다.

창랑의 맑은 강에 일엽편주를 띄우고 살아가는 은자는 그 마음이 창

301　識深意가 解深意로 된 데도 있다.

랑처럼 맑다. 어디서 왔는지 말하지 않으니 고향을 알 수 없고 또 성과 이름조차 남에게 알리지 않는다. 아침이면 여울에서 밥을 먹고 저녁이면 갈대밭에서 잠을 잘 뿐, 세상사에 아무런 관심이 없다. 노래를 부르며 낚시만 즐길 뿐이다. 낚싯대에 줄을 길게 드리우고 정처 없이 떠돌면서 물고기를 잡으려고도 하지 않는다. 제 뜻에 맞으면 그것으로 족하다.

진정한 은자의 삶을 이렇게 담아냈기에 조선에서 이 작품은 은자를 노래하는 전형이 되었다. 송순(宋純)의 「어부(漁父)」, 권헌의 「강상야어가(江上野漁歌)」, 조병현의 「어부사」 등에서 이 시의 영향이 감지된다. 은자의 노래에서 2구 "아무도 성명을 아는 이 없네.(無人知姓名)"가 그대로 차용된 예도 거듭 보인다.

◆ ◆ ◆

창랑의 늙은이 창랑의 노래 부르는데　　　　滄浪叟　滄浪歌
온 강의 안개 속 달빛 낚시 하나 들었네.　　一江煙月一竿竹
찬 백사장에 기러기만 짝하여 잠을 자는데　寒沙獨伴旅鴈眠
갈대숲 우수수 밤에 서리가 하얗게 내렸네.　蘆葦蕭蕭夜霜白
새벽에 시장에 들러 물고기 팔고 돌아와　　清晨入市販魚廻
주막에서 술 사 마시다 취하면 저녁이라네.　酒樓買醉江天夕
내 원치 않으니　　　　　　　　　　　　　我不願
큰 수레 많은 말은 남가일몽이라　　　　　高車駟馬夢南柯
너를 따라 함께 창랑곡에 답하리라.　　　　隨爾共和滄浪曲

— 임제, 「창랑곡(滄浪曲)」

온종일 안개 속에 배를 띄우고   盡日泛舟煙裏去

가끔 배를 저어 달빛 아래 돌아오네.   有時搖棹月中還이라

이어라 이어라   **이어라 이어라**

내 마음 가는 곳마다 절로 사심 없다네. 我心隨處自忘機**라**

지국총 지국총 어사와   至匊悤至匊悤於思臥

노 두드리며 물결 타 정해진 기약 없다네. 鼓枻乘流無定期

— 이현보, 「어부가(漁父歌)」

청강(淸江)에 낙시 넉코 편주에 실녓시니

남이 니르기를 고기낙다 ᄒᆞ노미라.

두어라 취적비취어를 제 뉘라서 알니요.

— 송종원의 시조

유월양구(六月羊裘) 져 어옹(漁翁)아 낙근 고기 환주(換酒)ᄒᆞ셰.

취적이오 비취어ㅣ라 고든 낙시 듸리우고,

서산에 ᄒᆡ 져물러지거든 벽강월(碧江月)를 싯고 놀녀 ᄒᆞ노라.

— 안민영의 시조

잠삼、 촉규화의 노래

어제 한 송이 피더니
오늘 한 송이 피었네.
어제 꽃 정히 좋더니
오늘 꽃 벌써 늙었네.
인생이 늘 젊을 수는 없으리니
상 앞의 술 살 돈 아끼지 말게.
돈 있으면 술집으로 가세나.
자네 접시꽃 보지 않았나!

岑參，蜀葵花歌

　昨日一花開　今日一花開
　昨日花正好　今日花已老
　人生不得恒少年　莫惜牀頭沽酒錢[302]
　請君有錢向酒家　君不見蜀葵花

302　恒少年이 長少年으로 된 데도 있다.

촉규화가

　　작일의 일화기ᄒ니 금일의 일화기을

　　작일의 화졍호터니 금일의 화이노을

　　인싱이 부득항소년ᄒ니 막셕상두고쥬젼ᄒ소

　　쳥군유젼향쥬가ᄒ라 군불견촉규화헌다

『유취요람』

　　어지긔날 ᄒ 숏치 피고

　　오날〃 ᄒ 숏치 피더라

　　어졔날 숏치 졍히 조터니

　　오날〃 숏치 임의 쇠ᄒ엿더라

　　인싱이 항상 졈기롤 엇지 못홀 거시니

　　상머리의 술 살 돈을 앗기지 말나

　　쳥컨듸 그듸ᄂ 돈이 잇거든 술집을 향ᄒ쇼

　　그듸 촉규화롤 보지 아니ᄒ엿ᄂ다

촉규화는 접시꽃으로, 잠삼의 이 작품 이래 중요한 시의 소재가 되었다. 어제 접시꽃 한 송이 피고 오늘 또 한 송이가 피었다. 어제는 꽃이 정말 예쁘더니 오늘은 벌써 꽃이 시들었다. 이를 보면 우리 인생노 늘 젊음을 유지할 수는 없다. 그러니 돈이 있을 때 술을 사서 먹는 것이 좋겠다. 금 방 시들어 버리는 접시꽃을 보면 우리 인생의 허망함을 알 수 있지 않은 가! 이런 뜻을 말한 작품이다.

　　『전당시』에 3구와 4구가 "오늘 꽃은 정히 좋은데, 어제 꽃은 벌써 늙었 네.(今日花正好 昨日花已老)"로 되어 있고 이어 "사람 늙는 것 꽃만 못함을 이제 알겠으니, 떨어진 꽃잎 그대 아껴 쓸지 마소.(始知人老不如花 可惜落花君莫掃)"가 더 있다. 이러한 구절이 있으면 인생의 노화에 대한 뜻이 더욱 간절해진다.[303]

◆ ◆ ◆

어제 한 송이 피더니	昨日一花開
오늘 한 송이 피었네.	今日一花開
꽃 한 송이 필 때마다	每當一花開
내 한 잔 술 내리라.	吾每進一杯
천만 송이 서로 이어 피어나게 되면	以至千花萬花相續開
나도 천만 잔 술 앞에 거꾸러지리.	吾亦千杯萬杯樽前頹

— 남용익, 「일화가(一花歌)」

어제 꽃 한 송이 피더니	昨日一花開
오늘 또 한 송이 피었네.	今日一花開
어제 꽃이 필 때는 봄이 정히 곱더니	昨日花開春正好
오늘 꽃이 늙으니 봄도 저물려 하네.	今日花老春欲老

— 박규수(朴珪壽), 「꽃에 물을 주면서(澆花辭)」

---

303 이익은 『성호사설』에서 『당음』 등에 실린 것과 함께 당본(唐本)에 "昨日花已老 今日花正好"로 되어 있는 것이 옳다고 하면서 "촉규화는 매일 꽃이 피므로, 먼저 핀 것은 이미 늙었고 뒤에 핀 것은 바야흐로 좋기 때문에, 어제 핀 것은 늙었다고 하고, 오늘 핀 것은 좋다고 한 것이다. 이래야만 글제에 맞는다."고 하였다. 다만 구절의 순서가 이렇게 된 판본이 보이지 않으므로 『전당시』 등의 판본이 전사 과정에서 오류가 생긴 듯하다.

어제 꽃 한 송이 피더니
오늘 또 한 송이 피었네.
한 송이 두 송이 나날이 피어나
꽃이 다 피고 나면 꽃이 떨어지겠지.
꽃 피는 시절이 꽃 질 때보다 먼저라
하루라도 매화를 못 보게 하지 말게.

昨日一花開
今日一花開
一花二花日日開
花到盡開應落來
花開時節落來前
莫敎一日不看梅

— 이삼환, 「매화가 애석하여(惜梅)」

작일에 일화개ᄒ고 금일에 일화개라.
금일에 화정호연을 작일에 화이로ㅣ로다.
화이로 인역로(人亦老)한이 안이 놀고 어이리.

— 이정보의 시조

잠삼, 옥문관 ─ 합장군의 노래

합장군은 진정한 대장부라
나이 서른에 금오의 벼슬을 맡아
신장이 칠 척인데 수염이 제법 났다네.
옥문관이라는 관문은 멀고도 외로운 곳
만 리의 누런 먼지에 모든 풀이 시든다네.
남으로도 북으로도 오랑캐를 접하기에
장군이 의외의 변고를 대비하려 도임했는데
오천 명의 갑병은 담력이 얼마나 큰지
진중에서 아무 일 없이 환락을 즐긴다네.
따스한 방 주렴 걸고 화로 붉게 피우며
휘장을 짜서 벽에 걸고 꽃문양 담요도 깔았는데
등불 앞에서 여종은 옥 술병을 따르고
쇠 주전자에 요란하게 타락죽을 끓이네.
붉은 인끈 금 도장 차고 좌우에서 좇는 이
누군지 물어보면 다름 아닌 하인들이라지.
미인들 짝을 지어 단아하고도 고운데
붉은 입술 검은 눈썹에 눈동자 반짝이네.
맑은 노래 한 곡조는 세상에 없는 것이라
오늘 봉장추 곡조를 즐겁게 듣는다네.
곱구나, 진나라 나부같이 빼어난 여인이여.

장군의 다섯 필 말도 그저 머뭇거릴 뿐.
들풀 문양 수놓은 붉은 비단 적삼 입고서
말을 새긴 상아 골패로 저포놀이 하는데
백옥 판에 섬섬옥수로 주사위 던지며
남들에게 져 본 적이 없다고 자랑하네.
마구간에 휜칠한 것은 모두 준마들이라
도화마며 질발마는 값이 가장 비싸다지.
성 남쪽으로 이를 타고 나가 사냥을 하여
섣달에 천년 묵은 여우를 쏘아 죽이네.
내 변새에 와서 변방 군량미 맡았기에
그대 취하도록 술을 실컷 살 것이라.
취해 술잔을 다투느라 소리를 지르면
함양의 옛 술꾼들이 문득 생각나겠지.

岑參, 玉門關蓋將軍歌

蓋將軍　眞丈夫　行年三十執金吾　身長七尺頗有鬚
玉門關城迥且孤　黃砂萬里百草枯[304]
南隣犬戎北接胡　將軍到來備不虞[305]

304　金吾는 궁궐의 치안을 맡은 벼슬로 집금오(執金吾), 금오위(金吾衛)라고도
　　한다.

305　犬戎은 서쪽의 오랑캐를, 胡는 북쪽의 오랑캐를 이르는 말이다. 不虞는 예측
　　하지 못하는 변고로 여기서는 적의 침입을 이른다. 『당음』에는 南磨長劍北

五千兵甲膽力麤　軍中無事但懽娛[306]

暖屋繡簾紅地鑪　織成壁衣花氍毹[307]

燈前侍婢瀉玉壺　金鐺亂點野酡酥[308]

紫綬金章左右趨　問著即是蒼頭奴[309]

美人一雙閑且都　朱脣翠眉映明眸[310]

清歌一曲世所無　今日喜聞鳳將雛[311]

可憐絶勝秦羅敷　使君五馬謾踟躕[312]

野草繡窠紫羅襦　紅牙鏤馬對樗蒱[313]

彎弧로 되어 있다.

306 膽力麤는 담력이 크다는 뜻이다.

307 地鑪는 땅을 파고 화로를 놓은 것이다. 壁衣는 담장이나 벽을 덮는 장식물이고 氍毹는 담요다.

308 玉壺는 백옥으로 만든 술병이고 金鐺은 쇠로 만든 주전자다. 酡酥는 우유로 만든 맛난 음료로 죽으로도 먹는다. 타락(駝酪)이라고도 하는데 궁중에서 먹던 고급 음식이다. 야타소(野酡酥)라 하였으니 들소의 젖을 발효한 것이라 하겠다.

309 紫綬金章은 붉은 실을 치장한 구리로 만든 관인(官印)을 말하는데 여기서는 합장군 휘하에 있는 하인들의 복식을 말한다.

310 閑且都는 단아하고도 고운 것을 이른다. 朱脣은 붉은 입술, 翠眉는 검은 눈썹으로 아름답게 치장한 여인을 이른다. 明眸도 아름다운 여성의 눈동자를 이르는 말이다. 映明眸가 映明矑로 된 데도 있다.

311 鳳將雛는 한나라 때의 음악으로 봉황이 새끼 열을 데리고 즐겁게 노는 내용이다.

312 秦羅敷는 전국 시대 한단(邯鄲)의 여인으로 왕인(王仁)의 아내였는데 어느 날 뽕을 따러 나갔을 때 조왕(趙王)이 보고 좋아하여 겁탈하려 하자 「맥상상(陌上桑)」을 노래하여 절조를 지키고자 하였다. 여기서는 미녀를 이른다. 五馬는 태수가 타는 수레는 다섯 필의 말을 사용한다는 데서 나온 말로 태수를 이른다.

313 野草繡窠는 여인의 옷에 들풀 문양을 수놓은 것이다. 紅牙는 자단목(紫檀木)으로 만들어 쳐서 박자를 맞추는 판이고 鏤馬는 홍아에 말 문양을 새겨 넣은 것이다. 樗蒱는 다섯 개의 골패를 던져 승부를 겨루는 놀이 도구이므로

玉盤纖手撒作盧　衆中誇道不曾輪[314]

欟上昂昂皆駿駒　桃花叱撥價最殊[315]

騎將獵向城南隅　臘日射殺千年狐[316]

我來塞外按邊儲　爲君取醉酒剩沽[317]

醉爭酒盞相喧呼　忽憶咸陽舊酒徒

옥문관합뎡군가

합뎡군은 진뎡부을 힝년삼십집금오ᄒ니 신쟝칠쳑파유슈을

옥문관셩이 형초고ᄒ니 황ᄉ만니빅쵸고을

남닌견융북졉호ᄒ니 진뎡군이 도릐비불우을

오쳔병갑이 담긔츄ᄒ니 군듕에 무ᄉ단환오을

난옥슈렴홍지로에 직셩벽의화구유을

등젼시비사옥호ᄒ니 금당에 난졈야타쇼을

ᄌ슈금뎡이 좌우츄ᄒ니 문챡즉시챵두로을

미인일쌍이 한ᄎ도ᄒ니 쥬슌취미죠명모을

쳥가일곡이 셰쇼무라 금일에 희문봉쟝츄을

紅牙鏤馬는 말 문양을 새겨 넣은 골패를 이르는 듯하다.

314　玉盤은 저포놀이를 하는 옥으로 만든 쟁반을 이르고 盧는 찌쏘놀이를 할 때
　　골패를 던져 모두 검은색이 나오는 것을 가리킨다. 輪는 승부에서 지는 것을
　　이른다. 撒作盧가 掇作盧로 된 데도 있다.

315　桃花와 叱撥은 모두 준마의 이름이다.

316　臘日은 음력 12월 8일로 납제(臘祭, 獵祭)를 지내고 사냥을 하였다. 千年狐
　　는 악인을 비유하는 말인데, 『유취요람』에서는 음산토(陰山兎)로 되어 있다.
　　음산은 중국 북방의 변방 지역에 있는 산 이름이다.

317　邊儲는 변방의 군량미를 이르는 말이다. 酒剩沽가 酒劇沽로, 忽憶이 却憶
　　으로 된 데도 있다.

가련졀승잔너뷔 사구오마공지쥬을

야초슈과ᄌ라유로 호아누마디져포을

옥반셤슈로 발작노ᄒ니 듕〃에 과도부증슈을

역상에 앙〃개쥰귀라 도화즐발이 가최슈을

긔쟝엽향셩남우ᄒ니 납일에 ᄉ살음산토을

아릐서외안변져ᄒ니 우군취〃쥬인고

취징쥬쟌상훤호ᄒ니 홀억함양구주도을

합장군은 당 현종 때의 인물 합가운(蓋嘉運)인데, 하서농우 절도사(河西隴右節度使)로 나갈 때 잠삼이 작품을 지어 주었다. 757년 합정륜(蓋庭倫)이 같은 벼슬을 한 기록이 보이므로 이 사람이라고도 한다. 잠삼이 756년 영이서북정지도 부사(領伊西北庭支度副使)로 나갔는데 이때의 일을 노래한 것이다.

합장군이 서른 살에 금오(金吾)의 벼슬을 하고 하서농우 절도사로 옥문관을 나섰다. 변방이라 누런 흙먼지만 날리고 풀들은 모두 말라 죽었다. 오랑캐와 접하고 있는 이러한 지역이라 불의의 변고에 대비해야 하므로 나라에서 엄중히 적임자를 선발하여 합장군을 보낸 것이다. 변방의 합장군은 병영을 화려하게 꾸미고 호화롭게 살아간다. 하인의 시종을 받으며 여인과 풍류와 놀이를 즐긴다. 가끔은 호탕하게 사냥을 나가기도 한다. 이러한 태평성세를 맞은 변방에 군량미를 담당한 관리로 왔으니 함께 질탕하게 술을 마시자고 권하였다. 겉으로는 합장군의 호탕한 면모를 칭송하였지만 이면에 풍자의 뜻도 읽을 수 있다.

신경준의 「시중필례(詩中筆例)」에서는 다음처럼 풍자의 뜻이 강한 작품이라 평가하였다. "소렴(繡簾), 화전(花氈)의 집과 옥호(玉壺), 금당(金

鐺)의 술, 주순(朱脣), 취미(翠眉)의 미녀, 홍아(紅牙), 누마(鏤馬)의 오락 등은 화려함이 지극하고 즐거워함이 심중하여, 겉으로 보기에는 고움을 극구 자랑한 것 같지만 '옥문관 관문은 멀고도 외로운데'나 '남으로 북으로 오랑캐를 접하기에'라고 한 것을 보면 또한 장군의 처소가 과연 이래서야 되겠는가? 단지 화려한 사물을 가지고 나날이 즐거워하는 기쁨에 탐닉한다면 장군이 하는 일이 또한 과연 어찌 되겠는가? 무한하게 풍자하는 뜻을 볼 수 있다." 이보다 앞서 이수광은 『지봉유설』에서 잠삼의 작품 중 가장 뛰어난데도 『당시품휘』에 선발하지 않았다고 비판하였다. 조선 시대에 장군을 칭송하는 작품에서 이 시가 전범으로 쓰였다.

◆ ◆ ◆

돌아가신 장군은 진정한 장부라　　　　　先將軍眞丈夫
삼천의 보병으로 사막을 유린하였지.　　　步兵三千蹂沙漠
　　　　　— 이광정(李光庭), 「진사 신명구의 만사(申進士國叟命耈輓)」

칠 척의 큰 키에 수염이 아름다운 데다　　　身長七尺美鬚髥
무략이 출중하고 관리의 일도 능하였지.　　武略超群吏事兼
　　　　　— 이색, 「칠재 박보로의 아들 대도가 부친의 묘지명을 지어 달라고 요청하기에
　　　　　　　　　　　　　　(朴七宰普老之子大都 求誌其父幽堂)」

소반의 고추 보고 청양 땅 가깝다 말하니　　盤椒已報靑陽逼
장안의 옛 술 먹던 무리가 홀연 그리워지네.　忽憶長安舊酒徒
　　　　　— 임상원, 「즉사(卽事)」

잠삼, 위절도사 적표마의 노래

그대 집 적표마는 그림으로 못 그릴 터
한바탕 회오리바람에 복사꽃이 날리는 듯.
붉은 끈 자줏빛 재갈에 산호로 만든 채찍
백옥 안장에 비단 언치 황금 굴레 하였네.
그대 고삐 잡고 나가게, 그대 타는 것 보니
꼬리는 길어 붉은 실이 땅을 스치는 듯한데
다른 말들 모두 못 미친다 스스로 자랑하니
문득 백금을 주고 처음 사던 때를 돌아보네.
장안 도성의 향가라는 큰길을 나서면
성 가득 보는 이들 누군들 좋아하지 않으랴!
채찍 휘둘러 급히 몰아가면 땀이 줄줄 흐르니
그림자 날리며 힘찬 걸음 발굽 소리 경쾌하네.
붉은 수염 오랑캐 마부가 쇠가위를 들고서
아침에 털을 세 가닥으로 높다랗게 올리니
마구에 있을 때 특히 기품이 있어 보이고
말 떼 속에 끌고 나오자 더욱 늠름하구나.
이 말 타고 종남산 앞에서 사냥을 하리니
성 남쪽 여우와 토끼 다시는 살아남지 못하고
말발굽 풀잎을 스치고 날아가듯 치달리면
푸른 매조차 도리어 뒤처져 쫓아오지 못하겠네.

그리워라, 예전 그대 미앙궁에 조회를 드릴 때
말방울 울리며 수레 오르면 길에 향기가 가득했지.
변방의 장군이 참으로 부귀함을 비로소 알겠으니
좋구나, 사람과 말이 서로 광채를 발하는구나.
남아가 마음에 차려면 이와 같아야 하리니
준마도 길게 울음 울어 북풍이 일어나리라.
내 기다리리라, 그대 동으로 가 오랑캐 쓸어 버리려
그대 하루에 일천 리를 치달려 가실 것을.

岑參, 衛節度赤驃馬歌

　　君家赤驃畵不得　一團旋風桃花色[318]

　　紅纓紫鞨珊瑚鞭　玉鞍錦韉黃金勒

　　請君鞁出看君騎　尾長窣地如紅絲[319]

　　自矜諸馬皆不及　卻憶百金初買時

　　香街紫陌鳳城內　滿城見者誰不愛[320]

　　揚鞭驟急白汗流　弄影行驕碧蹄碎[321]

318　衛節度는 위백옥(偉伯玉)으로 안사(安史)의 난을 진압하고 신책군 절도사
　　　(神策軍節度使)에 임명되었다. 赤驃馬는 흰색 반점이 있는 적색의 말이다.
　　　旋風은 회오리바람인데 여기서는 말의 움직임이 바람처럼 날래다는 뜻이다.
319　鞁出은 고삐를 잡고 나선다는 뜻이다. 鞲出로 된 데도 있다.
320　香街는 장안의 거리 이름이고 紫陌은 도성의 큰길을 이르며 鳳城은 수도를
　　　가리키는 말이다.
321　弄影은 그림자가 요동치는 것을 묘사한 말이다. 碧蹄는 말발굽을 이르는 말
　　　인데 碎는 말발굽 소리가 경쾌한 것을 이른다.

紫髯胡雛金剪刀　平明剪出三鬣高[322]

櫪上看時獨意氣　衆中牽出偏雄豪

騎將獵向南山口　城南狐兎不復有[323]

草頭一點疾如飛　卻使蒼鷹翻向後[324]

憶昨看君朝未央　鳴珂擁蓋滿路香[325]

始知邊將眞富貴　可憐人馬相輝光

男兒稱意得如此　駿馬長鳴北風起[326]

待君東去掃胡塵　爲君一日行千里[327]

잠삼, 위절도적표마가

　　군가젹표는 화부득ᄒ고 일단션풍도화식을

　　홍영즈강산호편이오 옥안금쳔황금늑을

　　쳥군비츌간군긔ᄒ니 미장줄지여홍ᄉ을

　　즈긍졔미 긔불급ᄒ니 각역빅금쵸미시을

　　향가즈믹봉셩내에 만셩견지 수블이요

322　胡雛는 오랑캐를 이르는데 여기서는 마부를 지칭한다. 三鬣은 말 갈기를 잘
　　라 세 가닥으로 딿은 것이다. 이수광은 『지봉유설』에서 셋으로 딴 것이 삼화
　　(三花), 다섯으로 딴 것을 오화(五花)라 하였다.

323　南山은 장안에 있는 종남산(終南山)을 이른다.

324　草頭一點은 풀잎 끝에 점 하나 찍고 간다는 말로 말이 풀잎을 스치고 빨리
　　달리는 것을 형용하는 말이다.

325　未央은 한나라 때의 궁전인데 여기서는 당나라 대궐을 이른다. 가(珂)는 말
　　의 고삐를 장식하는 옥이고 蓋는 수레의 차양인데 옹개(擁蓋)라 하면 수레를
　　타는 것을 가리킨다.

326　稱意는 마음에 흡족한 것이다.

327　胡塵은 오랑캐 땅의 먼지로, 여기서는 오랑캐의 침입을 비유한다. 이때 안사
　　의 반란군이 낙양에 주둔하고 있었는데 이를 진압할 것을 청한 것이다.

양편취급빅한유요 농영힝교벽졔쇄을

즈렴호츄금젼도로 평명에 견츌삼종고을

역상간시예 독의긔러니 듕∥에 견츌편웅호을

긔쟝엽향남산구ᄒ니 셩남호토불부유을

초두일졈이 질여비ᄒ니 각ᄉ창응빈향후을

억쟉간군조미앙ᄒ니 명가응긔만노향을

시지변쟝이 진부귀라 가련인미 샹휘광을

남이칭의득여츠니 쥰미쟝명북풍긔을

대군동거소호진ᄒ야 위군일∥힝쳔니을

이 작품은 759년의 작품으로 추정된다. 안서의 장군으로 적표마(赤驃馬)를 타고 안사의 난을 진압한 위백옥의 위용을 노래하였다. 먼저 적표마의 아름다움을 말한 다음 이를 위백옥의 위의로 연결하여 칭송하였다. 말이 달리면 복사꽃이 바람에 날리듯 흰 반점의 붉은 털이 아름다워 그림으로도 그릴 수 없으니, 도성의 큰길을 나가면 누구나 말을 보고 부러워한다. 그리고 이렇게 단장한 말이 사냥을 나서는데 종남산을 치달리는 적표마가 매보다 빠르다고 하였다. 이어 적표마와 위백옥을 함께 묶어 큰 공을 세우고 돌아오기를 축원하였다. 오랑캐를 소탕하기 위해 북풍에 우는 적표마를 타고 천 리 길을 하루에 치달리는 위백옥의 모습으로 시상을 종결한 것이 묘미가 있다.

이서우가 이 시에 차운하는 작품을 남겼으며 권헌의 「윤절도적표마가(尹節度赤驃馬歌)」가 이 작품을 바탕으로 제작한 것이다. 철종 때 화원을 뽑는 시험의 영모 분야에서 이 시를 제목으로 내건 바 있을 만큼 명마를 형상화한 대표작으로 인정받았다.

조선에도 적표마가 있었다. 성해응(成海應)의 「의미전(義馬傳)」에 조선의 명마 중 하나로 대궐에 있던 적표마를 다음과 같이 소개했다. 관북의 배 장수가 적표마를 구해 한양에서 팔았는데 무척 야위어 값이 7000전밖에 되지 않았다. 서유대(徐有大)가 이를 구입하여 잘 먹여 7척의 준마로 키웠는데 정조가 이를 보고 대궐의 말과 바꾸어 10년 동안 화성(華城)에 출입할 때 탔다. 1800년 정조가 서거한 후 대궐에서 내보냈는데 그다음 해 화성의 화녕전(華寧殿)에 정조의 어진을 봉안할 때 사복시(司僕寺)의 관원이 이를 타고 갔다. 이 말은 의장을 보고 머리를 들고 슬피 울면서 머뭇거리더니 먹이를 먹지 않고 죽었다. 임천상의 「적표행(赤驃行)」이 이를 노래한 것이다. 그 서문에 따르면 7000전을 주고 산 이 말을 나중에 10만 전에 팔라고 해도 팔지 않았다 한다. 또 이 말을 서 사또의 '표적다(表赤多)'라 불렀는데 표적다는 적표의 방언이라 한다.

◆ ◆ ◆

얼룩무늬 용의 골격에다 복사꽃빛 이마로　　　虎文龍骨桃花題
긴 꼬리 땅을 스치며 구름 속을 달려가네.　　　尾長窣地靑雲齊

— 성현, 「천마가(天馬歌)」

청운의 현달한 관원이 비룡을 몰면서　　　靑雲達官飛龍馭
대궐 앞에서 말방울 울리며 수레에 오르네.　　　鳴珂擁蓋金闕下

— 김창흡, 「기우가(騎牛歌)」

일짠션풍도화식의 우졀토젹토만들 이 거름의 당ㅎ랴.

상가즈믹츈셩니요 만셩군즈슈불리라.

— 장재백 창본 「춘향가」

잠삼、 태백산 호승의 노래

듣자니 호승이 태백산에 산다는데
절이 하늘에서 겨우 삼백 척 아래라지.
한번 능가경을 들고 중봉으로 들어가서
세인들은 볼 수 없고 종소리만 듣는다지.
창 앞에서 석장으로 두 마리 범 싸움 말리고
상 아래 바리때에다 용 한 마리 잡아 두었다지.
풀 엮은 옷 바느질 않고 솜은 깁지도 않았는데
두 귀는 어깨까지 내려오고 눈썹은 낯을 덮었지.
이 스님 연세를 어찌 알 수 있겠는가마는
손수 심은 푸른 소나무가 열 아름이라지.
마음은 흘러가는 강물처럼 맑고도 깨끗한데
몸은 뜬구름처럼 시시비비를 따지지 않는다네.
상산의 네 노인네인 줄 이미 알고 있기에
나도 한번 만나 보고 싶으니 어찌해야 하는가?
산중에 스님이 있어도 사람들은 알지 못하니
성안에서 부질없이 짙푸른 산 빛만 본다지.

岑參, 太白胡僧歌

聞有胡僧在太白　蘭若去天三百尺[328]

一持楞伽入中峰　世人難見但聞鍾[329]

窓邊錫杖解兩虎　床下鉢盂藏一龍[330]

草衣不針複不線　兩耳垂肩眉覆面

此僧年幾那得知　手種青松今十圍

心將流水同清淨　身與浮雲無是非

商山老人已曾識　願一見之何由得[331]

山中有僧人不識　城裏看山空黛色[332]

티백호승가

　문유호승지티빅ᄒ니　난냐거천삼빅척을

　일지능가입듕봉ᄒ니　세인이 난견단문죵을

　창젼셕장은 ᄒᆡ양호요　샹하발오ᄂᆞᆫ 장일용을

328　胡僧은 보통 중국의 서북쪽이나 그 너머에서 온 승려를 이른다. 太白山은 당나라 때 서경(西京)으로 불리던 봉상부(鳳翔府)에 있다. 장안의 종남산 규봉(圭峰) 서쪽에 금성(金星)의 정기가 떨어졌는데 흰 바위로 변했다 하여 이 이름이 붙었다고 한다. 蘭若는 절을 이르는 말인데 청결하고 한적한 곳이라는 뜻이다.

329　『능가경(楞伽經)』은 『능가아발다라ㅂ경(楞伽阿跋多羅寶經)』, 『입능가경(入楞伽經)』, 『대승입능가경(大乘入楞伽經)』이라고도 하는데 부처가 사자국(師子國) 능가산에서 불법을 설교한 내용이 실려 있다.

330　錫杖은 승려의 지팡이로 그 머리에 철권(鐵卷)이 달려 있고 가운데는 나무로 되어 있으며 아래에는 쇠를 붙여 바닥을 두드리면 소리가 난다. 藏一龍이 盛一龍으로 된 데도 있다.

331　商山老人은 진(秦)의 학정을 피하여 상산(商山)에 들어가 숨어 살았다고 하는 백발의 네 은자 상산사호(商山四皓)를 이른다.

332　僧人不識은 대부분 僧人不知로 되어 있다.

쵸의불침부불션ᄒᆞ니 냥이슈견미부면을

추승연긔을 나득지아 슈종쳥숑금십위을

심쟝유슈동쳥졍이요 신여부운무시비을

상산노인이 이증식ᄒᆞ니 원일견지하유득가

산듕에 유승인블식ᄒᆞ니 셩니에 간산공ᄃᆡ셕을[333]

이 작품은 다음과 같은 서문이 달려 있다. "태백산(太白山) 중봉의 꼭대기에 호승(胡僧)이 있는데 몇백 살인지는 알 수 없다. 눈썹이 몇 치 길이고 몸은 천으로 만든 옷을 입지 않고 풀과 잎으로 엮은 것을 입고 있는데 늘 『능가경(楞伽經)』을 지니고 있다. 구름 덮인 멀고 끊어진 절벽이라 인적이 거의 이르지 않는다. 일찍이 동쪽 봉우리에 범이 싸우는데 약한 놈이 죽게 되자 호승이 지팡이로 쳐서 구해 주었다. 또 서쪽 못에 악한 용이 있어 오래도록 우환이 되었는데 호승이 그릇을 만들어 그 속에 가두어 두었다. 상산(商山)의 조씨(趙氏) 늙은이가 몇 년 전 복령(茯苓)을 채취하러 태백산 깊이 들어갔다가 우연히 이 호승을 만났다. 그 후 나를 보고 이야기를 해 주었는데 내가 늘 홀로 가 보고 싶어 하는 마음이 있었기에 듣고 기뻐 노래를 짓는다."

이 시는 4구씩 네 단락으로 되어 있다. 호승이 높은 봉우리에 있는 절간에 살면서 능가경을 들고 은거하여 남들이 만날 수 없다고 하였는데 호승을 볼 수 없고 종소리만 들을 수 있다고 한 표현이 묘미가 있다. 이어 싸우는 범을 석장으로 뜯어말릴 수 있고 사악한 용을 바라에 잡아 둘 수

---

333 5구의 창전셕장은 窓前錫杖으로 본 듯한데 窓邊錫杖과 같은 뜻이지만 이렇게 된 판본은 확인되지 않는다.

있는 신통한 능력이 있고, 옷 대신 풀을 대충 엮어 걸치고 사는데 두 귀가 길어서 어깨까지 내려오고 흰 눈썹이 길어 얼굴을 덮고 있다고 호승의 영웅적 면모를 묘사하였다. 그리고 호승은 나이를 짐작할 수 없지만 직접 심었다는 소나무가 열 아름이 되는 것을 보면 얼마나 나이가 많은지 알 수 있는데, 흐르는 물처럼 얽매이지 않아 청정하며, 인간사의 부귀영화를 뜬구름으로 여겨 시시비비를 따지지 않는다고 하였다. 마지막 4구는 호승을 만나고 싶은 바람을 적었다. 잠삼과 알고 지내던 상산의 늙은이가 호승을 만난 적이 있다고 말하지만 어떻게 해야 되는지 알 수 없다. 산속에 이러한 호승이 있다는 것조차 사람들이 알지 못하니, 결국 도성 안에서 호승이 살 것으로 짐작되는 푸른 산만 바라본다고 하였다. 앞부분에서 세인들은 볼 수 없고 종소리만 듣는다고 한 것을 받아 이렇게 종결한 것이 묘미가 있다.

　이 작품은 고경명(高敬命)의 「금주 삼막사의 승려 지웅이 자신이 금강산과 묘향산 두 곳을 유람하고 왔다기에……(衿州三藐寺僧智雄自言嘗遊金岡妙香二山云……)」, 김득신의 「늙은 스님에게 주다(贈老師)」, 정약용의 「지리산 승가를 지어 유일에게 보이다(智異山僧歌示有一)」 등 고승을 소재로 한 시의 전범이 되었다. 또 "손수 심은 푸른 솔이 이제 열 아름이라.(手種靑松今十圍)"가 널리 알려져 조수삼의 집구시에서 이 구절을 차용한 바 있다. 정규한(鄭奎漢)의 「용악 상인의 운수록삼교편 서문(龍嶽上人雲水錄三敎篇序)」에서 이 작품의 "마음은 흐르는 물처럼 맑디맑은데, 몸은 뜬구름처럼 시시비비가 없다네.(心將流水同淸淨 身與浮雲無是非)"에서 물과 구름을 따서 서명으로 삼은 것이라 하였다.

◆ ◆ ◆

그대 보지 못하였나,　　　　　　　　　　君不見

태백산이 하늘과 삼백 척이 되지만　　　太白去天三百尺

그래도 절간이 있어 인적이 통한다네.　　猶有蘭若通人跡

　　　　　　　　　— 신유, 「천마산가(天磨山歌)」

노승의 여윈 모습은 백 살에 가까운 듯　　老宿癯容近百齡

긴 눈썹 얼굴 덮고 눈동자는 별과 같네.　　長眉覆面目如星

　　　　— 권상하(權尙夏), 「그림 속의 솔뿌리와 노승을 읊다(詠畫中松根老僧)」

마음은 흐르는 물을 따라 함께 맑은데　　心隨流水同淸淨

몸은 한가한 구름처럼 뭉쳤다 풀어지네.　　身與閒雲共卷舒

　　　　　　— 이인엽(李寅燁), 「다시 '득' 자로 운자를 받아(又得書字)」

잠삼, 범공의 대나무 노래

세상 사람 대나무 보고도 아낄 줄 모르건만
그대는 대나무를 성안의 관아에 심었구나.
차군은 요행히 제대로 된 곳에 뿌리를 박아
그 언제 심었는지 벌써 높다랗게 자랐다 하네.
한여름에 울창하여 서늘한 빛을 발하고
한가한 밤 마른 잎 소리가 버석버석 들리는데
관아의 문서조차 맑아져 주렴 아래서 읽고
거문고와 책 어울린 모습이 창 너머로 보인다지.
그대 위해 그늘 드리워 햇살을 가리는데
솟아난 죽순은 섬돌을 뚫어 밟아도 돋는다지.
분명한 대마디처럼 서리를 이겨 내는 어사가 되고
속이 빈 대처럼 낭관의 붓과 나란하기 바란다오.
그대여 남산의 소나무 가지만 아끼지 말게나,
대나무도 사시사철 그 색깔을 바꾸지 않으니.
추운 날 풀과 나무 누렇게 다 지고 난 후에야
홀로 푸르름을 그대가 비로소 알리라.

岑參, 范公叢竹歌

世人見竹不解愛　知君種竹府城內

此君托根幸得所　種來幾時聞已大[334]

盛夏翛翛叢色寒　閑宵摵摵葉聲乾[335]

能淸案牘簾下見　宜對琴書窗外看[336]

爲君成陰將蔽日　迸笋穿階踏還出

守節偏淩御史霜　虛心願比郞官筆[337]

君莫愛南山松樹枝　竹色四時也不移

寒天草木黃落盡　猶自靑靑君始知

범공총죽가

세인견죽불히이ᄒᆞ니 지군종죽부셩내을

ᄎᆞ군이 탁근힝득쇼ᄒᆞ니 종내긔시문이디을

셩하의 슈슈총싁한이오 한쇼의 쳑〃엽셩간을

334　此君은 대나무를 이르는 말인데, 진(晉)의 왕휘지(王徽之)가 늘 집에 대나무
　　를 심어 놓고 "하루라도 차군이 없어서야 되겠는가."라고 한 데서 유래하였
　　다. 幸得所가 幸得地로 된 데도 있다.

335　翛翛는 무성한 모양을 형용하는 말이고 摵摵은 나뭇잎이 흔들리는 소리를
　　형용하는 말이다. 盛夏가 盛暑로 된 데도 있다.

336　案牘은 관아의 문서를 이른다.

337　守節은 절조를 지키는 것이고 虛心은 마음의 욕심을 버리는 것인데 대나무
　　가 마디가 분명하고 속이 빈 것을 함께 말하였다. 迸笋은 흙을 뚫고 사납게
　　자라는 죽순을 이른다. 御史를 풍상지사(風霜之使)라 하는데 어사의 위엄
　　이 무섭다는 뜻의 어사상(御史霜)이 여기에 연원을 둔다. 郞官筆은 임금을
　　시종하면서 기록을 맡는 일을 한다는 데서 나온 말이다. 낭관은 상서랑(尚書
　　郞)으로 매달 붉은 대통의 큰 붓을 하사받았다. 범공이 직방낭중(職方郞中)
　　과 시어사(侍御史)를 겸하고 있어 이른 말이다.

능쳥안독염하견이요 의디금셔챵외간을
위군셩음장폐일ᄒ니 병열쳔계답환셩을
슈졀편능어ᄉ상이요 허심원비낭관필을
군막이남산송슈지ᄒ라 쥭싁ᄉ시야불이을
한쳔쵸목이 황낙진ᄒ니 유ᄌ쳥쳥군시지을

이 작품은 "직방낭중(職方郎中) 겸 시어사(侍御史) 범공(范公)이 섬서의 관아에다 대나무를 심고 대나무 시를 새로 지어 보이시기에, 범공의 맑은 운치와 우아한 절조를 아름답게 여겨 마침내 노래를 지어 화답한다." 라는 서문이 붙어 있다.

세상 사람들이 돌아보지 않는 대나무를 범공만은 사랑하여 관아에 심었고 알맞은 땅을 만나 대나무가 높다랗게 자랐다. 한여름 무성하게 그늘을 드리워 더위를 식혀 주고 밤이 되면 댓잎이 바람에 뒹구는 소리가 마음을 맑게 하니, 주렴 아래서 번잡한 공문서를 읽어도 마음이 답답하지 않다. 창 너머로 보이는 대나무를 마주하면 금을 연주하고 책을 읽으니 더욱 운치가 생긴다. 이렇게 사는 범공에게 대나무가 서리를 이기는 뜻을 배워 어사로서 감찰의 직무를 수행하고, 대나무 속이 빈 것처럼 역사가의 본분을 지키라 권계하였다. 남산의 잗다란 솔가지보다 자네가 심은 대나무가 절조가 굳으니, 겨울이 되어 다른 초목이 다 시든 때 홀로 푸른빛을 받히ᄂ 그 졍신을 배우라고 하였다.

조면호의 「총죽가(叢竹歌)」가 왕유의 시에 차운한 것이라 되어 있지만 잠삼의 이 작품을 착각한 것이다. 조선 시대 대나무를 소재로 한 시에서 여러 구절이 활용되었고, 또 소나무나 국화 등 다른 식물과 관련한 시에서도 자주 차용되었다.

◆◆◆

세상 사람들 사랑할 줄 몰라서 世人不解愛
사립문에 부질없이 숨어 있구나. 衡門空自邀

— 한원진(韓元震), 「국화에 대한 느낌(感菊)」

그대 대를 심어 맑은 수양 돕게 함을 알기에 知君種竹助淸修
근래 집 고치면서 감히 달라 소리 못하겠네. 營繕年來不敢求

— 김우급(金友伋), 「박생에게 부쳐 대나무를 구하다(寄朴生求竹)」

그 몇 년 뿌리를 제대로 된 곳에 내렸기에 幾年托根幸得所
정정하게 홀로 여러 나무 틈에 정정하구나. 亭亭獨秀群木中

— 심광세, 「불타 죽은 소나무를 애도하여(悼燒松)」

달 지자 까마귀 울고 서리가 하늘 가득한데
강가 단풍 어선 불빛 보며 시름겹게 조느라니
고소성 저 너머 있는 한산사 절간에서
한밤의 종소리가 나그네 배로 들려오네.

張繼, 楓橋夜泊

　　月落烏啼霜滿天　江楓漁火對愁眠
　　姑蘇城外寒山寺　夜半鐘聲到客船[338]

장의손, 풍교야박

　　월낙오제상만천ᄒᆞ니 강풍어화ᄃᆡ슈면을
　　고소성외한산사의 야반종성도긱션을

338　이 작품의 배경이 되는 풍교(楓橋)는 소주 외곽에 있는 다리로, 그 아래 오송
　　강(吳松江)이 흐른다. 이곳에 390개의 다리가 있었다고 한다. 원래 풍교는 봉
　　교(封橋)라 하였는데 장계의 이 작품으로 인하여 풍교로 바뀌었다는 설도 있
　　다. 고소성은 소주를 두르고 있는 성곽으로, 고소 자체가 소주의 별칭이기도
　　하다. 그 서남쪽 바깥에 남조(南朝) 양(梁)나라 때 건립된 한산사(寒山寺)가
　　있다. 이 시로 인해 보령의 광천(廣川)과 하동의 악양(岳陽)에 고소성과 한산
　　사가 세워졌다. 漁火가 漁父로 된 데도 있다.

장계는 자가 의손(懿孫)이고 호북 양주(襄州) 출신인데 유장경과 동시대의 인물이고, 당 현종 천보 13년 진사시에 합격하여 검교사부 낭중(檢校祠部郎中)을 역임하였지만 자세한 이력은 밝혀져 있지 않다. 꾸밈이 적은 맑은 시를 잘 지은 것으로 평가된다.

한밤이 되어서야 풍교에 배를 대었다. 달이 지고 까마귀 우는데 서리가 하얗게 내렸다. 강가의 단풍나무 울긋불긋한 빛이 어선에서 밝혀 놓은 불빛에 어린다. 이를 보노라니 객수에 젖어 나그네는 잠을 이루지 못한다. 시름을 마주하고 잔다고 하였지만 실제는 잠을 잘 이루지 못하는 것을 거꾸로 말한 것이다. 이때 고소성 그 너머 한산사에서 한밤에 종을 치는 소리가 강가에 정박해 놓은 시인의 배에까지 이른다. 잠들지 못하였기에 종소리를 듣는 것으로 연결된 것이 묘하다. 2구는 강변의 단풍나무 곁에 어선의 불빛이 희미하게 깜빡이는 것을 보니 시름과 짝하여 졸고 있는 것처럼 보인다는 뜻으로 풀이할 수도 있다.

이 작품은 인구에 크게 회자되었지만 풀이나 평가가 일률적이지는 않다. 1구의 오제가 까마귀 울음이 아니라 오제진(烏啼鎮)을 이르는 것으로 보기도 하고, 2구의 강풍도 강가의 단풍나무라는 풀이 외에 새의 별칭이라는 해석이 성해응의 「공산 사또 이태연, 남경 사신 황걸 등과 나눈 문답(公山倅李泰淵, 南京使臣黃傑等問答)」에 보인다. 또 야반에는 절에서 종을 치지 않는다는 점 때문에 사리에 맞지 않는다고 구양수(歐陽脩)가 『육일시화(六一詩話)』에서 비판했고, 섭몽득(葉夢得)은 『석림시화(石林詩話)』에서 강남에서는 한밤에 종을 치기 때문에 오류가 아니라는 주장도 펼쳤다. 이수광이 『지봉유설』에서 두 설을 모두 소개하였다.

순조 때 화원을 뽑는 시험의 산수 분야에서 이 시를 제목으로 내걸었다. 한시 분야에서도 이 시의 영향이 컸다. 오윤겸(吳允謙)이 중국에 사신 갔을 때 성 바깥에서 울리는 종소리를 듣고 이 시에 차운한 작품을 남겼다. 깜깜한 밤을 묘사할 때 조선의 문인들이 즐겨 '월락오제'라는 표현을 사용하였다. 강풍과 어화를 나란히 쓰거나 '대면수'와 연결하여 쓴 것 역시 조선 시대 시문에서 자주 보인다. 또 3구는 한산사(寒山寺)와 관련한 일화에서 조선 문인들이 자주 언급한 바 있다. 장헌 세자(莊獻世子)가 4구를 제목으로 부(賦)를 지었을 정도로 익숙하였다. "종소리 나그네 배에 이른다."라는 표현 역시 강가의 사찰에서 지은 시에서 빈번하게 나타난다.

◆ ◆ ◆

어선의 불빛과 강가의 단풍 있는 곳	可憐漁火江楓處
장계의 시 속으로 매일 왕래하노라.	張繼詩中日往來

— 김정희(金正喜), 「우제(又題)」

한산사 천고의 흥이 이는데	寒山千古興
어선의 등불 보고 시름겹게 존다네.	漁火對愁眠

— 강세황, 「등연의 고기잡이 등불(燈淵漁火)」

달 지고 까마귀 울어 참선 이야기 마치고	月落烏啼禪話罷
죽장망혜로 겹겹 구름 속으로 들어가네.	芒鞋遠却萬重雲

— 김종직(金宗直), 「계근이 배 안에서 자고 다음 날 시를 지어 새벽 작별을 고하기에 차운하다(戒勤宿舟中 明曉以詩告別 次韻)」

숲인가 안개인가 한 공과 색 그 안에	似樹如煙空色裡

때마침 어선의 불빛 보고 근심 속에 조누나.　　有時漁火對愁眠

— 신익상, 「몽촌의 안개와 숲(夢村煙樹)」

월락오제 상만천ᄒᆞ니 강풍어화 대수면이라.

고소성외 한산사의 야반종성 도객선이라.

밤중만 애내(欸乃) 일성(一聲)의 산수록(山水綠)이로다.

— 작가 미상의 시조

봄이 온 성은 꽃 날리지 않은 곳이 없는데
한식이라 봄바람에 궁궐 버들이 휘늘어지네.
날이 저물자 대궐에서 밀초를 나누어 주니
파란 연기가 왕후의 집에 흩어져 들어가네.

韓翃, 寒食

　　春城無處不飛花　寒食東風御柳斜
　　日暮漢宮傳蠟燭　靑煙散入五侯家[339]

한굉평, 한식

　　츈셩무쳐불비화라 한식동풍어류사을
　　일모한궁의 전랍촉ᄒ니 청연산입오후가을

339　漢宮은 당나라 황실을 예스럽게 이른 것이고 御柳는 궁중의 버들을 이르는
　　　말이다. 傳蠟燭은 한식에 불을 금하였다가 다시 불을 피울 때 궁중에서 근신
　　　에게 밀랍으로 만들 밀초와 불씨를 내려 주면 이를 다시 민가에 전하였다. 五
　　　侯는 권귀(權貴)를 통칭한다. 특히 이 작품과 관련해서는 환제(桓帝) 때 후에
　　　봉한 당형(唐衡), 선초(單超), 서황(徐璜), 구원(具瑗), 좌관(左悺) 등의 환관
　　　으로 풀이하기도 한다. 春城無處가 春風何處로, 不飛花가 不開花로 日暮
　　　가 一夜보, 靑煙이 輕煙으로 된 데도 있다.

한굉(719?~788?년)은 자가 군평(君平)이고 지금의 하남 출신으로 노년에
는 장안에 거주하였다. 대력십재자(大曆十才子)의 한 사람으로 불리며
증별시에 능하였다. 애첩 유씨(柳氏)와의 애정을 그린 「장대류전(章臺柳
傳)」이 유명하다.

이 작품으로 인해 한굉이 '춘성무처불비화'로 일컬어지기도 하였다. 덕
종이 한굉에게 벼슬을 내리라고 하였는데, 이때 동명이인이 있어 누구에
게 벼슬을 주어야 하는지 재상이 물었고, 이에 덕종이 '춘성무처불비화'
라는 구절에 비점을 찍고 그 시를 지은 한굉을 지목했다고 하는 고사가
있는데 이덕무의 「시관소전(詩觀小傳)」에 이를 자세히 소개했다.

이 작품은 앞 두 구가 한낮의 풍경을, 뒤 두 구가 저녁의 풍경을 그렸
다. 봄이 온 장안에 온통 꽃이 날리는데 한식이라 봄바람이 불어 버들가
지가 휘늘어진다. 저녁이 되자 궁중에서 하사한 밀초의 연기가 귀족의 집
으로 빨려 들어간다. 한식날 태평성세를 맞은 대도시 장안의 풍광을 노
래한 것으로 풀이하지만, 덕종의 총애를 받은 환관이 권력을 농단하여
사치를 부린 것을 풍자한 것으로 해석하기도 한다. 현종 때 양귀비의 총
애를 믿고 권력을 휘두른 5인을 오가(五家)라 불렀는데 이를 풍자한 것으
로 볼 수 있다.

조선 시대에 이 시의 영향력은 지대하였다. 1763년과 1771년 두 차례
에 걸쳐 영조가 2구를 내려 승정원 등의 관리에게 십운시(十韻詩)를 짓게
하였는데 홍양호(洪良浩) 등이 이때 지은 작품이 전한다. 또 영조는 김귀
주에게 이 시를 보이면서 고금 태평성세의 뜻을 묻기도 했다. 정조 역시
어필로 이 시를 적었는데 이를 두고 지은 율부(律賦)가 정약용의 『열수문
황(洌水文簧)』에 실려 있다. 조선에서는 이 시를 대체로 태평성세를 노래
한 작품으로 인식한 것을 짐작할 수 있다. 화원을 뽑는 시험에서 여러 차

례 이 시가 등장하는 것도 이 때문이다. 순조 때는 산수 분야, 철종 때에는 속화 분야에서 이 시가 제목으로 걸렸다.

　이정암이 13세에 심연원(沈連源)의 명에 따라 이 시와 같은 운자로 시를 지어 큰 칭찬을 받았다. 홍양호가 2구로, 홍명원(洪命元)이 4구로 월과(月課)에서 지은 시가 전하며, 김의정(金義貞) 역시 4구를 제목으로 시를 지었다. 조태억의 「한식에 한굉의 시에 차운하여(寒食用韓翃韻)」가 이 시에 차운한 작품이다. 조선 시대 한식에 시를 지을 때 이 시의 영향을 크게 받았다.

◆◆◆

버들 언덕 구비마다 구불구불한데　　　　柳岸縈紆曲曲斜
푸른 풀 돋은 곳마다 꽃잎이 날리네.　　　綠蕪無處不飛花
　　　　　　　— 조준(趙浚), 「열마의 시내를 지나며(閱馬溪行)」

봄바람에 궁중의 버들 한식이 지났으니　　東風御柳經寒食
이러한 때 금방 버들솜이 피어나겠지.　　　頃刻花開此一時
　　　　　　　　　　　— 이곡, 「청명의 눈(淸明雪)」

궁문에 빌초 전하는 것 보이지 않는데　　　不望宮門傳蠟燭
홀로 교외로 나와 푸른 이끼를 밟노라.　　　獨來郊外踏春苔
　　　　　　　　　— 이건, 「한식날 말 위에서(寒食馬上)」

춘성무처 불비화] 오 한식동풍 어류사] 라.

일모한궁 전랍촉ㅎ니 청연이 산입오후가ㅣ로다.

우리눈 일민(逸民)이 되여 취(醉)코 놀녀 ㅎ노라.

— 작가 미상의 시조

전기,
돌아가는 기러기

"무슨 일로 무단히 소상강을 떠나가려 하나?
물 푸르고 모래 밝고 언덕엔 이끼 끼었는데."
"누군가 스물다섯 현을 달뜬 밤에 타기에
맑고 슬픈 소리 못 이겨 날아가려 한 것이라."

錢起, 歸雁

瀟湘何事等閑回　水碧沙明兩岸苔
二十五絃彈夜月　不勝清怨却飛來[340]

전중평, 귀안

소상하사등한회오 슈벽사명양안틔을
이십오현탄야월의 불승청원각비릐을[341]

340　우임금이 죽자 그의 두 비 아황과 여영이 슬피 울다 소상강에 몸을 던졌는데
　　　그 혼이 반죽(斑竹)이 되어 자란다는 전설이 있다. 이수광은 『지봉유설』에서
　　　원래 금(琴)은 50현으로 되어 있는데 후에 반으로 갈라 25현의 악기로 바뀌
　　　었다고 고증했다.
341　『당시장편』에는 작가를 전중평이라 하였는데 저본이 되는 『칠언당음』에 전중
　　　문(錢仲文)으로 표기된 것을 잘못 옮긴 것이다. 전중문은 전기의 자다.

전기(722?~780년)는 자가 중문(仲文)이고 절강 오흥(吳興) 출신으로, 장안의 종남산에 은거하면서 왕유와 수창하여 그의 기림을 받았다. 낭사원(郎士元)과 이름을 나란히 하여 전랑(錢郎)으로 병칭되었다. 대력십재자의 으뜸으로 평가되며 전별시에 능하였다.

이 작품은 봄이 되어 북녘으로 돌아가는 기러기와 문답한 것이다. 1구와 2구는 기러기에게 물은 것이다. 물이 푸르고 모래가 흰데 강 양쪽은 물이끼가 파랗게 끼어 있다. 이렇게 아름다운 곳인데 무슨 마음으로 굳이 소상강으로 다시 돌아가려는지 물었다. 이에 대한 답이 3구와 4구다. 어디선가 가냘픈 현악기가 훤한 달밤에 울려 퍼지니 그 맑은 소리가 너무 맑고 슬퍼 이를 견디지 못해 다시 북으로 날아간다고 답하였다. 여기서 금을 타는 소리는 소상강(瀟湘江)에서 스스로 목숨을 끊은 아황(娥皇)과 여영(女英)의 넋이 서린 대나무에 바람이 부는 소리를 비유한 것으로 보면 더욱 운치가 있다.

순조 때 화원을 뽑는 시험의 산수 분야에서 이 시를 제목으로 내걸었다. 한시 분야에서도 이 시의 영향이 컸다. 이 작품의 '소상하사'는 기러기를 노래할 때 자주 등장한다. 2구는 고경명, 남용익 등이 집구시에서 가져다 썼으며 '수벽사명', '양안태' 등도 물가의 풍경을 묘사할 때 자주 변용되었다. '이십오현'이라는 표현 역시 이 시에 근원을 둔다.

◆ ◆ ◆

객이 남쪽 기러기 따라 무단히 돌아온 것은　　客隨南鴈等閑回
국화 따서 이별의 술잔에 띄우고자 한 것이라.　為摘黃花侑別杯

— 심유, 「취하여 동으로 시중대 구경 가는 고산 독우 이익태에게 주다
(醉贈高山李督郵大裕益泰東賞侍中臺)」

물 푸르고 모래 밝고 언덕에 이끼 끼었는데 　水碧沙明兩岸苔

빈 배 닻줄을 풀고 돌아드는 물소리를 듣노라. 　虛舟不繫聽沿洄

— 고경명, 「창랑육영(滄浪六詠)」

소상강 둘 붉은 밤의 도라오는 저 기럭아,

사령(湘靈)의 고슬성(鼓瑟聲)이 어미나 슬푸관디

지금(至今)에 청원(淸怨)을 못 이긔여 저디도록 우는다.

— 작가 미상의 시조

니십오현탄야월으 불승청원 져 기륵이 너 가는 듸 어듸민냐.

— 「열녀춘향수절가」의 십장가 대목

전기, 저문 봄날 고향으로 돌아와

골짜기에 봄이 가고 꾀꼬리 울음 사라지는데
목련꽃이 다 지고 나자 살구꽃이 날리네.
산속 창 아래 대나무가 이제 고와지니
맑은 그늘 바꾸지 않고 내 오기 기다렸나 보다.

錢起, 暮春歸故山

谷口春殘黃鳥稀 辛夷花盡杏花飛
始憐幽竹山窓下 不改淸陰待我歸[342]

두보, 모춘귀고산

곡구춘잔황됴희ᄒᆞ고 신이화진힝화비을
시련유죽은 산창하의 불기청음듸아귀을[343]

---

342 谷口는 섬서의 남전에 있는데 전기의 고향이다. 곡구는 고유명사이지만
골짜기 입구로 풀이해도 무방하다. 黃鳥는 꾀꼬리인데 늦봄에서 초여름
까지 고운 소리로 운다. 辛夷花는 목필화(木筆花)라고도 하는데 곧 목련
꽃이다. 우리나라에서 신이화는 붓꽃 혹은 개나리를 이를 때도 있다. 春
殘이 殘春으로, 谷口가 溪上으로, 辛夷花盡은 辛夷花落으로 된 데도
있다.

343 『당시장편』에서 두보의 작품으로 되어 있지만 근거가 없다.

이 작품은 고향으로 돌아온 기쁨을 적은 것이다. 고향의 초당으로 돌아
오니 봄이 저물 무렵이라 꾀꼬리 울음소리가 점점 사라지는데 목련꽃은
어느새 다 지고 살구꽃이 날린다. 이렇게 봄이 가고 꽃이 질 무렵이 되
면 창가에 심어 놓은 대나무의 푸른빛이 더욱 고와진다. 오랜만에 돌아
오는 주인을 기다려 이렇게 맑은 그늘을 드리웠나 보다. 늦봄을 노래한
작품이 애상에 젖기 쉽지만 이 시는 맑은 운치를 느끼게 한다는 점에서
돋보인다.

조선 시대 늦은 봄을 읊은 시에서 '곡구춘잔'이 제법 보인다. 김시
습, 신익전, 김시민(金時敏), 박태무(朴泰茂) 등의 시에 2구가 거의 그
대로 수용된 바 있다. 조면호의 시집『유죽산창(幽竹山窓)』이 이 시의
3구에서 이름을 가져왔다. 김시습, 조수삼의 집구시에 3구를 가져다 썼
다. '불개청음'이라는 표현이 조선 시대 한시에 빈번하게 보인다. 김상헌의
호 청음(淸陰)이 이와 관련이 있는 듯하다.

◆ ◆ ◆

봄이 간 골짜기에 살구꽃이 날리는데   春殘谷口杏花飛
하늘까지 이어진 죽령을 필마로 돌아가네.   竹嶺連天匹馬歸
             — 김이만(金履萬), 「공의와 작별하며(送別公儀)」

산창 아래 그윽한 대나무 유독 예쁜데   獨憐幽竹山窓下
남쪽과 북쪽 가지에 매화가 두루 피었네.   開遍南枝又北枝
   — 권도(權濤), 「권극행의 못가 정자에서 일찍 핀 매화를 읊다(權士中克行池亭詠早梅)」

찬 못이 절로 물결 일자 연잎이 늘어서고 　　　　　寒沼自波荷列葉
맑은 그늘 변치 않아 대나무 떨기 돋아나네. 　　淸陰不改竹生叢

　　　　　— 어유봉, 「귀로에 가현정사에 올라 슬픔을 적다(歸路登駕峴亭舍志悲)」

신이화진 행화비하니 화도홍금(桃花紅綿) 앵화운(櫻花雲)이라.
연천유서(連天柳絮) 춘풍난(春風暖)이오 만지이화(滿地梨花) 백
설한(白雪寒)이라.
아마도 산창유죽은 불개청음.

　　　　　　　　　　　　　　　　　　　　— 작가 미상의 시조

골짜기에 꽃잎 날리고 봄이 저물려 하는데
하늘가에서 가고 머무느라 서로 눈물 쏟는다.
만 리 먼 곳에서 올 때 함께 나그네였는데
오늘은 바뀌어 벗 보내는 사람이 되었구나.

司空曙, 峽口送友人

　　峽口花飛欲盡春　天涯去住各霑巾

　　來時萬里同爲客　今日飜成送故人[344]

사공문명, 협구송우인

　　협구화비욕진츈ᄒ니　쳔이거쥬각쳠건을

　　ᄂᆡ시만리동위긱터니　금일번셩송고인을[345]

사공서(720?~790년)는 자가 문명(文明) 혹은 문초(文初)이고 노륜(盧綸)
의 표형(表兄)이며 대력십재자의 한 사람으로 증별시(贈別詩)에 뛰어났다.

344　欲盡春은 春欲盡을 도치한 것이다. 去住는 떠나는 사람과 남아 있는 사람
　　을 가리킨다. 各霑이 淚沾으로 된 데도 있다.

345　쳔이거쥬각쳠건의 쳠은 졈의 단순한 오류다.

이 작품은 호북의 선창(宣昌)을 지나는 장강의 서릉협(西陵峽)에서 지은 것이다. 장강에 봄이 다하여 꽃잎은 바람에 날리는데 떠나갈 사람과 보내는 사람이 이별을 하느라 눈물이 수건에 흥건하다. 나란히 함께 나그네로 왔다가 벗만 혼자 떠나게 되었으니 더욱 상심이 크다. 함께 나그네로 왔다가 나는 남고 벗은 떠나니, 내가 떠나는 벗을 보내는 사람이 되었다고 한 뜻을 2구의 '거주'와 3구의 '객', 4구의 '송고인'으로 연결한 것이 묘미가 있다.

◆◆◆

골짜기 앞 날리는 꽃 가는 봄을 보내니	花飛峽口送殘春
푸른 살구 동글동글 보리 낱알이 맺혔네.	靑杏團團麥已人

— 김이만, 「조카 허필이 그리워(憶許甥子正佖)」

만 리 먼 곳 함께 객이 되었다가	萬里同爲客
그대 나보다 먼저 돌아가려 하네.	君將我先歸

— 신숙주, 「첨지 이유의에게 답하여 부치다(答寄李副知由義)」

그대 먼저 주인 되고 내 손이 되었더니	君先作主余爲賓
그대 나 보내기 전에 내가 그대 보내리.	君未送余余送君
또렷하게 떠오르는 당나라 때의 시구	依然想像唐人句
"오늘 도리어 벗 보내는 이가 되었네."	今日還成送故人

— 이서, 『동유록(東遊錄)』

사공서, 강촌에서 즉흥적으로 짓다

낚시 마치고 돌아와 배를 묶지 않으니
강 마을에 달이 져서 잠자기 딱 좋아라.
온밤 내내 바람이 불어올지 몰라도
갈대꽃 얕은 물가에서 그냥 있으리.

司空曙, 江村即事

　　罷釣歸來不繫船　江村月落正堪眠
　　縱然一夜風吹去　只在蘆花淺水邊[346]

강촌즉사

　　파됴귀린불계션ᄒᆞ니　강촌월낙졍감면을
　　죵연일야풍취거ᄒᆞ니　지지노화쳔슈변을

346　不繫船은『장자』에 근원을 두고 있는데 자유로움과 한가함의 상징으로 읽
　　으며 후대의 한시에 이 표현이 빈번하게 등장한다. 罷釣가 釣罷로 된 데도
　　있다.

「즉사」라는 제목은 눈앞에 보이는 사물을 보고 즉흥적으로 짓는다는 뜻인데 당나라 때부터 이 제목이 보이기 시작한다. 이 작품은 강 마을에서 보이는 한적한 풍경과 함께 은일의 뜻을 담아냈다. 낚싯대를 거두고 집으로 돌아오지만 굳이 배를 묶어 두지 않았으니 또 언제 떠날지 모르기 때문이다. 이렇게 자유롭게 살아간다. 마침 강 마을에 달이 져서 깜깜해졌으니 잠을 자면 된다. 비록 바람이 밤새 불어 배가 흔들리더라도 신경 쓸 것 없다. 갈대꽃 핀 얕은 물가에는 풍랑이 이르지 않을 것이기 때문이다. 바람이 세상사의 풍파라면 갈대밭은 은자의 공간이 된다.

『한거잡기(閑居雜記)』에 정경세(鄭經世)가 병을 앓다가 달밤에 일어나 이 시를 외웠다는 기록이 보인다. 정조가 1796년 4구를 제목으로 과시(課試)를 보게 하였고, 박영원이 임금의 명으로 2구를 제목으로 하여 시를 지었다. 남용익도 집구시에서 2구를 사용하였고 정약용과 이희발(李羲發)은 4구를 제목으로 하는 시를 지었다. 헌종 때 화원을 뽑는 시험의 산수 분야에서 이 시를 소재로 한 바 있다.

◆ ◆ ◆

반쯤 깨고 반쯤 취해 하품하는 사이에　　　半醒半醉欠伸頃
갈대꽃 얕은 물가에 벌써 배를 대었네.　　　已泊蘆花淺水邊
　　　　　　　　　　— 신위, 「무명씨의 어부도에 쓰다(題無名氏漁父圖)」

어찌 알랴, 온밤 바람이 불어오는데　　　那知一夜風吹去
거친 물가 적막한 곳에 배를 댈 줄을.　　　泊在荒洲寂寞邊
　　　　　　　　　　— 신기선(申箕善), 「송윤행의 배를 읊은 시에 차운하다(次宋允行賦船韻)」

오색 노을 너머 봉황 같은 생황 소리
담장 밖 누구 집에서 부는지 모르겠구나.
겹겹의 문이 깊이 닫혀 찾을 곳 없지만
그곳에는 벽도화 천 그루가 피어 있겠지.

郎士元, 聽鄰家吹笙

　　鳳吹聲如隔綵霞　不知牆外是誰家

　　重門深鎖無尋處　疑有碧桃千樹花[347]

랑군쥬, 쳥린가취싱

　　봉취셩여격치하ㅎ니 부지장외시슈가오

　　즁문심쇄무심쳐ㅎ니 의유벽도쳔슈화을

347　鳳吹는 봉황이 날개를 펼치고 맑게 우는 듯이 부는 소리라는 뜻에서 보통 생
　　황을 이른다. 신선 왕자교(王子喬)가 생황을 불어 봉황새 울음소리를 냈다는
　　전설이 있다.

낭사원은 자가 군주(君冑)이고 중산(中山) 곧 지금의 하북 정주(定州) 출신으로, 천보 연간 출사하였다. 전기와 이름을 나란히 하여 전랑(錢郎)으로 불렸다. 송별(送別)과 응수(應酬)를 주제로 하는 시에 특히 능한 것으로 평가되었다.

이웃의 누군가가 연주하는 봉황이 우는 듯한 생황 소리가 담장 너머로 들려온다. 그 소리가 오색 노을 너머 천상의 음악과 같다. 신선의 음악인가 하여 찾아가 보고 싶지만 겹겹으로 문이 닫혀 있다. 그 집은 천상의 벽도화가 수천 그루 자라는 선경이 펼쳐져 있을 것이다. 생황 소리의 청각에 이어 수천 그루 벽도화가 아름답게 피어 있는 풍경을 시각적으로 상상하게 하였다. 생황이라는 청각적 심상을 오색 노을이라는 시각적 심상으로 전이하여 표현한 것도 묘미가 있어 근대의 학자 전종서(錢鍾書)는 이를 감통(感通)이라는 개념으로 설명한 바 있다.

◆ ◆ ◆

궁중의 미인은 얼굴이 복사꽃같이 고운데　　宮中美人桃李顔
생황 소리 궁을 흔들어 오색구름 다가오네.　　鳳吹搖宮彩霞來
　　　　　　　　　　　　　　　　　　— 권헌, 「제궁곡(濟宮曲)」

개울에서 아득히 절간의 종소리 들리기에
배를 대고 오솔길로 깊은 솔숲을 지나갔네.
푸른 산은 비가 개어도 구름이 남아 있어
서남쪽 너덧 봉우리를 그림으로 그려 내네.

郎士元, 柏林寺南望
　　谿上遙聞精舍鐘　泊舟微徑度深松
　　靑山霽後雲猶在　畫出西南四五峰[348]

빅님사남망
　　계상요문정사종ᄒᆞ니 박쥬미경도심송을
　　청산졔후의 운유직ᄒᆞ니 화츌셔남삼사봉을

348　柏林寺는 호북의 석가장(石家莊) 동남쪽 등 여러 곳에 있었지만 이 시의 배
　　경이 된 절이 어디에 있ᄂᆞᆫ지는 자세하지 않다. 精舍는 학자의 서재를 이르
　　기도 하지만 여기서는 승려의 도량(道場)을 가리킨다. 西南은 대부분 東南
　　으로 되어 있다.

개울 위쪽에 어디선가 절간에서 울려 퍼지는 종소리가 들린다. 물가에 배를 대고 그곳을 찾아 오솔길로 산길을 오른다. 백림사라는 이름에 걸맞게 솔숲길이 이어진다. 드디어 백림사에 올라 사방을 둘러본다. 마침 비가 그쳤지만 아직 구름이 여러 봉우리에 걸려 있다. 마치 그림에 나오는 수묵화를 보는 듯하다. 구름이 봉우리를 그려 낸다고 한 표현이 특히 멋이 있다. '화(畵)'가 시안(詩眼)이라 할 만하다. 그림처럼 시를 지었고 그래서 시가 그림을 보는 듯하다. 조선 시대 사찰에서 제작한 시의 전범이 되어 이 시의 여러 구절이 즐겨 차용되었다.

◆◆◆

고요한 밤 함께 절간의 종소리 들으니 　　靜夜同聞精舍鐘
산 가득한 소나무에 달빛이 영롱하네. 　　滿山松檜月玲瓏
　　　　　　— 김세렴(金世濂), 「일엄에게 주다(贈一嚴)」

배를 대고 오솔길로 다리를 건너오니 　　泊舟微徑度橋來
숲속의 관아 누각은 방문이 열려 있네. 　　樹裏房櫳郡閣開
　　　　　　— 조유수(趙裕壽), 「이병연이 소장한 정선의 사군과 영남
　　　　　　두 화첩에 쓰다(題一源所藏鄭畫四郡嶺南二帖)」

푸른 봉우리 날 개어도 구름 아직 남았는데 　　碧峯霽後雲猶在
붉은 살구꽃 그 앞에 달이 반쯤 그늘졌네. 　　紅杏花前月半陰
　　　　　　— 이경전, 「두견이 소리를 듣고(聽鵑)」

동남으로 그림 같은 비 개인 봉우리가 나타나고 　畵出東南霽後峰

흰 구름 높다란 절에 찬 종소리 울려 퍼지네. 　白雲高寺動寒鍾

— 박영원, 「안개 낀 절의 저녁 종소리(烟寺晚鐘)」

물가의 붉은 다리 곁에 늘어진 수양버들
골짜기에 울려 퍼지는 신선의 피리 소리.
근래 마고 선녀의 편지를 받지 못하였나,
심양강 위로는 조수가 통하지 않으니.

顧況, 題葉道士山房

　　水邊楊柳赤欄橋　洞裏神仙碧玉簫

　　近得麻姑書信否　潯陽江上不通潮[349]

제엽도〻산방

　　슈변양뉴젹난교라 동니신션벽옥소을

　　건득마고셔신부아 심양강상의 불통됴을

349　麻姑는 선녀의 이름이다. 신선 왕원(王遠, 자 방평(方平))이 마고와 500년에
　　한 번 만났는데 헤어질 때 편지 한 통도 받지 못하였다는 고사가 있다. 碧玉簫
　　는 벽옥으로 만든 피리인데 통상 피리를 가리킬 때가 많다. 潯陽江은 중국 강
　　서성(江西省) 구강현(九江縣)에 있는 강으로, 강줄기가 아홉 개로 나뉘어 흐르
　　는데 바닷물이 여기까지만 올라온다고 한다. 楊柳가 垂楊로, 神仙이 仙人으
　　로, 書信이 書信으로, 江上이 向上으로 된 데도 있다.

고황은 숙종 때 진사가 되어 덕종 연간에 좌랑(佐郎)을 지냈다. 자가 포옹(逋翁)이고 호는 화양산인(華陽山人), 비옹(悲翁) 등을 사용하였다. 소주 해염(海鹽) 출신인데 시를 지어 권력자를 조롱하다가 요주(饒州)의 참군(參軍)으로 좌천되었고 만년에 모산(茅山)에 은거하였다. 문집 『화양집(華陽集)』이 있다.

수양버들이 드리워진 물가에 붉은 난간의 화려한 다리가 놓여 있다. 그 분위기에 어울리게 골짜기 안에서 피리 소리가 들려오니 아마도 신선이 부는 것인가 싶다. 섭씨 성의 도사가 바로 그 사람이다. '적란교'니 '벽옥소'니 하는 말이 신선의 풍기를 드러낸 것이기도 하다. 섭 도사가 부는 피리 소리에 애상이 서려 있기에 기다리는 사람으로부터 소식이 없어서 그러한 것이라 짐작해 본다. 심양강 위로 조수가 통하지 않는다는 것은 물길이 막혀 서신의 왕래가 어렵다는 말이다.

『당음』에서는 고황이 도사에게 준 작품이지만, 신선 왕원이 마고 선녀와 500년에 한 번 만나고 헤어진 후 편지 한 통도 받지 못하였다는 고사를 차용하여 고황이 임금의 알아줌을 입지 못한 불우함을 탄식한 것이라 하였다. 이수광은 『지봉유설』에서 이 해석을 인용한 후 "내 생각에는 시의 뜻이 꼭 그러할 필요는 없다. 대개 도사가 신선이 되고자 하였지만 신선이 되지 못한 것을 풍자하였을 뿐이다."라 하였다. 조수삼의 집구시에 이 시의 1구가 이용되었다.

◆◆◆

백옥의 신선 집에 천 그루 배꽃　　　　千樹梨花白玉府
붉은 다리에는 만 줄 버드나무.　　　　萬行楊柳赤欄橋
　　— 최전(崔澱), 「금강산으로 가는 용문산인을 전송하며(送龍門山人歸蓬萊)」

근래에 마고 선녀의 서신이 오지 않는데   麻姑書信近來稀

봄 저물어 복사꽃만 어지럽게 날리네.   春晚蟠桃花亂飛

         — 홍대용, 「내가 등문헌과 더불어 이야기하다가……(余因鄧文軒語次……)」

송제, 미인의 노래

꽃이 따스한 강 마을에 석양이 어둑하더니
꾀꼬리 우는 고운 창가에 새벽 구름 깊네.
봄바람이 주렴에 막혀 있다 말하지 마소,
노랫가락이 나그네 마음에 전해지고 있으니.

宋濟, 美人歌

　　花暖江城斜日陰　鶯啼繡戶曉雲深

　　春風不道珠簾隔　傳得歌聲與客心[350]

미인가

　　화란강셩의 사일음ᄒ니 잉졔슈호효운심을

　　츈풍이 부도쥬렴격이라 젼득가셩여긱심을

송제는 덕종 연간의 문인으로, 과거에 급제하지 못하여 평생 포의(布衣)
로 지냈다. 양형(楊衡), 부재(苻載), 최군(崔群) 등과 여산(廬山)에 은거
하여 산중사우(山中四友)로 불렸다.

---

350 繡戶는 화려하게 장식한 문인데 여성이 머무는 방을 가리킨다.

이 작품은 옆집에서 어떤 여인이 부르는 노랫소리를 듣고 쓴 것이다. 봄이 와 꽃이 핀 강 마을에 해가 저무는 풍경을 그림으로 보인 다음, 새벽 구름 내려앉은 가운데 곱게 꾸민 여인의 창가에 꾀꼬리 울음소리를 들려 주었다. 여인의 방 앞에 드리워져 있어도 봄바람이 그곳으로 흘러들어 여인의 춘흥을 불러일으키고 꾀꼬리 울음소리에 답하여 여인이 노래를 부른다. 그 노래 속에 여인의 춘심이 전해지는데, 시인의 마음도 그 춘심에 절로 마음이 동한다. 1구와 2구가 시각과 청각이 어우러진 것이 묘미가 있으며, 2구 꾀꼬리의 울음과 4구 여인의 노래가 호응하는 것도 이 시의 정취를 높인다.

1구가 저녁 풍경을, 2구가 새벽 풍경을 묘사한 것이므로 저녁부터 새벽까지의 일로 볼 수 있지만 다소 궁색하기 때문에 2구의 '효운심'을 요운심 (繞雲深)으로 보기도 한다. 이때는 동시 상황으로 꽃이 핀 강 마을에 석양이 비치는 배경에서 구름으로 덮인 규방 곁에 꾀꼬리가 곱게 운다는 뜻으로 풀이하면 된다.

◆ ◆ ◆

꽃 따스한 강 마을에 꾀꼬리 우는데 　　　　花暖江城黃鳥啼
오색구름 꿈결처럼 창 너머 흐릿하다. 　　　彩雲如夢隔窓迷
　　　　　　　　　　— 심유, 「강가에서 즉흥적으로 짓다(江上口號)」

꾀꼬리 우는 푸른 나무에 새벽 구름 깊은데 　鶯啼綠樹曉雲深
숙취에서 조금 깨어나 옥 거문고에 기대 있네. 宿醉微醒倚玉琴
　　　　　　　　　　— 송익필(宋翼弼), 「아침에 일어나(朝起)」

유방평,
장신궁

꿈속에 군왕을 뵙고 나니
대궐에 은하수가 높이 걸렸네요.
가을바람 다시 뜨겁기만 하다면
둥글부채 힘든들 사양하겠나요?

劉方平, 長信宮

　　夢裏君王近　宮中河漢高

　　秋風能再熱　團扇不辭勞

유방평, 장신궁

　　몽니의 군왕건이요 궁즁의 하한고을

　　츄풍의 능지열ᄒᆞ니 단선이 불사노을

댱신궁은 반텹여 잇ᄂᆞᆫ 집이라(『언해당음』)

　　ᄭᅮᆷ속에 군왕이 갓ᄀᆞ옵고

　　궁 가온듸ᄂᆞᆫ 은ᄒᆞ슈 놉흐쓰라

　　가을 바룸이 능히 다시 더옵게 되면

　　이ᄂᆡ 몸이 둥근 부처 되어 슈고로움을 사양치 아니랸는 유방평은 당 현종 연간의 시인으로, 당의 개국 공신 유정회(劉政會)의 후손이다. 얼굴이 잘생기고 재주가 뛰어났으며 특히 시와 그림에 능하였다. 하남 낙양 출신인데 만년에 영수(潁水)의 물가에 은거하였다.

이 제목의 악부제는 장신궁의 고사를 노래한 것으로, 당나라 때부터 본격적으로 제작되었는데 이백의 「장신궁」과 함께 이 작품이 유명하다. 장신궁은 한 성제의 은총을 받던 반첩여가 조비연의 참소를 받아 물러나 살던 곳인데 여름에는 사랑을 받다가 가을이 되면 버려지는 부채에 자신의 처지를 비유한 고사가 있다. 현실에서 만나지 못한 군왕을 꿈속에서 만나고 일어나 보니, 하늘에 은하수가 높다랗게 펼쳐져 있다. 은하수의 직녀가 한 해 한 번 견우를 만나는 것이 오히려 부럽다. 가을이 되어 쓸모가 없어진 부채 같은 자신의 처지가 서럽다. 혹 가을이지만 다시 날씨가 더워질 수만 있다면 아무리 힘이 들어도 부채가 되어 임금을 시원하게 해드리고 싶다. 이런 궁중 여인의 비원을 말하였다.

『영조실록(英祖實錄)』에 이철보(李喆輔)가 올린 상소가 실려 있는데 여기서 1구를 외우면서 눈물을 흘렸다고 말한 내용이 보인다. 이처럼 이 작품은 임금을 그리워하는 신하의 뜻을 여성 화자의 입을 빌려 말할 때 자주 차용되었다. 임억령, 노인(魯認), 조태억, 박제가 등 많은 문인이 1구를 차용하여 임금에 대한 그리움을 말하였다. 특히 하진(河溍)은 이 구절을 제목으로 하여 2수의 오언율시를 짓기도 했다.

◆ ◆ ◆

영락하여 남쪽 골짜기 있는지라   流落在南荒
꿈속에서 임을 그리노라.   夢裏君王

봄바람에 복사꽃이 향기를 터뜨리니   東風吹綻小桃香

어디선가 들려오는 요란한 풍악 소리   歌管嘲轟何處也

수심에 싸인 애간장을 끊어 놓네.   剪斷愁腸

— 정약용, 「낭도사(浪淘沙)」

가을도 다시 뜨거워진다면   秋能再熱

부채를 굳이 숨겨 두었겠어요.   扇豈藏兮

그대 혹 나를 돌아보실는지   君或我顧

그윽이 바라봅니다.   竊有望兮

— 이서우, 「환선부(紈扇賦)」

대숙륜, 달을 마주하고 원 명부에게 답하다

산 아래 외로운 성에 달이 더디 오르는데
그대 붙들고 한번 취함은 기약한 일 아니었지.
명년 오늘 밤은 어디에서 노닐 것인가,
맑은 달빛이 있은들 누구와 마주하겠나?

戴叔倫，對月答元明府

　　山下孤城月上遲　相留一醉本無期
　　明年此夕遊何處　縱有淸光知對誰[351]

유정긔, 딕월답원명부

　　산하고셩월상지의 상유일취본무긔을
　　명년ᄎ셕의 유하쳐오 종유쳥광지딕슈을[352]

351　明府는 현령을 이르는 말이다. 淸光이 秋光으로 知對誰가 知見誰로 된 데
　　도 있다.

352　유정기(劉庭琦)는 현종 때의 문인으로 시와 글씨가 모두 뛰어난 인물로 알려
　　져 있다. 『전당시』에 시가 몇 수 전하지만 이 작품은 보이지 않는다. 이 시의
　　작가로 표기한 것은 『당시장편』의 오류다.

대숙륜(732~789년)은 자가 유공(幼公) 혹은 차공(次公)이며 윤주(潤州) 출신이다. 무주 자사(撫州刺史) 등을 지냈지만 만년에 도사(道士)로 자처하였고 한적한 전원의 정취와 함께 백성의 삶을 다루는 데 뛰어났다.

이 작품은 현령으로 있던 벗과 맑은 달밤에 술을 마시면서 지은 것이다. 산 아래 외로운 성에 달이 천천히 떠오른다. 밤이 깊어 가지만 아쉬움에 서로 붙들고 취하도록 술을 마시는 것은 계획하지 않았던 일이다. 그럼에도 이렇게 하는 것은 이번에 헤어지고 나면 내년에 각자 어디에 있을지 모를 것이요, 오늘 밤처럼 밝은 달이 있은들 함께 마실 수 없을 것 같기 때문이다. 두보의 「중양절(九日)」 "내년 이렇게 모여도 건강할지 누가 알겠나, 취하여 수유 열매 잡고서 자세히 본다네.(明年此會知誰健 醉把茱萸仔細看)"와 함께 벗과의 이별을 아쉬워한 명작으로 알려져 있다.

◆ ◆ ◆

산 아래 외로운 마을에 달이 더디 오르는데   山下孤村月上遲
창 너머 찬 잎새 소리 꿈이 먼저 아는구나.   隔窓寒葉夢先知
— 강주(姜籒), 「밤에 읊다(夜吟)」

자네는 창원에 나는 서울에 사는데   君在昌原我在京
해서에서 한번 취하는 것 기약 없었지.   海西一醉本無期
— 김효원, 「남쪽 객에게 주다(贈南客)」

명년 오늘 밤에는 이 신세 어디에 있을까   明年此夕身何處

우습다, 불 위에 떠도는 부평초 신세인데.　　　笑殺浮生水上萍

— 배응경(裵應褧),「등불을 거는 날 밤(燈夕)」

우천에 해마다 달이 뜨면 상심할 뿐　　　傷心牛渚年年月

맑은 달빛 있은들 다시 누구와 마주하랴　　　縱有淸光更對誰

— 이의건(李義健),「밤에 앉아서 우계 노인의 영결시 한 수가 문득 떠올라
눈물을 훔치고 쓴다(夜坐忽記溪翁永訣一絶, 揮淚題之)」

대숙륜, 여 소부를 전송하며

좋은 시절 함께 취했다 내 홀로 돌아가리니
그대 고향의 고사들과 나날이 친하게 지내겠지.
깊은 산 낡은 길에는 버들가지가 없어서
오동꽃을 꺾어다 먼 길 가는 이에게 부친다오.

戴叔倫, 送呂少府
  共醉流芳獨歸去 故園高士日相親
  深山古路無楊柳 折取桐花寄遠人³⁵³

송여소부

공취유방독귀거ᄒᆞ니 고원고사일상친을
심산고로무양뉴ᄒᆞ니 절취동화긔원인을

---

353 少府는 현령 다음가는 벼슬 이름이다. 流芳은 아름다운 향기가 퍼지는 것을
    이르.기노 하지만 여기서는 좋은 시절을 이른다. 楊柳는 이별할 때 꺾어서 전
    송하는 풍속이 있었다. 『당음』에는 流芳이 流光으로 되어 있다.

이 작품은 여 소부라는 사람을 전송하면서 지은 것이다. 이 좋은 계절에 벗과 함께 술을 마시고 헤어지고 나면 나 홀로 쓸쓸히 돌아오겠지만 벗은 고향의 은자들과 매일 어울릴 수 있어 좋을 것이라 하였다. '공취(共醉)'와 '독귀(獨歸)'의 대가 묘미가 있다. 버들가지를 꺾어 떠나는 이를 전송하는 것이 관례이지만 심산유곡이라 버드나무조차 없으니 부득이 오동나무 꽃이라도 꺾어 벗에게 전하는 수밖에 없다. 마지막 구절에 '원인(遠人)'은 먼 길을 떠나는 여 소부를 이르는 것으로 볼 수 있지만, 멀리 고향에 있던 대숙륜의 벗으로 풀이할 수도 있다. 후위(後魏)의 육개(陸凱)가 역마를 탄 사자를 만나 그 인편에 강동(江東)의 매화 한 가지를 벗 범엽(范曄)에게 보낸 고사를 암용한 것으로 본다면 매화 대신 오동 꽃을 보낸 것으로 풀이된다.

◆ ◆ ◆

자네와 헤어짐에 줄 버들가지 없기에   離君欲贈無楊柳
억지로 언덕 위의 느릅나무 꺾어 보노라   彊向原頭折白楡

— 이유홍(李惟弘), 「변방의 노래(塞上曲)」

위응물, 기러기 소리를 듣고

고향은 가물가물 어디에 있나?
돌아갈 마음이 막 사무치는데.
회남 땅의 가을비 내리는 밤
서재에서 기러기 소리 듣노라.

韋應物, 聞鴈

　　故園渺何處　歸思方悠哉
　　淮南秋雨夜　高齋聞鴈來[354]

전긔, 문안

　　고원이 묘하쳐오 귀사방유지을
　　회남츄우야의 고제문안릭을[355]

기러기를 드름이라(『언해당음』)

　　녯 동산이 아득ᄒᆞ야 어디민고

354　高齋ᄂᆞᆫ 누각 위에 있는 서재를 이른다.
355　삭가를 전긔(錢起)라 하였으나 위응물의 잘못이다.

돌아갈 성각이 바야흐로 김도기도다
회슈 눔역 가을비 오는 밤의
놉흔 집의셔 기러기 옴을 듯더라

위응물(737~792년)은 장안 출신으로 좌사 낭중(左司郎中)을 지내 위좌
사로 불렸고, 강주 자사(江州刺史)와 소주 자사(蘇州刺史)를 지내 위강
주 혹은 위소주로도 불렸다. 시가 담박하여 도잠에 비겼는데 특히 오언
시에 능하였다. 시집『위소주집(韋蘇州集)』이 전한다.

　이 작품은 783년 회하(淮河)의 남쪽 제주(滁州)의 자사로 있을 때 고
향을 그리워하며 지은 것이다. 고향을 향해 바라보지만 워낙 멀어 보이
지 않는다. 비 내리는 가을밤이니 더욱 고향 생각이 간절하다. 가을을 맞
아 북에서 내려온 기러기 울음소리가 빈 서재에 들린다. 기러기는 소식을
전해 주는 존재이기도 하고 형제의 정을 비유하기도 하니, 시인의 비애를
더욱 강하게 하는 것이다.

◆ ◆ ◆

변방에 해 저물건만 객은 돌아가지 못해　　　歲盡邊城客未廻
고향 돌아갈 마음은 날로 더욱 아득하여라.　　故園歸思日悠哉
　　　　　　　　　　　— 정두경, 「변방에서 즉흥적으로 짓다(邊城卽事)」

위응물, 포자와 함께 가을 서재에 호젓하게 자면서

산에 달이 뜨자 촛불 밝힌 듯 훤한데
바람과 서리에 마침 대숲이 일렁이네.
야반에 새는 둥지에서 놀라 일어나는데
창가에서 사람은 호젓하게 잠을 잔다네.

韋應物, 同褒子秋齋獨宿
　　山月皎如燭　風霜時動竹
　　夜半鳥驚棲　窓間人獨宿[356]

동포ᄌ츄ᄌ독슉
　　산월은 교여촉ᄒ니 상풍이 시동쥭을
　　야반의 조경셔요 창간의 인독슉을

포ᄌ론 ᄉ람으로 ᄒ가지 가을 집이셔 홀노 ᄌ다(『언해당음』)
　　산 달이 희기 쵸쏠 갓흔ᄃ

356　제목의 褒子는 위응물의 시에 여러 번 보이는데 어떤 인물인지는 자세하지
　　않다. 秋齋는 가을날의 서재다

셔리 브룸이 쩌로 디를 움죽더라

방 *간즈음호야* 시가 놀나 길드러시니

챵 *소이기서* 소룸이 홀노 조드라

783년 제작한 작품으로 추정된다. *산 째 꼰* 달이 훤하여 온 집에 촛불을 밝혀 둔 듯하다. 바람이 불고 서리가 내리는 *시 에숲*이 일렁이는 소리가 들린다. 서리가 댓잎에 내려 그 때문에 바람에 더욱 *닕게 흣*들리는 것을 잘 묘사하였다. 달빛이 밝은 데다 댓잎이 흔들리는 소리 때*문에 새*는 놀라 날아오르지만 사람은 이에 아랑곳 않고 편안하게 잠에 빠져든다*ㄴ 호*, 데서 세파에 흔들리지 않는 여유가 느껴진다. 『언해당음』에서 '경서(驚棲)'를 놀라서 둥지로 돌아간다는 뜻으로 풀이했지만 반대로 자던 새가 놀라 둥지에서 일어난다는 뜻이다.

이 작품의 제목에서 동(同)과 독(獨)이 상반되는 글자라서 그 의미가 불분명하다. 이 때문에 정약용은 『시경강의(詩經講義)』의 「갈생(葛生)」에서 제목의 독(獨)을 유독(幽獨)으로 풀이한 것은 잘못이고 동(同)은 화(和)의 뜻으로 풀이하였다. 이에 따르면 제목은 「포자가 가을 서재에서 혼자 자면서 지은 시에 화답하다」가 되고, 마지막 구절은 글자 그대로 혼자 잠을 자는 것이 된다. 탁견이지만 여기서는 전통적인 해석을 따른다.

신경준(申景濬)은 이 작품이 정중동(靜中動)을 그렸다고 하며, 1구는 달빛의 움직임을, 2구는 바람과 대나무의 움직임을 그렸고, 3구에서 한밤중은 새가 놀라 일어날 때가 아닌데 놀랐다고 한 것은 사물의 움직임이 지극한 것이며, 4구는 다시 고요함을 말한 것이라 하였다. 또 위백규(魏伯珪)가 5세에 조부로부터 『당음』에 실린 이 시를 배우고 "산에 달이 떠오르자 촛불처럼 밝은데, 창가에 사람은 홀로 잠만 자고 있다네. 야반에 새가 둥지에서 놀라 일어나니, 바람과 서리에 마침 대숲이 일렁이네.(山月皎如燭 窓間人獨宿 夜半鳥驚棲 霜風時動竹)"로 바꾸는 것이 낫지 않은지 물은 기록이 보인다. 시상의 전개를 다르게 본 것이지만 이렇게 보더라도 뜻이 된다. 달이 훤한데 사람은 아랑곳 않고 잠을 자지만, 한밤이 되자 새가 놀라 날아올라 대숲이 흔들린 것이라는 뜻이 된다.

1구는 서거정, 고상안, 윤선도, 김창집(金昌集), 한장석, 이광윤, 박시원(朴時源) 등 여러 문인이 집구하였거나 그대로 가져다 썼을 정도로 널리 알려졌다. 4구 역시 황준량, 강백년, 오익승(吳益升) 등의 시에 그대로 보인다. 숙종의 「동포자추재독숙에 차운하다(次同褒子秋齋獨宿韻)」가 이 시에 차운한 작품이다.

◆◆◆

한 마리 짖자 두 마리 짖자	一犬吠 二犬吠
세 마리 따라서 짖는데	三犬亦隨吠
사람인가 범인가 바람 소리 때문인가?	人乎虎乎風聲乎
아이는 산에 달이 촛불처럼 밝다 하는데	童言山月正如燭
빈 뜰에는 오직 찬 오동나무만 울음 우네.	半庭唯有鳴寒梧

— 이경전, 「개가 짖네(犬吠)」

| 산들바람에 때마침 대숲이 흔들리니 | 微風時動竹 |
| 고운 달빛이 함께 시를 재촉하는구나. | 好月與催題 |

— 주세붕(周世鵬), 「압각정에서 연구로 여러 서생과 작별하면서(鴨脚亭聯句別諸生)」

밤이 깊어 스님은 선정에 들었는데 　　　　　　夜深僧入定

달이 돋아 새들이 둥지에서 놀란다. 　　　　　　月出鳥驚棲

— 백광훈, 「8월 11일 밤 최경창, 이익과 함께 봉은사에서 자면서

(八月十一夜 與嘉運益之 同宿奉恩寺)」

위응물,
소리를 읊조리다

만물이 절로 소리를 내지만
하늘은 언제나 적막한 법이라.
고요함 가운데 도리어 생겨나
고요함 속에 문득 사라진다네.

韋應物, 詠聲

萬物自生聽　太空恒寂寥

還從靜中起　却向靜中消[357]

영성

만물이 자싱셩ᄒ니 틱공항젹요을

환죵졍즁긔ᄒ야 각향졍즁소을[358]

357　聽은 聲과 같다. 太空은 천지와 우주, 하늘을 가리킨다. 寂寥는 텅 비어 형
　　　체나 소리가 없다는 뜻이다. 自生聽이 自此聽으로, 還從이 還應으로 된 데
　　　도 있다.
358　『당시장편』에서 자싱셩은 자싱쳥의 잘못이다.

소리를 두고 읊품이라(『언해당음』)

> 왼갓 만물이 제 스스로 소리가 나듸
>
> 하날 공즁에는 항상 고요ᄒᆞ더라
>
> 돌ᄒᆞ여 고요ᄒᆞᆫ 듸서 니러나
>
> 문득 고요ᄒᆞᆫ 가운듸 스ᄅᆞ지ᄂᆞᆫ쏘다

만물이 소리를 내지만 하늘은 언제나 말이 없다. 고요함 속에 소리가 생겨나지만 얼마 있지 않으면 그 소리 역시 고요함 속으로 사라진다. 철학적 이치를 담은 작품으로 평가된다. 이수광은 『지봉유설』에서 이 시를 인용하고 "도를 안 자(識道者)"인 듯하다고 하였다.

◆ ◆ ◆

사람은 온전함이 듣기에 달린 것	人爲全在聽
하늘의 도가 어찌 적막하다 하나.	天道豈云寥
희로애락이 여기에서 일어나리니	喜怒依應起
여기서 경계함이 사라지지 않아야지.	感懲賴不銷

— 손조서, 「영성(詠聲)」

만물이 절로 소리를 내지만	萬物自生聽
하늘은 언제나 적막한 법이라.	太空恒寂寥
이 뜻은 아는 이 없고	此意無人識
아침저녁 떠들기만 하네.	喧啾昏復朝
위응물이 만년에 도를 들어	韋公晚聞道

한마디로 신묘한 비결을 말하였네.　　　　　一言眞妙訣

　　　　　　　— 유성룡, 「위소주의 시를 읽고(讀韋蘇州詩)」

소리는 고요함에서 일어났다 사라지는 것　　　聲從靜中起滅
정(情)은 성(性) 바깥으로 내닫기만 하는데　　情或性外奔流
스스로 돌아보면 절로 본원을 알게 되는 법　　返照自知源本
굳이 말 타고 나가서 노닐 필요가 있겠는가.　　何須駕言出游

　　　　　　— 이색, 「금강산을 유람하고……(將游金剛山……)」

만물은 모두 스스로 들리는 법,
들리는 것은 소리에서 생겨나고 소리는 천지 사이에서 생겨난다.
이 때문에 지극한 사람은 들리는 것을 듣지 않고
그다음 사람은 들리는 것을 들으며
가장 낮은 사람은 들리는 것이 있더라도 듣지 못한다.

　　　　　　萬物皆自生聽　聽生於聲　聲生於太空

　　　　　　　　　　是故　至人以無聽聽

　　　　　　其次以聽聽　最下者雖有聽　不得聽焉

　　　　　　　　— 최흥벽, 「청계헌기(聽溪軒記)」

위응물, 저주의 서쪽 개울

개울가에 이름 모를 풀이 돋아 유독 예쁜데
그 위 으슥한 숲속에서 꾀꼬리 울음 우네.
봄 물결 비를 품고 저물녁 급히 올라오는데
들판의 나루에 사람 없고 배만 매여 있네.

韋應物, 滁州西澗

　獨憐幽草澗邊生　上有黃鸝深樹鳴[359]

　春潮帶雨晚來急　野渡無人舟自橫

제쥬셔간

　독연유초간변싱ᄒ니 상유황녀심슈명을

　츈조듸우만의급ᄒ니 야도무인쥬자횡을

359　滁州는 안휘(安徽)의 고을 이름이고 西澗은 성곽 서쪽의 상마하(上馬河)를
　　이른다. 幽草는 사람들의 눈에 잘 띄지 않는 곳에 자라는 풀이다. 黃鸝는 꾀
　　꼬리다. 幽草가 芳草로, 澗邊生이 澗邊行으로, 深樹鳴이 深處鳴으로 된
　　데도 있다.

이 작품은 761년 저주 자사(滁州刺史)로 있을 때의 것으로 알려져 있다. 개울가에 자라는 이름 모를 풀이 유독 곱고 그 위 깊은 숲속에 꾀꼬리가 울며 봄날의 저물녘 조수가 비를 품고 올라오는데 들판의 나루에 사람은 없고 배만 橫한 풍경을 묘사하였다. 『시인옥설(詩人玉屑)』에는 그림 같은 작품으로 칭찬하였다.

이 시에 대한 해석이 다양하다. 『당시품휘』에는 구양수의 풀이를 인용하였는데, 저주의 성곽 서쪽은 풍산(豐山)으로 그쪽에는 개울이 없고 북쪽에만 얕은 물이 있지만 배를 띄울 수 없으므로 실경이 아니라 하였다. 실경이 아니라는 점에서 전체적으로 당시 상황을 비유한 것으로 풀이하기도 한다. '유초'와 '황려'는 군자가 재야에 있고 소인이 조정에 있는 것을 비판한 것으로, 3구는 다시 광명을 회복할 수 없는 말세의 위난을 비유한 것으로, 4구는 현자가 광야에 홀로 있지만 군왕이 이를 등용하지 않는 것을 비유한 것으로 풀이한다.

송의 왕영로(王榮老)가 관주(觀州)에서 벼슬을 하고 있을 때 관강(觀江)을 건너려고 하였지만 7일이나 풍랑이 일자, 고을의 부로가 상자 속에 반드시 보물을 감추고 있어 그런 것이니 이를 바쳐야 할 것이라 하였다. 이에 황정견이 이 시를 쓴 부채를 던졌더니 바람이 멎었다는 고사가 『냉재야화(冷齋夜話)』에 보인다. 이민구의 「현옹이 내 시 두 편을 소매 속에 넣고 한강을 건너다가 물에 떨어뜨려 잃어버리고 근체시를 지어 내게 주었는데, 왕영고기 깅을 선너다가 황노직이 쓴 위소주의 "시냇가의 그윽한 풀 홀로 어여쁘고"라는 시를 강의 신에게 바쳤던 고사를 인용하여 비유하였으니 시인은 이처럼 사연이 많다. 내가 최신명의 일을 들어 답하였다(弦翁袖余二詩 渡漢落水失去 作近體詩遺余 引王榮老濟江以黃魯直書韋蘇州獨憐幽草澗邊生一絶獻江神事爲比. 詩人之多事如此 余擧崔信

明事答之)」가 이 고사를 가지고 지은 작품이다.

조선 시대에도 이 시에 대한 언급이 제법 보인다. 권별(權鼈)은 『해동잡록(海東雜錄)』에서 옛사람들이 시를 짓는 데는 내력 없는 구절이 없다면서 이혼(李混)의 「부벽루에 올라서(上浮碧樓)」 중 "빈산의 외로운 탑은 마당에 서 있는데, 나루는 인적 끊기고 빈 배만 매여 있네.(山空孤塔立 庭除 人斷小舟橫渡頭)"가 여기서 나온 것이라 하였다. 또 이수광은 『지봉유설』에서 구준(寇準)의 "들판의 강에는 건너는 이 없는데, 외로운 배는 종일 매여 있네.(野水無人渡 孤舟盡日橫)"가 여기서 나온 것인데 그가 재상의 공업을 이룰 것이라 칭송한 이유를 알 수 없다고 하였다. 조긍섭은 평담하면서도 신운(神韻)이 있는 위응물의 오언시로 이 구절을 들었다.

월과(月課)에 4구가 시제로 출제되어 홍명원이 이를 제목 삼아 시를 지었고 남용익도 집구시에서 4구를 가져다 썼다. 철종과 고종 때 화원을 뽑는 시험의 영모 분야에서 이 시를 제목으로 내건 적도 있으니 조선 시대에 매우 유명한 작품이라 하겠다. 이 작품을 그림으로 그린 안호(安祜)의 「산수도(山水圖)」가 전한다.

◆◆◆

강가의 산들바람 배 홀로 비껴 있는데	江上風微舟自橫
사람의 왕래가 분답게 끊일 날 없네.	紛紛無日斷人行
우연히 봄 물결 위응물 시구가 떠오르니	偶然記得春潮句
숲 밖에선 새 울음 두세 소리가 들리네.	林外鳥啼三兩聲

— 이색, 「배로 남강을 지나며(舟過南江)」

사람들은 그저 아무 일 없다고만 보고서   傍人漫見閑無事

저주 노인 들판 나루의 배에 잘못 비기네.   錯比滁翁野渡舟

— 김상헌, 「조심원의 시에 차운하다(次趙深源韻)」

밤 쌋이 풍랑 닐 쫄을 밀이 어이 짐작흐리

야도횡주(野渡橫舟)를 뉘라셔 닐럿는고

어줍어 초간유초(澗邊幽草)는 진실로 보기 죠홰라.

— 윤선도의 시조

위응물, 한식날 도성의 여러 아우에게 부치다

빗속에 불을 금하니 빈 서재가 싸늘한데
강가의 꾀꼬리 소리를 혼자 앉아 듣는다.
술을 들고 꽃을 보니 아우님들 그리운데
한식이라 두릉에 풀이 새파랗게 자랐겠지.

韋應物, 寒食寄京師諸弟
　　雨中禁火空齋冷　江上流鶯獨坐聽
　　把酒看花想諸弟　杜陵寒食草靑靑[360]

한식긔경사제형
　　우즁금화공지링이요 강샹뉴잉독좌쳥을
　　파쥬간화샹졔〃ㅎ니 두릉한식초쳥〃을[361]

360　流鶯은 봄날의 아름다운 꾀꼬리 울음소리를 이른다. 杜陵은 위응물의 고향
　　인 장안의 남쪽 교외를 가리킨다.

361　제목이 「한식긔경사제형(寒食寄京師諸兄)」으로 되어 있으나 다른 데서는 이
　　러한 제목이 확인되지 않는다.

786년 강주 자사로 있을 때 고향인 장안의 두릉을 그리며 지은 작품이다. 한식은 불을 금하는 날인데 을씨년스럽게 비가 내리기에 빈 서재가 더욱 싸늘하다. 강가에서 들려오는 꾀꼬리 울음소리가 고와 더욱 마음이 처량하다. 혼자 술잔을 들고 꽃구경을 하노라니 아우들 생각이 간절하다. 고향의 들판에는 지금쯤 파랗게 자라나 있을 풀이 눈에 선하다. 1구의 '공(空)'과 2구의 '독(獨)'에 시인의 외로움이 잘 드러나며, 이것이 고운 꽃과 풀과 대비되어 더욱 슬픔을 자아낸다.

◆ ◆ ◆

외로운 마을에 저녁 비를 만나서 孤村逢暮雨
홀로 앉아 꾀꼬리 울음소리 듣노라. 獨坐聽流鶯
— 이달, 「무장 도중에(茂長道中)」

성 서쪽에 한식이라 풀이 푸르른데 城西寒食草靑靑
말 타고 봄 구경 나서면 술이 반쯤 깼지. 走馬探春酒半醒
— 권필, 「봄날 옛일이 그리워(春日感舊)」

위응물, 구월 구일

오늘 술잔을 드니 다시 쓸쓸해지는데
그리운 마음 두릉 시골집에 가 있다네.
내년 이날에는 어디에 가 있을까?
세사의 어려움으로 돌아갈 기약 없다네.

韋應物, 九月九日
　　今朝把酒復惆悵　憶在杜陵田舍時
　　明年此日知何處　世難還家未有期[362]

구월구일
　　금조파쥬부초창ᄒ니 억지두릉젼사시을
　　명년차일지하쳐오 셰란환가미유긔을

362　明年此日이 明年九日로 된 데도 있다.

중양절 객지에서 고향 장안을 그리워한 작품이다. 큰 명절인 중양절을 맞는데도 고향으로 가지 못하여 쓸쓸함에 술잔을 기울인다. 그리운 마음은 고향 장안의 두릉에 있는 시골집으로 향한다. 내년에도 고향에 갈 수 있을 것이라 장담할 수 없기에 그 마음이 더욱 슬프다.

조선 시대 김흔(金訢), 최연, 신익전, 신익상, 김윤안(金允安) 등 여러 시인이 3구를 그대로 가져다 쓴 것을 보면 객지를 떠돌 때 특히 이 구절이 자주 떠올랐던 모양이다.

◆ ◆ ◆

마음 깊이 봄 슬퍼한다 말하지 못했는데   刻意傷春未敢言
오늘 아침 술을 들고 다시 동산에 올랐네.   今朝把酒更登園
　　　　　— 김윤식, 「이달 15일에 난고 옥거 혜거 열릉과 함께……
　　　　　　　(是月十五日與蘭皐玉居兮居洌陵……)」

명년 구일에는 어디에 있으면서   明年九日知何處
국화 찾아 막걸리에 띄우게 될지.   爲覓黃花泛酒醪
　　　　　— 김안국, 「경자년 가을 시험장에 들어갔을 때 중양절을 맞아 함께
　　　　들어간 여러 공들에게 보인다(庚子秋 入試院逢重九 示同入諸公)」

위응물,

왕시어를 방문했으나

만나지 못하고

아흐레 분주하다 하루 한가한 날 얻어
자네 찾아갔다 못 만나고 그냥 돌아왔네.
이상하다, 시흥이 사람의 뼛골을 맑게 하니
문이 찬 강 마주하고 눈이 산 가득해선가!

韋應物, 訪王侍御不遇

九日驅馳一日閑 尋君不遇又空還

怪來詩思淸人骨 門對寒流雪滿山[363]

방왕시어불우

구일구치일∥한ᄒᆞ니 심군불우∥공환을

괴릭시ᄉᆞ청인골ᄒᆞ니 문듸한유셜만산을

---

363 王侍御는 위응물의 동료로 추정되지만 누구인지는 밝혀져 있지 않다. 당나
라 때 휴가는 열흘에 하루였는데 이를 순휴(旬休)라 하였다. 怪來의 래는
어조사로 뜻이 없는 글자다. 양경우의 「시화(詩話)」에도 이 설이 소개되어
있다.

휴가를 얻어 시어(侍御) 벼슬을 하고 있던 왕씨 성의 벗을 찾아갔다가 만나지 못하여 그 집에 이 시를 써 두고 돌아왔다. 당나라 때에는 열흘에 하루를 쉬었다. 아흐레 분주하게 다니더니 하루 한가한 날을 잡아 벗을 찾아갔지만 만나지 못하였다. 시어 벼슬은 감찰어사(監察御史) 등을 이르는 말인데 무척 바쁜 자리이기에 휴일에도 쉬지 못하였던 모양이다. 그럼에도 벗의 집은 절로 시흥이 일게 한다. 그 집에 들어서는 순간 뼛속까지 시원해진다. 아마 문 앞에 개울이 있고 앞산에 눈이 가득해서 그러한 듯하다고 하였지만, 상대방의 고결한 인품을 이렇게 칭찬한 것이기도 하다.

◆ ◆ ◆

홍진에서 한가한 이 한 사람도 보지 못하는데   紅塵不見一人閑
자네는 뉘 집에 갔다 저녁까지 돌아오지 않는가. 君向誰家暮未還
서점에 가서 책을 보는 것이 아니라면   不是看書書肆上
높은 곳에 올라 고향 산을 바라보고 있겠지.   定應高處望家山
　　　　　— 홍귀달, 「희윤을 찾았지만 만나지 못하고 말에서 즉흥적으로 짓되……
　　　　　　(訪希尹不遇 歸來馬上口占……)」

아흐레 바쁘다가 하루 한가해졌건만   九日奔忙一日閑
한가한 때 늙마와 병마가 다시 왔다네.   閑時衰病又相關
　　　　　— 이준경(李浚慶), 「우연히 짓다(偶題)」

세상사 하고많아 잠시도 한가할 때 없기에　　　世累多端不暫閑

안타깝게 그대 왔다가 못 보고 그냥 갔다지.　　恨君相訪又空還

— 이여빈(李汝馪), 「성안인이 방문했는데 만나지 못해
사죄하다(謝成甫安仁見訪乖奉)」

눈에 보이는 삼천계가 은세계가 되었으니　　　眼底三千銀作界

이상하게 시흥이 맑음을 이기지 못하겠네.　　　怪來詩思不勝淸

— 이원(李原), 「현풍에서 창녕으로 가다가 눈 속에서 김 직강의 시에
차운하다(自玄風往昌寧雪中次金直講詩)」

위응물, 누각에 올라 왕경에게 부치다

잔도를 밟고 산 오르는 일을 함께 못하니
초나라 구름 맑은 바다 그리움이 끝없네.
가을 산 아래 몇몇 집에서 들리는 다듬이 소리
찬비 내려 온 고을은 황량하기만 하네.

韋應物, 登樓寄王卿

踏閣攀林恨不同　楚雲滄海思無窮

數家砧杵秋山下　一郡荊榛寒雨中[364]

등누긔왕경

답각반림한부동ᄒ니 초운창ᄒᆞ스무궁을

슈가침져은 츄산하요 일군형진은 한우즁을

364　이 시에서 이른 樓는 저주성(滁州城) 성곽의 북루(北樓)로 추정하기도 한다.
왕경은 위응물의 벗인 듯하지만 이름이나 이력은 밝혀져 있지 않다. 卿은 존
칭이다. 踏閣은 각도(閣道), 곧 험한 산길에 놓은 잔도(棧道)를 이른다. 攀林
은 나뭇가지를 붙들고 오르는 것을 말한다. 楚雲은 초 지방의 구름인데 창해
(滄海)와 함께 벗이 있는 남방의 바닷가를 이른다. 荊榛은 자잘한 나무를 이
르는데 황량한 풍경을 묘사할 때 자주 쓰인다.

벗 왕경에 대한 그리움을 말한 작품이다. 함께 험한 산길을 오르던 지난 날을 회상하며 홀로 누각에 올라 벗을 그리워한다. 벗이 있는 남녘 하늘 은 구름만 자욱한데 그 너머 바다가 끝없이 펼쳐져 있으리라. 가을도 저 물어 가는지라 몇몇 집에서 겨울옷을 준비하느라 다듬이를 두드리는 소 리가 들려온다. 조그마한 고을이기에 인가도 별로 없거니와 들판도 잡초 로 덮여 찬 빗속에 황량하다.

3구와 4구는 실경을 그린 것이면서 자신의 처량한 마음을 투영한 것이 기도 하다. 또 이 작품은 1구와 2구, 3구와 4구가 모두 대를 이루고 있으 며 '답각'과 '반림', '초운'과 '창해'가 다시 한 구 안에서 대를 형성하고 있 어 그 표현이 정교하지만, 그럼에도 시상의 전개가 단조롭지 않고 자연스 럽게 되었다는 점에서 높은 평가를 받았다.

◆ ◆ ◆

잔도 밟고 산 오르다 적삼을 벗었더니　　　　　　踏閣攀林脫客衫
강과 산의 그윽한 흥에 비로소 마음이 트이네.　江山幽興始開繊
　— 박상, 「여주 신륵사에서 자고 영운에게 작별하며 남기다(宿驪州神勒寺 留別靈運)」

찬별은 들판의 지붕 위에 많은데　　　　　　寒星多野屋
다듬이 소리 가을 산에 일렁이네.　　　　　　砧杵動秋山
　　　　　　　— 강진(姜潛), 「나그네로 묵으면서(旅宿)」

위응물,

꾀꼬리 울음소리를 듣고

동방이 밝으려 함에 꽃이 어둑하더니
우는 꾀꼬리 서로 불러 또한 들을 만하네.
금방 왔다 갔다 가끔 멀어졌다 가까워졌다
남녘 언덕에서 다시 동쪽 성에서 들려오네.
숲에 올랐나 했더니 다시 동산으로 내려와
꾀꼴꾀꼴 우는 소리가 마치 정을 품은 듯.
울 듯하다 그치니 그 마음이 절로 교태로워
시골 아이 피리 불 듯 곡을 이루지 못하고
앞뒤의 울음소리가 서로 이어지지 못하니
진나라 여인이 아쟁 배우듯이 꺽꺽하구나.

잠깐 사이 바람이 따스하고 아침 햇살 밝아지니
맑은 소리가 온갖 잡새 요란한 소리로 바뀌네.
뉘 집 게으른 아낙 낮잠 자다 놀라 깨게 하는가,
어느 곳 시름겨운 사람 고향 생각 하게 하는가!
물까치는 날아 지나갈 때 울음소리가 촉급하고
후투티는 푸른 뽕밭에 내려앉기도 하지만
꾀꼬리가 날마다 꽃 사이에 흐르는 듯 울어서
일만 채 집집마다 봄뜻이 한가함만 같지 못하네.
때때로 울었다 멈추었다 소리가 그치지 않고

꽃가지에 날아가 오히려 나풀나풀 가볍구나.
궁문이 닫힐 무렵 푸른 나무에 다시 깃들었다가
봄밤 물시계 소리 그칠 때 한번 울어 새벽이 되네.

韋應物, 聽鶯曲

　　東方欲曙花冥冥　啼鶯相喚亦可聽
　　乍去乍來時近遠　纔聞南陌又東城[365]
　　忽似上林翻下苑　綿綿蠻蠻如有情[366]
　　欲轉不轉意自嬌　羌兒弄笛曲未調[367]
　　前聲後聲不相及　秦女學箏指猶澁

365　南陌은 남쪽으로 난 큰길을 이른다.

366　上林은 진시황이 처음 세우고 한 무제가 증건한 상림원(上林苑)을 이른다.
　　下苑은 한나라 때의 의춘(宜春) 곡강지(曲江池)를 가리킨다. 이수광의 『지
　　봉유설』에서 『시경』 「면만(綿蠻)」의 "면만황조(綿蠻黃鳥)"를 풀이하면서 원
　　래는 면만이 꾀꼬리의 깃털 색깔을 형용한 말인데 위응물의 이 작품에서처럼
　　새 울음소리로도 사용했다고 하였다. 정약용도 『시경강의(詩經講義)』에서
　　『시경』의 이 구절을 풀이하면서 위응물의 이 구절을 근거로 하여 면만을 "면
　　면만만(綿綿蠻蠻)"이라 하였다. 최벽(崔璧)도 『강의(講義)』에서 위응물의 구
　　절을 근거로 하여 면만은 꾀꼬리 울음소리를 이르는 것이라 하였다. 忽似上
　　林이 忽往上林으로 된 데도 있다.

367　羌兒弄笛은 오랑캐 아이가 피리를 부는 것인데 여기서는 솜씨가 없다는 뜻이
　　다. 진(秦) 목공(穆公)의 딸 농옥(弄玉)이 소사(蕭史)에게 시집가 날마다 피
　　리를 배워 난봉(鸞鳳)의 소리를 내었다는 고사가 있다. 여기서는 처음 피리를
　　배운 듯 서툴다는 뜻이다. 欲轉不轉은 전(轉)은 운다는 뜻의 전(囀)과 같다.
　　欲轉不轉이 欲囀不囀으로 된 데도 있다.

須臾風暖朝日暾　流音變作百鳥喧[368]

誰家懶婦驚殘夢　何處愁人憶故園

伯勞飛過聲踟躇　戴勝下時桑田綠[369]

不及流鶯日日啼花間　能使萬家春意閒[370]

有時斷續聽不了　飛去花枝猶裊裊

還棲碧樹鎖千門　春漏方殘一聲曉[371]

청잉곡(쇠고리 우는 것 듯는 곡죠라)

동방이 욕셔화명명ᄒ니 졔잉상환역사쳥을

ᄉ거ᄉ릐시건원ᄒ니 쟈문남믹우동셩을

홀샤상님번ᄒ원ᄒ니 면〃만〃여유졍을

욕젼미젼의ᄉ죠ᄒ니 강이농젹곡미조롤

젼셩후셩불상급ᄒ니 진녜학징지유삽을

슈유풍난조일돈ᄒ니 유음변작빅조훤을

슈가나븨경잔몽이며 하쳐슈인억고원고

빅뇌비과셩국쵹ᄒ고 대승하시상견녹ᄒ디

368　流音은 맑게 울려 퍼지는 꾀꼬리 소리를 이른다.

369　伯勞와 戴勝은 모두 새 이름이다. 백로는 하지 무렵에 사납게 우는 새로, 물
　　때까치를 이르는 듯하다. 고악부(古樂府)「동비백로가(東飛伯勞歌)」에 "동
　　쪽으로 백로가 날고 서쪽으로는 제비가 난다.(東飛伯勞西飛燕)"라는 구절에
　　서는 이별을 비유하지만, 이 작품에서의 뜻과는 무방하다. 대승은 늦봄에 울
　　고 뽕밭을 좋아하는 새인데 이익은『성호사설』에서 뻐꾸기라고도 하였지만
　　후투티라는 새를 이르는 것으로 보는 견해가 많다.

370　春意閒이 春意闌으로 된 데도 있다.

371　千門은 수많은 궁문을 이른다. 春漏는 봄날의 물시계를 이른다. 여기서는 봄
　　밤을 이른다.

불급유잉일//제화간ᄒ야 능ᄉ만가츈의한을

유시단숔쳥미료ᄒ야 비거화지유료//을

환셔벽수쇄쳔문ᄒ니 츈누방잔일셩효롤

『유취요람』

동방이 쇠고져ᄒ미 솟치 명//ᄒ니

우는 쐬고리 셔로 브루미 또ᄒ 가히 드럼즉ᄒ더라

잠간 갓다가 잠간 와 씌//로 머러싸 갓가왓다 ᄒ니

계요 남녁 언덕의 듯고 또 동녁 셩의 드럿더라

홀연이 슈풀의 올나쓰가 도로 동산의 나림 굿트니

면//ᄒ고 만//ᄒ여 졍이 잇는 듯ᄒ더라

울고져 ᄒ다가 우지 아니미 뜻이 스스로 아릿다와시니

오랑키 아히 져룰 희롱ᄒ여 곡조룰 고르지 못홈 갓더라

젼 쇼릐와 홋 쇼릐 셔로 밋지 못ᄒ니

진나라 계집이 징을 비ᄒ다가 손가락이 오히려 쌰쓰러움 갓

더라

잠간 ᄉ이에 바룸이 덥고 아츔 날이 붉으니

흐르는 쇼릐 변ᄒ여 뭇 식들 네는 모양을 지엇더라

뉘 집 낫잠 조는 게어른 지어미가 쇠잔ᄒ 쑴을 놀라엿미며

어늬 속 근심ᄒ는 사룸이 고향 동산을 싱각ᄒ는고

빅뇌 날나 지나미 쇼릐 국촉ᄒ고

디승이 나릴 씌의 쏭나모 밧치 푸루되

흐르는 쐬쏘리 날마다 솟 ᄉ이의 울어

능히 일만 집 봄뜻으로 ᄒ야곰 흔가홈을 밋지 못홀너라.

544

씨//로 흩어져다 이엿다 흠을 듯기를 맛지 못ᄒ야

솟가지에 날나가 오히려 료//ᄒ더라

도라와 프른 남게 깃드려 일쳔 문을 잠가시니

봄 누쉬 부야흐로 쇠잔ᄒ 한 소리예 식벽이 되얏더라[372]

이백의 「의춘원에서 시종하고 있을 때 황제의 명을 받들어, 용지에 버들 가지가 막 푸르고 새 꾀꼬리가 재잘대는 소리의 노래를 짓다(侍從宜春 苑 奉詔賦龍池柳色初靑聽新鶯百囀歌)」와 함께 중국 시사에서 꾀꼬리 를 주제로 한 대표작으로 알려져 있다.

위응물의 이 작품은 새벽부터 밤까지 궁궐의 꾀꼬리 울음소리를 듣고 쓴 것이다. 동방이 훤해지려 하지만 아직 꽃이 어둠 속에 있는데 그 사이 에 꾀꼬리가 곱게 울음을 운다. 가까이 다가왔다 금방 멀어지니 그 소리 도 들렸다 가물거린다. 남쪽 언덕에서 우는가 했더니 동쪽 성에서 운다. 숲에 올라가 우는가 했더니 다시 정원으로 내려와서 운다. 꾀꼴꾀꼴 우 는 울음소리가 마치 정을 품은 듯하다. 우는가 해서 귀를 기울이면 울음 을 멈추며 교태를 부리지만 시골 아이의 서툰 피리 가락처럼 제대로 곡 조를 이루지도 못한다. 먼저 낸 울음소리와 나중에 낸 울음소리가 제대 로 호응을 이루지 못하니 아쟁을 처음 배운 여인의 솜씨처럼 유창하지 못 하다.

그러다가 해가 돋아 바람이 훈훈해지고 아침 햇살이 훤해지면 온갖 잡 새들이 다투어 우는 것처럼 요란해진다. 꾀꼬리 울음소리가 이렇게 되면 낮잠을 자던 게으른 여인이 놀라 잠에서 깨어나고 타향에 있는 나그네는

---

372 『당시장편』에는 실려 있지 않아 『유취요람』의 것을 보인다.

고향이 그리워 수심에 잠긴다. 꾀꼬리 울음소리가 사람의 마음을 이렇게 만든다. 그러니 울음소리가 아름답지 못한 물까치나 푸른 뽕나무에 내려 앉은 후투티가, 봄날 꽃 사이에서 맑게 우는 꾀꼬리 울음소리를 당해 낼 수 없다. 울음소리가 끊어졌다 이어졌다 하여 그 소리를 듣고 어디에 있나 찾노라면 어느새 다른 꽃가지로 너풀너풀 날아다닌다.

그러다 저녁이 되어 푸른 나뭇가지의 둥지에 내려앉으면 도성 안의 문은 모두 닫힌다. 적막함이 이어지다가 다시 물시계의 물이 다 내려올 무렵이 되면 꾀꼬리가 다시 한번 울음을 운다. 그렇게 하면 이제 다시 새벽이 온다.

이 작품은 꾀꼬리와 관련한 작품의 전형이 되었다. 윤광계(尹光啓)의 「새벽 궁궐에서 꾀꼬리 울음소리를 듣고(曉宮聽鶯詞)」 등에서 꾀꼬리 울음소리를 형용할 때 '면면만만'이라는 표현을 가져왔다. 고려의 민제인(閔齊仁)이 같은 제목의 고시를 지었지만 운자는 다르다.

◆ ◆ ◆

가락은 오랑캐 아이 피리 놀리듯 빼어나고　　　調絶羌兒輕弄笛
곡은 진 여인의 아쟁 솜씨 훔친 듯 꺽꺽하네.　　曲偸秦女澀彈箏
　　　　　　　　　　— 박수검, 「꾀꼬리 울음소리를 듣고서(聽新鶯)」

교묘한 말로 정녕 게으른 아낙 놀라게 하고　　　巧語丁寧驚懶婦
유창한 소리 곱게 시름겨운 사람을 부르네.　　　流音睍睆喚愁人
　　　　　　　　— 김익희, 「금원에서 새로 우는 꾀꼬리 소리를 듣고(禁園聽新鶯)」

이익, 궁중의 원망

이슬 젖은 환한 꽃이 봄 전각에 향긋한데
밝은 달빛 소양전에 풍악 소리 울려 퍼지네.
궁중의 물시계는 바닷물을 부어 놓은 듯
장문궁에서 똑똑똑 온밤 지겹게 떨어지네.

李益, 宮怨

露濕晴花春殿香 月明歌吹在昭陽
似將海水添宮漏 共滴長門一夜長[373]

궁원

노습청화츈젼향ᄒᆞ니 월명가취ᄌᆡ소양을
ᄉᆞ장ᄒᆡ슈쳠궁누ᄒᆞ니 공젹장문일야장을

---

373 晴花는 맑은 날 곱게 핀 꽃을 이른다. 昭陽殿은 황후가 된 조비연이 거처하
던 궁이고 長門宮은 진 황후 아교(阿嬌)가 쫓겨나 머물던 궁이다. 진 황후가
이곳에 유폐되어 있을 때 사마상여에게 황금 100근을 보내어 「장문부(長門
賦)」를 받았는데, 한 무제가 이 글을 읽고 나서 진 황후를 다시 총애했다는 고
사가 있다. 소양전이 군왕의 총애를 받는 여성의 공간이라면 장문궁은 버림
받은 여성의 공간이다. 春殿이 宮殿으로, 共滴이 共作으로 된 데도 있다.

이익(750?~830?년)은 자가 군우(君虞)고 농서 출신인데 이주하여 낙양에서 기거하였다. 대력십재자와 시풍이 유사하며 변새시, 유선시(遊仙詩)에 능하였다. 명의 호응린은 그의 칠언절구가 개원 연간 이후 제일이라 평한 바 있다.

궁원(宮怨)은 군왕의 사랑을 받지 못하는 궁중 여성의 비애를 다루는 전통이 있는데, 궁체(宮體) 혹은 궁사(宮詞)라고도 한다. 시인이 궁중 여성의 비애를 관찰자적 시점으로 노래하기도 하고 궁인의 입을 빌려 여성 화자를 등장시키기도 한다. 또 한 무제 때 진 황후가 소박을 당하여 장문궁에 유폐된 일이나 성제의 후궁 반첩여가 조비연에게 총애를 빼앗긴 일을 주로 다룬다.

이 작품은 성은을 입지 못하는 궁중 여인의 비애를 말하였다. 군왕의 총애를 받는 소양전은 밝은 달빛 아래 밤늦게까지 노랫가락과 피리 소리가 울려 퍼지건만, 사랑을 잃은 장문궁은 외로움에 밤이 길기만 하다. 이슬에 젖은 고운 꽃이 궁중에 향기롭게 피어 있다 하여 꽃도 달도 없고 풍악도 없는 장문궁의 침울한 분위기와 대조한 것이 묘미가 있다. 또 장문궁의 외로움은 물시계 소리 때문에 더욱 강화된다. 잠을 이루게 못하게 하는 물시계의 물 떨어지는 소리로 시상을 마친 것도 긴 여운을 느끼게 한다.

◆ ◆ ◆

대궐에 봄바람 불어 온갖 꽃 향긋한데	春風禁苑百花香
날 저물자 어가는 상양궁으로 가시네요.	日晚羊車在上陽
하늘거리는 긴 버들가지 홀연 보이기에	忽見游絲褭千尺
이내 시름과 누가 긴지 남몰래 재 봅니다.	暗將愁緒較誰長

— 이승소, 「궁중의 원망, 당나라 시인의 운을 쓰다(宮怨用唐人詩韻)」

548

대관령 하늘 끝에 푸른 바다 드넓은데   關嶺極天滄海闊

달 밝은 밤 풍악 소리 죽서루에 울리겠지.   月明歌吹在西樓

— 권필, 「삼척으로 부임하는 벗을 보내며(送友人赴三陟任)」

무원형, 변주에서 뽈피리 소리를 듣고

들려오는 뽈피리 소리 달빛 아래 구슬프니
변방을 떠도는 나그네라 꿈에서 먼저 안다네.
선우의 성에서 울려 퍼지던 변새의 곡조는
오늘날 중원에서도 다들 연주할 수 있다지.

武元衡, 汴州聞角

何處金笳月裏悲　悠悠邊客夢先知
單于城上關山曲　今日中原總解吹[374]

무빅창, 변쥬문각

하쳐금가월니비ᄒᆞ니 유〃변긱몽션지을
션우셩상관산월이 금일즁원홀히취을

---

374 悠悠는 정처 없이 떠도는 모습을 형용하는 말이다. 金笳는 중국 북방에서 사
용하던 피리의 일종이다. 이수광은 『지봉유설』에서 금가가 태평소(太平簫)라
하였다. 單于는 흉노족의 우두머리를 가리킨다. 關山曲은 「관산월(關山月)」
처럼 변방에서 수자리 서는 군사들의 애달픈 심경을 노래한 곡을 이른다. 中
原은 황하 유역, 좁게는 하남 일대를 가리킨다. 城上이 城下로 된 데도 있다.

무원형(758~815년)은 자가 백창(伯蒼)이고 측천무후의 질손이다. 오언시에 특장을 보였다. 무슨 일인지 알 수 없지만 오늘날의 개봉(開封) 인근을 지나다가 이 작품을 지었다. 변주는 개봉 일대를 이른다. 변하(汴河)가 그곳으로 흐른다.

환한 달빛 아래 어디선가 오랑캐의 호각 소리가 들려온다. 떠도는 나그네인지라 그 피리 소리가 어떤 곡조인지 꿈결에서도 안다. 북방 오랑캐와의 전투가 이어지던 변방에서 익히 듣던 곡조이기 때문이다. 더욱이 그 곡조를 이제 중원 지역에서도 쉽게 듣게 되었으니 개탄스럽다. 잦은 전란으로 인하여 피폐해진 세태에 대한 은근한 풍자가 읽힌다.

◆ ◆ ◆

외로움에 슬픔 띤 울음소리 물가에 떨어지니　孤響流哀落水湄
떠도는 남방의 나그네가 꿈에서 먼저 안다네.　悠悠楚客夢先知
　　　　　— 김상헌, 「기러기 소리를 듣고 지은 시에 차운하다(次聞雁韻)」

장적, 봄이 느껴워

먼 길 나그네 병든 몸 어쩌지 못하는데
뉘 집의 못가에서 또 봄을 맞게 되었나.
명년이면 각기 동서로 떨어져 있으리니
이곳에서 꽃 보는 이는 다른 사람이겠지.

張籍, 感春

　　遠客悠悠任病身　誰家池上又逢春
　　明年各自東西去　此地看花是別人[375]

장문창, 감춘

　　원긱유〃임병신ᄒᆞ니 슈가지상우봉츈을
　　명년각자동셔거라가 차지간화시별인을

375　任은 맡겨 둔다는 뜻이다. 誰家가 謝家로 된 데도 있다. 이때는 사영운(謝靈運) 집안의 못이라는 뜻이 된다.

장적(766?~830?년)은 자가 문창(文昌)으로 오군(吳郡) 출신인데 화주(和州) 오강(烏江)으로 이주하였다. 수부원외랑(水部員外郎), 국자사업(國子司業)을 지내 장수부, 장사업으로 불린다. 한유의 제자로, 왕건, 맹교(孟郊), 가도, 우곡(于鵠), 백거이 등과 친하였다. 악부에 뛰어나 왕건과 나란히 장왕악부(張王樂府)라 불렸다. 『장사업시집(張司業詩集)』이 전한다.[376]

이 작품은 객지에서 병든 몸으로 봄을 맞은 비감을 적었다. 빈곤에다 안질이 심해 벗 맹교가 곤궁한 애꾸라는 뜻의 궁할장태축(窮瞎張太祝)이라 불렀으니 그의 고단한 삶을 짐작할 수 있다. 병든 몸을 어찌지 못하고 떠돌다가 누군가의 집 못가에서 또 봄을 맞았다. '우(又)'에서 몇 년 동안 계속 정착하지 못하는 신세임을 알 수 있다. 그래도 마음이 맞는 사람과 함께 아름다운 봄을 즐기고 있는 것은 다행한 일이지만 이제 헤어지고 나면 제각기 딴 곳에 있으리니, 내년에 함께 꽃을 구경하는 이는 같은 벗이 아닐 것이라 하였다.

---

376 여기서는 뽑지 않았지만 '가을의 그리움(秋思)」에서 "낙양성에 가을바람 일어나는 것 보고, 집에다 편지를 쓰려고 하니 마음이 만 겹이라. 다시 서둘다가 할 말을 다 못한 것 같아서, 길 가는 사람 출발할 때 다시 봉투를 뜯는다네.(洛陽城裏見秋風 欲作家書意萬重 復恐怱怱說不盡 行人臨發又開封)"라 한 것은 『춘향전』에서 보일 정도로 유명하다. 장재백 창본 「춘향가」에서 "부공총총설부진한이 힘인이 인발우기봉이라한이 좀 본들 관계한야"라 한 것도 같다.

◆ ◆ ◆

아득한 먼 길에 병든 몸 어쩌지 못하는데   遠路悠悠任病身

홀연 관문 너머에 새해가 온다고 하네.   忽聞關外歲華新

— 심지한, 「영남에서 봄을 만나(嶺外逢春)」

내일 아침이면 제각기 동서로 헤어지리니   明朝各自東西去

선명한 단풍잎이 홀로 가는 이를 보내겠지.   紅葉依依送獨行

— 이여, 「정즙의 시에 다시 차운하다(又次鄭仲久濈韻)」

어찌하여 꽃 아래 와서 놀지 않는가,   奈何不來花下遊

훗날이면 꽃 보는 이가 딴 사람이리니.   到後看花屬別人

— 조두순, 「꽃 아래 취해 읊조리며 봄 다한 것을 아쉬워하네(花下醉吟惜春盡)」

늙은 몸이 세상사를 헤아리지 못하여
맑은 가을 절간을 매번 혼자 찾아다닌다.
병든 눈 생각하여 아직 술을 끊고 있으니
가는 곳마다 국화 많은 것이 도로 싫구나.

張籍, 閑行

　　老身不計人間事　野寺秋晴每獨過
　　病眼較來猶斷酒　却嫌行處菊花多[377]

한힝

　　노신불계인간ᄉᆞ니 야사츄쳥ᄆᆡ독고을
　　병안이 교릐유단쥬ᄒᆞ니 각혐힝쳐국화다을[378]

377　較來가 校來로 된 데도 있다.
378　독고는 독과의 잘못이다.

병든 자신의 신세를 한탄한 작품이다. 늙었으니 바깥출입을 자제해야 하겠지만 아름답고 빼어난 산수를 찾아다니는 일은 하지 않을 수 없다. 늙었지만 몸조심해야 하는 것을 잊고 산다. 가을이라 날이 맑으면 늘 산사로 혼자 다닌다. 그러나 안질로 늘 고생하는 처지라 술은 마실 수 없다. 그 때문에 가는 곳마다 국화가 곱게 피어 있는 것이 오히려 속을 상하게 한다.

◆ ◆ ◆

병으로 근년에는 귀밑머리 세려 하는데　　　　　　抱病年來鬢欲華
술 끊으니 국화 많은 것이 도로 싫어라.　　　　　　斷杯却嫌菊花多

— 조성한(趙晟漢), 「박동주가 국화를 애걸하는 시에 차운하다(酬朴震卿東胄乞菊韻)」

장적, 봄날의 이별가

장강의 봄 물결 파래서 물이라도 들일 듯
연잎이 물 밖에 나와 동전처럼 커다랗네.
강 언덕 다리 곁의 나무는 그대가 심은 것
어찌하여 고운 배는 늘 묶어 두지 못하나!

張籍, 春別曲

　　長江春水綠堪染　荷葉出水大如錢
　　江頭橋樹君自種　那不長繫木蘭船[379]

춘별곡

　　장강츈슈녹감념ᄒ니 하엽이 츌슈되여젼을
　　강두교슈군ᄌ종ᄒ니 나불장계목난션고

379　錢은 동전이다. 연잎이 돋아날 때 동전처럼 생겨 연잎을 하전(荷錢)이라고도
　　한다. 木蘭船은 좋은 목재로 만든 배를 이르는데 보통은 그냥 배를 아름답게
　　형용할 때 쓰인다. 荷葉이 蓮葉으로, 橋樹가 橘樹로 된 데도 있다.

「춘별곡」은 봄날의 이별 노래로, 장적의 이 작품 이래 악부제의 하나가 되었다. 봄이 온 장강은 쪽빛으로 푸르러 옷을 담가 염색을 할 수 있을 듯한데, 둥글둥글한 연잎이 동전처럼 물 위에 떠 있다. 강 언덕에 사랑하는 사람이 심어 놓은 나무가 커다랗게 자랐다. 타고 갈 배를 여기에 묶어 두고 자신과 함께 머물면 좋으련만 사랑하는 사람의 마음은 무정하다.

민재남(閔在南)의 「연잎이 물에 나와 커다란 동전 같은데, 우연히 작은 개구리가 그 위에 앉아 있는 것을 보고서(蓮葉出水如大錢 偶見一小蛙坐其上)」에 이 시가 수용되어 있다. 이정귀, 조면호 등이 칠언절구 연작시 「춘별곡」을 지은 바 있는데 운자는 다르지만 내용은 유사하다.

◆ ◆ ◆

긴 강의 봄 물결이 기름 뿌린 듯 파란데   長江春水綠如油
따스한 봄바람이 편안하게 배를 보내 주네.   和暖東風穩送舟

— 김제민(金齊閔), 「정릉에서 제사를 지내는 날 내가 전사관으로 한강에 배를 띄우고 정릉으로 향하면서(祭於靖陵日 余以典祀官 泛舟於漢江向陵)」

동전 같은 연잎이 작은 못에 점점이 있는데   荷葉如錢點小池
한바탕 훈훈한 남풍에 비가 줄줄 내리네.   南薰一陣雨絲絲

— 서거정, 「이광원을 맞아 바둑을 두며(邀李廣原圍棋)」

객사 문 앞의 오구나무는   客舍門前烏臼樹
하릴없이 고운 배를 늘 묶어 두고 있네.   等閒長繫木蘭船

— 조면호, 「잡절(雜絶)」

장적, 찬 연못의 노래

찬 연못이 어둑하고 버들잎은 성근데
물 컴컴한 곳 말소리에 오리가 놀라네.
배 안의 젊은이 취해 일어나지 못하더니
횃불 들고 물에 비춰 물고기를 잡는구나.

張籍, 寒塘曲

寒塘沉沉柳葉疎　水暗人語驚棲鳧

舟中少年醉不起　持燭照水射遊魚

한당곡

한당침〃유엽소ᄒᆞ니 슈암인어경셔부을

쥬즁소년취불긔라 지쵹조슈사유어을

「한당곡(寒塘曲)」은 장적의 이 작품 이래 절구로 짓는 악부풍의 제목이
되었다. 낯선 땅의 풍속을 칠언절구로 그려 냈다는 점에서 죽지사(竹枝
詞)와 유사하다. 가을이 되어 버드나무 잎이 듬성듬성하고 못물은 차가
워졌다. 이맘때가 물고기를 잡기 좋다. 한밤의 어둠 속에 두런거리는 말
소리가 나서 잠을 자던 오리들이 놀라 날아오른다. 술에 취해 떠들던 일

행은 취해 곯아떨어졌는데, 못 일어날 것 같은 젊은이가 고기 잡을 시간
이 되자 벌떡 일어나 횃불을 훤히 밝히고 작살을 쏘아 물고기를 잡는다.

이규경은 『오주연문장전산고』에서 화살로 물고기를 잡는 법을 소개
하면서 이 시를 인용하였는데 작가를 진공서(秦公緒)라 하였다. 공서
는 당의 시인 진계(秦系)의 자인데 이 시를 지었다는 것은 이규경의 착각
이다.

◆ ◆ ◆

못물 고요한 밤 불 밝히고 고기를 잡고　　　紅燭射魚潭靜夜
낙엽 지는 가을 푸른 봉우리에 매를 부른다.　碧峰呼隼葉飛秋

　　　　— 신석우(申錫愚), 「소검 등의 작품은 시의 뜻이 슬퍼
　　　감히 읽지 못할 것이 많으니……(溯檢諸篇 詞旨悲惋……)」

백옥 누각 기울어지고 흰 담장 휑한데
첩첩 푸른 산이 옛 궁궐을 빙 둘렀네.
무제가 간 후 붉은 소매 여인 사라지고
들꽃과 노란 나비만 봄바람을 차지했네.

王建, 綺繡宮

　玉樓傾側粉牆空　重疊靑山繞故宮
　武帝去來紅袖盡　野花黃蝶領春風[380]

왕건, 긔슈궁

　옥누경칙분장공ᄒᆞ니 즁첩청산요고궁을
　무제불ᄅᆡ홍슈진이라 야화황졉영츈풍을[381]

---

380 『삼체당시』에서 武帝는 당 현종을 가리킨다고 하였는데 이수광은 『한무고
사(漢武故事)』를 인용하여 무제의 장례가 끝난 후 많은 궁인들을 무릉원(茂
陵園)에서 내보내되 반첩여 등 일부를 남겨 두었는데 곽광이 이를 알고 남
은 500여 궁녀를 내쫓았다는 고사를 쓴 것이라 하였다. 紅袖는 여인의 붉은
소매로 미녀를 비유하는 말이다. 傾側이 傾倒로, 紅袖가 羅袖로 된 데도
있다.

381 이수광의 『지봉유설』에 3구가 "武帝不來紅袖盡"으로 되어 있는데 조선에 이
렇게도 유통되었기에 『당시장편』에서 무제불러로 표기하였다.

왕건(768~832년)은 자가 중초(仲初)이고 영천(潁川) 곧 지금의 하남 허창 (許昌) 출신으로 집안이 한미하였다. 장적과 함께 악부시에 이름이 높아 장왕악부의 기림을 받았으며 궁사가 널리 알려졌다. 문집『왕사마집(王 司馬集)』이 전한다.

기수궁(綺繡宮, 綺岫宮)은 중국 서쪽 변방 영녕현(永寧縣) 서쪽에 있 던 궁궐로 당 고종(高宗) 3년(658년) 건립되었다. 이곳을 배경으로 하여 왕건이 당 현종을 빗대어 풍자한 작품이다. 백옥으로 화려하게 지은 누각 이 무너지고 희게 칠한 담장도 횡하다. 그저 푸른 산만 겹겹이 둘러 있을 뿐이다. 임금이 세상을 떠난 후 곱던 여인들이 모두 사라지고 꽃과 나비 만 주인이 되었다.

◆ ◆ ◆

겹겹의 푸른 산이 역정을 둘렀는데   重疊靑山繞驛亭
객이 와 바람 마주하고 난간에 기대었네.   客來相對倚風檻

— 조희일(趙希逸), 「거연관(車輦館)」

궁벽한 마을에 쓸쓸히 문을 닫고 있으니   窮巷悄然門獨閉
들녘의 꽃과 우는 새만 봄바람을 차지했네.   野花啼鳥領春風

— 이산해, 「봄날(春日)」

왕건, 강릉에 관리로 가다가 여주에 이르러

고개 돌려 보니 파산이 구름 속에 있는데
한식날 집을 떠나 보리 익을 때 돌아간다.
저물녘 여러 봉우리는 물들인 듯 파란데
상인들은 이곳이 여주의 산이라고 말하네.

王建, 江陵使至汝州

回看巴路在雲間　寒食離家麥熟還
日暮數峰靑似染　商人說是汝州山[382]

강능사지여쥬

회간파로저운간ᄒᆞ니 한식이가믹슉환을
일모슈봉쳥ᄉᆞ렴ᄒᆞ니 상인셜시여쥬산을

이 작품은 810년 위박절도사(魏博節度使)의 막부(幕府)에서 벼슬을 하
다 강릉(江陵)으로 가는 길에 여주(汝州)에 들러 지은 것으로 알려져 있

382　巴路는 그 서쪽 일대의 파산(巴山)을 이른다. 汝州는 낙양의 남쪽 임여(臨
汝)인데 강릉은 그 남쪽에 있다.

다. 지나온 서쪽 변방 파산(巴山)의 길이 구름 속에 있다. 음력 3월 한식에 고향을 떠났는데 이제 보리가 익는 늦봄 5월이 되었다. 남쪽을 바라보니 저물녘 봉우리는 물을 들인 듯 새파랗다. 지나가던 상인들은 무심하게 여주의 산이라 말하는데 그곳 너머에 고향 영천(穎川)이 있기에 더욱 반갑다. 푸른 산 청산(靑山)은 반가운 눈빛 청안(靑眼)의 뜻이 내포되어 있다.

◆ ◆ ◆

사신 수레는 흰 구름 속으로 떠났다가	星軺遙發白雲間
천 리 먼 강릉 땅을 말에 맡겨 돌아오네.	千里江陵信馬還
상인들 남쪽 지방 길을 익히 아는데	商人慣識南州路
하늘가 파랗게 점 찍힌 곳마다 산이라네.	天畔靑麼點點山

— 박영원, 「어제 상인설시여주산(御製商人說是汝州山)」

매화 필 때 남녘행 보리 익자 돌아오니	梅發南征麥熟還
자네와 헤어진 것이 반년이 되었구나.	與君相別半年間

— 유득공(柳得恭), 「차수가 이인에서 돌아오기에 그 시에 차운하다(次修自利仁歸次其韻)」

비 그치자 첩첩 봉우리 염색한 듯 푸르기에	雨後亂峯靑似染
아스라한 풀빛이 객의 소매를 물들여 오르네.	煙光草色上征裾

— 소세양, 「당어령에서(堂於嶺)」

왕건、 화청궁

깃발 걸린 높다란 주루가 백 곳인데
궁궐 앞엔 버드나무 관아 앞엔 꽃들.
대궐 동산은 온천수를 받아 뿌리기에
이월 중순이면 벌써 참외를 바친다네.

王建, 華淸宮

　　酒幔高樓一百家　宮前楊柳寺前花
　　內園分得溫湯水　二月中旬已進瓜[383]

화청궁

　　쥬만고루일빅가라 궁젼양뉴사젼화을
　　닉원분득온냥슈ᄒᆞ니 이월즁슌이분조을[384]

383　酒幔은 주점에 내건 깃발이다. 2구의 寺는 관아를 이르는 말인데 당나라 때
　　채소와 참외를 궁중으로 들이는 일을 맡은 온탕감(溫湯監)을 가리킨다. 영녕
　　사(永寧寺)라는 절로 보기도 한다. 2월의 참외는 진시황이 여산의 온천 곁에
　　참외를 재배하여 거울에도 먹었다는 고사를 쓴 것이다. 進瓜는 破瓜로 된 데
　　도 있는데 외를 쪼개 먹는다는 뜻이다. 二月이 三月로 된 데도 있다.
384　3구의 온냥은 온탕의 잘못이다. 4구의 분조는 진과(進瓜)를 '분조(分爪)'로 잘
　　못 읽은 것이다.

당 현종 때 탕천궁(湯泉宮)이 세워졌는데 나중에 온천궁(溫泉宮)으로, 다시 화청궁으로 이름이 바뀌었다. 화청지(華淸池)라고도 하는데 여산(驪山) 기슭에 있으며 위수를 내려다보게 되어 있다. 화청궁 앞 번화한 거리에는 100여 채나 되는 높다란 주루(酒樓)마다 푸른 깃발이 펄럭인다. 궁궐 앞쪽에는 버들가지가 휘늘어져 있으며 관아 앞에는 꽃들이 흐드러지게 피어 있다. 궁궐 안의 금원(禁苑)에서 온천수를 나누어 받아 이를 가지고 키운 참외를 2월이면 벌써 쪼개 먹을 수 있다. 2월이 참외가 익을 때가 아닌데도 일찍 바쳤다는 것은 당 현종에 대한 풍자의 뜻이 들어 있는 것으로 풀이하기도 한다.

정조가 1792년 "내원에서 2월 중순에 참외를 올렸다.(內園進二月中旬瓜)"는 제목으로 초계문신을 시험한 바 있는데 이 시의 고사를 이용한 것이다. 정약용의 「당의 금원에서 2월 중순에 참외를 올리다(唐內苑進二月中旬瓜)」도 이와 관련한 작품이다.

◆ ◆ ◆

도성 길에 늘어선 나무 외로운 꾀꼬리 우는데
깃발 펄럭이는 높은 주루에 피리 소리가 가물거리네.

天街列樹孤鶯譽 酒幔高樓一笛殘
— 신위, 「새벽에 승정원에 들어가며(曉入銀臺)」

금원에서 영롱한 과실을 나누어 받고서　　　內園分得玲瓏實
여러 꽃들 살피느라 옛 책을 마주하네.　　　點檢羣芳對壁經
— 장헌 세자, 「가을빛(秋色)」

어원에서 중순에 벌써 참외를 올리니   御院中旬已進瓜

문득 봄바람에 꽃잎 지는 소리 들리네.   却得春風落花聲

— 순조, 「궁사(宮詞)」

왕건、

그네의 노래

기다랗게 꼬아 만든 끈이 붉고도 푸른데
휘영청 뻗은 가지에다 백 자 높게 걸었네.
나이 젊은 여자들이 그네뛰기 중히 여겨
머리 묶고 허리 매고 둘로 편을 나누었네.
몸이 가볍고 치마 얇아 힘을 쉽게 받으니
두 손으로 붙잡고 새처럼 하늘로 오르네.
내려와 땅에 서서 옷을 거듭 묶은 것은
저녁 바람 사나워 또 못 탈까 겁나서라네.
곁의 사람 높게 밀어 준다 좋을 것 있나,
머리 장식 걸었기에 끝내 싸움 절로 일어나네.
높은 나무 꼭대기에 빙글빙글 닿을 듯하니
머리 위의 보배 비녀가 땅에 떨어진다네.
지금 더 잘 타려 다투느라 쉴 수가 없더니
평지를 밟고 나서 그제야 한숨을 쉬네.

王建, 鞦韆詞
長長絲繩紫復碧　嫋嫋橫枝高百尺
少年兒女重鞦韆　蟬巾結帶分兩邊[385]

568

身輕裙薄易生力　雙手向空如鳥翼

下來立地重繫衣　復畏斜風高不得[386]

傍人送上那足貴　終賭鳴璫鬪自起[387]

廻廻若與高樹齊　頭上寶釵從墮地

眼前爭勝難爲休　足踏平地看始愁[388]

왕건, 츄쳔샤

장〃사승자부벽ᄒ고 뇨〃횡지고빅쳑을

소년녀아즁츄쳔ᄒ야 번건결듸분양변을

신경군박이싀녁ᄒ니 쌍슈향공여됴익을

하릐입지즁계의ᄒ니 부외사풍고부득을

방인송상나족귀오 종도명당투자긔을

회〃약여고슈졔ᄒ니 두상보치임타지을

안젼징승난위휴ᄒ니 족답평지간시슈을[389]

『유취요람』

길고 긴 실노히 븕고 쏘 프르니

385　蟠巾이 盤巾 혹은 盤中으로 된 데도 있다. 蟠巾結帶는 수건과 따로 머릿가
　　　락과 옷을 묶는 것을 이른다.

386　立地가 立定으로 된 데도 있다. 斜風은 저녁이 되어 거세진 바람을 이른다.

387　鳴璫은 보옥으로 만든 머리 장식인데 맑게 울리는 소리를 낸다. 終賭가 終睹
　　　로, 鳴璫이 明璫으로, 鬪가 鬨으로 自起가 身起로 된 데도 있다.

388　眼前은 지금 당장의 뜻이다.

389　1구의 "장〃사승(長長絲繩)"은 『사문유취(事文類聚)』 등에 실린 것을 따른
　　　것이다. 5구의 싀녁은 싱녁의 잘못이다. 12구의 "두상보치임타지"는 종(從)을
　　　임(任)으로 본 것이다.

가늘고 가는 빗긴 가지 놉기가 빅 주이나 되더라

나져믄 계집ᄋ희 츄쳔을 듕히 너기니

건을 셔리고 씌를 미야 두 가의 나호더니

몸은 가바얍고 치마는 열우미 힘을 니기 쉬으니

두 손으로 공듕을 향ᄒ여 새 날기 굿더라

나려와 ᄯ의 셔 거듭 치마를 미야시니

다시 빗긴 바롬의 놉게 쒸지 못홀가 두리더라

겻헤 사롬이 보내여 올니미 무어시 족히 귀ᄒ랴

맛춤내 우는 귀여고을 나기ᄒ야 싸홈이 스스로 니러ᄂ더라

회〃ᄒ여 노픈 나무로 더브러 굿튼 듯ᄒ니

머리의 쇼즌 보비 빈혜 졀노 ᄯ의 써러지더라

눈압히 닉이길 닷토아 쉬기 어려우니

발노 평지롤 볿고 보아 비로소 근심ᄒ더라

「추천사」는 그네를 타는 여성을 노래하는 악부풍의 작품인데 왕건의 이 시가 그 전범이 된다.

붉고 푸른 실을 길게 꼬아 그넷줄을 만들어 백 척 높이로 큰 나뭇가지에 건다. 젊은 여성들이 그네를 좋아하여 수건으로 머리를 묶고 허리띠를 졸라맨 다음, 두 편으로 나누어 그네타기 시합을 벌인다. 가벼운 몸에다 치마까지 단출하여 양손으로 줄을 잡고 발판을 구르니 그네가 높이 솟구친다. 마치 새가 하늘로 날아오르는 듯하다. 그네에서 내려 숨을 고르고 옷매무새도 손을 보고서 다음 차례를 기다린다. 혹 저녁이라 바람이 거세어지면 더 못 탈까 조바심이 난다. 서로 높이 오르려 옆 사람이 밀어 주기도 하지만 그렇게 하여 높이 솟구친들 의미가 없다. 서로 높게 오

른다고 머리 장식을 걸고 내기를 한다. 힘차게 밀어 올린 그네가 높은 나무 꼭대기에 이를 듯하다. 그러다 비녀나 머리 장식이 땅에 떨어진다. 당장 눈앞의 경쟁에서 이기고 싶으니 쉴 수가 없다. 스스로 만족할 정도로 높이 오른 다음에야 땅으로 내려온다. 그제야 겁이 난다. 그네 타는 장면을 실감 나게 묘사한 작품이다.

조선 시대 성현, 허초희, 조문수, 곽종석(郭鍾錫) 등이 악부풍의 「추천사」를 지었는데 그 정조가 이 작품과 유사하다.

◆ ◆ ◆

이웃집 여자 동무와 다투어 그네를 타니   隣家女伴競鞦韆
띠를 묶고 수건 매고 반신선이 되려는 듯.   結帶蟠巾學半仙
바람이 비단 줄을 하늘 위로 올려놓으니   風送綵繩天上去
푸른 버들 안개 속에 패옥 떨어지는 소리.   佩聲時落綠楊煙
— 허초희, 「추천사(鞦韆詞)」

울긋불긋 푸른 끈으로   紫碧青青絲
휘늘어진 가지에 묶고서   將繫嫋嫋枝
서로 높이 오른다 내기하느라   相賭奮翔起
옥비녀 떨어져도 알지 못하네.   不覺玉簪遺
— 순조, 「두 손으로 붙잡고 새처럼 하늘로 올랐다가(雙手向空如飛翼)」

두공, 남으로 여행하다 감흥이 있어

상심하여 전조의 일을 묻고자 하지만
보이는 것이라곤 돌아오지 않는 강물뿐.
저물녘 동풍이 불어와 봄풀이 푸른데
자고새가 월왕대 위로 날아오르네.

竇鞏, 南游感興

傷心欲問前朝事 惟見江流去不回
日暮東風春草綠 鷓鴣飛上越王臺[390]

남유감흥

상심욕문전조ᄉ라가 유견강뉴거불회을
일모동풍츈초록ᄒ니 자고비상월왕ᄃᆡ을

---

390 자고새는 암꿩과 비슷한데 머리가 메추리를 닮았다. 주로 중국 남방에 사는
데 그 울음소리가 험난한 나그네의 시름을 돋우는 애원성(哀怨聲)을 띠고 있
으며 고향에 대한 그리움을 촉발하는 것으로 알려져 있다. 越王臺는 소흥(紹
興)의 종산(種山)에 월왕 구천이 올랐던 것이 유명하지만, 이 작품의 월왕대
는 광주(廣州)의 월수산(越秀山)에 있다. 진(秦)이 혼란해지자 조타(趙佗)가
영남(嶺南)을 근거로 하여 남월(南越)을 건국한 후 세운 것이다. 남월은 후에
한 고조에게 항복한 후 번국(藩國)이 되었다. 惟見이 惟有로 된 데도 있다.

두공(762?~821년)은 자가 우봉(友封)이고 장안의 금성(金城) 출신인데 만년에 악저(鄂渚)에 은거하였다. 언사가 신중하여 백거이가 말을 더듬는다는 뜻의 섭유옹(囁嚅翁)이라 하였다. 아우 두상(竇庠)의 시와 함께 묶은『두씨연주집(竇氏聯珠集)』이 전한다.

이 작품은 광주(廣州)를 유람하면서 남월(南越) 때 세워진 월왕대(越王臺)에서 지은 회고시(懷古詩)다. 남월의 유적을 찾아보니, 인간사는 허망한데 자연은 영원하다. 강물이 흘러가면 다시 돌아오지 못하는 것처럼 그저 인생이 허망할 뿐이다. 마침 봄바람이 불어와 풀이 파랗게 돋아났는데, 인간사의 시름을 알지 못하는 자고새는 월왕대를 무심하게 날아오를 뿐이다. 이러한 역사적인 무상감을 노래한 작품이다.

회고시나 만사(輓詞)에 자주 보이는 '상심욕문(傷心欲問)'이 이 시에 출처를 두고 있거니와 1구가 서거정, 정사룡 등의 시에 그대로 사용되었다. 2구 역시 권호문(權好文)의 집구시에 보인다. 월왕대의 고사는 조선의 문인이 익히 알았기에 이민성이 4구를 제목으로 하여 칠언고시를 지어 그 뜻을 부연한 바 있다.

◆ ◆ ◆

부질없이 밤 달만 다가와 나를 비춰 주건만　　空留夜月來相照
강물이 흘씨기 들어오시 않는 것만 보이네.　　唯見江流去不還
　　　　　　　　　　　　　　— 이경여(李敬輿),「양포가 그리워(懷楊浦)」

저물녘 비린 강에 봄풀이 푸른데　　　　日暮瘴江春草綠
동풍이 눈물 불어 해당화 가지에 뿌리네.　　東風吹淚海棠枝
　　　　　　　　　　　　　— 이산해,「외로운 발자취(孤蹤)」

장사관 앞에 풀이 묵었는데   長沙館前草萋萋

월왕대 위에 자고새 우는구나.   越王臺上鷓鴣啼

— 이춘원(李春元),「죽지사(竹枝詞)」

백
거
이
、

장
한
가

임금이 여인을 좋아해 경국지색 그리워했지만
천하를 다스린 지 여러 해 지나도록 못 구하였지.
양씨 집에 딸이 있어 처음 장성하던 시절에
깊은 방에 두고 키워 남들이 알지 못하였지만
하늘이 낸 고운 자질은 절로 버려지지 않는 법
하루아침에 뽑혀 와 임금 곁에 있게 되었지.
머리 돌려 한번 웃자 온갖 교태 생겨나니
여섯 궁 비빈이 곱게 꾸며도 무색해졌다네.
봄 날씨 차기에 화청지에서 목욕하게 하여
매끈한 온천물에 반들반들 고운 살결 씻고 나니
시녀가 붙들어 일으키자 힘이 부친 듯 나른하여
이때부터 비로소 성은을 입게 된 시절이었지.

구름 머리와 꽃 얼굴에 황금 장식 머리에 꽂고서
부용 휘장이 따스한 속에서 봄밤을 지새웠지,
봄밤이 성말 짧아 중천에 해 걸릴 때 일어나니
이로부터 임금이 일찍 조회에 나가지 않았다네.
잔치에서 모시고 기쁘게 하느라 한가한 겨를 없어
봄이면 봄을 좋아 놀고 밤이면 밤을 독차지하였지.
아름답고 화려한 후궁이 삼천 명에 이르지만

삼천 명 중에 총애는 그 한 몸에만 있었다네.
황금옥에서 단장하고 교태 부리며 밤에 모시고
옥루에서 잔치 파하면 취하여 봄처럼 따스했지.
누이들과 형제들이 다 땅을 나눠 하사받으니
좋구나, 그 집안에 광채가 일어났다네.
드디어 온 천하 부모의 마음으로 하여금
아들보다 딸 낳기를 중히 여기게 하였다네.
높다란 여산의 궁궐이 푸른 구름 속에 솟아 있고
신선의 풍악 소리는 바람에 날려 곳곳에 퍼졌다네.
느린 노래와 춤에 줄풍류와 대풍류 어우러지니
임금이 종일 보고도 지겨워하지 않았지.

그러다가 어양의 북소리 땅을 울리며 들려오자
놀라서 천상의 예상우의곡 연주를 파하게 되었네.
깊고 깊은 구중궁궐에 연기와 먼지가 일어나니
수만의 수레와 기병이 서남으로 떠나는데
어가는 흔들흔들 가다 서다 하느라
도성 문밖 서쪽 백여 리를 겨우 나오게 되었네.
천자의 군사도 나서지 않으니 이를 어쩌랴!
그 곱던 얼굴이 말 앞에서 숨을 거두게 되었네.
꽃 비녀가 땅에 버려져도 줍는 이 없고
비취와 황금과 백옥 머리 장식도 모두 팽개쳐졌다네.
임금이 얼굴을 가릴 뿐 구하려 해도 되지 않아
머리 돌려 보고 있자니 피 눈물이 뒤엉켜 흐르네.

누른 티끌이 흩날리고 바람 소리만 스산한데
구름 속 구불구불한 잔도로 검각산을 오르는데
아미산 아래에 다니는 사람이 끊어지고
깃발이 빛을 잃고 햇빛도 희미하였다네.
촉 땅의 강은 파랗고 촉 땅의 산은 푸른데
아침마다 저녁마다 그리워하는 성군의 마음.
행궁에서 달을 보면 달빛에 마음이 상하고
밤비에 방울 소리 들으면 애간장이 끊어졌네.

하늘이 돌고 땅이 굴러 어가를 돌려 환궁할 때
이곳에 이르러 머뭇머뭇 걸음 옮기지 못하는데
마외파 언덕 아래는 진흙탕이 되어 버려
고운 얼굴은 볼 수 없고 죽은 곳만 휑하네.
군신이 서로 돌아보니 다들 눈물에 옷이 젖는데
동으로 도성 문 향해 말 가는 대로 돌아왔네.
돌아오니 못과 동산은 모두가 예전대로라
태액지에 연꽃 피고 미앙궁에 버들이 늘어졌으니
연꽃은 그 얼굴 같고 버들은 그 눈썹 같아
이를 마주하면 어찌 눈물 아니 흘리랴!
봄바람에 복사꽃 오얏꽃 피는 밤이 가고
가을비에 오동잎 떨어지는 계절이 되자
서궁과 남궁에는 가을 풀이 뒤덮이고
섬돌 가득 붉은 잎 떨어져도 쓰는 이 없는데
이원에서 풍악 울리던 이들 백발이 새로 나고

황후 방 지키던 태감은 검던 눈썹이 세었구나.
저녁 궁전에 반딧불이 날 때 마음이 쓸쓸하니
외로운 등잔 심지 다 타도록 잠 못 이뤄 하였지.
더딘 종소리에 밤이 긴 줄 이제 알겠구나.
반짝반짝 은하수 하늘은 동이 트려 하는데
원앙 기와 차갑고 서리꽃이 묵직하니
비취 이불이 싸늘해도 뉘와 함께 덮으랴!
아득한 생사의 이별이 한 해가 지났건만
혼백조차 꿈속으로 들어온 적이 없었네.

임공 땅의 도사 홍도객이라는 이는
치성드려 혼백 부를 수 있었는데
뒤척이며 그리워하는 임금 보고 느꺼워
드디어 방사를 시켜 은근히 찾게 하였네.
번개처럼 치달려 허공에 솟아 바람을 타고
하늘에 오르고 땅속에 들어가 두루 찾아다녀
푸른 하늘과 누런 황천까지 샅샅이 뒤졌건만
두 곳 모두 아득하여 찾을 수가 없었다네.
문득 들으니 바다 위에 신선의 산이 있어
그 산은 텅 비고 아스라한 사이에 있다는데
누각은 아른아른 오색구름이 일어나고
그 가운데 곱디고운 선녀가 많은데
그 가운데 한 사람이 있어 자가 태진이요
눈 같은 피부와 꽃 같은 얼굴이 비슷하다지.

황금 대궐 서쪽 행랑의 옥문을 두드려
소옥이란 시녀 시켜 쌍성에게 알리게 하였지.

태진은 천자의 사신이 왔다는 말을 듣고
아홉 겹 고운 휘장 속에서 꿈꾸던 넋이 놀랐네.
옷을 잡고 베개를 밀치고 일어나 머뭇거리다가
구슬발과 은 병풍이 하나하나 열리더니
구름머리 반쯤 흐트러진 채 막 잠에서 깨어나
화관을 정돈하지 않고 마루에서 내려오네.
바람에 신선의 옷소매 나풀나풀 날리니
예전의 예상우의무 그 춤을 다시 추는 듯.
옥 같은 얼굴이 쓸쓸하고 눈물이 흥건하니
배꽃 한 송이가 봄날 비에 젖은 듯하네.

정을 머금고 응시하다 임금께 사례하여 올린 말,
"이별한 후 그 목소리와 그 모습 다 아득하니
소양전에서 받던 은혜와 사랑이 끊어지고
봉래궁에서 외롭게 세월을 흘려보냈답니다.
머리를 돌려 인간 세상을 내려다보아도
상안은 뵈지 않고 티끌과 안개만 보였답니다.
이제 옛 물건 가지고 깊은 정을 표하여
자개함과 금비녀를 부쳐 보내려 하오되,
비녀 한 가닥과 함 한 쪽을 남겨 두리니
비녀는 황금을 함은 자개를 뗀 것입니다.

오직 마음만은 이 황금과 자개처럼 굳다면
천상과 이승에서도 만나 볼 수 있겠지요."
떠나 보낼 때 은근하게 말을 다시 전하는데
그 말은 두 마음 서로 안다 맹세한 것이라.
칠월 칠일 칠석날 장생전에서 만나
한밤중 남들 없이 둘이서만 나눈 말,
"하늘에서는 비익조가 되고
땅에서는 연리지가 되소서."
장구한 하늘과 땅도 다할 날이 있겠지만
그 한은 길고 길어 끊어질 기약이 없으리라.

白居易, 長恨歌

　　　漢皇重色思傾國　御宇多年求不得[391]

　　　楊家有女初長成　養在深閨人未識

　　　天生麗質難自棄　一朝選在君王側

　　　回頭一笑百媚生　六宮粉黛無顏色[392]

　　　春寒賜浴華清池　溫泉水滑洗凝脂[393]

391　漢皇은 한 무제를 이르지만 여기서는 당 현종을 가리킨다. 御宇는 천하를 통
　　치한다는 뜻이다.
392　六宮은 고대 중국 황후의 여섯 궁인데 여기서는 궁중의 비빈(妃嬪)을 이른
　　다. 粉黛는 얼굴을 꾸미는 것을 이른다.
393　華清池는 온천수가 나오는 못으로 당 현종이 온천궁(溫泉宮)을 확장한 화청
　　궁(華淸宮) 앞에 만들었다. 凝脂는 기름이 엉긴 듯 고운 피부를 이르는 말

待兒扶起嬌無力　始是新承恩澤時

雲鬢花顏金步搖　芙蓉帳暖度春宵[394]

春宵苦短日高起　從此君王不早朝

承歡侍宴無閑暇　春從春遊夜專夜[395]

後宮佳麗三千人　三千寵愛在一身[396]

金屋粧成嬌侍夜　玉樓宴罷醉和春[397]

姊妹弟兄皆列土　可憐光彩生門戶[398]

遂令天下父母心　不重生男重生女

驪宮高處入靑雲　仙樂風飄處處聞[399]

緩歌慢舞凝絲竹　盡日君王看不足[400]

漁陽鞞鼓動地來　驚破霓裳羽衣曲[401]

九重城闕煙塵生　千乘萬騎西南行[402]

이다.

394　金步搖는 황금으로 장식한 꽃 모양의 머리 장식인데 걸을 때마다 흔들리게
　　하였다. 芙蓉帳은 연꽃 문양을 수놓은 비단 휘장이다. 花顏이 花冠으로, 芙
　　蓉帳暖度春宵가 芙蓉帳裏暖春宵로 된 데도 있다.

395　侍宴이 侍寢으로 된 데도 있다.

396　後宮이 漢宮으로 된 데도 있다.

397　金屋과 玉樓는 황금이나 백옥으로 장식한 화려한 집이다. 한 무제가 진아교
　　(陳阿嬌)를 비로 맞아 금옥에 거처하게 한 고사가 있다.

398　列土는 영지를 나누어 주어 제후에 봉하는 것이다.

399　驪宮은 화청궁인데 여산에 있었기에 생긴 별칭이다.

400　絲竹은 현악기와 관악기를 이른다. 看不足이 聽不足으로 된 데도 있다.

401　漁陽은 북경(北京) 동북쪽에 있는데 안녹산의 난이 여기서 시작되었다. 霓裳
　　羽衣曲은 서역에서 들여온 바라문곡(婆羅門曲)인데 현종이 여기에 가사를
　　붙이고 이 이름으로 고쳤다.

402　千乘萬騎는 수많은 수레와 말을 이르는 말인데 현종의 피란 행렬을 형용한
　　것이다.

翠華搖搖行復止　西出都門百餘里[403]

六軍不發無奈何　宛轉蛾眉馬前死[404]

花鈿委地無人收　翠翹金雀玉搔頭[405]

君王掩面救不得　回首血淚相和流[406]

黃埃散漫風蕭索　雲棧縈紆登劍閣[407]

峨嵋山下少人行　旌旗無光日色薄[408]

蜀江水碧蜀山靑　聖主朝朝暮暮情[409]

行宮見月傷心色　夜雨聞鈴腸斷聲[410]

403　翠華는 물총새 깃털로 황제가 타는 어가(御駕)를 이것으로 꾸몄다.

404　六軍은 천자가 직접 통솔하는 군대 혹은 황제를 호위하는 군대를 이른다. 宛轉蛾眉는 동그스름한 고운 눈썹인데 아름다운 여인의 얼굴을 이른다. 無奈何가 知奈何로 된 데도 있다.

405　花鈿은 보석으로 치장한 꽃 모양의 머리 장식이다. 翠翹와 金雀, 玉搔頭는 모두 여인의 머리 장식이다. 취시는 물총새 깃털 모양이고 금작은 황금으로 만든 새 모양이며 옥조두는 백옥으로 만들었다.

406　回首가 回看으로 된 데도 있다.

407　雲棧은 허공에 매단 잔도고 劍閣은 검각현에 있는 산으로 장안에서 성도(成都) 사이에 있다. 縈紆가 縈回로 된 데도 있다.

408　峨嵋山은 성도 서남쪽에 있는 산이므로 위치가 맞지 않다. 이제현은 『익재난고(益齋亂藁)』에서 "이는 당 명황(明皇)이 성도(成都)로 행행(行幸)할 때 거친 곳을 말한 것이다. 만일 그가 말한 것이 사실이라면 아미산은 당연히 검문(劍門)과 성도 사이에 있어야 하는데, 지금 보면 그렇지 않았다. 뒤에 『시화총귀(詩話總龜)』를 보고서 옛사람도 이에 대하여 논란하였음을 알았다. 아마도 백낙천은 서촉(西蜀)에 가 보지 않았던 것 같다."라 하며 실증적으로 비평했다. 아미산은 촉도난(蜀道難)으로 이름난 험준한 산이므로, 험한 산을 비유한 말로 볼 수도 있다.

409　聖主는 영명한 황제를 일컫는 말인데 풍자의 뜻이 들어 있다.

410　鈴은 행궁의 처마에 달아 놓은 풍경(風磬)을 이른다. 말방울, 빗방울 등 다양한 해석이 있는데 조선에서는 「우림영곡(雨霖鈴曲)」을 가리키는 것으로 풀이한 사람이 많았다. 권응인(權應仁)은 『송계만록(松溪漫錄)』에서 현종이 촉으로 갈 때 장맛비가 열흘 이어졌는데 잔도에서 요령 소리가 들려 현종 양귀비를

582

天旋地轉迴龍馭　到此躊躇不能去[411]

馬嵬坡下泥土中　不見玉顔空死處[412]

君臣相顧盡霑衣　東望都門信馬歸

歸來池苑皆依舊　太液芙蓉未央柳[413]

芙蓉如面柳如眉　對此如何不淚垂

春風桃李花開夜　秋雨梧桐葉落時[414]

西宮南苑多秋草　落葉滿階紅不掃[415]

梨園弟子白髮新　椒房阿監青娥老[416]

·

애도하는 뜻에서 「우림영곡」을 지었다고 하고, 이 구절의 '영'이 깃발 위에 달린 것으로서 움직이면 모두 소리가 나는데 난새(鸞) 소리를 상징한 것이며, 시에서 방울 소리를 언급한 것은 바로 「우림영곡」을 이른 것이라 하였다. 그리고 당시 조선에서 '영'을 빗방울로 잘못 이해하고 있다고 비판하면서 자세히 논증하였다. 이수광 역시 『양비외전(楊妃外傳)』을 인용하여 비슷한 주장을 하였다. 양경우도 이 구절을 들어 조선에서 낙숫물 소리라는 설을 비판하면서 「우림영곡」을 들었다.

411　天旋地轉은 국면이 크게 변화한 것을 비유한 말이다. 龍馭는 천자의 가마다. 天旋地轉이 天旋日轉으로 된 데도 있다.

412　馬嵬坡는 양귀비가 죽음을 당한 곳이다. 泥土가 塵土로 된 데도 있다.

413　太液池는 대명궁(大明宮)에 있던 연못인데, 수많은 백련(白蓮)이 피면 현종이 양귀비와 감상하던 곳이다. 현종이 양귀비를 보면서 백련이 "나의 해어화(解語花)와 어찌 같겠는가?"라 한 고사가 있다. 미앙궁은 한 고조 때 장안에 처음 만들어졌는데 당나라 때도 사용하다가 말기에 훼철되었다.

414　花開夜가 花開日로 된 데도 있다.

415　西宮은 수나라 때의 대흥궁(大興宮)을 바꾸어 대례(大禮)를 행하던 태극궁(太極宮)을 가리키며, 南苑은 남내(南內)로, 현종이 번왕(藩王)으로 있을 때 기거한 흥경궁(興慶宮)인데 서내(西內)인 대명궁의 남쪽에 있었다. 현종이 환궁했을 때 이곳에 머물렀다. 南苑이 南內로, 落葉이 宮葉으로 된 데도 있다.

416　梨園弟子는 현종이 가무를 가르치던 이원에 있던 예인(藝人)을 이른다. 椒房은 벽에 산초나무 열매를 바른 후비의 처소이고 阿監은 궁중의 여관(女官)이다.

夕殿螢飛思悄然　孤燈挑盡未成眠 [417]

遲遲鐘鼓初長夜　耿耿星河欲曙天

鴛鴦瓦冷霜華重　翡翠衾寒誰與共 [418]

悠悠生死別經年　魂魄不曾來入夢 [419]

臨邛道士鴻都客　能以精誠致魂魄 [420]

爲感君王展轉思　遂教方士殷勤覓 [421]

排空馭氣奔如電　升天入地求之徧 [422]

上窮碧落下黃泉　兩處茫茫皆不見 [423]

忽聞海上有仙山　山在虛無縹緲間 [424]

樓閣玲瓏五雲起　其中綽約多仙子 [425]

417　孤燈이 秋燈으로 된 데도 있다.

418　鴛鴦瓦는 암키와 수키와가 나란한 것을 말한다. 霜華는 서리를 이른다. 翡翠
　　衾은 비취새를 수놓은 이불로, 翡는 수컷이고 翠는 암컷이다. 翡翠衾寒이
　　舊枕故衾으로 된 데도 있다.

419　悠悠는 그리움이 끝이 없는 것을 이른다.

420　臨邛은 사천성(四川省) 공래현(邛崍縣)인데 술로 유명하다. 鴻都는 선부(仙
　　府)고 홍도객(鴻都客)은 신선을 이른다. 홍도를 낙양의 성문 이름으로 보아
　　임공 출신의 도사로 낙양에 객으로 와 있던 사람으로 풀이하기도 한다. 홍도
　　객이 여러 명의 방사를 시켜 양귀비의 혼백을 찾게 하였다는 뜻이다. 道士가
　　方士로 된 데도 있다.

421　轉思가 轉恩으로 된 데도 있다.

422　排空馭氣는 허공에 치솟아 바람을 타고 다닌다는 뜻이다.『고문진보』에는 排
　　空이 排風으로 되어 있다. 排雲으로 된 데도 있다.

423　碧落은 푸른 하늘이고 黃泉은 지하의 누런 물로, 천상과 지하를 이른다.

424　仙山은 신선이 사는 삼신산(三神山)을 이른다. 虛無縹緲는 아무것도 없어
　　접촉할 수 없는 것을 이른다.

425　綽約은 연약하면서도 고운 모습을 형용하는 말이다. 樓閣이 殿閣으로 된 데
　　도 있다.

中有一人字太眞　雪膚花貌參差是[426]

金闕西廂叩玉扃　轉教小玉報雙成[427]

聞道漢家天子使　九華帳裏夢魂驚[428]

攬衣推枕起徘徊　珠箔銀屛邐迤開[429]

雲鬢半偏新睡覺　花冠不整下堂來[430]

風吹仙袂飄飄擧　猶似霓裳羽衣舞

玉容寂莫淚闌干　梨花一枝春帶雨

含情凝睇謝君王　一別音容兩渺茫[431]

昭陽殿裏恩愛絶　蓬萊宮中日月長[432]

回頭下望人寰處　不見長安見塵霧[433]

唯將舊物表深情　鈿合金釵寄將去[434]

釵留一股合一扇　釵擘黃金合分鈿

426　양귀비는 도사(道士)처럼 옷을 입고 태진(太眞) 혹은 옥진(玉眞)이라는 별호
　　　를 사용하였다. 參差는 거의 비슷하다는 뜻이다. 字太眞이 字玉眞, 名玉妃
　　　로 된 데도 있다.

427　小玉과 雙成은 신선의 시녀인데 여기서는 태진의 시녀를 비유한 말이다. 西
　　　廂이 兩廂으로 된 데도 있다.

428　九華帳은 화려한 휘장을 이른다. 九華帳裏가 九華帳下로 된 데도 있다.

429　邐迤는 구불구불하거나 느린 모습을 형용하는 말이다. 銀屛이 銀鉤로, 邐
　　　迤가 迤邐로 된 데도 있다.

430　雲鬢이 雲髻로 된 데도 있다.

431　凝睇가 凝涕로 된 데도 있다.

432　昭陽殿은 원래 한나라 조비연이 거처하던 궁전이지만 여기서는 양귀비가 생
　　　전에 머물던 궁전을 가리키고 蓬萊宮은 장안의 대명궁인데 여기서는 태진이
　　　지금 머물고 있는 선계의 궁을 이른다.

433　回頭가 回眸로, 下望이 下問으로 된 데도 있다.

434　鈿合은 금은보화를 놓은 함이고 金釵는 황금으로 만든 비녀인데 현종이 양
　　　귀비에게 준 선물이다. 唯將이 空持로 된 데도 있다.

但令心似金鈿堅 天上人間會相見[435]

臨別殷勤重寄詞 詞中有誓兩心知

七月七日長生殿 夜半無人私語時[436]

在天願作比翼鳥 在地願爲連理枝[437]

天長地久有時盡 此恨緜緜無絶期[438]

빅거이, 장한가

한황이 즁식ᄉ경국ᄒ니 어우다년구부득을

양가유녀초장셩ᄒ니 양지심규인미식을

천셩녀질을 난자기ᄒ야 일조의 션지군왕측을

회두일소빅미셩ᄒ니 육궁분ᄃᆡ무안식을

츈한ᄉ욕화쳥지ᄒ니 온쳔슈활셰응지을

시아부긔교무력ᄒ니 시〃신승은틱시을

운빈화안금보요로 부용장난도츈소을

츈소고단일고긔ᄒ니 죵ᄎ군왕이 부조죠을

승권시연무한가ᄒ니 츈죵츈유야젼야을

후궁가려삼쳔인의 삼쳔총이직일신을

금옥장셩교시야요 옥누연파취화츈을

435 　但令이 但教로 된 데도 있다.

436 　長生殿은 화청궁(華淸宮)에 있던 전각으로 집영대(集靈臺)라고도 한다.

437 　比翼鳥는 암수가 날개와 눈이 하나씩만 있어 함께해야만 날 수 있다는 전설
　　　에 나오는 새, 連理枝는 뿌리는 다르지만 가지가 연결되어 하나로 된 나무로,
　　　모두 사랑하는 부부를 비유한다. 願爲가 願作으로 된 데도 있다.

438 　天長地久는 시간의 유구함을 이르는 말로 『노자』에 보인다. 絶期가 盡期로
　　　된 데도 있다.

자미졔형이 긔열토ᄒᆞ니 가련광처셩문호을

슈령쳔하부모심으로 부즁셩남즁셩녀을

여궁고쳐입쳥운ᄒᆞ니 션악풍표쳐〃문을

완가만무응사쥭ᄒᆞ니 진일군왕이 간부족을

어양비고동지리ᄒᆞ니 경파예상우의곡을

구즁셩궐연진셩ᄒᆞ니 쳔승만긔셔람힝을

취화은 요〃힝부지ᄒᆞ니 셔츌도문빅여리을

육군이 불발무늬하ᄒᆞ니 완젼아미마젼사을

화젼위지무인슈ᄒᆞ고 취교금작옥소두을

군왕이 음면구부득ᄒᆞ니 회슈혈누상화류을

황이산만풍소삭터니 운잔영우등금각을

아미산하의 소인힝ᄒᆞ니 졍긔무광일식박을

쵹강슈벽쵹산쳔ᄒᆞ니 셩쥬조〃모〃졍을

힝궁견월상심식ᄒᆞ니 야우문령장단셩을

쳔션지젼회용어ᄒᆞ니 도차쥬져부릉거을

마외파하이토즁의 불견옥안공사쳐을

군신이 샹고진쳠의ᄒᆞ니 동망도문신마귀을

귀리지원이 긔의구ᄒᆞ니 틱익부용미앙뉴을

부용은 여면뉴여미ᄒᆞ니 듸차여하불누슈을

츈풍도리화긔야요 츄우오동엽낙시을

셔궁남원다츄초ᄒᆞ니 낙엽만계홍붉ᄉᆞ을

이원졔자은 빅발신요 쳐빙아감은 쳥아노을

셕젼형비사ᄌᆞ년ᄒᆞ니 고등을 도진미셩면을

ᄌᆞ〃종고초장야요 경〃셩하욕셔쳔을

원앙와링상화즁이요 비취금한슈여공고

유〃셩사별경년ᄒᆞ니 혼빅부징늬입몽을

임공도시홍도긱이 능이졍셩치혼빅을

위감군왕젼젼사ᄒᆞ니 슈교방사은근멱을

븨공어긔분여젼ᄒᆞ니 승쳔입지구지편을

샹궁벽낙하황쳔ᄒᆞ니 양쳐망〃구불견을

홀문희샹의 유션산ᄒᆞ니 산직허무표묘간을

누각녕농오운긔ᄒᆞ니 기즁작약다션ᄌᆞ을

즁유일인자틴진ᄒᆞ니 셜부화모참치시을

금궐셔샹고옥경ᄒᆞ니 젼교소옥보쌍셩을

문도한가쳔자사ᄒᆞ고 구화장늬몽혼경을

람의츄침긔비회ᄒᆞ니 쥬박은병위타기을

운빈반편신슈각ᄒᆞ니 화관부졍하당늬을

풍취션몌표〃거ᄒᆞ니 유사예샹우의무을

옥용젹막누난간ᄒᆞ니 이화일지츈듸우을

함졍응쳬사군왕ᄒᆞ고 일별음용양묘망을

소양젼리은이졀이요 봉늬궁즁일월장을

회두하망인환쳐의 불견장안단진무을

유장구물표신졍ᄒᆞ니 젼합금차긔장거을

차유일고합일션ᄒᆞ고 차벽황금합분젼을

단령심작금젼견ᄒᆞ니 쳔샹인간회샹견을

임별은근즁긔ᄉᆞᄒᆞ니 사즁유서양심지을

칠월칠일장셩젼의 야반무인사어시을

직쳔원작비익조요 직지원위연리지을

천장지구유시진ᄒᆞ니 차한면//무졀긔을[439]

『고문진보언해』

　　　한 님군이 녀식을 듕히 너겨 나라 기우리티ᄂᆞᆫ 식을 ᄉᆡᆼ각ᄒᆞ니

　　　텬하ᄅᆞᆯ 거ᄂᆞ련디 여러 ᄒᆡᄅᆞᆯ 구ᄒᆞ되 엇디 못ᄒᆞ도다

　　　양가의 ᄯᆞᆯ이 이셔 처음으로 댱셩ᄒᆞ니

　　　길러 깁흔 방의 이시매 사ᄅᆞᆷ이 아디 못ᄒᆞᄂᆞᆫᄯᅩ다

　　　하늘이 빗난 지질을 내매 스스로 ᄇᆞ리기 어려오니

　　　ᄒᆞᄅᆞ 아ᄎᆞᆷ의 ᄲᅢ 군왕의 겨틔 잇도다

　　　마리ᄅᆞᆯ 도로혀 한 번 우으매 빅 가지 고온 틔되 나니

　　　여ᄉᆞᆺ 후궁의 븐 ᄇᆞᆯ며 쳥딕로 눈섭 그린 이 ᄂᆞ빗치 업서ᄯᅩ다

　　　봄이 ᄎᆞ매 화쳥 모셔 모욕ᄒᆞ믈 주시니

　　　온쳔 믈이 밋그럽기ᄂᆞᆫ 어린 기름을 시ᄉᆞ미로다

　　　뫼신 아ᄒᆡ 붓드러 니ᄅᆞ혀매 교틔ᄒᆞ여 힘 업ᄉᆞᆫ 톄ᄒᆞ니

　　　비로소 이 새로 은틱을 닙ᄂᆞᆫ ᄲᅢ로다

　　　구롬 마리와 곳 얼굴의 금으로 한 보요ᄅᆞᆯ 쏘자시니

　　　부용댱이 더운 듸 봄밤을 디내ᄂᆞᆫᄯᅩ다

　　　봄밤이 ᄀᆞ장 뎌르매 히 놉흔 후의 니러나니

　　　일로 조차 군왕이 일즉 됴회티 아니시도다

439　『당시장편』에는 음을 잘못 읽은 것이 많다. 승권시연무한가에ᄉᆞ 능권은 승환
　　　의 잘못이고, 촉강슈벽촉산쳔의 산쳔은 산쳥의 잘못이며, 군신이 상고진쳠의
　　　의 진쳠은 진졈의 잘못, 임공도시홍도직의 도시는 亡人의 잘못, 쥬박은병위타
　　　기의 위타는 위이의 잘못이다. 양쳐망〃구블견의 구불견은 俱不見으로 본 듯
　　　하고 불견장안단진무의 단진무는 斷〓霧로 본 듯하고 단령심작금젼견은 但
　　　令心作으로 본 듯하지만 다른 ᄃᆡ서 확인되지 않는다.

589

즐기믈 니어 잔치예 뫼셔 한가한 결을이 업스니

봄이면 봄을 조차 놀고 밤이면 밤을 오로 ᄒᆞ놋다

후궁의 아ᄅᆞᆷ답고 빗난 삼쳔 사ᄅᆞᆷ에

삼쳔의 고이며 ᄉᆞ랑ᄒᆞ미 한 몸에 잇도다

금 집의셔 단장을 일워 교ᄐᆡᄒᆞ야 밤의 뫼시고

옥누의 잔치ᄅᆞᆯ 파ᄒᆞ매 취ᄒᆞ야 봄을 외ᄒᆞ도다

ᄆᆞᆺ누의 아ᄋᆞ누의과 아ᄋᆞ 형 들이 다 ᄯᅡ흘 버ᄂᆡ 가져시니

가히 어엿브다 광치 문호의 나ᄂᆞᆫᄯᅩ다

드듸여 텬하 부모의 ᄆᆞᄋᆞᆷ으로 ᄒᆞ여곰

아ᄃᆞᆯ 나키ᄅᆞᆯ 듕히 너기디 아니코 ᄯᆞᆯ 나키ᄅᆞᆯ 듕히 너기리로다

녀궁 놉흔 고디 프른 구롬의 드러시니

신션의 풍뉘 바람의 브치여 곳곳디 들리ᄂᆞᆫᄯᅩ다

느릔 노래와 쳔쳔한 춤에 줄풍뉴와 대풍뉴 소릐 어릐여시니

날이 진토록 군왕이 보시미 ᄌᆡ디 못ᄒᆞ도다

어양 ᄯᅡ 젼 북 큰 북이 ᄯᅡ흘 움ᄌᆞ겨 오니

놀라 예샹우의곡을 파ᄒᆞ도다

아홉 겹 셩궐의 닉와 틋글이 나니

쳔 수릐와 만 ᄆᆞᆯ 튼 이 셔남으로 힝ᄒᆞᄂᆞᆫᄯᅩ다

취화긔 흔드기고 흔득여 가다가 다시 그치니

셔로 도문 븤여 니ᄅᆞᆯ 나와ᄯᅩ다

뉵군이 발티 아니ᄒᆞ니 엇디ᄒᆞ미 업서

고온 아미ᄂᆞᆫ ᄆᆞᆯ 압히 도라 죽ᄯᅩ다

곳 그린 나뎐이 ᄯᅡ히 브려 사ᄅᆞᆷ이 거두리 업스니

비취 짓과 금 새와 옥은 마리예 곳쳐ᄯᅩ다

군왕이 눗츨 그리오고 구ᄒ되 득디 못ᄒ시니

마리를 도로혀매 피 눈믈이 서르 섯거 흐르ᄂᆞᆫ쏘다

누른 틋글이 훗터 퍼디며 ᄇᆞ람이 쇼삭ᄒ니

구롬 드리 둘러 휘도라 검각 뫼흐로 올라쏘다

아미산 아래 사롬 힝ᄒᆞ미 젹으니

졍긔 빗치 업고 힛빗치 엷도다

쵹 강믈이 ᄆᆞ르고 쵹 산이 프르러시니

셩쥐 아ᄎᆞᆷ마다 져녁마다 싱각ᄒ시ᄂᆞᆫ 뜻이로다

힝궁의 ᄃᆞᆯ을 보시니 ᄆᆞᄋᆞᆷ이 슬픈 빗치오

밤비 방올을 드르니 애 긋ᄂᆞᆫ 소리로다

하ᄂᆞᆯ이 돌고 ᄯᅡ히 구을매 뇽 멍에를 두로혀시니

이예 니르매 머믓거려 능히 가디 못ᄒ시ᄂᆞᆫ쏘다

마외 어덕 아래 즌흙 가온대

옥안을 보디 못ᄒ고 쇽졀업시 죽은 곳쑨이로다

군신이 서르 도라보매 다 오시 져즈니

동으로 도문을 ᄇᆞ라며 ᄆᆞᆯ 건ᄂᆞᆫ 대로 도라오ᄂᆞᆫ쏘다

도라오매 못과 동산이 다 녜대로 이시니

태익 모셔 부용과 미앙궁 버들이로다

부용은 얼굴 ᄀᆞᆺ고 버들은 눈섭 ᄀᆞᆺᄐᆞ니

이롤 ᄃᆡᄒᆞ매 엇디 눈믈이 흐르디 아니리오

봄ᄇᆞ람의 도리곳지 픠ᄂᆞᆫ 밤과

ᄀᆞ읈비 오동닙히 ᄯᅥ러디ᄂᆞᆫ ᄯᅢ로다

셔궁 남녁 동산의 ᄀᆞ을 플이 만ᄒᆞ니

ᄯᅥ러딘 닙히 셤의 ᄀᆞ득ᄒᆞᄯᅧ 블거시되 쓰디 아니ᄒᆞᆫ놋다

니원의 풍뉴ᄒᆞᄂᆞᆫ 데ᄌᆞᄂᆞᆫ 흰 마리털이 새롭고

호쵸로, 도벽한 방의 아감은 프른 아미 늘거ᄯᅩ다

져녁 궁뎐의 ᄭᅡ도버리 놀 제 싱각이 쵸연ᄒᆞ니

외로온 등잔을 도도기룰 다ᄒᆞ매 줌을 일우디 못ᄒᆞ놋다

더듸고 더된 경뎜과 븍은 밤이, 처음으로 기럿고

믈긋믈긋한 별과 은하슈ᄂᆞᆫ 하ᄂᆞᆯ이 새ᄀᆞ져 ᄒᆞᄂᆞᆫᄯᅩ다

원앙 디애 닝ᄒᆞ니 서리 빗치 듕ᄒᆞ고

비취 니블이 ᄎᆞ니 눌로 더브러 한가지로 ᄒᆞ리오

멀고 먼 성ᄉᆞ 니별이 히 디나시되

혼빅이 일즙 와 ᄭᅮᆷ의 드디 아니ᄒᆞᄂᆞᆫᄯᅩ다

님공 도ᄉᆞ와 홍도엣 손이

능히 졍신으로ᄡᅥ 눕의 넉술 닐위ᄂᆞᆫᄯᅩ다

위ᄒᆞ여 군왕의 뎐뎐ᄒᆞ셔 싱각ᄒᆞ시믈 감동ᄒᆞ야

드듸여 방슐ᄒᆞᄂᆞᆫ 션비ᄅᆞᆯ ᄀᆞ루쳐 은근이 ᄎᆞᆺᄂᆞᆫᄯᅩ다

ᄇᆞ람을 헤티고 긔운을 타 ᄃᆞᆺ기ᄅᆞᆯ 번게ᄀᆞᆺ티 ᄒᆞ야

하ᄂᆞᆯ로 오르며 ᄯᅡ히 드러가 구ᄒᆞ기ᄅᆞᆯ 두로 ᄒᆞ놋다

우ᄒᆞ로 프른 하ᄂᆞᆯ을 궁극히 ᄒᆞ고 아래로 황쳔ᄭᅡ지 ᄒᆞ되

두 곳디 아득ᄒᆞ야 다 보디 못ᄒᆞ도다

믄득 드르니 바다 우희 션산이 잇다 ᄒᆞ되

산이 호무코 아ᄅᆞ라한 ᄉᆞ이예 잇도다

누뎐이 아른아른ᄒᆞ여 오ᄉᆡᆨ 구름이 니러나니

그 가온대 쟉약히 고온 션직 만토다

가온대 한 사ᄅᆞᆷ이 이셔 ᄌᆞᄂᆞᆫ 옥진이니

눈 ᄀᆞᆺᄐᆞᆫ 술과 곳 ᄀᆞᆺᄐᆞᆫ 얼굴이 비무시 이로다

금궐 셔편 집의 옥 지게롤 두드려

번뎌 쇼옥이란 시녀로 ᄒ여곰 빵셩의게 보ᄒ니

한나라 텬ᄌ ᄉ신이 오믈 듯고

구화댱 속의 꿈꾼 넉시 놀라도다

옷슬 잡고 벼개롤 밀티고 니러 건니니

진쥬 발과 은 병풍이 두로 열려쏘다

구롬 ᄀᆺ튼 귀미치 반만 기우러시니 새로 줌을 ᄭᆡ얏는디라

화관을 다ᄉ리디 아니코 당의 ᄂ려오는쏘다

ᄇ람이 블매 신션이 옷ᄉ매 나픗겨 들리니

오히려 예샹유의 춤 ᄀᆺ도다

옥 ᄀᆺ튼 얼굴이 젹막ᄒ야 눈믈이 빗겨시니

니화 한 가지 봄비롤 ᄯᅴ여쏘다

졍을 머금고 눈ᄭᅵ롤 어릐여 님군ᄭᅴ 샤례ᄒ되

한 번 니별ᄒ매 소릐와 얼굴이 둘 다 아득ᄒ도다

쇼양뎐 속의 은혜와 ᄉ랑이 긋첫고

봉ᄂᆡ궁 듕의는 ᄒᆡ돌이 기러쏘다

마리롤 도로혀 인간 고돌 ᄇ라보니

댱안은 보디 못ᄒ고 틧글과 안개만 보리로다

오직 녯 거슬 가져 깁픈 졍을 표ᄒ니

ᄀᆞ년 ᄃᆸ과 ᄶᆞ 빈혀롤 브텨 보내여 갓도다

빈혀 한 가래와 합 한 ᄶᆡ을 머므로니

빈혀의는 황금을 ᄭᅢ티고 합의는 나뎐을 ᄂ화쏘다

다만 ᄆᆞ음으로 ᄒ여곰 금 나뎐ᄀᆺ티 구드면⁴⁴⁰

이 한이 길고 기러 ᄭᅳᆫ처딜 긔약이 업도다

『유취요람』

　　　한황이 식을 듕히 너겨 경국지식을 싱각ᄒ니

　　　천하를 어거ᄒᆫ지 여러 ᄒᆡ에 구ᄒ여 어지 못ᄒ더니

　　　양가에 ᄯᆞᆯ이 잇셔 쳐음으로 댱셩ᄒ니

　　　길너 깁흔 규듕의 잇셔 사름이 아지 못ᄒ더라

　　　쳔싱 고은 바탕을 스스로 버리기 어려운지라

　　　일됴애 ᄲᅢ여 군왕의 겻희 두엇더라

　　　눈을 도로혀 ᄒᆞᆫ 번 우스미 일ᄇᆡᆨ 아당이 나니

　　　뉵궁에 단장ᄒᆞᆫ 계집이 다 낫치 업더라

　　　봄날이 ᄎᆞ미 목욕을 화청지에 쥬어시니

　　　더운 시암이 밋그러워 엉귄 기름을 씻더라

　　　뫼신 아희 붓드러 니르켜미 아릿다와 힘이 업스니

　　　비로쇼 이 ᄉᆡ로 은틱을 니은 ᄯᅢ러라

　　　구름 갓튼 살젹과 ᄭᅩᆺ 갓튼 얼골에 금보요료

　　　부용댱이 더워스니 봄밤을 지내러라

　　　봄밤이 괴로이 ᄯᅡ르미 날이 놉흔 후에 니러ᄂᆞ니

　　　일노죠ᄎᆞ 군왕이 일즉 됴회 밧지 아니ᄒ더라

　　　즐거옴을 잇고 잔치를 뫼셔 한가ᄒᆫ ᄯᅢ 업스니

　　　봄은 봄을 죠ᄎᆞ 놀고 밤은 밤을 오로지 ᄒ더라

　　　후궁 아름다온 삼쳔 사름에셔

　　　삼쳔 사름의 툥과 ᄉ랑이 ᄒᆞᆫ 몸에 잇더라

　　　금옥에 단장이 일위미 아릿다이 뫼신 밤이오

440　이하 여덟 구가 빠져 있다.

옥루에 잔치를 파흐미 화흔 봄에 취흐더라

누의와 형제들이 다 ᄯ홀 봉흐니

가히 어엿부다 광치가 문호에 낫도다

드듸여 쳔하의 부모 된 마음으로

아들 낫키를 듕히 너기지 아니흐고 ᄯᆯ 낫키를 듕히 너기더라

려산궁 노픈 곳에 프른 구름으로 드러가니

신션의 풍뉴 쇼리 곳〃이 들니더라

누근 노리와 게어른 춤으로 풍뉴 쇼리 엉긔엿스니

날이 다흐도록 군왕이 보와도 족지 못흐더라

어양에 북쇼리 ᄯ홀 움즈겨 왓스니

놀나와 예상우의 곡죠를 파흐더라

아홉 겹 셩궐에 연긔와 티글이 낫스니

일쳔 슈뤼와 일만 군셔 셔남 간으로 피란가도다

푸른 긔 혼들〃〃흐여 가다가 다시 긋치니

셔녁흐로 도셩문 빅여 리를 나왔더라

모든 군셔 머뭇거리고 ᄶᅥ나지 아니흐니 홀 일 업는지라

완젼흔 아미 몰 압희셔 죽엇더라

화젼이 ᄯᅡ에 바리되 거둘 사름이 업스니

비취 잠과 금작 빈혀와 옥쇼두를 흘녓더라

군왕이 낫츨 가리오고 구완홀 슈 업스니

도라보고 피 눈물이 셔로 셕ㄱ\ᅥ 흐르더라

누른 틔글이 훗터지고 바룸이 쇼삭흐니

구름다리가 얼키여 검각봉으로 올나 갓더라

아미산 아리에 힝이도 젹으니

정긔는 빗치 업고 날빗치 열쎠라

쵹강 물이 푸르고 쵹산이 프르니

셩듀의 아츔마다 제녁마다 싱각ᄒᆞ는 졍이러다

힝궁에 들을 보니 마음 슬픈 빗치요

밤비에 방울을 드르니 챵ᄌᆞ 슨는 쇼릐로다

하늘이 두로혀고 ᄯᅵ히 구을너 룡의 슈릐롤 도라왓시니

이곳의 와 머뭇거리고 춤아 가지 못ᄒᆞ더라

마외파 언덕 아릐 즌흙 가온듸

옥안이 부졀업시 죽은 곳즐 보지 못ᄒᆞᆯ너라

님군과 신하이 셔로 도라보고 눈물이 다 옷세 져졋시니

동으로 도셩문을 바라고 몰 가는 듸로 졍업시 도라왓더라

도라오미 녓못과 등잔이 다 예와 갓흐니

틱익지 부용과 미앙궁 버들일너라

녓곷츤 얼골 갓고 버들은 눈셥 갓트니

이거슬 듸ᄒᆞ미 엇지 눈물이 아니 흐르랴

봄바롬에 도화 니화 곳 피는 날과

가을비에 오동닙 쎠러지는 ᄯᅢ러라

셔녁궁과 남녁대궐에 가을 풀이 만흐니

쎠러진 닙스괴 셤돌에 가득ᄒᆞ여 붉그되 쓸지 아니ᄒᆞ고

리원의 풍뉴ᄒᆞ든 졔ᄌᆞ는 빅발이 싀로왓고

초방 직흰 아감은 푸른 눈셥이 늘것더라

졔녁 집의 반듸불이 날니미 싱각이 슬프니

외로온 등잔을 도//와 다ᄒᆞ도록 잠을 일위지 못ᄒᆞ더라

더디고 더딘 경졈북은 쳐음으로 긴 밤이오

말긋ⵌⵌ흔 별과 은하슈는 싀이고져 ᄒ는 하ᄂᆞᆯ이러라

원앙 기와가 ᄎ고 셔리ᄭᅩᆺ치 무거오니

비췌니불이 찬ᄃᆡ 눌노 더브러 ᄒᆞᆫ가지로 자리오

멀고 먼 셩슈 니별이 ᄒᆡ롤 지ᄂᆞ되

혼ᄇᆡᆨ도 일즉 ᄭᅮᆷ의도 뵈지 아니ᄒᆞ더라

림공 ᄯ 도소라 ᄒᆞᆫ 홍도ᄀᆡᆨ이

능히 졍셩으로 사ᄅᆞᆷ의 혼ᄇᆡᆨ을 브른다 ᄒᆞ더라

군왕이 젼ⵌ이 싱각ᄒᆞ시믈 위ᄒᆞ야 감동ᄒᆞ야

드듸여 방ᄉᆞ롤 ᄒᆞ여곰 은근이 찻더라

바ᄅᆞᆷ을 믈니치고 긔운을 어거ᄒᆞ여 ᄃᆞᆺ기롤 번기 갓치 ᄒᆞ니

하ᄂᆞᆯ에 올나가고 ᄯ속에 드러가 구ᄒᆞ기롤 두로 ᄒᆞ더라

우ᄒᆞ로 하ᄂᆞᆯ을 궁진ᄒᆞ고 아릭로 황쳔을 뒤지니

두 곳이 아득ᄒᆞ여 다 보지 못ᄒᆞᆯ너라

홀연이 드르니 바다 우희 신션 뫼가 잇다 ᄒᆞ니

산이 허무ᄒᆞ고 표묘ᄒᆞᆫ ᄉᆞ이에 잇더라

누각이 얼는ⵌⵌᄒᆞ고 오ᄉᆡᆨ구름이 니러ᄂᆞ니

그 가운ᄃᆡ 어엿분 신션이 만터라

가온ᄃᆡ 흔 사ᄅᆞᆷ이 잇ᄂᆞᆫᄃᆡ 일홈을 틱진이라 ᄒᆞ니

눈 ᄀᆞᆺ튼 살과 ᄭᅩᆺ 갓튼 모양이 비슷ᄒᆞ더라

금대궐 셔편집의 옥으로 흔 문을 드듸ᄭᅵ니

구울너 쇼옥으로 ᄒᆞ여곰 ᄡᆡᆼ셩에게 통ᄒᆞ더라

한나릭 텬ᄌᆞ의 샤신이 왓단 말을 듯고

구화댱 속의 ᄭᅮᆷᄭᅮ던 혼이 놀나더라

옷슬 엇글고 벼기롤 밀쳐 니러나 비회ᄒᆞ니

구슬발과 은병풍이 졈∥ 열니더라

구름살격을 반만 치우치고 시 됴름을 갓 씨여시니

화관을 졍졔치 못ᄒ고 당으로 ᄂᆞ려 오더라

바룸이 신션의 ᄉᄆᆞ룰 불어 낫붓∥∥ 들치니

오히려 예상우의 츔츄ᄂ 듯ᄒ더라

옥 갓튼 얼골이 젹막ᄒ고 눈믈이 난간지니

비곳 ᄒ 가지 봄비룰 씌웟ᄂ 듯ᄒ더라

졍을 머금고 눈을 엉긔여 군왕긔 샤례ᄒ되

ᄒᆞᆫ 번 니별ᄒᆞᆫ 음용이 둘이 아득ᄒ더라

쇼양뎐 쇽에 은혜와 ᄉᆞ랑이 ᄯᆫ어지고

봉ᄅᆡ궁 가온듸ᄂ 일월이 길더라

머리룰 도로혀 아ᄅᆡ로 인간 곳즐 바라보니

댱안은 보지 못ᄒ고 틔글과 안긔만 볼너라

오직 옛 물건을 가져 깁흔 졍을 표ᄒ니

뎐합과 금빈혀룰 부쳐 가져가더라

빈혀ᄂ ᄒ 다리룰 머물고 합은 ᄒ 짝을 머무르니

빈혀ᄂ 황금을 ᄶᆞ고고 합은 젼을 난호왓더라

다만 ᄒᆞ여곰 마음이 금젼 갓치 구더스면

쳔샹이나 인가네셔 모도여 셔로 보리라

ᄯᅥ나믈 님ᄒᆞ여 은근이 거듭 말ᄉᆞᆷ을 붓쳐시니

말ᄉᆞᆷ 가온듸 밍셰 이시니 두 마음이 아ᄂ 일이라

칠월칠셕장성뎐에

밤듕에 사룸이 업ᄂ듸 ᄉ∥로 말홀 ᄶᅵ러라

하ᄂᆞ에 잇스ᄆᆡ 비익죠 시 되기룰 원ᄒ고

싸에 잇스미 련리지 나모 되기를 원ᄒ엿노라

하놀이 깊고 ᄯ히 오릭나 다흘 ᄽ 잇스되

이 한은 길고 길어 ᄯᅳᆫ어질 긔약이 업도다

백거이(772~846년)는 자가 낙천(樂天)이며 만년에는 향산거사(香山居士)로 자처하였으며 취음선생(醉吟先生)이라고도 하였다. 선대가 서역 구자국(龜玆國) 출신인데 한나라 때 백씨 성을 하사받아 백문공(白文公)이라고도 한다. 원진(元稹)과 이름을 나란히 하여 원백으로 일컬어지며 평담함을 지향하는 원화체(元和體)를 창제하였다. 시마(詩魔) 혹은 시왕(詩王)으로도 불렸다. 문집 『백씨장경집(白氏長慶集)』이 전한다.

　이 작품은 806년 백거이가 주질현(盩厔縣), 지금의 섬서성(陝西省) 주지(周至)의 현위(縣尉)로 있을 때 지은 것이다. 벗 진홍(陳鴻), 왕질부(王質夫)와 함께 선유사(仙游寺)에 놀러 갔다가 당 현종과 양귀비의 고사에 느낀 바가 있어 이 작품을 짓게 되었다고 한다. 『백씨장경집』에는 앞에 진홍(陳鴻)이 지은 「장한가전(長恨歌傳)」이 실려 있는데 이 작품의 역사적 배경을 자세히 적었다. 이와 함께 내용을 풀이하면 이러하다.

　원래 현종은 개원지치(開元之治)라는 말에서 보듯 나라를 잘 다스려 태평성세를 이루었다. 그러나 즉위한 지 오래되어 정사를 권태롭게 여기게 되었고 또 총애하던 원헌황후(元獻皇后)와 무숙비(武淑妃)가 죽은 후 우승상에게 일을 맡기고는 연회를 열고 음악과 여색에만 탐닉하였다. 경국지색을 찾고자 하여 양가의 여자들을 수천 몇 궁중에 두었지만 마음에 차지 않았다. 그러던 중 고력사(高力士)가 양현담(楊玄琰)의 딸을 청화궁(華清宮)에 불러들였다. 마침 아직 쌀쌀한 봄날이라 온천수에서 목욕을 하게 하였는데 피부에 절로 윤기가 흘렀다. 목욕을 하고 나오는데 몸을 가누지 못하여 시녀가 부축할 정도였다.

이를 보고 현종이 크게 기뻐하여 시침을 들게 하였다. 운우지정을 나눈 날 황금 비녀와 나전 함을 하사하여 정분을 깊게 하였다. 양귀비는 하사받은 황금으로 만든 보요(步搖)를 구름 머리에 꽂고 금당(金璫)이라는 장식을 단 화관을 썼다. 눈을 깜빡이고 웃음 지으며 교태를 부려 현종의 마음을 완전히 사로잡았다. 드디어 귀비에 책봉되어 양귀비로 불리게 된 것이다. 현종에게 3인의 부인(夫人), 9인의 빈(嬪), 27인의 세부(世婦), 81인의 어처(御妻)를 비롯하여 후궁과 재인(才人), 기녀(妓女)가 3000명에 달했지만 이들이 아무리 곱게 치장을 해도 양귀비에 비하면 무색하여 현종은 돌아보지 않았다. 이로부터 황제의 침소인 육궁(六宮)으로 여인을 들이는 일이 사라졌다. 현종과 늘 같은 연(輦)을 타고 같은 방에 머물면서 환락을 즐겼다. 현종은 아예 조회에 참석하지도 않고 낮을 이어 밤까지 연회를 베풀었다.

양귀비의 숙부와 형제들이 고관대작을 차지하였고 자매는 국부인(國夫人)에 봉해지는 등 이 집안의 부귀가 왕실을 능가할 정도였다. 이 때문에 "딸을 낳으면 슬퍼하지 말라, 아들 낳아도 기뻐하지 말라.(生女勿悲酸 生男勿喜歡)"는 노래가 불렸고, "아들은 제후에 봉해지지 않고 딸이라야 비가 되니, 딸을 보면 오히려 문 위의 횡목으로 본다네.(男不封侯女作妃 看女卻爲門上楣)"라는 노래도 유행하였다.

양귀비는 이렇게 현종과 향락의 나날을 보냈다. 여산의 청화궁에서 온천욕을 즐기노라면 푸른 구름이 서렸고, 천상에서나 들을 법한 음악 소리가 곳곳에 울려 퍼졌다. 날마다 연회가 열려 느린 춤과 노래가 이어지는데 현종은 이를 즐기느라 지겨운 줄 몰랐다.

그러다 불행이 시작되었다. 양귀비의 오빠 양국충(楊國忠)이 승상의 자리를 훔치고 권력을 농단하자, 755년 삼진절도사(三鎭節度使)로 있던 안녹산이 양귀비와 양국충을 토벌하겠노라 선언하고 반란을 일으켜 어양(漁陽) 곧 지금의 하북성을 출발하였다. 요란하게 북을 울리면서 진격하자 동관(潼關)이 무너졌다. 궁중에 울려 퍼지던 예상우의곡(霓裳羽衣曲)이 끊어지고 궁궐은 전진(戰塵)이 몰아쳤다. 놀란 현종은 병사들과 함께 서남쪽으로 피난길에 올랐다. 황제의 깃발이 나부낀 피난 행렬은 순조롭지 못하였다. 가다 서다를 반복하다 연추문(延秋門)에서 겨우 100여 리 떨어진 마외파(馬嵬坡)에 이르렀을 때 황제의 친위대인 육군(六軍)이 더 이상 전진하려 들지 않았다. 현종은 양귀비를 죽여 천하 백성의 원한을 풀어야 한다는 신하들의 말을 물리치지 못하였다. 차마 그 죽음을 보지 못하고 소매로 얼굴을 가렸다. 다급한 상황에서 양귀비가 최후를 맞았는데 차고 있던 그 귀한 패물들이 땅에 떨어져도 아무도 줍는 이가 없었다.

현종은 흙먼지 날리고 쓸쓸한 바람이 불어오는 가운데 구불구불한 잔도를 타고 험한 검각산(劍閣山)을 올랐다. 검각산은 장안과 성도 사이에 있고 성도 서남쪽에 아미산이 있다. 이 일대가 촉(蜀) 땅이다. 검각산에서 아미산을 바라보니 그 사이에 있는 성도는 인적이 끊기고 그저 산과 물이 푸르기만 하다. 아침저녁 양귀비를 그리워하면서 상심에 잠겼다.

현종은 756년 숙종에게 양위하고 태상황(太上皇)이 되었다. 장안으로 돌아오는 길에 양귀비가 죽음을 맞은 마외파를 지나는데 옥 같은 얼굴은 보이지 않고 진흙 구덩이만 휑하였다. 멍하니 말에 몸을 싣고 장안으로 돌아왔다. 궁중의 연못과 동산은 예전 그대로인지라 봄이 되자 태액지(太液池)에 연꽃이 만발하고 미앙궁에는 버들이 늘어졌다. 연꽃을 보면 양귀비의 얼굴이 떠오르고 버들개지를 보면 양귀비의 눈썹이 생각났다.

꽃이 피는 봄날이나 낙엽 지는 가을에도 양귀비 생각에 눈물을 지었다. 새로 거처하게 된 남궁(養南宮)이나 거처를 옮긴 서궁(西宮)에는 잡초가 무성하고 낙엽이 뒹굴었다. 궁중의 음악을 담당하던 이원제자(梨園弟子)들이 노인이 되어 예상우의곡을 연주하지만, 오히려 슬픔을 더할 뿐이었다. 후비의 처소인 초방(椒房)의 여관(女官)들도 곱던 모습을 찾을 길이 없다. 반딧불을 보고 눈물을 짓고 잠을 이루지 못하여 밤새 촛불 심지를 돋우곤 하였다. 새벽이 오는 종소리가 이렇게 더딘지 그제야 알게 되었다. 원앙의 정다움을 표상하는 대궐의 원앙와도 서리를 맞아 차다. 비단 이불이 차건만 함께 덮을 사람이 없다. 양귀비가 죽은 지 한 해가 지났지만 꿈속에서조차 나타나지 않았다.

현종은 3년 동안 이렇게 양귀비를 그리워하며 살았다. 꿈에서라도 보고자 하였지만 그조차 되지 않았다. 마침 촉 땅에서 온 도사가 한나라 때의 전설적인 도사 이소군(李少君)의 방술(方術)을 배웠다고 하여, 현종이 그를 불러 양귀비의 혼령을 이르게 하였다. 시에서 이른 임공 땅의 도사 홍도객(鴻都客)이 이 사람이다. 도사는 방술을 동원하여 양귀비의 혼령을 찾으려 하늘 위와 땅속까지 두루 찾았지만 찾을 수 없었다.

그러다 동쪽 큰 바다 너머 아스라한 허공에 신선들이 사는 산을 찾았다. 영롱한 누각이 줄지어 있고 아름다운 선녀들도 많았다. 서쪽 건물 아래 옥비태진원(玉妃太眞院)이라는 건물이 있었다. 도사가 문을 두드리고 들어가니 소옥(小玉)이라는 시녀가 맞았다. 그를 시켜 옥비를 곁에서 모시는 쌍성(雙成)이라는 두 명의 시녀에게 알리게 하였다. 이윽고 다시 푸른 옷을 입은 시녀가 나왔다. 도사는 자신이 당나라 천자의 사신이라 하였고 그 시녀는 옥비가 침소에 들었으니 조금 기다리라고 하였다. 이때 운해(雲海)가 깔리고 날이 저물었지만 옥비가 사는 집의 화려한 문이 열리지 않았다.

　한참 뒤 푸른 옷의 시녀가 인도하여 들어가니, 드디어 옥비가 나타났다. 자는 태진(太眞) 혹은 옥진(玉眞)인데, 황금으로 만든 연꽃 문양의 관을 쓰고 붉은 비단옷을 입었으며 붉은 옥을 차고 봉황새를 장식한 신발을 신고서, 시녀 일고여덟과 함께 나타났다. 막 잠에서 깨어난지라 구름 같은 머리는 미처 정리하지 못하여 반쯤 헝클어져 있고 화관도 가지런하지 못하지만, 바람에 나부끼는 소매가 그 예전 예상우의곡에 맞추어 춤을 추는 듯하였다. 태진이 현종의 안부를 묻고 눈물을 흘리니 초췌하기는 하지만 마치 비를 맞은 배꽃처럼 고왔다.

　태진은 마외파에서 이별한 후 소양전에서 받았던 사랑도 사라지고 봉래궁에서 외로운 세월을 보내면서 장안을 바라볼 뿐이라 하였다. 그리고 가지고 있던 금비녀와 자개함을 가져오게 하여 그 반을 잘라 도사에게 주면서 현종에게 전하라 하였다. 그것은 예전에 현종에게 받은 것인데 사랑의 정표로 비녀의 금장식과 함의 자개 부분은 떼어 자신이 갖겠다면서, 천상과 인간 세상에 떨어져 살지만 금과 자개처럼 영원히 굳은 마음을 가지고서 언젠가 만날 날을 기원하겠노라 하였다.

　작별하려던 도사는 현종에게 전할 말을 달라 하였고, 이에 태진은 천보 10년(751년) 여산의 태청궁에 피서를 하고 있을 때 마침 칠월 칠석이었는데 사람들을 물리치고 현종과 단둘만 남아 두 사람이 맹서한 적이 있다고 하였다. 대대로 날개를 나란히 하여야만 날 수 있는 비익조(比翼鳥)나 서로 다른 두 나무의 가지가 연결된 연리지(連理枝)처럼 다정한 부부로 영원할 수 있기를 맹서한 것이었다. 말을 마친 후 태진은 오열하였다. 도사는 돌아와 현종에게 고하니, 현종이 더욱 슬퍼하였다. 상심에 젖은 현종은 그해 4월 숨을 거두었다.

이 작품은 「비파행」과 함께 백거이의 대표적인 신악부(新樂府)로 평가된다. 현종이 미색에 빠져 정사를 돌아보지 않은 일을 비판한 작품으로 보지만 이규보는 「백낙천집 뒤에 쓰다(書白樂天集後)」에서 이 작품을 높게 평가하였다. "「비파행」과 「장한가」는 당시에 이미 중국과 오랑캐 땅에 성하게 전하여 악공과 창기까지도 그 가행(歌行)을 배우지 못한 것을 수치로 여겼으니, 만일 천근한 사연이었다면 능히 이처럼 될 수 있겠는가. 아, 낙천을 기롱한 자는 모두 낙천을 모르는 자라, 나는 취하지 않는다."

이에 비해 유희춘(柳希春)은 『경연일기(經筵日記)』에서 『고문진』에 「장한가」가 선발되어 있는 것은 음란한 현종의 일을 허물이 없는 것처럼 해 놓았기에 옳지 않다고 하며, 백거이의 인품을 강하게 비판했다. 장유(張維) 역시 『계곡만필(谿谷漫筆)』에서 이 작품이 "궁중의 행락을 빠짐없이 묘사하고 있는데, 심지어는 침실에서의 은밀한 서약 등 외부 사람으로서는 알 수 없는 것들까지도 시 속에서 언급하고 있으니, 정말 심하다고 하겠다."라고 평했다. 또 이수광은 『지봉유설』에서 첫대목을 두고 양귀비가 본디 현종의 아들 수왕(壽王)의 배필이었기에 한황(漢皇)의 일처럼 돌려서 이와 같이 말한 것이라 하였다. 또 이수광은 "여섯 군대가 나서지 않으니 어찌할 도리 없어, 그 곱던 얼굴이 말 앞에서 숨을 거두게 되었지."가 현종이 군사들의 겁박을 받아 부득이 양귀비를 주살한 것을 너무 직설적으로 말한 것을 비판한 의견에 대해 「장한가」가 '기사(記事)'를 주로 한 것이어서 부득이한 것이라 하였다.

위백규도 「격물설(格物說)」에서 백거이의 행실을 비판하면서 "「장한가」가 고금에 회자되지만, 이런 문장은 세도(世道)와 전혀 상관이 없으며, 희롱도 아니고 꾸짖는 것도 아니고 풍자하는 것도 아니다. 단지 사람들의 마음을 들뜨게 하고 슬픈 정서를 자아낼 뿐이다. 더구나 기구(起句)

의 '한황이 여색을 중시하여 경국지색을 그리워하였지.'와 같은 표현은 신하가 함부로 할 수 있는 말이 아니다. 그 끝을 또 '도사(道士)'니, '금합(金盒)'이니 하는 불경한 말로 마쳤으니, 이는 참으로 시인들의 죄인이다."라 하였다. 이덕무 역시 『사소절(士小節)』에서 이 작품이 요염하고 방탕하므로 기녀들이나 욀 것이니, 선비들이 익혀서 안 된다고 하였다.

이 작품은 당 현종과 양귀비의 로맨스와 함께 널리 조선에서 회자되었고 시에서도 거듭 활용되었다. 신라 말 박인범(朴仁範)의 「마외파에서 옛 일을 생각하며(馬嵬懷古)」, 이행(李荇)의 「마외역(馬嵬驛)」, 최연의 「마외회고, 가형의 시에 차운하다(馬嵬懷古次家兄韻)」 등이 이 시를 바탕으로 한 작품이다. 또 미인을 노래한 작품에서는 거듭 이 시의 전고가 구사되는데 김귀주의 「의고하여 왕소군을 읊조리다(擬古王昭君)」는 왕소군의 일을 말하였지만 시의 표현은 이 작품의 여러 구절을 이용하였다. 김수항의 「북탕에 목욕하라는 은전을 하사한 명을 받은 후에 운경이 영광을 자랑한 시를 짓자 이에 차운한다(賜浴北湯後 雲卿有詫榮之作次韻)」에서처럼 온천과 관련한 시에서 이 시의 표현이 차용되었다. 이 시에 연원을 두고 기생의 이름을 백미생(百媚生)이라 한 예까지 보이니 이 시의 영향력을 짐작할 수 있다.[441]

---

441 국민대에 소장되어 있는 『장한가』에 「임고디(臨高臺)」, 「츄야장(秋夜長)」, 「치연곡(採蓮曲)」, 「등왕각(滕王閣)」 등과 함께 이 작품이 수록되어 있는데 1900년 한글로 필사한 것이다. 한문으로 필사된 책도 성균관대, 원광대 등 여러 곳에 소장되어 있다. 장서각에 소장되어 있는 『용성지(龍城誌)』의 교방(敎坊)에 「영산회상(靈山會上)」, 「여민락(與民樂)」, 「시조(時調)」, 「별곡(別曲)」, 「죽지곡(竹枝曲)」, 「신해별곡(辛亥別曲)」, 「미인탄(美人歎)」, 「이별곡(離別曲)」, 「산수별곡(山水別曲)」, 「처사곡(處士曲)」, 「거산청흥가(居山淸興歌)」, 「목동가(牧童歌)」, 「광한루서(廣寒樓序)」 등과 함께 「장한가」, 「귀거래사(歸去來辭)」, 「장진주(將進酒)」, 「등왕각서(滕王閣序)」 등의 곡명이 보인다.

◆◆◆

외로운 등잔 심지 다 타도록 잠 못 이루는데   孤燈挑盡未成眠
반짝이는 은하수 하늘은 동이 트려 하네.   耿耿星河欲曙天
혼백조차 꿈속으로 들어온 적이 없건만   魂魄不曾來入夢
아득한 생사의 이별이 한 해가 지났네.   悠悠生死別經年

— 김우급, 「장한가의 집구(長恨歌集句)」

한들한들 바람 따라 몸을 가누지 못하여   裊裊隨風不自持
새끼줄을 풀어 허리를 묶어 주었다네.   絲繩還解繫腰肢
양귀비 취한 후 힘없이 교태를 부리며   楊妃醉後嬌無力
구름 머리 부축받아도 기우뚱해지네.   扶起雲鬟半欲欹

— 최명길, 「마당의 버드나무 한 가지가 바람에 거꾸러졌는데 어린 하인을 시켜 새끼로
매어 붙들어 주게 하고 시를 짓는다(庭柳一枝 爲風所倒 命少奚將繩縛住 謾賦)」

희기 눈 갓트니 서시(西施)에 후신(後身)인가
곱기 꽃 갓트니 태진(太眞)에 넉시런가
지금에 설부화용(雪膚花容)은 너를 본가 허노라

— 작가 미상의 시조

일소(一笑) 백미생(百媚生)이 태진의 여질(麗質)이라.
명황(明皇)도 이러무로 만리행촉(萬里行蜀) 흐시도다.
마외(馬嵬)에 마전사(馬前死)흐니 그를 슬허 흐노라.

— 작가 미상의 시조

일소백미생ᄒ니 태진의 여질이라
명황도 이러무로 만리행촉ᄒ시도다
ᄒ물며 녀나믄 장부야 닐너 무슴ᄒ리

— 작가 미상의 시조

행궁견월 상심색에 달 발가도 임의 생각
야우문령 단장성의 빗소리 드러도 임의 생각
미앙와냉노화중에 비취금한수여공고
경경성화욕서천에 고등를 도진허고 미성면이로구나.
아마도 천장지구유시진허되 차한은 면면부절기런가.

— 작가 미상의 사설시조

일성ᄒ난 소리 ᄒ희산망풍소식이요 정기무광일식박이라.

— 「열녀춘향수절가」의 이별가 대목

춘향이는 이도령만 생각하고 춘풍도리화개야와
추우오동엽락시에 눈물 섞어 한숨짓고 식불감 침불안하이
옥빈홍안이 초췌하고 자연 의대를 느슨히 하니
효딩에 션월상심색이요 야우문영단장성이라.

—『남원고사』의 이별 대목

무남독녀 외딸로서 진자리 마른자리 가려서
쥐면 꺼질까 불면 날가 쓴 것은 내가 먹고 단것은 저를 먹여

고운 의복 좋은 음식 주야 없이 보살펴서
부중생남중생녀로 길러 낼 때.

— 『남원고사』의 월매 자탄 대목

일성 한 쇼리의 황이산 만풍쇼식ᄒ고 전기무광일식빅이라,
힝군견월상심식의 달 발가도 임의 싱각,
야우문영단장성의 비쇼리도 임의 싱각,
츄우오동염낙시의 잎피 쩌라져도 임의 싱각,
부즁싱남즁싱녀를 날노 두고 이름이라,
츈풍도리화기야의 꽃시 피여도 임의 싱각.

— 장재백 창본 「춘향가」

백거이, 비파행

심양강에서 밤에 객을 전송하니
단풍잎과 갈대꽃이 가을이라 스산하다.
주인이 말에서 내리고 객은 배에 오르는데
술을 들어 마시려 하지만 풍악이 없구나.
취해도 흥이 나지 않아 쓸쓸히 헤어지려니
헤어지려 할 때 아스라이 강에 달이 잠기네.

홀연 강가에서 비파 소리가 들려오기에
주인은 돌아갈 것 잊고 객은 떠나지 못하고
소리를 따라가 가만히 뉘 타시는지 물으니
비파 소리 멈추고 말하려다 머뭇거리네.
배를 옮겨 가까이 가서 만나 보려는 마음에
술을 더 담고 등불 밝혀 다시 자리를 열고
천 번 만 번 부르자 그제야 나오는데
여전히 비파를 안고 얼굴을 반쯤 가렸네.

비파 축을 돌리고 줄을 튕겨 두어 번 소리 내니
곡조가 되기도 전에 먼저 슬픈 정이 일어나네.
줄마다 나직한 음에 소리마다 그리움이 담긴 듯
평생 뜻대로 되지 못한 한을 하소연하는 듯.

고개를 숙이고 손 가는 대로 연이어 곡을 타니
마음 가운데 무한한 일을 두루 다 말하려는 듯.
살짝 눌렀다 천천히 비비고 튕겼다 다시 뜯으니
처음에 예상곡 나중에 육요곡이라.
굵은 줄은 둥둥 소나기가 치는 소리와 같고
가는 줄은 절절하여 남몰래 속삭이는 듯.
둥둥거리고 절절한 소리가 뒤섞여 연주되니
큰 구슬과 작은 구슬이 옥쟁반에 떨어지는 듯.
꾀꼴꾀꼴 꾀꼬리 울음 꽃 아래 매끄럽고
얼음 아래 여울물이 흐느끼듯 가늘어지더니
샘물이 차갑게 얼어붙듯 비파 줄이 엉겨 붙고
엉겨 붙어 소리가 나지 않아 잠시 소리가 멈추네.
남모를 큰 시름에 말 못할 한이 북받치는지
이럴 때 소리 없는 것이 있는 것보다 낫더니
갑자기 은병이 깨져 물이 펑펑 쏟아지듯
철기가 돌진하여 창칼이 부딪혀 울 듯.
곡 마치고 비파 발을 거두어 한가운데를 긋자
네 줄에서 나는 소리가 비단을 찢는 듯하네.

동쪽 서쪽 배에 오른 사람들 쓸쓸히 아무 말 없고
오직 강 가운데 뜬 훤한 가을 달만 보고 있는데
생각에 잠겼다가 발을 거두어 줄 가운데 꽂고
옷매무새 정돈하고 일어나 얼굴빛을 바로 한 후
스스로 하는 말, "제 본디 이 장안의 여자로

집이 하막릉 아래 있어 그곳에서 살았지요.
나이 열세 살에 비파를 배워 익힌 후
이름이 교방의 첫째가는 데에 올랐답니다.
한 곡을 타고 나면 가르치던 스승도 탄복하고
단장을 하고 나면 늘 다른 기녀 질투를 받았지요.
오릉의 젊은이들 다투어 상을 주는데
한 곡조에 받은 붉은 비단 얼만지 몰랐답니다.
꽃 비녀와 은 빗은 장단 맞추느라 부서지고
선홍빛 치마는 엎어진 술 때문에 더럽혀졌으니
올해에도 즐겁게 웃고 이듬해도 또 그리하여
가을 달빛과 봄바람도 그저 그렇게 여겼답니다.
그러다 아우가 군에 가고 이모가 돌아가시고
아침저녁 세월이 흘러 얼굴빛도 시들고 나니
문 앞이 썰렁하여 찾아오는 분이 드물었기에
나이 들어 시집가서 장사꾼 아내가 되었답니다.
장사꾼은 이익을 중히 여기고 이별을 쉽게 여겨
지난달 부량 땅에 차를 사러 떠난 후
강을 오가며 혼자 빈 배만 지키노라니
배에 비치는 밝은 달빛에 강물은 차가웠지요.
밤 깊어 홀연 젊은 시절 일을 꿈에서 보고서
꿈에서 울어 붉은 뺨에 눈물이 흥건하였답니다."

내가 비파 소리를 듣고 벌써 탄식하였더니
다시 이 말을 듣자 거듭 혀를 차게 되었다네.

"똑같이 이 하늘 끝에서 영락한 신세인지라
어찌 꼭 예전 일 알던 사람만 만나야 하겠소.
내 작년에 도성을 하직하고 내려와
유배지 심양성에서 병들어 누워 있는데
심양성은 땅이 궁벽하여 음악이 없으니
한 해가 가도록 좋은 연주 듣지 못하였소.
사는 데가 분강과 가까워 땅이 습한데
누런 갈대와 참대나무만 집을 둘러 있으니
그사이 아침저녁 무슨 들을 것이 있겠소.
두견새 피 토하고 원숭이 슬피 울 뿐이라
봄이 온 강 꽃 피는 아침 가을 달 뜬 밤이면
종종 술을 들고 홀로 들이켜곤 하였소.
어찌 촌스러운 노래와 피리야 없겠소마는
시끌벅적 소란할 뿐 차마 듣기 어려웠소.
오늘 밤 그대의 비파 소리를 듣게 되니
신선의 음악을 들은 듯 귀가 잠시 밝아졌소.
다시 앉아 한 곡조 연주를 사양치 않는다면
그대를 위하여 비파의 노래로 지어 보겠소."

나의 이 말에 감동하여 한참 서 있다가
다시 앉아 줄을 조여 줄이 점점 팽팽해지니
처량한 그 소리 앞서 것과 같지 아니하기에
자리 메운 사람들 듣고서 얼굴 가려 흐느끼네.
그중에 누가 눈물을 가장 많이 흘리는가?

강주 사마 나의 청삼이 젖어 있는 것을.

白居易, 琵琶行

　　潯陽江頭夜送客　楓葉荻花秋瑟瑟[442]

　　主人下馬客在船　擧酒欲飮無管弦[443]

　　醉不成歡慘將別　別時茫茫江浸月

　　忽聞水上琵琶聲　主人忘歸客不發

　　尋聲暗問彈者誰　琵琶聲停欲語遲[444]

　　移船相近邀相見　添酒回燈重開宴[445]

　　千呼萬喚始出來　猶抱琵琶半遮面[446]

　　轉軸撥絃三兩聲　未成曲調先有情[447]

　　絃絃掩抑聲聲思　似訴平生不得志[448]

　　低眉信手續續彈　說盡心中無限事

　　輕攏慢撚抹復挑　初爲霓裳後六么[449]

442　潯陽江은 구강(九江) 북쪽으로 흐르는 장강을 이르는 말이다. 瑟瑟이 索索
　　으로 된 데도 있다.
443　客在船이 客上船으로 된 데도 있다.
444　聲停이 聲沈으로 된 데도 있다.
445　回燈이 携燈으로 된 데도 있다.
446　猶抱가 猶把로 된 데도 있다.
447　轉軸은 비파의 축을 눌려 현을 팽팽하게 하는 것을 이르고 撥絃은 현을 튕겨
　　음을 고르는 것을 이른다. 三兩이 三五로 된 데도 있다.
448　不得志가 不得意로 된 데도 있다.
449　輕攏은 손가락으로 가볍게 현을 누르는 것이고, 慢撚은 천천히 현을 비비
　　는 것이며, 抹은 현을 손 가는 대로 아래로 튕기는 것이고 挑는 현을 반대로

大絃嘈嘈如急雨　小絃切切如私語

嘈嘈切切錯雜彈　大珠小珠落玉盤[450]

間關鶯語花底滑　幽咽泉流冰下灘[451]

冰泉冷澀絃凝絕　凝絕不通聲暫歇[452]

別有幽愁暗恨生　此時無聲勝有聲

銀瓶乍破水漿迸　鐵騎突出刀槍鳴

曲終收撥當心畫　四絃一聲如裂帛[453]

東船西舫悄無言　唯見江心秋月白[454]

沈吟放撥插絃中　整頓衣裳起斂容[455]

自言本是京城女　家在蝦蟆陵下住[456]

十三學得琵琶成　名屬教坊第一部[457]

뜯는 것으로 모두 비파를 연주하는 기법이다. 霓裳은 예상우의곡으로 현종이 윤색한 곡으로 알려져 있다. 六幺는 녹요(綠腰)라고도 하는데 당 덕종 때 만들어진 비파곡의 하나다. 輕攏이 輕籠으로, 抹復挑가 撥復挑로 된 데도 있다.

450　嘈嘈는 묵직하면서 탁한 소리를, 切切은 가볍고 가는 소리를 형용하는 말이다.

451　間關은 간드러진 새 울음소리를, 幽咽은 낮고 가는 물소리를 형용하는 말이다. 冰下灘이 水下灘, 氷下難으로 된 데도 있다.

452　冷澀은 꽉 막힌 것을, 凝絕은 끊어져 멈춘 것을 이른다. 氷泉이 水泉으로, 絃凝絕이 絃疑絕로 된 데도 있다.

453　收撥은 현을 튕길 때 사용하는 발을 거두어 연주를 마치는 것이고 當心畫는 현의 한가운데 네 줄을 가로로 긋는 것을 이른다. 收撥이 抽撥로 된 데도 있다.

454　唯見이 唯有로 된 데도 있다.

455　沈吟은 깊이 생각에 잠기는 것이다. 放撥이 抽撥로 된 데도 있다.

456　蝦蟆陵은 장안 남쪽에 있던 지명으로 기방과 주점이 많았다.

457　教坊은 당나라 때 기녀에게 가무를 가르치던 학교다. 名屬이 名蜀으로 된 데도 있다.

曲罷曾敎善才服　粧成每被秋娘妒[458]

五陵年少爭纏頭　一曲紅綃不知數[459]

鈿頭雲篦擊節碎　血色羅帬翻酒汗[460]

今年歡笑復明年　秋月春風等閑度[461]

弟走從軍阿姨死　暮去朝來顏色故[462]

門前冷落鞍馬稀　老大嫁作商人婦

商人重利輕別離　前月浮梁買茶去[463]

去來江口守空船　遶船月明江水寒

夜深忽夢少年事　夢啼粧淚紅闌干[464]

我聞琵琶已歎息　又聞此語重唧唧

同是天涯淪落人　相逢何必曾相識

我從去年辭帝京　謫居臥病潯陽城[465]

潯陽地僻無音樂　終歲不聞絲竹聲[466]

458　善才는 교방에서 비파를 가르치는 사람을 이른다. 秋娘은 당나라 때 가무에
　　　능한 기녀를 일컫는 말이다. 曲罷曾敎가 曲罷常敎로, 善才服이 善才伏으
　　　로 된 데도 있다.

459　五陵은 장안의 북쪽 한나라 때 제왕의 무덤이 있던 곳으로 귀족들의 저택이
　　　있었다. 纏頭는 기녀가 가무를 하고 나면 받는 비단을 이른다.

460　鈿頭는 금은보석으로 치장한 꽃 모양의 머리 장식이다. 雲篦는 은으로 만든
　　　빗을 겸한 머리 장식이다.

461　秋月春風은 가을밤에 날리 봄날의 나눔으로 청춘의 아름다운 시절을 가리
　　　킨다.

462　阿姨는 이모인데 여기서는 기녀를 돌봐 주는 여성을 이른다.

463　浮梁은 강서의 경덕진(景德鎭)에 있던 지명인데 차의 집산지로 유명하
　　　였다.

464　粧淚가 淚落으로 된 데도 있다.

465　我從去年이 我曾去年으로, 辭帝京이 離帝京으로 된 데도 있다.

466　地僻이 小處로 된 데도 있다.

住近湓江地低濕　黃蘆苦竹繞宅生[467]

其間朝暮聞何物　杜鵑啼血猿哀鳴[468]

春江花朝秋月夜　往往取酒還獨傾[469]

豈無山歌與村笛　嘔啞嘲哳難爲聽[470]

今夜聞君琵琶語　如聽仙樂耳暫明

莫辭更坐彈一曲　爲君飜作琵琶行

感我此言良久立　却坐促絃絃轉急

淒淒不似向前聲　滿座聞之皆掩泣[471]

就中泣下誰最多　江州司馬靑衫濕[472]

빅거이, 비파힝

심양강두의 야송긱ᄒ니 풍엽적화츄슬″을

쥬인하마긱젼ᄒ니 거쥬욕음무관현을

취불셩환쳠장별ᄒ니 별시망″강침월을

홀문슈상의 비파셩고 쥬인망귀긱불발을

심셩암문탄ᄌ슈오 비파셩졍욕어지을

이션샹건요샹건ᄒ니 쳠쥬회등즁긔연을

쳔호만환시츌늬ᄒ니 유포비파반차면을

467　湓江은 구강을 돌아 장강으로 합류하는 강 이름이다. 湓江이 湓池로 된 데
　　도 있다.

468　朝暮가 旦暮로 된 데도 있다.

469　『고문진보』, 『당시품휘』 등에는 이 두 구가 누락되어 있다.

470　嘔啞嘲哳은 음악 소리가 요란하기만 한 것을 이른다.

471　滿座聞之가 滿座重聞으로 된 데도 있다.

472　江州司馬는 백거이를 이르고 靑衫은 하급 관리가 입는 옷이다. 就中이 座中
　　으로, 泣下가 淚下로 된 데도 있다.

전츅발현삼양셩ᄒ니 미셩곡조션유졍을

현〃음억셩〃사ᄒ니 사소평셩부득지을

저미신슈속〃탄ᄒ니 셜진심즁무한ᄉ을

경농만년발부도ᄒ니 초위예상후육요을

디현은 조〃여급우요 소현은 졀〃여ᄉ어을

조〃졀〃착잡탄ᄒ니 디쥬소쥬낙옥반을

간관잉어은 화져활이요 유연쳔류은 빙하탄을

빙쳔닝삽현응졀ᄒ니 응졀불통셩잠흘을

별유〃슈암한셩ᄒ니 차시무셩이 승유셩을

은병ᄉ파슈장병이요 쳘긔돌츌도창명을

곡종슈발당심획허라 ᄉ현일셩이 여열빅을

동션셔방의 초무언ᄒ니 유견강심츄월빅을

침음방발삽현즁허라 졍돈의상초염용을

자언본시경셩녀로 가지하막능하쥬을

십삼의 학득비파셩ᄒ야 명속교방졔일부을

곡파증교션지복ᄒ니 장셩미피츄랑투을

오릉년소졍젼두ᄒ니 일곡홍초부지슈을

젼두운비격졀쇄요 혈석나군번쥬오을

금년환소우명년ᄒ니 츄월츈풍등한도을

졔쥬종군아이사ᄒ니 모리조거안식고을

문젼닝낙안마희ᄒ니 노디가직신인부을

상인이 즁니경별〃ㅣᄒ니 젼월부양미다거을

거릭걍구슈공션ᄒ니 요션월명강슈한을

야심홀몽소년ᄉᄒ니 몽졔장누홍난간을

아문비파이탄식터니 우문차어즁즉〃을
동시천이률낙인으로 상봉하필징상식을
아죵거년ㅅ제경ᄒ고 젹거와병심양셩을
심양지벽무음악ᄒ니 죵셰불문ㅅ쥭셩을
쥬건분강지비습ᄒ니 황노고쥭이 요튁싱을
기간조모의 문하셩고 두견졔혈원이명을
츈강화조츄월셕의 왕〃취쥬환독경을
긔무산가여촌젹이랴 구아조졀난위쳥을
금야의 문군비파셩ᄒ니 여쳥션악이잠명을
막사깅좌탄일곡허라 위군번작비파힝을
감아차언양구립터니 각좌촉현〃젼급을
쳐〃불사향젼셩허라 만좌문지긔음읍을
취즁읍하슈췌다오 강쥬ㅅ마창삼습을⁴⁷³

『고문진보언해』

심양강 머리에 밤에 객을 보ᄂᆞ니
풍엽과 젹화ㅣ ᄀᆞ올에 슬슬ᄒ도다
주인이 몰을 ᄂᆞ리고 객은 ᄇᆡ에 이시니
술을 들어 마시고져 ᄒ되 관현이 업도다

---

473 『당시장편』에서는 『고문진보』와 『당시삼백수』의 것이 뒤섞여 있다. 『당시장
편』에는 기염용(起斂容)이 초염용으로 되어 있다. 금년환소우명년은 금년환
소부명년, 모뢰조거안식고는 모거조리안식고, 츈강화조츄월셕은 츈강화조
츄월야, 기간조모문하셩은 기간조모문하믈, 왕〃취쥬환독경은 왕〃취쥬환ㅈ
경, 금야문군비파셩은 금야문군비파어, 강쥬ㅅ마창삼습은 강쥬ㅅ마쳥삼습
이다.

취호되 즐거오믈 닐우지 못호고 참히 쟝촛 니별호니

니별홀 째 망망히 강에 달이 잠기엿도다

홀연이 수상에 비파 소래롤 듯고

주인은 도라가기롤 닛고 객은 발치 아니호놋다

소래롤 차즈 가만이 무르되 타는 자 뉘뇨

비파 소래롤 머므로고 말코져 호되 더듸도다

뷔롤 옴겨 굿가이 호고 마즈 서르 보니

술을 더호고 등을 도로혀 거듧 잔치롤 여럿도다

쳔 번 부로고 만 번 불너 비로소 나오니

오히려 비파롤 안아 반은 얼골을 ᄀ리웟도다

축을 젼호며 현을 발호야 두세 소릐롤 호니

곡조롤 닐우지 못호야 몬져 졍이 잇도다

현현이 엄억호고 성성이 사호니

평생에 뜻 못 어드믈 소호는 듯호도다

눈섭을 ᄂ죽이 호고 손을 밋어 속속히 타니

ᄆ옵 가온듸 무한한 일을 말호야 다호놋다

가븨여이 농호며 눅게 연호고 발호며 다시 도호니

처음은 예상을 호고 후에는 육마로다

대현은 조조호야 급한 비 긋고

ᄉᄒ현은 젼셜호야 ᄉᄉ보이 말슴호는 듯호도다

조조호고 절절호야 착잡히 타니

큰 구슬과 쟈근 구슬이 옥반에 써러지는 듯호도다

간관한 굇고리 말은 쏫 밋히 밋그럽고

유열한 쳔류ㅣ 어름 아릐 여흘인 듯호도다

빙천이 냉삽한 듯ᄒ야 줄이 응졀ᄒ니

응졀ᄒ야 통치 아니ᄒ매 소래 잠간 쉬엿도다

별노 유수와 암한이 이셔 나니

이 ᄣᅢ에 소릐 업ᄉ미 소릐 이시미예셔 낫도다

은병을 잠간 ᄭᅢ히매 수장이 ᄲᅩ치이고

철기ㅣ 돌출ᄒ매 도창이 우는 듯ᄒ도다

곡죠ᄅᆯ 마ᄎ매 발을 ᄲᅦ여 ᄀᆞ온듸ᄅᆯ 당ᄒ야 획ᄒ니

사현에 한 소릐 깁을 ᄶᅵᆨ는 듯ᄒ도다

동션과 서방의 쵸연이 말이 업ᄉ니

오직 강 가온듸 ᄀᆞ을 달이 희엿시믈 보리로다

침음ᄒ다가 발을 거두어 현즁에 곳고

의상을 졍돈ᄒ고 니러나 염용ᄒ놋다

스ᄉ로 니ᄅᆞ듸 본듸 이 경셩엣 녜니

집이 하막릉 아래 이셔 머무도다

십삼에 비파ᄅᆯ 븨화 어더 닐워

일홈이 교방 뎨일부에 부치이엿도다

곡죠를 파ᄒ매 흥샹 션재로 ᄒ여곰 탄복ᄒ고

단장을 닐우매 미양 추랑의 투긔ᄒ믈 닙엇도다

오릉에 연소ㅣ 두토아 젼두ᄒ니

한 곡됴에 홍초ㅣ 수ᄅᆯ 아지 못ᄒ리로다

젼두에 은비ᄂᆞᆫ 격졀ᄒ야 바아지고

피빗 나군은 술을 업쳐 더럽도다

금년에 환소ᄒ고 다시 명년에 ᄒ야

ᄀᆞ을 달과 봄부람을 등한이 지내도다

========

620

제는 주ㅎ야 종군ㅎ고 아이는 사ㅎ여시니

져녁이 가고 아츰이 오매 안색이 녜로얏도다

문 압히 냉락ㅎ야 안매 드므럿시니

노대ㅎ매 가ㅎ야 상인의 부ㅣ 되엿도다

상인이 이룰 즁히 너기고 별리룰 ㄱ븨야이 넉여

전월에 부량으로 차룰 사라 갓도다

강구에 거래ㅎ야 뷘 비룰 직희니

비룰 둘너 명월에 강수ㅣ 차도다

밤이 깁ㅎ매 홀연이 소년 일을 꿈꾸니

꿈에 우러 단장 눈믈이 븕은 거시 난간ㅎ도다

내 비파룰 드르매 임의 탄식ㅎ고

쏘 이 말을 드르매 거듭 즐즐ㅎ놋다

한가지로 이 천애에 윤락한 사룸이라

서로 만나매 엇지 반ᄃ시 일즉 서로 아는 이리오

내 거년으로부터 제경을 하직ㅎ고

적거ㅎ야 심양셩에 와병ㅎ얏도다

심양에 싸히 벽ㅎ야 음악이 업스니

히가 못도록 사죽 소릭룰 듯지 못ㅎ놋다

주ㅎ믈 분강의 긋가와 싸히 저습ㅎ니

황로와 고죽이 집을 둘너 낫도다

그 ᄉ이 조모에 무슨 바룰 듯ᄂ뇨

두견이 피룰 울고 원이 슬피 우놋다[474]

___

474   이하 두 구가 빠져 있다.

___

엇지 산가와 촌적이 업스리오마는

구아ᄒ며 조찰ᄒ야 드르믈 ᄒ요미 어렵도다

금야에 그딋 비파 말을 드르니

션악을 드른 ᄃᆺᄒ야 귀 잠간 붉도다

다시 안ᄌ 한 곡됴 타믈 ᄉ양치 말지어다

그딋롤 위ᄒ야 번ᄒ야 비파행을 지으리라

나의 이 말을 감동ᄒ여 양구히 셧더니

문득 안져 현을 촉ᄒ매 현이 구으러 급ᄒ도다

쳐쳐ᄒ야 향젼 소ᄅᆡ 굿지 아니ᄒ니

만좌ㅣ 듯고 다 엄읍ᄒ놋다

ᄎᆔ즁에 읍하홈이 뉘 가장 만ᄒ뇨

강즁ㅅ 사마ㅣ 쳥삼이 져졋도다

이 작품은 백거이가 815년 강주 사마로 좌천되어 있을 때 지은 것인데, 다음과 같은 서문이 달려 있다. "원화(元和) 10년(815년)에 내가 구강군(九江郡) 사마로 좌천되었다. 이듬해 가을, 분포(溢浦) 포구에서 객을 전송하는데 한밤중 배에서 비파 타는 사람이 있다고 하여, 그 음악을 들어 보니 맑게 울려 도성의 음색이 있었다. 그 사람에게 물어보니, 본래 장안의 창기로 일찍이 목씨(穆氏)와 조씨(曹氏) 두 선재(善才, 비파에 능한 사람)에게 비파를 배웠는데, 나이가 들어 미색이 쇠하자 몸을 의탁하여 장사꾼의 아내가 되었다고 하였다. 드디어 술을 가져오게 하고 몇 곡을 시원하게 연주하게 하였다. 곡이 끝나자 슬피 입을 다물고 있다가 젊은 시절 즐거웠던 일과 이제 노쇠하여 강호에서 떠돌게 된 일을 스스로 말하였다. 내가 외직으로 나온 지 두 해 동안 절로 편안히 지냈는데 이 사람의 말을 듣고 느낀 바가 있었으니, 이날 밤 비로소 좌천된 슬픔이 일어났다. 이 때문에 긴 노래를 지어 주었다. 모두 616자인데 이름을 「비파행」이라 하였다.”

「비파행」은 「장한가」와 함께 백거이의 대표적인 신악부다. 장사치의 아내가 된 여성의 비원을 백거이 자신의 울분과 함께 표출하였다. 심양강은 지금의 구강시 주변으로 흐르는 강이다. 백거이는 이곳에 폄적되어 있을 때 그 포구인 분포에서 벗과 이별주를 마시고 있었다. 마침 가을이라 단풍이 붉게 물들고 갈대가 누렇게 물들어 있는데 새벽이라 달이 막 지려하니 더욱 스산하다. 주인인 백거이는 말에서 내려 떠나가는 벗의 배에 올랐다. 술을 한잔하려 하지만 풍악이 없어 즐겁지 않다. 그때 강가에서 비파 소리가 들려와 이별의 순간이 정지되었다. 비파를 타는 사람이 누구인지 물었더니 비파를 멈추고 말하려 들지 않는다. 강가에 배를 대고 그를 초청하여 술을 더 준비하고 등불을 다시 밝혔다.

여러 차례 부른 끝에 어둠 속에 나타난 여인은 비파로 얼굴을 가렸다. 비파를 당겨 줄을 두어 번 튕겨 곡을 연주할 준비를 하는데, 무슨 깊은 서러움이 있는지 벌써 비감이 서린다. 머리를 숙이고 비파를 연주하는데 평생의 슬픔을 다 담은 듯하다. 줄을 눌렀다 천천히 비비고 다시 튕겼다 뜯는다. 처음에는 당나라 궁중 음악인 예상곡(霓裳曲)을 연주하다가 나중에 교방(敎坊)의 악곡인 육요곡(六幺曲)을 연주한다. 궁중에서나 들을 수 있는 비파곡을 연주하니 노파의 정체가 예사롭지 않음을 짐작할 수 있다. 굵은 줄로서 둔탁한 소리를 타면 소나기가 내려치는 듯하고, 가는 줄로 여리게 타면 연인의 속삭임 같다. 둔탁한 소리와 여린 소리가 어우러져 울리니 옥쟁반에 구슬이 구르는 듯, 꾀꼬리가 꽃 속에서 울 듯, 얼음아래 물이 소용돌이치며 흐르는 듯하다. 이렇게 격정적으로 연주하다가 줄이 갑자기 팽팽해져 잠시 정적이 흐른다. 이 정적이 오히려 더욱 큰 슬픔이 밀려들게 한다. 그러다 다시 연주를 시작하니 은병이 깨져 물이 쏟아지듯, 전장에서 철기군이 돌진하여 창칼이 부딪치듯 거세다. 그러다 비파 발을 들어 네 줄을 세로로 죽 그으니 비단을 찢는 듯한 소리가 난다. 이렇게 연주가 끝이 났다. 백거이와 벗은 물론 주변의 배에서 이 연주를 듣던 이들도 모두 슬픈 마음이 일어 아무 말 없이 멍하니 달을 바라본다.

연주를 마친 여인은 비파 발을 줄 가운데 꽂고 용모를 다시 정돈한 후 자신의 이력을 말하였다. 장안에서 태어나 주루가 많은 하막릉(蝦蟆陵) 아래 태어나 살면서 어릴 때부터 교방을 출입하며 비파를 배워 스승으로부터 칭찬을 받았고 고운 용모에 동료 기생의 시샘을 받았다. 오릉(五陵)의 귀공자들이 다투어 전두(纏頭)를 내려 한 곡조에 받은 비단이 몇 필인지도 모를 정도였다. 풍류객들과 어울려 장단을 두드리느라 값비싼 은비녀조차 부서지고 고운 치마도 엎어진 술로 더럽혀졌지만 아까운 줄 몰랐다. 이렇게 영영 행복할 줄 알았더니, 갑자기 아우가 징집되어 변방으로 가고 돌보아 주던 이모도 세상을 떠나 버렸다. 게다가 세월이 흘러 나이가 들어 인기도 사라졌다. 어쩔 수 없이 차를 매매하는 상인의 아내가 되었지만, 남편은 늘 돈벌이에 바쁘다. 지금은 이웃 고을 부량(浮梁)에 차를 사러 가고 혼자 빈 배만 지키며 오갈 뿐이다. 마침 가을 달밤이라 문득 젊은 시절이 떠올라 그 비감에 비파를 연주하고 있던 중이라 하였다.

이 말은 들은 백거이는 혀를 차면서 탄식하고 이렇게 말했다. 자신 역시 영락한 처지인지라 더욱 동감이 된다. 심양으로 폄적된 이래 풍악이 없어 늘 쓸쓸한 데다, 분포 근처의 처소는 갈대와 대숲이 둘러친 적막한 곳이라 두견새 피를 토하고 원숭이 슬피 우는 소리 외에 들을 것이 없다. 시골 사람의 노랫가락과 피리 소리는 귀를 시끄럽게만 할 뿐이다. 그런 처지에 비파 연주를 듣게 되어 귀가 밝아졌다.

이에 백거이는 한 곡조 더 연주해 달라고 청하면서 그 곡으로 「비파행」을 짓겠노라 하였다. 여인은 다시 비파를 당겨 연주를 시작하는데, 앞선 것보다 더욱 슬픈 곡조다. 이를 듣는 사람들은 모두 눈물을 흘린다. 그중에 푸른 적삼을 입은 강주 사마 백거이가 가장 많은 눈물을 흘린다.

앞서 본 「장한가」와 함께 이 시가 워낙 널리 알려졌기에 여기에 연원을 둔 고사가 후대 많이 쓰였다. 예를 들어 분포(湓浦)라 하면 음악을 하는 기생과의 모임이라는 뜻이 된다. 또 이익의 『성호사설』에는 이 시에 등장하는 앵어(鶯語), 천성(泉聲), 냉삽(冷澁), 응절(凝絶), 은병파(銀甁破), 철기출(鐵騎出) 등이 모두 비파 소리를 형용하는 용어라 하였다. 비파와 관련한 시에 이러한 표현이 자주 보인다.

이색의 「옛일에 느낌이 있어(感舊)」 "푸른 적삼 다 젖어 백거이가 생각나네.(靑衫濕盡思居易)"에서처럼 청삼(靑衫) 혹은 사마청삼(司馬靑衫), 강주 사마 등이 모두 백거이를 지칭한다. 우천계(禹天啓)의 「비파행」, 권한공(權漢功)의 「비파행」, 김만중의 「비파행」 등이 이 작품의 뜻을 부연한 고시다. 김성일(金誠一)의 「차오산이 지은 시의 운을 써서 비파를 타는 악사 전한수에게 주다(用五山韻贈琵琶師全漢守)」, 이식의 「소금 장수에게 시집간 가희(歌姬爲鹽商婦)」 등도 모두 이 작품을 바탕으로 하고 있다. 이유원(李裕元)은 『임하필기(林下筆記)』에서 조현명(趙顯命)의 「와운폭에서 또 가련에게 주다(臥雲瀑又贈可憐)」에 "문무의 공명은 전생의 일이요, 노래하고 춤추는 번화함은 한바탕 꿈이라. 크게 웃고 바라보니 눈같이 허연 머리, 빈산에 지는 해 물은 한가히 흐르네.(功名文武前身事 歌舞繁華一夢間 大笑相看頭似雪 空山斜日水流閑)"가 이 작품과 같은 뜻이라 하였다. 조현명의 이 고사를 제목으로 하여 신위가 시를 짓기

도 했다. 선문대 소장『중국고사도첩』에 이 시가 쓰인 작자 미상의 그림이
있다.

◆◆◆

공주에게 오손은 만 리 먼 길인데	公主烏孫萬里程
강주사마는 천 줄기 눈물을 흘렸지.	江州司馬淚千行
후인이 비파에 담은 뜻을 어찌 알겠나,	後人豈解絃中趣
깊어 가는 밤 달은 행랑을 돌아가네.	淸夜沈沈月轉廊

— 권한공, 「비파행(琵琶行)」

투호하는 곳에 비파를 퉁기지 말게나	琵琶莫弄投壺處
달 밝은 강주에 눈물이 옷에 가득하리니	月白江州淚滿衣

— 이색, 「강주 원수 하 장원이 편지와 함께 선물을 보내 준 데 대하여 받들어 사례하는
시를 대필하여 즉흥적으로 쓰다(代書奉謝江州元帥河狀元書惠走筆)」

비파야 너는 어니 간듸 온듸 앙됴어리는다.
싱금한 묵을 에후로혀 잔둑 안고 엄파 갓튼 손으로 비를 잡아 뜯
거든 아니 앙됴어리랴.
아마도 대주소주낙옥반ᄒᆞ기는 너뿐인가 ᄒᆞ노라.

— 작가 미상의 시조

626

가노라 가노라 임아 언양 단천의 풍월 강산으로 가노라 임아
가다가 심양강의 비파성을 어이ᄒ리
밤중만 지국총 닷 감는 쇼리 좀 못 일워.

— 작가 미상의 시조

오호로 도라드니 범녀는 간 곳 업고 빅빈주 갈마기는 홍노로 나
라들 제, 슘샹의 기러기 한 수 나려 심양강 당도ᄒ니, 빅낙천 일
거후에 피파성도 쓴허졋다. 적벽강 도라드니 소동파 노든 풍월
의구히 잇다마는, 죠밍덕 일셰지후의 이금의 안지ᄌ야, 월낙오제
깁흔 밤의 고소셩의 비를 미니, 한산수 쇠북소리 직션의 둥둥 드
리왓다, 진회를 도라보니 연룡한수 월용수의 야빅진회근주가라.
상여는 부지망국한ᄒ고 경강유창 후정화라.

— 작가 미상의 사설시조

유
우
석
、

석
두
성

옛 나라는 산이 둘러 에워싸고 있는데
물결은 빈 성을 치고 쓸쓸히 돌아가네.
회수의 동쪽에 그 옛날의 달이 떠올라
밤 깊어지자 다시 성가퀴를 지나서 오네.

劉禹錫, 石頭城

山圍故國周遭在 潮打空城寂寞回
淮水東邊舊時月 夜深還過女牆來[475]

석두성

산위고국쥬조지ᄒᆞ니 조타공셩젹막회을
회슈동변은 구시월이라 야심환과여장ᄂᆡ을

---

475 石頭城은 금릉, 지금의 남경 청량산(淸凉山)에 있던 석성(石城)으로, 초(楚)
    의 금릉성(金陵城)이었는데, 오(吳)의 손권이 증축하고서 이 이름으로 고쳤
    다. 석수성(石首城)이라고도 한다. '호거용반(虎踞龍蟠)'으로 묘사되는 곳이
    다. 육조(六朝) 때 동오(東吳), 동진(東晉), 송(宋), 제(齊), 양(梁), 진(陳)이
    다투어 도읍으로 삼았다. 이 시에서 이른 '고국(故國)'이 육조를 이른다. 회수
    (淮水)는 장강의 지류인 진회하(秦淮河)인데 남경의 북쪽으로 흐른다. 여장
    (女牆)은 성가퀴, 혹은 성첩(城堞)을 이른다.

유우석(772~842년)은 자가 몽득(夢得)이고 흉노족의 후예인데 북위(北魏) 때 성을 하사받고 낙양에 세거하였다. 안사의 난이 일어나자 가흥(嘉興)으로 이주하고 스스로 강남객(江南客)으로 자처하였다. 태자빈객(太子賓客)과 예부 상서(禮部尙書)를 지내 유빈객, 유상서로 일컬어졌다. 유종원(柳宗元)과 나란히 유류로 일컬어졌으며, 만년에는 백거이와 벗이 되어 유백으로 불렸다. "눈 속의 높은 산에 머리 일찍 세었네.(雪裡高山頭白早)"라는 구절이 널리 회자되어 '청산두선백(靑山頭先白)' 혹은 '고산백조(高山白早)'의 고사가 생겼다.

이 작품은 『유몽득문집(劉夢得文集)』과 『전당시』에는 「금릉오제(金陵五題)」의 한 수로 실려 있다. "내가 젊어서 강남의 나그네가 되었는데 말릉(秣陵)을 유람하지 못하여 일찍이 여한이 있었다. 훗날 역양(歷陽)의 태수가 되어 그곳을 찾고자 바라고 있는데, 마침 어떤 객이 「금릉오제」를 보여 주기에 아스라이 그 생각이 났다. 나중에 벗 백거이가 머리를 흔들고 고심하면서 읊조리다가 탄식하고 한참 후 「석두시(石頭詩)」에서 물결이 빈 성을 치고 적막하게 돌아가네(潮打空城寂寞回)라 한 것은, 후대의 시인들이 다시는 말을 만들지 못할 것임을 내가 알겠구나. 나머지 네 편이 비록 여기에 미치지는 못하지만 또한 백거이의 말을 외롭게 하지는 않겠구나.'라 하였다."라는 인(引)이 붙어 있다. 「금릉오제」는 이 작품 외에 「오의항(烏衣巷)」, 「대성(臺城)」, 「생공강당(生公講堂)」, 「강령택(江令宅)」으로 구성되어 있다.

이제현은 『역옹패설』에서 이 작품과 함께 『금릉오제』 3수를 들고 모두 가작(佳作)이라 하였다. 먼저 두 수는 "주작교 곁에 들꽃이 피고, 오의항 입구에 석양이 비꼈네. 옛날 왕씨와 사씨의 집 앞에 날던 제비가, 무심히 백성들 집으로 날아드네.(朱雀橋邊野草花 烏衣巷口夕陽斜 舊時王

謝堂前燕 飛入尋常百姓家)"와 "살아 설법할 때 귀신도 듣더니, 죽은 뒤 빈집은 밤인데도 문 걸지 않았네. 예좌는 적막한 채 티끌만 쌓였는데, 한 조각 달빛이 마당 가운데를 비추네.(生公說法鬼神聽 身後空堂夜不扃 猊座寂寥塵漠漠 一方明月可中庭)"인데, 모두 널리 회자된 작품이다. 이 제현은 백거이가 "물결은 빈 성을 치고 쓸쓸히 돌아가네."라고 한 구절을 좋아하여 머리를 흔들면서 읊다가, "이 시를 읊고서야 내가 후세의 시인 들은 다시 시를 이렇게 지을 수 없다는 것을 알았다."라고 한 기사를 옮겼 다. 또 소식이 마지막 작품을 써서 걸어 두었는데 어떤 이가 마지막 구절 을 "한 조각 밝은 달빛이 마당 가운데 가득하네.(明月滿中庭)"라 하지 않 았을까 의문을 제기하자 소식은 웃으면서 대답하지 않았다는 고사도 적 었다. 이수광은 『지봉유설』에서 백거이가 "물결은 빈 성을 치고 쓸쓸히 돌아가네."라 한 구절을 아꼈다는 기사를 소개하고 그다지 경절(警絶)하 지는 않다고 비판하였다.

이 작품은 826년 낙양으로 가던 중 금릉을 지나면서 지은 작품이다. 산과 달은 그대로지만 육조(六朝)의 번화함은 찾아볼 수 없다는 역사의 무상감을 노래하였다. 청량산(淸凉山)은 육조 시대 도읍한 금릉을 에워 싸고 있는데, 진회하(秦淮河) 물결은 허물어진 성을 치면서 조용히 흘러 갈 뿐이다. 번화하던 시절을 보아 온 밝은 달빛은 회수 동쪽에 떠 있다가 밤이 깊어 서쪽 석두성 성가퀴 위에 걸려 있다. '구시월(舊時月)'에서 육 조 시절을 회고하는 뜻이 담겼고, '환(還)'에서 달조차 미련을 가진 듯하 다는 뜻을 읽을 수 있다.

산은 넓은 들판을 주위에서 두르고 있는데　　山圍大野周遭在
물은 외로운 성을 안고 동탕하며 흘러가네.　　水抱孤城蕩漾流

　　　　　　　　　　　　── 이승소, 「백상루(百祥樓)」

구름은 화표주에 희미하여 찾을 길 없는데　　雲迷鶴表尋無所
물결은 용만성을 쳐서 멀리 소리를 울리네.　　潮打龍城遠有聲

　　　　　　── 신광한, 「삼종사의 통군정 시에 차운하다(次三從事統軍亭韻)」

산복숭아 붉은 꽃이 산 위에 가득한데
촉강의 봄 물결은 산을 치고 흐르네요.
붉은 꽃은 낭군의 마음처럼 쉬 시드는데
끝없이 흐르는 저 강물은 제 시름 같네요.

劉禹錫, 竹枝詞
　　山桃紅花滿上頭　蜀江春水拍山流
　　花紅易衰似郎意　水流無限似儂愁[476]

죽지사
　　산도홍화만상두고 촉강춘슈박산류을
　　화홍이쇠사랑의요 슈류무한사롱슈을

476　蜀江은 사천 일대로 흐르는 강이다. 拍山流가 拍江流로 된 데도 있다.

『유몽득문집』 등에는 "사방의 노래는 음(音)이 다르지만 악(樂)은 같다. 정월 내가 건평(建平, 기주(夔州))에 오니, 마을의 아이들이 나란히 「죽지(竹枝)」를 노래하였다. 짧은 피리를 불고 북을 치면서 박자를 맞추었다. 노래하는 자들이 소매를 날리고 마구잡이로 춤을 추는데 곡이 뛰어난 점이 많다 여겨 그 음을 들어 보았다. 황종(黃鐘)의 우음(羽音)에 맞는데 마지막 장이 오(吳)의 음악처럼 격렬하였다. 조잡하여 알아들을 수는 없었지만 품은 생각이 완곡하여 『시경』 「기오(淇澳)」의 고움이 있었다. 예전 굴원이 완수(沅水)와 상수(湘水) 사이에 있을 때 그 백성들이 신을 맞으며 부른 노래의 가사에 비루한 것이 많아 이에 「구가(九歌)」를 지었는데 지금껏 형초(荊楚)의 땅에서 여기에 맞추어 북을 치고 춤을 춘다. 이 때문에 내가 또한 「죽지」 9편을 지어 노래를 잘하는 이로 하여금 전파하게 하려고 끝에 붙여, 훗날 파(巴) 지역의 민가를 듣는 이가 변풍(變風)의 유래를 알 수 있게 한다."라는 인(引)이 붙어 있다. 여기서 보듯이 유우석이 822년 삼협의 상류에 있는 기주의 자사로 있을 때 지은 작품이다.

이 작품은 후대 죽지사의 모범이 되었다. 죽지사는 죽지가(竹枝歌), 죽지곡(竹枝曲)이라고도 하는데, 전국 시대 초 지역에서 불리던 「하리(下里)」 혹은 「파인(巴人)」 등의 노래에서 기원한다. 유우석이 기주에서 이 작품을 지음으로써 당나라 이후 널리 유행하게 되었다.

죽지사는 이 작품처럼 변방 지역의 풍토와 인정을 민가(民歌) 스타일로 노래한다. 복숭아 붉은 꽃이 산 가득 피어 있는데 봄이 온 강물은 산을 치고 흐른다. 여인의 마음에도 걱정이 인다. 금방 지는 붉은 꽃은 변하기 쉬운 낭군의 마음이기에 끝없이 흘러가는 강물처럼 여인의 시름은 끝이 없다. 꽃과 물을 낭군과 여인의 마음에 비유한 것이 묘미가 있다.

이제현이 유우석의 「죽지가」가 기주와 삼협에서 부르던 남녀상열(男女相悅)의 노래라 하고 당시 유행하던 민간의 노래를 한시로 옮긴 「소악부(小樂府)」를 지은 바 있다. 신정(申晸)의 「내주곡(萊州曲)」이 유우석의 이 작품을 본떠 동래 지역의 민풍을 노래한 것이다. 이학규가 김해 지역의 풍속을 노래한 「금관죽지사(金官竹枝詞)」 역시 이 작품의 영향을 받은 것이며, 신완(申琓)의 「서호도에 쓰다(題西湖圖)」도 이 작품을 차운하여 지은 것이다. 헌종 때 화원을 뽑는 시험의 산수 분야에서 이 시를 제목으로 내건 바 있을 정도로 널리 알려진 작품이다.

『당시장편』에서는 이 작품만 선발하였지만 나머지 작품도 널리 애송되었다. 신흠의 『청창연담(晴窓軟談)』에는 "강 언덕 붉은 누각 비 멎어 쾌청한데, 양서 땅 봄 물결에 비단 물결 번지네. 다리 동쪽과 서쪽에 버들이 좋은데, 사람은 오고 가며 노래를 불러 대네.(江上朱樓新雨晴 瀼西春水縠文生 橋東橋西好楊柳 人來人去唱歌行)", "짙푸른 무협에 안개 끼고 비 내릴 때, 나뭇가지 꼭대기 원숭이 맑은 울음소리. 그 속에 수심 어린 사람 애간장이 절로 끊어지건만, 원래부터 그 소리가 슬픈 것은 아니라네.(巫峽蒼蒼煙雨時 清猿啼在最高枝 箇裏愁人腸自斷 由來不是此聲悲)", "성 서쪽 문 앞으로 흐르는 염여퇴는, 해마다 이는 물결 꺾어지지 않는다네. 괴롭히는 이는 마음이 돌과 같지 않아, 젊은 시절 동으로 갔다 다시 서로 간다네.(城西門前灩澦堆 年年波浪不能摧 懊惱人心不如石 少時東去復西來)"를 소개하였다. 김창협은 「농암잡지(農巖雜識)」에서 유우석의 또 다른 「죽지사」 "동쪽에서 해 뜨더니 서쪽에선 비, 날 흐린가 하였더니 도로 개었네.(東邊日出西邊雨 道是無情還有情)"를 인용하고, '情'은 '晴'과 음이 같기 때문에 동쪽의 해와 서쪽의 비를 가지고 남녀 사이가 무정한 듯하면서도 유정한 듯도 함을 비유한 것이라 하였다.

임천상이 이 작품에 차운한 시를 남겼다. 그 밖에 "구당협은 요란한 열둘의 여울이라, 이곳의 길은 예로부터 험하다지. 늘 한하노니 사람 마음 물 같지 못하여, 평지에 이는 풍파 무던히 여기네.(瞿塘嘈嘈十二灘 此中道路古來難 長恨人心不如水 等閒平地起風波)"도 조선 시대에 널리 애송되었다.

◆ ◆ ◆

광릉의 봄 물결에 외로운 배를 띄우니　　　　廣陵春水引孤舟
춘삼월 아스라한 꽃이 산에 가득하네.　　　　三月烟花滿上頭
　　　　　─ 홍세태, 「여강으로 가는 홍군칙을 전송하며(送洪君則之驪江)」

강 남쪽 연밥 따는 아가씨　　　　江南採蓮女
강물이 산을 치고 흐르네.　　　　江水拍山流
　　　　　─ 백광훈, 「강남사(江南詞)」

세상사 일 많은데 구름은 또 북녘으로 가고　　世故多端雲又北
물은 흘러 끝없는데 해는 서산에 지려 하네.　　水流無限日將西
　　　　　─ 박장원, 「앞 시에 차운하다(豊前韻)」

일천 산에 나는 새 끊어지고
일만 길에 사람 자취 없는데
외로운 배 도롱이에 삿갓 쓴 노인
홀로 눈 덮인 강에서 낚시를 하네.

柳宗元, 江雪

　　千山鳥飛絶　萬逕人蹤滅

　　孤舟蓑笠翁　獨釣寒江雪

유종원, 강설

　　천상의 조비절이요 만경의 인종멸을

　　고쥬쇄립옹이 독조한강셜을

『고문진보언해』

　　일천 산의 새 누는 거시 끈허디고

　　일만 길히 사룸의 자최 업숫도다

　　외로온 비 투고 뉘역 닙고 삿갓 슨 하라비

　　홀로 춘 강 눈의 고기 낙는쏘다.

강의 눈나라(『언해당시』)

　　일천 산의는 시가 날기 슨어지고

　　일만 길의는 수롭의 발자최 써너졋도다

　　외로운 비의 되롱의 입고 샤삿 쓴 하루비가

　　홀노 찬 강 눈의셔 녹시질 ㅎ더라

유종원(773~819년)은 자가 자후(子厚)고 하동(河東) 지금의 산서(山西) 영제(永濟) 출신이므로 유하동으로 불린다. 만년에 유주(柳州) 곧 지금의 광서(廣西)에 은거하다 세상을 떴으므로 유유주라고도 한다. 문장에 뛰어나 한유와 함께 한류로도 일컬어졌고, 왕유, 맹호연, 위응물 등과 맑은 시풍이 유사하여 왕맹위류(王孟韋柳)로도 일컬어졌다. 그의 시문은 『유유주시집(柳柳州詩集)』, 『하동선생집(河東先生集)』, 『당류선생집(唐柳先生集)』 등으로 정리되었는데 규장각에도 소장되어 있다.

　유종원은 805년 헌종(憲宗)이 등극한 후 좌천되어 소주 자사로 폄적되었다가 다시 영주(永州) 사마로 좌천되어 10여 년 그곳에서 지냈는데, 이 작품은 이 시기에 제작된 것으로 추정된다. 이 작품은 한 폭의 수묵화처럼 설경을 묘사하였다. 폭설이 내려 산에는 새 한 마리 없고 길에는 행인이 끊겼는데, 강에는 도롱이를 입은 노인이 홀로 낚시를 한다. 낚시하는 노인은 유종원이 본 풍경의 일부이겠지만, 유종원 자신으로 보아도 무방하다.

　송(宋) 범희문(范晞文)의 『대상야어(對床夜語)』 등에서 오언절구의 최고 삭품으로 평가되었다. 조선 후기의 문인 위백규는 이 시를 정곡(鄭谷)의 "강가 저물녘에 그림 그릴 만한 곳에 이르니, 늙은 어부는 도롱이 걸치고 집으로 돌아가네.(江上晚來堪畵處 漁翁被得一蓑歸)"와 비교하여 "탁 트인 드넓고 쓸쓸한 정취가 어찌 천만 배나 훨씬 뛰어나지 않겠는가?"라 하였다. 또 신경준은 이 시 1~2구에서 어떤 경치인지 말하지 않다가 4구에 이르러 강설(江雪)을 말한 작법을 두고 "졸내지격(卒乃指格)"이라 하였다.

'조비절(鳥飛絶)', '인종멸(人蹤滅)', '사립옹(蓑笠翁)', '독조(獨釣)', '한강설(寒江雪)' 등의 구절 자체가 이 시를 가리키기도 하며, 유사한 표현이 거듭 차용되었다. 권호문, 정홍명(鄭弘溟), 홍우원(洪宇遠), 이현조(李玄祚) 등은 4구를 제목으로 하는 절구를 지었다. 또 채유후(蔡裕後), 김진상(金鎭商), 조관빈(趙觀彬), 권방(權訪) 등이 이 시의 글자를 운자로 한 연작시를 남겼다.

이 시는 고려 이래 가장 애송되는 작품 중 하나였고 또 이 시의 내용이 그림으로 그려져 향유되었다. 이곡의 「강천모설도(江天暮雪圖)」가 이 작품을 그린 그림에 붙인 시다. 윤제홍(尹濟弘)의 「한강독조도(寒江獨釣圖)」가 전한다. 「독조한강설도(獨釣寒江雪圖)」라는 이름의 그림도 유행하여 김창흡, 곽종석 등이 시를 남겼다. 최북의 그림 중에 이 시가 적혀 있는 것이 전한다. 순조 때 화원을 뽑는 시험의 인물 분야에서 이 시를 제목으로 내건 바 있다. 이색의 「부훤당기(負暄堂記)」에서 상대의 맑은 덕을 이 시로 비유한 바 있다. 또 김수온의 「이영돈녕상매서(李領敦寧賞梅序)」에서는 설경을 묘사하면서 이 구절을 들었으니, 이 시의 영향력을 짐작할 수 있다.

눈 내린 천 곳 산에 새조차 사라지고   鳥絶千山雪
봄이 온 만 그루 나무에 꾀꼬리 날아오네.   鶯遷萬木春
　　　— 이색, 「화산군 등 여러 공과 함께……(同花山君詣公借行……)」

텅 빈 강 외로운 배에 도롱이에 삿갓 쓰고   孤舟簑笠碧江空
쓸쓸한 저녁 눈 속에 홀로 낚시질을 하네.   獨釣蕭蕭暮雪中
　— 이색, 「어부 김경지가 생각나서 여강 절구 4수를 짓다(驪江四絶 有懷漁父金敬之)」

천산에 조비절이오 만경에 인종멸을
고주 사립옹이 독조한강설이로다
낚시의 절노 무는 고기 긔 분인가 흐노라.

　　　　　　　　　　　　　— 작가 미상의 시조

녹중창송 빅이숙제 만고층절 천산의 죠미절
　　　　　　　　　　— 「열녀춘향수절가」의 이별가 대목에서

노동, 그리움

그때 내 미인의 집에서 취하니
미인의 낯빛 곱기가 꽃과 같았지.
오늘 미인이 나를 버리고 가신 곳
먼 하늘 끝 주렴 드리운 푸른 누각이라네.
곱디고운 항아의 달이여
삼오 십오일에 찼다 이팔 십육일에 이울어지네.
검은 눈썹의 예쁜 머리카락 미인과 생이별하니
한번 바라보아도 볼 수 없어 애간장이 끊어지네.
애간장이 끊어지니 그 몇천 리 멀어졌는가!
꿈속에 취하여 무산의 구름 위에 누웠더니
꿈 깨자 눈물이 상강의 강물에 떨어지네.
상강 양 언덕에 꽃과 나무가 무성한데
미인을 보지 못해 사람 마음 시름겹게 하네.
시름을 머금고 다시 녹기금을 연주하니
뛰어난 곡조에 빼어난 솜씨건만 알아주는 이 없네.
미인이여, 미인이여,
저녁에 비 아침에 구름이 되어 만남을 모르시는가?
온밤 그리워하노라니 매화가 피어
문득 창 앞에 이르니 혹 그대 아닐까 싶네.

盧仝, 有所思

當時我醉美人家　美人顏色嬌如花

今日美人棄我去　靑樓珠箔天之涯[477]

娟娟姮娥月　三五二八盈又缺[478]

翠眉蟬鬢生別離　一望不見心斷絕[479]

心斷絕　幾千里

夢中醉臥巫山雲　覺來淚滴湘江水[480]

湘江兩岸花木深　美人不見愁人心

含愁更奏綠綺琴　調高絃絕無知音[481]

美人兮美人　不知爲暮雨兮爲朝雲[482]

477　靑樓는 기녀의 집을 이를 때가 많지만 여기서는 푸른 칠을 한 화려한 누각을 이른다.

478　姮娥는 달에 산다고 하는 여신인데 달 자체를 가리킬 때가 많다. 娟娟姮娥月은 天涯娟娟姮娥月로, 三五二八이 三五로 된 데도 있다. 『당시장편』에는 이 두 구가 調高絃絕無知音 다음에 배치되어 있지만, 오류이므로 바로잡는다.

479　翠眉는 검게 단장한 여인의 눈썹을 이르고 蟬鬢은 매미 날개처럼 얇게 치장한 여인의 머리를 이르는데 모두 미인을 가리키는 말이다.

480　전국 시대 초 양왕(襄王)이 운몽관(雲夢館)에서 노닐다가 꿈에 무산의 신녀를 만나 사랑을 나눈 고사가 있다. 또 순 임금이 죽은 후 그의 두 비 아황(娥皇)과 여영(女英)이 눈물을 흘렸는데 이 때문에 상강(湘江)의 대나무에 붉은 반점이 생겼다는 고사가 있다.

481　綠綺는 옛 흰 사마상여가 양왕(梁王)에게서 받은 금인데 여기서는 좋은 금을 이른다. 調高絃絕은 곡조가 뛰어나고 연주하는 솜씨가 빼어나다는 뜻이다. 知音은 종자기(鍾子期)는 백아(伯牙)가 금을 연주하는 뜻을 잘 알았는데 종자기가 죽자 백아는 금의 현을 끊어 버리고 다시는 연주를 하지 않은 고사에 보인다. 이 때문에 고상한 곡조를 알아주는 사람이 없어 현을 끊고 연주하지 않았다고 풀이할 수도 있다.

482　무산의 신녀가 초 양왕과 헤어지면서 아침이면 구름이 되고 저녁이면 비가 되어 사랑을 나눌 것이라 한 고사가 있다. 여기서 운우지정(雲雨之情)이라는

相思一夜梅花發　忽到窓前疑是君[483]

유소사

　　당시아취미인가ㅎ니 미인안셕이 교여화을

　　금일미인이 기아거ㅎ니 쳥누쥬박쳔지이을

　　취미션빈싱별니ㅎ니 일망불견심단절을

　　심단절ㅎ니 긔쳔리오

　　몽즁취와무산운터니 각늬누젹상슈심을

　　상강양안화을 미인이 불견슈인심을

　　함비깅쥬녹긔금ㅎ니 됴고현절무지음을

　　연〃상아월은 삼오이팔영우결을

　　미인혜〃〃〃여 부지위모셜을

　　상사일야미화발ㅎ니 홀도창젼의시군을[484]

『고문진보언해』

　　그 뺴예 당ㅎ야 내 아롬다온 사롬의 집의셔 취ㅎ니

　　미인의 놋비치 곱기 곳 곳쏘다

　　　　말이 나왔다.

483　수(隋)의 조사웅(趙師雄)이 매화로 이름난 나부산(羅浮山)에 갔다가 황홀한
　　　경지에서 향기가 감도는 어여쁜 미인을 만나 즐겁게 환담하고 술을 마시며
　　　하룻밤을 보냈는데, 다음 날 아침에 깨어 보니 큰 매화나무 아래에 술에 취해
　　　서 누워 있었다는 고사가 있다.

484　含愁更奏가 함비깅쥬(含悲更奏)로, 湘江水가 상슈심(湘水深)으로 되어 있
　　　다. 湘江兩岸花木深이 상강양안화(湘江兩岸花)로 두 글자가 누락되었다.
　　　美人兮美人 不知爲暮雨兮爲朝雲이 "미인혜〃〃〃 부지위모셜(美人兮美人
　　　兮 不知爲暮雪)"로 되어 있는데 오류인 듯하다.

금일의 미인이 날을 부리고 가니

프른 누와 진쥬 발이 하눌 ᄀ이로다

곱고 고온 흥아월이

세 닷새와 두 여들애예 찻다가 쏘 이저디는쏘다

프른 눈섭과 미얌이 귀밋톨 사라 니별ᄒ매

한 번 부람되 보디 못ᄒ매 무움이 끈처디는쏘다

무움이 굿처디니 몃 쳔 니뇨

ᄭ음 가온대 취ᄒ야 무산 구름의 누엇더니

ᄭᆡ야 오매 눈믈이 샹강 믈의 든는쏘다

샹강 두 언덕의 화목이 깁퍼시니

아롬다온 사룸을 보디 못ᄒ매 사룸의 무움을 근심케 ᄒ도다

근심을 머금고 다시 녹긔금을 주ᄒ니

곡뒤 놉고 줄이 근처디매 소릭롤 알리 업도다

아롬다온 사룸이여 아롬다온 사룸이

져녁은 비 되고 아ᄎᆞᆷ은 구름이 되믈 아디 못ᄒ는쏘다

서로 싱각한 ᄒ로 밤의 미홰 픠여시니

믄득 창 압ᄒᆡ 니루매 이 그딘가 의심ᄒ노라

노동(盧仝, 775?~835년)의 작품이다. 노동은 범양(范陽) 지금의 하북 탁주(涿州) 출신인대 제원(濟源) 론 시남의 하남 출신이라고도 한다. 소실산(少室山)에 은거하면서 평생 벼슬을 하지 않았고 만년에 낙양으로 옮겨서 살았다. 옥천자(玉川子)라 자호하였다. 그의 시는 후대『옥천자시집주(玉川子詩集注)』로 편집되었다.

「유소사(有所思)」는 한나라 때부터 나온 악부시의 한 제목으로 사랑

하는 사람에 대한 그리움을 노래하는 전통이 있는데 이 작품 역시 그러하다. 예전에는 꽃처럼 고운 미인과 함께 취하도록 술을 마셨는데, 이제는 그 미인이 하늘 끝 먼 곳으로 가서 고대광실에서 주렴을 드리우고 살고 있다. 오래 미인을 보지 못한 그리움에 달을 바라본다. 달은 사랑하는 사람의 얼굴이다. 휘영청 둥근 보름달이 이지러지기 시작하는 것은 사랑하는 미인의 부재를 비유한다. 곱디고운 미인과 먼 곳에 떨어져 생이별하게 되었는데 하늘의 달조차 빛을 잃어 가니 더욱 애간장이 끊어진다. 애간장 끊어지니 미인과 몇천 리 떨어져 있기 때문이다. 외로움에 지쳐 꿈을 꾸니, 꿈속에서 무산의 신녀가 되어 초 양왕을 만나 운우지정을 즐긴다. 그러나 꿈에서 깨어나면 순임금과 헤어진 아황과 여영이 흘린 피눈물이 상강의 대나무를 얼룩지게 한 것처럼 외로운 신세다. 미인이 보이지 않은 상심에 녹기금을 타건만, 아무리 뛰어난 솜씨를 발휘해도 들어 주는 이가 없다. 목 놓아 미인을 부른다. 운우지정을 나누었던 그때를 잊어버렸는가! 그리움에 밤을 지새우고 나니 창가에 매화가 꽃을 피웠다. 혹 미인의 화신인가 싶다.

　이 작품에서 미인을 세상에 나오지 않는 현인군자(賢人君子)로 풀이하고 현인군자가 등용되지 못하는 세태를 풍자한 것으로 해석하기도 한다.

◆◆◆

한낮 잠에서 깨니 마음이 복잡하여라	午夢驚來意緒多
분명 취했을 때 미인의 집에 있었건만.	分明我醉美人家
창 앞에 매화꽃이 향 연기에 서늘하니	窓前梅蕊香煙冷

고운 가지 꺾어다 너를 위해 노래하리라   折得瓊枝爲爾歌

— 홍성민, 「진안 동헌의 시에 차운하다(鎭安東軒韻)」

미인이 보이지 않아 절로 그리운데   美人不見自悠悠
매화가 나그네 시름까지 일게 하네.   何況梅花惹客愁

— 이성중, 「개석에게 부치다(寄介錫)」

정을 머금고 억지로 녹기금을 타니   含情強奏綠綺琴
강 물결에 달 잠기는 것도 몰랐네.   不覺江波沈月輪

— 김득신, 「상사곡(相思曲)」

우리 집에 봄 술항아리를 막 열자   我家春甕初發酷
그대 그리는 밤새 매화가 피었네.   思君一夜梅花開

— 서거정, 「성화중에게 부치다(寄成和仲)」

장호, 호위주

외로운 달 훤하게 가는 배를 비추는데
적막한 장강은 만 리 멀리 흘러가네.
고향이 그 어디에 있는지 알 수 없어
아득한 구름 낀 산이 시름겹게 하네.

張祜, 胡渭州

亭亭孤月照行舟　寂寂長江萬里流
鄉國不知何處是　雲山漫漫使人愁[485]

위쥬

졍〃고월은 조힝션ᄒ고 젹〃장강은 만리유을
향국은 부지하쳐시오 운산만〃사인슈을[486]

485　鄉國은 고국(故國)이지만 고향의 뜻으로도 사용된다.
486　『당시장편』에서 제목을 '위주'라 하였지만 호위주(胡渭州)의 잘못이다. 照行
　　舟가 조힝션(照行船)으로 되어 있다.

장호(785?~849?년)는 장우(張祐)로 표기하기도 한다. 자가 승길(承吉)이고 포의(布衣)로 생을 마쳤다. 산동(山東) 출신으로, 중년에 고소(姑蘇)에 살다가 노년에 소주에 은거하면서 장강을 따라 여행을 하며 지은 시가 많은데 이 작품 역시 그러하다.

밝은 달빛이 타고 온 배를 비추는데 무심한 장강은 만 리 멀리 황해로 흘러간다. 고향을 바라보려고 해도 워낙 멀어 어딘지 알 수가 없다. 북으로 아득하게 구름 덮인 산만 보이기에 시름에 잠길 뿐이다.

「호위주(胡渭州)」는 당나라 때의 악부제로, 장호의 오언절구가 따로 더 있다. 조태억의 집구시에 1구와 3구가, 고용후와 차좌일(車佐一)의 집구시에 3구가 이용되었을 정도로 널리 알려진 작품이다.

◆ ◆ ◆

산은 '공' 자처럼 성은 달처럼 생겼는데　　　山如公字城如月
성 아래 긴 강이 만 리 멀리 흘러가네.　　　城下長江萬里流

— 이하곤, 「금성가(錦城歌)」

높은 누각에 올라 고향을 보려 해도　　　欲上危樓望鄉國
어느 곳이 나의 집인지 알 수가 없네.　　　不知何處是吾家

— 허봉(許篈), 「이산팔절(夷山八絶)」

가도、삼월 그믐에

춘삼월도 정말 그믐날이 되었으니
봄빛이 괴롭게 시 읊는 나와 헤어지려나.
자네와 함께 오늘 밤 잠들지 않으리니
새벽종 울리기 전이면 아직 봄이기에.

賈島, 三月晦日
　　三月正當三十日　風光別我苦吟身
　　共君今夜不須睡　未到曉鐘猶是春[487]

두목, 삼월회일
　　삼월정당삼십일ᄒ니 풍광별아고음신을
　　공군금야불슈〃ᄒ니 미도효종유시츈을[488]

487　正當이 更當으로, 風光이 春光으로, 不須睡가 不須寢으로, 猶是春이 五
　　更還으로 된 데도 있다.
488　『당시장편』에 작가가 두목(杜牧)으로 잘못 표기되어 있다.

가도(779~843년)는 자가 낭선(浪仙, 혹은 閬仙)이고 각선산인(碣石山人)으로 자처하였다. 범양(范陽) 곧 지금의 북경(北京) 출신이며 젊은 시절에 승려가 되어 법명을 무본(無本)이라 하였다. 낙양에서 한유의 인정을 받아 환속하여 장안으로 가서 과거에 응시하였지만 급제하지 못하였다. 수주(遂州) 장강(長江) 주부(主簿)를 지내 가장강으로 일컬어진다. 보주 사창참군(普州司倉參軍)으로 있다가 임지에서 죽었다. 한유와 퇴고(推敲)의 고사를 남겼으며 고단한 삶을 담아낸 작품으로 명성을 얻어 맹교의 군색함과 함께 '교색도수(郊塞島瘦)'라 일컬어졌다. 참신하면서도 난삽한 만당(晚唐)의 시풍을 연 것으로 평가된다. 엄우(嚴羽)에게 당종(唐宗)이라 고평을 받기도 하였다. 문집 『장강집(長江集)』이 전한다.

제작 시기가 밝혀져 있지 않지만, 3월 그믐 유 평사라는 벗에게 준 작품이다. 음력 3월 그믐이 봄의 마지막 날인지라 이날을 맞은 마음이 더욱 각별하다. '정당(正當)'에 그 뜻이 읽힌다. 그럼에도 봄빛은 무정하게 괴롭게 시를 쓰는 시인으로부터 멀어져 간다. '고음(苦吟)'은 퇴고를 거듭하여 좋은 시를 쓰고자 하는 것을 이른다. 3구의 "자네"는 벗이면서 동시에 봄이기도 하다. 새벽종이 울리기 전까지는 아직 봄이 간 것이 아니다. 남은 봄을 잠으로 헛되이 보낼 수 없기에 잠들지 말자는 뜻이다. 봄을 붙잡고 싶은 간절한 마음이 담겨 있다.

김종직의 「삼월 삼십일에 상지가 자기 사위 자미와 주연을 열고 나를 초청하였는데, 나는 재계할 일로 가지 못하고 가도의 시운을 사용하여 답하다(三月三十日 相之與其婿子美 開宴見招僕 以齋不赴 用賈島韻以答)」가 이 시에 차운한 것이며, 정시수(鄭時修) 역시 이 시에 차운한 바 있다. 정약용의 '삼월 삼십일에 유연히 홀로 앉아서 스스로 만족하여 세상을 잊게 되었음을 깨달았다. 그윽이 생각하건대, 봄이 가거나 오는 것이 나에게는 모두 상관없는 일이기에 따라서 가도를 비웃는다(三月三十日逈然獨坐 覺自得而忘世 竊謂春去春來於我皆無與 也嗤賈島)」가 이 작품의 뜻을 반박한 것이다. 양경우의 「늦봄 그믐에 아우를 생각하며(暮春晦日憶舍弟)」의 "삼월이 정말 그믐을 맞았으니, 뉘와 함께 봄 보내는 시를 지으랴.(三月正當三十日 與誰同賦送春詩)" 역시 이 시의 뜻과 표현을 빌린 것이다. 이서우의 「삼월정당삼십일(三月正當三十日)」은 이 시에 차운하고 1구를 제목으로 하며 1구에 같은 구절로 시작하는 10수의 연작시다. 김윤안, 정시수 등도 이 시에 차운한 작품을 남겼다.

◆◆◆

풍광이 시 괴롭게 읊조리는 나와 작별하니　風光別我苦吟身
우묵한 술동이만 잡고서 시골 사람 마주한다.　聊把窪尊對野民
　　　— 유계(俞棨), 「다시 윤인경이 답한 앞 시에 차운하다(又次尹仁卿拯和前韻)」

자네와 오늘 밤에는 잠들지 않으리니　共君今夜不須睡
달이 작은 창에 이르면 옛 금을 연주하세.　月到小窓彈古琴
　　　— 김시습, 「산에 살면서 산중도인에게 주다(山居贈山中道人)」

갑인년 삼백하고도 육십 일 중에　甲寅三百六十日
새벽종 울리기 전이라 하루가 남았네.　未到曉鐘猶有一
　　　— 김휴, 「제야에 뜻을 적다(除夜言志)」

가도, 은자를 찾아갔지만 만나지 못하고

소나무 아래서 동자에게 물으니
"스승님 약 캐러 가셨는데
그저 이 산 안에 있겠지만
구름이 깊어 간 곳 모르겠네요."

賈島, 尋隱者不遇

松下問童子　言師採藥去
只在此山中　雲深不知處

심은자불우

송하에 문동즈ᄒ니 언ᄉᆞ치약거ᄅᆞᆯ
지지ᄎ산듕이언만은 운심부지쳐라

이 제목으로 이상은, 고병(高騈), 위야(魏野) 등도 시를 지었는데 모두 인구에 널리 회자되었다. 이 작품은 근체시의 율격에 맞지 않은 고절구(古絶句)다. 가도가 동자에게 은자가 간 곳을 물었는데 나머지 세 구가 동자의 답이다. 약을 캐러 가셨으니 이 산 안에 있겠지만 구름이 자욱하여 찾을 수 없다고 하였다.

성현의 「청산백운도에 쓰다(題靑山白雲圖)」에서 "산속에 약초 캐는 참 은자가 있으리니, 소나무 아래로 가 동자에게 물어보려는 듯.(山中採藥有眞隱 擬逐松根問童子)"이라 한 것으로 보아 「청산백운도(靑山白雲圖)」가 이 시를 그림으로 그린 것임을 알 수 있다. 임훈(林薰)의 「육행 상인의 시축에 쓰다(書陸行上人詩軸)」에 따르면 시축에 이 그림이 그려져 있었다고 한다. 정선, 김득신 등 여러 사람이 이 시의 내용을 그림으로 그린 것이 전한다.

◆◆◆

소나무 아래서 동자에게 묻건대　　　　　　松下問童子
"객은 어느 쪽으로 가야 하나요?"　　　　　客從何處去
무릎 꿇고 하는 말 "우리 선생님　　　　　　跪對吾先生
푸른 구름 아득한 곳에 계시지요."　　　　　蒼蒼雲邃處

— 순조, 「앞사람의 시에 차운하다(次前人韻)」

동자가 구름 속에 약을 캐러 갔는데　　　　童子雲中採藥去
고인은 대숲 밖에서 금을 안고 오네.　　　　高人竹外抱琴來

— 석굉연(釋宏演), 「유선암에 쓰다(題劉仙巖)」

약 캐는 노인을 찾으려 하지만　　　　　　　欲尋採藥翁
구름이 깊어 간 곳을 모르겠네.　　　　　　　雲深不知處

— 김휴, 「송석정 십이영에 삼가 차운하다(敬次松石亭十二詠)」

솔 아레 동자더려 무르니 니르기롤 선생이 약을 키라 갓너이다.

다만 차산중 잇건마는 구름이 깁퍼 곳을 아지 못게라.

아희야 네 선생 오셔드란 날 왓더라 살와라.

송하의 져 동자야 뭇노라 션싱 쇼식, 수쳡청산의 운심이.

넘실넘실 흐르는 한강에 흰 갈매기 나는데
늦봄 푸르고 맑은 물이 옷 물들일 수 있겠네.
남으로 북으로 오가느라 사람은 절로 늙는데
저물녘에 돌아가는 낚싯배를 늘 전송해 주네.

杜牧, 漢江
溶溶漾漾白鷗飛 綠淨春深好染衣
南去北來人自老 夕陽長送釣船歸

두목지, 한강
용//양//빅구비ᄒᆞ니 녹졍츈심호염의을
남거북ᄂᆡ인ᄌᆞ로한다 셕양장송됴션귀을

두목(803~852년)은 자가 목지(牧之)고 장안의 동남 두번향(杜樊鄕)에 거
주하여 두번천(杜樊川)으로 불렸다. 회남 절도부(淮南節度府)에서 서기
(書記) 일을 맡아 두서기라고도 하였으며 사훈원 외랑(司勳員外郞)을 지
내 두사훈으로, 중서사인(中書舍人)을 지내 두사인 혹은 중서사인의 별
칭을 따서 두자미라고도 하며, 두보와 구분하여 소두(小杜)로도 불린다.

문집 『번천문집(樊川文集)』이 규장각에 소장되어 있는데 조선 태종 때 공주에서 간행한 판본이다.

이 작품은 839년 두목이 좌보궐(左補闕)로 부임하기 위해 선주(宣州)를 출발하여 심양(潯陽)에 이른 후 배로 장강을 거슬러 한수(漢水)로 들어가 남양(南陽), 무관(武關), 상주(商州) 등을 경유하였는데 한수에 있을 때 지은 것이다. 한강(漢江)은 한수라고도 하며 장강의 가장 큰 지류다. 도도히 흐르는 한강에 흰 갈매기가 날아오른다. 흰 갈매기는 기심(機心)이 없는 사람에게 가까이한다는 압구(狎鷗)의 고사가 있어 이를 빌려 장강 사람들의 소탈한 면모를 은근히 말하였다. 강물은 봄이 깊어 가기에 더욱 푸르다. 그대로 옷을 적시면 쪽빛이 될 듯하다. 이렇게 좋은 풍광 속에 여로에 지친 시인이 등장한다. 벼슬살이로 먼 곳을 떠도느라 흙먼지를 덮어쓴 시인의 모습이 그려진다. 이어 한수가 석양에 떠 있는 낚싯배를 전송한다는 말로 시상을 마쳤는데, 분주한 자신과 한가한 어부의 대조가 묘미를 얻었다.

◆ ◆ ◆

어젯밤 꿈속의 패옥 소리 서른여섯 해 　　　　昨夢珘環三十六
넘실넘실 강물에 흰 갈매기가 한가롭다. 　　　溶溶漾漾白鷗閒

— 조면호, 「병중에 강가 누각의 성사를 듣고 짓다(病中聞江樓盛事仍題)」

무성한 강가의 풀 봄이 돌아온 줄 알겠는데 　　萋萋江草識春歸
넘실넘실 저 푸른 물은 옷 물들일 수 있겠네. 　綠水溶溶好染衣

— 권필, 「오봉 상공 사신이 잔치 자리에서 지은 시에 차운하다(次五峯使相宴席韻)」

남으로 갔다 북으로 왔다 몸이 먼저 늙었으니 　南去北來身已老
옛날에 맹세한 물고기와 새가 괴롭게 부르네. 　舊盟魚鳥苦相招

— 안축(安軸), 「9월 13일 향사를 환영하고 북으로 가는 도중에
즉흥적으로 짓다(九月十三日 因迎香使 北行途中卽事)」

남북으로 오가느라 사람은 절로 늙었는데 　之北之南人自老
겨울에도 여름에도 말은 연이어 우는구나. 　於冬於夏馬連嘶

— 이하진(李夏鎭), 「광릉 가는 길에(廣陵道中)」

여름의 나무는 강안의 주막을 숨기고서 　夏木密藏臨岸店
석양에 여울로 올라가는 배를 늘 전송하네. 　夕陽長送上灘舟

— 박장원, 「가흥(嘉興)」

두목,
진회에 배를 대고

안개가 찬 강 두르고 달빛이 모래펄 둘렀는데
한밤 진회에 배를 대니 주막이 멀지 않네.
장사하는 아낙네는 망국의 한을 알지 못하고
강 건너에서 아직도 옥수후정화를 노래하네.

杜牧, 泊秦淮
　　煙籠寒水月籠沙　夜泊秦淮近酒家
　　商女不知亡國恨　隔江猶唱後庭花[489]

박진회
　　연롱한슈월농사ᄒ니 야박진회건쥬가을
　　상녀은 부지망국한ᄒ고 격강유창후정화을

489　後庭花는 玉樹後庭花라고도 하며 남조(南朝) 진(陳)의 후주(後主) 진숙보
　　(陳叔寶)가 성색(聲色)에 빠졌을 때 특히 이 곡을 즐기다가 나라를 망하게 하
　　였다는 망국의 음악이다.

진회(秦淮)는 진회하(秦淮河)로 남경에서 장강과 합류한다. 진시황이 회계(會稽)로 갈 때 운하를 뚫어 이 이름이 붙었다고 한다. 번화한 강가의 주점에서 질탕한 음악 소리가 울려 퍼지는 것을 듣고 쓴 시다. '롱(籠)'을 거듭 사용하여 율조가 느껴지게 하였다. 달이 밝고 모래도 맑은 강가에 배를 대니, 건너편 주막의 여인이 간드러지게 부르는 노랫가락이 들려온다.

송순이 이 작품을 바탕으로 하여 칠언고시 「진회에 밤에 배를 대고 옥수가를 부르다(夜泊秦淮玉樹歌)」를 지었다. 이첨(李詹)의 "안개는 진회의 밤에 비껴 있네.(煙橫杜子秦淮夜)", 서거정의 "두목은 진회에서 화려한 시구를 읊었네.(杜子秦淮題繡句)" 혹은 "진회에서 일찍이 두생의 시가 있었지.(秦淮曾有杜生詩)" 등이 이 시를 가리킨다. 허봉의 「조천기(朝天記)」에 이 시와 거의 같은 풍경을 보았다는 기록이 있다. 송명흠(宋明欽)의 「달밤 여러 젊은이들과 강가를 거닐면서 '연롱한수월롱사' 구절로 운자를 나누어 함께 시를 짓다(月夜與諸少步江皐 以煙籠寒水月籠沙 分韻共賦)」에서처럼 이 시를 운자로 삼은 시회도 있었다.[490]

---

490 두목의 작품 중에는 『당시장편』에 실려 있지 않지만 시조로 불린 것이 제법 있다. 작가가 알려져 있지 않은 "곳아 색을 밋고 오는 나뷔 금치 마라, 춘광이 덧업신 줄 넨들 아니 짐작호랴. 녹엽이 성음자만지(成陰子滿枝)호면 어늬 나뷔 도라보리."는 「꽃을 한탄하며(歎花)」의 "꽃 찾는 일 너무 늦어 절로 한스러우니, 지난해는 채 피기도 전에 보았건만, 이제는 바람에 떨어진 꽃잎이 낭자하고, 푸른 잎 그늘 이루어 가지에 열매 가득하네.(自恨尋芳到已遲 往年曾見未開時 如今風擺花狼籍 綠葉成陰子滿枝)"를 옮긴 것이다. 또 김수장(金壽長)의 "인간이 쑴인 쥴을 나는 발셔 아라노라, 일준주(一樽酒) 잇고 업고 미양 모다 노시그려. 진세(塵世)에 난봉개구소(難逢開口笑)니 긋지 말고 노옵시"는 율시 「중양절 제안에서 높은 곳에 올라(九日齊安登高)」의 "먼지 세상에서 일 벌리고 웃는 일 만나기 어려우니, 반드시 국화를 머리 가득 꽂고서 돌아와야 하겠지.(塵世難逢開口笑 菊花須插滿頭歸)"에서 가져온 것이다.

◆◆◆

바람 편에 진회의 모임을 알리는데　　　　　憑風喚報秦淮社
백사장 달빛 두른 밤과 어찌 같을까?　　　　何似沙洲月夜籠

　　　— 황준량, 「화답한 시를 이어 다시 '달밤에 백사장 어귀에 정박하다'에
　　　　　차운하다(承和復次月夜泊沙口)」

안개가 언덕을 덮어 푸른 병풍 절벽 어둑한데　霽煙羃岸蒼屛暝
흰 달빛이 백사장을 덮어 흰 비단 펼쳐진 듯.　皓月籠沙白練橫

　　　— 오운, 「하한정에서 밤에 앉아 있노라니 느낌이 있어(夏寒亭夜坐有感)」

아침에 섬진나루 배를 대니 주막이 근처라　朝泊蟾津近酒家
가볍게 노를 저어 쏜살처럼 십 리를 가네.　輕橈十里如飛箭

　　　— 박내오(朴來吾), 「유두류록(遊頭流錄)」

탁영가파정주정(濯纓歌罷汀洲靜) 죽경시문(竹逕柴門)을 유미
개(猶未關)라. 비 씨여라 비 씨여라 야박진회근주가(夜泊秦淮近
酒家)로다 지국총 지국총 어사와 와구봉저독짐시(瓦甌蓬底獨斟
時)라.

　　　이면보, 『어부가(漁父歌)』

연롱한수 월롱사ᄒ니 야박진회 근주가ㅣ라
상녀ᄂᆞᆫ 부지망국한이요 격창유창 후정화ㅣ라
아희야 환미주(換美酒)ᄒ여라 여군동취(與君同醉) ᄒ리라.

　　　— 작가 미상의 시조

───

659

진회에 비을 미고 주가(酒家)로 도라드니
격강상녀(隔江商女)는 망국한을 모로고셔.
밤중만 한수에 월롱(月籠)홀 지 후정화믄 ᄒ더라.

— 작가 미상의 시조

두목,
추석

가을밤 촛불이 병풍을 차게 비추는데
조그만 비단 부채로 반딧불이를 쫓는다.
대궐 섬돌 밤기운은 강물처럼 서늘한데
견우성과 직녀성을 우두커니 보는구나.

杜牧, 秋夕

銀燭秋光冷畫屏　輕羅小扇撲流螢
天階夜色涼如水　坐看牽牛織女星[491]

츄셕

은촉츄광닝화병ᄒᆞ니 경나소선박유형을
천계야싴이 양여슈ᄒᆞ니 와간견우직녀셩을

<hr />

491　제목이 「칠석(七夕)」으로 된 데도 있다. 왕건의 작품으로 보기도 한다. 銀燭
　　은 은백색의 고급 초다. 秋光은 가을의 풍경인데 여기서는 가을날 촛불의 빛
　　이라는 뜻으로 쓴 듯하다. 天階는 궁중의 계단인데 여기서는 궁중을 이른다.
　　坐看은 잠시 보거나 우두커니 본다는 뜻이다. 銀燭이 紅燭으로, 天階가 瑤
　　階로, 坐看이 臥看으로 된 데도 있다.

제목은 '가을밤'이지만 일반적인 궁사(宮詞)처럼 외로운 궁중 여인의 한을 말하였다. 임금의 사랑을 받지 못하는 여성의 한을 견우와 직녀의 신화를 끌어들여 형상화하였다. 여인의 방은 촛불이 밝혀져 있고 그림을 그린 화려한 병풍이 둘러쳐 있지만 온기가 없다. 가을밤이라 그러하겠지만 여인의 고독함을 말한 것으로 볼 수 있다. 인적 없는 곳인지라 반딧불이만 날아다닌다. 비단 부채로 반딧불이를 치는 것은 외로움을 떨치고자 하는 뜻이 들어 있다. 계절이 바뀌어 효용이 사라진 가을 부채는 버림받은 여인의 한을 비유하는데, 반딧불이가 방으로 들어올 정도로 적막하고, 이를 부채로 칠 정도로 무료한 여인의 모습을 잘 그려 내고 있다. 이어 차가운 대궐의 섬돌에 앉아 견우성과 직녀성을 멍하니 바라보는 여인의 모습으로 시상을 종결하였다. 견우와 직녀는 칠석에 한 번만 만난다고 하니 혹 그조차도 여인에게는 부러운 일이라는 뜻을 말한 것이다.

◆ ◆ ◆

환한 촛불이 그림 병풍에 차가운데   銀燭煌煌冷畫屛
주렴 너머 손바닥만 한 눈꽃이 떨어지네.   隔簾如手雪花零
　　　— 정필달(鄭必達), 「금산 동헌의 시에 차운하다(次錦山東軒韻)」

얼음 자리에 한기 많아 잠들지 못하는데   氷簟寒多夢不成
손으로 비단 부채 휘둘러 반딧불이 쫓는다.   手揮羅扇撲流螢
　　　— 허초희, 「궁사(宮詞)」

새 가을이라 밤빛은 강물처럼 서늘한데   新秋夜色凉如水

사람 홀로 뒤척이는 것 시름 때문 아니겠나?　　人自無眠不是愁

— 신위, 「묵농의 월석에 차운하다(次韻墨農月夕)」

적막한 깊은 병풍 반딧불이 나는데　　　　深屛寥寥撲流螢

누워서 견우성과 직녀성을 본다네.　　　　臥看牽牛織女星

— 남유용(南有容), 「옷을 보내는 노래(寄衣曲)」

두목, 강남의 봄

천 리 꾀꼬리 울음 푸른빛 붉은빛 어리는데
강 마을과 산속 마을에 술집 깃발 바람에 날리네.
남조 시절 세워진 사백팔십 곳 고찰에는
그 많던 누대가 안개비에 젖어 있을 뿐.

杜牧, 江南春

　千里鶯啼綠映紅　水村山郭酒旗風
　南朝四百八十寺　多少樓臺煙雨中[492]

강남춘

　천리잉졔녹영홍ᄒᆞ니 슈촌산곽쥬긔풍을
　남됴ᄉᆞ빅팔십ᄉᆞ의 다소누뒤연우즁을

492　북조(北朝)와 대립했던 송(宋), 제(齊), 양(梁), 진(陳) 등 남조의 여러 나라에
서 불교를 숭상하여 지금의 남경 일대에 사찰을 500여 곳에 세웠다.

강남 천 리 드넓은 땅에 봄이 와서 꾀꼬리 울고 붉은 꽃과 푸른 잎이 어리비친다. 강변의 마을이나 성곽 가는 길목에 주막의 깃발이 바람에 펄럭인다. 육조 시대(六朝時代) 남조(南朝)의 여러 나라에서 세운 수많은 사찰의 누대는 활기를 잃고 안개와 가랑비 속에 몽롱하다. 남조에서 불교를 숭상한 것을 풍자한 것으로 풀이하기도 하지만, 강남의 봄 풍경을 그려 낸 것으로 보아도 무리가 없을 듯하다.

중국 강남의 봄 풍경을 소재로 한 「강남춘(江南春)」은 두목 외에 당나라 장적(張籍), 이약(李約) 등의 절구가 있고, 송나라 때에는 구준 등의 사(詞)가 있는데 조선에서는 절구와 함께 사로도 여러 편의 작품이 제작되었다. 특히 두목의 이 작품은 하연(河演)이 1구를, 고용후와 조수삼이 2구를, 홍석주가 3구를, 서거정이 4구를 그대로 가져다 쓴 적이 있을 정도로 조선 시대에 널리 알려졌다. 또 이인상(李麟祥)의 「강남춘의도(江南春意圖)」가 이 시의 내용을 그린 그림이다. 강세황의 「강남춘의도 뒤에 쓰다(題江南春意圖後)」는 명의 두기(杜冀)가 그린 같은 제목의 그림에 붙인 글이다. 순조 때 화원의 시험에서 속화(俗畫)와 산수 분야에서 이 시로 시험을 보인 바 있다.

◆◆◆

창피하게 춘풍에 백발의 나그네 신세 되니	羞將白髮客春風
꾀꼬리 우는 강남엔 푸른 잎 붉은 꽃 어리네.	鸎囀江南綠映紅

— 정몽주, 「황도(皇都)」

| 곳곳마다 안개 끼고 나무마다 꽃 피었는데 | 處處和烟樹樹花 |

강 마을과 산속 마을에 술집 깃발이 날리네.　　　水村山郭酒旗斜

　　　　　　　　　　　　　　　— 황여일(黃汝一), 「꿈을 적다(記夢)」

짚신에 지팡이 짚고 그대와 함께 가　　　　　青鞋藤杖與子俱
사백팔십 개 절을 두루 다 돌아보리라.　　　歷盡四百八十之浮屠

　　　　　　　　　　　　　　　— 이정귀, 「전당가(錢塘歌)」

강남 땅 안개비에 천 리 아득한 꾀꼬리 울음　　江南煙雨鶯千里
변경의 바람과 구름에 가을 기러기 한 마리.　　塞上風雲雁一秋

　　　　　　　　　　　　　— 한장석, 「가을날의 회포를 읊다(賦得秋懷)」

듣자니 강남에 다시 봄이 왔다고 하니　　　　聞說江南又到春
얼마나 많은 이가 누각에 올라 꽃을 보겠나!　上樓多少看花人
목동은 피리 불며 누런 송아지 모는데　　　　牧童橫笛驅黃犢
아가씨는 광주리 들고 흰 마름꽃을 따네.　　　兒女携筐採白蘋

　　　　　　　　　　　　　　　— 이건, 「강남춘(江南春)」

두목, 오중의 풍수재가 그리워서

장주원 그 너머에 풀이 스산한데
문득 여정을 헤아리니 세월이 아득타.
오직 헤어질 때를 아직 잊지 못하여
저녁 안개 가을비에 풍교를 지난다.

杜牧, 懷吳中馮秀才

　　長洲苑外草蕭蕭　却筭遊程歲月遙

　　唯有別時今不忘　暮煙秋雨過楓橋[493]

회오중풍슈지

　　쟝쥬원외초소//ᄒᆞ니 각산유졍셰월요을

　　유//별시금불망이라 모연츄우과풍교을

493　吳中은 소주, 지금의 강소성(江蘇省) 일대를 이른다. 그 서남쪽에 장주원(長
　　洲苑)이라 부르던 정원이 있어 무원(茂苑)이라고도 하였다. 한산사(寒山寺)
　　와 풍교(楓橋)가 인근에 있는데 장계(張繼)의 「풍교야박(楓橋夜泊)」의 공간
　　이다. 『당음』에는 長洲苑이 長洲花로 되어 있으나 잘못이다.

가을이 깊어 장주원에 풀이 시들어 가는데 지나온 여정을 돌이켜 보니 긴긴 세월이 흘렀다. 풍 수재(馮秀才)와 헤어진 일이 유독 기억에 잊히지 않는다. 그래서 가을비 내리고 저녁 안개 끼어 있는 풍교를 들르게 된 것이다.

홍세태의 「금장대(金藏臺)」에서 "강과 산은 흡사 장주원과 같은데, 구릉에는 예전 결기궁을 지은 듯(江山恰似長洲苑 丘隴曾爲結綺宮)"이라 한 것처럼 조선에서 장주원이 아름다운 명승으로 알려져 있었다. 김시습의 집구시에 2구가, 고용후의 집구시에 3구가 이용된 것으로 보아 이 작품이 널리 알려졌음을 알 수 있다.

◆ ◆ ◆

이별에 넋이 끊어진들 뉘 가련히 여길까　　　　誰憐遠別魂長斷
문득 여정을 헤아리니 꿈조차 놀란다.　　　　　却算游程夢欲驚
　　— 신흠, 「박릉에 도착해 일송 대학사를 만났는데 시를 지어 달라고 간절히 청하기에
　　　　떠날 때 써서 바치다(到博陵遇一松大學士 索詩甚急 臨發書呈)」

오직 헤어질 때를 아직 기억하는지　　　　　　唯有別時今尙記
성곽 남쪽 새 버들이 이별가를 부르네.　　　　郭南新柳唱離歌
　　　　　— 조태억, 「찰방 허숙의 만사(許察訪琡輓)」

두목,

낙유원에 올라

공활한 긴 하늘에 외로운 새 사라지듯
만고의 역사가 여기에서 사라져 버렸네.
보라, 한나라 무슨 공업 이루었던가!
오릉의 앙상한 숲에 가을바람만 이네.

杜牧, 登樂遊原

　長空澹澹孤鳥沒　萬古銷沈向此中

　看取漢家何事業　五陵無樹起秋風[494]

등낙뉴원

　장강은 담//고됴몰ᄒ니 만고소침향차즁을

　간취한가하이업이냐 오릉무슈긔튜풍을[495]

494　澹澹은 텅 빈 모습을 형용하는 말이다. 銷沈은 소실되었다는 뜻이다. 五陵
　　은 한나라 황제의 무덤으로 장안의 서북에 있었다. 事業이 似業으로 된 데도
　　있다.
495　장강은 장공의 잘못이다. 장강(長江)으로 된 데는 보이지 않는다.

드넓은 하늘에 새 한 마리 사라지듯 만고의 세월 낙유원(樂遊原)의 자취가 사라지고 없다. 낙유원은 진의 의춘원(宜春苑)을 한 선제(宣帝)가 고친 정원이다. 그러니 한나라의 왕업이 무엇이 남았겠는가? 그저 황제의 능묘밖에 더 있는가? 오릉은 한 고조 등 다섯 황제가 묻힌 곳인데 장안 서북에 있다. 이곳의 앙상한 나무는 가을바람만 일 뿐이다. 이상은이 쓴 같은 제목의 오언절구도 널리 알려져 있다.

◆ ◆ ◆

| 공활한 하늘에 새가 날아 돌아오는데 | 長空澹澹鳥飛迴 |
| 용봉산 산 빛은 비단을 쌓아 놓은 듯. | 龍鳳山光錦繡堆 |

— 김택영, 「부산 도서정 잡영(扶山圖書亭雜咏)」

| 조각구름은 먼 들판을 날아가고 | 斷雲飛迥野 |
| 외로운 새는 긴 하늘에 사라지네. | 孤鳥沒長空 |

— 차천로, 「8월 17일 새벽에 앉아 두보의 진주잡시의 운에 따라
(八月十七日晨坐 用老杜秦州雜詩韻)」

| 능주의 관아에 저물녘 정자가 비어 | 綾州舘裏暮亭空 |
| 천고의 세월이 이 속에 잠겨 있네. | 千古銷沈向此中 |

— 이학규, 「백진의 시에 화답하여 회포를 적다(奉和伯津言懷)」

| 성조의 공업은 어디에 비길 수 있으랴? | 看取聖朝何似業 |
| 일백 년 문물이 이리의 땅까지 미쳤으니. | 百年文物徧狼荒 |

— 이식, 「경성(鏡城)」

오백 년 만에 계림의 누런 잎이 다 지고　　　五百年來黃葉盡

오래된 숲에 나무 없고 가을바람 일어나네.　　古林無樹起秋風

　　　　　　　　　　　　— 고경명, 「계림의 노래(鷄林詠)」

청명 시절 비가 부슬부슬 내리는데
길 가는 사람은 넋을 잃을 듯하네.
술집이 어느 곳에 있는지 물었더니
목동이 멀리 살구꽃 마을 가리키네.

杜牧, 清明

清明時節雨紛紛　路上行人欲斷魂
借問酒家何處有　牧童遙指杏花村

니가우, 청명

청명시절의 우분 // 하니 노상힝인이 욕단혼을
차문쥬가하쳐지오 목동요지힝화촌을[496]

496　『당시장편』에서 니가우의 작품으로 기록하였는데 당 현종 연간의 문인 이가
　　우(李嘉祐)를 이르는 듯하지만 착오다.

24절기의 하나인 청명절에 지은 작품이다. 청명은 가족들이 모여 답청(踏靑)을 하기도 하고 성묘를 하기도 하는 큰 명절이다. 청명을 맞지만 날이 청명하지 않고 부슬부슬 비가 내린다. 이 때문에 객지를 떠도는 나그네는 마음이 처절하다. 단혼(斷魂)은 넋이 빠질 정도로 마음이 경도되거나 상심한다는 뜻이다. 쌀쌀한 봄 추위에 몸을 녹일까 하여 주막을 물었다. 지나는 소 치는 아이가 손가락을 가리키는데 그 앞에 살구꽃 핀 마을이 보인다. 그곳에 술집이 있다는 뜻이다. 여기서 살구꽃 핀 마을 행화촌이 술집을 이르는 말이 되었다. 음침한 분위기가 여기서 환하게 바뀌는 것이 이 시의 묘미다.

성해응의 「정미전신록(丁未傳信錄)」에 병자호란 이후 조선에서 이 시를 "청과 명의 시절 또 어지러우니, 난리 통에 행인은 애간장을 끊는구나. 묻노니 술집은 어디에 있는가? 목동은 멀리 향화촌을 가리키네.(淸明時節又紛紛 亂離行人欲斷魂 借問酒家何處在 牧童遙指向化村)"로 바꾸었다고 하는 기사가 있는데, 마지막 향화촌은 오랑캐가 조선에 항복해 와서 거주하는 마을을 이르는 말이라 한다. 김팔원(金八元)과 조면호가 1구를 사용하여 시를 지은 바 있고 박제가가 4구를 가지고 장편 고시를 지은 바 있다. 고종 연간 화원을 뽑을 때 이 시로 속화를 그리게 했다.

◆ ◆ ◆

오릉의 유협들은 다투어 돌아보는데   五陵游俠爭回首
옛길의 행인은 넋을 잃을 듯하네.   古道行人欲斷魂
                                          ─ 정두경, 「역사를 읊다(詠史)」

묻노니 술집은 어디에서 가까운가　　　　　借問酒家何處近
콩꽃이 흐드러진 곳에 어부 집이 있네.　　　豆花深處有漁村

　　　　　　　— 홍한주, 「호정만영(湖亭謾詠)」

사또의 수레에 봄바람이 따스한데　　　　　太守皁蓋春風暄
새벽에 살구꽃 핀 마을을 가리키네.　　　　平明遙指杏花村

　　　　　— 유호인, 「농가에서 즉흥적으로 짓다(農家卽事)」

청명시절우분분ᄒ저 나귀 목에 돈을 걸고
주가(酒家)ㅣ 하처(何處)오 뭇노라 목동드라
저 건너 행화(杏花)ㅣ 눌이니 게가 무러 보소셔.

　　　　　　　　　　　　　— 작가 미상의 시조

청명시절우분분헐 제 노상ᄒᆡᆼ인이 욕단혼이로다
문노라 목동들아 술 파는 집 어듸메뇨
져 건너 쳔념쥬긔풍이니 게 가셔나 뭇소.

　　　　　　　　　　　　　— 작가 미상의 시조

비ᄉ리 등에 언고 기음미는 저 노옹아
비 마즌 행객이 문(問)ᄂ니 술 파는 듸
저 건너 행화촌이니 게 가 무러보소서.

　　　　　　　　　　　　　— 작가 미상의 시조

청명시절우분분홀 제
나귀 등에 돈을 싯고 주가하처재오
문노라 목동들아 그곳에 행화ㅣ 더놀니니 아모딘 쥴 몰니라.

청명시절우분분ᄒ니 노상행인욕단혼을
차문주가하처재오 소 치는 ᄋ히들아
뎌 건너 행화촌 이시니 게 가 무러보소셔.

청명시절우분분홇 제 로상힝인이 욕단혼을
뭇노라 목동아 술 파는 집이 어디메나 ᄒ뇨
져 건너 힝화 져느리니 게 가 무러보셔.

청명시절우분분하니 노상행인욕단혼니라
차문주가하처재요 독동요지행화촌니라
아마도 저 거네 청송녹죽(靑松綠竹)니 행화촌가.

녹음방초 세우중(細雨中)에 쇼 먹이는 져 아해야
비 마즌 행객이 뭇노라 술 파는 대
져 건너 행화 눌이이 게 가 무러보쇼셔.

세우(細雨) 쑤리눈 날에 쇼 머기눈 아희들아
비 마즌 행객이 문노라 술 파눈 디
저 건너 행화촌이니 게 가 무러보쇼셔.

— 작가 미상의 시조

차문주가하쳐지오 목동요지힝화

— 「열녀춘향수절가」의 기생 점고 대목, 행화가 들어올 때

쳔시가절 씨가 디야 셰우가 분분커든 노상힝인욕단혼이라
마상의 곤핍하여 병이 날가 염예온니

— 「열녀춘향수절가」의 이별가 대목

조하, 강가 누각에서 감회를 적다

홀로 강가 누각에 오르니 생각이 아득한데
달빛은 강물과 같고 강물은 하늘과 같네.
함께 와서 달 보던 이는 어디에 있는지
어슴푸레 풍경은 지난해와 다름이 없는데.

趙嘏, 江樓書感

獨上江樓思渺然　月光如水水如天
同來望月人何處　風景依稀似去年[497]

강누셔감

독상강누사묘연ᄒᆞ니 월광은 여슈〃여천을
동닉망월인하쳐오 풍경의희사거년을

조하(806?~852?년)는 강소 회안(淮安) 출신으로 자는 승우(承祐)다. 율시 "남은 별 몇 점 기러기 변새에 나는데, 긴 젓대 한 소리에 사람은 누각에 기대었네.(殘星幾點雁橫塞 長笛一聲人倚樓)"가 크게 회자되어 조의루(趙倚樓)라는 별칭을 얻었다. 조하는 844년 진사시(進士試)에 합격하였는데 이 작품은 그 이전 진사시에 낙방하고 고향으로 돌아가 있을 때 지은 것으로 추정된다.

홀로 강가의 누각에 오르니 옛 생각이 난다. 달빛이 강물을 비추니 둘 다 맑아 달빛인지 물빛인지 구분되지 않는다. 강물에 하늘이 비치니 눈앞에 펼쳐진 풍경이 하늘인지 강물인지 알 수 없다. 황홀경이다. 그리고 예전 함께 누각에 오른 이를 그리워한다. 지금은 어디서 무엇을 하는지 알 수 없다. 인간사는 이와 같이 변화무상하지만 함께 구경하던 풍경은 예나 지금이나 다름이 없다. 이 때문에 더욱 탄성이 절로 나오는 것이다.

◆◆◆

이호는 가을 깊어 물이 하늘처럼 아득한데 　　梨湖秋盛水如天
홀로 강가 누각에 기대니 마음이 아득하다. 　　獨倚江樓思渺然

— 윤휴(尹鑴), 「권수부에게 주다(與權秀夫)」

산 아래 긴 강과 그 위에 솟은 산 　　山下長江江上山
달빛은 물과 같고 물은 하늘과 같구나. 　　月光如水水如天

— 이안눌(李安訥), 「임술년 7월 기망에 해포의 배 안에서……
(壬戌七月旣望海浦舟中……)」

밤 깊어 무쇠 갑옷이 물처럼 차가운데   更深鐵衣冷如水

풍경은 아스라이 지난해와 비슷하네.   風景悠悠似去年

— 조준, 「봄날 소양강의 노래(春日昭陽江行)」

이상은, 함양에서

함양의 궁궐이 높다랗게 빼곡한데
여섯 나라의 누대가 비단처럼 곱네.
당시에 천제가 술에 취하였기에
진나라 차지한 산과 물을 상관않았지.

李商隱, 咸陽

咸陽宮闕鬱嵯峨　六國樓臺豔綺羅
自是當時天帝醉　不關秦地有山河

니의산, 함양

함양궁궐이 울차아ᄒ고 유국누듸염긔나을
자시당시천졔취ᄒ니 불관진지유산하을

이상은(812~858년)은 자가 의산(義山)이고 호가 옥계생(玉谿生) 혹은 반
남생(樊南生)이며 두목과 이름을 나란히 하여 소이두(小李杜)로 불렸
고, 온정균(溫庭筠)과 온리로 일컬어졌다. 『이상은시집(李商隱詩集)』이
전한다.

　이 작품은 진의 수도 함양을 노래한 작품이다. 함양의 수많은 궁궐이

높다랗게 치솟아 있는데 진이 병합한 육국(六國)의 다양한 누대들이 오색 비단보다 곱다. 육국은 함곡관 동쪽에 있던 여섯 나라로 진나라에 병합되었다. 육국누대(六國樓臺)는 진이 육국을 병합한 후 함양에 각 나라의 특성을 반영하여 세운 누각이다. 하늘이 술에 취하였는지 진나라가 천하를 차지하게 한 것이 안타깝다는 사론(史論)을 개진하였다.

이수광은 『지봉유설』에서 3~4구를 들고 진 목공(秦穆公)이 꿈에 황제의 처소에 이르렀을 때 천제가 향응을 베풀어 취하게 하고 금책(金策)을 하사했다는 고사 그리고 유신(庾信)의 「애강남부(哀江南賦)」에서 "순수(鶉首)를 진나라에 하사하였으니 하늘이 어찌하여 이렇게 취하였는가?"라 한 고사를 쓴 것이라 하였다.

◆ ◆ ◆

함양의 궁전은 높다랗게 빼곡한데   咸陽宮殿鬱嵯峨
아침저녁 수레가 성모에게 조회했지.   日夕宮車朝聖母

— 유성룡, 「행로난(行路難)」

남원의 누대는 비단처럼 고운데   南院樓臺艶綺羅
봄바람 길게 불어 저잣거리 어지러웠지.   春風長是市婆娑

— 유호인, 「우연히 삼국의 역사를 보다가 잡기를 채록하여 동도잡영을 짓다
(偶閱三國史 兼採雜記 作東都雜詠)」

당시 천제가 취하였던가   當時天帝醉
원래 백성을 돌보지 않았네.   元不管生民

— 신흠, 「역사를 보고(詠史)」

한나라 비단은 없던 해가 없었는데   漢家繪帛無虛歲

진나라 산하는 취한 하늘에 들어 있네.   秦地山河入醉天

— 홍수주(洪受疇), 「연경으로 가는 사간 김연을 전송하며(送金司諫演赴燕)」

요지의 서왕모가 고운 창을 열었건만
황죽가만 땅을 흔들며 슬프게 들리네.
팔준마가 하루에 삼만 리를 달리는데
목천자는 무슨 일로 다시 오시지 않는가?

李商隱, 瑤池

　瑤池阿母綺窓開　黃竹歌聲動地哀

　八駿日行三萬里　穆王何事不重來[498]

요지

　요지아모긔창기ᄒᆞ니 황쥭가성이 동디이을

　팔쥰일힝삼만리ᄒᆞ니 목왕하ᄉᆞ부즁ᄂᆡ을

498　瑤池는 서왕모가 살았다고 하는 곤륜산 위의 못이다. 阿母는 서왕모를 가리
킨다. 또 주 목왕이 평택(苹澤)에서 사냥을 하는데 북풍한설이 몰아쳐 날이
너무 추워 사람들이 얼어 죽을 지경이 되었다. 이때 주 목왕이 시 세 편을 지
어 백성을 불쌍히 여겼는데 이를 황죽(黃竹)의 노래라 한다. 八駿馬는 목왕
이 타던 여덟 필의 말로, 하루에 삼만 리를 달릴 수 있었다고 한다. 穆王은 목
천자(穆天子)라고도 한다.

요지의 서왕모가 목천자를 기다리는 마음을 노래한 작품이다. 서왕모는 천하를 순수하다 찾아온 목천자를 위해 연회를 베풀었는데 목천자가 요지를 떠나면서 3년 뒤에 다시 오겠다고 하였지만 소식이 없다. 목천자가 백성의 고달픈 삶을 슬퍼하며 지었다는 황죽의 노래만 들려올 뿐이다. 목천자의 팔준마는 하루에 만 리를 달린다는데 어찌하여 오지 않는지 하소연을 하였다. 도교에 빠진 무종(武宗)을 풍자한 작품으로 보기도 한다.

이유원(李裕元)의 「시강일기(侍講日記)」에 따르면 순조가 홍문관의 각신(閣臣) 등에게 이 시의 3구를 제목으로 시를 짓게 하였는데 이유원, 서희순, 이약우(李若愚), 박영원 등이 칠언절구를 지어 술을 하사받은 기록이 보인다.

◆◆◆

이제 행락은 밝은 달빛에 부질없는데　　　　如今行樂空明月
황죽의 노랫가락만 꿈속에 서럽구나.　　　　黃竹歌聲夢裏哀

— 이단상(李端相), 「연경의 행차를 읊조리다(詠燕京遊幸)」

궁궐 앞에 수놓은 비단이 산처럼 쌓였건만　　宮前錦繡如山堆
어지럽게 풍악 소리가 땅을 흔들며 애잔하네.　雜還笙歌動地哀

— 조위(曺偉), 「본궐의 옛터(本闕古基)」

풀 아래 우는 벌레 잎 위에 내린 서리
붉은 난간 우뚝하게 호수 물빛을 누르네.
토끼와 두꺼비 추워하고 계수꽃 환하니
이날 밤 항아는 애간장이 끊어지겠지.

李商隱, 月夕

　　草下陰蟲葉上霜　朱欄迢遞壓湖光
　　兎寒蟾冷桂花白　此夜嫦娥應斷腸[499]

월석

　　초하음츙엽상//이라 쥬란초쳬압호광을
　　토한셤닝계화빅ᄒ니 차야상아응단장을

499　후예(后羿)의 아내인 항아(姮娥)가 서왕모의 선약(仙藥)을 훔쳐 월궁(月宮)
　　에 달아나 두꺼비가 되었다는 전설이 있다. 桂花는 달에 계수나무가 있다는
　　전설이 있어 달을 가리키기도 한다.

풀숲에 가을벌레 울고 나뭇잎에는 서리가 하얀데 높다란 붉은 누각이 물가에 우뚝 서 있다. 그리고 하늘에 떠오른 달을 보고 상상한다. 가을이 깊어 가니 달나라의 토끼와 두꺼비가 추위에 떨고 있겠고 계수나무도 서리를 맞아 하얗겠구나. 항아는 불사약을 훔쳐 먹고 달나라로 달아났지만 버리고 온 남편을 생각하고 외로움에 애간장이 끊어지리라. 이렇게 상상해 본 것이다.

◆ ◆ ◆

가을 국화 예쁘게 높은 바위에 피었는데 　　秋花的歷間層巖
풀 아래 벌레는 냉기를 감당하지 못하네. 　　草下陰蟲冷不堪
　　　　　　— 최명길, 「집 뒤의 샘물바위에서 즉흥적으로 짓다(到屋後泉石口號)」

붉은 난간 높다랗게 못을 베고 솟아 있는데 　　朱欄迢遞枕方塘
물 위로 피어난 연꽃은 몰래 향기를 보내 주네. 出水新荷暗送香
　　　　　　— 김상용(金尙容), 「피향당의 달밤(披香堂月夜)」

항아는 오늘 밤 치장을 하지 않으려나 보다, 　　姮娥此夜閉粧臺
거울 감추고 화장 상자 괴롭게 열지 않으니. 　　藏鏡重奩苦未開
　　　　　　— 심동귀(沈東龜), 「구름이 달을 가려 어두워지기에(雲掩月黑)」

이상은,

한나라 때의 궁사

파랑새 서쪽으로 날아가 오지 않는데
군왕은 늘 집령대에 머물고 계신다네.
시신이 상여의 소갈증 심하게 앓는데
승로반의 이슬 한 잔 내려 주지 않으시네.

李商隱, 漢宮詞

靑雀西飛竟未迴　君王長在集靈臺
侍臣最有相如渴　不賜金莖露一杯[500]

한궁사

청작셔비경미회ᄒᆞ니 군왕이 장지집영ᄃᆡ을
시신이 췌유상여갈ᄒᆞ니 불사금경노일ᄇᆡ을

500　靑雀은 서왕모의 소식을 전하는 새다. 集靈臺는 집령궁(集靈宮)이라고도
하는데, 한 무제가 신선이 되고자 하여 세운 궁궐이다. 또 金莖露는 한 무제
가 건장궁(建章宮)에 구리로 선인(仙人)을 세우고 동반(銅盤)을 받들어 감로
(甘露)를 받도록 만든 승로반(承露盤)의 이슬이다. 한 무제가 이를 마시고 장
수를 기원했다고 한다. 相如渴은 사마상여의 소갈증을 이른다.

조선 시대에 이 시를 어떻게 이해했는지는 분명하지 않지만 궁사의 전통에 따라 군왕의 사랑을 잃은 궁녀의 슬픔을 읊은 것으로 본 듯하다. 군왕에게 자신의 처소로 와 달라는 전갈을 보냈지만 소식이 없고 군왕은 신선이 되고자 하는 데만 마음이 가 있다. 자신은 소갈증이 있어 고생하고 있는데 무병장수하고자 마련한 승로반의 이슬을 나누어 주지 않는다고 하소연하였다. 곧 군왕의 사랑을 희구하는 뜻을 이렇게 말한 것이다.

그런데 송 나대경(羅大經)의 『학림옥어(鶴林玉露)』에는 다른 풀이가 보인다. "당 무종(武宗)이 신선이 되기를 구한 것을 기롱한 것이다. 청작(靑雀)이 아득히 돌아오지 않으니, 신선이 될 수가 절대 없다. 그런데도 군왕이 이를 깨닫지 못한 것하고 여전히 집령대에서 배회하면서 혹 신선을 볼 수 있을까 기대하고 있다. 또 어찌 한 가지 동물로 그것이 정말 허황하다는 것을 확인하지 못하였는가? 승로반에 이슬을 담아 옥가루에 타서 복용하면 장생불사할 수 있는데 이는 술사의 설이다. 이제 시신인 사마상여가 정말 소갈병으로 고생하고 있는데 어찌 한 잔을 하사하지 않았던가? 만약 사마상여가 복용하였다면 병이 나았을 것이다. 그렇게 하였다면 술사의 설이 그래도 믿을 만하지만 그렇게 하지 않았으니 그 망령됨이 명확하다."

이수광은 『지봉유설』에서 나대경의 풀이를 일부 수긍하면서도 시신을 사마상여로 본 것은 잘못이라 하고, 시신이 사마상여처럼 소갈병을 앓고 있는 신하라 하였다. 또 청작을 서왕모의 사신 청조(靑鳥)로 본 견해도 부정하였다. 송 주필(周弼)의 『삼체당시(三體唐詩)』의 주석에서는, 7월 7일 한 무제가 승화전(承華殿)에 있을 때 청작 한 마리가 서방에서 왔는데 이를 동방삭에게 물어보니 서왕모가 온다는 소식을 전한 것이라 한 고사(『한무고사(漢武故事)』)를 이상은이 사용했다고 한 바 있다. 이수광은

이 설을 소개한 후 그렇지 않은 것 같다고 하고, 곽헌(郭憲)의『한무동명기(漢武洞冥記)』를 인용하여 거령(巨靈)이라는 신이한 여인이 무제의 사랑을 받았는데 동방삭이 그에게 눈길을 보내자 청작이 되어 날아가 버렸고, 이에 무제가 청작대(靑雀臺)를 세웠다는 고사를 사용한 것이라 하였다. 청작이 떠나가 버렸는데도 한 무제는 이를 기다리며 신선을 꿈꿀 뿐 자신을 모시는 신하는 돌보지 않는다는 뜻으로 이수광은 본 듯하다.

◆ ◆ ◆

노년이라 사마상여의 소갈증이 가장 심하기에　衰年最有相如渴
먹으면 입 상쾌하여 도로 지겨운 줄 잊는다네.　對此還忘爽口嫌
　　　　— 이경여, 「지천이 얼음을 먹으면서 지은 시에 차운하다(次遲川喫氷韻)」

우스워라, 사마상여는 임금을 만나지 못해　堪笑相如無際會
금경의 이슬 한 잔도 내려 받지 못하였다네.　金莖不許一杯宣
　　　　— 채제공, 「온탕 곁에 대나무 홈통으로 물을 끌어왔는데……(溫湯之側以筧引水……)」

689

송옥이 은미한 말 남겨서가 아니라
양왕이 꿈에서 깬 것이 늦어서라네.
늘 고당부가 이뤄진 뒤로는
초 땅의 구름과 비가 다 의아해진다네.

李商隱, 有感

非關宋玉有微辭　自是襄王夢覺遲
一自高唐賦成後　楚天雲雨盡堪疑⁵⁰¹

유감

비관송옥유미사ᄒ고 자시양왕이 몽각지을
일자고당부성후의 초천운우진감의을

501　초 양왕이 난대(蘭臺)에서 노닐다가 갑자기 바람이 불어오자 옷깃을 열어젖히
　　면서 "쾌재라, 이 바람이여. 과인이 서민들과 공유하는 것이구나."라고 하니,
　　송옥이 곁에서 있다가 "이는 오직 대왕의 바람일 뿐입니다. 서민들이 어찌 공
　　유할 수 있겠습니까."라 하였다. 또 「고당부(高唐賦)」를 지어 양왕이 꿈속에서
　　무산 신녀를 만나 사랑을 나눈 것을 노래하였는데, 무산 신녀가 "첩은 무산 남
　　쪽 높은 봉우리에 사는데 아침에는 구름이 되고 저녁에는 비를 뿌리면서 아침
　　마다 저녁마다 양대(陽臺) 아래에 있겠습니다."라 하였다. 自是는 대부분 却
　　是로 되어 있다.

송옥(宋玉)은 「풍부(風賦)」를 지어 초 양왕의 교만과 사치를 은미하게 풍자하고, 또 「고당부」를 지어 무산 신녀와의 운우지정을 노래한 바 있다. 이상은은 이 고사를 끌어들여 사론을 개진하였다. 양왕이 정사를 잘 돌보지 못하여 송옥이 은미한 비판을 한 것은 옳지만 운우지정을 노래하여 양왕이 쾌락에 빠지도록 한 것이 더욱 문제라 하였다. 「고당부」는 양왕의 음란함을 풍자한 것이라 하지만 이상은이 보기에는 그렇지 않다는 뜻이다.

◆ ◆ ◆

절로 군왕이 음란함을 좋아한 것이니　　　　自是君王好善淫
애써 부를 지어 다시 마음 어지럽혔던가.　　何勞作賦更迷心
　　　　　　　　　　　　　　— 남용익, 「영사(咏史): 송옥(宋玉)」

이상은,
상아

운모 병풍 속에 촛불 그림자 어둑한데
긴 은하수 점점 줄고 새벽 별이 잠기네.
상아는 영약을 훔친 것 후회하겠지,
푸른 바다 파란 하늘 밤마다 이 마음일지니.

李商隱, 常娥

　　雲母屛風燭影深　長河漸落曉星沈
　　嫦娥應悔偸靈藥　碧海靑天夜夜心

상아

　　운모병풍촉영심후니 장하점낙효성침을
　　항아응회투영약이라 벽히청천야〃심을

유궁(有窮)의 왕 예(羿)가 불사약을 얻었는데 그 아내인 상아(嫦娥, 항
아라고도 한다.)가 이를 훔쳐 달 속으로 도망가서 신선이 되었다는 신화
를 소재로 한 작품이다. 아름다운 운모(雲母)로 만든 병풍 아래 등불이
침침한 깊은 방에 상아가 외롭다. 새벽이 되어 은하수가 점차 흐릿해지
고 별도 스러진다. 상아의 외로움을 이렇게 우회적으로 말하였다. 상아

는 영약을 훔쳐 신선이 된 것을 후회하리라. 푸른 바다와 하늘만 대하고 밤마다 외롭게 지낼 것이니.

상아의 외로움을 이렇게 말한 것을 두고 여도사를 풍자한 것으로 보기도 하고 때를 만나지 못한 작가의 불우함을 비유한 것이라고도 한다. 이수광은 『지봉유설』에서 1구를 들어 궁궐이나 규방 여인의 원망하는 마음을 담은 것이라 하고, 또 반드시 지칭하는 바가 있을 것인데 이상은의 시에 이러한 것이 많으므로 깊게 음미하면 그 뜻을 알 수 있을 것이라 하였다.

◆ ◆ ◆

운모 병풍 속에 등불 그림자 자그마한데　　雲母屛風燈影小
능파선인 달빛에 패옥 울리며 거니는 듯.　　波仙步月珮聲新
　　　　　— 조면호, 「매화시, 본옹의 시에 차운하다(梅花詩次笨翁韻)」

등불 꺼지자 관아의 북소리에 선뜻 놀라고　　燈盡乍驚官鼓動
은하수 걸리자 새벽별이 점차 잠기어 가네.　　河橫漸看曉星沉
　　　　　— 이하진, 「옥하관에서 부사 정자문의 시에 차운하다(玉河舘次副使鄭子文韻)」

장생전에 약이 있어 빌려 올 수 있다면　　長生有藥如能借
푸른 바다 파란 하늘에서 밤미나 찾으려만.　　碧海靑天夜夜求
　　　　　— 윤두수(尹斗壽), 「남원 광한루에서 차운하다(南原廣寒樓次韻)」

이상은, 궁사

임금님의 은혜 강물처럼 동으로 흐르니
총애가 바뀔까 잃을까 늘 시름이라네.
술동이 앞에 꽃 지는 노래 연주 마시게
가을바람 바로 궁전 서쪽에 와 있으니.

李商隱, 宮辭
　　君恩如水向東流　得寵憂移失寵愁
　　莫向尊前奏花落　涼風只在殿西頭[502]

궁사
　　군은이 여슈향동뉴ᄒ니 득총우이실총슈을
　　막향준젼의 쥬화락ᄒ라 양풍지ᄌ젼셔두을

502　東流는 강물이 동으로 흘러 다시 돌아오지 않는다는 뜻이다. 憂移는 임금의
　　총애가 다른 사람에게 갈까 걱정한다는 말이다. 花落은 「매화락(梅花落)」이
　　라는 피리 악곡의 이름이다.

궁사(宮辭)는 당나라 때부터 보이지만 궁중 여인이 외로움을 노래한다는 점에서 그 이전의 궁사(宮詞)와 다르지 않다. 임금의 은총은 한번 흘러가면 돌아오지 않는 강물과 같은 것. 은총을 받아도 다른 여인에게 갈까 걱정이요, 또 은총을 잃으면 더욱 큰 시름이 된다. 이에 새로 은총을 입은 여인에게 꽃 진다는 노래 연주하여 놀릴 것 없다고 경고한다. 얼마 있지 않아 궁궐 서쪽에서 서늘한 바람이 불어오게 되면 그 역시 은총을 잃을 것이기 때문이다. 매화가 진다는 뜻의 악곡 「매화락」은 4구에서 서늘한 바람이 불면 꽃이 지게 된다는 뜻과 호응을 이루고 있다.

◆ ◆ ◆

임금 은총 물처럼 다시 오지 않는 법   君恩如水不重來
창피하게 황금으로 억지 중매 마시게.   羞把黃金强作媒

— 신흠, 「넌지시 꼬집다(感諷)」

은총 잃은 시름에 은총 얻은 새로움 알기에   失寵愁知得寵新
요즘 일을 눈으로 보고 찡그릴 것은 없다네.   眼看時事不須嚬

— 월산 대군(月山大君), 「무제(無題)」

술잔 앞에서 옥피리일랑 불지 마소,   莫向尊前吹玉笛
피리 속 버들이 사람 시름겹게 하니.   笛中楊柳正愁人

— 신정, 「고향을 그리며(思鄕)」

이상은, 은자를 찾아갔지만 만나지 못하고

아는 이 없으니 성곽에는 안 갔을 터
슬픈 원숭이 우는 곳 사립문 닫혀 있네.
맑은 강 흰 바위 나무꾼과 어부 다니는 길로
저물녘 돌아올 때면 비 흠뻑 맞았겠지.

李商隱, 訪隱者不遇
　　城郭休過識者稀　哀猿啼處有柴扉
　　滄江白石樵漁路　日暮歸來雨滿衣

방은자불우
　　성곽의 휴과식자희ᄒ니 이원졔쳐유시비을
　　창강빅셕어초로의 일모귀리우만의을

은자는 세상의 명리를 추구하지 않으니 번화한 시가지에 아는 사람이 없을 것이요 또 그곳으로 가지도 않았을 터, 어디로 가셨나? 슬피 우는 원숭이만이 그 집을 지키고 있다. 저녁이 되면 맑은 강과 흰 바위 있는 어부와 나무꾼이 다니는 길로 은자가 빗속에 도롱이를 걸치고 돌아올 것이다. 어부와 나무꾼처럼 살아간다는 뜻을 말한 것이기도 하다. 맑은 강과 흰 바위가 있는 곳은 성곽과 대비되는 은자의 공간이다.

이 작품은 불우를 한탄하는 뜻을 담은 것으로 보기도 한다. 춘추 시대 제(齊)의 영척(甯戚)이 벼슬을 구하려 하였지만 제 환공(齊桓公)을 만날 수 없었는데, 상인이 되어 짐수레를 끌고 장사를 하다가 저녁에 성문 밖에서 소를 먹이고 있을 때 환공을 보게 되어 서글픈 마음에 쇠뿔을 두드리며 "남산에 깨끗한 돌이여, 흰 돌이 찬란하구나.(滄浪之水白石粲)"로 시작하는 상가(商歌)를 노래하였다. 이 고사를 염두에 두면 실의에 빠진 은자의 마음을 위로한 작품으로 해석할 수 있다.

박윤묵, 임득명 등이 4구를 제목으로 하여 오언고시를 지었는데 이 작품의 뜻을 부연한 것이라는 점에서 동일하다. 이 시의 내용을 그림으로 그리는 것도 유행하였다. 이방운의 「하경산수도(夏景山水圖)」, 정선의 「우산기귀(雨山騎歸)」 등이 이 시의 내용을 그림으로 그린 것이다. 이인문(李寅文), 김창수(金昌秀), 윤제홍 등의 그림 중에도 이 시를 그린 것이 전한다. 순조 때 화원을 뽑는 시험의 산수 분야에서 이 시를 제목으로 내건 바 있다. 그림으로 그릴 수 있는 당시라 하겠다.

◆ ◆ ◆

꽃 지고 원숭이 울어 인적 없는데   花落猿啼人影稀
백운봉 아래에 사립문이 닫혀 있네.   白雲峰下掩荊扉
이쪽저쪽 골짜기와 벼랑 그저 쓸쓸한데   西谷東厓空悵望
그 어디가 은자가 옷 걸고 쉴 곳이겠나?   不知何處掛蘿衣

— 홍인모, 「당나라 사람이 은자를 방문하였지만
만나지 못한 시를 모의하다(擬唐人訪隱者不遇)」

푸른 강의 흰 돌 깔린 어부와 나무꾼의 길　　　蒼江白石漁樵路

이제부터 나도 작은 수레 타고 다녀 보리라.　　我亦從今駕小車

　　　　　　— 권호문, 「박 수재가 소를 타고 청성산을 방문하였기에

　　　　장난삼아 지어 보이다(朴秀才騎牛訪靑城戲示)」

서로 만나 각기 강산의 흥을 말하고　　　　　相逢各說溪山興

저물녘 돌아오니 비가 배에 가득하네.　　　　日暮歸來雨滿船

　　　　　　　— 유성룡, 「어은정의 시에 차운하여 함께 노닌

　　　　군자들에게 부치다(次韻寄漁隱亭同遊諸君子)」

이상은, 서쪽의 정자

오늘 밤 서쪽 정자에 달이 정말 밝은데
성긴 발 짝하여 바람과 안개 속에 잠잔다.
오동잎에 맑은 이슬이 번득이지 말기를
이 때문에 외로운 학이 잠들지 못하리니.

李商隱, 西亭

此夜西亭月正圓　疎簾相伴宿風煙
梧桐莫更翻淸露　孤鶴從來不得眠

서정

차야셔정의 월정원ᄒ니 소렴상반슉풍연을
오동의 막깅번쳥노ᄒ라 고학죵ᄂᆡ부득면을

죽은 아내를 애도한 작품으로 알려져 있다. 오늘 밤 묽는 서쪽 정자에 달
이 밝아 그리운 사람의 얼굴을 떠오르게 한다. 외롭게 성긴 발만 마주한
채 바람과 안개 속에 잠을 산다. 바람과 안개를 이르는 풍연(風煙)은 풍
진(風塵)의 뜻도 있으니 인간사 복잡한 이승을 이르는 것으로 볼 수도
있다. 가을이 되어 이슬이 내리겠지만 오동잎에는 내리지 않으면 좋겠

다는 구절은 오동잎에 맺힌 이슬에 달빛이 번득이는 것으로도 볼 수 있다. 이 빛에 외로운 학이 잠을 이루지 못하기 때문에 그런 것이라 하였다. 외로운 학은 자신을 이른 것이다. 이슬은 짧은 인생을 비유한다.

◆ ◆ ◆

오늘 밤 동쪽 정자에 달이 정말 밝은데 　　　　此夜東亭月正圓
타향에도 계절의 풍물은 더욱 그대로네. 　　　　異鄕節物倍依然
　　　　　　— 김시습, 「동정에서 달을 보면서 벗을 마주하고(東亭翫月對友)」

성긴 발을 벗 삼으니 다시 누가 찾아 주랴. 　　　疏簾相伴復誰過
하늘하늘 차 연기가 수염에 비스듬히 서리네. 　裊裊茶煙繞鬢斜
　　　　　　— 오준(吳竣), 「아옹의 시에 차운하다(次鵝翁韻)」

병든 몸 친한 것은 그저 궤안과 지팡이뿐 　　　病體所親唯几杖
깃든 새 짝하여 바람과 안개 속에 자노라. 　　　棲禽相伴宿風煙
　　　　　　— 박장원, 「여울의 집에서 흥이 일기에(灘居漫興)」

늙은 우랑 사는 무궁화 울타리 초가에는 　　　槿籬茅舍老尤郞
바람과 이슬 차가워 외로운 학 잠들지 못하네. 　孤鶴不眠風露凉
　　　　　　— 신위, 「상계의 자고신(湘谿紫姑神)」

오동잎에 맑은 이슬이 번득이지 말기를 　　　梧桐莫更翻淸露
숲속 둥지에서 자던 새가 놀라서 깰라. 　　　驚起林間宿鳥棲
　　　　　　— 신완(申琓), 「새벽에 일어나 시를 얻어 동리에게 바치다(曉坐有得呈東里)」

고병, 은자를 찾아갔지만 만나지 못하고

흐르는 개울의 떨어진 꽃잎 천태산인 듯
반쯤 취해 한가히 읊조리고 혼자 돌아오네.
슬프다, 신선은 어디로 가셨는가,
뜰 가득 붉은 살구꽃과 벽도화가 폈는데.

高駢, 訪隱者不遇

　　落花流水認天台　半醉閑吟獨自來
　　惆悵仙翁何處去　滿庭紅杏碧桃開[503]

밍호연, 방은자불우

　　낙화유슈인천틔ᄒ니 반취한음독자릭을
　　츄창션옹은 하쳐거오 만졍홍ᄒᆡᆼ벽도기을[504]

503　천태산(天台山)은 佛教 선태종(天台宗)의 발원지로, 한나라 유신(劉晨), 완
　　조(阮肇) 등이 이 산에 들어와 약초를 캐다가 신선을 만났다는 고사가 있다.
　　碧桃는 천엽도(千葉桃)라고도 하는 복사꽃의 일종으로 꽃은 흰 것과 붉은 것
　　이 있다. 서왕모가 한 무제에게 주었다는 선도(仙桃)의 고사와 연결되어 신선
　　이 사는 곳에 피는 꽃이라는 이미지가 있다.
504　작가가 맹호연으로 되어 있지만 고병의 잘못이다.

고병(821~887년)은 자가 천리(千里)로, 여러 곳의 절도사를 역임하고 연국공(燕國公)에 봉해졌으며 검교태위(檢校太尉) 등을 지낸 무인이지만 문학을 좋아하고 시에 능하여 낙조 어사(落鵰御史)로 일컬어졌다.

이 작품은 은자를 찾아갔지만 만나지 못하고 지은 것이다. 은자의 삶을 신선에 비의하였다. 떨어진 꽃잎이 떠내려가는 개울을 보니 신선이 사는 아름다운 천태산인가 싶다. 한 잔 술에 취하고 다시 선경에 빠져 시를 읊조리며 한참 있다가 발길을 돌린다. 은자의 집은 살구꽃과 복사꽃이 만발하여 그 자체로 신선의 땅인데 이보다 더 빼어난 곳을 찾아갔나 보다, 이렇게 상상하였다.

이 작품은 특히 4구가 인구에 회자되었는데 권호문, 유희경(劉希慶), 임숙영(任叔英) 등 여러 문인의 집구시에 보인다.

◆ ◆ ◆

골짜기 흐르는 개울이 천태산 같은데　　　　　洞門流水似天台
때마침 산새가 있어 저 혼자 찾아오네.　　　　時有山禽獨自來

— 강진, 「허원서가 편지를 보내어 복사꽃을 보라고 하기에 장난으로 지어 주다
(許元瑞有書 請來見桃花 戲贈)」

반쯤 취해 노새 타고 한가히 읊조려　　　　半醉閑吟驢背上
풍광을 거두어 보따리에 맡긴다네.　　　　風烟收拾付奚囊

— 김제민, 「말 위에서 즉흥적으로 짓다(馬上口呼)」

약을 캐는 신선은 어디로 가셨나?　　　　　採藥仙翁何處去

빈 마당 납과 학이 내 마음 알아주네.　　　空庭猿鶴識吾心

　　　　　— 이하진, 「강처사를 찾았지만 만나지 못하고(訪康處士不遇)」

도화동 느린 물리 불사주야(不舍晝夜)하야 낙화조차 흘러오니

천태ㄴ가 무릉인가 이 따히 어딘게오

선종(仙蹤)이 아득하니 아모딘줄 모르로다

　　　　　　　　　— 박인로(朴仁老)의 가사, 「독락당(獨樂堂)」

고병, 산속의 정자에서 맞는 여름날

푸른 나무 짙은 그늘 아래 여름 해가 긴데
누대 그림자 거꾸러져 못 속으로 들어가네.
산들바람 불자 수정 엮은 주렴이 흔들흔들
시렁 가득한 장미꽃에 온 집 안이 향긋하네.

高騈, 山亭夏日

綠樹陰濃夏日長　樓臺倒影入池塘
水精簾動微風起　一架薔薇滿院香[505]

유우석, 산정하일

녹슈음농하일장ᄒᆞ니 누디도영이 입지당을
슈졍염동미풍긔ᄒᆞ니 일가장미만원향을[506]

505　4구는 "滿架薔薇一院香"로 된 데가 많다. 이수광의 『지봉유설』에도 이렇게
　　되어 있다.
506　유우석(劉禹錫)의 작품으로 되어 있으나 고병의 것이다.

산속의 정자는 여름을 맞아 신록이 짙고 해는 길기만 하다. 이런 한적함이 못에 거꾸로 비친 누대를 형용하는 것으로 이어진다. 산들바람이 불어 주렴이 흔들리더니 시렁 가득 핀 장미꽃 맑은 향기가 방 안으로 스민다. 이런 뜻을 맑게 곱게 말하였다.

이수광은 『지봉유설』에서 이 시의 4구를 들고 중국의 장미가 붉은 넝쿨로 되어 있는데 조선에서는 그러한 장미 품종이 드물고 노란색 꽃이 피는 것이 대부분이라 하였다. 조선 시대 장미를 노래한 시에서도 그러하다.

유몽인의 「조은정기(釣隱亭記)」에서 정자의 풍경을 묘사하면서 "건물 가득 향긋한 시렁(滿院之香架)"이라 한 것이 이 시에서 가져온 표현으로 장미를 이른다. 일가장미(一架薔薇) 혹은 만가장미(滿架薔薇) 등의 표현이 대부분 이 시에서 가져온 것이다. 안평 대군(安平大君)의 비해당(匪懈堂)을 두고 지은 사십팔영(四十八詠) 중에도 만가장미가 있다. 윤선도 등의 집구시에서 1구가 자주 사용되었다.

◆ ◆ ◆

푸른 나무 짙은 그늘 아래 여름 해가 긴데 　　綠樹陰濃夏日長
높고 낮은 처마 그림자가 선방으로 들어오네. 　　高低簷影入禪房
　　　　　　　　　— 김시습, 「매공의 방에 쓰다(題梅公房)」

시렁 가득 장미에 비가 막 지나가자 　　　　滿架薔薇初過雨
한낮의 창가에 흥이 일어 술에 부친다. 　　　午窻情興付壺觴
　　　　　　　　— 서거정, 「홍일휴의 시에 차운하다(次韻洪日休)」

나업, 두견새

촉 왕의 혼 천년토록 누구를 원망하나,
울음마다 피를 토하며 꽃가지를 향하네.
산 가득 밝은 달 봄바람 부는 이 밤에
시름겨운 사람은 잠 못 이루고 있는데.

羅鄴, 杜鵑

蜀魄千年尚怨誰 聲聲啼血向花枝
滿山明月東風夜 正是愁人不寐時

두견

촉혼천년상원슈오 셩//졔혈염화지을
만산명월동풍야의 정시슈인불미시을[507]

나업(825~?년)은 절강 출신으로, 같은 집안의 나은(羅隱), 나규(羅虯)와
함께 삼라로 일컬어졌다. 이 작품은 두견새를 읊은 것이다. 두견은 촉혼
(蜀魂)이라고도 한다. 촉의 임금 망제(望帝)가 죽어 두견새가 되어 봄날

---

507 '염화지'는 염화지(染花枝)로 이해한 것이지만 잘못이다.

이면 밤낮으로 슬피 울어 촉 땅 사람이 망제의 혼이라 하였다는 고사가 있다. 촉 망제의 혼이 어린 두견새가 천년의 세월이 지난 후에도 누군가를 원망하는지 피를 토하며 슬피 운다. 봄바람 불어온 밤 달빛이 온 산을 밝게 비추니 그 울음소리가 더욱 슬퍼 잠을 이루지 못하게 한다.

◆ ◆ ◆

처량하다, 촉혼은 천년 피를 토했건만 凄涼蜀魄千年血
그래도 당시 물들이지 못한 꽃이 있었네. 尙有當時未染花

— 정두경, 「백두견화를 읊다(詠白杜鵑花)」

갈단새 아침 찾는 것 너무 이른 계획인 듯 鶡鳴求朝太早計
두견이 피 토하면서 아직 누구를 원망하나. 杜鵑啼血尙怨誰

— 조경, 「의성이 닭을 그린 그림에 쓰다(題義成畫鷄幅)」

푸른 산 봄빛은 놀러 나온 사람에게 알맞아서 靑山春色宜遊人
만 그루 꽃 봄바람 부는 달 밝은 밤에 피었네. 萬花明月東風夜

— 권두경, 「계원의 달빛 아래 술을 마주하고 동파가 정혜원 달밤
우연히 나와서 지은 시에 차운하다(溪院月下對酌 次東坡定惠院月夜偶出韻)」

오천 리 그 너머로 삼 년 동안 나그네 되어
열두 봉우리 앞에서 한번 가을빛을 바라보네.
끝없는 이별의 아쉬움 다시 만날 수 없으리니
석양은 서로 지고 강물은 동으로 흐르는 것을.

崔塗, 巫山送別

　五千里外三年客　十二峰前一望秋

　無限別魂招不得　夕陽西下水東流[508]

니빅, 무산송별

　오천리외의 삼위긱이요 십이봉두의 일망츄을

　무한별혼초부득ᄒ니 셕양셔하슈동뉴을[509]

---

508 무산은 사천(四川)과 호북의 접경에 있는데 형상이 무(巫) 자처럼 생겨 이 이
름이 붙었다. 봉우리가 열둘인데 그 사이로 장강이 흐른다. 別魂은 이별의
슬픈 마음을 이른다.
509 『당시장편』에서 이백의 작품이라 하였는데 오류다. 삼위긱은 三年客의 잘못
이고 십이봉두(十二峰頭)도 십이봉전의 잘못이다.

최도(854~?년)는 자가 예산(禮山)이고 절강 출신으로 나그네 생활의 비애를 잘 다루었다. 이 작품 역시 그러하다. 무산의 여관에서 벗과 작별하면서 지은 것이다. 오천 리 넘는 긴 길을 세 해 동안 떠돌다가 가을 날 무산 앞에 있게 되었다. 이곳에서 벗과 헤어지고 나면 아무리 간절하게 불러도 벗은 돌아오지 못할 것이니 상심이 크다. 그럼에도 무심하게도 저녁 해는 서산에 지고 강물은 동으로 흐른다. 1구와 2구 모두 한 구 내에서 대를 이루었고 다시 전체 구절이 대가 되게 한 것이 묘미가 있다. 4구에서 지는 해와 동으로 흐르는 강물로 시상을 종결한 것도 긴 여운이 남게 한다.

이광윤이 집구시 「증별(贈別)」에서 3구를 이용하고 작가를 자후(子厚)라 하였는데 자후는 유종원(柳宗元)의 자이므로 착각인 듯하다. 이극감(李克堪)의 「담담정(淡淡亭)」과 차천로의 「간성 영월루(杆城詠月樓)」에서도 4구를 그대로 가져온 것으로 보아 이 시가 널리 알려졌음을 알 수 있다.

◆◆◆

이천 리 너머 삼 년 떠돈 나그네　　　二千里外三年客
이십팔 명 이름 중 제일가는 사람.　　廿八名中第一人
　　　— 홍귀달, 「온성으로 부임하는 김 판관을 전송하여(送金判官赴任穩城)」

이천 리 너머 삼 년 떠돈 나그네　　　二千里外三年客
사십 인 가운데서 홀로 병든 신세.　　四十人間一病身
　　　— 심유, 「종성 부사 정시회에게 부치다(寄鍾城府使鄭時晦)」

절로 천기는 잠시도 머물러 있지 않으니　　　自是天機無少駐
석양은 서로 지고 달은 동으로 오르네.　　　夕陽西下月東生

　　　— 윤근수(尹根壽), 「의정의 시집에 있는 시에 차운하다(次義正軸中韻)」

虞世南, 蟬 ○○○ 『당시품휘』, 『전당시』 등에 실려 있다.

王績, 過酒家 ○○○ 『당음』, 『당시품휘』 등에 실려 있다. 『당시품휘』에 실린 것은 2수 연작 중 두 번째 작품이다. 『전당시』에는 5수 연작으로 되어 있다.

許敬宗, 江令於長安 歸揚州 九日賦 ○○○ 조선 시대에 많이 읽힌 『문원영화』, 『당시품휘』 등에는 허경종의 작품이라 하였고 『당시장편』도 이를 따랐다. 그러나 『당시품휘』의 제목에 들어 있는 '강령'은 육조 강엄 혹은 수(隋) 강총의 별호인데 모두 허경종의 생애와 맞지 않다. 이러한 연유로 『태평어람』, 『시수』, 『고금시산』 등에는 이 작품의 작가를 강총으로 보고 있으며, 제목도 「장안에서 양주로 돌아갈 때 9월 9일 미산정을 지나다가 그 운자에 따라 지은 시(於長安 歸還揚州 九月九日行薇山亭 賦韻詩)」로 되어 있다. 강총은 진 후주의 총애를 받아 상서령을 지냈기에 강령으로 일컬어졌지만 오히려 권력을 농단하였다는 비판을 받았다. 진이 망하고 수가 들어선 후 장안에서 벼슬하다가 어느 해인가 장안에서 고향 양주로 가던 중 음력 9월 9일 중양절 미산정에서 지은 것이라 풀이할 수 있다. 이수광은 『지봉유설』에서 명(明) 장지상(張之象)의 『고시유원(古詩類苑)』을 인용하여 이 작품을 소개하고, 명 장일규(張一葵)의 『요산당외기』를 인용하여 강총이 장안에서 양주로 돌아갈 때 중양절에 지은 것이라는 설을 소개하였다.

李義府, 賦美人 ○○○『당시품휘』에 실려 있다. 『전당시』에는 「당당(堂堂)」이라는 제목의 2수 연작 중 첫 번째로 실려 있다. 제목이 「제미인(題美人)」으로 된 데도 있다. 『용재수필(容齋隨筆)』에 이의산(李義山), 곧 이상은의 작품이라 하였는데 잘못이다. 『지봉유설』에도 이렇게 되어 있으므로 이수광이 『용재수필』을 본 듯하다.

駱賓王, 易水送別 ○○○『당시품휘』에 같은 제목과 내용으로 실려 있다. 낙빈왕의 문집에는 「역수에서 사람을 보내며(於易水送人)」로 되어 있고 「역수송인(易水送人)」, 「송별(送別)」, 「역수(易水)」 등으로 된 데도 있다.

盧照鄰, 長安古意 ○○○『당음』, 『당시품휘』 등에 실려 있다. 『당시장편』에 수록되지 않았지만 유사한 문헌인 『유취요람』에 실려 있어 함께 싣는다. 한문본『당시장편』에도 실려 있다.

東方虯, 昭君怨 ○○○『당음』과 『당시품휘』 등에 실려 있다. 『만수당인절구시(萬首唐人絶句詩)』에는 제목이 '왕소군'으로 되어 있다.

王適, 江濱梅 ○○○『당음』, 『당시품휘』, 『전당시』 등에 실려 있다.

韋承慶, 南行別弟 ○○○『당시품휘』에 위승경의 2수 연작으로 실려 있다. 제목이 「기인(寄人)」으로 된 데도 있다. 두 번째 작품은『전당시』에 「남행별제」와 별개의 작품인 「남쪽 땅에서 기러기를 읊조리다(南中詠鴈)」로 되어 있고 문헌에 따라 작자가 우계자(于季子), 양사도로 된 데도 있다. 우계자와 양사도는 모두 당대의 시인이다.

杜審言, 贈蘇綰書記 ○○○『당시품휘』, 『전당시』 외에 이반룡(李攀龍)의 『당시선(唐詩選)』 등에 두루 실려 있다.

薛稷, 秋朝覽鏡 ○○○『당시품휘』, 『전당시』 등에 실려 있다.

王勃, 江亭夜月送別 ○○○ 왕발의 문집에 「강정야월송별이수(江亭夜月送

別二首)」로 되어 있고 『당시품휘』 등 다른 문헌에도 왕발의 작품으로 되어 있다. 『당시품휘』에서 선발한 것으로 추정되는 『당시당편』에는 「양사도강정월야송왕발」 곧 양사도가 강가의 정자에서 달밤에 왕발을 전송하면서 지은 작품처럼 되어 있지만, 『당시장편』의 저본이 되는 『오언당음』에는 양사도의 「중서성에서 숙직을 하다가 비를 읊조리다(中書寓直詠雨)」 "푸른 용의 대궐에 구름이 어둑하니, 침침하여 더욱 열리지 않네. 창은 봉황의 못을 임하고 있어, 빗소리 쏴하고 들려오네.(雲暗蒼龍闕 沈沈殊未開 窓臨鳳凰沼 颯颯雨聲來)"가 실려 있고 이어 왕발의 「강정월야송별」이 실려 있다. 『당시장편』의 필사 과정에서 양사도의 작품이 누락된 것이 분명하다. 『언해당음』에는 제목이 "듕셔 벼슬 ᄒᆞᄂᆞ니가 비오는ᄃᆡ 번을 들러두가 비를 두고 즈음이라"로, 본문은 "구름이 푸른 뇽의 집의 어두어시니 즙기고 즙기여 모롭드라 녈이지 안ᄂᆞ드라 챵이 봉황 연못세 님ᄒᆞ야시니 삽″ᄒᆞ 비 소리 와드라."로 번역되어 있다. 양사도(?~647)는 자가 경유(景猷)고 섬서(陝西) 화음(華陰) 출신으로, 태종(太宗) 때의 관각문인(館閣文人)으로 이름을 날렸고 초서와 예서에 뛰어났다.

王勃, 臨江 ○○○ 『왕자안집』, 『당시품휘』, 『전당시』 등에는 2수 연작시 중 첫 번째 작품으로 실려 있다. 『당음』에는 이 작품만 수록되어 있다.

王勃, 贈李十四 ○○○ 4수로 된 연작시인데 『당시품휘』와 『당음』, 『당시장편』에서는 이것만 수록하였다.

王勃, 蜀中九日 ○○○ 『당음』, 『당시품휘』에 모두 이렇게 실려 있다. 왕발의 문집 『왕ᄌᆞ안집』에는 제목이 「촉 땅에서 중구일에 현무산에 올라 여관에서 바라보다(蜀中九日登玄武山旅眺)」로 되어 있다. 노조린, 소대진(邵大震)이 함께 현무산에 올라 같은 제목으로 쓴 시가 나란히 실려 있다.

王勃, 秋江送別 ○○○ 왕발의 문집 『왕자안집』에는 2수 연작으로 실려 있는데 그중 첫 번째 작품이다. 『당시품휘』에는 이 작품만 실려 있고 『당시장편』도 이를 따랐다.

王勃, 採蓮曲 ○○○ 『왕자안집』, 『악부시집』, 『당음』, 『당시품휘』 등에 실려 있다. 제목이 「채련귀(採蓮歸)」로 된 데도 있다.

王勃, 秋夜長 ○○○ 『당음』, 『왕자안집』, 『당시품휘』, 『전당시』 등에 실려 있다. 규장각 소장 『유취요람』에 번역 없이 원문만 한글로 토만 달아 실었는데 『당시장편』과 큰 차이가 없다.

王勃, 滕王閣 ○○○ 『당음』, 『당시품휘』 등에 실려 있다.

王勃, 臨高臺 ○○○ 『당음』, 『당시품휘』, 『문원영화』, 『전당시』에 실려 있다.

劉希夷, 代悲白頭翁 ○○○ 『당시품휘』에 유희이의 작품으로 실려 있다. 『문원영화』, 『악부시집』 등에는 유희이의 「백두음」으로 되어 있다. 이 작품은 작가에 대해 이설이 있다. 송 요현(姚鉉)의 『당문수(唐文粹)』에는 송지문의 작품으로 되어 있고 그 문집 『송지문집』에도 보이는데 「유소사」로 실려 있다. 『지봉유설』에는 유희이의 작품인데 장인인 송지문이 이 구절을 좋아하여 달라 하였지만 주지 않자 송지문이 분노하여 흙 포대로 눌러 죽였다고 하였는데 명 주영(周嬰)의 『치림(卮林)』에 비슷한 내용이 보인다. 이수광은 이 기사를 싣고 유희이의 시가 다른 당시에 비해 못하다고 하면서 믿을 수 없지만 송지문의 문집에 이 시가 실려 있으므로 송지문이 차지하였거나 편집의 오류일 것이라 하였다. 『고문진보』에는 송지문의 「유소사」로 실려 있다. 당 가도의 「유소사」 역시 이 작품의 일부로 된 것이다. 『당음』과 한문본 『당시장편』에는 이 작품이 보이지 않으므로 출처를 확인하기 어렵다.

劉希夷, 公子行 ○○○『당음』이나 한문본『당시장편』에도 실려 있지 않은
데『당시품휘』를 저본으로 한 듯하다.

郭震, 古劍篇 ○○○『당시장편』에는 실려 있지 않지만 유사한 성격의『유
취요람』에 실려 있어 함께 수록한다. 한문본『당시장편』,『당시품
휘』와 한문본『당시장편』에 실려 있다. 제목이 「보검편(寶劍篇)」,
「고검가(古劍歌)」로 된 데도 있다.

宋之問, 途中寒食 ○○○『당음』,『예문유취(藝文類聚)』,『초학기(初學
記)』,『태평어람』등에 절구로 실려 있지만『송지문집』,『영규율수
(瀛奎律髓)』등에는 "북극 향해 밝은 임금 그리는데, 남쪽 바다에 쫓
겨난 신하 되었네. 고향 땅 애끊는 곳에는, 밤낮으로 버들가지 새롭
겠지.(北極懷明主 南溟作逐臣 故園腸斷處 日夜柳條新)"로 이어지
는 4구가 더 있는 율시로 실려 있다. 이 점은 이수광의『지봉유설』과
이익의『성호사설』에서 밝힌 바 있다.『전당시』에는 제목이 「도중에
한식을 맞아 황매 임강역에 써서 최융에게 부치다(途中寒食題黃梅
臨江驛寄崔融)」로 되어 있다. 규장각 소장『유취요람』에 번역 없이
원문만 한글로 토만 달아 실었는데『당시장편』과 큰 차이가 없다. 위
응물의 작품이라 했지만 잘못이다.

宋之問, 別杜審言 ○○○『당음』,『당시품휘』등에 절구로 되어 있지만 원
래는 율시로,『송지문집』,『전당시』등에는 "이별의 길에서 손초를
따르고, 배를 매어 굴원을 조문한다. 애석타, 용천의 검은, 풍성에서
쓸쓸하네.(別路追孫楚 維舟弔屈平 可惜龍泉劍 流落在豐城)"라는
4구가 더 있다. 두심언을 불우한 문인 손초(孫楚)와 굴원에 비겨 그
를 위로하고 다시 마지막 연에서 쓰이지 못하고 풍성의 땅속에 묻혀

있는 용천검에 비유하였다. 이수광은 『지봉유설』에서 권필이 송지
문의 이 작품을 오언절구의 으뜸으로 여겼는데, 이 시가 절구가 아닌
율시인 데다 기격(氣格)이 온전하지 않으므로 감식안이 의심스럽다
고 하였다.

宋之問, 早發韶州 ○○○『당음』, 『당시품휘』 등에 이렇게 실려 있다. 『송
지문집』, 『전당시』 등에는 오언고시로 되어 있으며 이 앞에 "炎徼行
應盡 回瞻鄉路遙 珠厓天外郡 銅柱海南標 日夜清明少 春冬霧
雨饒 身經大火熱 顏入瘴江消 觸影含沙怒 逢人女草搖 露濃看
菌濕 風颺覺船飄"가 더 있다. 이수광은 『지봉유설』에서 이 시가
율시인데 『광음』에서 잘라 절구로 만들었다고 하였다. 규장각 소장
『유취요람』에 번역 없이 원문만 한글로 토만 달아 실었는데 『당시장
편』과 큰 차이가 없다.

宋之問, 明河篇 ○○○『당시장편』에는 실려 있지 않으나 유사한 성격의
『유취요람』에 실려 있어 함께 수록한다. 한문본 『당시장편』, 『당시품
휘』, 『송지문집』, 『고문진보』 등에 실려 있다.

盧僎, 南樓望 ○○○『당시장편』에는 『전당시』와 함께 「남망루」로 되어 있
지만 『오언당음』, 『당시품휘』, 『당시선』 등에는 제목이 「남루망(南樓
望)」으로 실려 있다. 남루망이 옳은 듯하다.

盧僎, 途中口號 ○○○『당시품휘』, 『전당시』 등에 실려 있다. 제목이 「도
중(途中)」으로 된 데도 있다. 곽향(郭向)의 시라고도 하는데, 곽향
은 당 현종 때의 시인이지만 자세한 이력이 밝혀져 있지 않다.

武平一, 奉和元日賜群臣栢葉 ○○○『당시품휘』 등에 실려 있다. 『전당시』
에는 제목이 「설날 중신에게 백엽주를 내려 주실 때 지은 응제시에
화답하다(奉和正旦賜宰臣栢葉應制)」로 되어 있다.

唐 玄宗, 潼關口號 ○○○『당시품휘』에는 제목이 「동관구(潼關口)」로 되어 있다. 『만수당인절구시』 등 대부분의 문헌에는 제목이 동관구호(潼關口號)로 되어 있는데 이것이 옳은 듯하다. 口號는 즉흥적으로 읊조린다는 뜻이다.

王之渙, 登鸛雀樓 ○○○『당시품휘』, 『당시삼백수』 등에 실려 있다.

王之渙, 涼州詞 ○○○『당시품휘』, 『당음』 등에 실려 있다. 『악부시집』, 『당시삼백수』에는 제목이 「출새(出塞)」로 되어 있다.

孟浩然, 宿建德江 ○○○『당음』, 『당시품휘』, 『맹호연집(孟浩然集)』 등에 이렇게 실려 있고, 『당시삼백수』에도 실려 있다. 『시수』에는 이 작품이 오언율시의 신품인데 전편이 전하지 않는 것이 한스럽다고 하였다. 전체가 모두 대로 되어 있어 원래는 율시인데 수련과 미련이 일실된 것으로 보았다. 규장각 소장 『유취요람』에 번역 없이 원문만 한글로 토만 달아 실었는데 『당시장편』과 큰 차이가 없다.

孟浩然, 送友人之京 ○○○『당음』, 『당시품휘』, 『맹호연집』 등에 실려 있다.

孟浩然, 春曉 ○○○『당음』, 『당시품휘』, 『맹호연집』, 『당시삼백수』 등에 실려 있다.

孟浩然, 尋菊花潭主人不遇 ○○○『당시품휘』, 『맹호연집』 등에 실려 있다. 「尋菊花潭主人」으로 된 데도 있다.

王昌齡, 閨怨 ○○○『당음』, 『당시품휘』, 『당시삼백수』 등에 이렇게 실려 있다. 후촉(後蜀) 위곡(韋穀)의 『재조집(才調集)』, 송(宋) 왕안석(王安石)의 『당백가시선』 등 이른 시기의 문헌에서부터 이 작품이 보인다.

王昌齡, 西宮春怨 ○○○『당음』, 『당시품휘』 등에 실려 있다.

王昌齡, 採蓮曲 ○○○『당음』에 이렇게 실려 있다. 『당시품휘』 등에는 첫째 수가 더 실려 있는데 "오나라 월나라 초나라 미녀들, 다투어 연밥 따는 배 젓느라 물에 옷이 젖었네. 올 때 포구에서 꽃이 맞아 주더니, 연밥 다 따자 강 어구에 달이 전송해 주네.(吳姬越豔楚王妃 爭弄蓮舟水濕衣 來時浦口花迎入 采罷江頭月送歸)"로 되어 있다. 이수광은『지봉유설』에서 첫째 수를 들고 연밥 따는 일은 오와 월, 초지역에 성행했기 때문에 이른 것이라 하였다.

王昌齡, 出塞行 ○○○『당음』에 왕창령의 작품으로 실려 있다. 『삼체당시』에는 이흔(李頎)의 「여망(旅望)」으로 되어 있다. 이흔(690?~754?년)은 하남의 영수(潁水) 지류인 동천(東川) 곁에 별서가 있어 이동천(李東川)으로 일컬어졌다. 변새시와 영사회고시(詠史懷古詩)에 능하였다. 제목이 「백화원(百花原)」, 「백화원(白花原)」으로 된 데도 있다.

王昌齡, 靑樓怨 ○○○『당음』, 『당시품휘』 등에 실려 있다.

王昌齡, 重別李評事 ○○○『당음』, 『당시품휘』 등에 이렇게 실려 있다.

王昌齡, 李倉曹宅夜飮 ○○○『당음』, 『당시품휘』 등에 실려 있다. 『당백가시선』, 『전당시』 등에는 제목이 「이사 창조 댁에서 밤에 술을 마시며(李四倉曹宅夜飮)」로 된 데도 있다. 제목의 倉曹는 창고의 곡물을 관장하는 벼슬 이름이다. 이사는 이 집안의 배항(排行)이 네 번째라서 '사(四)'라 한 것이다.

沈如筠, 閨怨 ○○○『당음』, 『당시품휘』 등에 실려 있다.

崔國輔, 少年行 ○○○『당음』, 『당시품휘』 등에 이렇게 실려 있다.

王維, 臨高臺 ○○○ 명 이반룡의 『당시선』에는 이 제목으로 되어 있지만『당시품휘』, 『전당시』 등 대부분의 문헌에는 「높은 대에 올라 여습유를 보내면서(臨高臺送黎拾遺)」로 되어 있다. 시의 내용은 모두 같다.

王維, 息夫人 ○○○『당음』, 『당시품휘』, 『왕우승집전주』 등에 실려 있다.

王維, 雜詩 ○○○『당음』에 2수 연작으로 실려 있다. 『당시삼백수』에는 두 번째 작품이 실려 있고 『당시품휘』에는 마지막 한 수가 더 실려 있다.

王維, 送別 ○○○ 『당시품휘』에 실려 있다. 『당음』, 『왕마힐문집』 등에는 제목이 「산속에서 송별하고(山中送別)」로 되어 있다. 「벗을 보내며 (送友)」로 된 데도 있다.

王維, 竹里館 ○○○ 『당음』, 『당시품휘』, 『당시삼백수』 등에 실려 있다.

王維, 鳥鳴磵 ○○○ 『당시장편』에는 실려 있지 않으나 유사한 성격의 『유 취요람』에 실려 있어 함께 수록한다. 다만 맹호연의 「건덕강에 묵으 면서(宿建德江)」의 두 번째 작품으로 되어 있는데 잘못이다.

王維, 送元二使安西 ○○○ 『당음』, 『당시품휘』, 『삼체당시』 등에 이렇게 실려 있다. 『전당시』, 『당시삼백수』에는 제목이 「위성곡」으로 되어 있다.

王維, 送別 ○○○ 『당음』, 『당시품휘』 등에 이렇게 실려 있다. 『만수당인 절구시』 등에는 제목이 「제주에서 조삼을 보내며(齊州送祖三)」로 되 어 있다. 『왕우승집전주』에 실려 있는 「제주에서 조삼을 보내며(齊州 送祖三)」는 이와 다른 작품인데 조선주(祖仙舟)라 하고 제주(齊州) 는 산동(山東)의 제남(濟南)이라 하였다. 조삼(祖三)은 조이(祖二)로 도 되어 있다. 벗이 가는 동주(東州)가 이곳인 듯하다. 『왕우승집전 주』에 기주(冀州)과 연주(兗州) 곧 산동의 서북 지역이라 하였으므 로, 낙양에서 산동으로 가는 벗을 전송한 것이 된다. 『당음』에는 주 (周)가 견융(犬戎)의 침입으로 옮겨 산 낙읍(洛邑), 곧 낙양이라 하였 는데, 이때는 4구의 낙양과 잘 맞지 않다.

王維, 九日憶山東兄弟 ○○○ 『당음』에 실려 있다. 『당시품휘』 등에는 「9 월 9일 산동의 형제가 그리워(九月九日憶山東兄弟)」로 되어 있고 「나그네의 그리움(客中思憶)」으로 된 데도 있다.

王維, 寒食汜上作 ○○○『당음』, 『당시품휘』, 『삼체당시』 등에 이렇게 실려 있다. 「도중에 즉흥적으로 짓다(途中口號)」라는 제목으로 된 데도 있다.

王維, 戲題盤石 ○○○『당시품휘』, 『당음』, 『전당시』 등에 이렇게 실려 있다.

王維, 桃源行 ○○○『당음』, 『당시품휘』, 『전당시』 등에 실려 있다.

王維, 燕支行 ○○○『당시장편』에는 실려 있지 않으나 유사한 성격의『유취요람』에 실려 있어 함께 수록한다.『당음』, 한문본『당시장편』에도 실려 있다.

李白, 靜夜思 ○○○『당시품휘』, 『이태백시집주』, 『분류보주이태백시』 등에 실려 있다. 제목이 「야사(夜思)」로 된 데도 있다.

李白, 相逢行 ○○○『당시품휘』, 『이태백시집주』, 『분류보주이태백시』 등에 실려 있다.

李白, 綠水曲 ○○○『당시품휘』에 이렇게 실려 있다.『이태백시집주』, 『분류보주이태백시』 등에는 「녹수곡(淥水曲)」으로 되어 있다.

李白, 怨情 ○○○『당시품휘』, 『이태백시집주』, 『분류보주이태백시』 등에 실려 있다.

李白, 秋浦歌 ○○○『당시품휘』, 『이태백시집주』, 『분류보주이태백시』 등에 실려 있다.

李白, 觀放白鷹 ○○○『당시품휘』에 이렇게 실려 있다.『이태백시집주』, 『분류보주이태백시』, 『전당시』 등에는 2수 연작으로 되어 있다. 두보의 「산사(山寺)」의 4구가 이 시의 4구와 동일하다.

李白, 憶東山 ○○○『당시품휘』, 『이태백시집주』, 『분류보주이태백시』 등에 이렇게 실려 있다.『당시품휘』에는 이 작품만 실려 있는데『이태백시집주』,『분류보주이태백시』등에는 2수 연작으로 되어 있다.

李白, 獨坐敬亭山 ○○○『당시품휘』,『이태백시집주』,『분류보주이태백시』등에 실려 있다.

李白, 自遣 ○○○『당시품휘』,『이태백시집주』,『분류보주이태백시』등에 실려 있다. 규장각 소장『유취요람』에 원문만 한글로 토만 달아 실었는데 크게 다르지 않다.

李白, 夏日山中 ○○○『당시품휘』,『이태백시집주』,『분류보주이태백시』등에 실려 있다.

李白, 九日龍山飮 ○○○『당시품휘』,『이태백시집주』,『분류보주이태백시』등에 실려 있다.

李白, 別東林寺僧 ○○○『당시품휘』,『이태백시집주』,『분류보주이태백시』등에 실려 있다.

李白, 對雪獻從兄虞城宰 ○○○『당시품휘』,『만수당인절구시』등에 실려 있다.

李白, 淸平調 ○○○『당시품휘』,『이태백시집주』,『분류보주이태백시』등에 3수 연작으로 실려 있다.『당시삼백수』에는 「청평조(淸平調)」로 1수만 수록되어 있다.『당시장편』에 제목이 「청평사」로 되어 있지만 대부분 「청평조사(淸平調詞)」로 되어 있다.

李白, 聽笛 ○○○『당시품휘』,『이태백시집주』,『분류보주이태백시』등에는 제목이 「낭중 사흠과 술을 마시면서 황학루에서 피리 소리를 듣고서(與史郞中欽聽黃鶴樓上吹笛)」,「강가에서 피리 소리를 듣고(江舍聞笛)」로 되어 있다. 낭중(郞中)은 상서(尙書)와 시랑(侍郞) 다음 가는 벼슬 이름이다. 사흠(史欽)의 행적은 자세하지 않다. 「황학루에서 피리 소리를 듣고(黃鶴樓聞笛)」로 된 데도 있다.『당시장편』

에서처럼 제목이 「청적(聽笛)」으로 된 데는 확인되지 않는다.

李白, 長門怨 ○○○『당시품휘』, 『이태백시집주』, 『분류보주이태백시』 등
에 2수 연작으로 실려 있는데『당시장편』에서는 첫째 수만 뽑았다.

李白, 天門山 ○○○『당시품휘』, 『이태백시집주』, 『분류보주이태백시』 등
에 제목이 「망천문산(望天門山)」으로 되어 있다.

李白, 山中對酌 ○○○『이태백시집주』, 『분류보주이태백시』 등에는 「산중
에서 은자와 대작하며(山中與幽人對酌)」로 되어 있다. 『당시품휘』
나『당음』에는 이 시가 보이지 않는다. 君且去가 卿且去로 된 데도
있다.

李白, 瀑布 ○○○『당시품휘』 등에 제목이 「망여산폭포수(望廬山瀑布水)」
로 되어 있다. 『이태백시집주』, 『분류보주이태백시』 등에 제목이 「망
여산폭포(望廬山瀑布)」로 되어 있으며 2수 연작으로 실려 있는데 다
른 한편은 오언고시다. 송(宋) 채정손(蔡正孫)의 『시림광기(詩林廣
記)』와 송 홍매(洪邁)의 『만수당인절구시』 등에 실려 있다. 1구와 2
구가 "여산은 꼭대기는 별들과 이어져 있는데, 햇살이 향로봉에 비쳐
붉은 안개 피어나네.(廬山上與星斗連 日照香爐生紫烟)"로 된 데도
있다. 長川이 前川으로 九天이 半天으로 된 데도 있다.

李白, 峨眉山月歌 ○○○『이태백시집주』, 『분류보주이태백시』, 『시림광
기』, 『고문진보』 등에 실려 있다.

李白, 少年行 ○○○『당시품휘』에 이렇게 실려 있다. 『이태백시집주』, 『분
류보주이태백시』 등에는 2수 연작 가운데 두 번째 수로 실려 있다.
『전당시』에는 전체가 3수로 되어 있다.

李白, 白帝城 ○○○『당시품휘』, 『이태백시집주』, 『분류보주이태백시』,
『당시삼백수』 등에 제목이 「아침 일찍 백제성을 떠나며(早發白帝

城)」로 되어 있다. 「백제에서 강릉으로 내려가며(白帝下江陵)」로 된 데도 있다.

李白, 客中行 ○○○ 『당시품휘』, 『이태백시집주』, 『분류보주이태백시』 등에 이 제목으로 실려 있다. 『전당시』 등에는 「객중작(客中作)」으로 되어 있다.

李白, 襄陽歌 ○○○ 한문본 『당시장편』에 실려 있지 않다. 『당시품휘』에 이렇게 실려 있다. 『이태백시집주』에 山翁이 山公으로, 『분류보주이태백시』에 接䍦가 接籬로 되어 있다. 『고문진보』에 換小妾이 喚小妾으로, 千金駿馬가 金鞍駿馬로, 笑坐雕鞍이 笑坐金鞍으로, 龜頭가 龜龍으로 되어 있다. 규장각 소장 『유취요람』에 원문만 한글로 토만 달아 실었는데 크게 다르지 않다.

李白, 把酒問月 ○○○ 한문본 『당시장편』에는 보이지 않는다. 『당시품휘』, 『이태백시집주』, 『분류보주이태백시』 등에 이 제목으로 실려 있다.

李白, 將進酒 ○○○ 『당시품휘』, 『이태백시집주』, 『분류보주이태백시』, 『고문진보』, 『당시삼백수』 등에 이 제목으로 실려 있지만, 본문이 한글본 『당시장편』과 정확히 일치하는 것은 없다. 한문본 『당시장편』에는 실려 있지 않다.

李白, 新鶯歌 ○○○ 『당시장편』에는 실려 있지 않으나 유사한 성격의 『유취요람』에 실려 있어 함께 수록한다. 한문본 『당시장편』에는 보이지 않는다. 『당시품휘』, 『이태백시집주』, 『분류보주이태백시』 등 대부분의 문헌에는 제목이 「의춘원에서 임금을 모실 때 조칙을 받들어 용지의 버들 빛이 막 푸른데 새로 우는 꾀꼬리가 온갖 가지로 내는 울음소리를 듣고 지은 노래(侍從宜春苑奉詔賦龍池柳色初靑聽新鶯百囀歌)」로 되어 있다. 의춘원은 현종이 사냥하던 원림이다.

崔顥, 長干行 ○○○『당시품휘』에 2수 연작으로 실려 있는데『당시장편』에서는 이를 따라 2수 모두 수록하였다.『당음』에는 3수 연작 중 첫 번째 작품으로 선발되어 있다. 제목이 「강남행(江南行)」으로, 住何處가 何處住로 되어 있다.『만수당인절구시』와『전당시』 등에는 4수 연작으로 실려 있다. 제목이 「장간곡(長干曲)」으로 된 데도 있다.『당시장편』에서는 첫 번째와 두 번째 작품의 순서가 바뀌어 있지만, 첫 번째 작품이 여성의 질문이고 두 번째 작품이 남성의 답으로 보는 것이 자연스러워, 여기서는 대부분의 문헌에 실린 대로 순서를 바꾼다.『당시삼백수』에도 이 순서로 두 작품이 실려 있다. 두 번째 작품은『당음』에 「강남행」이 아닌 「장간행」으로 실려 있다.

崔顥, 江南曲 ○○○『당시품휘』에 이 제목으로 실려 있다.『당시장편』은 이를 따른 것이다.『만수당인절구시』와『전당시』 등에는 「장간곡」 4수 연작 중 세 번째 작품으로 되어 있다.『당시장편』에 싣지 않았지만 네 번째 작품이 더 있다. "삼강은 조수가 급하고, 오호는 풍랑이 사납다지요. 원래 꽃은 가벼운 법, 연밥 배 무겁다 겁내지 마소.(三江潮水急 五湖風浪湧 由來花性輕 莫畏蓮舟重)" 남성이 여성에게 이렇게 말한다. "그렇지요. 굳이 먼 데 갈 것 있나요. 당신은 꽃처럼 가벼우니, 연밥 따는 배 무거워질 것이라 겁낼 것 없지 않겠나요. 내가 그쪽 배에 오를게요."

崔顥, 代閨人答輕薄少年 ○○○『당음』,『당시품휘』 등에 실려 있다. 규장각 소장『유취요람』에 번역 없이 한글로 원문에 토만 달아 실었다.

高適, 田家春望 ○○○『당시품휘』,『고상시집(高常侍集)』 등에 실려 있다.

高適, 除夜 ○○○『당시품휘』,『고상시집』 등에 실려 있다.

高適, 塞上聽笛 ○○○『당음』,『당시품휘』,『고상시집』 등에 「변방에서 피리 부는 소리를 듣고(塞上聽吹笛)」로 실려 있다. 『전당시』에는 제목이 「왕칠이 옥문관에서 피리 소리를 듣고 지은 시에 화답하여(和王七玉門關聽吹笛)」라는 제목으로 실려 있으며 "오랑캐가 수루에서 피리를 부는데, 누각이 쓸쓸하고 바다의 달은 한가롭네. 묻노니 낙매곡 몇 곡조가, 바람 따라 온 밤 변방에 가득한가.(胡人吹笛戍樓間 樓上蕭條海月閑 借問落梅凡幾曲 從風一夜滿關山)"로 되어 있어 내용이 조금 다르다. 또 『전당시』에는 송제(宋濟)의 「변방에서 피리 소리를 듣고(塞上聞笛)」가 실려 있는데 "오랑캐 수루에서 피리 불어, 누각이 쓸쓸하고 바다의 달은 한가롭네. 묻노니 매화는 어느 곳에 지는가? 바람이 밤새 불어 변방에 가득한데.(胡兒吹笛戍樓間 樓上蕭條海月閑 借問梅花何處落 風吹一夜滿關山)"로 되어 있다. 송제는 당 덕종(德宗) 때의 시인이지만 생애가 자세하지 않다.

高適, 營州歌 ○○○『당음』, 『당시품휘』, 『고상시집』 등에 실려 있다.

高適, 古大梁行 ○○○『당시장편』에는 실려 있지 않으나 유사한 성격의 『유취요람』에 실려 있어 함께 소개한다. 『당음』과 『당시품휘』, 한문본 『당시장편』 등에도 실려 있다.

儲光羲, 洛陽道 ○○○『당음』, 『당시품휘』 등에 모두 이렇게 실려 있다. 이 작품은 5수 연작으로 제목이 「낙양도, 중랑 여사에게 바치다(洛陽道獻呂四郎中)」로 된 데도 있다. 『당시장편』에서는 첫 번째 작품과 세 번째 작품 2수를 선발하였다. 『당음』, 『당시품휘』에는 세 수가 실려 있는데 『당시장편』에는 두 번째 작품을 뺐다.

儲光羲, 長安道 ○○○『당음』, 『당시품휘』 등에 실려 있다. 『당시품휘』에는 2수 연작으로 실려 있다.

劉長卿, 春草宮懷古 ○○○『당음』, 『당시품휘』 등에 이렇게 실려 있다. 이 작품은 『당시장편』에서 제목을 「춘궁회고」라 하였는데 춘궁은 춘초궁(春草宮)의 잘못이다.

劉長卿, 逢雪宿芙蓉山 ○○○『당음』, 『당시품휘』 등에 모두 이렇게 실려 있다. 『전당시』에는 제목이 「봉설숙부용산주인(逢雪宿芙蓉山主人)」으로 되어 있다.

劉長卿, 昭陽曲 ○○○『당음』, 『당시품휘』 등에 실려 있다.

劉長卿, 送裴郎中貶吉州 ○○○『당음』에 실려 있다. 『당시품휘』, 『당시선』, 『전당시』 등에는 제목이 「중송배낭중길주(重送裴郎中貶吉州)」로 된 데도 있다. 오언율시 「송배낭중폄길주(送裴郎中貶吉州)」를 먼저 짓고 다시 이 시를 지었기에 중(重)이라는 글자를 더 넣은 것이다.

劉長卿, 新息道中作 ○○○『당시품휘』, 『전당시』에 실려 있다. 『당음』에는 제목이 「신식도중(新息道中)」으로 되어 있다.

劉長卿, 贈崔九 ○○○『당음』, 『당시품휘』 등에 이렇게 실려 있다. 『유수주집』과 『전당시』에는 제목이 「증최구재화(贈崔九載華)」로 되어 있다.

劉長卿, 過鄭山人所居 ○○○『당음』, 『당시품휘』 등에 실려 있다.

劉長卿, 寄別朱拾遺 ○○○『당음』, 『당시품휘』, 『전당시』 등에 실려 있다.

劉長卿, 尋盛禪師蘭若 ○○○『당음』, 『당시품휘』, 『전당시』 등에 실려 있다.

杜甫, 八陣圖 ○○○『당시품휘』, 『당시삼백수』 외에 두보의 문집에도 실려 있다.

杜甫, 絶句 ○○○『당시품휘』에 실려 있는데 3수 연작으로 되어 있다. 대부분의 두보 문집에는 제목이 「절구이수(絶句二首)」로 되어 있다.

杜甫, 漫興 ○○○ 제목이 「절구만흥구수(絶句漫興九首)」, 「만흥구수(漫興九首)」로 된 데도 있다. 『당시장편』에서는 이를 줄여 「만흥」이라

한 것이다. 두보의 문집에 실려 있고 『만수당인절구』나 『전당시』에는
뽑혀 있지만 『당음』, 『당시품휘』 등에는 보이지 않아 출처를 짐작하
기 어렵다.

杜甫, 贈花卿 ○○○ 『당시품휘』와 대부분의 두보 문집에 이렇게 실려 있다.

杜甫, 江畔獨步尋花 ○○○ 『당음』, 『당시품휘』 등에는 뽑혀 있지 않아 출
처를 짐작하기 어렵다. 대부분의 두보 문집과 『전당시』 등에는 「강
반독보심화칠절구(江畔獨步尋花七絕句)」라는 제목의 7수 연작시로
실려 있다. 여기서는 선발하지 않았지만 여섯 번째 작품 "황사랑의
집에 꽃이 길에 가득한데, 천 송이 만 송이 꽃에 눌려 가지가 나직하
네. 노니는 나비는 때때로 춤을 추고, 절로 흥겨운 꾀꼬리는 흡족히
울음 우네.(黃四娘家花滿蹊 千朵萬朵壓枝低 留連戲蝶時時舞 自
在嬌鶯恰恰啼)"도 널리 알려져 그 표현이 자주 차용되었다.

杜甫, 江南逢李龜年 ○○○ 『당음』, 『당시품휘』 등에는 뽑혀 있지 않지만,
『당시삼백수』에 이렇게 실려 있다. 대부분의 두보 문집과 『전당시』
등에 같은 제목으로 실려 있다.

杜甫, 徐卿二子歌 ○○○ 『당시장편』에는 실려 있지 않으나 유사한 성격의
『유취요람』에 실려 있어 함께 수록한다. 한문본 『당시장편』에는 보
이지 않는다. 『두공부시언해』, 『고문진보』 등에 실려 있다.

皇甫冉, 秋怨 ○○○ 『당시품휘』에 실려 있다.

岑參, 見渭水思秦川 ○○○ 『당음』, 『당시품휘』, 『당시선』에 실려 있다.
『전당시』에는 제목이 「서쪽으로 위주를 지나다 위수늘 보고 진천이
그리워(西過渭州見渭水思秦川)」로 되어 있다.

岑參, 玉關寄長安主簿 ○○○ 『당시장편』에 고적의 작품 다음에 작가를
밝히지 않고 잠삼의 칠언절구가 배열되어 있다. 『당음』, 『당시품휘』

등에 잠삼의 작품으로 실려 있다. 왕안석의 『당백가시선』에는 제목이 「옥관기장안이주부(玉關寄長安李主簿)」로 되어 있다.

岑參, 逢入京使 ○○○ 『당음』, 『당시품휘』, 『삼체당시』, 『전당시』, 『당시삼백수』 등에 실려 있다.

岑參, 苜蓿峰寄家人 ○○○ 『당음』과 『당시품휘』에 「목숙봉에서 지어 집사람에게 부치다(題苜蓿峰寄家人)」로 실려 있다. 『전당시』 등에는 「제목숙봉기가인(題苜蓿峰寄家人)」으로 되어 있다.

岑參, 春夢 ○○○ 『당음』과 『당시품휘』에 실려 있다.

岑參, 酒泉太守席上醉後作 ○○○ 『당음』과 『당시품휘』, 『당시선』에 실려 있다. 잠삼의 시집 『잠가주시(岑嘉州詩)』에는 2수 연작 중 첫 번째 작품으로 실려 있다. 규장각 소장 『유취요람』에 이 시를 뽑고 토를 달아 한글로 원문만 실었다.

岑參, 漁父 ○○○ 『당음』과 『당시품휘』, 『전당시』에 실려 있다.

岑參, 蜀葵花歌 ○○○ 『당음』과 『당시품휘』에 실려 있다. 유신허(劉愼虛)의 작품으로 된 데도 있는데 유신허는 현종 연간의 인물로 맹호연, 왕창령과 교분이 있었다.

岑參, 玉門關蓋將軍歌 ○○○ 『당시장편』에는 실려 있지 않으나 유사한 성격의 『유취요람』에 실려 있어 함께 수록한다. 『잠가주시』와 한문본 『당시장편』에도 실려 있다.

岑參, 衛節度赤驃馬歌 ○○○ 『당시장편』에는 실려 있지 않으나 유사한 성격의 『유취요람』에 실려 있어 함께 수록한다. 『잠가주시』, 『당음』, 『당시품휘』, 한문본 『당시장편』 등에도 실려 있다.

岑參, 太白胡僧歌 ○○○ 『당시장편』에는 실려 있지 않으나 유사한 성격의 『유취요람』에 실려 있어 함께 수록한다. 한문본 『당시장편』에도 뽑혀 있다. 『잠가주시』, 『당음』, 『당시품휘』 등에도 실려 있다.

岑參, 范公叢竹歌 ○○○『당시장편』에는 실려 있지 않으나 유사한 성격의
『유취요람』에 실려 있어 함께 수록한다. 『잠가주시』, 『당음』, 한문
본 『당시장편』에도 실려 있다. 『유취요람』에 뽑혀 있는데 한글로 토
만 달아 원문을 실었다.

張繼, 楓橋夜泊 ○○○『당음』, 『당시품휘』, 『당시선』, 『당시삼백수』 등에
실려 있다.

韓翃, 寒食 ○○○『당음』, 『당시품휘』, 『당시선』, 『전당시』, 『당시삼백수』
등에 이렇게 실려 있다. 제목이 「寒食卽事」으로 된 데도 있다.

錢起, 歸雁 ○○○『당음』, 『당시품휘』, 『삼체당시』 등에 모두 이렇게 실려
있다. 『당음』에는 같은 작품을 설능(薛能, 817?~882?년)의 이름으로
한 번 더 수록하였다. 설능은 자가 대졸(大拙)인데 자신의 시재를 과
시하여 이백과 두보, 백거이를 깔보았다고 한다.

錢起, 暮春歸故山 ○○○『당시품휘』에 「모춘귀고산초당(暮春歸故山草
堂)」으로 실려 있다. 같은 작품이 원(元) 조맹부(趙孟頫)의 『송설재
집(松雪齋集)』에는 「덕청의 별업이 그리워서(懷德淸別業)」로 실려
있지만 이보다 앞선 송(宋) 홍매의 『만수당인절구시』 등에 전기의 작
품으로 실려 있으므로 작가를 전기로 보는 것이 옳다. 송 이방(李昉)
의 『문원영화』와 『전당시』에는 「늦봄 산속 집으로 돌아와 창 앞의 대
나무에 쓰다(晚春歸山居題窓前竹)」라는 제목 아래 유장경의 작품
으로 실려 있는데 1구가 "개울 위 남은 봄 꾀꼬리 울음 드문데(溪上
殘春黃鳥稀)"로 되어 있다. 『전당시』에는 전기의 시로 수록하였다.

司空曙, 峽口送友人 ○○○『당음』에 실려 있다.

司空曙, 江村卽事 ○○○『당음』, 『당시품휘』, 『삼체당시』 등에 실려 있다.

郎士元, 聽鄰家吹笙 ○○○『당음』, 『당시품휘』, 『전당시』 등에 실려 있다.

郎士元, 柏林寺南望 ○○○『당음』, 『당시품휘』, 『전당시』 등에 실려 있다.

顧況, 題葉道士山房 ○○○『당음』, 『당시품휘』에 실려 있다.

宋濟, 美人歌 ○○○『당음』, 『당시품휘』에는 제목이 「동린미녀가(東鄰美
　　女歌)」로, 『전당시』에는 「동린미인가(東鄰美人歌)」로 되어 있지만
　　내용의 차이는 없다.

劉方平, 長信宮 ○○○『당음』, 『당시품휘』, 『전당시』 등에 이렇게 실려 있
　　다. 『전당시』에는 같은 작품이 주광필(朱光弼)의 「궁사(宮詞)」로 중
　　복되어 실려 있다. 주광필은 거의 알려진 바가 없다. 『문원영화』, 『시
　　인옥설』 등 송대의 문헌에 유방평의 작품으로 되어 있어 작가를 유
　　방평으로 보는 것이 옳을 듯하다.

戴叔倫, 對月答元明府 ○○○『당음』과 『당시품휘』에 이렇게 실려 있다.

戴叔倫, 送呂少府 ○○○『당시품휘』, 『전당시』에 이렇게 실려 있다.

韋應物, 聞鴈 ○○○『당시품휘』, 『당시선』, 『전당시』 등에 이렇게 실려
　　있다.

韋應物, 同褒子秋齋獨宿 ○○○『당음』, 『당시품휘』, 『전당시』 등에 실려
　　있다.

韋應物, 詠聲 ○○○『당음』, 『당시품휘』, 『전당시』 등에 실려 있다.

韋應物, 滁州西澗 ○○○『당음』, 『당시품휘』, 『전당시』, 『당시삼백수』 등
　　에 이렇게 실려 있다.

韋應物, 寒食寄京師諸弟 ○○○『당음』, 『당시품휘』, 『전당시』 등에 실려
　　있다.

韋應物, 九月九日 ○○○『당음』, 『당시품휘』에 실려 있다. 『전당시』에는
　　제목이 「구일(九日)」로 되어 있다.

韋應物, 訪王侍御不遇 ○○○『당음』,『전당시』에는 제목이「휴가일방왕시 어불우(休暇日訪王侍御不遇)」로 되어 있다.

韋應物, 登樓寄王卿 ○○○『당음』,『당시품휘』,『당시선』,『전당시』등에 이렇게 실려 있다.

韋應物, 聽鶯曲 ○○○『당음』,『당시품휘』등에 실려 있다.『당시장편』에 는 실려 있지 않고『유취요람』에 번역과 함께 실려 있는데 성격이『당 시장편』과 유사하여 함께 싣는다.

李益, 宮怨 ○○○『당음』,『당시품휘』,『당시선』,『전당시』등에 실려 있다.

武元衡, 汴州聞角 ○○○『당음』,『당시품휘』등에 실려 있다.『전당시』에 는 제목이「변하문가(汴河聞笳)」로 되어 있다.

張籍, 感春 ○○○『당음』,『당시품휘』등에 실려 있다.

張籍, 閑行 ○○○『당음』에 실려 있다.『장사업시집』,『전당시』에 제목이 「한유(閑遊)」로 되어 있다.

張籍, 春別曲 ○○○『당음』,『장사업시집』,『당시품휘』,『전당시』등에 실 려 있다.

張籍, 寒塘曲 ○○○『장사업시집』,『당음』,『당시품휘』,『전당시』등에 실 려 있다.

王建, 綺繡宮 ○○○『당음』,『당시품휘』등에 이렇게 실려 있다.『왕사마 집』,『삼체당시』,『전당시』등에는 제목이「과기수궁(過綺岫宮)」으 로 되어 있다.

王建, 江陵使至汝州 ○○○『당음』,『당시품휘』,『왕사마집』,『전당시』등 에 실려 있다.

王建, 華淸宮 ○○○『당음』,『당시품휘』,『삼체당시』등에 이렇게 실려 있 다.『왕사마집』,『전당시』등에 제목이「궁궐 앞의 이른 봄(宮前早

春)」으로 되어 있다.

王建, 鞦韆詞 ○○○『당음』, 『왕사마집』, 『전당시』 등에 실려 있다.

竇鞏, 南游感興 ○○○『당음』, 『당시품휘』, 『전당시』에 실려 있다.

白居易, 長恨歌 ○○○『백씨장경집』, 『전당시』 등 여러 문헌에 보이지만, 글자의 이동(異同)을 볼 때 대체로『고문진보』의 것을 옮긴 듯하다.

白居易, 琵琶行 ○○○『백씨장경집』, 『전당시』 등에는 제목이 「비파인(琵琶引)」으로 되어 있다. 『당시품휘』, 『고문진보』, 『당시삼백수』, 『전당시』 등에 두루 실려 있지만 글자가 조금씩 다른 데가 많다.

劉禹錫, 石頭城 ○○○『당음』, 『당시품휘』 등에 이렇게 실려 있다.

劉禹錫, 竹枝詞 ○○○『당음』, 『당시품휘』 등에 실려 있다. 『유몽득문집』 과『전당시』에는 9수 연작으로 되어 있는데 그중 두 번째 작품이다. 『당시품휘』에는 5수로 되어 있는데 이 작품은 선발하지 않았다.

柳宗元, 江雪 ○○○『당음』, 『당시품휘』, 『고문진보』, 『당시삼백수』 등에 실려 있다. 『시림광기』, 『시인옥설』, 『문장정종(文章正宗)』 등 조선 시대에 널리 읽힌 문헌에도 이 시가 소개되어 있다. 이이의『정언묘 선』에도 선발되어 있다.

盧仝, 有所思 ○○○『당음』과『당시품휘』, 『고문진보』 등에 실려 있다.

張祜, 胡渭州 ○○○『당시품휘』 등에 실려 있다.

賈島, 三月晦日 ○○○『당음』에 실려 있다. 『장강집』, 『삼체당시』 등에는 제목이 「삼월 그믐 유 평사에게 주다(三月晦日贈劉評事)」로 되어 있 다. 평사(評事)는 대리(大理寺)에 딸려 형옥(刑獄)의 업무를 맡은 관 리인데 유 평사가 어떤 인물인지는 자세하지 않다.

賈島, 尋隱者不遇 ○○○『당시장편』에는 실려 있지 않으나 유사한 성격 의『유취요람』에 실려 있어 함께 수록한다. 『당음』, 『당시품휘』, 『만수당인절구시』, 『당시삼백수』 등에는 모두 이렇게 되어 있다. 『오언당음』과 『언해당음』에도 실려 있다. 『당음』에는 손초의 「방양존사(訪羊尊師)」로 되어 있지만 『전당시』에는 가도의 이름 아래 싣고 다시 손혁(孫革)의 이름 아래 다시 실으면서 손화(孫華)라고도 한다고 하고 또 가도의 작품으로 된 데도 있다고 하였다. 손혁은 헌종(憲宗) 때 감찰어사를 지낸 인물이라 하였다. 손초는 다른 문헌에서 확인되지 않는다.

杜牧, 渡漢江 ○○○『당음』, 『당시품휘』, 『반천문집』, 『전당시』 등에 실려 있다.

杜牧, 泊秦淮 ○○○『당음』, 『당시품휘』, 『반천문집』, 『전당시』 등에 실려 있다. 『당시삼백수』에도 수록되어 있다. 제목이 「진회(秦淮)」로 된 데도 있다.

杜牧, 秋夕 ○○○『당음』, 『당시품휘』, 『반천문집』, 『전당시』 등에 실려 있다. 제목이 「칠석(七夕)」으로 된 데도 있다. 왕건의 작품으로 보기도 한다.

杜牧, 江南春 ○○○『당음』, 『당시품휘』, 『반천문집』, 『삼체당시』, 『전당시』 등에 실려 있다.

杜牧, 懷吳中馮秀才 ○○○『당시품휘』, 『반천문집』, 『삼체당시』, 『전당시』 등에 실려 있다. 제목이 「풍교(楓橋)」로 된 데도 있고 작가가 장호(張祜)로 된 데도 있다.

杜牧, 登樂遊原 ○○○『당음』, 『당시품휘』, 『반천문집』, 『전당시』 등에 실려 있다.

杜牧, 清明 ○○○『천가시선(千家詩選)』, 『산당사고(山堂肆考)』 등에 두목의 시로 되어 있지만, 정작 그의 문집에는 수록되어 있지 않다.

『당음』, 『당시품휘』, 『전당시』 등에도 보이지 않는다.

趙嘏, 江樓書感 ○○○『당음』, 『당시품휘』 등에 실려 있다. 『당시선』, 『전당시』 등에도 수록되어 있는데 제목이 「감회(感懷)」, 「강루감회(江樓感舊)」, 「강루유감(江樓有感)」, 「강루서회(江樓書懷)」 등으로 다르게 되어 있다.

李商隱, 咸陽 ○○○『당시품휘』에 실려 있다. 『이상은시집』, 『전당시』 등에도 수록되어 있다.

李商隱, 瑤池 ○○○『당음』, 『당시품휘』에 실려 있다. 『이상은시집』, 『전당시』, 『당시삼백수』에도 실려 있다. 『당음』에는 같은 제목 아래 한 수가 더 실려 있는데 다른 문헌에는 모두 「월석(月夕)」이라는 제목으로 되어 있다. 「월석」은 아래 면에 보인다.

李商隱, 月夕 ○○○『만수당인절구시』, 『이상은시집』, 『전당시』 등에 수록되어 있다. 『당음』에는 「요지(瑤池)」라는 제목 아래 두 번째 작품으로 실려 있지만 제목이 누락된 듯하다.

李商隱, 漢宮詞 ○○○『당시품휘』, 『이상은시집』, 『전당시』, 『당시선』 등에 실려 있다.

李商隱, 有感 ○○○『만수당인절구시』, 『이의산시집』, 『전당시』, 『칠언당음』 등에 실려 있다. 『당음』, 『당시품휘』 등에는 뽑히지 않았다.

李商隱, 常娥 ○○○『당시품휘』, 『만수당인절구시』, 『이상은시집』, 『전당시』 등에 수록되어 있다.

李商隱, 宮辭 ○○○『당시품휘』, 『만수당인절구시』, 『이상은시집』, 『삼체당시』, 『전당시』 등에 수록되어 있다.

李商隱, 訪隱者不遇 ○○○『당시품휘』에 실려 있다. 『이상은시집』에는 제목이 「은자를 찾아갔다 만나지 못하고 절구 두 수를 짓다(訪隱者不

遇成二絕)」로 되어 있다. 『만수당인절구시』, 『전당시』 등에도 2수가 수록되어 있다. 白石은 白日로 된 데도 있다.

李商隱, 西亭 ○○○ 『만수당인절구시』, 『이의산시집』, 『전당시』 등에도 수록되어 있다. 『당음』이나 『당시품휘』에는 실리지 않았는데 『칠언당음』에서부터 보인다.

高騈, 訪隱者不遇 ○○○ 『당시품휘』, 『만수당인절구시』, 『전당시』 등에 고병의 작품으로 수록되어 있다. 규장각에 소장되어 있는 『당음정선』에도 실려 있다.

高騈, 山亭夏日 ○○○ 『당음』, 『만수당인절구시』, 『전당시』 등에 모두 고병의 작품으로 수록되어 있다.

羅鄴, 杜鵑 ○○○ 『재조집』, 『만수당인절구시』, 『전당시』 등에 제목이 「문자규(聞子規)」로 된 데도 있다. 『당음』이나 『당시품휘』에는 뽑히지 않았다. 『칠언당음』에 실린 작품을 옮긴 것으로 보인다.

崔塗, 巫山送別 ○○○ 『당시품휘』, 『만수당인절구시』, 『전당시』 등에 실려 있는데 대부분 제목이 「무산여별(巫山旅別)」로 되어 있다.

조선 사람이 좋아한 당시

1판 1쇄 찍음 2022년 4월 1일
1판 1쇄 펴냄 2022년 4월 15일

지은이   이종묵
발행인   박근섭 · 박상준
펴낸곳   (주)민음사

출판등록   1966. 5. 19. 제16-490호
주소   서울특별시 강남구 도산대로1길 62(신사동)
           강남출판문화센터 5층 (우편번호 06027)
대표전화   02-515-2000 | 팩시밀리 02-515-2007
홈페이지   www.minumsa.com

ⓒ 이종묵, 2022. Printed in Seoul, Korea

ISBN 978-89-374-4255-1 (03820)